廖燕全集校注

下

廖　燕　著
蔡升奕　校注

人民文學出版社

廖燕全集校注卷十六

雜著

讀隱逸傳

古未有以隱逸稱者，有之自中古始。《易》曰『天地閉，賢人隱』〔一〕，豈非以其時歟？古之君子懷抱大器而不見用於世，不得已而寄其跡於山巔水涯之間，非無所爲而然也。然長沮、桀溺、荷蕢、晨門之流〔二〕，其言多譏用世〔三〕，而孔子未嘗絕之，且載其言於書，語曰『邦無道則隱』〔四〕，豈卽其人耶？然堯、舜、成湯之世，而有許由、務光〔五〕其人者，又何以稱焉？豈所謂各行其志者耶？雖然，必其學出可以爲帝師，而其處方不負逸民〔六〕之稱焉，不然則未可棄人倫而友麋鹿也。而世人不察其實，至使充隱之徒得而濫冒〔七〕之者，亦甚可歎也已。元脫脫〔八〕修《遼史》，不輕以『隱逸』與人，而別其目曰『卓行』。有旨〔九〕哉，有旨哉！

【注釋】

〔一〕「天地」二句：見《易·坤·文言傳》。

〔二〕長沮、桀溺、荷蕢、晨門之流：皆春秋時隱士。《論語·微子》：「長沮、桀溺耦而耕，孔子過之，使子路問津焉。」何晏引鄭注曰：「長沮、桀溺，隱者也。」《論語·憲問》：「子擊磬于衛，有荷蕢而過孔氏之門者……」宋邢昺正義：「此章記隱者荷蕢之言也。」又：「子路宿于石門。晨門曰：奚自？子路曰：自孔氏。曰：是知其不可而爲之者與？」宋邢昺正義：「此章記隱者晨門之言也。」

〔三〕用世：見用於世，爲世所用。唐戴叔倫《寄孟郊》詩：「用世空悲聞道淺，入山偏喜識僧多。」

〔四〕邦無道則隱：見《論語·泰伯》：「子曰：『……天下有道則見，無道則隱。邦有道，貧且賤焉，恥也。邦無道，富且貴焉，恥也。』」

〔五〕許由：亦作「許繇」。傳説中的隱士。相傳堯讓以天下，不受，遁居於潁水之陽箕山之下。堯又召爲九州長，由不願聞，洗耳於潁水之濱。見《莊子·逍遥遊》、《史記·伯夷列傳》。務光：古代隱士。相傳湯讓位給他，他不肯接受，負石沉水而死。《莊子·外物》：「堯與許由天下，許由逃之。湯與務光，務光怒之。」《史記·伯夷列傳》：「及夏之時，有卞隨、務光者，此何以稱焉？」

〔六〕逸民：遁世隱居之民。《論語·微子》：「逸民：伯夷、叔齊、虞仲、夷逸、朱張、柳下惠、少連。」何晏集解：「逸民者，節行超逸也。」《漢書·律曆志序》：「周衰官失，孔子陳後王之法，曰：『謹權量，審法度，修廢官，舉逸民，四方之政行矣。』」顔師古注：「逸民，謂有德而隱處者。」

〔七〕濫冒：胡亂冒充。明張居正《三辭恩命疏》：「若靦顏濫冒，不知止足，則瘝素之罪，臣實尸之；貪進之戒，臣先犯之。」

〔八〕元脫脫（一三一四—一三五五）：字大用，蒙古蔑里乞氏。元順帝妥歡貼睦爾朝大臣。幼時由伯父伯顏撫養，從學於浦江吳直方。初爲皇太子怯薛官。歷御史中丞、虎賁親軍都指揮使、御史大夫等職。至元六年（一三四〇），以伯顏專權恣横，乘其出獵黜之。至正元年（一三四一），任中書左丞相。悉改伯顏舊政，恢復科舉取士。爲總裁官，主修遼、金、宋三史。至正十二年，率兵鎮壓徐州紅巾軍。十四年，圍張士誠於高郵（今屬江蘇）。被哈麻譖，遭劾削職，後被毒死。見《元史》卷一百三十八本傳。

〔九〕旨：意義。《易·繫辭下》：「其旨遠，其辭文。」

畫羅漢頌〔一〕並序　共一十八幅

第一幅：一尊者〔二〕執書一卷，立翫樹林中。一尊者叉手旁立，同觀之。頌曰：不立文字，所觀何書。千言萬語，觸處空虛。中有大藏，紙白字黑。勘破〔三〕天下，有目難識。

第二幅：一尊者左肩挑一布袋，右手執串珠，跣足〔四〕行橋上。蓋彌勒尊者〔五〕也。頌曰：眾生昧昧〔六〕，我佛慈悲。坐久思動，東西任之。布袋肩駝〔七〕，念珠不礙。行止何心，水流橋在。

第三幅：一尊者立波濤中，龍王引二水卒，執幡捧爐，迎拜其前，蓋達摩尊者一蘆渡江〔八〕圖也。頌曰：足踏蘆枝，杖挑祖意〔九〕。跨海而東，洪波湧起。彼此不識，龍王何來。秋風蕭瑟，蘆花正開。

第四幅：一尊者手持一珠吐光，光中復現樓閣。一尊者合掌旁睨。又一尊者引一尊者亦持珠吐焰，似鬭法然者。頌曰：空中樓閣，玄之又玄。睨〔一〇〕而視之，明珠儼然。樓閣非真，明珠亦假。我欲言之，有口而啞。

第五幅：隔山有寺，有二長老〔一一〕坐牕間，望之如豆大小。有尊者匹馬攜一行者〔一二〕，望寺而來。頌曰：深山太古，林木鬱青。山半有寺，鐘磬泠泠〔一三〕。匹馬何來，相望咫尺。我既非主，彼亦非客。

第六幅：有三尊者共倚，獅坐臥其側，獅兒向其母而嬉，復有二鹿呦鳴其前。山半有茅庵，一童子捧茶而至。頌曰：野鹿獅兒，皆我同族。若有分別，佛卽獅鹿。或坐或臥，非寃非親。大家團欒〔一四〕，莫問主人。

第七幅：山樹拉雜〔一五〕，內有簷牙鈴鐸〔一六〕，迥出林杪〔一七〕間，蓋山寺也。門外一尊者拱二尊者而入。頌曰：天地爲廬，中復有寺。誰是主人，無彼無此。開門揖客，歷階而陞。何以作拱，黄葉青藤。

第八幅：二尊者共立大海中，一出盂中龍飛騰天半，一傾瓶水作海波爲戲。頌曰：非虚非實，我性同同。人立濤裏，龍出盂中。道無伎倆，伎倆無道。云何如此，去問長老。

第九幅：三尊者共坐臥巖樹下。二尊者執壺杖引童子從橋上而去。頌曰：我外無人，人外無我。大地山河，供我坐臥。或行或止，到處逍遙。雞聲茅店，人跡板橋。〔一八〕

第十幅：隔岸梵刹〔一九〕輝煌，二尊者相引至止。對江有三居士〔二〇〕，共載一舟，亦望寺而來。頌曰：一水茫茫，寺在彼岸。登則同登，往亦同往。中有何物，山木籠蓯〔二一〕。一聲清磬〔二二〕，海闊天空。

第十一幅：一尊者叉手赤脚立橋上，其觀音大士耶？後一尊者，執盂杖仰面，似有問然者。橋前有一舟，二居士載焉。頌曰：大士慈悲，具大正覺〔二三〕。中途相逢，豈容錯過。我欲問道，莫知從起。雲在青天，月在瓶裏。〔二四〕

第十二幅：一尊者騎一物，似牛非牛，引一侍者，冒雪而行。頌曰：西土非遥，道無涯岸。雨雪彌漫，長途方半。似牛非牛，莫知其真。欲從問之，空山無人。

第十三幅：遠望雲外，有城池隱隱在焉。三尊者共托鉢〔二五〕冒雪前往乞食，後一尊者合掌念佛隨之。頌曰：塵飛遠市，雪滿空山。中間有路，來往非難。道無生死，佛亦衣食。孰知衣珠，不求而得。〔二六〕

第十四幅：二尊者各執書一卷，坐水亭中觀之。一尊者倚欄外望，中流有漁翁坐舟而來。遠望山間，有二居士行語路側。頌曰：手執何物，非文非經。都無一字，妙道炳熒。有義無義，無極太極。居士漁翁，之乎者也。

第十五幅：有白象一，數象奴環遶洗刷之。一尊者與一國王旁立而觀，若有指點然者。頌曰：悟時卽佛，迷時卽汝。汝是象王，癡重而贅。披毛戴角〔二七〕，原本來同。爲汝說法，如太虛空〔二八〕。

第十六幅：一尊者扶笻〔二九〕，引一童子負蒲團而行。前面有橋，將渡焉。頌曰：迷途覺路，今是昨非。扶笻而往，撒手而歸。一徑直前，橋梁面聳。無行無止，波停水湧。

第十七幅：二尊者引一行者負行李叉立候渡，一稍子〔三〇〕急移舟接之。頌曰：西方東土，孰非我緣。蒲團一具，行李蕭然。自渡渡人，當面不識。人立橋邊，舟來岸側。

第十八幅：一尊者伏虎坐巖石上，三侍者立於其側。山下有居士，從二僕，仰而望之。頌曰：空洞無物，驀然而親。此子猛烈，順之則馴。佛亦無善，虎亦無惡。如是我聞，同歸正覺〔三一〕。

【注釋】

〔一〕羅漢：佛教語。梵語『阿羅漢』的省稱。小乘的最高果位。謂已斷煩惱，超出三界輪回，應受人天供養的尊者。我國寺廟中供奉者，有十六尊、十八尊、五百尊、八百尊之分。唐玄奘《大唐西域記·縛喝國》：『故諸羅漢，將入涅槃，示現神通。』頌：梵語『伽陀』的意譯。音譯又作伽他、偈佗、偈。指佛經中韻文形式的經文。多置於段落或全經之末。這裏作者是模仿佛經中頌的形式而作。

〔二〕尊者：佛教語。梵語『阿梨耶』的意譯，指智德皆勝，可爲人師表者。是對佛弟子、阿羅漢等的敬稱。宋元照《四分律行事鈔·資持記》：『尊者，謂臘高德重，爲人所尊。』北宋釋道誠集《釋氏要覽》卷上：『尊者，梵云阿梨夷，華言尊者，謂德、行、智具，可尊之者。』

〔三〕勘破：猶看破。宋文天祥《七月二日大雨歌》：「死生已勘破，身世如遺忘。」

〔四〕跣足：赤腳，光著腳。唐谷神子《博異志・陰隱客》：「首冠金冠而跣足。」

〔五〕彌勒尊者：梵語音譯，意譯「慈氏」。著名的未來佛。我國的彌勒塑像胸腹坦露，面帶笑容。傳說五代時布袋和尚是其化身。《彌勒下生經》：「將來久遠，彌勒出現，至真等正覺。」

〔六〕昧昧：糊塗無知。《孔叢子・答問》：「寡人昧昧焉，願以人間近事喻之。」

〔七〕駝：通「馱」。背負。清陳元龍《格致鏡原・獸類二・駝》：「《山堂肆考》：「橐駝一名駱駝。」《子虛賦》：「騊駼橐駝。」師古注：橐駝者，言其可負橐囊而駝物，故以名云。」

〔八〕達摩：亦作「達麼」、「達磨」。菩提達摩的省稱，天竺高僧。於南朝梁普通元年入中國，梁武帝迎至建康。後渡江往北魏，止嵩山少林寺，面壁九年而化。傳法於慧可。達摩爲中國禪宗初祖。宋沈遼《贈長蘆福長老》詩：「達麼西歸不記年，雪山消息更蕪然。」一蘆渡江：清褚人穫撰《堅瓠廣集・離地草》引唐馮贄《記事珠》：「兔牀國有離地草，人以藉足，不步而行。達磨見梁武，去來自由，以有此草也。其葉如蘆，故傳踏蘆渡江。」

〔九〕祖意：祖師的心意。唐李山甫《賦得寒月寄齊己》：「高謝萬緣消祖意，朗吟千首亦師心。」

〔一〇〕睨：斜視。《左傳・哀公十三年》：「余與褐之父睨之。」

〔一一〕長老：對僧人的尊稱。唐白居易《閑意》詩：「北省朋僚音信斷，東林長老往還頻。」

〔一二〕行者：佛教語。即頭陀，行腳乞食的苦行僧人。《三國演義》第七十七回：「身邊只有一小行者，化飯度日。」

〔一三〕鐘磬：鐘和僧磬。佛教法器。僧磬，佛寺中使用的一種缽狀物，用銅鐵鑄成，既可作念經時的打擊樂器，亦可敲響集合寺眾。唐岑參《上嘉州青衣山中峯題惠淨上人幽居寄兵部楊郎中》詩：「猿鳥樂鐘磬，松蘿泛天香。』金王庭筠《超化寺》詩：『隔竹微聞鐘磬音，墻頭脩綠泠陰陰。』泠泠：形容聲音清越、悠揚。晉陸機《招隱詩》之二：『山溜何泠泠，飛泉漱鳴玉。』

〔一四〕團欒：團聚。唐孟郊《惜苦》詩：『可惜大雅旨，意此小團欒。』

〔一五〕拉雜：雜亂。《樂府詩集·鼓吹曲辭一·有所思》：『何用問遺君？雙珠瑇瑁簪，用玉紹繚之。聞君有他心，拉雜摧燒之。』

〔一六〕簷牙：簷際翹出如牙的部分。唐杜牧《阿房宮賦》：『五步一樓，十步一閣；廊腰縵回，簷牙高啄；各抱地勢，鉤心鬥角。』鈴鐸：掛於殿、閣、塔、觀簷角的風鈴。唐玄奘《大唐西域記·摩揭陀國上》：『中門當塗，有三精舍，上置輪相，鈴鐸虚懸。』

〔一七〕林杪：樹梢。晉陸機《感時賦》：『猿長嘯于林杪，鳥高鳴於雲端。』

〔一八〕『雞聲』二句：唐溫庭筠《商山早行》詩有『雞聲茅店月，人跡板橋霜』句。

〔一九〕梵刹：梵語，意爲清淨的地方，泛指佛寺。唐唐彥謙《遊南明山》詩：『金銀拱梵刹，丹青照廊宇。』

〔二〇〕居士：梵語意譯。原指古印度吠舍種姓工商業中的富人，因信佛教者頗多，故佛教用以稱呼在家佛教徒之受過『三歸』、『五戒』者。《維摩詰經》稱，維摩詰居家學道，號稱維摩居士。

〔二一〕蘢蓯：青翠蔥綠。北魏楊衒之《洛陽伽藍記·洛陽城北伽藍記》：『高山蘢蓯，危岫入雲，嘉木靈芝叢生其上。』

〔二二〕磬：僧磬，佛寺中使用的一種鉢狀物，用銅鐵鑄成，既可作念經時的打擊樂器，亦可敲響集合寺衆。唐李頎《題僧房雙桐》詩：『綠葉傳僧磬，清陰潤井華。』

〔二三〕大正覺：無上正等正覺的略稱。無上正等正覺爲梵語三藐三菩提的意譯。意爲真正之覺悟。唐天竺三藏菩提流志譯《廣大寶樓閣善住祕密陀羅尼經·序品》：『復於空中有聲言曰：「善哉正士，善哉正士。能發上願求大正覺。」』

〔二四〕『我欲問道』四句：唐李翱《贈藥山高僧惟儼（其一）》詩有『我來問道無餘説，雲在青天水在瓶』句。宋贊寧撰《宋高僧傳·唐朗州藥山唯儼傳》：『（翱）初見儼，執經卷不顧，侍者白曰：「太守在此。」翱性褊急，乃倡言曰：「見面不似聞名。」儼乃呼，翱應唯。曰：「太守何貴耳賤目？」翱拱手謝之，問曰：「何謂道邪？」儼指天、指淨瓶曰：「雲在青天水在瓶。」翱于時暗室已明，疑冰頓泮。』

〔二五〕托鉢：手托鉢盂，指僧人赴齋堂吃飯或向施主乞食。鉢，梵語鉢多羅的省音譯，意爲應器，即應腹分量而食之食器。宋悟明集《聯燈會要·雪峯義存禪師》：『鐘未鳴，鼓未響，托鉢向甚麼處去？』明居頂撰《續傳燈錄·惟正禪師》：『聞托鉢乞食，未聞安坐以享。』

〔二六〕『孰知』二句：佛性譬如人衣中之寶珠，衆生雖有寶珠卻不自知，於是窮走他方，四處乞食，一旦知道自己本來就有無價之寶，就會永遠受用無窮了。見後秦鳩摩羅什譯《妙法蓮華經·五百弟子受記品》：『譬如有人至親友家醉酒而臥。是時親友官事當行，以無價寶珠繫其衣裏與之而去，其人醉臥都不覺知，起已遊行到於他國，爲衣食故，勤力求索甚大艱難，若少有所得便以爲足。於後親友會遇見之，而作是言：「咄哉丈夫，何爲衣食乃至如是？我昔欲令汝得安樂五欲自恣，於某年日月，以無價寶珠繫汝衣裏。今故現在，而汝不知，勤苦憂惱以求自活，甚爲癡也。汝今可以此寶貿易所須，常可如意無所乏短。」』

〔二七〕披毛戴角：指牲畜。語出宋釋道原撰《景德傳燈錄·昤玶和尚》：『學人不負師機，還免披毛戴角也無？』

〔二八〕太虛空：謂浩浩宇宙之虛空。又稱頑空、偏空。清明圓編《古宿尊禪師語錄·住太原紅溝白雲禪院·機緣》：『僧問：「和尚尊庚多少？」師云：「與太虛空一樣。」僧云：「不審太虛空壽多少。」師云：「與山僧一般。」僧云：「恁麼則不增不減去也。」師云：「那裏是他無增減處？」僧便喝，師便打。』

〔二九〕扶筇：扶杖。宋朱熹《又和秀野》之一：『覓句休教長閉戶，出門聊得試扶筇。』

〔三〇〕稍子：梢公，艄公，船家。《西遊記》第九回：『（光蕊）途路艱苦，曉行夜宿，不覺已到洪江渡口，只見稍子劉洪、李彪二人，撐船到岸迎接。』

〔三一〕正覺：佛教名詞。梵文菩提的意譯。指豁然徹悟的境界。明釋正勉等輯《古今禪藻集》卷二十二《明文石〈禪僧〉》：『糟粕看三藏，糠粃目四乘。誰知成正覺，魚鳥用繁興。』

西來信具〔一〕頌

天衣無縫〔二〕，珠光閃爍。世界大千，一齊罩却。袈裟。

中何所藏，須彌〔三〕一粒。飲斯食斯，道在這裏。鉢盂。

不重不輕，非石非玉。何用再舂，米又久熟。〔四〕腰石〔五〕。

聽之無聲，覓之有處。踏破虛空，好從此去。響鞋。

【注釋】

〔一〕信具：早期佛教禪宗傳法，授衣鉢以爲憑信，因稱衣鉢爲信具。唐柳宗元《曹溪第六祖賜謚大鑒禪師碑》：『大鑒始以能勞苦服役，一聽其言，言希以究，師用感動，遂受信具。遁隱南海上，人無聞知。』

〔二〕天衣無縫：宋李昉等編《太平廣記》卷六八引前蜀牛嶠《靈怪錄·郭翰》：『稍聞香氣漸濃，翰甚怪之，仰視空中，見有人冉冉而下，直至翰前，乃一少女……徐視其衣並無縫。翰問之，謂翰曰：「天衣本非鍼線爲也。」』

〔三〕須彌：須彌山，梵語的音譯。或譯爲須彌樓、修迷盧、蘇迷盧等。有『妙高』、『妙光』、『安明』、『善積』諸義。原爲古印度神話中的山名，後爲佛教所採用，指一個小世界的中心。山頂爲帝釋天所居，山腰爲四天王所居。四周有七山八海、四大部洲。北宋釋道誠集《釋氏要覽·界趣》：『《長阿含》並《起世因本經》等云：四洲地心，卽須彌山。此山有八山遶外，有大鐵圍山周迴圍繞，並一日月晝夜回轉照四天下。』

〔四〕『何用』二句：語出唐法海編《六祖壇經·行由品》：『次日，祖（指五祖）潛至碓坊，見能（指惠能）腰石舂米……乃問曰：「米熟也未？」惠能曰：「米熟久矣，猶欠篩在。」』五祖與惠能的對話語含機鋒，表面上五祖問的是米舂好沒有？另一涵意卻是你的功夫有沒有成就？惠能的回答是我的功夫已成就，但尚須認可。

〔五〕腰石：惠能舂米時墜在腰間的石頭。惠能出家前，往黃梅禮五祖，先在槽廠供役，腰間墜石以舂米。此石後存於南華寺。清馬元、釋真樸修《重修曹溪通志》卷一：『腰石，經云師往黃梅禮五祖，應對契旨，恐人害之，著槽廠去。後五祖至碓房，見師腰石舂米，語曰：「求道之人當如是乎？」龍朔元年，師受衣缽南歸，石留黃梅。上刻「龍朔元年盧居士志」八字。至明嘉靖年間，韶州有仕於黃梅者，遂持歸曹溪。今存焉。』

評文頌三首

予作《評文說》〔一〕，已略言其概矣。茲復作頌，以實其義。頌曰：妙亦能傳，巧亦能與。

畫龍點睛，破壁飛去。

【注釋】

〔一〕《評文説》：見卷十一。

又

句批字釋，鉤隱索玄。與君一夕，勝讀十年。

又

尋章摘句，探流溯源。金針盡度〔一〕，鴛鴦能言。

【注釋】

〔一〕金針盡度：金元好問《論詩》詩之三：『鴛鴦繡了從教看，莫把金針度與人。』金針，比喻秘法，訣竅。度，通『渡』，越過，引申爲傳授。因謂把某種技藝的秘法、訣竅傳授給別人。

衲堂銘並序

丁巳〔一〕冬十月，予避亂歸來，茅屋數椽，悉爲兵燹〔二〕所壞。不得已，牽蘿作瓦〔三〕，疊甕〔四〕爲垣，期蔽風雨而已。醉後無聊，環視四壁，補葺碎裂，斑駁成痕，與僧衲衣〔五〕無異，因笑顔〔六〕曰衲堂，狀其形也。並爲作銘，銘曰：缺陷世界，堂贅其中。傾頽斯葺，如衲斯縫。雖小莫測，大更能容。柴舟居士，一個樵翁。八荒六合〔七〕，藉此帡幪〔八〕。左圖右史〔九〕，花竹蒙茸〔一〇〕。朝夕出入，不隔西東。無人無我，或塞或通。聊蔽風雨，寧羡雕龍〔一一〕。乾坤何始，四大〔一二〕何終？同爲逆旅〔一三〕，孰非房宮。寄形宇宙，遊神鴻濛〔一四〕。蘧然〔一五〕夢覺，海闊天空。

【注釋】

〔一〕丁巳：康熙十六年（一六七七）。

〔二〕兵燹：因戰亂而造成的焚燒破壞等災害。《宋史·神宗紀二》：『丁酉，詔：岷州界經鬼章兵燹者賜錢。』

〔三〕牽蘿作瓦：謂牽拉蘿藤遮蔽風雨。唐杜甫《佳人》詩：『侍婢賣珠迴，牽蘿補茅屋。』蘿，女蘿，植物名。

〔四〕甕：陶制盛器，小口大腹。

〔五〕衲衣：又稱五衲衣、百衲衣、弊衲衣、糞掃衣。早期僧人之衣常以世人所棄之朽壞破碎布片修補縫綴製成。僧人少欲知足，遠離世間之榮顯，故著此衣。衲，縫補，補綴。

〔六〕顔：題字於匾額等。明郎瑛《七修類稿》卷三十二：『家嘗有竹數竿，作亭其間，名曰「醫俗」，因記之以顔於亭。』

〔七〕八荒六合：天地上下四面八方極邊遠處。明鄭紀《進聖功圖箋》：『沛仁恩於四海九州，訖聲教於八荒六合。』

〔八〕帡幪：蔭庇，庇護。宋呂頤浩《河間帥吳述古遷職再任啟》：『某猥慚疲鈍，獲托帡幪。』

〔九〕左圖右史：周圍都是圖書，指嗜書好學。《新唐書·楊綰傳》：『（綰）性沈靖，獨處一室，左右圖史，凝塵滿席，澹如也。』

〔一〇〕蒙茸：蔥蘢。唐羅鄴《芳草》詩：『廢苑牆南殘雨中，似袍顔色正蒙茸。』

〔一一〕雕龍：刻繪龍形，形容裝飾豪華。宋劉克莊《後村詩話》卷六：『李員外之文則如金暈玉輦，雕龍綵鳳，外雖丹青可掬，內亦體骨不饑。』

〔一二〕四大：佛教以地、水、火、風爲四大，認爲四者分別包含堅、濕、暖、動四種性能，人的身體即由此構成。因用作人身的代稱。晉慧遠《明報應論》：『夫四大之體，即地、水、火、風耳，結而成身，以爲神宅。』《圓覺經》：『我今此身，四大和合。所謂髮毛爪齒、皮肉筋骨、髓腦垢色，皆歸於地；唾涕膿血、津液涎沫、痰淚精氣、大小便利，皆歸於水；暖氣歸火；動轉歸風。四大各離，今者妄身，當在何處？』

〔一三〕逆旅：客舍，旅館。晉陶潛《自祭文》：『陶子將辭逆旅之館，永歸於本宅。』

〔一四〕鴻蒙：宇宙形成前的混沌狀態。《莊子·在宥》：『雲將東遊，過扶搖之枝，而適遭鴻蒙。』成玄英疏：『鴻蒙，元氣也。』

〔一五〕蘧然：驚喜、驚覺貌。《莊子·大宗師》：『成然寐，蘧然覺。』成玄英疏：『蘧然是驚喜之貌。』

靈瀧寺石樞銘

辛酉〔一〕二月二十六夜，予夢至一處，見一碑甚巨，題曰：『靈瀧寺石樞。』私念題名奇甚，『石樞』二字，不知何解？忽一老僧扶杖從後拍予肩笑問：『記此石否？可爲銘。』且稱予爲道友，復有後語。予愕然，爲銘曰：天地缺陷，水嚙寺隅。取彼媧石〔二〕，以補地樞。

予生平不言夢，以此爲荒唐恍惚之事。獨此夢異甚，且能記憶。其稱道友云者，豈予前身爲靈瀧寺僧耶？蓋不可知也。

【注釋】

〔一〕辛酉：康熙二十年（一六八一）。

〔二〕媧石：神話故事中女媧補天之石。《淮南子·覽冥訓》：『往古之時，四極廢，九州裂，天不兼覆，地不周載。火爁焱而不滅，水浩洋而不息。猛獸食顓民，鷙鳥攫老弱。於是女媧煉五色石，以補蒼天。』明陳子龍《上石齋師》：『方將乞媧石而補蒼昊，求扁鍼以返營魂。』

三曲簫銘

予族某居東坑〔一〕，善製簫。適予讀書龍塘〔二〕山中，未暇試也。癸卯上巳〔三〕，與僧慈雨〔四〕入山採筍，見一竹如管大小，屈曲而長，異之。令童子折歸，戲以書遺某曰：『可爲我作簫。』簫成，音絕佳，雖不善簫人吹之，猶淒淒可聽也。予嘗思其故，語慈雨曰：『音徑往則散而多呟〔五〕，曲則反是。』笑曰：『得之矣。』銘曰：竹曲而奇，戲以爲簫，而韻則孤兮，世無知音。反因其奇而迂之，是被造化所愚而見嬻〔六〕於斯竹也。嗚呼！世蓋如此，予所吁兮。

【注釋】

〔一〕東坑：未詳。

〔二〕龍塘：地名，今廣東省韶關市曲江區白土鎮烏石洞村、界塘村一帶。《曲江縣志》卷七：『龍塘都在城南六十里……屬村：龍隍崗，厚民村，東安寨。俱隸白沙墟。』

〔三〕癸卯：康熙二年（一六六三）。上巳：舊時節日名。漢以前以農曆三月上旬巳日爲『上巳』。魏晉以後，定爲三月三日，不必取巳日。但也有仍取巳日者。《後漢書·禮儀志上》：『是月上巳，官民皆絜於東流水上，曰洗濯祓除去宿垢疢爲大絜。』《宋書·禮志二》引《韓詩》：『鄭國之俗，三月上巳，之溱洧兩水之上，招魂續魄。秉蘭草，拂不祥。』宋吳自牧《夢粱錄·三月》：『三月三日上巳之辰，曲水流觴故事，起於晉時。唐朝賜宴曲江，傾都禊飲踏青，亦是此意。』

〔四〕慈雨：清初僧人。

〔五〕吰：同『宏』。宏大。《文選·司馬相如〈難蜀父老〉》：『必將崇論吰議，創業垂統，爲萬世規。』李善注引鄧展子曰：『《字詁》云：吰，今宏字。』

〔六〕媸：醜。宋黄庭堅《周元功硯蓋銘》：『以金爲鑑自見媸媚，以古爲鑑在夏后之世，以人爲鑑常不病義。』

退筆藏銘

庚申〔一〕秋七月，退筆藏成。注云：書年月者何？以時驗也。書成者何？成者，誠也。不誠，無物，況書乎？以竹爲之，方體，如斗大小。筆一敗，則投其中，滿則易之。凡得若干斗，將擇地葬焉。銘曰：不幸與予爲緣兮，遂退藏乎此也。或曰退者進也，又安知不與予書同其聲施於天下後世乎？

【校記】

〔一〕庚申：利民本、寶元本皆作『庚辰』。庚申，康熙十九年（一六八〇）。庚辰，康熙三十九年（一七〇〇）。

掛榜山〔一〕銘

山在仁化江口，形如張榜，故名。丙辰〔二〕七月十三日，舟行過此，題詩一首，醉後復將炭蘸酒爲銘其上。銘曰：爲問此榜有柴舟其人姓名者乎？曰：無有。則信乎此山之窮也。千百年後得柴舟而傳之，則又此山之通也。嗚呼，是可銘以風也。

【注釋】

〔一〕掛榜山：位於今廣東省韶關市仁化縣大橋鎮水西壩村仁化江與湞江匯合處。

〔二〕丙辰：康熙十五年（一六七六）。

政寶堂石刻〔一〕銘東坡遺蹟，題韶州府大堂〔二〕

惟天子命，乃握斯寶。土地人民，政事是考。捨廉而貪，玉石顛倒。捨貪而廉，珪璋〔三〕在抱。坡公來韶，題此並書。鐫成墨寶，光燭天衢〔四〕。我來作銘，握管躊躇。坐斯堂者慎，毋舍所寶而寶玉珠。

【注釋】

〔一〕政寶堂：位于今廣東省韶關市人大附近（風度北路與中山路的交匯處）。《曲江縣志》卷八：『政寶堂在府治西北花園中，有宋蘇軾、黄庭堅石刻。宋末兵毁。宋楊萬里《政寶堂跋》：「蘇東坡過韶嘗書政寶堂三字於府治大堂，萬里跋之云：蘇黄皆落南。而嶺南無二先生書，大似魯人不識麟。惟韶有之，耿光異氣，上燭南斗，下貫碧海矣。」』清李調元《南越筆記·韶州蘇黄墨蹟》：『政寶堂石刻在韶州府治西，蘇軾、黄庭堅墨蹟。楊萬里跋云：「嶺南無二先生帖，大似魯人不識麟。惟韶有之。精光異氣，上燭南斗。」』

〔二〕韶州府大堂：位于今廣東省韶關市政府附近（風度北路與中山路的交匯處）。

〔三〕珪璋：玉制的禮器，古代用於朝聘、祭祀。《南齊書·禮志上》：『用珪璋等六玉，禮天地四方之神。』

〔四〕天衢：天空。天空廣闊，任意通行，如世之廣衢，故稱天衢。南朝梁劉勰《文心雕龍·時序》：『馭飛龍於天衢，駕騏驥於萬里。』

古梅銘

韻軒〔一〕前古梅，背有痕如爛梧葉，大倍之，蓋蟲所蠹者。戲銘其上，銘曰：鐵骨霜姿，似傲而媚。大醇小疵，學之則癡。

【注釋】

〔一〕韻軒：廖燕書齋名，即二十七松堂。詳見卷六《募建芙蓉下院疏》注〔一〕。

天然端硯〔一〕銘

故吏部鄧某家所藏端硯，形如爛荷。是硯先成，而人從之者。後爲邑侯淩公〔二〕所得，因以遺燕，曰：『惟子堪用此硯。』銘曰：全其德而摛〔三〕其形，以斯見疵於世也。畸於人而侔於天，以斯有合於己也。嗚呼！是可與燕相終始也。

【注釋】

〔一〕端硯：以廣東省肇慶市東南郊羚羊峽端溪所産石製成的硯臺，爲硯中上品。五代齊己《謝人墨》詩：『正色浮端硯，精光動蜀牋。』明文震亨《長物志》卷七：『研以端溪爲上，出廣東肇慶府，有新舊坑，上下巖之辨。石色深紫，襯手而潤，扣之清遠，有重暈、青綠、小鴝鵒眼爲貴。其次色赤，呵之乃潤。更有紋慢而大者，乃「西坑石」，不甚貴也。』

〔二〕邑侯淩公：指淩作聖，江南五河（今安徽省蚌埠市五河縣）人。拔貢。順治十五年任曲江知縣。見《曲江縣志》卷一。邑侯，縣令。宋王玄《弔耒陽杜墓》詩：『邑侯新布政，一爲剪紫荊。』

〔三〕摛：舒展。唐許敬宗《尉遲恭碑》：『鳳羽摛姿，龍媒騁逸。』

荔根盂銘

予友嚴某有盂[一]，款製奇古，蓋荔根生成者，以爲飲觥，頗韻。丁巳之變[二]，既失而復得，某喜甚，因滿酌飲予，以乞銘。銘曰：怪盂天留，以飲柴舟。

【注釋】

〔一〕盂：盛飲食或其他液體的圓口器皿。《史記·滑稽列傳》：『操一豚蹄，酒一盂。』

〔二〕丁巳之變：指康熙十六年（一六七七）三藩之亂波及韶關，清軍與叛軍在韶關激戰，生靈塗炭。

茶樹杖銘

扶我爾扶，爾怪我迂，棄我爾辜。

海月大士〔一〕讚

是海皆深，是月皆潔。大士於中，是同是别。手執淨瓶〔二〕，踏海覷月。明明在前，有口難説。盡大地物，皆大士身。對面不識，驀然而親。非真非假，無我無人。

【注釋】

〔一〕大士：佛教對菩薩的通稱。南朝齊周顒《重答張長史》：『夫大士應世，其體無方，或爲儒林之宗，或爲國師道士，斯經教之成説也。』

〔二〕淨瓶：梵語『軍遲』的意譯。指以陶或金屬等製造，用以盛水以供飲用或洗濯，又稱水瓶或澡瓶。北宋釋道誠集《釋氏要覽》卷中《道具》：『淨瓶，梵語軍遲，此云瓶。常貯水，隨身用以淨手。寄歸傳云：軍持有二，若甆瓦者是淨用，若銅鐵是觸用。』宋睦庵《祖庭事苑》卷八《雜志》：『淨瓶，《四分律》云：「有比丘遇無水處，水或有蟲，渴殺。佛知制戒，令持觸淨二瓶，以護命故。」』

萬年松供佛讚并序

己酉〔一〕三月日，丹霞山僧遺予萬年松〔二〕，大小共一十有七株，顔色淨緑，蒼然可愛。予以英石〔三〕蓄之以供佛。讚〔四〕曰：金像非佛，佛或松石。以佛供佛，誰是受者？八萬四千〔五〕，一齊合十〔六〕。

【注釋】

〔一〕己酉：康熙八年（一六六九）。

〔二〕丹霞山：在廣東省韶關市仁化縣城南九公里，錦江東岸。萬年松：卷柏科多年生常緑草本。莖直立粗短，高五至二十公分，莖端叢出分支，密生鱗片狀小葉，似扁柏，先端有刺毛，葉長卵形，邊緣有鋸齒，小枝端四稜，孢子球形，孢子葉三角形。生於林下陰濕的巖石或泥土上。

〔三〕英石：廣東省英德市山溪中所産的一種石頭。詳見卷七《朱氏二石記》注〔一〕。

〔四〕讚：佛經中佛教徒歌頌教主釋迦牟尼等的文辭。

〔五〕八萬四千：形容數量極多。又作八萬。如煩惱種類極多，喻稱八萬四千煩惱、八萬四千塵勞。佛教之教法及其意義至爲繁複，故亦總稱八萬四千法門（八萬法門）、八萬四千法藏（八萬法藏）、八萬四千法藴（八萬法藴）等。這裏指人類。

〔六〕合十：原爲印度的一般敬禮方式，佛教徒亦沿用。兩手當胸，十指相合。

觀音大士像讚

如何是佛，大士卽是。大士是佛，誰爲大士。兩樣看成，一般俶詭〔一〕。花之在鏡，月之在水。不見不聞，無此無彼。踏破鐵鞋，却在這裏。作麽生〔二〕會，不可思議。

【注釋】

〔一〕俶詭：奇異。《呂氏春秋·侈樂》：『大鼓鐘磬管簫之音，以鉅爲美，以衆爲觀，俶詭殊瑰，耳所未嘗聞，目所未嘗見。』畢沅注引李瀚曰：『俶詭亦作諔詭，奇異也。』

〔二〕作麽生：怎麽，怎麽樣。唐裴休《傳心法要》卷下：『分明向你道爾𧨏識，你作麽生擬斷他？』

呂祖〔一〕像讚像右手持一文錢

是凡是仙，非無非有。萬象羅胸，造化在手。天籟〔二〕爲詩，江湖作酒。有時岳陽樓〔三〕上，獨飲千鍾；有時閬苑峯〔四〕頭，閒吟數首。一任南北東西，不爭子午卯酉。試問掌擎何物，名爲孔方〔五〕是否。將來勘破世人，好從這裏翻個筋斗。

【注釋】

〔一〕呂祖：卽呂洞賓，八仙之一。名巖（一作嵒），號純陽子。相傳爲唐京兆人，一說關西人。咸通中及第，兩調縣令。後移家終南山修道，不知所終。一說，屢舉進士不第，遊江湖間，遇鍾離權授以丹訣而成仙。宋以來關於他的神奇事蹟，記載很多。元明小說、戲曲中，亦常以他的故事爲題材。元代封爲純陽演政警化尊佑帝君，通稱呂祖。

〔二〕天籟：自然界的聲響，如風聲、鳥聲、流水聲等。《莊子·齊物論》：『女聞人籟而未聞地籟，女聞地籟而未聞天籟夫！』

〔三〕岳陽樓：湖南省岳陽市西門古城樓。位於今岳陽市洞庭北路，西臨洞庭湖。相傳三國吳魯肅在此建閱兵臺。唐開元四年（七一六）中書令張説謫守巴陵（即今岳陽市）時，在舊閱兵臺基礎上興建此樓。主樓三層，巍峨雄壯。登樓遠眺，八百里洞庭盡收眼底。唐代著名詩人李白、杜甫、白居易、李商隱等都有詠岳陽樓詩。宋慶曆五年（一〇四五）滕子京守巴陵時重修，范仲淹爲撰《岳陽樓記》。其後迭有興廢。明鍾崇文修《岳州府志》卷七：『岳陽樓，郡西南城上，枕巴山瞰洞庭。』

〔四〕閬苑峯：即閬風巔。傳説中神仙居住的地方，在昆侖之巔。《海內十洲記·昆侖》：『山三角：其一角正北，干辰之輝，名曰閬風巔；其一角正西，名曰玄圃堂；其一角正東，名曰崑崙宮。』《楚辭·離騷》：『朝吾將濟於白水兮，登閬風而緤馬。』王逸注：『閬風，山名，在崑崙之上。』唐王勃《梓州郪縣靈瑞寺浮圖碑》：『玉樓星峙，稽閬苑之全模；金闕霞飛，得瀛洲之故事。』

〔五〕孔方：錢的諱稱。舊時銅錢外圓，中有方孔，故名。《漢書·食貨志下》『錢圜函方』顏師古注引孟康曰：『外圓而內孔方也。』晉魯褒《錢神論》：『錢之爲體，有乾坤之象，內則其方，外則其圓……親之如兄，字曰「孔方」，失之則貧弱，得之則富昌。』

丹殼讚

漢康容煉丹芙蓉山頂〔一〕。丹成蹟隱，遺有丹殼，非有道者不易遇也。予季叔旂觀公偶得其一，喜甚，屬燕爲讚。燕視之，非石非鐵，其内猶隱隱作硃砂斑駁痕，大如鵝卵而不甚圓整。自非仙物，不能有此。讚曰：天地爲爐，丹成箇裏〔二〕。餌〔三〕之成仙，仙不在此。形跡亦幻，石鐵俱非。卽而問之，千峯翠微〔四〕。

【注釋】

〔一〕康容：漢時道士，隱居於芙蓉山煉丹，傳説後來羽化昇仙。芙蓉山山半有庵，康容煉丹的丹竈遺址尚存。見《曲江縣志》卷十六。芙蓉山：位於今廣東省韶關市武江區西河鎮與西聯鎮之間。

〔二〕箇裏：此中，其中。唐王維《同比部楊員外十五夜遊有懷靜者季》詩：『香車寶馬共喧闐，箇裏多情俠少年。』

〔三〕餌：服食，吃。北齊顔之推《顔氏家訓·養生》：『凡欲餌藥，陶隱居《太清方》中總錄甚備，但須精審，不可輕脱。』

〔四〕翠微：泛指青山。唐高適《赴彭州山行之作》詩：『峭壁連崆峒，攢峯疊翠微。』

隻履西歸〔一〕圖讚

面壁〔二〕何人，是我非你。不見九年，却在這裏。非佛非心，半明半昧。四七之終，三三之始〔三〕。達摩在西竺爲二十八代祖〔四〕，來東土爲六代第一祖〔五〕。往袛一身，還惟隻履。葉落歸根，水窮雲起〔六〕。

【注釋】

〔一〕隻履西歸：　指達磨手攜只履回歸西天。　宋釋道原《景德傳燈録》等所載，達摩坐化後，葬於熊耳山。後三年，魏使宋雲奉使西域，回程在葱嶺遇見達摩，見他手裏挽著一隻鞋子。　宋雲問達摩何往？　達摩答：　西天去。宋雲回朝將此事稟告魏帝，魏帝即命人將達摩墓穴打開，見棺内空空如也，只餘下一隻鞋子。

〔二〕面壁：　佛教語，面向牆壁，端坐靜修。　晉法顯《神僧傳·達磨》：　『（達磨）二十三日北趨魏境，尋至雒邑，初止嵩山少林寺。　終日面壁而坐九年。　遂逝焉，葬熊耳山。』

〔三〕『四七』二句：　四七，即二十八；　三三，即六。　指達摩爲天竺第二十八祖，同時又是東土六代第一祖。

〔四〕二十八代祖：　宋契嵩《傳法正宗記》載禪宗在印度所傳共有二十八位祖師，稱西天二十八祖。　摩訶迦葉爲天竺第一祖，到菩提達摩爲二十八代，稱天竺第二十八祖。　菩提達摩來到中國，弘揚禪宗，故又成爲東土初祖。　西竺，指天竺，印度的古稱。

〔五〕六代第一祖：　佛教禪宗在中國衣鉢相傳共六位祖師。　達摩爲一祖，其他依次是：　慧可、僧璨、道信、弘忍、慧能。　慧能之後，衣鉢止而不傳。　見明寂照《大藏法數》卷三十八。

〔六〕水窮雲起：　由唐王維《終南別業》詩：　『行到水窮處，坐看雲起時』化出。

杜默哭廟〔一〕圖讚並傳

宋杜默落第歸，路經項王〔二〕廟，憤甚，入廟登神座，大言曰：　『以項王之英雄，不得爲天子；以杜默之才學，不得舉進士。天下不平事，孰過如此者？』因撫泥像，欷歔〔三〕大哭，像亦爲之出淚。讚曰：兩眶熱淚，無地可揮。試入廟告神，神亦歎息痛恨而欷歔。嗟！神猶可感，獨不能感世之衣鮮而食肥者乎？

【注釋】

〔一〕杜默：字師雄，宋和州歷陽人，一作濮州人。宋神宗末特奏名，爲新淦縣尉。師事石介，石介謂其詩歌甚豪，可與石延年之詩、歐陽脩之文並稱。所作詩多不合律。見清厲鶚撰《宋詩紀事》卷二十七。明沈自徵有《霸亭秋》雜劇，內容就是杜默屢試不第，酒後拜謁項羽祠，抱項羽神像嚎啕大哭的事情。

〔二〕項王：指項羽（前二三二—前二〇二），名籍，字羽，下相（今江蘇宿遷西南）人。秦漢之際反秦起義軍首領，軍事統帥。秦二世元年（前二〇九）隨叔父項梁在吳中（今江蘇蘇州）起兵反秦。次年九月在巨鹿之戰中大破秦軍。繼又迫使秦將章邯全軍投降。秦亡後，實行分封制，造成分裂局面。在此後長達三年的楚漢戰爭中，被劉邦擊敗，自刎於烏江（今安徽和縣東北，一說自刎於東城）。見《史記·項羽本紀》。

〔三〕欷歔：歎息聲，抽咽聲。三國魏曹植《卞太后誄》：『百姓欷歔，嬰兒號慕。』

馬周濯足〔一〕圖讚並傳

唐馬周負才落魄，走長安逆旅，連貫〔二〕數斗，痛飲至醉，其餘盡傾以濯足，訖投中郎常何家，代條上便宜數事。太宗奇其才，卽加擢用。讚曰：嗚呼酒乎！不惟可以告心，而其餘猶可以濯足。而入告我后，則信乎爲公之功臣，而予之好友也。

【注釋】

〔一〕馬周（六〇一—六四八）：字賓王，博州茌平（今山東省聊城市茌平縣）人。唐初大臣。少孤貧，勤讀博學，精《詩》、《書》，善《春秋》。後累官至中書令。曾直諫太宗以隋爲鑒，少興徭賦，提倡節儉。見《舊唐書》卷七十八本傳、《新唐書》卷一百一十。明馮夢龍《喻世明言·窮馬周遭際賣䭔媪》有馬周住店時以酒濯足的故事。

〔二〕貰：賒欠。《史記·汲鄭列傳》：「縣官無錢，從民貰馬。」

陳子昂碎琴〔一〕圖讚並傳

成都陳子昂負奇不遇，一日挾所著文百十軸〔二〕走長安，遇鬻胡琴者，以千緡〔三〕市之，詭言善此技，大集市人。因對衆碎琴，遍贈所著文，聲名遂震。讚曰：爲我問長安市人，誰是知音？真不如碎公之琴，讀公之文，猶巍巍洋洋山高而水深〔四〕乎！

【注釋】

〔一〕陳子昂（約六五九—七〇〇，一作六六一—七〇二）：字伯玉，梓州射洪（今屬四川）人。唐代文學家。

因曾任右拾遺，後世稱爲陳拾遺。子昂青少年時家庭較富裕，輕財好施，慷慨任俠。成年後始發憤攻讀，博覽群書。擅長寫作，同時關心國事。二十四歲時舉進士，官麟台正字，後升右拾遺，直言敢諫。曾兩次從軍，使他對邊塞形勢和當地人民生活有較爲深刻的認識。解官回鄉後，遭人迫害，冤死獄中。見《舊唐書》卷一百九十、《新唐書》卷一百二十本傳。明馮夢龍《智囊・術智部・權奇》載有陳子昂碎琴事：『子昂初入京，不爲人知。有賣胡琴者，價百萬，豪貴傳視，無辨者。子昂突出，顧左右曰：「以千緡市之！」衆驚問，答曰：「余善此樂。」皆曰：「可得聞乎？」曰：「明日可集宣陽里。」如期偕往，則酒肴畢具，置胡琴於前。食畢，捧琴語曰：「蜀人陳子昂，有文百軸，馳走京轂，碌碌塵土，不爲人知。此樂，賤工之役，豈宜留心？」舉而碎之，以文軸遍贈會者，一日之內，聲華溢都下。』

〔二〕軸：量詞，古代指以軸裝成的書卷，現用於指裝裱帶軸子的字畫等。唐韓愈《送諸葛覺往隨州讀書》：『鄴侯家多書，插架三萬軸。』

〔三〕緡：古代穿銅錢的繩子。引申爲量詞，指成串的銅錢，每串一千文。晉王嘉《拾遺記・晉時事》：『因墀國獻五足獸，狀如師子；玉錢千緡，其形如環。』《初刻拍案驚奇》卷二二：『原來唐時使用的是錢，千錢爲「緡」。就是用銀子准時，也是以錢算賬。當時一緡錢，就是今日的一兩銀子，宋時却叫做一貫了。』

〔四〕巍巍洋洋山高而水深：指遇到知音。語出《呂氏春秋・本味》：『伯牙鼓琴，鍾子期聽之。方鼓琴而志在太山，鍾子期曰：「善哉乎鼓琴！巍巍乎若太山。」少選之間，而志在流水，鍾子期又曰：「善哉乎鼓琴！湯湯乎若流水。」鍾子期死，伯牙破琴絕弦，終身不復鼓琴，以爲世無足復爲鼓琴者。』

張某曳碑〔一〕圖讚並傳

宋張某負奇才，欲獻策韓琦、范仲淹〔二〕，耻於自干，題詩碑上，使人曳之市而笑其後。韓、范疑而不用。轉走西夏，詭名張元昊。元昊〔三〕聞之，召語，大悦，用其策，大爲邊患。讚曰：世人皆曳裾〔四〕，而公獨曳碑。世人皆懷刺〔五〕，而公獨賣詩〔六〕。嗚呼！有才如此，而猶不見知，又安得不南走粵而北走彝〔七〕？

予築二十七松堂，紙牕土壁，聊蔽風雨而已。某月日屬友某繪此四圖〔八〕於壁，筆勢生動，鬚眉磊落可喜。予醉後無聊，則對圖呼叫，或大笑痛哭，與之拱揖捉襟，快訴胸臆於一堂也。壁上時聞有歎息聲，因各系以讚，並爲記此云。

蕭絅若曰：事奇，圖之更奇。讚奇，醉後揖之更奇。然柴舟不奇，誰當奇者？想無端大笑或慟哭時，吾嫂若〔九〕姪輩在傍，不知如何絶倒，他日當爲柴兄補圖之。

【注釋】

〔一〕張某曳碑：明賀復徵編《文章辨體彙選·録》引宋俞文豹《清夜録》：『慶曆間，華州士人張元昊累舉不中第，落魄不得志。負氣倜儻，有縱横材。嘗薄遊塞上，觀覽山川，有經畧西鄙意。《雪詩》云：「戰罷玉龍三百萬，敗鱗殘甲滿天飛。」又《鷹詩》：「有心待搦心中兔，更上白雲頭上飛。」欲謁韓、范二帥，耻自屈，乃刻詩石上，使人拽之市而笑其後。二帥召見之，躊躇未用間已走西夏，與曩霄謀抗朝廷，連兵十餘年。」

〔二〕韓琦（一〇〇八—一〇七五）：字稚圭，自號贛叟，相州安陽（今屬河南）人，北宋政治家、名將。范仲淹（九八九—一〇五二）：字希文，吳縣（今屬江蘇）人。北宋名臣，政治家，文學家。宋仁宋時，韓琦、范仲淹二人曾共同經略陝西，抗擊西夏。

〔三〕元昊（一〇〇四—一〇四八）：本姓拓跋，以唐、宋賜姓，亦稱李元昊、趙元昊，後改名曩霄。西夏皇帝（景宗），軍事家。見《宋史》卷四百八十五、卷四百八十六本傳。

〔四〕曳裾：「曳裾王門」之省稱。《漢書·鄒陽傳》：「飾固陋之心，則何王之門不可曳長裾乎？」後以比喻在王侯權貴門下作食客。唐杜甫《又作此奉衛王》詩：「推轂幾年惟鎮靜，曳裾終日盛文儒。」

〔五〕懷刺：懷藏名片，謂準備謁見。語本《後漢書·文苑傳下·禰衡》：「建安初，來游許下。始達潁川，乃陰懷一刺。既而無所之適，至於刺字漫滅。」

〔六〕「而公」句：指張元昊刻詩石上，使人拽之於市以推銷自己。

〔七〕南走粵而北走彝：語見明賀復徵編《文章辨體彙選·錄》引宋俞文豹《清夜錄》：「文豹聞秦檜當國時，有士人假其書謁揚州守。守覺其僞，以白金五百兩徼原書，管押其回。秦接見之，卽補以官資。或問其故，曰：「有膽敢假秦書，若不一以官束縛之，則北奔胡南走越矣。」觀秦此舉加韓、范一等矣。」

〔八〕四圖：指《杜默哭廟圖》、《馬周濯足圖》、《陳子昂碎琴圖》、《張某曳碑圖》。廖燕《醉畫圖》雜劇：「〔生〕哇，你那裏知道，我前日因爲無人講話，請了個會丹青的朋友，與我壁上畫了四個圖。一個叫做《杜默哭廟圖》，一個叫做《馬周濯足圖》，一個叫做《陳子昂碎琴圖》，一個叫做《張元昊曳碑圖》。」

〔九〕若：與，和。《書·召誥》：「旅王若公。」

李公謙庵燕居〔一〕圖讚

方乘五馬於天衢〔二〕，胡爲乎退食而閒居？明牕淨几，花竹扶疏，左右其圖書，此豈蘇子由見翰林歐陽公，驚其狀貌魁梧，而卽信天下文章聚於斯之時者乎〔三〕？則燕亦可添一坐其側而彷彿乎潁水之蘇〔四〕。子由别號潁濱。

【注釋】

〔一〕李公謙庵：李復修，號謙庵，直隸蠡縣（今屬河北）人。貢生。燕居：閒居。《禮記·仲尼燕居》：「仲尼燕居，子張、子貢、言游侍。」鄭玄注：「退朝而處曰燕居。」《史記·萬石張叔列傳》：「子孫勝冠者在側，雖燕居必冠，申申如也。」唐司馬貞索隱：「燕謂閒燕之時。」

〔二〕五馬：《玉臺新詠·日出東南隅行》：「使君從南來，五馬立踟躕。」漢時太守乘坐的車用五匹馬駕轅，因借指太守的車駕。天衢：京都。《文選·張衡〈西京賦〉》：「豈伊不虔思於天衢，豈伊不懷歸於枌榆。」劉良注：「天衢，洛陽也。」

〔三〕「此山已」三句：宋蘇轍《上樞密韓太尉書》：「見翰林歐陽公，聽其議論之宏辯，觀其容貌之秀偉，與其門人賢士大夫游，而後知天下之文章聚乎此也。」蘇子由，卽蘇轍（一〇三九—一一一二），字子由，晚年自號潁濱遺老。歐陽公：卽歐陽脩。

〔四〕潁水之蘇：指蘇轍。崇寧中，蘇轍居許州。致仕後，過著田園隱逸生活。築室于許，號潁濱遺老，直到去世，年七十四。見《宋史》卷三百三十九本傳。

何公梅溪〔一〕行樂圖讚

典型〔二〕在望，山斗〔三〕傳神，忽從畫裏一現前身。世襲簪纓〔四〕，已同鵷鷺〔五〕之侶；躬登仕籍〔六〕，無異葛天之民〔七〕。翩翩野服〔八〕，飄飄幅巾〔九〕，徙倚於桃柳之側，逍遥於山澗之濱，豈欲下訪輿情〔一〇〕？偶步荒郊遠墅，抑欲及時行樂，趁茲美景良辰。噫嘻，襟期〔一一〕磊落，超群軼倫，蕭然自得，滿腹皆春。卽此玉版〔一二〕圖中，望而知爲聖賢英傑；又何俟異日淩煙閣〔一三〕上，方識其爲大老元臣者耶？

【注釋】

〔一〕何公梅溪：生平不詳。

〔二〕典型：典范。宋蘇舜欽《代人上申公祝壽》詩：『天爲移文象，人思奉典型。』

〔三〕山斗：泰山、北斗的合稱。猶言泰斗。比喻爲世人所欽仰的人。語出《新唐書·韓愈傳贊》：『自愈沒，其言不行，學者仰之如泰山、北斗云。』

〔四〕簪纓：簪和纓，古代達官貴人的冠飾，用來把冠固著在頭上。後遂藉以指高官顯宦。南朝梁蕭統《錦帶書十二月啟・姑洗三月》：『龍門退水，望冠冕以何年？鵷路頹風，想簪纓於幾載？』

〔五〕鵷鷺：　鵷和鷺飛行有序，比喻班行有序的朝官。《隋書・音樂志中》：『懷黃綰白，鵷鷺成行。文贊百揆，武鎮四方。』

〔六〕仕籍：　舊指記載官吏名籍的簿冊。宋蘇舜欽《與歐陽公書》：『舜欽年將四十矣，齒搖髮蒼，纔爲大理評事，廩祿所入，不足充衣食。性復不能與凶邪之人相就，近今得脫去仕籍，非不幸也。』

〔七〕葛天之民：　葛天氏，傳説中的遠古帝王。後用『葛天之民』指人性情淳樸。語出晉陶潛《五柳先生傳》：『銜觴賦詩，以樂其志，無懷氏之民歟？葛天氏之民歟？』宋陸游《村舍》：『無懷葛天古遺民，種佘歸來束澗薪。』

〔八〕野服：　村野平民的服裝。《禮記・郊特牲》：『大羅氏，天子之掌鳥獸者也，諸侯貢屬焉。草笠而至，尊野服也。』孔穎達疏：『尊野服也者，草笠是野人之服。今歲終功成，是由野人而得，故重其事而尊其服。』

〔九〕幅巾：　古代男子以全幅細絹裹頭的頭巾，後裁出角卽稱襆頭。《後漢書・逸民傳・韓康》：『及見康柴車幅巾，以爲田叟也，使奪其牛。』

〔一〇〕輿情：　群情，民情。南唐李中《獻喬侍郎》詩：『格論思名士，輿情渴直臣。』

〔一一〕襟期：　襟懷，志趣。北齊高澄《與侯景書》：『繾綣襟期，綢繆素分。』

〔一二〕玉版：　一種光潔色白、質地堅厚的宣紙。宋蘇軾《孫莘老寄墨四首》詩：『谿石琢馬肝，剡藤開玉版。』

〔一三〕淩烟閣：　朝廷爲表彰功臣而建築的繪有功臣圖像的高閣。其中以唐太宗貞觀十七年畫功臣像於淩煙閣之事最著名。北周庾信《周柱國大將軍紇干弘神道碑》：『天子畫淩煙之閣，言念舊臣；出平樂之宮，實思賢傳。』唐劉肅《大唐新語·褒錫》：『貞觀十七年，太宗圖畫太原倡義及秦府功臣趙公長孫無忌、河間王孝恭、蔡公杜如晦、鄭公魏徵、梁公房玄齡、申公高士廉、鄂公尉遲敬德、鄖公張亮、陳公侯君集、盧公程知節、永興公虞世南、渝公劉政會、莒公唐儉、英公李勣、胡公秦叔寶等二十四人於凌煙閣，太宗親爲之贊，褚遂良題閣，閻立本畫。』

孫廉西都尉〔一〕像讚

伊何人斯，瀟洒出塵〔二〕。科頭〔三〕默坐，獨露天真。或疑以爲仙，而英氣猶見眉宇；或疑以爲佛，而姓名又列楓宸〔四〕。不予人以易測，而常與人以可親。豈學羊叔子之輕裘緩帶〔五〕，竟同美髯公之超群絕倫〔六〕。蓋合高流名士聖賢英傑而爲廉西先生之一人，斯堪預爲異日標凌煙而寫照，圖麟閣〔七〕而傳神。

【注釋】

〔一〕孫廉西都尉：即孫清。詳見卷十四《詔協鎮孫公傳》注〔一〕。

〔二〕出塵：超出世俗。南朝齊孔稚珪《北山移文》：『夫以耿介拔俗之標，蕭灑出塵之想，度白雪以方絜，干青雲而直上，吾方知之矣。』

〔三〕科頭：謂不戴冠帽，裸露頭髻。晉葛洪《抱朴子·刺驕》：『或亂項科頭，或裸袒蹲夷……此蓋左衽之所爲，非諸夏之快事也。』

〔四〕楓宸：宸，北辰所居，因以指帝王的殿庭。漢代宮庭多植楓樹，故有此稱。三國魏何晏《景福殿賦》：『芸若充庭，槐楓被宸。』這裏引申指朝廷。明錢仲益《賦得七星巖送曾侍讀使安南》詩：『重譯宣天語，諸蕃感帝仁。龍杓回指日，歸奏覲楓宸。』

〔五〕羊叔子：即羊祜（二二一—二七八），字叔子。晉武帝時，累官尚書右僕射，都督荊州諸軍事。《晉書·羊祜傳》：『（羊祜）在軍常輕裘緩帶，身不被甲，鈴閤之下，侍衛者不過十數人，而頗以畋漁廢政。』輕裘緩帶：輕暖的衣裘，寬緩的腰帶。形容從容閒適。

〔六〕美髯公：三國蜀關羽的美稱。語見《三國志·蜀書》卷六：『亮知羽護前，乃答之曰：「孟起兼資文武，雄烈過人，一世之傑，黥、彭之徒，當與益德並驅爭先，猶未及髯之絶倫逸群也。」』

〔七〕麟閣：『麒麟閣』的省稱，漢代閣名，在未央宮中。漢宣帝時曾圖霍光等十一功臣像於閣上，以表揚其功績。古代多以畫像於『麒麟閣』表示卓越功勳和最高榮譽。

程子牧〔一〕像讚

修髯炯目，芒履〔二〕布襟，傳神正在阿堵〔三〕，把臂還思入林。才不可象而象之面，德不可見而見之琴，胡爲乎獨抱而不鼓，默坐而沉吟？豈黄山歙水〔四〕，既無識者；今來韶石〔五〕，又鮮知音。噫嘻！知希則貴，不測在深。予將聆君之一曲，而悟之於遠水遥岑〔六〕者耶！

【注釋】

〔一〕程子牧：清初徽州人，善琴，餘不詳。

〔二〕芒履：芒鞋，用芒莖外皮編織成的鞋。唐孟浩然《白雲先生王迥見訪》詩：『手持白羽扇，腳步青芒履。』

〔三〕『傳神』句：《晉書·文苑傳·顧愷之》：『愷之每畫人成，或數年不點目精。人問其故，答曰：「四體妍蚩，本無闕少於妙處，傳神寫照，正在阿堵中。」』阿堵，六朝人口語。猶這，這個，這裏。

〔四〕歙水：今安徽省新安江流域一帶。這一帶隋爲歙州，故稱。宋宣和間改徽州。

〔五〕韶石：山巖名。在今廣東省韶關市仁化縣周田鎮（舊屬韶州曲江縣）湞江北岸。詳見卷七《樂韶亭記》注〔一六〕。

〔六〕岑：小而高的山。《說文·山部》：『岑，山小而高也。』

龔毅庵〔一〕遺照讚並跋

未識其面，曾讀其書。覩茲遺照，是歟非歟？稜稜氣骨，落落〔二〕髭鬚。舌銜慧劍，胸蓄智珠。胡爲乎不居廊廟〔三〕，獨坐石而躊躇？豈曲高而和寡，抑位不足而才有餘？嗚呼！亦仕亦隱，或卷或舒。雖夭壽之不貳〔四〕，又何死生之可拘？其殆逍遙於廣莫大之野〔五〕，而遨遊於亡何有之墟〔六〕者乎？

歲庚戌〔七〕，毅庵來客某〔八〕幕。某月課士，所試文高下皆毅庵手定，其首列者則予友陳子崑圃、黄子少涯二人，果先後捷去，時稱具眼〔九〕焉。迨滇逆〔一〇〕變起，毅庵以借箸功授泗城司馬〔一一〕，未幾卒於官，迄今一十餘年。其嗣武曾始克扶櫬還里〔一二〕，道經予韶，出遺照索題。予雖未謀面，亦已心焉識之。然予親見某政聲狼藉，毅庵左右其間，不無白璧微玷之疑，人可不慎擇所主耶？因呼筆題此，爲歎息者久之。

【注釋】

〔一〕龔毅庵：龔鵬，字毅庵。康熙九年（一六七〇），入韶州知府馬元幕。康熙二十年，以功授泗城府同知。未幾卒於官。見清謝啟昆修、胡虔撰《廣西通志》卷三十九。

〔二〕落落：稀疏，零落。漢杜篤《首陽山賦》：『長松落落，卉木濛濛。』

〔三〕廊廟：殿下屋和太廟，指朝廷。《國語·越語下》：『謀之廊廟，失之中原，其可乎？王姑勿許也。』

〔四〕不貳：一律，沒有差異。《孟子·滕文公上》：『從許子之道，則市賈不貳。』

〔五〕廣莫大之野：語出《莊子·逍遥遊》：『今子有大樹，患其無用，何不樹之於無何有之鄉，廣莫之野。』成玄英疏：『無何有，猶無有也。莫，無也。謂寬曠無人之處，不問何物，悉皆無有，故曰無何有之鄉也。』後多用以指空洞而虛幻的境界或夢境。

〔六〕亡何有之墟：見上。

〔七〕庚戌：康熙九年（一六七〇）。

〔八〕某：指韶州知府馬元，遼東籍，清北直真定（今河北省石家莊市正定縣）人。累官湖廣按察使。康熙九年任韶州知府，性嚴明，精勤敏練，案無留牘，訟至立決。注重人才的培養。任內主持纂修《韶州府志》。見《韶州府志》卷首《歐樾華序》、卷二十九。

〔九〕具眼：具有識別事物的眼力。宋嚴羽《滄浪詩話・考證》：『杜詩中「師曰」者，亦「坡曰」之類，但其間半僞半真，尤爲淆亂惑人，此深可嘆。然具眼者，自默識之耳。』

〔一〇〕滇逆：康熙十二年（一六七三）十一月，平西王吴三桂發動叛亂，先後奪取貴州、湖南、四川。耿精忠和陝西提督王輔臣、尚可喜之子尚之信等相繼舉兵響應，戰亂逐漸擴大，對清廷形成嚴重威脅。

〔一一〕借箸：《史記・留侯世家》：『食其未行，張良從外來謁。漢王方食，曰：「子房前！客有爲我計橈楚權者。」具以酈生語告，曰：「於子房何如？」良曰：「誰爲陛下畫此計者？陛下事去矣。」漢王曰：「何哉？」張良對曰：「臣請藉前箸爲大王籌之。」』箸，筷子。後因以『借箸』指爲人謀劃。泗城司馬：泗城府同知。泗城，明爲泗城州。清升爲泗城府，尋改爲泗城軍民府。雍正五年復爲府，改設流官，屬廣西，位於廣西西北部。轄淩雲縣，西林縣，西隆州。司馬，官名。唐制於每州置司馬，以安排貶謫或閒散的人。後世稱府同知曰司馬，本此。清阮元《小滄浪筆談》卷二：『錢塘黄小松易，爲貞父先生後人，任兖州運河司馬，書畫篆隸，爲近人所不及。』按，黄易，官濟寧同知。濟寧屬兖州府。參閲《通典・職官十五》、《續通典・職官十五》。

〔一二〕嗣武：子嗣，兒子。明黄仲昭《懷古》詩：『穆穆歌敬止，亦有周文王。嗣武建皇極，周德日以昌。』扶櫬：猶扶柩，護送靈柩。唐杜甫《別蔡十四著作》詩：『主人薨城府，扶櫬歸咸秦。』

查維勳副尉〔一〕像讚像作攜幼閒步狀

燕頷虎頭，飛而食肉〔二〕。天挺〔三〕英姿，富在其腹。胡爲乎攜幼容與〔四〕，芒鞋野服？此豈儒將風流，偶爾嘯傲湖山；　亦以英雄大度，從來不修邊幅。故知異日雖功蓋天下，位極人臣，猶依然本來面目。

【注釋】

〔一〕查維勳：　即查之愷，字維勳，江南人。康熙二十八年任右翼鎮標中營游擊。右翼鎮設於康熙年間，駐韶州。見《韶州府志》卷六。副尉：　對游擊的敬稱。

〔二〕「燕頷」二句：　形容相貌威武。語出《東觀漢記·班超傳》：「超問其狀。相者曰：『生燕頷虎頭，飛而食肉，此萬里侯相也。』」《後漢書·班超傳》作「燕頷虎頸」。

〔三〕天挺：　天生卓越超拔。《後漢書·黃瓊傳》：「光武以聖武天挺，繼統興業。」

〔四〕容與：　從容閑舒貌。《楚辭·九歌·湘夫人》：「時不可兮驟得，聊逍遙兮容與。」

查翹章〔一〕像讚像作執矢睨視狀

具瓌瑋〔二〕姿，抱英雄志。弱冠翩翩，懷才欲試。所執何物，凝神審視。古亦有言，文事武備。依稀乎馬孟起〔三〕，良將家風；　彷彿乎周公瑾〔四〕，雅量高致。此豈杜少陵〔五〕所云，冠進賢冠，腰大羽箭，而爲凌煙功臣先開生面者耶〔六〕？

【注釋】

〔一〕查翽章：清初人，生平不詳。從文中『弱冠翩翩，懷才欲試』句可知，查翽章當時非常年輕，極可能是查維勳之子。

〔二〕瓌瑋：形貌魁梧美好。宋王讜《唐語林·德行》：『懿宗器度深厚，形貌瓌瑋，仁孝出於天性。』

〔三〕馬孟起：馬超（一七六—二二二），字孟起，扶風茂陵（今陝西興平）人，三國時期蜀國大將。

〔四〕周公瑾：周瑜（一七五—二一〇），字公瑾，廬江舒縣（今安徽廬江）人，三國時期吴國將領，傑出的軍事家。

〔五〕杜少陵：即杜甫（七一二—七七〇）。

〔六〕『冠進』三句：見唐杜甫《丹青引贈曹將軍霸》：『淩煙功臣少顔色，將軍下筆開生面。良相頭上進賢冠，猛將腰間大羽箭。』趙次公注：『貞觀中太宗畫李靖等二十四人於淩煙閣，至開元時，顔色已暗，而曹將軍重爲之畫，故云開生面。蓋因左氏：狄人歸先軫之元面如生也。』開生面，展現新的面目。進賢冠，古時朝見皇帝的一種禮帽。原爲儒者所戴，唐時百官皆戴用。大羽箭，一種四羽大笴長箭。

蔡不仙〔一〕像讚

十年寤寐，一見儼然〔二〕。科頭似佛，修髯如仙。微塵不染，貌冷心玄。胡爲乎右對緇流〔三〕，左坐有美？豈學蘇晉之逃禪〔四〕，東山之攜妓〔五〕？噫嘻，我知之矣。清風在襟，明月在林。天荒地老，誰是知音？何似與高僧話三生〔六〕事，聽女士鼓一曲琴，庶幾可以消其壯志而耗其雄心者乎！

【注釋】

〔一〕蔡不仙：清初人，生平不詳。

〔二〕儼然：真切貌。宋無名氏《異聞總錄》卷一：『歸齋率衆燭之，儼然一少婦，死仆矣。』

〔三〕緇流：僧徒。僧尼多穿深色衣，故稱。北魏楊衒之《洛陽伽藍記・城内胡統寺》：『（諸尼）常入宮與太后説法，其資養緇流，從無比也。』

〔四〕蘇晉：唐雍州藍田人。幼知爲文，作《八卦論》。舉進士及大禮科，皆上第。唐玄宗先天中爲中書舍人，兼崇文館學士。玄宗所下制命，多由蘇晉屬稿。出爲泗州刺史。襲父爵，遷吏部侍郎典選事，有時譽。終太子左庶子。見《新唐書》卷一百四十一本傳、清董誥等纂修《全唐文》卷三百。杜甫《飲中八仙歌》謂：『蘇晉長齋繡佛前，醉中往往愛逃禪。』仇兆鰲注：『逃禪猶云逃墨逃楊，是逃而出，非逃而入。醉酒而悖其教，故曰逃禪。』逃禪：逃出禪戒。

〔五〕東山之攜妓：南朝宋劉義慶《世説新語・識鑒》：『謝公在東山蓄妓，簡文曰：安石必出。既與人同樂，亦不得不與人同憂。』謝公，晉謝安。他在東山居住時畜養了許多能歌善舞的女藝人。東山，據《晉書・謝安傳》載，謝安早年曾辭官隱居會稽之東山，經朝廷屢次徵聘，方從東山復出，官至司徒要職，成爲東晉重臣。又，臨安、金陵亦有東山，也曾是謝安的遊憩之地。

〔六〕三生：佛教語。指前生、今生、來生。唐牟融《送僧》詩：『三生塵夢醒，一錫衲衣輕。』

黄天樵〔一〕濯足圖讚

道貌清臞〔二〕，神情倩穆〔三〕。俯仰蒼松，徙倚修竹。左右飛湍，以濯其足。何不濯纓〔四〕，衣冠跼促〔五〕。豈效淵明之臨流賦詩〔六〕，抑學曾點之雩風沂浴〔七〕？則予亦斯人之徒，侣魚蝦而友麋鹿〔八〕，儻許結世外奇緣，幸分我畫中半幅。

【注釋】

〔一〕黄天樵：清初人，生平不詳。

〔二〕清臞：清瘦。宋陸游《賀張參政修史啟》：『鎮撫四夷，位居臺鼎，而有山澤清臞之容。』

〔三〕倩穆：恬淡肅穆。

〔四〕濯纓：洗濯冠纓。比喻超脱世俗，操守高潔。語本《孟子·離婁上》：『滄浪之水清兮，可以濯我纓。』

〔五〕跼促：迫仄，狹小。南朝梁何遜《贈江長史别》詩：『籠禽恨跼促，逸翻超容與。』

〔六〕淵明之臨流賦詩：晋陶淵明《歸去來兮辭》：『登東皋以舒嘯，臨清流而賦詩。』

〔七〕曾點之雩風沂浴：《論語·先進》：『（曾點）曰：「莫春者，春服既成。冠者五六人，童子六七人，浴乎沂，風乎舞雩，詠而歸。」夫子喟然歎曰：「吾與點也！」』朱熹集注：『沂，水名，在魯城南，地志以爲有温泉焉，理或然也。風，乘涼也。舞雩，祭天禱雨之處，有壇墠樹木也。』

〔八〕『侶魚蝦』句：指隱逸。語見宋蘇軾《前赤壁賦》：『況吾與子漁樵于江渚之上，侶魚蝦而友麋鹿，駕一葉之扁舟，舉匏樽以相屬。』

伍君祥〔一〕像讚

幾樹梅香，一林松影。中坐一人，雙眸炯炯。道貌淵凝〔二〕，神情雋永〔三〕。和氣易親，熱腸難冷。智不嫌動，仁豈厭靜〔四〕。珠出元胎〔五〕，丹生寶鼎〔六〕。噫嘻，得意江湖〔七〕，會心蔥嶺〔八〕。舉世皆忙，此君獨醒。所謂濟人利物，何殊仙佛胸襟。達變通權，斯稱英雄行徑者耶？

【注釋】

〔一〕伍君祥：清初人，生平不詳。

〔二〕淵凝：深厚。《魏書·禮志二》：『陛下叡哲淵凝，欽明道極，應必世之期，屬功成之會。』

〔三〕雋永：指深長之意味。金麻革《阻雪華下》詩：『愛山久成癖，得山真雋永。』

〔四〕『智不』二句：《論語·雍也》：『子曰：「知者樂水，仁者樂山。知者動，仁者靜。」』

〔五〕珠出元胎：珠子從蚌體中生長而成。《漢書·揚雄傳上》：『（雄）因《校獵賦》以風，其辭曰……「椎夜光之流離，剖明月之珠胎。」』顏師古注：『珠在蛤中若懷妊然，故謂之胎也。』

〔六〕寶鼎：指鼎爐，道士煉丹煮藥的爐子。煉丹是道教的主要道術之一，是在丹爐中燒煉礦物以製造『仙丹』。唐張淏《登道觀》：『好山如畫能留客，寶鼎藏丹不計春。』

〔七〕江湖：舊時指隱士的居處。晉陶潛《與殷晉安别》詩：『良才不隱世，江湖多賤貧。』

〔八〕葱嶺：今新疆西南的帕米爾高原。中印兩國間的陸路交通多經此山。歷代僧人西行或東來亦多經此山，故以葱嶺指佛法。清通醉輯《錦江禪燈·明檃表》：『摩騰東入，跨葱嶺而傳真，遂得化漸漢朝，寺興白馬之號。』

朱吟石像讚

倜儻胸懷，蕭疏興致。科頭短襟，落落寫意。豈同散髮〔一〕逍遥，聊爾行吟遊戲？似覓句於亡何有之鄉，立想於未有天地之始。五字〔二〕等閒哦成，三杯陶然取醉。雖庶幾乎顔氏子之陋巷簞瓢，却彷彿乎魯仲連之輕世肆志〔三〕。是殆與吾輩同一副冰冷面孔，只可於一丘一壑〔四〕中安置者耶？

【注釋】

〔一〕散髮：披散著頭髮，指解冠隱居。《後漢書·袁閎傳》：『延熹末，黨事將作，閎遂散髮絕世，欲投跡深林。』

〔二〕五字：指好的表章。典出晉郭頒《魏晉世語》：『司馬景王命中書郎虞松作表，再呈不可，意令松更定之，經時竭思不能改，心有憂色……會（鍾會）取草視，爲定五字。松悅服，以呈景王。景王曰：「不當爾耶？」松曰：「鍾會也。」王曰：「如此可大用，真王佐才也。」』

〔三〕魯仲連之輕世肆志：《史記·魯仲連鄒陽列傳》：『魯仲連者，齊人也。好奇偉俶儻之畫策，而不肯仕宦任職，好持高節。』他游趙期間，剛好遇上秦圍趙，憑著自己的膽識，幫助趙國解了圍。事後，『平原君欲封魯連，魯連辭讓者三，終不肯受。平原君乃置酒，酒酣起前，以千金爲魯連壽。魯連笑曰：「所貴於天下之士者，爲人排患釋難解紛亂而無取也。即有取者，是商賈之事也，而連不忍爲也。」遂辭平原君而去，終身不復見。』

〔四〕一丘一壑：指隱居於山野，放情山水。典出《漢書·敘傳上》：『漁釣於一壑，則萬物不奸其志；棲遲於一丘，則天下不易其樂。』

讀遊俠傳〔一〕

俠者，濟儒說之窮也，聖人不稱而亦不斥。然使郭解、朱家〔二〕輩得遇孔子，必亟賞之，則以其殺身成仁不難耳。世人以利，故棄骨肉如仇，況知交耶？而俠者以生平未謀面之人，奮從中起，不吝財，不惜身，濟人於困，振人於危，奪君相之權而輔天地、父母之所不及，豈非轟轟烈烈，稱世間大丈夫奇男子者哉！使世無俠者之爲，則生民之義絕久矣，安能取紙上仁義之說而緩急〔三〕恃之耶？太史公津津言之有以〔四〕耳，顧何以如祥麟瑞鳳〔五〕不多見於世也，又安得世之善畫者而圖之？

魏昭士曰：借儒形出俠之有用，自是遊俠知己。而一種追慕景仰無窮之意透出紙背，筆墨亦帶俠氣。

【注釋】

〔一〕遊俠傳：《史記》、《漢書》皆有遊俠傳。

〔二〕郭解、朱家：皆西漢時著名俠客。《史記》、《漢書》皆有傳。

〔三〕緩急：指有危急之事或發生變故之時。《史記・絳侯周勃世家》：「孝文且崩時，誡太子曰：『即有緩急，周亞夫真可任將兵。』」

〔四〕有以：猶有原因，有道理。《詩・邶風・旄丘》：「何其久也？必有以也。」

〔五〕祥麟瑞鳳：麒麟和鳳凰，古代傳說中吉祥的禽獸，只有在太平盛世才能見到。後比喻非常難得的人才。元許有壬《摸魚子》詞：「人間世，何處祥麟威鳳，繁華一枕春夢。江湖無限閑風月，待我往來吟弄。」

讀貨殖傳〔一〕

吾輩不得志，則當爲郭解、朱家之爲；其次莫如貨殖，亦足以財自豪也。而又不能，何哉？當今之世而無財，雖孔子不能。子貢以聖門高徒尚欲貨殖〔二〕，况今人耶？然貨殖雖鄙賤，非具大材大智者不能通其術，如白圭、猗頓〔三〕諸人，皆具王佐之才，不得已而見其末於貨殖，勢使然耳。然亦安能長貧賤，爲守錢鹵〔四〕所笑也？

蕭絅若曰：忽羡忽鄙，忽歎忽憤，備極調侃。讀史公書，便似史公筆墨。柴舟天分穎異如此，胡可易及。

【注釋】

〔一〕貨殖傳：《史記》、《漢書》皆有貨殖傳。

〔二〕『子貢』句：端木賜（前五二〇—？），字子貢，春秋衛國人。孔子弟子，善辭令。經商曹、魯間，家累千金。《論語·先進》載孔子之言曰：『賜不受命，而貨殖焉，臆則屢中。』《史記·仲尼弟子列傳》：『子貢好廢舉，與時轉貨貲……家累千金。』唐司馬貞索隱引王肅云：『廢舉謂買賤賣貴也，轉化謂隨時轉貨以殖其資也。』《史記·貨殖列傳》：『子贛既學於仲尼，退而仕於衛，廢著鬻財於曹、魯之間。七十子之徒，賜最爲饒益。』

〔三〕白圭：戰國魏人，善經商。猗頓：春秋魯人，經營畜牧業及鹽業。兩人皆爲豪富。《史記·貨殖列傳》有傳。

〔四〕守錢鹵：守錢奴。清姚之駰《後漢書補逸·東觀漢記·馬援》：『援嘗嘆曰：「凡殖貨財産貴其能施賑也，否則守錢鹵耳。」乃盡散以班昆弟故舊，身衣羊裘皮袴。』

讀感士不遇賦〔一〕

古來文人才士，多有歎不遇者，不可謂非造物之過。然造物既與以文章，自無有復以富貴之理。昔殷處士稱其子堪作宰相，曰：『汝肥首豐頤，不識今古，噇食無意智，不作宰相而何？』〔二〕此又肯與以富貴者，固不欲以彼易此。

【注釋】

〔一〕感士不遇賦：晉陶淵明有《感士不遇賦》。

〔二〕『昔殷處士』六句：見宋李昉等編《太平廣記》卷二百六十《嗤鄙三》：『唐逸士殷安，冀州信都人……而疏籍卿相，男徵諫曰：「卿相尊重，大人稍敬之。」安曰：「汝亦堪爲宰相。」徵曰：「小子何敢。」安曰：「汝肥頭大面，不識今古，噇食無意智，不作宰相而何？」其輕物也皆此類。』噇，毫無節制地大吃大喝。元辯和尚問、覺和尚答、林泉老人頌《青州百問》：『大唐國内尋將來，且教屋裏閑噇食。』

補郡志〔一〕藝文志

按，歷代史藝文志例載書目，惟郡邑乘〔二〕亦然。韶自置郡以來，斯文〔三〕蔚起，著作不爲無人，志獨缺略不載者，何耶？抑或無人表章〔四〕而遂多湮沒不傳焉？未可知也。今所傳者，惟張文獻公九齡〔五〕《曲江集》、余襄公靖〔六〕《武溪集》二書而已。可勝歎哉！然予考文獻公傳，載有《金鑑錄》一卷，不傳，今所載者僞。又《姓源諧韻》一卷，亦不傳。襄公傳載有《三史刊疑》四十卷、《奏議》五卷、《隆興奉使審議錄》一卷，皆不傳。外此有已刻而後失傳者，樂昌則有鄧瑗〔七〕《靈江集》一卷；仁化則有葉惟松〔八〕《宦遊稿》一卷，葉萌楷〔九〕《自鏡錄》一卷，劉道覺〔一〇〕《廉山詩集》一卷、《鑑評》六卷，翁源則有邵謁〔一一〕詩集數卷，黄器先〔一二〕《兩京賦》、《儒頤集》數卷。有其書不傳而僅識其名者，曲江則有劉軻〔一三〕《春秋三傳旨要》十五卷、《翼孟子》三卷、《三禪五革》一卷，黄中〔一四〕《通理》三卷、《十三代名臣議》十卷；乳源則有胡賓王〔一五〕《南漢史》一十二卷；翁源則有梅鼎臣〔一六〕《學庸講義》一卷；英德則有石汝礪〔一七〕《解易圖》一卷，巫天衢〔一八〕《經書子史選粹錄》數卷，馮晦〔一九〕《南山雜詠》一卷。有未刻而其書尚存者，曲江則有劉啟鑰〔二〇〕《横溪詩集》數卷，陳元震〔二一〕詩集一卷，陳金闓〔二二〕詩集一卷，黄遙〔二三〕文集若干卷、《竹牕雜記》數卷、《謚法通》若干卷；樂昌則有羅袞〔二四〕詩集一卷。有已刻而書尚存者，曲江則有鍾元鼎〔二五〕《見華堂集》一卷；仁化則有淩雲〔二六〕《集陶》、《集唐》、《樂此吟》共若干卷。有未刻而卽失傳者，曲江則有蕭遠〔二七〕詩集一卷，周廷望〔二八〕詩集一卷，蕭廣遠〔二九〕《廓落吟》二卷，廖如〔三〇〕《芥堂詩草》一卷。予則有已刻、未刻《二十七松堂文集》二十餘卷，《詩集》一十餘卷，《柴舟別集》若干卷。既屬韶陽〔三一〕文獻，法得備書。

以上諸書共四十餘種，其文之佳否不論，予第記其書名而已。予獨惜予先祖熙寰公與季父旂觀公著述頗多，遇亂俱失其稿，迨後極力搜輯，僅得遺詩數十首而已，其餘皆不傳。嗚呼！至有並其文字姓氏俱泯滅而無聞者，又烏可勝道哉！然或文有可觀，而其人品不足復録，遂並棄其文以示儆者，則又不足復言之也已。郡志藝文，惟雜載同郡與異地人詩文，無記書目之例，予懼其久而失傳，因倣史例，特爲補之，悉記其姓名、書目、卷數，以俟後世之有表章〔三二〕之者。

魏和公先生曰：零星拉雜，隨手筆記，如記帳簿相似，愈樸愈古。此法從歐陽公《五代史》〔三三〕諸志中得來。非深於古者，莫知其妙，其故難言。

【注釋】

〔一〕郡志：指《韶州府志》。

〔二〕乘：春秋時晉國的史書，後用以稱一般的史書。《孟子·離婁下》：『晉之《乘》，楚之《檮杌》，魯之《春秋》，一也。』

〔三〕斯文：指文學。南朝梁鍾嶸《〈詩品〉序》：『降及建安，曹公父子篤好斯文。』

〔四〕表章：顯揚，宣揚。《漢書·武帝紀贊》：『卓然罷黜百家，表章《六經》。』

〔五〕張文獻公九齡：即張九齡。唐韶州曲江。

〔六〕余襄公靖：即余靖。

〔七〕鄧瑗：字良璧，明廣東樂昌人。舉景泰丙子鄉薦，初授署丞，歷遷湖廣僉憲。懍然之操，不與世俗相浮沉。鎮巡湖北，地與貴州接壤，徵發繁劇，民苦之。瑗不奉檄，致仕。歸著《靈江集》。見清徐賓符等修、李禨等纂《樂昌縣志》卷九。

〔八〕葉惟松： 字大節，明廣東仁化人。少而英特，嘗從王陽明門人錢洪德講學於曹溪。以貢任大田訓導，擢上猶教諭。卓爲師儒模楷。繼陞楚岷府教授，即掛冠歸，老益力學。著有《宦遊稿》。見民國何炯璋修、譚鳳儀纂《仁化縣志》卷六本傳。

〔九〕葉萌楷： 字文範，明廣東仁化人。以歲貢任遂溪訓導，歷遷陽山教諭，嗣護縣符，有善政，士民交頌之，致仕歸，琴書娛老。所著有《自鑑錄》。見民國何炯璋修、譚鳳儀纂《仁化縣志》卷六本傳。

〔一〇〕劉道覺： 明廣東仁化人。少聰穎，八歲能文，下筆千言立就，十一歲補弟子員，未二十膺恩撥。讀書等身，惜不享年。有《廉山詩集》一卷、《鑑評》六卷。見民國何炯璋修、譚鳳儀纂《仁化縣志》卷六本傳。

〔一一〕邵謁： 唐韶州翁源人。少爲縣吏。縣令使不以禮，遂截髻掛縣門去。發憤讀書，以詩名世。爲試官溫庭筠所賞，乃榜謁詩三十首，廣爲譽揚。後赴官，不知所終。著有詩集數卷。見清謝崇俊修、顏爾樞纂《翁源縣新志》卷十二本傳。

〔一二〕黄器先： 明韶州翁源人。幼岐嶷，工對句。以歲貢任建寧訓導，年餘託疾歸隱，安貧樂道。著有《兩京賦》、《儒頤集》。見清謝崇俊修、顏爾樞纂《翁源縣新志》卷十二本傳。

〔一三〕劉軻： 字希仁，本沛（今江蘇省徐州市沛縣）人，天寶末徙曲江。少爲僧。元和末登進士第。以史才直史館。終洺州刺史。博學工詩文。著有《三傳指要》十五卷、《十三代名臣議》十卷等。見《曲江縣志》卷十四、南宋計有功《唐詩紀事》卷四六本傳。

〔一四〕黄正： 字仲通，宋韶州曲江人。因避從祖名諱，遂以字行。爲余靖的舅父。少孤貧，勤學，以辭賦知名。天聖初進士，累官至屯田員外郎。黄正性恬至素，不急進取，所得俸祿均給兄弟及鄉祖之貧者。爲官以幹稱，治獄以恕聞。壽終之日，家無餘資。見《曲江縣志》卷十四本傳。

〔一五〕胡賓王：字時賢，曲江人。其所居鄉乾道中分隸乳源，故又稱乳源人。南漢時登進士，累官中書舍人、知制誥。劉鋹時辭官歸，著《南漢國史》。宋真宗咸平三年登進士第。累遷翰林學士致士。見《古今圖書集成·氏族典》卷八四、《韶州府志》卷三十三本傳。

〔一六〕梅鼎臣：宋韶州翁源人。天聖二年（一〇二四）進士。出仕於宋仁宗慶曆年間（一〇四一—一〇四八），官至殿中丞、殿中省。他爲官剛直廉明，爲各官欽敬，宋帝嘉許。以剛正、直言、敢諫聞名。見《翁源縣新志》卷十二本傳。

〔一七〕石汝礪：字介夫，號碧落子，宋英德（今廣東英德市）人。少穎敏，讀書過目成誦。潛心五經，對易經尤爲精通，曾聚徒講學。平生所寫文章，皆涉及易經義理。晚年進所著《解易圖》於朝，爲王安石所抑。蘇軾貶職到惠州，途經英州，游聖壽寺，與他長談，稱他爲隱士。著有《碧落子琴斷》一卷及《水車記》一文。見清黄子高《粤詩蒐逸》卷二、《韶州府志》卷三十四本傳。

〔一八〕巫天衢：字子彦，明英德人，弱冠補博士弟子員，有孝行，性狷介，邑令屢延鄉賓，辭不就。著有《經書子史選粹錄》。見《韶州府志》卷三十四本傳。

〔一九〕馮晦：字文顯，宋英德（今廣東英德市）人。少篤學，工詩賦，教授生徒，敦德自好。著有《南山雜詠》。見《韶州府志》卷三十四本傳。

〔二〇〕劉啟鑰：即横溪先生。

〔二一〕陳元震：未詳。

〔二二〕陳金閶：即陳崑圃。

〔二三〕黄遙：字少崕。

〔二四〕羅衮：未詳。康熙甲辰（一六六四）黄州蘄水人李成棟任樂昌知縣，編《樂昌縣志》，生員一欄列有羅衮。

〔二五〕鍾元鼎：明曲江人。郡學生，以歲薦廷試，受知於太史劉應秋。自負不羈，恣力學問。著有《見華堂集》。見《曲江縣志》卷十四本傳。

〔二六〕淩雲：字澹癯，廣東仁化人。拔貢，天啟七年（一六二七）舉人，崇禎十三年（一六四〇）會試副榜。任河南推官。冰霜自勵，人不敢干以私。明亡後遯跡於蔚州山十餘年，順治九年（一六五二）還里。服粗茹糲，杜門讀書。著有《集陶》、《集唐》、《樂此吟》等。見民國何炯璋修、譚鳳儀纂《仁化縣志》卷六本傳。

〔二七〕蕭遠：字槐徵，明曲江人。幼聰慧，日誦萬言。長通經史，工詩善繪，精篆刻。喜延客。日孜鍾鼎遺文，時稱博雅。膺崇禎九年（一六三六）鄉薦，崇禎十三年會試乙榜。見《曲江縣志》卷十四本傳。

〔二八〕周廷望：未詳。

〔二九〕蕭廣遠：未詳。

〔三〇〕廖如：即廖燕族弟廖佛民。

〔三一〕韶陽：指今廣東省韶關市。

〔三二〕表章：顯揚。《漢書·武帝紀贊》：『卓然罷黜百家，表章《六經》。』

〔三三〕歐陽公《五代史》：歐陽脩早歲有志史學，不滿於薛居正《五代史》，因自改作。從景祐三年（一〇三六）到皇祐五年（一〇五三），撰成《五代史記》，世稱《新五代史》。見《宋史》卷三百一十九本傳。

廖燕全集校注卷十七

雜著

四書私談十八則

『先行其言』章〔一〕。細思此章，若依注云：行之於未言之先，言之於既行之後，則而後從之。〔二〕『從』字解作『言』字，可乎？不然，『從』字下添『而言』二字，解作『而後從而言之』耶？且孔子當時何必欲人行之而必言之也？愚意『從』字當作『遵從』、『服從』看，言能先行其言，而後天下遵服他爲君子也。與天下歸仁意相同。如此講，『君子』字、『從』字方有著落。存之以俟知者。

『君子無所爭』章〔三〕。『君子無所爭』，諸說皆講作無爭、不爭。若然則君子亦一木偶已耳，何足貴乎？且『所』字作何著落？況末句明說『其爭也君子』，則病不在『爭』字，而在『所』字可知。所者，私心也。世人爭名爭利，皆所爭也，故君子無之。若夷齊諫武王〔四〕，爭天下萬世之綱常；孔子作《春秋》，爭天下萬世之是非，又烏可無也？又云：此章若說『爭』字是一好字眼，則不應說『君子無所爭』；若說『爭』字是一不好字眼，則不應又說『其爭也君子』。則『所』之一字，又安可不急著眼也哉？又云：『所』者，爲小人偷心躲罪之盡頭處也。君子與小人相反，故曰無之，豈無爭之謂耶？

『觀過斯知仁矣』〔五〕句。過與仁，猶薰蕕之不同器〔六〕，故世有仁人，猶或疑其有過。未聞有過之人而反決其爲仁者也。卽或仁人，有時不能無無心之過，亦必隨過隨改，如顔子之不遠復〔七〕是已。然過而能改，雖不害其爲仁，亦豈可以過作仁？今云觀過知仁，何居〔八〕？愚意《魯論》〔九〕仁、人通用，如『其爲仁之本與』〔一〇〕、『井有仁焉』〔一一〕、『殷有三仁焉』〔一二〕之類，皆以『人』爲『仁』。則此章『仁』字，自當作『人』字看，言觀其過之有心無心，斯知其爲君子小人矣。與首句文法正相呼應。存之以俟知者。首尾呼應，文法絶似其爲人也，孝弟章不可不知。

『一貫』章〔一三〕。程注云：『「維天之命，於穆不已」，忠也。「乾道變化，各正性命」，恕也。』天道此忠恕，聖人此忠恕，卽凡人亦此忠恕，故一言忠恕，卽無天人聖凡之分，故曰『一以貫之』。今朱注云：『故借學者盡己推己之目以明之。』豈另有學者之忠恕耶？又云：渾言〔一四〕之爲一貫，顯言〔一五〕之爲忠恕。忠恕之外，別無一貫，故曰而已矣。又云：『忠恕而已矣』五字，便是一貫妙解。若復注一貫，則忠恕一語將向何處著脚耶？又云：《大學》『聖經』〔一六〕一章，曾子既以十傳釋之矣〔一七〕，而朱子復注聖經；一貫之義，曾子既以忠恕解之矣，而朱子復注一貫，豈曾子所解未善，必俟朱子另解之耶？ 吾不知之矣。

『性與天道』句〔一八〕。 子貢〔一九〕明說：『夫子之言性與天道。』注云『罕言』〔二〇〕，何也？ 五經四書大半是言性、言天道，何嘗罕言？ 若依注云『罕言』，故學者有不得聞。使夫子多言，學者便可得而聞之乎？ 性與天道是何物？ 豈是可聞得的？ 若在多言、罕言上較論，何異癡人說夢？ 又云：『不可得聞』四字，是讚性與天道有不可得聞之妙，非說人不可得聞性與天道也。 亦如『中庸不可能也』一句〔二一〕，『不可能』三字，是讚中庸有不可能之妙，非說人不可能中庸也。 時說皆誤解，何啻毫釐千里。

『狂簡』句〔二二〕。 此章狂簡云者，猶言狂狷也。 天下自有此兩種人，聖門其尤者。 下句『斐然成章』，正言狂成其爲狂，簡成其爲簡。 但其中不能無偏，所以要歸而裁之。 注似作一人說，豈當時三千徒衆皆作依樣葫蘆耶？

『述而不作』句〔二三〕。 述而不作，注云『謙詞』〔二四〕。 非也，未有文字，先有六經〔二五〕。 蓋六經者，天地自然之理，孔子不過因其自然之理而述之於書，故曰『述而不作』，豈謙詞之謂耶？ 莊子云：『賢法聖，聖法天，天法自然。』〔二六〕即此理也。

『達巷黨人』章〔二七〕。 此章看黨人開口便稱：『大哉孔子！』此與孔子稱『大哉堯之爲君』〔二八〕何異？ 下句『博學而無所成名』七字，正極讚其大處。 孟子云：『大而化之之謂聖，聖而不可知之之謂神。』〔二九〕豈非即此一句七字之謂歟？ 朱注乃云：『蓋美其學之博，而惜其不能成一藝之名也。』〔三〇〕若使孔子能成一藝之名，尚何大之可言，又尚何博之可言。豈孔子稱堯之大至以天爲況，亦惜其民無能名者耶？既稱其大，又何惜之有？『惜』之一字，冤屈黨人不小，予欲挽天河之水以洗之。又第二節注云：『聞人譽己，承之以謙。』〔三一〕又何自相矛盾也？前節既言黨人惜其云云，則是不知孔子矣。不知而妄言之，謂之謗。茲又稱譽己何也？至云承之以謙，尤不可解。使孔子當日曾與黨人對談，謙或未可知，若與門弟子〔三二〕言，則是以師道臨之，又何謙之有？況謙至於執御而爲人役，又果何謂也哉？孔子嘗言：以吾從大夫之後，不可徒行也。〔三三〕豈有當日不可徒行之大夫，今日忽願爲人執鞭耶？又嘗言：吾不如老農老圃，至鄙樊遲爲小人矣，〔三四〕何今日忽欲執御，而反爲老農、老圃與樊遲小人之所不爲者耶？如以此言爲真，則孔子決不作執御之人；如以此言爲假，則孔子將自欺乎？抑欺門弟子乎？二者均無一可者也。然則將云何？曰：首節著眼在『大哉』二字，此節著眼又當在『謂門弟子』四字，蓋門弟子平日所欲求而不可必得者，成名耳，今云無所成名，未免嚇他一驚。故門弟子意在成名，孔子却教其不必成名，然又不欲直言之，故作委婉相商之詞，使其自家省悟，知御之不可執，便知名之不必成也。若以爲孔子真欲執御，則又癡人說夢矣。口中明明說執御，意中却斷斷不欲執御，語氣與『雖執鞭之士，吾亦爲之』二句相似，其意可想。

又云：孔子當日及門弟子之所講者，豈非皆爲聖爲賢，與治國平天下之學，將與堯之盪盪，同其無名者耶？若執御、執射，不過技藝之末耳，未聞有志博學之人，而徒區區成一技一藝之名而已也。況御、射二者之中，御尤最下，茲並不執射而獨執御，則御之不可執可知，御不可執則名之不必成更可知。但此意俱在言外，細翫自知之，當無俟予再贅也已。

『達巷黨人』句。細思當時曾有人如此贊孔子否？若不曾有人如此贊孔子，則此達巷黨人不可謂非孔子之一知己也。孔子既聞其贊己之言，卽當立訪其人，並其人之姓名而著之於書，以報一人知己之雅可也。乃置之罔聞若此，豈其人竟作烏有先生耶？既無其人，又載其語，今讀其語，益思其人，其如姓名之不得知何？雖然知我者天，天其有姓名乎？盡天下皆有姓有名之人，盡天下皆不知聖人之人。然則姓名又烏足貴也哉，又烏足貴也哉！

又云：孔子之在當時，天子不知，諸侯卿大夫不知，而能深知之者，居無姓名之一達巷黨人。天下茫茫，愧此黨人多矣！使黨人至今猶在，予爲之執鞭，所忻慕焉。又云：此人能知孔子，必非尋常之人可知。但無姓名可稽，豈隱者流耶？隱者之言可得而傳，名獨不可得而聞者耶？抑見孔子雖無所成名，而姓名已滿天下，此人豈欲高出孔子之上，並姓名亦不欲見之於世者？然至今千秋萬世，家傳戶誦，無不知有二達巷黨人者，不可謂非知聖之報也，則雖謂此人姓達名巷字黨人亦可。

又云惟賢知賢，惟聖知聖，孔門智足以知聖人者，惟有一子貢，故曰『賜也達』〔三五〕。《中庸》又稱：『苟不固聰明聖知達天德者，其孰能知之？』今黨人知聖若此，誠哉！其爲達巷黨人也。又云：不知先有達巷始生此黨人耶？抑不知因有此知聖之黨人，始題其所之巷爲達也？今稱巷曰達，人曰黨，言天下必得通達如吾黨之人，始能知聖之大如此耳。然則此黨人是有是無，請與天下善讀書人共參之。

『子絕四』章〔三六〕。注云：『絕，無之盡者。』下毋字又作無解，豈不犯重疊耶？且何不曰『子絕四，意、必、固、我』，如『子不語怪力亂神』〔三七〕之類，而乃多此四『毋』字，何也？若解作禁止，又非聖人學問。然則當作何解？予曰：此記者善識聖人心體〔三八〕處。『子絕四』云者，言不特意、必、固、我四者爲聖人之所絕無，即此四毋之心亦舉盡在絕中，便將此『絕』字說得如天地太虛境界相似。必如此解，方是聖人身分。誰謂《論語》一書是容易讀得者耶？

『顏淵問爲邦』章〔三九〕。細思此章，除『放鄭聲，遠佞人』二句爲爲邦之大，其餘皆屬細故，愚意夫子之告顏子當不止此。或曰：《堯典》稱『敬授人時』〔四〇〕，則行夏之時，豈非爲爲邦之大者耶？予曰：商建丑，周建子，商得年四百，周得年八百，即不建寅，何害於爲邦？況改正朔，易服色，此皆更姓改物，新有天下者之所爲，即使當時夫子與顏淵得位爲諸侯，亦豈敢遽改本朝之正朔，與易本朝之服色禮樂耶？然則夫子何以云然？予曰：此夫子明以帝王自命也。斟酌四代之禮樂而爲新朝之規模，非帝王而何？特其意不欲明言，故託言爲邦云爾。或問以何爲據？曰：『寬則得衆』四句〔四一〕，夫子之所嘗言。《魯論》末篇〔四二〕記者則以此四句繼堯舜，禹湯，文武之後，門人之尊師與夫子之自任，其意可知。今遇顏子一問，不覺吐露於此。惜乎有德無時，三復斯篇，曷勝浩歎。雖然天已生吾夫子爲萬世帝王之師，又何必藉冕旒〔四三〕而王而後足以榮吾夫子也哉！

『大學之道』句〔四四〕。大學云者，言其學極大，其中皆治國平天下之事，故曰大學。今注作『大人之學』〔四五〕，則是拆大學二字而爲二事矣。且大人對無位小民而言，豈無位小民便不許爲治平之學耶？

『致知在格物』句〔四六〕。何謂物？意、心、身、家、國、天下是也。何謂格？誠、正、修、齊、治、平是也。何謂明明德？格物、致知、誠意、正心、修身是也。何謂在親民？齊家、治國、平天下是也。何謂止於至善？物無不格、知無不致、意無不誠、心無不正、身無不修、家無不齊、國無不治、天下無不平是也。以本文解本文，何等直捷了當。諸說皆多支離穿鑿，安得盡付之秦火〔四七〕耶？又云：據此一節，與下節文理不得不分先後。若下手做工夫時，則皆一了百當〔四八〕、一齊俱到之事，非今日致知、格物，明日正心、誠意之謂也。譬如聽訟一事，兩造是非，絲毫俱瞞我不得，這便是致知格物的道理。是非皆就理審斷，我無一毫私心於其間，這便是正心誠意修身的道理。審得兩造無不心悅誠服，這便是齊家治國平天下的道理。又如匹夫爲一家之主，於一家大小事務無不洞悉周知，這便是致知格物的道理。持己接物皆出於正直無私，這便是正心誠意修身的道理。能使一家之内，少長咸宜，尊卑雍穆〔四九〕，這便是齊家、治國、平天下的道理。此種道理，一事如是，百事亦如是；天子如是，庶人亦如是，故曰：『自天子以至於庶人，壹是皆以修身爲本。』蓋身已修，則上下本末無不一了百當，一齊俱到者也。不然天子一日萬幾，亦可云待在深宫正了心、誠了意，然後去坐朝治國平天下耶？諸説皆多呆講，一何可笑。

『釋正心修身』章〔五〇〕。此章須細甄其文法，方得妙解。看他篇中並未正講題面〔五一〕，而題意已盡，但言心有所固不得正；心不在，亦不得正，則正心可知。非曾子大賢，那得有此鏡花水月〔五二〕之筆。若在他人釋此，則必實説如何正心，如何心正，豈知纔一開口動筆，便犯誠意、意誠之解耶？故不曰心有而曰身有云者，心不可以有言也，一言有便是意，非心矣。程子曰：『身有之身，當作心。』〔五三〕謬矣，謬矣。

『天命之謂性』節〔五四〕。《易》云：『窮理盡性以至於命。』〔五五〕言既窮其理，又欲盡其性，然後得至於命。蓋理與性命，雖屬一貫，然已分爲三者，則理不同性，性不同命可知。今云性即理也〔五六〕，則窮理不必盡性，盡性不必至命矣，豈不與《易》相刺謬〔五七〕耶？又云《易》云：『窮理盡性以至於命。』此節又云：『天命之謂性，率性之謂道。』何也？蓋從自天賦人而言，故云：『天命之謂性，率性之謂道。』順而言之也。從以人合天而言，故云：『窮理盡性以至於命。』逆而言之也。此又學者之不可不知也。

『追王太王王季』句〔五八〕。追王太王、王季，而獨不及文王，豈有缺典耶？抑記事者之失也？及讀蘇子《武王論》云：『文王之時，諸侯不求而自至，是以文命稱王，行天子之事。』〔五九〕觀此則紂未滅時，文王已稱王可知，其不再追封也宜矣。然則周之欲得殷天下，豈一朝一夕之故耶？

『武王周公』章〔六〇〕。此承上二章而言，不特舜之揖讓，文王之以服事殷爲中庸，即武王、周公以臣伐君亦爲中庸，此中庸之所以爲中庸也。『中庸，不可能也。』〔六一〕又云：本章云達孝，達者，通達之謂。下文善繼善述，與踐其位、行其禮之類，正是解此一『達』字。言假使武王當日謹守臣節，則不得爲天子，不得爲天子則不能以天下爲孝，是之謂不達。惟其能通權達變，以諸侯而爲天子，而即以天下爲孝，孝遂莫孝於是，達亦莫達於是，故舜稱大孝〔六二〕，武王、周公稱達孝，達與大不同如此。若依注解作『天下之人通謂之孝』〔六三〕，豈舜之大孝，人又不通謂之孝耶？

『瞽瞍殺人』章〔六四〕。天子之父，固不殺人。天子之父，即殺人亦無有敢刑之者。今云執之而已矣，自是子輿氏〔六五〕奇文。然執之云者，言法不可逃，逃必不可免。使有竊負之者，則並坐竊負，不特天子之父當抵償，則天子亦將不免矣，皋陶將何以處此？然使竊負而逃，則可安然無事，律謂之失出〔六六〕。失出之罪，問官〔六七〕將自救不暇，又何執之敢云？故知孟子此論，謂之戲談則可，若以爲理之不易，則豈其然。

【注釋】

〔一〕『先行其言』章：見《論語·爲政》：『子貢問君子。子曰：「先行其言，而後從之。」』

〔二〕『行之』三句：與朱熹集注原文略有出入。《論語·爲政》『先行其言，而後從之』朱熹集注引周氏曰：『先行其言者，行之于未言之前。而後從之者，言之于既行之後。』

〔三〕『君子無所爭』章：見《論語·八佾》：『子曰：「君子無所爭。必也，射乎！揖讓而升，下而飲。其爭也君子。」』

〔四〕夷齊諫武王：漢司馬遷《史記·伯夷叔齊列傳》：『武王載木主，號爲文王，東伐紂。伯夷、叔齊叩馬而諫曰：「父死不葬，爰及干戈，可謂孝乎？以臣弑君，可謂仁乎？」左右欲兵之。太公曰：「此義人也。」扶而去之。武王已平殷亂，天下宗周，而伯夷、叔齊恥之，義不食周粟，隱於首陽山。』

〔五〕『觀過斯知仁矣』句：見《論語·里仁》：『子曰：「人之過也，各於其黨。觀過，斯知仁矣。」』《後漢書·吳祐傳》引此文『仁』作『人』。

〔六〕薰蕕之不同器：香草和臭草不能放在一起。比喻善惡不能同處，惡者不能掩善。語出三國魏王肅《孔子家語·致思》：『回聞薰蕕不同器而藏，堯桀不共國而治，以其類異也。』薰，香草，比喻善類。蕕，臭草，比喻惡物。

〔七〕顏子之不遠復：語見《周易·繫辭下》：『子曰：「顏氏之子，其殆庶幾乎？有不善，未嘗不知，知之未嘗復行也。」《易》曰：「不遠復，無祇悔，元吉。」』清顧炎武《日知錄·不遠復》：『《復》之初九，動之初也。自此以前，喜怒哀樂之未發也，至一陽之生而動矣，故曰：「復」，其見天地之心乎？顏子體此，故「有不善未嘗不知，知之未嘗復行」，此慎獨之學也。回之爲人也，「擇乎中庸」；夫亦擇之於斯而已，是以「不遷怒，不貳過」。』顏子，即顏回。

〔八〕何居：爲什麼呢。居，語氣助詞。《禮記·檀弓上》：『何居？我未之前聞也。』鄭玄注：『居讀爲姬姓之姬，齊魯之間語助也。」

〔九〕《魯論》：即《魯論語》。《論語》的漢代傳本之一，相傳爲魯人所傳。唐陸德明《〈經典釋文〉序錄》：「漢興，傳者則有三家，《魯論語》者，魯人所傳，即今所行篇次是也。」按，《魯論》爲後世《論語》所本，故後世稱《論語》爲《魯論》。

〔一〇〕其爲仁之本與：見《論語·學而》。

〔一一〕井有仁焉：見《論語·雍也》。

〔一二〕殷有三仁焉：見《論語·微子》。

〔一三〕「一貫」章：見《論語·里仁》：「子曰：『參乎！吾道一以貫之。』曾子曰：『唯。』子出，門人問曰：『何謂也？』曾子曰：『夫子之道，忠恕而已矣。』」

〔一四〕渾言：訓詁學用語。籠統地說。與析言相對。《說文·口部》「哯，不歐而吐也」清段玉裁注：「欠部曰：『歐，吐也』，渾言之；此云『不歐而吐也』者，析言之。」

〔一五〕顯言：明言。《隋書·房陵王勇傳》：「令楊素陳東宮事狀，以告近臣。素顯言之。」

〔一六〕聖經：舊指儒家經典。宋朱鑑《文公易說·讀易》：「大抵聖經惟《論》、《孟》文詞平易而切於日用，讀之疑少而益多。」

〔一七〕「曾子」句：《大學》原爲《禮記》第四十二篇，朱熹把《大學》重新編排整理，分爲「經」一章，「傳」十章。認爲「經一章蓋孔子之言，而曾子述之；其傳十章，則曾子之意而門人記之也」。

〔一八〕「性與天道」句：見《論語·公冶長》：「子貢曰：『夫子之文章，可得而聞也；夫子之言性與天道，不可得而聞也。』」

〔一九〕子貢：端木賜（前五二〇—？），字子貢，春秋衛國人。孔子弟子，善辭令。經商曹、魯間，家累千金。歷仕魯、衛，出使各諸侯國，分庭抗禮。曾爲魯遊説齊、吴、晉、越等國，促使吴伐齊救魯。卒於齊。《史記·仲尼弟子列傳》有傳。

〔二〇〕注云『罕言』：《論語·公冶長》『夫子之言性與天道，不可得而聞也』朱熹集注：『言夫子之文章，日見乎外，固學者所共聞；至於性與天道，則夫子罕言之，而學者有不得聞者。』

〔二一〕『中庸不可能也』一句：見《中庸》：『子曰：「天下國家可均也，爵祿可辭也，白刃可蹈也，中庸不可能也。」』

〔二二〕『狂簡』句：《論語·公冶長》：『子在陳，曰：「歸與！歸與！吾黨之小子狂簡，斐然成章，不知所以裁之。」』

〔二三〕『述而不作』句：見《論語·述而》：『子曰：「述而不作，信而好古，竊比于我老彭。」』

〔二四〕注云『謙詞』：《論語·述而》『述而不作』朱熹集注：『孔子刪《詩》、《書》，定禮樂，贊《周易》，修《春秋》，皆傳先王之舊，而未嘗有所作也，故其自言如此。蓋不惟不敢當作者之聖，而亦不敢顯然自附于古之賢人，蓋其德愈盛而心愈下，不自知其辭之謙也。』

〔二五〕六經：六部儒家經典。《莊子·天運》：『孔子謂老聃曰：「丘治《詩》、《書》、《禮》、《樂》、《易》、《春秋》六經，自以爲久矣，孰知其故矣。」』《漢書·武帝紀贊》：『孝武初立，卓然罷黜百家，表章六經。』顔師古注：『六經，謂《易》、《詩》、《書》、《春秋》、《禮》、《樂》也。』漢以來無《樂經》。

〔二六〕『賢法聖』三句：見宋林希逸撰《莊子口義》卷三：『大宗師者，道也。猶言聖法天，天法道，道法自然也。』

〔二七〕『達巷黨人』章：《論語・子罕》：『達巷黨人曰：「大哉孔子！博學而無所成名。」子聞之，謂門弟子曰：「吾何執？執御乎？執射乎？吾執御也。」』

〔二八〕大哉堯之爲君：見《論語・泰伯》：『子曰：「大哉堯之爲君也！巍巍乎！唯天爲大，唯堯則之。蕩蕩乎！民無能名焉。巍巍乎其有成功也！煥乎其有文章！」』

〔二九〕『大而』二句：見《孟子・盡心下》。

〔三〇〕『蓋美』二句：《論語・子罕》『博學而無所成名』朱熹集注：『博學無所成名，蓋美其學之博而惜其不成一藝之名也。』

〔三一〕『又第二節』三句：第二節指《論語・子罕》：『子聞之，謂門弟子曰：「吾何執？執御乎？執射乎？吾執御也。」』第二節注指朱熹集注：『射御皆一藝，而御爲人僕，所執尤卑。言欲使我何所執以成名乎？然則吾將執御矣。聞人譽己，承之以謙也。』

〔三二〕門弟子：謂及門弟子，正式拜師受業的弟子。《論語・泰伯》：『曾子有疾，召門弟子。』

〔三三〕『以吾』二句：見《論語・先進》。

〔三四〕『吾不如』二句：《論語・子路》：『樊遲請學稼，子曰：「吾不如老農。」請學爲圃，曰：「吾不如老圃。」樊遲出。子曰：「小人哉，樊須也！」』

〔三五〕賜也達：見《論語・雍也》：『（季康子）曰：「賜也可使從政也與？」曰：「賜也達，于從政乎何有？」』

〔三六〕『子絕四』章：《論語・子罕》：『子絕四：毋意，毋必，毋固，毋我。』朱熹集注：『絕，無之盡者。毋，《史記》作「無」，是也。程子曰：「此毋字，非禁止之辭。聖人絕此四者，何用禁止？」』

〔三七〕子不語怪力亂神：見《論語·述而》。

〔三八〕心體：指思想。明王守仁《傳習錄》卷下：『先生嘗語學者曰：心體上著不得一念留滯，就如眼著不得些子塵沙。』

〔三九〕『顔淵問爲邦』章：見《論語·衛靈公》：『顔淵問爲邦。子曰：「行夏之時，乘殷之輅，服周之冕，樂則《韶》、《舞》。放鄭聲，遠佞人。鄭聲淫，佞人殆。」』

〔四〇〕敬授人時：見《書·堯典》：『乃命羲和，欽若昊天，歷象日月星辰，敬授人時。』蔡沈集傳：『人時，謂耕穫之候。』《史記·五帝本紀》引作『敬授民時』。謂將曆法付予百姓，使知時令變化，不誤農時。

〔四一〕『寬則得衆』四句：《論語·陽貨》：『恭，寬，信，敏，惠。恭則不侮，寬則得衆，信則人任焉，敏則有功，惠則足以使人。』

〔四二〕《魯論》末篇：即《論語·堯曰》：『堯曰：「咨！爾舜！天之歷數在爾躬。允執其中。四海困窮，天祿永終。」舜亦以命禹，曰：「予小子履，敢用玄牡，敢昭告於皇皇后帝：有罪不敢赦。帝臣不蔽，簡在帝心。朕躬有罪，無以萬方；萬方有罪，罪在朕躬。」周有大賚，善人是富。「雖有周親，不如仁人。百姓有過，在予一人。」謹權量，審法度，修廢官，四方之政行焉。興滅國，繼絶世，舉逸民，天下之民歸心焉。所重：民、食、喪、祭。寬則得衆，信則民任焉，敏則有功，公則説。』

〔四三〕冕旒：古代大夫以上的禮冠。頂有延，前有旒，故曰『冕旒』。天子之冕十二旒，諸侯九，上大夫七，下大夫五。見《周禮·夏官·弁師》。

〔四四〕『大學之道』句：見《大學》：『大學之道，在明明德，在親民，在止於至善。』

〔四五〕大人之學：見《大學》『大學之道』朱熹集注：『大學者，大人之學也。』

〔四六〕『致知在格物』句：見《大學》：『古之欲明明德於天下者，先治其國。欲治其國者，先齊其家。欲齊其家者，先修其身。欲修其身者，先正其心。欲正其心者，先誠其意。欲誠其意者，先致其知，致知在格物。物格而後知至，知至而後意誠，意誠而後心正，心正而後身修，身修而後家齊，家齊而後國治，國治而後天下平。自天子以至於庶人，壹是皆以修身爲本。』

〔四七〕秦火：指秦始皇焚書事。唐孟郊《秋懷》詩之十五：『秦火不爇舌，秦火空爇文。』

〔四八〕一了百當：猶言一了百了。明王守仁《傳習錄》卷下：『學問也要點化，但不如自家解化者，自一了百當，不然亦點化許多不得。』

〔四九〕雍穆：和睦，融洽。漢揚雄《羽獵賦》：『乃祇莊雍穆之徒，立君臣之節，崇賢聖之業，未遑苑囿之麗，遊獵之靡也。』

〔五〇〕『釋正心修身』章：見《大學》：『所謂修身在正其心者，身有所忿懥，則不得其正；有所恐懼，則不得其正，有所好樂，則不得其正；有所憂患，則不得其正。心不在焉，視而不見，聽而不聞，食而不知其味，此謂修身在正其心。』

〔五一〕題面：謂寓藏文章旨意的標題。明胡應麟《少室山房筆叢·丹鉛新錄二·李泰伯》：『第今世士人，白首《論》、《孟》，主司出題，尚有憒憒者。李既與軻不合，則場中題面，或有不省，亦奚疑焉。』

〔五二〕鏡花水月：鏡中花，水中月。語本唐裴休《唐故左街僧錄內供奉三教談論引駕大德安國寺上座賜紫方袍大達法師元秘塔碑銘》：『崢嶸棟樑，一旦而摧。水月鏡像，無心去來。』這裏比喻靈活的手法。

〔五三〕身有之身，當作心：見《大學》『身有所忿懥』朱熹集注引程子曰：『「身有」之身當作心。』

〔五四〕『天命之謂性』節：見《中庸》：『天命之謂性，率性之謂道，修道之謂教。道也者，不可須臾離也，可離非道也。是故君子戒慎乎其所不睹，恐懼乎其所不聞。莫見乎隱，莫顯乎微，故君子慎其獨也。喜怒哀樂之未發，謂之中；發而皆中節，謂之和。中也者，天下之大本也；和也者，天下之達道也。致中和，天地位焉，萬物育焉。』

〔五五〕『窮理』二句：見《易·說卦》：『觀變於陰陽而立卦，發揮於剛柔而生爻，和順於道德而理於義。窮理盡性，以至於命。』

〔五六〕性卽理也：見《孟子·滕文公上》『孟子道性善，言必稱堯、舜』朱熹集注引程子曰：『性卽理也。天下之理，原其所自，未有不善。』

〔五七〕剌謬：違背，悖謬。漢司馬遷《報任安書》：『今少卿乃教以推賢進士，無乃與僕私心剌謬乎？』

〔五八〕『追王太王王季』句：見《中庸》：『子曰：「無憂者，其惟文王乎！以王季爲父，以武王爲子，父作之，子述之。武王纘大王、王季、文王之緒，壹戎衣而有天下，身不失天下之顯名。尊爲天子，富有四海之内。宗廟饗之，子孫保之。武王末受命，周公成文、武之德，追王大王、王季，上祀先公以天子之禮。斯禮也，達乎諸侯大夫，及士庶人。父爲大夫，子爲士，葬以大夫，祭以士。父爲士，子爲大夫，葬以士，祭以大夫。期之喪，達乎大夫。三年之喪，達乎天子。父母之喪，無貴賤，一也。」』

〔五九〕『文王之時』四句：見宋蘇軾著《東坡志林·論古·武王非聖人》。『是以文命稱王』句誤，《東坡志林·論古·武王非聖人》作『是以受命稱王』。

〔六〇〕『武王周公』章：見《中庸》：『子曰：「武王、周公，其達孝矣乎。夫孝者，善繼人之志，善述人之事者也……踐其位，行其禮，奏其樂，敬其所尊，愛其所親，事死如事生，事亡如事存，孝之至也。」』

〔六一〕『中庸』二句：見《中庸》：『子曰：「天下國家可均也，爵禄可辭也，白刃可蹈也，中庸不可能也。」』

〔六二〕舜稱大孝：見《中庸》：『子曰：「舜其大孝也與！德爲聖人，尊爲天子，富有四海之內，宗廟饗之，子孫保之。」』

〔六三〕天下之人通謂之孝：《中庸》『武王、周公，其達孝矣乎』朱熹集注：『達，通也。承上章而言武王、周公之孝，乃天下之人通謂之孝，猶孟子之言達尊也。』

〔六四〕『瞽瞍殺人』章：見《孟子·盡心上》：『桃應問曰：「舜爲天子，皋陶爲士，瞽瞍殺人，則如之何？」孟子曰：「執之而已矣。」「然則舜不禁與？」曰：「夫舜惡得而禁之，夫有所受之也。」「然則舜如之何？」曰：「舜視棄天下，猶棄敝蹝也。竊負而逃，遵海濱而處，終身訢然，樂而忘天下。」』

〔六五〕子輿氏：即孟子。

〔六六〕失出：謂重罪輕判或應判刑而未判刑。《舊唐書·徐有功傳》：『則天覽奏，召有功詰之曰：「卿比斷獄，失出何多？」對曰：「失出，臣下之小過；好生，聖人之大德。」』

〔六七〕問官：審問犯人的官吏。《京本通俗小說·錯斬崔寧》：『問官不肯推詳，含糊了事。』

答客問五則

客問：湯武變揖讓爲征誅，《易》稱：『湯武革命，順乎天而應乎人。』〔一〕迄今千百世下，未嘗敢以惡名加湯武。今子獨罪其篡弒，其說果何昉〔二〕乎？曰：昉於孟子。孟子之言曰：『聞誅一夫紂矣，未聞弑君也。』〔三〕試問，一夫紂爲何人？君又爲何人？豈當時紂王外又有一君乎？若紂儼然君臨天下也，則誅一夫紂非弑君而何？不特此也，《書》稱：『成湯放桀於南巢。』〔四〕史稱：『武王東伐紂，伯夷、叔齊叩馬諫曰：父死不葬，爰及干戈，可謂孝乎？以臣弑君，可謂忠乎？』又稱：『武王親以黄鉞斬紂頭，懸之太白之旗。』其見於經傳者，又彰彰如是，豈皆不足信耶？且既云湯武變揖讓爲征誅矣，征誅云者，卽篡弑之别名也。征者，臣子稱兵之謂。誅者，取其君而顯戮〔五〕之之謂。今云迄今千百世下，未嘗敢以惡名加湯武，試思征誅二字，爲是美名乎？爲是惡名乎？或湯當日之征非放桀，武王當日之誅非伐紂而後可。若猶是放桀伐紂也，則雖欲諱之，又焉得而諱之也？善乎，蘇子之言曰：『使當時有良史如董狐者，則南巢之役必以叛書，牧野之事亦必以弑書，而湯武仁人也，必將爲法受惡。』〔六〕此則善於論聖人也。聖人之過，如日月之食，人皆見之，非若小人之必欲自文其過者也。湯武伐暴救民，誠爲聖人堂堂正正之舉。然功固當稱，而過亦不當諱。故湯亦曰：『惟有慚德，恐後世以台爲口實。』〔七〕武王亦曰：『予有亂臣十人。』〔八〕湯武不自諱，而後人代爲諱之，是小人而代文君子之過也。本欲尊之而反卑之，本欲大之而反小之，何其淺於視聖人耶？或曰其如世道人心之防何？予曰：此正所以爲世道人心之防也。使以湯武爲得天下之正，則後人將曰：湯武亦嘗放伐矣，未聞君子有一言以議其非，吾輩後人又何事不可爲者？惟責湯武無恕詞，則後人將曰：以湯武之聖，論之者猶不能爲之少諱，吾輩何人，其敢躬蹈不韙乎？則爲此説者，其於世道人心之防，不無少補也乎。

古今論湯武之詞，如此類者，不可枚舉，予亦取其顯者而言耳。然顯莫顯於孟子，而人猶不知讀，或讀而不知解，又何暇與之深談乎哉！

客問：召忽事不義之子糾，其死也，謂爲用己者死則可，謂其死與日月爭光則未也。若桓公居長而得立，管仲事之不爲不義，與反面事讐者不同。今子獨是忽而非仲，何居？

予曰：不然。天地君臣之義，千古一轍。子糾雖未得位，然二人已委質〔九〕事之，則君臣之分定久矣。豈有事成則爲吾君，事敗則云非吾君，可乎？既已爲吾君，則死生以〔一〇〕之，召忽是也。若仲之不忠，微獨後人疑之，即子路〔一一〕、子貢之在當日亦嘗疑之矣。故一則曰：管仲不死，未仁乎。〔一二〕一則曰：不能死，又相之。〔一三〕蓋責其不死而又不當反面事讐也。孔子已知其説之不可奪，故略其過而録其功，此亦聖人節取〔一四〕之意云爾。豈有因其功而遂不責其反面事讐之罪耶？今云與反面事讐者不同，則予不知《二十一史》〔一五〕中所書反面事讐之臣，與仲果有何分別也。

客問：宋欽宗北狩〔一六〕，決無復辟之理，若岳忠武〔一七〕之死，則秦檜殺之也。今坐首惡於高宗，而末減〔一八〕秦檜，可乎？予曰：不然。欽宗之不能復辟者，天下之公論，而恐欽宗之復辟者，高宗一人之私心也。然天下事又不可執一而論也。明正統土木之役〔一九〕，天下岌岌乎其殆哉。于謙獨排衆議，擁立郕王〔二〇〕，改元景泰，國家賴以復安。迨後正統得旋，錮之南城，微獨天下之人已不復思舊君，即正統在當時亦無有覬覦復辟之理。而無如奪門之變〔二一〕，出於意外，又豈景泰、于謙所及料者耶？故高宗之恐欽宗復辟者，情也。恐欽宗復辟而因並恐中原之復，遂不得不殺能復中原之忠武者，又勢之所必至也。不然金人方屢敗，我軍方屢勝，一日十二金牌胡爲乎？不趣進師而反趣退師，遂使垂成之功壞於一旦，是誰之過歟？或以爲秦檜爲之，然班師密詔皆出於高宗手書，至今猶有及見之者，則又何說耶？且不特此也，當時誤國之臣莫如張浚〔二二〕，妒賢忌能，屢屢喪師辱國，而高宗寵眷不衰。使高宗無殺父弒君之心，則以任浚者任忠武，以弒忠武者殺浚，立見敵人氣沮，中原唾手可復，豈不大快人心，爲千秋不世出之舉？而乃故意反是，以浚戰敗爲有功，忠武戰勝爲有罪，而此日此時之高宗，尚可以人理論也耶？則忠武之死，非高宗殺之而誰殺之？忠武死，而高宗弒逆之罪不亦大彰明較著〔二三〕也哉？或曰：徽、欽二帝之崩於沙漠也，亦敵人之罪耳，於高宗何尤〔二四〕？予曰：不然。自古賊臣之弒逆，非必親手刃其君與父也，而後人必坐以首惡之誅者，誅其心也，如《春秋》之書『趙盾弒其君』〔二五〕是已。徽、欽二帝之不得其終者，以高宗之不欲恢復中原也。中原可復，而必不欲使之復者，以高宗之果於殺忠武也。則雖坐以首惡之誅，其又何辭？高宗之罪案已明，彼秦檜又何足道哉，何足道哉！

客問：孟子之言王霸，是論其道，不論其爵位，故曰三王、曰五霸。惟禹、湯、文武而後謂三王，繼世而有天下者，不以王道稱之也；惟桓、文、襄、穆、莊而後謂五霸，雖晉悼、楚成、秦昭之富强，不以霸業許之也。今曰王可霸，霸亦可王，其義何居？予曰：不然。孟子云：『以德行仁者王，以力假仁者霸。』〔二六〕未嘗云以德行仁者爲王道，以力假仁爲霸道也。且卽以道而論，則能言王道而能行王道者，自禹、湯、文、武而後，又莫如周公、孔子，而亦以王稱之可乎？故王必天子而後可爲王，霸必諸侯而後可爲霸。彼晉悼、楚成、秦昭之富强，而不以霸業許之者，以其未嘗率諸侯而尊天子也。若云繼世而有天下者，不以王道稱之，則豈三王之後皆降爲諸侯者耶？

客問：制科〔二七〕一道，制義〔二八〕以觀其學，論策〔二九〕表判以觀其才，其制可謂兼備矣。迨後日趨於虚僞，此豈立法者之過，亦行法者之過耳。況今江浙人文大盛，士多博聞，又未可以此概天下士也。予曰：不然。因流弊而追咎，其立法之不善者，亦讀書論古者之常也，況制義取士之法，其流弊爲更甚者哉！順治十七年，朝議以制義取士爲有弊，因改用論策，其立法宜較前爲更善也。未幾，論策粉本〔三〇〕紛紛四出，子弟見成〔三一〕抄用，不難立掇巍科〔三二〕，依舊毫無實際。卽立法之初，其弊已有如是，寧必俟之異日而始見耶？至云江浙人文大盛，士多博聞，則又不然。予於丙子歲曾寓吳門數月〔三三〕，科目〔三四〕誇多則有之，若求其可與語者亦不易得，他可知已。以予觀之，近世古學〔三五〕之盛，當以豫章〔三六〕爲最，魏叔子兄弟以及曾君有、梁質人尤其傑出者〔三七〕。他如新安則洪去蕪〔三八〕，遂安則毛會侯〔三九〕，吾粵則屈翁山〔四〇〕，然皆不及北平王崑繩〔四一〕之超群絶倫也。崑繩之文，汪洋無涯，變幻百出，直欲駕明元宋唐而上之。予目前所服膺者，自叔子先生之後，惟崑繩一人而已。嗚呼！文章之道，關乎造化，又曷可易言也耶？雖然，古學且難其人如此，況聖門心性精微之學，彌天亙地，尤非人力所能及者，自子思、曾子而外，寥寥欲絕，已二千二百四十餘年於茲矣。其有發前人所未發，而使聖人之學復明於天下者，又果何人也哉？

以上五問，予自童子就塾時，業已飽聞其說矣，豈有年及垂老而反忘之耶？然既承下問，故聊答於此，其實均非予生平之所欲言也。噫，安得莊周、列禦寇輩復出，而使予與之談世外不經人道之語也哉！《客問》凡六則，最後一則似惜予有才而不得售，此非知我者。本欲作答，然予著有《辭諸生說》、《習八股非讀書說》，以及見於他文者，已備言其詳矣。茲不復贅，容刻出就正可也。並記。

【注釋】

〔一〕『湯武』二句：見《易·革·彖辭》。

〔二〕昉：起始。《列子·黃帝》：『既出，果得珠焉。眾昉同疑。』張湛注：『昉，始也。』

〔三〕『聞誅』二句：見《孟子·梁惠王下》。

〔四〕『成湯』句：見《書·仲虺之誥》。

〔五〕顯戮：明正典刑，陳屍示眾。《書·泰誓下》：『功多有厚賞，不迪有顯戮。』

〔六〕『使當時』五句：見宋蘇軾《東坡志林·論古·武王非聖人主》。

〔七〕『惟有』二句：見《尚書·仲虺之誥》：『成湯放桀于南巢，惟有慚德，曰：「予恐來世以台爲口實。」』

〔八〕『予有』句：見《書・泰誓中》：『予有亂臣十人，同心同德。』

〔九〕委質：古代卑幼往見尊長，不敢行賓主授受之禮，把禮物放在地上，然後退出。《禮記・曲禮下》：『卿羔，大夫鴈，士雉，庶人之摯匹，童子委摯而退。』孔穎達疏：『童子見先生或朋友，既未成人，不敢與主人相授受拜伉之儀，但奠委其摯於地而自退辟之。』漢班固《白虎通・瑞贄》引《曲禮》作『童子委贄而退』。後引申爲向君主獻禮，表示獻身。《國語・晉語九》：『臣委質於狄之鼓，未委質於晉之鼓也。臣聞之：委質爲臣，無有二心，委質而策死，古之法也。』韋昭注：『言委贄於君，書名於冊，示必死也。』

〔一〇〕以：做，從事。《論語・爲政》：『視其所以。』《韓非子・揚權》：『虛而待之，彼自以之。』

〔一一〕子路：仲由（前五四二—前四八〇），字子路，一字季路。春秋魯國卞（今山東泗水縣）人。孔子弟子。性剛直，好勇力。曾作過季氏宰，蒲大夫。後任衛大夫孔悝的邑宰。孔悝參與衛君的內訌時，子路聞訊趕來，隻身戰鬥，被殺。《史記・仲尼弟子列傳》有傳。

〔一二〕『管仲』二句：見《論語・憲問》：『子路曰：「桓公殺公子糾，召忽死之，管仲不死。」曰：「未仁乎？」』

〔一三〕『不能死』二句：見《論語・憲問》：『子貢曰：「管仲非仁者與？桓公殺公子糾，不能死，又相之。」』

〔一四〕節取：指取其善節。典出《左傳・僖公三十三年》：『《詩》曰：「采葑采菲，無以下體。」君取節焉可也。』杜預注：『葑菲之菜，上善下惡，食之者不以其惡而棄其善，言可取其善節。』明唐順之《與陳蘇山職方書》：『言之縷縷，殊愧詞不能達意也……幸賜裁酌而節取之。』

〔一五〕二十一史：明萬曆國子監刊行的正史，將宋時所稱的十七史增加宋遼金元四史，稱爲二十一史。清顧炎武《日知録·監本二十一史》：『宋時止有十七史，今則並宋、遼、金、元四史爲二十一史。』

〔一六〕宋欽宗：即趙桓（一一〇〇—一一六一）。初名亶，後改名桓。宋徽宗長子。宣和七年（一一二五），宋徽宗遜位於趙桓，是爲宋欽宗，改次年爲靖康元年。靖康二年，與其父徽宗同被金兵俘虜北去，被困在五國城（今黑龍江依蘭）。北狩：徽、欽二帝被擄到北方去的婉詞。宋王明清《揮麈後録》卷四：『逮二聖北狩，彭以無名位，獨得留内庭。』

〔一七〕岳忠武：即岳飛（一一〇三—一一四二），字鵬舉，謚武穆，後改謚忠武。抗金名將。

〔一八〕末減：謂從輕論罪或減刑。《左傳·昭公十四年》：『（叔向）三數叔魚之惡，不爲末減。』杜預注：『末，薄也；減，輕也。』

〔一九〕土木之役：指明英宗被瓦剌軍俘虜的事件。正統十四年（一四四九）瓦剌貴族也先率軍攻明。宦官王振挾持英宗率軍親征，在土木堡（今河北懷來縣東）被俘，王振爲部下所殺。

〔二〇〕郕王：即朱祁鈺（一四二八—一四五七），明代皇帝。宣德十年（一四三五）封郕王。正統十四年土木之變，英宗爲瓦剌所俘，奉皇太后命監國，一月後即皇帝位，年號景泰，遥尊英宗爲太上皇。任用于謙主持軍事，加强北京守禦，擊退瓦剌軍於京郊。瓦剌遣還英宗，置之南宮。景泰八年（一四五七），英宗復辟，被廢爲郕王，死於西宮。成化十一年（一四七五）復帝號，謚景帝。

〔二一〕無如：無奈。清李漁《閒情偶寄·頤養·卻病》：『敵已深矣，恐怖何益？「剪滅此而朝食」，誰不欲爲？無如不可猝得。』奪門之變：景泰八年明將石亨、太監曹吉祥等發動政變，奪取宮門，奉英宗升奉天殿復辟，廢景帝，殺于謙等。

〔二二〕張浚（一〇九七—一一六四）：字德遠。漢州綿竹（今屬四川）人。南宋大臣。建炎四年，張浚無視宿將曲端的正確意見，集結陜西五路軍隊，與金軍在富平（今屬陜西）會戰。結果大敗。隆興元年（一一六三）主持北伐。宋軍連克靈璧（今屬安徽）、虹縣（今安徽泗縣）、宿州（今安徽宿州），旋即潰敗。浚因此罷官，不久即死，謚忠獻。

〔二三〕大彰明較著：指事情或道理極其明顯，很容易看清。《史記·伯夷列傳》：『盜蹠日殺不辜，肝人之肉，暴戾恣睢，聚黨數千人横行天下，竟以壽終。是遵何德哉？此其尤大彰明較著者也。』

〔二四〕尤：責備，怪罪。《左傳·襄公十五年》：『尤其室』注：『責過也。』

〔二五〕趙盾弑其君：見《春秋·宣公二年》：『秋九月乙丑，晉趙盾弑其君夷皋。』

〔二六〕『以德』二句：見《孟子·公孫丑上》：『以力假仁者霸，霸必有大國。以德行仁者王，王不待大。』

〔二七〕制科：這裏泛指科舉。

〔二八〕制義：又作『制藝』，即八股文。明清科舉考試制度所規定的文體。每篇由破題、承題、起講、入手、起股、中股、後股、束股八部分組成。後四部分是正式議論，中股是全篇重心。在這四段中，每段都有兩股排比對偶的文字，合共八股，故又名八股文。文章題目摘自《四書》，所論内容必須根據朱熹《四書集注》，不許自由發揮。始於明太祖朱元璋。《明史·選舉志二》：『（明代）科目者，沿唐、宋之舊而稍變其試士之法，專取四子書及《易》、《書》、《詩》、《春秋》、《禮記》五經命題試士，蓋太祖與劉基所定。其文略仿宋經義，然代古人語氣爲之。體用排偶，謂之八股，通謂之制藝。三年大比，以諸生試之。』

〔二九〕論策：猶策論。就當時政治問題加以論説，提出對策的文章。宋代以來各朝常用作科舉考試的項目之一。宋周密《齊東野語·方翥》：『昔忝知舉，祕監賦重疊用韻，以論策佳，輒爲改之，擢寘高第。』

〔三〇〕粉本：古人作畫，先施粉上樣，然後依樣落筆，故稱畫稿爲粉本。此以比喻范文等。宋計敏夫《唐詩紀事・段成式》：『上白畫樹石頗似閻立德，予携立德天祠粉本驗之，無異。』

〔三一〕見成：現成。北周庾信《陝州弘農郡五張寺經藏碑》：『兼化鄉邑道俗數千，敬造一切德輪，見成三百餘部。』

〔三二〕魏科：猶高第，古代稱科舉考試名次在前者。宋岳珂《桯史・劉藴古》：『其二弟在北皆登魏科。』

〔三三〕丙子：康熙三十五年（一六九六）。吴門：指蘇州或蘇州一帶。爲春秋吴國故地，故稱。宋張先《漁家傲・和程公闢贈別》詞：『天外吴門清霅路，君家正在吴門住。』

〔三四〕科目：指唐代以來分科選拔官吏的名目。宋趙彦衛《雲麓漫鈔》卷六：『唐科目至繁，《唐書》志多不載。』

〔三五〕古學：凡有別於八股文和試帖詩等的經史、詩賦等稱爲古學。宋李幼武《宋名臣言行錄外集》卷六：『（呂希哲）從王安石學。安石以爲：凡士未官而事科舉者，爲貧也；有官矣，而復事科舉，是僥倖富貴利達，學者不由也。公聞之，遽棄科舉，一意古學。』

〔三六〕豫章：漢豫章郡治南昌，轄境大致同今江西省。因以指江西。

〔三七〕魏叔子兄弟：指『寧都三魏』的魏禧、魏際瑞、魏禮。曾君有：曾先慎，字君有，號遂五，清初江西寧都人。書齋名遂五堂。師事易堂九子之一的丘維屏。嘗寓贛州，士大夫過郡者爭禮之。與榷使宋犖爲莫逆交。著有《丘學鈔》、《治學鈔》、《遂五堂集》。見清魏瀛等修、鍾音鴻等纂《贛州府志》卷五十五本傳。梁質人：梁份（一六四〇——一七二九），字質人，江西南豐人。少從彭士望、魏禧遊，講經世之學。工古文辭。嘗隻身遊萬里，飽覽山川形勢，盡訪古今成敗得失。有《懷葛堂文集》、《西陲今略》。見《清史稿》卷四百八十四本傳。

〔三八〕新安：徽州的古稱。隋大業三年（六〇七）改歙州置新安郡，郡治在休寧縣（今安徽休寧縣），十三年移治歙縣（今安徽歙縣）。唐武德初年改爲歙州，天寶元年（七四二）復爲新安郡，乾元元年（七五八）復改名歙州。宋宣和三年（一一二一）以後改稱徽州。洪去蕪：洪嘉植，字去蕪，江南歙縣（今安徽黃山市歙縣）人。以布衣而談理學，名公卿嘗上章薦舉，辭以親老，不就。著有《易說》十五卷、《春秋解》二十卷。見清張佩芳修、劉大櫆纂《歙縣志》卷十二本傳。

〔三九〕遂安：縣名。今浙江省杭州市淳安縣西南。

〔四〇〕屈翁山：屈大均（一六三〇—一六九六），初名紹隆，字翁山，中年改名大均，廣東番禺（今屬廣州市）人。少年逢明清易代，參加武裝抗清，後削髮爲僧，數年後又還俗返儒。生平所至皆有詩，多感時弔古，抒亡國之憤與不屈之志。與陳恭尹、梁佩蘭並稱嶺南三大家。著作有《翁山詩外》、《翁山文外》、《廣東新語》等。

〔四一〕北平：古府名。明洪武元年（一三六八）改大都路置。治今北京城。

山居雜談六十五則

聖賢著書，不過偶拈一二字作話柄，其實總是一個道理。如《論語》所云『學而時習之』，卽是《大學》『在明明德』〔一〕的理。『有朋自遠方來』，卽是『在親民』的理。『不亦君子乎』，卽是『在止於至善』的理。《中庸》『修道之謂教』〔二〕，亦卽是時習、明明德的理。『天地位，萬物育』〔三〕，亦卽是朋來、君子、親民、止至善的理。推之五經皆然，諸子百家亦莫不皆然。

孔子論仁，非有定解，隨事寓見，故所指皆不同。

仁字爲聖門秘密心學，最宜細參〔四〕。然凡事做得恰好處便是仁，不必定解作心之德、愛之理也。

孔子最重隱逸，故篇中論列爲多。然孔子俱不欲同之，所以爲千古聖人。

天下只有兩種人，君子小人是也，故篇中屢舉以爲言。然小人之所以爲小人，只是與君子相反而已，此固觀小人之秘密訣也歟？

一部二十篇，《學而》起，《堯曰》結，分明是孔子以全部内聖外王〔五〕之學傳示萬世。所以五經之後，安得不首推此書。以上談《論語》。

昔人稱《論語》爲孔子弟子所記，並無確據。予謂此書爲大聖人經天緯地之文，豈他人可能代筆者耶！即篇中諸賢論說，亦皆孔子筆削〔六〕之詞。或群弟子有言從而附益其間，要當以孔子爲正。其全載《論語辯》〔七〕中。

《論語》寫諸賢，無一人相似。如顔子未達一間〔八〕，曾子得聞聖道，宛然聖門高徒。他如閔子言語之沖和〔九〕，有子〔一〇〕心地之惇厚，子貢天資之聰穎，子路志氣〔一一〕之剛勇，子張規模〔一二〕之闊綽，子夏氣質之謹慤〔一三〕，宰我〔一四〕言論之乖張，子禽見識之憒憒〔一五〕，皆如化工肖物，無不鬚眉刻露，便是後世班馬〔一六〕諸人作史粉本。

世人一見短文，便稱惜墨如金。予謂天下短文尚有短於《論語》者乎？真不許第二人道也。

《論語》論列上古帝王與古今人物，古無此例，自吾先師創爲之，遂爲《史記》論贊與蘇長公諸論之祖。

《論語》如邦君之妻與太師摯適齊、周公謂魯公、周有八士等章〔一七〕，雖非孔聖之事，却是孔聖之筆，後世著書家多用此法。

上篇以『時』字起以『時』字結，下篇以『君子』起以『君子』結〔一八〕，爲全書章法。則此書不是專論道理可知。

漢揚雄倣《論語》而著《法言》，隋王通倣《論語》而著《中説》，然文氣卑弱，貌雖似而無其神。試取而較之，不啻霄壤之分，故知大聖人筆墨，真非第二人所能模擬者也。萬世文字之祖，豈不信然。

大聖人之寳書，豈敢作文字讀。然文法既明，書理更徹，使天下理學文章合爲一途，或亦聖人之所急許耳。

或謂聖人吐詞成經，豈嘗有意爲文耶？予曰：不然。聖人如造物，然造物隨物賦形，無不曲肖乃爾，謂之有意固非，謂之無意亦不可。試看天下山河大地與夫飛潛動植之類，其間縱横曲直，千變萬化，種種皆成妙理，卽種種皆成妙文，豈非天地之大文章耶？予讀聖人之書亦猶是已，聖人吐詞成經，予謂聖人是文卽法，不可不知。

《尚書》爲太古之書，開口卽云：『欽明文思。』〔一九〕卽《虞書》所稱『人心惟危』四句一十六字〔二〇〕，爲萬世論道之祖，亦必藉文而始傳。則文章一道，其關係不綦重耶？《論語》亦云『鬱鬱乎文哉』〔二一〕，又云『夫子之文章』〔二二〕，又云『是以謂之文也』〔二三〕，又云『文質彬彬』〔二四〕，又云『君子博學於文』〔二五〕，又云『文行忠信』〔二六〕，又云『文莫吾猶人也』〔二七〕，又云『文不在茲乎』〔二八〕，又云『君子以文會友』〔二九〕，又云『文之以禮樂』〔三〇〕，又云『可以爲文矣』〔三一〕。言文之事，不一而足。文之與道，不可軒輊〔三二〕如此。予談孔聖之道，兼談孔聖之文。文章之妙卽是道理，道理之妙卽成文章，一洗從前用訓詁〔三三〕之陋，匪特可新後賢耳目，而聖人之學，亦庶幾有所悟入也夫。

以之乎者也作文字，古無此體，卽今佛書亦少用之。其奇獨創自孔子，安得不推爲千古大聖人。

天下九州萬國莫不有書，若文法之妙，惟中國爲然，故曰中華。中華爲萬國之中，而孔子爲中華之聖，豈非爲天地精靈之所獨聚者耶？以上談《論語》文法。其全載《論語論文》，異日盡欲呈教。

聖門弟子，當推顔子爲第一。然觀其『喟然歎』一章〔三四〕，俱作想像模擬之詞，則顔子之在當日尚在參求一路上做工夫，未曾得手可知。使天假之以年，其造詣當不止此也。故孔子云：『惜乎！吾見其進也，未見其止也。』〔三五〕又云：『有顔回者好學，不幸短命死矣。』〔三六〕傳稱顔子未達一間，殆謂是歟？或問得手事如何？曰：難言也。予聞人若到此地位，則進無可進，止無可止，好無可好，而學無可學矣，所謂頭頭是道者是也。雖然，難言之矣，安得個中人與之論個中事也哉〔三七〕。

莊子《南華經》〔三八〕，其大無外，其小無内，覺釋、儒、道三教妙旨無不包羅於一書之内。絕大道理而以寓言出之，槌碎虛空，另立世界，文中別一天地。讀之數日，令人骨肉皆輕，便可飛身仙去，真宇宙間第一奇書也。

太史公文章固奇，當時人物亦奇，方成得一部《史記》。然不知當時有此人物，始成史公奇文，抑皆史公文章添補湊就，方有此等人物，未可知也。

太史公作《史記》，只顧自寫胸臆，初與此人此事無干，只覺此人此事不過供其之乎者也之用。究之文傳，而此人此事亦與之俱傳矣，從來善著書人皆得此意。

孔子刪述六經，亦偶因當時有是書而爲之刪述已耳，非謂作聖人必要刪述六經也。漢揚雄、隋王通因作《太玄》、《法言》、《元經》、《中説》，以擬六經、《論語》，是以聖人爲印板〔三九〕矣。天下豈有印板聖人耶？後世諸儒亦然，不能打破藩籬，別開手眼，只將五經四書詮釋一番，便以爲聖道在是，且自負爲得聖學真傳，是何異學步邯鄲、刻舟求劍？終身墮印板窠臼中而不知，悲夫！以上談諸子。

宋儒將『天』字作『理』字解，豈彼蒼者天爲道理所結成之一物者耶？

五經四書之文，何常〔四〇〕不講道理，然細相其字法、句法、段法、章法，如日月之經天，山河之緯地，無不脈絡分明，所謂道至而文自至者，非耶？迨關閩濂洛之學〔四一〕興，只論道理之可否，不顧文法之是非，故其文多迂闊拖沓，甚至有不堪句讀者，況道理亦因之執滯〔四二〕而不通乎！或曰：訓詁語錄之體則然耳，然其他序記書疏諸作亦皆同一副腔板，又果何謂哉？天下豈有無法之文乎？不知行文無法，理將安附？予不敢以爲然也已。

制禮作樂，孔子已言之矣。因先朝製作而損益之，不過一有司〔四三〕事耳。卽製作稍乖，於天下固無大害也，況不乖乎？宋儒每將此事說得驚天動地，不知何解。

予嘗言宋儒於天人性命之原，似未窺見，故其所注諸書，皆多作隔靴搔癢之談。昔人譏其有下學而無上達〔四四〕，知言哉！或問：以何爲據？曰：如解性作理字、天作理字之類，試思性與天爲何物，而可以理解之耶！

聖經言正心誠意，是因言治國平天下而推原必本於正心誠意，非僅以『正心誠意』四字卽可治國平天下也。朱晦庵〔四五〕獨舉以爲言，其意何居？又云：朱晦庵對上每以正心誠意爲言。予曰：正心誠意四字，豈專爲人君而設耶？予謂『人臣格君』四字尤爲要緊，晦庵不能使君聽用其言，亦是自己不曾正心誠意處。試以此舉似晦庵，其將何詞以答？以上談宋儒。

題目不過借徑，因自己胸中有無限妙理妙事，無因不能自發，於是偶借某題以吐其奇，非謂此題中實實有此一篇文字也。

凡事做到慷慨淋漓、激宕盡情處，便是天地間第一篇絕妙文字。若必欲向之乎者也中尋文字，又落第二義〔四六〕矣。

世人有題目，始尋文章。予則先有文章，偶借題目耳。猶有悲借淚以出之，非有淚而始悲也。

題目是衆人的，文章是自己的。故千古有同題目，並無同文章。

天下古今之書，任他至奇至妙，讀得爛熟，到底是别人的。惟能評論古今，發抒胸臆，方是自家文字。以上談作文。

明制以八股取士，巧於秦始皇焚書。秦時使人無書可讀，明與我朝使人有書而不肯讀，愚天下之法，莫妙於是。其詳載《明太祖論》中。

予嘗云：專攻八股，算不得讀書。問何謂？予曰：此不過爲應制〔四七〕用耳，設使朝廷另以書畫琴棋取士，則又將學此去矣，豈學書畫琴棋亦算讀書耶？

前半篇是題之來路，後半篇是題之去路，然則題之正面在何處？曰：在無字句處。

傳王季重〔四八〕見八股，但云阿彌陀佛。予見八股亦云苦海茫茫，回頭是岸。

昔人有句云：『三場取士真良策，賺得英雄盡白頭。』〔四九〕予謂此皆拘儒〔五〇〕俗學耳，安得爲英雄？若英雄一不遇，則必思用變以見其奇，如楚項王言：『劍，一人敵，不足學，學萬人敵。』〔五一〕唐李德裕亦言好騾馬不逐隊行者是已〔五二〕。蓋彼將以賺人爲英雄，未有英雄而爲人賺者也。以上談八股。

予嘗言教弟子之法，舉業〔五三〕固要緊，然亦不必禁其讀别書。凡古今載籍，俱可任其涉獵博覽，久之見解日積，心胸自明，則天下何事不可爲，況科名乎？奈何僅以八股填塞心胸，使其不得開展。得售固毋論，儻萬一不售，則終身爲一拘腐學究而已，豈不甚可惜哉，豈不甚可歎哉！

天下之書甚多，吾人之歲月有限，便當窮一歲半歲之力將一部《四書》看得透徹，然後再將别樣奇書熟讀出來，從此把筆作文定有過人之處。故遇則爲國家有用之才，不遇亦不失爲巖穴知名之士，方不辜負一生。奈何世人計不出此，窮年累月惟《四書》一經是務，宜其理無不明，精而又精矣，何至詢以《四書》大義，猶茫然不知其解者，況欲讀天下之書耶？予不能爲弟子解也已。

予嘗言：爲童塾師，當教對課〔五四〕，平仄既熟，則可不另學詩而自知詩。爲成人師，講經時當兼講經書文法，文法既熟，則可不另學古文而自知古文。教子弟便捷之法，莫妙於是。但恐難得這樣一位好先生耳。以上談教子弟之法。

唐詩無自用注者，杜老間於題内用之，非詩也。蓋詩爲性情之物，人人可曉，若自用注，則爲記事録耳，豈復成性情語耶？

唐詩題多書名，用意嚴甚，或書官銜則有之，並無書字之例。然雖書名，亦必慎重其人，決無有肯濫將一人姓名入其詩題者。古人筆墨矜貴如此；今人反是，所以不知詩。

詩道性情，彼此移易不得，方謂之真詩，如晉之陶靖節、唐之杜工部是已。若明王元美、李于鱗〔五五〕輩，則集天下韻語，偶以王、李出名耳，而遂謂之詩，可乎？ 雖然，不獨王、李矣。以上談詩。

從來學書起手，類皆横塗直寫，待至天然絶妙之後，便覺天地間自有此體。因是某人學成，便成某人之體耳，未聞鍾王〔五六〕之先，有一鍾王之體而似之也。故古人學書，縱極摹倣他人，亦皆自出本色。獻之〔五七〕尚不欲似其父，況他人乎？ 凡學詩古文詞亦然。此可爲知者道耳。談字體。

古人有見擔夫爭道悟書〔五八〕，有見舞劍器悟書〔五九〕，見蛇鬬悟書〔六〇〕，見竹篙水影悟書，見屋漏痕悟書〔六一〕，可知草書無一直筆。勒神龍、騏驥以就我控御馳驅之法，固非其人不能。以上談草書。

古人作書用筆，俱多異想。有以頭髮蘸墨書者，以衫角書者，以棕樹衣書者，以笋籜書者，以雞毛書者，種種不一。故知書不獨筆，筆不獨兔毫也。名人絶技，不肯同人，類如此。近世有以箸與指頭作畫者，亦是此意。又丹霞〔六二〕澹歸和尚用茅作筆書字，有《書茅筆書後》一篇，亦韻。

予近來草書，用筆多喜長管，有長至一尺五六寸者，運動如飛，落紙尚活，此古人不傳之妙，予以意創爲之，未足爲門外漢道也。以上談草書用筆。

辟佛〔六三〕一事，前人已有成説，後人若再效之，是食人唾餘矣，況吾儒所長亦不在此。予一日與衆談及釋教，諸人辯論不一。予曰：不然，天生此輩爲看守名山大川耳。問何謂？予曰：語云，世間名山僧占多。天下名山大川最靈異之物，若不著此輩在此居住看守，豈不怕他逃去耶？一座爲之絶倒。

若依釋教，使天下人盡絶嗜欲，不數年而人類盡滅矣。其教之怪僻荒謬不必言，獨其立教之意，皆欲反吾儒之所爲。不特五倫〔六四〕在所謝絶，並世人所豔稱〔六五〕之功名富貴，皆爲其所棄之物。又能爲吾儒之所不能爲，其一種堅忍强力處，亦自不可及。然佛稱『牟尼』，言與仲尼相侔也〔六六〕；其徒稱『比丘』，『丘』爲夫子諱，言與仲尼相比也〔六七〕，則又未嘗不知尊吾儒也。以上談釋教。

道教與吾儒同源而異流，故道藏大半皆是儒書，其不能與釋爭衡者，以吾儒之教掩之也。若後世流而爲燒煉〔六八〕，再流而爲符水〔六九〕，其説已不可問矣，又何論異同哉！談道教。

富貴、貧賤、壽夭，此數者冥冥之中原有主宰，是之謂命，豈年月日時之謂耶？若論年月日時，同者儘多，而富貴、貧賤、壽夭懸絶，何也？或謂刻數不同，予曰：刻數已無干支可起，何命之有？《論語》云：『子罕言利與命與仁。』〔七〇〕言命之爲理，原屬渺茫，故罕言之也。微獨夫子罕言，卽九流〔七一〕亦所不載。相傳其書出自佛藏，其爲妄誕可知。明宋景濂〔七二〕有《祿命辨》一篇，最爲詳悉，後賢一覽便知其誣〔七三〕，可無俟予再贅也已。

後來事正以不知爲妙，若已前知，不特不美，事預以爲優，卽富貴亦覺索然矣。乃愚人必求前知，何也？然亦何能知前耶？以上談命。

富貴功名與子孫壽考之數者，其權皆操之造物，雖聖人不得而主之，而堪輿家〔七四〕輒以此愚人，真可怪也。其說非特不驗，且多得禍，予屢屢徵之不爽。奈世人爲其所愚，牢不可破，至有以求地爲名，忍於停閣〔七五〕其親數十年而不葬者，又有已葬復遷徙以求富貴之地者。予曰：父母骸骨，豈汝求功名富貴之物乎？其心已可誅也。禍且不免，何福之有！痛哉斯言！世人聞之，急宜猛省。如以予言爲謬，請驗之信堪輿之家。

求美地，非有勢力者不能。然有勢力莫如天子，但得天子地而葬之，則天下至今猶爲伏羲〔七六〕有也，其如頑土不關枯骨何哉！

父母愛子之心無所不至，生時不能使子孫富貴，死後枯骨忽然能之，欺三歲小兒哉！或曰地靈使然。將地靈使骸骨，骸骨使子孫耶？然使枯骨有靈，地縱不吉，父母必不肯以禍貽子孫；如其無靈，則地雖吉亦無能爲也，又安用求地爲哉？其說之荒謬矛盾，曷足一噱〔七七〕。

《唐史》載郭汾陽〔七八〕父冢爲盜所發，若據堪輿家言，父屍不存與發冢洩氣，其家當得絕滅，何汾陽己身封王，八子七婿皆爲朝廷顯官，功名富貴子孫壽考如此之盛也？人子不幸親亡，當求速葬爲主，『落土爲安』四字便是爲仁人孝子之秘寶，天必降之以祥，又何俟他求爲哉！

孔子云『死欲速朽』〔七九〕四字便是千古絕妙葬法，言人既死，魄降於地，故欲速朽也。今堪輿家輒以養筋骨之説愚人，若然，則古之仁人孝子何不將親筋骨金包玉裹，置之高樓乾爽之處，風雨濕氣之所不到，便可千萬年不朽，而必葬之於地者，何也？豈非欲其速朽耶？未聞欲速朽之物，而能爲生人禍福者也。

予邑有一富室，累代不肯卜葬〔八〇〕，棺柩累累，盡停別屋，懼誤葬而得禍也。然予見其家兄弟二人皆富，後弟有子不肖，至敗而夭者，其禍福與人無異，豈亦地理使之然耶？地既未葬，禍福從何而來？故凡禍福關乎地理之説，盡屬妄談可知。

禍福關乎地理之説，聖經賢傳之所不談。惟《孝經》有云：『卜其宅兆而安措之。』〔八一〕安措云者，言安置其父母之體魄〔八二〕也，豈求子孫福澤之謂耶？然父母之體魄安，則人子心身俱安，吉祥之事，孰大乎是。奈世人爲其説所惑，東遷西徙，以求吉地，甚至有數起而視其色之黄黑，以爲吉凶禍福之驗，則是父母之體魄不安矣，而欲求子孫福澤得乎哉？或曰：堪輿家多有其書，豈皆非歟？曰：安知非即此輩僞造，何可信也。或問：陽宅〔八三〕陰陽向背之説，信有之乎？曰：有之。詩云：『考卜維王，宅是鎬京，維龜正之。』〔八四〕又云『定之方中，作於楚宮。揆之以日，作於楚室』〔八五〕是也。蓋言陽宅爲生人所居之地，向背之吉不吉，則生人之禍福因之，故必決之以龜卜，審之以方向也。試看目前興旺之家，莫不前低後高，左右輔翼，朝向得宜。衰敗者反是。此其理尤顯而易見者，豈若陰宅〔八六〕向背之吉凶了與枯骨無關者耶？或曰：陰陽一理，子不信陰而信陽，何也？曰：不然。陽宅不吉，則生人可死。

未聞陰宅地吉，而死人可生也。

福善禍淫之説，自古莫不云然，然或有時爲善而反得禍，爲惡而反得福者，何哉？及視其宅，或前高後低，或前實後空，兼之左右無輔，朝向失宜，雖使善人居之，無不衰敗立見，此其禍之所由得者歟？抑視其宅，或前低後高，或前空後實，兼之左右相依，朝向得利，雖使惡人居之，將來興旺不難，此其福之所由得者歟？故其宅吉，惡人居之而亦吉，況以善人而居吉宅乎？其得福當有倍於斯者矣。其宅凶，善人居之而亦凶，況以惡人而居凶宅乎？其得禍當有甚於斯者矣。然則禍福亦人自取耳，天將奈之何哉？奈何世人惟陰宅是求，而反置陽宅而不問，又曷怪天道報施之或爽也耶？以上談地理。

天下只我一人，餘俱我之現相也。譬若夢然，人物雜陳，我若無夢，人物何在？以人夢人，當是魂之所變現。然天地萬物，有時入夢，豈皆有魂耶？抑予之魂可以散爲天地萬物也？以上談夢。

富貴須從貧賤中來，方可見樂，如饑得食，其味無窮。若坐享先人富貴，如坐飯籮〔八七〕邊漢，飽得可憐，亦決非英豪之所樂得耳。談富貴。

【注釋】

〔一〕在明明德：見《大學》：『大學之道，在明明德，在親民，在止於至善。』

〔二〕修道之謂教：見《中庸》：『天命之謂性，率性之謂道，修道之謂教。』

〔三〕『天地位』二句：見《中庸》：『致中和，天地位焉，萬物育焉。』

〔四〕參：領悟，琢磨。《水滸傳》第九十回：『此乃禪機隱語，汝宜自參，不可明說。』

〔五〕內聖外王：古代修身爲政的最高理想。謂內備聖人之至德，施之於外，則爲王者之政。《莊子·天下》：『是故內聖外王之道，闇而不明，鬱而不發，天下之人，各爲其所欲焉，以自爲方。』

〔六〕筆削：對作品刪改訂正。筆，書寫記錄；削，用刀削刮簡牘，指刪改。宋歐陽脩《免進五代史狀》：『至於筆削舊史，褒貶前世，著爲成法，臣豈敢當。』

〔七〕《論語辯》：見卷二。

〔八〕未達一間：謂未能通達，只差一點。漢揚雄《法言·問神》：『昔乎！仲尼潛心於文王矣，達之。顏淵亦潛心於仲尼矣，未達一間耳。』

〔九〕閔子：閔損（前五三六—前四八七），字子騫，春秋時魯國人，孔子弟子，以德行著稱。《孟子·公孫丑上》：『冉牛、閔子、顏淵善言德行。』《史記·仲尼弟子列傳》有傳。沖和：淡泊平和。晉袁宏《後漢紀·靈帝紀》：『此子神氣沖和，言合規矩，高才妙識，罕見其倫。』

〔一〇〕有子：有若（前五一八—？），字子有，春秋末年魯國（今屬山東）人。孔子弟子。小孔子四十三歲（一說三十六歲）。有子是孔子弟子中對孔子思想有深入體會的弟子，被譽爲『智足以知聖人』。孔子死後，同門弟子子游、子張、子夏因他『似孔子』，欲師事之，由於曾參反對而作罷。見《史記·仲尼弟子列傳》、清熊賜履《學統》卷十三。

〔一一〕志氣：意志和精神。《莊子·盜蹠》：『目欲視色，耳欲聽聲，口欲察味，志氣欲盈。』

〔一二〕子張：顓孫師（前五〇三—？），字子張。春秋末陳國陽城（今河南登封）人。孔子弟子。以勇武激進著稱。曾隨孔子周遊列國。《史記・仲尼弟子列傳》有傳。規模：氣勢。宋王正德《餘師錄・黃魯直》：『又云：思義理則欲精，知古今則欲博，學文則觀古人之規模。孔子曰：觚不觚，觚哉，觚哉。』

〔一三〕子夏：卜商（前五〇七—？），字子夏。一說春秋末年衛國人，一說晉國溫（今河南省溫縣西南）人。孔子弟子。以文學著稱。孔子死後，居魏國河西（濟水、黃河間）教授，爲魏文侯師，李悝、吳起都是他的學生。《史記・仲尼弟子列傳》有傳。謹愨：厚重樸實。《荀子・非十二子》：『今之所謂處士者，無能而云能者也，無知而云知者也，利心無足而佯無欲者也，行僞險穢而彊高言謹愨者也。』

〔一四〕宰我：宰予（前五二二—前四五八），字子我，亦稱宰我。春秋末年魯國人。孔子弟子。以長於辭令著稱。曾任齊國臨淄大夫。因參與田常反齊簡公的鬥爭而被殺。《史記・仲尼弟子列傳》有傳。

〔一五〕子禽：陳亢，字子禽。孔子弟子。春秋末陳國人。少孔子四十歲。《史記・仲尼弟子列傳》中未有其名，但《孔子家語・弟子解》有其名。憒憒：昏庸，糊塗。漢班固《詠史》：『百男何憒憒，不如一緹縈！』

〔一六〕班馬：漢班固與司馬遷的並稱。《晉書・陳壽徐廣等傳論》：『丘明既沒，班馬迭興。』

〔一七〕邦君之妻：見《論語・季氏》：『邦君之妻，君稱之曰「夫人」，夫人自稱曰「小童」；邦人稱之曰「君夫人」，稱諸異邦曰「寡小君」；異邦人稱之，亦曰「君夫人」。』太師摯適齊：見《論語・微子》：『大師摯適齊，亞飯干適楚，三飯繚適蔡，四飯缺適秦。鼓方叔入於河，播鞀武入於漢，少師陽、擊磬襄入於海。』周公謂魯公：見《論語・微子》：『周公謂魯公曰：「君子不施其親，不使大臣怨乎不以。故舊無大故，則不棄也。無求備於一人。」』周有八士：見《論語・微子》：『周有八士：伯達、伯適、仲突、仲忽、叔夜、叔夏、季隨、季騧。』

〔一八〕『上篇』句：此處疑有脫誤。

〔一九〕欽明文思：見《尚書·堯典》：『曰若稽古，帝堯曰放勳。欽明文思安安。允恭克讓，光被四表，格於上下。』

〔二〇〕『人心惟危』四句一十六字：見《尚書·大禹謨》：『人心惟危，道心惟微。惟精惟一，允執厥中。』

〔二一〕『鬱鬱乎文哉』：見《論語·八佾》：『子曰：「周監於二代，鬱鬱乎文哉！吾從周。」』

〔二二〕『夫子之文章』：見《論語·公冶長》：『子貢曰：「夫子之文章，可得而聞也，夫子之言性與天道，不可得而聞也。」』

〔二三〕『是以謂之文也』：見《論語·公冶長》：『子貢問曰：「孔文子何以謂之文也？」子曰：「敏而好學，不恥下問，是以謂之文也。」』

〔二四〕『文質彬彬』：見《論語·雍也》：『子曰：「質勝文則野，文勝質則史，文質彬彬，然後君子。」』

〔二五〕『君子博學於文』：見《論語·雍也》：『子曰：「君子博學于文，約之以禮，亦可以弗畔矣夫！」』

〔二六〕『文行忠信』：見《論語·述而》：『子以四教，文、行、忠、信。』

〔二七〕『文莫吾猶人也』：見《論語·述而》：『子曰：「文，莫吾猶人也，躬行君子，則吾未之有得。」』

〔二八〕『文不在茲乎』：見《論語·子罕》：『子畏于匡。曰：「文王既沒，文不在茲乎？天之將喪斯文也，後死者不得與于斯文也；天之未喪斯文也，匡人其如予何？」』

〔二九〕『君子以文會友』：見《論語·顔淵》：『曾子曰：「君子以文會友，以友輔仁。」』

〔三〇〕『文之以禮樂』：見《論語·憲問》：『子路問成人。子曰：「若臧武仲之知，公綽之不欲，卞莊子之勇，冉求之藝，文之以禮樂，亦可以爲成人矣。」曰：「今之成人者何必然？見利思義，見危授命，久要不忘平生之言，亦可以爲成人矣。」』

〔三一〕『可以爲文矣』：　見《論語・憲問》：　『公叔文子之臣大夫僎，與文子同升諸公。子聞之曰：「可以爲文矣。」』

〔三二〕軒輊：　車前高後低叫軒，前低後高叫輊。引申爲高低、輕重、優劣。語出《詩・小雅・六月》：　『戎車既安，如輊如軒。』朱熹集傳：　『輊，車之覆而前也。軒，車之卻而後也。凡車從後視之如輊，從前視之如軒，然後適調也。』

〔三三〕訓詁：　對字句（主要是對古書字句）作解釋。《漢書・揚雄傳上》：　『雄少而好學，不爲章句，訓詁通而已，博覽無所不見。』

〔三四〕『喟然歎』一章：　見《論語・子罕》：　『顔淵喟然歎曰：「仰之彌高，鑽之彌堅；　瞻之在前，忽焉在後。夫子循循然善誘人，博我以文，約我以禮。欲罷不能，既竭吾才，如有所立卓爾。雖欲從之，末由也已。」』

〔三五〕『惜乎』句：　見《論語・子罕》：　『子謂顔淵，曰：「惜乎！　吾見其進也，未見其止也。」』

〔三六〕『有顔回』二句：　見《論語・雍也》：　『哀公問弟子孰爲好學。孔子對曰：「有顔回者好學，不遷怒，不貳過，不幸短命死矣。今也則亡，未聞好學者也。」』

〔三七〕個中人：　此中人。指在某方面體驗頗深，熟知内情的人。明汪錂《春蕪記・定計》：　『或者他曉得我也是個中人，要尋我去幫閒，也未可知。』個中，此中，其中。宋陸游《對酒》詩：　『個中妙趣誰堪語，最是初醺未醉時。』

〔三八〕南華經：　本名《莊子》，戰國早期莊子及其門徒所著。漢代道教出現以後，尊之爲《南華經》，且封莊子爲南華真人。

〔三九〕印板：　用以印刷的底板，有木板、金屬板等。宋王溥《五代會要・經籍》：　『後唐長興三年二月，中書門下奏請依石經文字刻《九經》印板。』

〔四〇〕何常：同『何嘗』。用反問的語氣表示未曾或並不。元白樸《沁園春·金陵鳳凰臺眺望》：『擾擾人生，紛紛世事，就裏何常不强顔，重回首，怕浮雲蔽日不見長安。』

〔四一〕關閩濂洛之學：指關學、閩學、濂學、洛學。關學，是萌芽於北宋慶曆之際的儒家學者申顔、侯可，至張載而正式創立的一個理學學派。因申顔、侯可，還有張載，都是關中人，『關學』中弟子也多爲關中人，故稱之爲『關學』。關學屬於宋明理學中『氣本論』的一個哲學學派。閩學，宋代理學以朱熹爲首的學派。朱熹曾僑寓並講學於福建路的建陽，故稱。濂學，北宋儒家學者周敦頤開創的理學學派。周敦頤晚年定居廬山蓮花峯下，以自己家鄉道州營道縣的水名『濂溪』來命名自己堂前的小溪和書堂，所以學者習稱其爲濂溪先生，『濂學』之名也因之而得。洛學，指宋儒程顥、程頤的學説。因其是洛陽人，故名。

〔四二〕執滯：拘泥。《舊唐書·陸贄傳》：『卿所奏陳，雖理體甚切，然時運必須小有改變，亦不可執滯，卿更思量。』

〔四三〕有司：官吏。古代設官分職，各有專司，故稱。《書·大禹謨》：『好生之德，洽于民心，兹用不犯於有司。』

〔四四〕有下學而無上達：明《少林住持榻公塔銘》：『公諱悟榻……幼穎異，承庭訓，習舉業，忽睹《遺書》，至「儒者，有下學而無上達」。喟然曰：「安可以超生死哉！」』

〔四五〕朱晦庵：朱熹（一一三〇—一二〇〇），字元晦，號晦庵。祖籍徽州婺源（今江西婺源縣）。生於福建尤溪。著名理學家、文學家、教育家。

〔四六〕第二義：佛教語，凡夫所見到的世間事相，相對的真理。這裏引申指相對的、次要的。

〔四七〕應制： 應詔，應皇帝之命。特指應皇帝之命寫作詩文。南朝宋謝莊有《七夕夜詠牛女應制》詩，唐上官儀有《奉和過舊宅應制》詩。

〔四八〕王季重： 王思任（一五七四—一六四六），字季重，號謔庵，又號遂東，明末山陰（今浙江紹興）人。萬曆二十三年考中進士，一生三仕三黜，五十年內有一半閒居在野。曾三次出任知縣，也擔任過袁州推官、刑部及工部主事等職。魯王監國時任禮部尚書。王思任深痛權奸誤國，曾極言官亂、民亂、餉亂、士亂之失。清兵破紹興城，閉門大書『不降』，絕食而死。有《王季重十種》傳世。

〔四九〕『三場取士』二句： 宋張舜民撰《畫墁錄》：『唐書太宗在洛，登端門，見新進士綴行而出，喜曰：「天下英雄入吾彀中矣。」趙嘏詩云：「太宗皇帝真長策，賺得英雄盡白頭。」』

〔五〇〕拘儒： 固執守舊、目光短淺的儒生。漢桓寬《鹽鐵論·毀學》：『而拘儒布褐不完，糟糠不飽，非甘菽藿而卑廣廈，亦不能得已。』

〔五一〕『劍，一人敵』三句： 《史記·項羽本紀》：『項籍少時，學書不成，去學劍，又不成。項梁怒之。籍曰：「書足以記名姓而已。劍，一人敵，不足學，學萬人敵。」』

〔五二〕李德裕（七八七—八五〇）： 字文饒。趙郡（今河北趙縣）人。唐後期宰相，著名政治家。好騾馬不逐隊行： 唐孫光憲撰《北夢瑣言》卷六《李太尉請脩狄梁公廟事》：『李德裕太尉未出學院，盛有詞藻而不樂應舉。吉甫相俾，親表勉之。掌武曰： 好騾馬不入行。』

〔五三〕舉業： 爲應科舉考試而準備的學業。明清時專指八股文。後蜀何光遠《鑒誡錄·攻雜詠》：『陳裕秀才下第，遊蜀，誓棄舉業，唯事脣喙。』

〔五四〕對課： 舊時私塾中的一種功課，即對對子。明周楫編纂《西湖二集·愚郡守玉殿生春》：『那時方會得對課，你道他對的課是怎麼樣妙的？李先生道：「一雙征雁向南飛。」趙雄對道：「兩隻燒鵝朝北走。」」

〔五五〕王元美：王世貞（一五二六—一五九〇），字元美，號鳳洲，又號弇州山人。江蘇太倉人。明代文學家、史學家。與李攀龍、謝榛、宗臣、徐中行、梁有譽、吳國倫並稱『後七子』。李于鱗：李攀龍（一五一四—一五七〇），字于鱗，號滄溟。歷城（今山東濟南）人。明代文學家。他是『後七子』的首領之一。

〔五六〕鍾王：三國魏書法家鍾繇和晉書法家王羲之的並稱。《晉書·王羲之傳論》：『伯英臨池之妙，無復餘蹤；師宜懸帳之奇，罕有遺跡。逮乎鍾王以降，略可言焉。』

〔五七〕獻之：王獻之（三四四—三八六），字子敬，小字官奴，琅琊臨沂（今屬山東省）人。王羲之第七子。東晉書法家。在王羲之、張芝的基礎上別創新法，形成筆跡流澤、婉轉妍媚的風格。他擅長各種書體，尤精行草書，與其父並稱二王。

〔五八〕見擔夫爭道悟書：唐李肇《唐國史補》：『旭言：「始吾見公主擔夫爭路，而得筆法之意；後見公孫氏舞劍器，而得其神。」』

〔五九〕見舞劍器悟書：杜甫《觀公孫大娘弟子舞劍器行序》：『昔者吳人張旭，善草書帖，數常於鄴縣見公孫大娘舞西河劍器，自此草書長進。』

〔六〇〕見蛇鬭悟書：宋蘇軾《東坡志林》：『宋文同自云：「學草書十年未得，後見蛇鬥而草書長。」』文同（一〇一八—一〇七九），字與可，號笑笑居士、錦江道人，世稱石室先生，梓潼永泰（今四川省鹽亭縣）人。北宋畫家。

〔六一〕見屋漏痕悟書：唐陸羽《釋懷素與顏真卿論草書》：『素曰：「吾觀夏雲多奇峯，輒常師之，其痛快處如飛鳥出林，驚蛇入草。又遇坼壁之路，一一自然。」真卿曰：「何如屋漏痕？」素起，握公手曰：「得之矣。」』

〔六二〕丹霞：丹霞山。

〔六三〕辟佛：斥佛教，駁佛理。明王世貞《藝苑卮言》卷四：『永叔不識佛理，强闢佛；不識書，强評書。』
〔六四〕五倫：舊指君臣、父子、兄弟、夫妻、朋友之間五種倫理關係。也稱五常。明丘濬《壽古藤兩傳先生序》：『故五倫之中最長久者莫如兄弟。』
〔六五〕豔稱：稱羨。清余懷《板橋雜記·軼事》：『先是嘉興沈雨若，費千金定花案，江南豔稱之。』
〔六六〕牟尼：爲釋迦牟尼的省稱。釋迦牟尼爲梵文的譯音。
〔六七〕比丘：爲梵文的音譯，意爲乞士，上從如來乞法以練神，下就俗人乞食以資身。
〔六八〕燒錬：謂道教徒燒爐煉丹。唐李翺《疏屏奸佞》：『凡自古奸佞之人可辨也……主好神仙，則通燒錬變化之術。』
〔六九〕符水：巫師道士以符籙焚化於水中，或直接向水中畫符誦咒，迷信者以爲可以辟邪治病。《後漢書·皇甫嵩傳》：『初，鉅鹿張角自稱「大賢良師」，奉事黄老道，畜養弟子，跪拜首過，符水咒説以療病，病者頗愈，百姓信向之。』
〔七〇〕『子罕』句：見《論語·子罕》。
〔七一〕九流：先秦的九個學術流派。後以泛指各學術流派。《北史·周高祖武帝紀》：『遂使三墨八儒，朱紫交競；九流七略，異説相騰。』
〔七二〕宋景濂：宋濂（一三一〇—一三八一），字景濂，號潛溪。元明浙江浦江人。明初大臣、學者。元順帝至正中，隱居龍門山，號玄真子。朱元璋取婺州，與劉基等並征至應天，授江南儒學提舉，授太子經書。主修《元史》。洪武十三年，因其長孫宋慎坐胡惟庸黨事，謫茂州，卒於夔州。正德中追謚文憲。著有《宋學士全集》傳世。《明史》卷一百二十八有傳。

〔七三〕誣：欺騙。漢司馬遷《報任安書》：『因爲誣上，卒從吏議。』

〔七四〕堪輿家：古時爲占候卜筮者之一種。後專稱以相地看風水爲職業者，俗稱『風水先生』。《史記·日者列傳》：『孝武帝時，聚會占家問之，某日可取婦乎？五行家曰可，堪輿家曰不可。』

〔七五〕停閣：猶擱置。亦作『停擱』，《朱子全書》卷十四：『言於怒時，且權停閣這怒，而觀理之是非，少間自然見得當不當怒。』

〔七六〕伏羲：傳説中的古帝，卽太昊。風姓。相傳其始畫八卦，又教民漁獵，取犧牲以供庖廚。《白虎通義·德論上》：『三皇者，何謂也？伏羲、神農、燧人也。』

〔七七〕噱：大笑。《説文·口部》：『噱，大笑也。』

〔七八〕郭汾陽：郭子儀（六九七—七八一），華州（今陝西華縣）人。唐朝名將。累官至兵部尚書、太尉兼中書令，曾出任天下兵馬副元帥，封汾陽郡王，被唐德宗李適尊爲『尚父』。

〔七九〕死欲速朽：見《禮記·檀弓上》：『有子問于曾子曰：「問喪于夫子乎？」曰：「聞之矣，喪欲速貧，死欲速朽。」』

〔八〇〕卜葬：古代埋葬死者，先占卜以擇吉祥之葬日與葬地，稱爲『卜葬』。《禮記·雜記下》：『卜葬其兄，弟曰「伯子某」。』孔穎達疏：『謂卜葬擇日而卜人祝龜之辭也。』後卽爲擇時地安葬之代稱。

〔八一〕『卜其宅』句：見《孝經·喪親章》：『爲之棺槨衣衾而舉之，陳其簠簋而哀慼之，擗踴哭泣，哀以送之。卜其宅兆而安措之，爲之宗廟以鬼享之，春秋祭祀以時思之。』

〔八二〕體魄：指屍體。古人認爲人死後魂氣上升而魄著於體，故稱。《禮記·禮運》：『及其死也，升屋而號，告曰：「皋某復！」然後飯腥而苴孰，故天望而地藏也。體魄則降，知氣在上。』孔穎達疏：『天望，謂始死望天而招魂；地藏，謂葬地以藏屍也。「體魄則降，知氣在上」者，覆釋所以天望地藏之意。』陳澔集說：『所以升屋者，以魂氣之在上也。皋者，引聲之言。某，死者之名也。欲招此魂，令其復合體魄，如是而不生，乃行死事。』唐顧況《持斧》詩：『持斧持斧，無翦我松柏兮，柏下之土，藏吾親之體魄兮。』

〔八三〕陽宅：舊時堪輿家稱活人的住宅。與墓地陰宅相對。明顧起元《客座贅語·儒學》：『廟後明德堂，堂後尊經閣，高大主事，廟門與學門，二木皆受乾金之尅，陽宅以門爲口氣，生則福，尅則禍。』

〔八四〕『考卜維王』三句：見《詩·大雅·文王有聲》：『考卜維王，宅是鎬京，維龜正之，武王成之。』考卜，古代以龜卜決疑，謂之『考卜』。後亦泛指占問吉凶。

〔八五〕『定之方中』四句：見《詩·鄘風·定之方中》。

〔八六〕陰宅：墳墓，墓穴。清袁枚《新齊諧·諸廷槐》：『此小相公頭有紅光，將來必貴，我不願見之。或問：「可是諸府祖宗功德修來乎？」曰：「非也，是他家陰宅風水所蔭。」』

〔八七〕飯籮：用竹子編成的裝飯的器具。宋賾藏編《古尊宿語錄·舒州龍門佛眼和尚〈示禪人心要〉》：『譬如飯籮邊坐說食，終不能飽，爲不親下口也。』行脚：指僧人爲尋師求法而游食四方。

記徐庶〔一〕洞

相傳有某附海舶遇風，飄至一島，偶試登覽，見洞口題三大字云『徐庶洞』，字皆紅綠異色。且驚且行，不覺深入。至一室，明牕淨几，牙籤充積，疑有主人在內。試呼無有應者，因取書一套挾而出。急趨下山，忽大風將套內書逐頁紛紛吹去，不知所往。至舟中取看，惟剩空套而已，套面有『棋子論』三字云。

【注釋】

〔一〕徐庶：初名福，字元直，潁川（今河南禹州）人。三國謀士。以孝著稱。少爲遊俠，後折節求學。漢末避亂荆州，與諸葛亮相善。後爲劉備謀士，向劉備薦舉諸葛亮。曹操取荆州，執其母，被迫歸曹操。官至御史中丞。魏明帝時卒。見《三國志·魏書》卷十四、《三國志·蜀書》卷三十五。

記陀陵山

粵西陀陵縣〔一〕有山，高數百仞，時見有物如銀鞘〔二〕數百千，層壘於土。偶有墜者，內有骨什，人得之，以爲戥幹〔三〕，云極得利。一日，土司〔四〕欲窮其事，築臺與山齊，使卒往觀，銀鞘皆隱不見，惟見石臺有棋盤，棋子可移而不可舉。正驚疑間，見一石牛側臥，尾後有矢〔五〕尚溫。異之，急攜下，則盡黃金也。趣再上，則不復見矣。

【注釋】

〔一〕粤西：　廣西的別稱。明末徐弘祖《徐霞客遊記》有《粤西遊日記》，記述在廣西的遊歷。陀陵縣，在今廣西壯族自治區崇左市扶綏縣，位於廣西西南部。

〔二〕銀鞘：　古時一種解餉銀用的盛放物。

〔三〕戥幹：　秤桿。

〔四〕土司：　亦稱『土官』。元、明、清時期於西北、西南地區設置的由少數民族首領充任並世襲的官職。按等級分爲宣慰使、宣撫使、安撫使等武職和土知府、土知州、土知縣等文職。明清兩代曾在部分地區進行改土歸流。解放後，土司制度廢除。《元史·仁宗紀三》：『雲南土官病故，子姪兄弟襲之，無則妻承夫職。』《明史·職官志一》：『凡土司之官九級，自從三品至從七品，皆無歲祿。』

〔五〕矢：　通『屎』。《左傳·文公十八年》：『(惠伯)弗聽，乃入，殺而埋之馬矢之中。』

記續碧落洞〔一〕詩始末

鍾允章〔二〕《雲華御室記》載，南漢主幸碧落洞，有仙叟將金丹七粒出獻，却之，仍敕藏巖壁最深處。後人因題詩云：『湞陽東去是雲華，傳是神仙舊隱家。怪煞僞劉真俗骨，却將泥土葬丹砂。』〔三〕予友周子象九曰：『不然。自古無不死之仙佛。漢主之却金丹，未爲不是。獨是金丹遇天子而始出獻，則仙人亦未免勢利耳。』予因笑續一絕云：『從來勢利欲拋難，仙遇官家亦降壇。今日吾儕親一到，更無山叟贈金丹。』題畢，復顧同遊諸公語曰：　僞劉雖云俗漢，世亦豈有真仙出現者？況其據粵已經四世，淫虐無度，斯時人心久離，天命已去。假使仙人猶在，亦將厭惡痛絶之不暇，又何丹肯獻之有？此必山魈〔四〕水怪乘其衰敝而戲侮之，而佞臣誤以爲仙，因杜撰其詞，以爲欺世之舉已耳。衆人或受其愚，吾輩豈可被他瞞過？諸公大笑首肯。因並記之，附鐫原詩後。同遊者秣陵方巢〔五〕、廣陵周鼎、邑人蕭某與予共四人。康熙三十二年〔六〕四月日，曲江廖燕書。

【注釋】

〔一〕碧落洞：位於今廣東省英德市西南七公里，橋下村燕子巖南端。詳見卷七《遊碧落洞記》注〔一〕。

〔二〕鍾允章：五代時番禺（今屬廣東）人。仕南漢。劉龑時第進士，累遷至中書舍人。以文思敏捷，見知於劉晟。詔敕碑記，援筆立就。命教長子劉鋹，及鋹即位，頗見敬重，任爲參知政事。大寶二年，內侍監許彦真誣允章謀反，被誅殺。見《新五代史·南漢世家》、清吳任臣《十國春秋》卷六四。

〔三〕『湞陽』四句：見宋連希元《題雲華御室》：『洞天東去號雲華，便是仙人舊隱家。堪笑僞劉真俗骨，卻將泥土葬丹砂。』

〔四〕山魈：動物名。猴屬，狒狒之類。體長約三尺，頭大面長，眼小而凹，鼻深紅色，兩頰藍紫有皺紋，腹部灰白色，臀部有一大塊紅色癍胝，尾極短而向上，有尖利長牙，性兇猛，狀極醜惡。古代傳説以爲山怪，又稱『山蕭』、『山臊』、『山繅』等，記述狀貌不一。唐戴孚《廣異記·斑子》：『山魈者，嶺南所在有之，獨足反踵，手足三岐。其牝者好施脂粉。於大樹中做窠。』

〔五〕秣陵：南京舊名。秦始皇三十七年（前二一〇）改金陵邑置秣陵縣，在今南京市南的秣陵關。孫權改建業。晉分置秣陵、建鄴二縣。隋並秣陵入江寧。方巢：生平不詳。

〔六〕康熙三十二年：一六九三年。

記張獻忠〔一〕卒語

明季劇盜張獻忠屠戮幾半天下，迄今三十餘年，其黨猶有存者。予於羊城遇一卒，云是張黨，爲予道明季事甚詳：『嘗從獻忠攻陷州郡，擄得男婦甚衆，夜半睡不安，心發燥甚，若有使之者，起殺數人，方能就枕。當時亦不知何故，必欲如此。今則無之，卽予亦不自解也。』

予聞之，心知其然，蓋殺運方開，人心俱變，妖星〔三〕下降，孽狐陞座〔四〕，屠毒〔五〕成風，心狼〔六〕手滑，日習一日，遂有如張卒所云者，天下事尚忍言耶？《易》不云乎：『非一朝一夕之故，其所由來者漸矣，由辯之不早辯也。』〔七〕言早辯，履霜決不至堅冰〔八〕，予曰不然。天方生聖人，平一海内，使之爲前驅，雖早辯之有不得者，况不早乎？不但不早辯之，若有故知天下如此，而愈虐其政、殘其民，惟恐不速以趨於亡，如秦漢之季者，則甚可歎也。爲之者，嬉嬉然處焦釜上，方以爲得計，豈自知其身之將爲覆巢卵耶？家國已亡，身將焉往？故知其事在天，而實在人，人誠早辯之，一反其所爲，不至於喪亡未可知，而無如其有不然者。其有不然者，有不欲然者在也。張卒之語，不我欺也。

【注釋】

〔一〕張獻忠（一六〇六—一六四七）：字秉吾，號敬軒，膚施（今陝西延安）人。明末農民起義軍領袖。

〔二〕妖星：古代指預兆災禍的星，如彗星等。《左傳·昭公十年》：『居其維首，而有妖星焉。』

〔三〕孽狐：《說文解字·犬部》：『狐，祅獸也。鬼所乘之。』陞座：登上座位。《荀子·樂論》：『降，說屨升坐，修爵無數。』

〔四〕屠毒：殺害，毒害。宋文天祥《葬無主墓碑》詩：『大河流血丹，屠毒誰之罪？』

〔五〕狼：兇狠。《廣雅·釋詁三》：『狼、戾，很也。』《淮南子·要略》：『秦國之俗貪狼。』

〔六〕『非一朝』三句：見《易經·坤卦·文言》：『積善之家，必有餘慶；積不善之家，必有餘殃。臣弒其君，子弒其父，非一朝一夕之故，其所由來者漸矣，由辯之不早辯也。』唐孔穎達疏：『「由辯之不早辯」者，臣子所以久包禍心，由君父欲辯明之事，不早分辯故也。此戒君父防臣子之惡。』

〔七〕『履霜』句：由《易·坤卦·初六》『履霜，堅冰至』化出。

記學醫緣起因遺家弟佛民

予既棄舉業不事，起居進退，頗覺適然。然貧日甚，苦無資生〔一〕策，南海鄭子同虎勸予學醫，未善也。迨庚申〔二〕臘月遊羊城，困而歸，始思同虎言，不惟自濟，兼能濟人。予之受困於羊城者，皆不自濟之過也。且毋論醫能濟人，儻昧其術，一遇大小疾病，茫然不知所出。及其急也，遂輕以性命付人，任人輕重而生死之，豈不殆哉！先予有二女，爲貧賤骨肉，不幸罹亂，俱染痢疾，因不諳病源，療以熱藥〔三〕，遂致不起，至今傷之。

古名人未有不知醫者，蘇長公、王介甫諸公，多究心於此。始予以妨作文爲疑，及讀長公《藥誦》、《胗脈》諸篇，文理淵妙，豈但不妨於文，似文更有以醫而愈妙者，以俱關於性命故也。以性命爲文章，而卽以醫爲性命，其相依於道也微矣。古人雖習一小藝，未有不相依於道而能精妙者，況性命之大耶？道能生藝，而藝亦爲道。然予雖善文，未嘗有過而問者，醫則不卽人，而人自卽之，其功又不可同日語也。因與家弟佛民約爲醫學，遍訪異人，得其傳。佛民性敏，有文行〔四〕，知予用筆墨法，尤非人所及者。予苦質鈍而嬉，佛民常慫恿之，至是始駸駸〔五〕有得矣，然非斯遊一激不及此。

佛民原名如彭，字彭壽，予爲改今字，單名如。原名爲先君所賜，不敢忘，故圖章猶鐫原名如彭云。記之云者，以如予改燕生，單名燕，棄舉業不事，以從事於醫者也。

【注釋】

〔一〕資生：賴以爲生。《易·坤》：『至哉坤元，萬物資生。』孔穎達疏：『萬物資生者，言萬物資地而生。』

〔二〕庚申：康熙十九年（一六八〇）。

〔三〕熱藥：中醫指具有熱性或溫性的藥。如附子、肉桂、乾薑等。宋陸游《老學庵筆記》卷三：『故藏用以喜用熱藥得謗，羣醫至爲謡言曰：「藏用簷頭三斗火。」人或畏之。』

〔四〕文行：文章與德行。宋蘇軾《潮州韓文公廟碑》：『始潮人未知學，公命進士趙德爲之師，自是潮之士，皆篤於文行。』

〔五〕駸駸：漸進貌。唐李翱《故處士侯君墓志》：『每激發，則爲文達意，其高處駸駸乎有漢魏之風。』

記拆海幢寺〔一〕藏經閣

海幢藏經閣，壯麗甲東南，爲釋阿字建。歲丁卯〔二〕，有傖父〔三〕創爲堪輿家言毀之。詢其故，云：『此閣居某大吏衙門之右，爲白虎不利，致某某不得終任。』及詢某某，俱貪婪不堪者。予曰：此白虎之靈也。某某奉天子命撫循〔四〕此土，乃貪婪違命，朝廷不即誅而白虎代誅之，此乃百姓禱祀求之而不可得者，而必欲毀之，是使貪婪漏網，而此土百姓皆當任其塗毒也。然則堪輿之術適所以爲害耳，曷足信哉！或曰：自此閣毁後，來官斯土者皆潔己愛民，不復更蹈前轍矣。即謂此舉有功斯土可也。

【注釋】

〔一〕海幢寺：位於今廣東省廣州市同福中路三三七號，始建於明末清初。清李福泰修、史澄等纂《番禺縣志》卷二十四：『海幢寺，在河南，蓋萬松嶺福場園地也。舊有千秋寺址，南漢所建，廢爲民居。僧光牟募於郭龍岳，稍加葺治，顔曰「海幢」。僧池月、今無次第建佛殿經閣方丈。康熙十一年，平藩建天王殿，其山門則巡撫劉秉權所建也。有鷹爪蘭爲郭園舊植，地改而蘭仍茂，以亭蓋之。有藏經閣極偉麗，北望白雲、粤秀；西望石門、靈峯、西樵諸山；東眺雷峯，卽往波羅道也；南爲花田。寺中龍象莊嚴甲諸剎。』

〔二〕丁卯：康熙二十六年（一六八七）。

〔三〕傖父：晉南北朝時，南人譏北人粗鄙，蔑稱之爲『傖父』。《晉書·文苑傳·左思》：『初，陸機入洛，欲爲此賦，聞思作之，撫掌而笑，與弟雲書曰：「此間有傖父，欲作《三都賦》，須其成，當以覆酒甕耳。」』

〔四〕撫循：安撫存恤。《墨子·尚同中》：『助之言談者衆，則其德音之所撫循者博矣。』

青梅煮酒論英雄

漢建安四年春二月，豫州牧劉備方灌園，丞相曹操要〔一〕至。時梅初熟，操曰：『邀此一賞，且有論耳。』忽雨，從人遥指天外龍掛〔二〕，操與備憑欄觀之，曰：『龍乃神物也，能大能小，能陞能隱，公知之乎？龍可比世之英雄，公亦知當世英雄何人哉？』備謝不知。曰：『不識者亦聞其名。』備舉袁術、袁紹諸人以對。操笑曰：『袁術何足道哉。紹則色厲而膽薄，色厲則人畏，膽薄則謀而寡斷，況幹大事而惜身，非英雄也。若孫策藉父餘業，年少而輕。表、璋等輩，徒爲守戶。餘俱碌碌耳。且夫英雄者，亦猶龍耳，屈伸變化，與時推移，有包藏天地之機謀，吞吐六合〔三〕之志氣，欲王則王，欲霸則霸，豈若輩所能窺測哉！』備曰：『然則孰能是？』操以手指備，次指自，曰：『今天下英雄，惟使君〔四〕與操耳。』備未及應，時方食，雷震，故失箸，欲以瞞操也。

予最愛此一段，惜《演義》粗鄙不可讀。因稍爲節補之，便覺雄壯可觀。自記。

【注釋】

〔一〕要：同『邀』，邀請。晉陶潛《桃花源記》：『便要還家，設酒殺雞作食。』

〔二〕龍掛：指龍捲風。遠看積雨雲下呈漏斗狀舒卷下垂，舊時以爲是龍下掛吸水。宋葉夢得《避暑錄話》卷下：『五六月之閒，每雷起雲族，忽然而作，類不過移時，謂之過雲雨，雖三二里間亦不同。或濃雲中見若尾墜地蜿蜒屈伸者，亦止雨其一方，謂之龍掛。』

〔三〕六合：上下和四方，泛指天地或宇宙。《莊子·齊物論》：『六合之外，聖人存而不論；六合之內，聖人論而不議。』成玄英疏：『六合者，謂天地四方也。』

〔四〕使君：漢時稱刺史爲使君。《玉臺新詠·日出東南隅行》：『使君從南來，五馬立踟躕。』

記讀無字書轉語

予嘗有讀無字書之說。一日，相聚劇談〔一〕，一友向予云：『書既無字，讀些甚麽？請子下一轉語。』〔二〕予應云：『就從無字處讀起。』又一友云：『會讀便有。』予起立大聲云：『何不云會讀便無？』衆大笑而罷。

傳昔有人欲教其子，患其頑且惰，不得已扃之別室〔三〕。間行窺之，見其子向書細翫點首，喜甚，以爲其子得書味也。試問之，曰：『予嘗以爲書是用筆抄寫，今細翫起來，方知是刻板印的。』此則天下人讀有字書之榜樣也。嗚呼！誰謂無字書是人人輕易讀得者耶？

【注釋】

〔一〕劇談：猶暢談。《漢書·揚雄傳上》：『口吃不能劇談，默而好深湛之思。』

〔二〕『一友』四句：廖燕《答謝小謝書》杭簡夫評語：『文乃道之緒餘，然非深於道者不能言，言之不能盡。柴舟善讀無字書，具大辯才，故橫說竪說，無不是道，無不是絕妙文字。書既無字，讀些甚麼？請柴舟下一轉語。』轉語，本爲佛教語，禪宗謂撥轉心機，使之恍然大悟的機鋒話語。後引申爲解釋的話。《朱子語類》卷八七：『今欲下一轉語：取於人者，便是「有朋自遠方來」，「童蒙求我」。』

〔三〕別室：正室以外的房間。《後漢書·明帝紀》：『遺詔無起寢廟，藏主於光烈皇后更衣別室。』

記樵者語

傳有某善書，一日書額〔一〕某字，故忘其點。時額已懸，將紙蘸墨上擲，正中其處，衆人聚觀，喝采不已。有肩樵者至，擁不得行，問何事，衆答云云。樵者曰：『此何難耍，不過手熟耳。』語罷，以腰間樵刀，擲至半空中，俟其下墜，稍彎身接之，而刀已入其鞘，因顧衆曰：『書字者亦當如是矣。』予謂此樵似知道者。語云：『巧者不過習者之門。』此之謂也。

【注釋】

〔一〕額：店鋪或廳堂正面和頂部掛的有字的板，牌匾。

記內子〔一〕語

一日，春夜初霽，月明如晝，予與內子坐花間閒談。內子指地上積水，謂予曰：『地都是空的。』予問：『何謂也？』曰：『此勺水耳，積在地上，試俯首窺之，只見天而不見地，非空而何？』予首肯久之。匹夫匹婦，亦可悟道，此類是也。

予課小子〔二〕，出對云：『鏡裏有人人似我。』衆不能對。予卽以此意對云：『水中無地地同天。』遂成佳聯。

【注釋】

〔一〕內子：妻的通稱。唐權德輿《七夕見與諸孫題乞巧文》詩：『外孫爭乞巧，內子共題文。』

〔二〕小子：學生，老師對學生的稱呼。《禮記·檀弓下》：『子曰：「小子識之，苛政猛於虎也。」』

胡中丞逸事

明中丞胡公惟寧〔一〕撫杭時，倭寇汪五峯〔二〕雖已歸順，然跋扈非常，有義子二人，皆萬人敵，常不離左右。公患之，命選絕色女子，得二姬，豢養之，所欲無不給。一日，五峯同義子來見，公飲之酒，因出二姬侑觴〔三〕，五峯與二人皆心動。公間出視事，二姬趨就之，婉轉伺奉，五峯神迷。少頃，公入，覺之，大笑曰：『公有意此二姬耶？即當舁送。』五峯大喜，擁二姬以歸。一日，峯出飲酒，返見二姬相號而泣，衣環斷裂，驚問其故。二姬哭訴：翁纔出門，二子潛來逼姦狀。五峯方醉，大怒，即時呼二人，斬之。是夜，二姬遂殺五峯。公聞之，傳令舁二姬來。甫及門，有總兵官〔四〕某者，見即掣佩刀殺之。公聞之大怒，令殺總兵。總兵謂公曰：『老大人〔五〕不見汪五峯父子，且見二姬有絕世之姿容，又有如此之功業，大人將何以處之？恐禍大人不小矣。』公大笑，釋之。

曲江廖燕曰：此計雖妙，可惜是抄了漢王充用貂嬋間董卓、呂布的本子〔六〕。然此本子抄得恰好，不惟抄一次驗一次，即抄十次百次亦驗十次百次也，特人不會抄耳。甚矣，女將軍之難敵也。

【注釋】

〔一〕中丞：明清時，巡撫常帶都察院右副都御史銜，時以爲副都御史可比前代之御史中丞，故習稱巡撫爲中丞。胡公惟寧：指胡宗憲（？—一五六五），字汝貞，號梅林，明徽州績溪（今安徽績溪）人。嘉靖十七年（一五三八）進士。歷任益都知縣、餘姚知縣，後以御史巡按宣府、大同等邊防重鎮，整軍紀，固邊防。三十年，胡宗憲巡按湖廣，參與平定苗民起義。三十三年，出任浙江巡按監察御史。三十五年，擢右僉都御史總督浙江軍務。設計誘殺徐海、王直，兩浙倭患漸平。四十一年，以屬嚴嵩黨革職，後下獄死。有幕僚所輯《籌海圖編》。見《明史》卷二百十五本傳。

〔二〕汪五峯：王直，亦稱汪直，號五峯，明徽州歙縣（今安徽歙縣）人。以事亡命走海上，經營走私貿易，致巨富。以寧波雙嶼港爲基地，後移烈港，焚掠沿海各地。嘉靖三十二年爲明軍擊敗，三十六年被胡宗憲誘殺。見明胡宗憲撰《籌海圖編·浙江倭變記》、明佚名《嘉靖東南平倭通錄》。

〔三〕侑觴：勸酒，佐助飲興。宋周密《齊東野語·張功甫豪侈》：『别有名姬十輩，皆白衣，凡首飾衣領皆牡丹，首帶照殿紅一枝，執板奏歌侑觴，歌罷樂止，乃退。』

〔四〕總兵官：簡稱總兵。明代遣將出征，别設總兵官、副總兵官以統領軍務。其後總兵官鎮守一方，漸成常駐武官。清因之，於各省置提督，提督下分設總兵官及副總兵官。總兵所轄者爲鎮，故亦稱總鎮。清黄宗羲《明夷待訪録·兵制二》：『有明雖失其制，總兵皆用武人，然必聽節制於督撫或經略。則是督撫、經略將也，總兵偏裨也。』

〔五〕老大人：舊時官場用語。尊稱年老位尊的人。元無名氏《射柳捶丸》第一折：『老大人最是箇聰明尚斯文的人。』

〔六〕本子：腳本。

讀韓子

昔人稱韓昌黎文起八代之衰〔一〕，今讀其書，良然。予獨怪其所談性道輒多刺謬〔二〕者，何歟？聖門論仁，其義甚深，故問答多端，並未實指。試思『三月不違』與『克己復禮』〔三〕之解，仁道之難言爲何如，而只以博愛盡之可乎？情與性，俱是與生俱生之物，昌黎獨曰：『情也者，接於物而生也。』〔四〕與告子義外之說〔五〕何異？其論佛老亦非是。予第取其文已耳，其說則不欲深辯之也。

【注釋】

〔一〕文起八代之衰：見宋蘇軾《潮州韓文公廟碑》：『文起八代之衰，而道濟天下之溺。』

〔二〕刺謬：違背，悖謬。漢司馬遷《報任安書》：『今少卿乃教以推賢進士，無乃與僕私心刺謬乎？』

〔三〕三月不違：見《論語·雍也》：『子曰：「回也其心三月不違仁，其餘則日月至焉而已矣。」』克己復禮：見《論語·顏淵》：『顏淵問仁。子曰：「克己復禮爲仁。一日克己復禮，天下歸仁焉。爲仁由己，而由人乎哉？」顏淵曰：「請問其目。」子曰：「非禮勿視，非禮勿聽，非禮勿言，非禮勿動。」顏淵曰：「回雖不敏，請事斯語矣。」』

〔四〕『情也者』二句：見唐韓愈《原性》：『性也者，與生俱生也。情也者，接於物而生也。』

〔五〕告子義外之説：見《孟子·告子上》：『告子曰：「性，猶杞柳也。義，猶桮棬也。以人性爲仁義，猶以杞柳爲桮棬。」孟子曰：「子能順杞柳之性而以爲桮棬乎？將戕賊杞柳，而後以爲桮棬也。如將戕賊杞柳而以爲桮棬，則亦將戕賊人以爲仁義與？率天下之人而禍仁義者，必子之言夫！」』宋孫奭疏：『此章指言養性長義，順夫自然，殘木爲器，變而後成。告子道偏，見有不純，仁内義外，違人之端。孟子拂之，不假以言也。』

讀禰衡傳〔一〕

世每訾禰衡以狂取禍，予竊謂不然。衡當漢季，蓋欲求死而不得者，其見殺於黄祖也，衡自殺耳，祖烏能殺衡哉？微獨祖不能殺之，即曹操亦不能殺之。其詈操者，正欲得一死，以免立篡逆之朝耳。伯夷〔二〕非武王，孔子猶且賢之，況衡之於操者哉！則雖謂衡之死與首陽爭烈可也。

謝小謝曰：予每疑禰正平最是難論人物。論其是，則無以處中行一流。論其非，則無以處狂狷一流，且置己於何地？得此快論，心胸豁然，是非俱可無憾也。至其用筆，一句一轉，宛似王荊公《讀孟嘗君傳》，真堪並絕千古。

【注釋】

〔一〕禰衡傳：《後漢書》有禰衡傳。禰衡（一七三—一九八），字正平。平原般（今山東臨邑）人。漢末辭賦家。少有才辯，性格剛毅傲慢，好侮慢權貴。因拒絕曹操召見，曹操懷忿，因其有才名，不欲殺之，罰作鼓吏，禰衡則當眾裸身擊鼓，反辱曹操。曹操怒，欲借人手殺之，因遣送與荊州牧劉表。仍不合，又被劉表轉送與江夏太守黄祖。後因冒犯黄祖，終被殺。《隋書·經籍志》載有《禰衡集》二卷，久佚。今存文、賦見嚴可均《全上古三代秦漢三國六朝文》。

〔二〕伯夷：商末孤竹君長子。相傳其父遺命要立次子叔齊爲繼承人。孤竹君死後，叔齊讓位給伯夷，伯夷不受，叔齊也不願登位，先後都逃到周國。周武王伐紂，二人叩馬諫阻。武王滅商後，他們恥食周粟，采薇而食，餓死於首陽山。見《呂氏春秋·誠廉》、《史記·伯夷列傳》。

重修曲江縣志凡例代

邑志之作，創自潘新昌〔一〕，而凌五河、周莆田〔二〕二公續修之。雖各有所長，然亦不無得失。凌志分十志、二傳、一表。周括爲九志，似更簡要，今仍其舊。但其中諸目序次率多紊亂倒置，則不如凌志之有統緒也，互有取裁，更加刪輯，遂成全璧。豈云後來居上，亦潤色者易於見長耳。

舊志有圖四，但郡總、郡治二圖應讓郡志，刪之爲是。兹獨存邑治與韶石〔三〕二圖，庶有合於邑志之義。

淩志分野、氣候、形勝，稱引頗泛，周爲刪定，似爲有見，仍之。

山川名勝，不惟供遊人登眺，亦可洗簿書塵。懷曲江爲山水奥區〔四〕，名勝疑不止此，惜予未暇遊觀以詳記之，惟依舊志錄入。若搜奇剔異，是有望於後之好事者。

《春秋》僅書災變，所以備修省者爲甚重也。邑乘雖小，又安可忽乎哉？淩志編祥異於藝文後，於義未合；周志以水旱附修政，盜賊附講武，而刪祥異之目，亦未見妥。但《春秋》記異不記祥，今易爲灾異，附盜賊，編入分土〔五〕物產之後，蓋二者從地而書，故列此爲尤宜耳。

傳稱式負版者，言民命之當重也〔六〕。爲其父母者，輒多草菅視之，何哉？彼以爲天可欺，不知天亦絕其爵祿子孫以報之，往往然已，可不戒哉！今曲邑戶口倍盛於前，不可爲茲地賀歟？茲悉照康熙六年〔七〕後屆編數目增入。

田賦糧稅，悉照全書現行例增入。

舊志勝國〔八〕名宦，歷三百餘年之久，僅錄四人，抑何寥寥歟？豈無有卓異可嘉而竟湮沒不傳者？然亦可見當時秉筆者其嚴爲特甚也。近見鄰邑所志國朝名宦極多，予不能無溢美之疑焉。

淩志流寓載馬援〔九〕等一十三人，周志刪去馬援、韓會、韓愈、孔平仲、趙永忠、趙寧、汪浩、趙貴、張翌〔一〇〕等九人，獨存劉軻、朱翌、呂祖儉、張景仁〔一一〕等四人，具有論斷，誠是。但愈隨兄會寓韶，非流寓而何？亦概從刪例，殊不可解。茲志愈應仍入流寓，餘俱從刪可也。然予按：會傳稱居韶州；永忠謫監韶州酒稅；平仲初知衡州，後因言事徙韶州，皆爲職守之官，但未詳何職，稱流寓既不宜，入名宦亦不得，若並其名而去之，亦非聖人愛禮之意。今只附其名於職官題名之後，以俟博雅君子。至四指揮〔一二〕，周志獨稱寧有古大臣之節，拔入循吏〔一三〕，頗稱具識。然細思指揮官終與循吏題義不合，且置浩、貴、翌三人於何地？今仍將寧與此三人另入武功傳，附講武、屯田後，庶無遺議耳。

淩志於義士一條載秦綱、熊飛〔一四〕二人，附鄉賢後。然考綱爲建康人，飛爲東莞人，鄉賢自屬土著，豈可以異地人竄入哉？周志删之爲是。然其功終不可泯，今依郡志別立客將一條，與張開祚〔一五〕等同附武功後，庶爲得所。

周志舉人題名列入武舉，殊欠分別。今另列武舉一條，雖文武並重，不爲低昂，然分別之爲是。

舊志鄉賢，其中豈無有當入而不入、不當入而入者？但世遠人湮，無從博稽而增删之，予將奈之何哉！然公道自在人心，有已立傳，反有因其名而指摘之；有雖未立傳，而後世猶稱道不衰者。其人可傳，蓋在彼，不在此也。予之爲是言，其意有二：其一教秉筆之人當嚴於去取，若稍涉於濫，則人將鄙爲穢書，雖傳不貴；其一教人當嚴於立品，使秉筆之人得志其姓名爲幸。若既錄入而復欲黜之，此豈秉筆者之刻薄歟，抑其人名浮於實者之有以致之也！嗚呼，可不懼哉！

淩志人物傳，於鄉賢外有碩德、孝友、義士三目，似以貴賤爲分別耳。周並入鄉賢志中，自不可易。其人苟賢，則白衣何遜於金紫也〔一六〕。

隱逸甚難，其人必其學出可爲帝師王佐，而後其處方不負逸民之稱，若概以山林布衣之人當之，則亦甚屑此名也。淩志載有隱逸，周志並入鄉賢，不別立隱逸名目，最爲有見。然予甚想慕其人，安得一二高流爲邑乘〔一七〕之光？

淩志載仙釋於人物傳，蓋仙釋亦人物中之一者也。周志載入攬勝，殊屬無謂，今仍附鄉賢志〔一〕內，庶於義爲有當。或曰：然則稱附者何？蓋仙釋異地兼收，與鄉賢專論土著者不同，故曰附，亦志例也。

周志藝文序、記、雜著篇次淆亂之甚，或記而忽接以雜著，或序而忽接以碑銘，閱之大可噴飯。今俱爲釐正，由序而記，由記而碑銘，而雜著，庶有次第可觀。

周志詩篇，諸體雜例，令觀者茫然，然於義未爲甚失。至將詩從題，使前後朝代倒置，甚至近代人詩駕出唐宋諸名人之前，豈不顛倒可哂？今俱爲釐正，諸篇諸體，各從其類，篇目人名，悉依朝代前後次序編入，不惟觀者賞心，予於此舉亦爲一快。

郡守陳公豹谷有《通天塔石刻詩》〔一八〕，詩字俱佳。舊志皆失載，今特補入。塔今改名迴瀾，於地形尤爲切當。

舊志詩文贋鼎〔一九〕頗多，然此志乘中從來通弊，牢不可破，至俚言鄙句亦收錄，授觀者以笑柄，作者豈非失計之甚？予因痛爲刪之，似有德其人不淺。

翰墨〔二〇〕一道，若攘竊他人之作以爲己有，則是文字中穿窬〔二一〕，無耻孰甚。若埋沒前人之善，亦非本懷。志中所有前人論斷，是者存之，非者去之，存者仍還諸本人，不敢冒爲己作。至於所有管見，則附識以備參考，庶於人己爲兩得焉。

周志篇次連環不斷，後人雖有所增，無地從入，勢以毀板而後可。何其狹於自待並狹於待人也？茲志每卷之末俱留餘地，以俟後人，蓋有餘不盡，亦自待、待人之第一便門耳。

是志增刪點竄頗悉苦心，亦已綱舉目張，義相貫串矣。但雜筆墨於簿書之中，臨文寧免疏漏，況此地值兵燹〔二二〕之後，典籍散亡，無從博稽。猶恐山林碩德，閨閣貞姬，以至鴻文短詠，種種遺逸，未悉表揚，則予何所逃罪？尚祈博雅君子時賜訪聞，陸續編入，使遺珠沉劍〔二三〕，頓耀人間，豈非斯地斯人之大幸也哉！予且拭目竢之。

【校記】

〔一〕鄉賢志：底本作『興賢志』，誤。

【注釋】

〔一〕潘新昌：潘復敏，浙江新昌（今浙江省紹興市新昌縣）人。饒文采，長於幹畧，明崇禎八年（一六三五）知曲江縣，視事未久卽修城積粟，爲戰守計。崇禎十一年，農民起義軍劉新宇部自樂昌進攻韶關，潘復敏竭力捍禦，全韶城人服其先見。在任重修城隍廟，纂輯縣志，百廢具舉，時稱能吏。見《曲江縣志》卷一、卷十一、卷十三。

〔二〕淩五河：即淩作聖，清順治十五年（一六五八）任曲江知縣。周莆田：周韓瑞，福建莆田人。康熙七年（一六六八）任曲江知縣。見《曲江縣志》卷一。

〔三〕韶石：山巖名。在今廣東省韶關市仁化縣周田鎮（舊屬韶州曲江縣）湞江北岸。

〔四〕奥區：腹地。清劉大櫆《遊淩雲圖記》：『南方固山水之奥區，而巴蜀峨眉尤爲怪偉奇絶。』

〔五〕分土：猶分野。《後漢書・陳蕃傳》：『夫諸侯上象四七，垂燿在天，下應分土，藩屏上國。』李賢注：『上象四七，謂二十八宿各主諸侯之分野，故曰下應分土，言皆以輔王室也。』

〔六〕『傳稱』二句：《論語・鄉黨》：『凶服者式之。式負版者。』朱熹集注：『式，車前横木。有所敬，則俯而憑之。負版，持邦國圖籍者。式此二者，哀有喪，重民數也。人惟萬物之靈，而王者之所天也，故《周禮》「獻民數于王，王拜受之」。況其下者，敢不敬乎？』

〔七〕康熙六年：一六六七年。

〔八〕勝國：被滅亡的國家，後因以指前朝。《周禮・地官・媒氏》：『凡男女之陰訟，聽之于勝國之社。』鄭玄注：『勝國，亡國也。』元張養浩《濟南龍洞山記》：『歷下多名山水，龍洞爲尤勝……勝國嘗封其神曰靈惠公。』

〔九〕馬援（前一四—四九）：字文淵，扶風茂陵（今陝西興平東北）人。東漢初名將。

〔一〇〕韓會：唐河南河陽（今河南孟縣）人。韓愈之兄。擅清譽，有文名。大歷十四年四月以起居舍人貶韶州刺史。卒，父老哭祀名宦。見《曲江縣志》卷十三、《韶州府志》卷三、同書卷二十七。幼孤，隨兄韓會寓韶。見《曲江縣志》卷十三。孔平仲：字義甫，一作毅父，宋臨江新喻（今江西新餘）人。宋英宗治平二年（一〇六五）

進士，又應制科。曾任秘書丞、集賢校理。宋哲宗紹聖年間，言官參劾他元祐時附和舊黨當權者而被貶出，知衡州（今湖南衡陽市）。又有人彈劾他不推行常平倉法，而徙官韶州（今廣東韶關市）。因他曾上書辯解，再貶惠州（今廣東惠陽縣東）別駕，安置於英州（今廣東英德市東）。徽宗即位，才召爲戶部金部郎中，後出任外官，提舉永興路刑獄，帥鄜延、環慶等路。黨論再起，被罷官，不久去世。長於史學，工文詞，與兄孔文仲、孔武仲以文聲起江西，時號三孔。有《續世説》、《孔氏談苑》、《朝散集》等。《宋史》卷三百四十四有傳。趙永忠：生平不詳。趙寧：明深州（今屬河北省衡水市）人。襲父職爲副千戶。宣德間内使取黑虎，上奏罷之。又奏淮府下人奪民屋、縱馬蹂民禾稼，長史以下俱得罪。累功陞指揮同知提督南韶二府。復守備陽山、四會、靈山等處。成化中致仕。《韶州府志》卷三十有傳。汪浩：明安慶（今屬安徽）人。襲父正千戶，累功陞指揮僉事。天順六年夏駐兵陽山，教民開築城池。是冬寇來，率其子爲士卒先，開城出戰，破走之。陞指揮同知。《韶州府志》卷三十有傳。趙貴：明灤州（今河北省唐山市灤縣）人。襲副千戶。永樂中調韶州，能與士卒同甘苦，未嘗妄笞一卒。其哨守欝林興業，民不知有兵。迨歸，民遮道泣送。《韶州府志》卷三十有傳。張翌：又作『張翊』。明濟寧（今屬山東）人。副千戶。正德中累陞指揮同知。善騎射，慷慨有膽氣。遇賊輒單騎馳突，出入賊陣，皆披靡無敢當。其功皆自致，與假手於人者不同。《韶州府志》卷三十有傳。

〔一二〕劉軻：字希仁，本沛（今江蘇省徐州市沛縣）人，天寶末徙曲江。少爲僧。元和末登進士第。以史才直史館。終洺州刺史。博學工詩文。著有《三傳指要》十五卷、《十三代名臣議》十卷等。見《曲江縣志》卷十四、南宋計有功《唐詩紀事》卷四六。朱翌：又作『朱昱』，字新仲，宋安慶（今安徽省安慶市）人。甫冠入太學，三舍登科，歷官至中書舍人。秦檜惡其不附和議，諷言者論其黨故相趙鼎。謫居韶州十四年，始寓延祥寺，後於城西南得王氏廢圃，築室閒居。名山勝境，題詠殆遍。著有《湘江集》。《曲江縣志》卷十三有傳。呂祖儉（？—一九六）：字子約，號大愚，宋婺州金華人。歷台州通判。寧宗即位，任太府丞。因趙汝愚罷相，上封事極諫，忤韓侂胄，被貶置韶州，尋改吉州。在謫所讀書窮理，賣葯自給。遇赦，移置高安，卒。後追謚忠。有《大愚集》。《宋史》卷四百五十五、《曲江縣志》卷十三有傳。張景仁：元寧鄉（今湖南省長沙市寧鄉縣）人。性敏好學，經史子集無不博覽。元初民多廢學，張景仁隱居不仕，時韶郡守以禮聘至郡庠授徒，由是韶人知學。在郡庠三十餘年，門人多所造就。《曲江縣志》卷十三有傳。

（一二）四指揮：指趙寧、汪浩、趙貴、張翌四人。指揮，軍職名。唐中葉後有都指揮使，後唐、後周及宋，均沿用其名，爲禁衛之官。宋代殿前司及侍衛親軍均有都指揮使、副都指揮使。金元親軍亦置之。明代內外諸衛皆置指揮使。清代惟京城有兵馬司指揮，爲坊官，與宋明之制不同。

（一三）循吏：守法循理的官吏。《史記·太史公自序》：『奉法循理之吏，不伐功矜能，百姓無稱，亦無過行。作《循吏列傳》第五十九。』

（一四）秦綱：字伯舉，宋建康（今江蘇南京）人。性健悍有膽氣。飲啗過人，其爲詩文皆悲哀豪慨。嘗遊邊，多與故將校交語古今成敗，關塞險要，歷歷可聽。又嘗遊京都，無所遇。獨與寶謨閣學士劉克莊善。時方信孺使北議和，經劉克莊薦偕行，三往返。後又隨方信孺守韶郡，死於韶州兵亂。見《韶州府志》卷三十、《曲江縣志》卷六、卷十三。熊飛：宋東莞人。以驍勇聞。隸宋文天祥麾下，兵敗降元，領兵取廣州，至則元將黃世雄已據城。熊飛還東莞，黃世雄遣將姚文虎追襲，爲熊飛所敗。熊飛復附宋。黃世雄懼，棄廣城走，廣東制置使趙溍命熊飛和夏正炎爲將，領兵北上禦敵。與元軍在大庾嶺發生遭遇戰，宋軍戰敗，熊飛退守韶州，爲敵所困。劉自立變節降元，打開南城門，元軍蜂擁入城，熊飛所部與元軍展開巷戰，終因寡不敵衆遇難。《韶州府志》卷三十、《曲江縣志》卷十三有傳。

〔一五〕張開祚：籍貫不詳。累功至游擊。崇禎十一年，湖南農民起義軍劉新宇部等攻韶城，總督熊文燦遣張開祚援之，大戰於蕭村，斬首數百級。張開祚復輕騎窮追，陣亡。《韶州府志》卷三十、《曲江縣志》卷十三有傳。

〔一六〕白衣：古代平民服。因以指平民。亦指無功名或無官職的士人。《史記·儒林列傳序》：『及竇太后崩，武安侯田蚡爲丞相，絀黄、老、刑名百家之言，延文學儒者數百人，而公孫弘以《春秋》白衣爲天子三公，封以平津侯。』金紫：即金印紫綬，黄金印章和繫印的紫色綬帶。古代相國、丞相、太尉、大司空、太傅、太師、太保、前後左右將軍及六宫后妃所掌。後以指高官顯爵。語出《漢書·百官公卿表上》：『相國、丞相皆秦官，金印紫綬。』

〔一七〕邑乘：縣志。元盧琦《重修永春縣學記》：『泉郡之西百二十里置永春縣治，縣之西五里置學。稽之邑乘，學舊在縣東。宋大觀迄紹興，凡再遷而後定。』

〔一八〕陳公豹谷：陳大綸，號豹谷。廣西宣化（含今廣西壯族自治區南寧市興寧區、青秀區、江南區、西鄉塘區、良慶區、邕寧區）人。進士，明嘉靖二十五年（一五四六）任韶州知府。韶之勝蹟樓臺多其所創建。如遇仙橋、芙蓉庵、東西浮橋、通天塔之類，不可勝計。又善書，筆法遒勁，得鍾王之精意。性寬和，部民有非禮謗訕者皆含忍不輕置以法。見《韶州府志》卷四、《曲江縣志》卷十六。通天塔：位於今廣東省韶關市區湞江和武江匯合處的江心小島上。《曲江縣志》卷十六：『通天塔在城南洲中湞武二水合流處。明嘉靖間知府陳大綸建。萬曆間攝知府司理吳三畏重修，國朝咸豐四年賊燬。』二〇一一年七月，通天塔動工重建，二〇一二年九月完工。

〔一九〕贋鼎：僞造的鼎，泛指贋品。清筆煉閣主人《五色石·選琴瑟》：『文士既多贋鼎，佳人亦有虚名。』

〔二〇〕翰墨：原指筆墨，後借指文章書畫。三國魏曹丕《典論·論文》：『是以古之作者，寄身於翰墨，見意於篇籍。』

〔二一〕穿窬：挖牆洞和爬牆頭，指偷竊行爲。《論語·陽貨》：『色厲而内荏，譬諸小人，其猶穿窬之盜也歟！』何晏集解：『穿，穿壁；窬，窬牆。』《孟子·盡心下》：『人能充無穿踰之心，而義不可勝用也。』趙岐注：『穿牆踰屋，姦利之心也。』

〔二二〕兵燹：戰亂中焚燒破壞等災害。《宋史·神宗紀二》：『丁酉，詔：岷州界經鬼章兵燹者賜錢。』

〔二三〕遺珠：謂遺失的珍珠，喻指棄置未用的美好事物或賢德之才。典出《莊子·天地》：『黄帝遊乎赤水之北，登乎崑崙之丘，而南望還歸，遺其玄珠。』沉劍：謂有待識者發現的傑出人才。典出《晉書·張華傳》。吴滅晉興之際，天空斗牛之間常有紫氣。張華聞雷煥妙達緯象，乃邀與共觀天文。煥曰：『斗牛之間頗有異氣』，是『寶劍之精，上徹於天耳』，並謂劍在豫章豐城。張華即補雷煥爲豐城令，『雷煥到縣，掘獄屋基，入地四丈餘，得一石函，光氣非常，中有雙劍，並刻題，一曰龍泉，一曰太阿。其夕，斗牛間氣不復見焉。』

家譜記略〔一〕

吾姓出周文王子伯廖〔二〕之後，《左傳》稱辛伯廖〔二〕是也。吾韶之有廖姓，凡自江西樟樹〔三〕來者皆同族，數傳而後遂與途人無異。夫同姓而至於途人，則喜不慶，憂不弔，又烏可强合乎哉？此吾家譜之所以作也。

按譜稱：吾始祖宣義公於洪武元年〔四〕自樟樹移居曲江武成里〔五〕家焉。六傳至仕賢公諱哲者，復徙郡之西河〔六〕。十三世至燕，因滇逆之變〔七〕，始返武成故居，不忘舊也。宣義生從道，從道生昆德，昆德生仕遜，仕遜生富，富生哲，哲生世瑛、世爵、世清，兄弟分而爲房者三。次房世爵分居梅塘溪頭村〔八〕，甫再世至有鳳，遂失傳。今有名大才、大儒者，爲異姓隨母之子孫，冒姓廖，缺之可也。三房世清分居河西善政街〔九〕，六傳至杰，一名丁成，騰鶚子。杰於燕爲兄弟行，今亦失傳。惟世瑛公爲燕長房祖，世瑛生有成，有成生高祖，諱天禄；天禄生曾祖，諱大松；大松生祖，諱應麟；應麟生考，諱鵬；鵬生男二：次熊，長卽燕也。燕生瀛、生湘〔二〕；熊生源。生生不已，以遞至於無窮，則悉聽之天焉，不可得而强也。家譜之顛末〔一〇〕如此。嗚呼！吾家自宣義公至此，爲年三百五十有奇，爲世一十有四，且兩房以次失傳，而燕子孫幸獲無恙，豈非祖宗積德之所致故耶？若後人之德與不德，則其效無不隨其類以應之，而家亦因之或盛或衰焉，可不懼哉，可不懼哉！

譜別有全本，此獨記其略者，恐抄本易失，因節取世次，附《二十七松堂集》刻焉，以便考也。亦以見燕不肖，不能昌大門閭〔一一〕以爲先人光，徒窮愁閉戶著書，無益於世。用以志愧，且以志勉也。

【校記】

（一）《家譜記略》：此文底本闕，據康熙本補。

（二）湘：此處原文剜去，據文久本補。

【注釋】

〔一〕伯廖：周文王子。《廣韻·宥韻》：『廖，姓。周文王子伯廖之後，後漢有廖湛。』

〔二〕辛伯廖：《廣韻·宥韻》：『廖，人名。《左傳》有辛伯廖。』按，今本《左傳》無此人名。

〔三〕樟樹：樟樹鎮。明清時屬江西臨江府清江縣。今爲江西省樟樹市。

〔四〕洪武元年：一三六八年。

〔五〕武成里：今廣東韶關市區東堤中路。

〔六〕西河：今廣東省韶關市武江區鄰近武江的部分區域，因地處韶州府城（今韶關市中心）之西而俗稱西河。

〔七〕湞逆之變：指三藩之亂。

〔八〕梅塘溪頭村：今廣東韶關市湞江區犁市鎮梅塘村、溪頭村。清徐寶符等修、李穠等纂《樂昌縣志》卷一：『曲合都：安口……梅塘……』

〔九〕善政街：位於今廣東省韶關市武江區西河某處。

〔一〇〕顛末：始末，事情自始至終的過程。顛，本，始。宋張世南《游宦紀聞》卷六：『世南既登覽山川之奇秀，且得考覈其事之顛末，故詳紀之，以告來者。』

〔一一〕門閭：家門，家庭，門庭。《北齊書·楊愔傳》：『愔兒童時，口若不能言，而風度深敏，出入門閭，未嘗戲弄。』

永曆幸緬始末〔一〕

崇禎十七年歲甲申〔二〕三月十九日，烈皇帝〔三〕身殉社稷。弘光〔三〕立二年，北狩〔四〕。戊子，桂王卽位肇慶，改元永曆〔五〕。越三歲庚寅〔六〕，清兵破廣州府，上倉卒西幸滇南。戊戌〔七〕十二月，復告警，至十五日，上與太后東宮〔八〕暨諸文武離滇西幸，時靳統武率孫可王舊卒若干護駕〔九〕。越歲己亥〔一〇〕正月四日，抵永昌〔一一〕。十八日，抵騰越州〔一二〕。二十四日，將下營，忽傳清兵追逼甚急，閣臣馬吉翔、司禮監李國泰〔一三〕輜重甚多，恐防有失，催駕急行。寅夜〔一四〕奔走，且不識路徑，人馬雜沓，左旋右轉，及至天明仍在原處。文武行囊及上御用之物，多爲亂兵所掠。二十五日，始尋路進發，復爲可王叛卒沿途劫殺，而靳統武亦尋叛去矣。二十八日抵關，緬官請我軍各去兵器而入，是日抵蠻漠〔一五〕。二月一日，軍抵河下，船只四隻，僅可上用，因議分水陸進發，計諸文武在騰越時，不下四千有奇，至此僅一千四百七十八人，以六百四十六人乘舟扈從，餘俱隨白文選〔一六〕陸行。四日，吉翔、國泰逼上登舟，雖太后東宮亦不及顧。太后恚曰：『乃不我顧耶？』十八日，抵井梗〔一七〕。

二十四日，緬王來請二大臣過河進城問話，馬雄飛、鄔昌琦〔一八〕二人同去。緬使通事傳話，所問皆神宗〔一九〕時事。復驗所去敕書〔二〇〕，言與神宗時敕書相對。國寶〔二一〕差分寸不合，疑以爲僞，出沐國公〔二二〕去印相對方信。三月，內沐國公、綏寧伯蒲纓、總兵王啟隆〔二三〕等會集大樹下，沐曰：『緬酋待我等日薄，不如奔護勒撒、孟艮〔二四〕地方爲善。』吉翔不聽。傳吉翔與晉王李定國〔二五〕有私議云。先是陸路白文選引兵已抵阿哇城〔二六〕下，迎駕不遇，因肆行殺掠而去。又有陸路軍到阿哇城對河五里，緬王疑之曰：『大明兵不是來避難，分明圖我地方，此裏應外合也。』發兵圍之，總兵潘世榮〔二七〕敗降，通政司朱蘊金、中軍姜承德〔二八〕自縊死。

五月四日，緬王差多官備二龍舟鼓吹來迎。五日離井梗。七日抵阿哇城對河屯扎，即先陸路軍所扎舊地也。斫竹爲城，內將艸蓋行宮〔二九〕十大間，請上居之。隨行大衆，皆自備竹木，結屋暫住。九日，緬王進貢甚厚，上亦賜緬厚禮，緬官辭曰：『俟啟過王子，然後敢受。』由是緬民每日貿易成市，我衆便以爲太平無事，相聚嬉劇，偶有蔬魚鮮物，輒恃勢搶奪。諸大臣亦皆短衣跣足，混入緬婦貿易隊裏，坐地戲謔爲樂。緬人竊議曰：『原來天朝大臣如此。』多有暗哂而去〔二〕者。行人司任國璽〔三〇〕疏請市中宜設一廠，舉官一員彈壓，遇有勢要者仍然如故。每晚各官巡夜，則邀同黨作隊，高燈前導，多攜廝役酒殽戲具自隨，遇可意處輒呼盧〔三一〕痛飲。通事李某私語曰：『巡夜以防小人，若如此兒戲，則小人知覺矣。』前入關，緬王準備遠迎，後忽中止，總之識破中國行藏〔三二〕故耳。我軍聞之，亦恬不爲怪。

八月十三日，緬使來請沐國公過河，並索前禮，蓋緬俗以八月十五日各蠻來貢，欲借沐國公以張威勢，故堅意請去，此緬人詭計也。沐至彼，令跣足以緬臣禮見。沐不得已，屈膝下拜，歸泣語眾曰：『我之所屈者，爲保全皇上耳。若與彼執抗，將不知作何景狀，則眾歸怨於我矣。』禮部楊在〔三三〕、行人司任國璽各一本劾之，疏上留中。

是月上病足，日夜叫苦不已。而諸臣在外，於東西南北四面高結廠亭，每日歌飲不顧。中秋夜，吉翔、國泰等飲皇親家，索梨園〔三四〕，有老優黎應祥〔三五〕出語曰：『此處離大内〔三六〕不遠，皇上方不豫，況此何等時？寧死不肯作此忍心事。』吉翔等以爲譏己，遽拳毆之。上聞，怒曰：『爾等目雖無君，皇親亦當念在制中〔三七〕，豈宜如此！』乃止。蒲纓所居，卽西華門外，日夜縱賭不絕。一日，皇親與太監二楊爭賭，至碎衣帽。上怒，著錦衣衛〔三八〕將房拆去。東拆未完，西又造起，仍賭如故。九月十九日，緬王進稻穀，請散給諸匱乏者。吉翔僅給己所親厚，餘皆攘爲己有。隨征鄧凱〔三九〕不忿，廷罵之。時吉翔黨吳承爵〔四〇〕在傍，將凱推跌幾斃。是月請旨造曆。庚子〔四一〕七月，緬酋又請沐國公過河，沐苦辭，緬使曰：『此行不似先局，可冠帶而行，到彼優禮相待。』是日探得各營又將近緬城矣。

九月，晉王疏請迎駕。内云：前後三十餘疏，不知曾到否？今當與緬王相約何地交割，而諸臣只顧目前安樂，全不圖謀出險，何耶？各營候久無音耗〔四二〕，俱拔營去。聞緬人竊議我軍云：『中國諸臣全無爲主實念，亦不思商量恢復地方，只以殺掠爲事。若激我王發怒，則此輩便成虀粉矣。』一日，吉翔恐晉王來言他過失，舉行陞轉〔四三〕之局，欲牢籠諸文武。湖廣道御史鄔昌琦驟陞河南道御史〔四四〕，掌六科〔四五〕事，乃吉翔第一心腹門生〔四六〕也。行人司任國璽欲轉江西道，亦稱門生。或譏之，乃曰：『我要轉了道，好去劾他。』太常博士鄧居詔〔四七〕一本《爲停止不急之務仰祈修省等事》，內有責吉翔及各員自媒自衒等語。上批該衙門知道。旨方下，而國璽轉道及各陞轉旨旋下矣。是時，大權皆歸馬吉翔、李國泰二人之手。

先是國泰初入緬時亦頗剛硬，吉翔有不法處，舉拳便打。吉翔私語人曰：『他用拳，我只用局。』自是彌縫無所不至，而國泰竟爲吉翔用矣。吉翔欲舉何事，國泰乃爲預奏。一日吉翔奏外有大臣三日不舉火者，上不信。次日吉翔與國泰合奏，上怒，擲國寶，命掌庫太監李國用碎之。國用叩頭曰：『臣萬死，不敢碎國寶。』次日，吉翔、國泰入宮碎之，散給各官。上怒，罵曰：『汝二人要收門生，把朕作人情，今竟何如耶？』先年任國璽疏請東宮開講，至是旨下國璽：『有何書可進來覽？』國璽乃將宋末賢奸利害纂成一書進之。吉翔不悅，上方閱未竟，國泰卽爲抽去。時東宮典璽李崇貴〔四八〕與衆語曰：『歷代帝王都壞在我輩手裏，幼伴東宮，皆是誘其戲劇，何曾語及正道。及長登大寶〔四九〕，焉知天步〔五〇〕艱難，勢必驕奢淫逸，將不至喪亡不止。』蓋因國泰而發也。辛丑〔五一〕二月二十八日，鞏昌王白文選密疏請迎駕，已搭浮橋，將渡河，聞橋爲緬兵所斷，始罷去。

五月，吉翔、國泰二人每日進宮，半日方出。或問，乃曰講書。任國璽一本《爲時事三不可解等事》：『上年請東宮開講，期年不行。今日勢如纍卵，事急燃眉，不圖出險，乃迂闊如此。若講書，必須科道侍班〔五二〕；議軍務，則有沐天波、皇親等，豈獨吉翔、國泰之君耶？』詞甚激切。次日旨下國璽：『獻出險策』。國璽又一本，略云：『能主入緬者，必能主出緬。今日事勢如此，乃欲卸肩建言人耶？』禮部主客司王祖望〔五三〕、博士鄧居詔各疏劾吉翔誤國，吉翔益發狂言不爲意。五月，傳禮部侍郎楊在東宫講書。在爲吉翔婿也，堅要坐講，上允之。及見典璽李崇貴在側，不便坐。次日，亦賜崇貴坐。崇貴苦辭曰：『今雖亂離，禮不可廢。後日知者是上賜，不知者以臣爲欺幼主。』每講時，崇貴乃避去。一日，東宫問在曰：『哀公何名？』在無言可答。

二十二日，緬酋弑兄自立，差官來索賀禮，衆不允。七月六日，護守緬官要通事來説：『我等勞苦三載，與汝等不爲無功，老皇帝與各官當何謝我？且前年王子要害汝等，我力保方免，奈何忘之？』衆復不聽，緬官銜怒而去。十六日，緬使請當事大臣數人過河議事，各推不去。十八日，緬又來請曰：『此行無他故，我王子恐你們有異心，故請去吃呪水〔五四〕，即盟誓也。使你們亦好方便行事。』十九日早，將吉翔、國泰等共四十二人押去。少頃，約有兵三千將所扎處圍住，乃曰：『汝等俱要出來吃呪水，不出者亂槍刺死。』衆猶豫良久，乃出，則三十人擒一人〔三〕，盡殲焉。上與東宫欲自縊，近臣跪勸上。宫女、貴人，及各官妻女自縊死者甚衆。上與太后等二十五人聚在一小房，忽通事引護守緬官至，喝曰：『有令在此，不可害皇上與沐國公。』而沐已死矣。復請上移住沐國公舊宅，計尚存大小共二百四十餘人。時有各寺緬僧私送飲食。詢之，始知先早押去吉翔、國泰等四十二人俱被緬人殺戮矣。二十一日，緬酋仍修舊內，請上居住，兼貢米銅等物。二十五日，又貢鋪蓋、銀布等物甚厚，乃曰：『我王子實無此念，因你各營在外殺害地方，百姓恨入骨髓，故有此舉耳。』是時上不豫〔五五〕，同時左右無不病者。十二月三日，忽有緬官數人要見皇上，乃曰：『此地不便，請移別處。』言未畢，數十蠻兵將上連坐舁去。未幾，有三轎至，請太后、東宮等乘坐，餘俱步行。至五里渡河，黑暗裏只聽人馬往來喧雜，不知何處兵。五更〔五六〕到營，始知爲大清兵，主將即吳三桂〔五七〕也。四日抵老營〔五八〕，五日扎住。是晚近臣奏曰：『今日至此，惟有一死。』上曰：『固然，奈有太后何？幸所來者爲洪承疇〔五九〕、吳三桂二人，係我家世臣，必不忍加害。昔曾會魏豹〔六〇〕去說他，看二祖在天之靈，歸明未可知也。』六日，復轉阿哇城對河屯扎。次日，欲攻緬城，不果。九日，晨發歸滇，大小男女俱與馬匹騎行。每進上膳，俱金器，以下銀器。復進解服衣被等物。壬寅〔六一〕三月十三日，入滇城，進膳服倍前。四月某日，忽大清旨下，上與太后及皇后、東宮等俱賜絞死。是日天晦竟晝夜，而明遂亡。

草莽臣斷曰：相傳永曆隆準豐頤〔六二〕，有帝王相，見者皆驚爲奇。然性過慈寡斷，利小忘大，致權奸蒙蔽，雖以之守成且不可，況欲建再造之業耶？兼之從龍諸臣皆僉壬貪鄙〔六三〕，日與死鄰，猶欲攬權欺君，戲劇爲事，甚至罔顧同仇，焚殺啟釁，跡其爲心，與犬豕何異？毋怪由粵入滇，由滇入緬，以至喪國亡軀，非不幸也！嗚呼！悲夫。

此出鄧凱手錄。凱，吉安人。從永曆最久，授隨駕總兵，官右軍都督同知。嘗廷叱馬吉翔，雖罹家國播遷，而君臣之分凜然。明亡，遂薙髮〔六四〕爲僧。但凱武人不知文理，予以意測之，爲潤色如此。並記。

【校記】

〔一〕此文底本闕，據康熙本補。

〔二〕去：底本作『云』，誤，據文意改。

〔三〕一人：康熙本無。清鄧凱撰《也是録》：『出則以三十人縛一人，駢殺之。』據補。

【注釋】

〔一〕甲申：崇禎十七年（一六四四）。

〔二〕烈皇帝：指明思宗朱由檢（一六一一—一六四四），天啟七年（一六二七）即位，年號『崇禎』，在位十七年，是明朝最後一個皇帝。南明弘光初上廟號思宗，謚紹天繹道剛明恪儉揆文奮武敦仁懋孝烈皇帝，簡稱烈皇帝，後改廟號毅宗，隆武朝改廟號威宗。清朝謚爲莊烈皇帝。

〔三〕弘光：南明福王朱由崧年號，前後共一年（一六四五）。這裏借指朱由崧。清孔尚任《桃花扇・設朝》：『小生扮弘光衮冕，小旦、老旦扮二監引上。』

〔四〕北狩：皇帝被擄到北方去的婉詞。宋王明清《揮麈後録》卷四：『逮二聖（宋徽宗、欽宗）北狩，彭以無名位，獨得留内庭。』

〔五〕戊子：一六四八年。廖燕《南陽伯李公傳》（卷十四）亦云：『戊子三月，成棟據粵，謀復衣冠，遣人迎桂王即位肇慶，改元永曆。』桂王：即朱由榔。順治三年（一六四六），在肇慶稱帝，以次年爲永曆元年。本文稱戊子『桂王即位肇慶』，誤。

〔六〕庚寅：順治七年（永曆四年，一六五〇）。

〔七〕戊戌：順治十五年（一六五八）。

〔八〕東宫：太子所居之宫，因以指太子。《詩·衛風·碩人》：『東宫之妹，邢侯之姨。』毛傳：『東宫，齊太子也。』孔穎達疏：『太子居東宫，因以東宫表太子。』

〔九〕靳統武：明末清初人。大西農民軍李定國部將。後又隨李定國與南明聯合抗清。順治十五年（一六五八）受李定國之命護衛永曆帝由永昌府後撤，在永曆帝入緬後返回。康熙元年李定國病逝，臨終前，托孤於靳統武，命其子李嗣興拜統武爲養父。不久，靳統武亦病死。見《清史稿》卷二百二十四本傳。孫可王：指孫可望（？—一六六〇），名一作『旺兒』、『可旺』、『可王』。明末清初陝西米脂人，明末參加農民軍，爲張獻忠義子，善戰，號『一堵牆』，位至平東將軍。張獻忠死，引兵南下，由黔入滇，自稱平東王。旋受南明永曆帝秦王之封，迎永曆帝居安隆所（安隆府），擅作威福，殺大臣多人。永曆十一年（清順治十四年）發動叛亂，爲李定國所敗，降清，盡以滇黔虚實告清，封義王，隸漢軍正白旗。見《清史稿》卷二百四十八、《清史列傳》卷七十九本傳。

〔一〇〕己亥：順治十六年（一六五九）。

〔一一〕永昌：在今雲南省保山市，位於雲南省西部。

〔一二〕騰越州：在今雲南省保山市騰沖縣，位於雲南省西部，西鄰緬甸。

〔一三〕馬吉翔（？—一六六一）：一作『馬吉祥』。明清之際順天大興人，一説四川銅梁人。明武進士，歷官至廣東都指揮使。隆武時，以擁戴功擢錦衣衛都督僉事。旋事永曆帝，以擁戴及扈駕功晉文安侯，入閣司票擬。永曆六年（順治九年），與内侍龐天壽諂附孫可望，謀逼永曆帝禪位。永曆十年李定國迎永曆帝入雲南，復媚事李定國，入閣重掌大權。後清兵逼雲南，從永曆帝入緬甸。永曆十五年（順治十八年）死於咒水之禍。見清王夫之

《永曆實録》卷二十四本傳。李國泰：明末清初人。永曆帝朱由榔臣，太監。永曆十一年（清順治十四年）掌司禮監事。永曆十三年（順治十六年）隨永曆帝進入緬甸。永曆十五年（順治十八年）在咒水之難中遇害。見清南沙三餘氏撰《南明野史》卷下。

〔一四〕寅夜：即夤夜，深夜。宋蘇軾《乞詩賦經義各以分數取人將來只許詩賦兼經狀》：『天下學者寅夜競習詩賦，舉業率皆成就。』

〔一五〕蠻漠：又作『蠻莫』，今緬甸曼昌。明萬曆十三年析孟密地置蠻莫安撫司。見《明史》卷四十六：『蠻莫安撫司，萬曆十三年析孟密地置。東北距布政司三十一程。』

〔一六〕白文選（一六一五—一六七五）：號毓公，明末清初陝西吴堡人。早年隨張獻忠征戰，屢立戰功。張獻忠死，隨孫可望入雲貴聯明抗清。永曆十一年（一六五七），孫可望發動叛亂，發兵十四萬攻駐昆明的李定國部，令白文選、馬寶爲先鋒。白文選沒有執行這一命令，反與李定國共同平定了孫可望的叛亂，孫可望降清，白文選以功封爲鞏昌王。次年，率軍駐守七星關（在今貴州畢節西南七星山上），抵禦清軍，後戰敗入滇，與李定國轉戰滇西，堅持抗清。永曆十五年（一六六一），敗於騰越茶山，降清，受封承恩公，隸漢軍正白旗。事見清徐鼒撰《小腆紀傳》卷三十七。

〔一七〕井梗：地近當時緬甸都城阿瓦，今曼德勒附近。清顧祖禹《讀史方輿紀要》卷一百十九：『者梗，在司東。其相近者又有井梗。《志》云：者梗竹城茅舍，僅同村落。自蠻莫入緬界，抵金沙江，舟行至井梗，陸行則至者梗。者梗在阿瓦河北，與阿瓦城甚近。從井梗至者梗，數十里而近耳。』

〔一八〕馬雄飛：明清之際順天大興人，一説四川銅梁人。馬吉翔之弟。從永曆帝朱由榔於雲南，後又從永曆帝入緬甸。永曆十五年（順治十八年）死於咒水之禍。見清西亭淩雪撰《南天痕》卷二十六、清鄧凱撰《也是錄》。鄔昌琦：又作『鄔昌期』、『鄔昌奇』。明末清初貴州都匀人。官柳州同知，擢侍御。從永曆帝朱由榔於雲南，復從入緬甸。常勸李定國無失臣禮。永曆十五年（順治十八年）在咒水之難中遇害。清鄂爾泰等監修《貴州通志》卷三十八有傳。

〔一九〕神宗：指明神宗朱翊鈞（一五六三—一六二〇）。年號萬曆，明穆宗朱載垕第三子。隆慶六年（一五七二）即位，在位四十八年。明神宗在位初，任用張居正等大臣輔政，採用張居正的改革措施，令經濟有所發展。張居正死後，神宗荒廢朝政，竟三十年不上朝，並廣搜民脂民膏，導致民憤紛起，怨聲載道。

〔二〇〕敕書：皇帝慰諭公卿、誡約朝臣的文書之一。《新唐書·百官志二》：『凡王言之制有七……六曰論事敕書，戒約臣下則用之；七曰敕牒，隨事承制，不易於舊則用之。』參閱《唐六典·中書省》、《新唐書·百官志二》。

〔二一〕國寶：即傳國璽，國璽。秦以後皇帝世代相傳的印章。相傳秦始皇得藍田玉，雕爲印，上紐交五龍，正面刻李斯所寫篆文『受命於天，既壽永昌』八字。秦亡歸漢。後來封建王朝以璽有『受命於天』之文，爭以得璽爲符瑞。秦璽已亡，歷代多自刻制，文亦有同有異。是代表國家元首或最高權力的印章。

〔二二〕沐國公：沐天波（？—一六六一），明清之際雲南昆明人。先世本安徽鳳陽定遠（今安徽定遠縣）人。雲南總兵官沐朝弼玄孫。崇禎年間（一六二八—一六四四），襲封黔國公，鎮守雲南。土司沙定洲爲亂，攻佔昆明，逃奔永昌府（今雲南保山市）。平定後，復歸昆明。永曆帝朱由榔入滇，其任職如故。南明永曆十二年（一六五八）清軍入滇，隨永曆帝逃入緬甸，在咒水之難中遇害。見《明史》卷一百二十六、清邵廷寀撰《西南紀事》卷八。

〔二三〕蒲纓：明末清初云南人。明將。受封綏寧伯。明亡後隨永曆帝入雲南，南明永曆十二年（一六五八）清軍入滇，隨永曆帝逃入緬甸，在咒水之難中遇害。見清鄧凱撰《也是錄》。王啟隆：明末清初人。明將。

任總兵。明亡後隨永曆帝入雲南，南明永曆十二年清軍入滇，隨永曆帝逃入緬甸，在咒水之難中遇害。見清鄧凱撰《也是錄》、清邵廷寀撰《西南紀事》卷一。

〔二四〕護勒撒：具體位置不詳。又作『戶臘二撒』、『護勒撒』。清南沙三餘氏撰《南明野史·永曆皇帝紀》：『沐天波、蒲纓、王啟隆等謀乘間走戶臘二撒。亦不許。』清戴笠《行在陽秋》卷下：『天波曰：「緬酋待我日疏，可就此處走護勒撒、孟艮等處爲善。」』靈皋按：『「護勒撒」《南明野史》作「戶臘二撒」。蓋譯音參差也。』孟艮：今緬甸景棟。見《明史》卷四十六：『孟艮禦夷府，永樂三年七月置，直隸都司，後直隸布政司。北距布政司三十八程。』清顧祖禹《讀史方輿紀要》卷一百十九：『孟艮禦夷府，東至車里宣慰司界，南至八百大甸界，西至木邦界，北至孟璉長官司界。自府治北至布政司三十八程，轉達于京師。古蠻地，名孟指，自昔未通中國。永樂四年，始來歸附，置孟艮府。』

〔二五〕李定國（一六二一—一六六二）：字鴻遠，陝西榆林人，一說延安人。明末清初大西農民軍將領。十歲參加張獻忠部農民軍，被獻忠收爲養子，能征善戰，成爲張獻忠四將軍之一。張獻忠死後，與孫可望等率軍移屯雲貴，聯明抗清。永曆六年（一六五二）進軍廣西，攻克桂林，清定南王孔有德窮蹙自殺。又入湖南，設伏陣斬清敬謹親王尼堪於衡州（今衡陽）。同時，劉文秀亦收復四川的大部分。一度扭轉西南抗清局勢。但漸爲孫可望所忌，險遭謀害，內部分裂。不得已退回廣西。後因連續失利，再退雲南，受明永曆帝封爲晉王。永曆十一年，擊敗已降清的孫可望的進攻，繼續抗清，保護桂王政權。但清軍已盡知西南虛實，乃大舉入滇。永曆十三年（一六五九），他在滇西磨盤山（高黎貢山南段，位於騰沖、龍陵之間）設伏，因叛徒洩密，未能殲滅清軍。此後他仍在邊境艱苦轉戰。後得知朱由榔被絞死，遂悲憤而死。見《清史稿》卷二百二十四、清徐鼒撰《小腆紀傳》卷三十七本傳。

〔二六〕阿哇城：通作『阿瓦』，當時緬甸都城。地近今曼德勒。清顧祖禹《讀史方輿紀要》卷一百十九：

『阿瓦城在司東北。旁有阿瓦河，因名。』

〔二七〕潘世榮：明末清初大西農民軍將領。李定國部將。張獻忠死，隨李定國入雲貴聯明抗清。嘗隨使與永曆朝接恰孫可望封王之事。後任永曆朝總兵。清順治十五年（一六五八），清軍攻入雲南後，從永曆帝朱由榔入緬甸。當時分兩路入緬。永曆帝等一路走水路，潘世榮等一路走陸路。入緬後遭緬兵圍攻，潘世榮降於緬。朱藴金、姜承德自縊死。永曆十六年在永曆帝遇難後，潘世榮等亦皆遇害。見清李天根撰《爝火錄》卷十九、清倪在田撰《續明紀事本末》卷十三、清鄧凱《也是錄》。

〔二八〕朱藴金：明末清初人，明宗室、衡州府同知。順治五年（一六四八），湖南耒陽士民發動反清起義，被推爲起義軍首領。後任永曆朝通政司。姜承德：明末清初人，南明永曆帝將領。任永曆朝中軍。參見注釋〔二七〕。

〔二九〕行宫：古代京城以外供帝王出行時居住的宫室。《文選·左思〈吳都賦〉》：『烏聞梁岷有陟方之館，行宫之基歟？』劉逵注：『天子行所立，名曰行宫。』

〔三〇〕任國璽：明末清初人，永曆朝官行人。清順治十五年（一六五八），清軍進攻雲南，永曆帝將出奔，任國璽獨請死守。李定國等言不可，乃護永曆帝入緬甸。入緬後集宋末大臣賢奸事爲一書獻永曆帝。永曆帝止覽一日，馬吉翔謂刺己，其黨人李國泰即竊去。後在咒水之難中遇害，同死者四十二人。見《明史》卷二百七十九。

〔三一〕呼盧：謂賭博。古時博戲，用木制骰子五枚，每枚兩面，一面塗黑，畫牛犢；一面塗白，畫雉。一擲五子皆黑者爲盧，爲最勝采；五子四黑一白者爲雉，爲次勝采。賭博時爲求勝采，往往且擲且喝，故稱賭博爲『呼盧』。唐李白《少年行》之三：『呼盧百萬終不惜，報讎千里如咫尺。』

〔三二〕行藏：出處，行止。語本《論語·述而》：『用之則行，舍之則藏。』引申指行跡，底細，來歷。金董解元《西廂記諸宮調》卷五：『那紅娘對生一一話行藏。』

〔三三〕楊在：明末清初人。馬吉翔女婿。永曆朝給事中，後陞禮部侍郎。清軍進攻雲南時，隨永曆帝入緬甸。後在咒水之難中遇害，同死者四十二人。見清倪在田撰《續明紀事本末》卷十三、卷十六。

〔三四〕梨園：唐玄宗時於梨園教習藝人，後因以泛指戲班、戲曲演唱或演戲之所。宋歐陽澈《玉樓春》詞：『興來笑把朱絃促。切切含情聲斷續。曲中依約斷人腸，除卻梨園無此曲。』

〔三五〕優：古代表演樂舞、雜戲的藝人。宋元以後，亦泛稱戲曲藝人、演員。《國語・齊語》：『優笑在前。』注：『倡俳也。』黎應祥：明末清初廣東人。藝人。清軍進攻雲南時，隨永曆帝入緬甸。後又隨永曆帝回到雲南。見清鄧凱《也是錄》、清戴笠《行在陽秋》卷下。

〔三六〕大內：皇宮。唐韓愈《論佛骨表》：『今聞陛下令羣臣迎佛骨於鳳翔，御樓以觀，舁入大內。』

〔三七〕制中：居喪期間。《剪燈餘話・賈雲華還魂記》：『雖在制中，諒亦謀配。』

〔三八〕錦衣衛：即錦衣親軍都指揮使司。明洪武十五年始設。原爲管理護衛皇宮的禁衛軍和掌管皇帝出入儀仗的官署，後逐漸演變爲皇帝心腹，特令兼管刑獄，給予巡察緝捕權力。明中葉後與東西廠並列，成爲與廠衛並稱的特務組織。《明史・兵志一》：『（洪武）十五年罷府及司，置錦衣衛。所屬有南北鎮撫司十四所，所隸有將軍、力士、校尉，掌直駕侍衛，巡察緝捕。』《明史・刑法志三》：『刑法有創之自明，不衷古制者，廷杖、東西廠、錦衣衛、鎮撫司獄是已。是數者，殺人至慘，而不麗於法。』

〔三九〕鄧凱：明末清初江西吉安人。初同楊廷麟、劉同升、萬元吉等奉隆武正朔，起兵江西。後在永曆朝任總兵。清軍進攻雲南時，隨永曆帝入緬甸。後又隨永曆帝回到雲南。永曆帝遇害後，出家爲僧。撰有《也是錄》。見清戴笠《行在陽秋》卷下。

〔四〇〕吴承爵：明末清初人。大西農民軍將領。原爲孫可望部將。永曆十一年（一六五七），孫可望發動叛亂，發兵十四萬攻駐昆明的李定國部，吴承爵轉投李定國。清軍進攻雲南時，隨永曆帝入緬甸。後在咒水之難中遇害，同死者四十二人。見清倪在田《續明紀事本末》卷之十七、清温睿臨及李瑶撰《南疆繹史勘本》卷五。

〔四一〕庚子：順治十七年（一六六〇）。

〔四二〕音耗：音信，消息。《周書·晉蕩公護傳》：「既許歸吾於汝，又聽先致音耗。」

〔四三〕陞轉：舊稱官職的提升與調動。官階自下而上叫陞，同級平調叫轉。《宋史·兵志十》：「積習既久，往往超躐升轉，後名反居前列，高下不倫，甚失公平之意。」

〔四四〕湖廣：元代的湖廣包括今兩廣及湖北與湖南。明代則不包括兩廣，但仍用舊名。道御史：明清兩代最高監察機構都察院，將全國按省分爲浙江、江西、福建、四川、陝西、雲南、河南、廣西、廣東、山西、山東、湖廣、貴州等各道，每道設監察御史若干人，簡稱道御史。各道監察御史，巡按本道，史稱「巡按」。河南道御史，即河南道監察御史，除和各道監察御史一樣巡按本道，又獨掌内外官考察之事。權力比其他各道爲大。

〔四五〕六科：明清官制設有六科給事中，簡稱六科，掌侍從、規諫、補闕、拾遺，分察吏、戶、禮、兵、刑、工六部之事，糾其弊誤。

〔四六〕門生：因薦舉而改官者對舉主自稱「門生」。宋趙昇《朝野類要·升轉》：「其舉主各有格法限員，故求改官奏狀，最爲艱得，如得，則稱門生。」

〔四七〕鄧居詔：明末清初人。永曆朝太常博士。隨永曆帝進入緬甸，對馬吉翔的誤國行爲大爲不滿，上《爲停止不急之務仰祈修省等事》。永曆十五年（順治十八年）在咒水之難中遇害。見《續明紀事本末》卷十四、清鄧凱撰《也是録》。

〔四八〕李崇貴：明末清初人。永曆朝任東宮典璽。隨永曆帝進入緬甸，時與沐天波、王維恭商議引太子入茶山土司，既可在外調度各營；且永曆帝入緬，亦可遥爲聲援，或不至受困。但皇后不許。永曆十五年（順治十八年）在咒水之難中遇害。見清鄧凱撰《也是録》。

〔四九〕登大寶：登上帝位。《宋史》卷三百六十五：『陛下已登大寶，社稷有主。』大寶，皇帝之位。

〔五〇〕天步：天之行步。指時運、國運等。《詩·小雅·白華》：『天步艱難，之子不猶。』朱熹集傳：『步，行也。天步，猶言時運也。』

〔五一〕辛丑：順治十八年（一六六一）。

〔五二〕科道：科道官。明清六科給事中與都察院各道監察御史統稱『科道官』。侍班：古代臣下輪流在宫内或行在所隨侍君王，記事、記注起居，或處理其他事務，稱侍班，即入直。

〔五三〕王祖望：明末清初人。永曆朝任禮部主客司。隨永曆帝進入緬甸，對馬吉翔的誤國行爲大爲不滿，曾上疏劾之。永曆十五年（順治十八年）在咒水之難中遇害。見《續明紀事本末》卷十四、清鄧凱撰《也是録》。

〔五四〕咒水：古代筮術之一。對水行咒作法，據説飲之能治病祛邪。《北史·魏清河王懌傳》：『時有沙門惠怜者，自云咒水飲人，能差諸病。』

〔五五〕不豫：天子有病的諱稱。《逸周書·五權》：『維王不豫，於五日召周公旦。』朱右曾校釋：『天子有疾稱不豫。』

〔五六〕五更：指第五更的時候，即天將明時，相當於三點至五點。南朝陳伏知道《從軍五更轉》詩之五：『五更催送籌，曉色映山頭。』更，舊時夜間計時單位。自黄昏（十九點）至拂曉（五點）的一夜間，分爲五段，每段兩小時。

〔五七〕吳三桂（一六一二—一六七八）：字長白。

〔五八〕老營：軍隊長期駐紮的營房或武裝根據地。《明史·流賊傳·李自成》：『窮追至賊老營，大破之者八。』

〔五九〕洪承疇（一五九三—一六六五）：字彥演，號亨九。明末清初福建南安人。明萬曆四十四年進士。崇禎時任兵部尚書。曾督師鎮壓農民軍。崇禎十四年任薊遼總督，率八總兵援錦州，敗入松山。次年，城破被俘，降清，隸漢軍鑲黃旗。順治間以兵部尚書總督江南軍務，鎮壓抗清義軍；繼又奉命經略西南各省，官至武英殿大學士。卒謚文襄。見《清史稿》卷二百三十七本傳。

〔六〇〕魏豹：字正陽，明末清初江南丹徒（今江蘇鎮江市）人。世襲應天錦衣衛。負膂力，好武畧，納交奇才劍客，以義俠名。弘光帝朱由崧立，選技勇，以金吾入直內殿。受馬士英、阮大鋮排斥。隆武朝、永曆朝總兵。曾遊說洪承疇、吳三桂等歸明。隨永曆帝進入緬甸，永曆十五年（順治十八年）在咒水之難中遇害。見清鄧凱撰《也是錄》、錢海岳《南明史》卷六十五。

〔六二〕壬寅：康熙元年（一六六二）。

〔六一〕隆準：高鼻。《史記·高祖本紀》：『高祖爲人，隆準而龍顏。』裴駰集解引文穎曰：『準，鼻也。』豐頤：豐滿的下巴。舊時視爲有威容。漢王褒《責須髯奴辭》：『爾乃附以豐頤，表以蛾眉。』

〔六三〕從龍：《易·乾》：『雲從龍，風從虎，聖人作而萬物覩。』舊以龍爲君象，因以稱隨從帝王或領袖創業。僉壬：小人，奸人。僉，通『憸』，奸邪。壬，假借爲『佞』，巧辯。明宋濂《送部使者張君之官山西憲府序》：『人不務德則已，苟有德焉，又何僉壬之不革行哉！』

〔六四〕薙髮：落髮出家。清李光地《鋭峯和尚傳》：『鋭峯和尚者，俗姓楊。少爲儒業，稍長激於家落內鬟，薙髮依僧。』

三藩謀逆始末〔一〕

三藩之先後謀逆，其禍實始於一人。一人者，平南尚王之謀主某者也。某與王世子之信〔二〕有隙，後王爵歸之信，王稱太王。某懼禍及，危言動太王，疏請回籍，實欲藉此以避禍也。朝廷因諭王父子不可相離，仍歸爵太王，同回遼籍。之信與太王始有失地之懼，計無所出，求救平西、靖南，俱以回籍請，其意非善也。朝廷俱準行，並諭旨移家，平西遂倡逆謀矣。三藩竟先後伏誅。語云：『一言僨事。』〔三〕豈不然哉。

曲江廖燕曰：按，漢趙佗、南漢劉隱〔三〕與我朝尚可喜三人，皆真定人，俱得王粵地，亦異事也。然佗傳至六世，隱傳至四世，又皆已稱帝。獨可喜傳至二世，以謀逆伏誅。悲夫！

歲甲寅〔四〕四月，奉旨諭平藩移家回遼東籍，時予適客藩弁田某家。某治裝急，予笑語某曰：『將與足下賭墅〔五〕，可乎？』曰：『何謂也？』曰：『是不難知也。夫事以時遷而知以事變，前王之所以請移者，移人也；今復歸印於王，且並王之世子而移之，是移地也。夫地之與人，輕重則必有分矣。況滇久蓄異志，將必借此爲名以探朝廷之意。』未幾，滇反書至，而王家果不移。予言雖不幸而中，然其禍亦已烈矣。並記。

林艸亭曰：三藩竟以兒戲亡其國，亡得可憐。柴舟早已見及之，豈非其智有過人者哉？一評尤妙，並不出手判斷尚藩何如，只以他人形之，而尚之失處自見，真史公遺法也。

【校記】

〔一〕此文底本闕，據康熙本補。

【注釋】

〔一〕世子：太子。古代天子、諸侯的嫡長子或兒子中繼承帝位或王位的人。《公羊傳・僖公五年》：『世子，貴也。世子猶世世子也。』陳立義疏：『《白虎通・爵》篇云：「所以名之爲世子何，言欲其世世不絕也……明當世世父位也。」』清制，親王的嫡子得封爲世子。之信：尚之信（？—一六八〇）。遼東海州（今海城）人，隸漢軍鑲藍旗。尚可喜之子。順治中，入侍京師，秩同公爵。康熙十五年（一六七六），脅持其父，叛附吴三桂。次年，又轉降清，襲封平南王。以殘暴好殺，爲部下所怨。又按兵不動，不遵朝命行事，被逮捕賜死。見《清史稿》卷四百七十四本傳。

〔二〕一言僨事：《禮記・大學》：『一家仁，一國興仁……此謂一言僨事，一人定國。』鄭玄注：『僨，猶覆敗也。』

〔三〕趙佗（？—前一三七）：真定（今河北省正定縣）人，秦末著名將領。秦統一六國後，趙佗等率軍平定嶺南，任南海郡龍川縣令。秦亡後，趙佗兼併桂林郡和象郡，建立南越國。漢高祖定天下，立趙佗爲南越王。吕后時，自立爲南越武帝，發兵攻長沙邊邑。漢文帝時，使陸賈至南越，佗上書去帝號。見《史記・南越列傳》。劉隱：唐末五代時上蔡（今河南上蔡）人，一説彭城人，遷居泉州。初仕唐，任封州刺史。唐昭宗乾寧中，盧琚等作亂，劉隱往平之。天祐初爲清海軍節度使。後梁開平元年，加檢校太尉兼侍中，又兼靜海軍節度使，封南平王。卒謚襄。弟劉龑建南漢，追尊曰襄皇帝。見《新五代史・南漢世家》。

〔四〕甲寅：康熙十三年（一六七四）。

〔五〕賭墅：打賭。典出《晉書·謝安傳》：苻堅率衆百萬，次於淮淝，京師震恐。晉孝武帝加謝安爲征討大都督。「安遂命駕出山墅，親朋畢集，與玄圍棊賭別墅。」

傳奇三種〔一〕

同學諸公評定

醉畫圖

心裏事，開胸欲語誰？畫中人，飲酒成知己。

【步步嬌】〔生上〕搔首踟躕閒思想，個事横胸儻〔二〕。生平志激昂，滿腹牢騷，待對誰人講？且自酌壺觴，醉鄉另闢乾坤様。遊山歸袂尚沾雲，踪跡瑰奇每自欣。未老娥眉猶絕世，縱傷驥足亦超群。三千莫試屠龍技，萬戶難封射虎軍〔三〕。釀得醇醪〔三〕千百斛，避人獨自賞奇文。小生姓廖名燕，別號柴舟，本韶州曲江人也。性喜清狂〔四〕，情憎濁俗。稜稜傲骨，於山林廊廟之外，別寄孤踪；矯矯〔五〕文心，於班馬韓蘇〔六〕之間，獨開生面〔七〕。生成豪懷曠識，不必學窮子史，自然暗合古人；煉就野性頑情，任教踏遍天涯，到底誰爲知己？與天鬬命，自甘貧賤煎熬；共數爭奇，偏耐詩書賺誤〔八〕。那顧囊無阿堵〔九〕，只須腹有奇書。擁被長吟，堆積滿牀筆墨；看山獨嘯，攜歸兩袖煙霞。久嫌帖括〔一〇〕牢籠，已解頭巾〔一一〕束縛。此中心事，除非我輩能知；個裏〔一二〕機關，未許腐儒識破。眼前無俗事，堪稱此日神仙；　壺裏有醇醪，便算吾儕〔一三〕富貴。　正是志士豈爲錢計較，英雄原借酒糊塗。此時宿酒〔一四〕方醒，又要尋醉鄉滋味也。家童，取酒上來。〔雜扮家童取酒上〕花間煮酒燒紅葉，石上題詩掃緑苔。相公，酒在此。〔生〕你在此斟酒伺候。〔雜〕曉得。〔生〕我想這酒豈是輕易吃得的？　其中大有妙理，世人那裏知道。若像那些酒囊飯袋，都算做會吃酒，則古來不必獨稱阮籍、劉伶〔一五〕輩了。

【山坡羊】酒中禪，誰人參上〔一六〕。醉中鄉，何方可往？　誰知道，妙醇醪闢天怪奇，別乾坤特地開朗。細審求，則除非，劉伶與杜康。壺中悟入非非想〔一七〕。〔飲酒介〔一八〕〕宋時有個蘇子美〔一九〕，曾把《漢書》下酒〔二〇〕，我於今把甚麼下來？　酒上心來，神情開暢。瓊漿，飲百觴與千觴；　文章，讀千行與萬行。我想古人已往，其言皆成糟粕，何如把我無字書讀來，更堪下酒。〔後場問云〕如何叫做無字書？〔生〕豈不聞識得孔顔〔二一〕真樂處，溪聲山色盡文章？

【五更轉】看目前，江山壯。鳥和魚，上下藏。紛紛萬物頻來往，何莫非絶妙文章，古今無兩。〔飲酒介〕你看，纔飲了幾杯，就覺得又是一樣世界了。最堪奇，心目另開天壤，正好把做莊生、屈子奇文賞。試看大地山河，都成活像。自家獨自一個飲酒，到底飲得不暢，那裏尋個知己來陪方妙。祇是平日雖有幾個朋友，亦皆天涯散處，一時不能得他到來。怎處？〔歎介〕天那，我廖柴舟莫說功名富貴不可强求，就是尋一個與他說得話的朋友，亦是沒有的。你道苦也不苦？〔想介〕呀，有了。〔向雜吩咐介〕家童，前面上二十七松堂中有幾位相公住在那邊，你去與我請來講話。〔雜〕相公想是醉了，那邊何曾有個人影？　壁上畫的人兒倒有幾個。〔生〕罷了，不如將酒過去就他。家童，你把酒殽都搬到二十七松堂那邊去，等我來與這幾位相公對飲閒話則個〔二二〕。〔雜背笑介〕你看我相公醉得這樣，無人說有人，豈不是見了鬼。〔生〕哇，你那裏知道，我前日因爲無人講話，請了個會丹青的朋友，與我壁上畫了四個圖。一個叫做《杜默哭廟〔二三〕圖》，一個叫做《馬周濯足〔二四〕圖》，一個叫做《陳子昂碎琴〔二五〕圖》，一個叫做《張元昊曳碑〔二六〕圖》。若一時愁悶起來，便來與他講話，倒亦講得投機，把那些愁悶亦講得没有了。於今不免將酒去與他痛飲一番，多少是好。家童，你把酒殽跟著我走。[雜應介]理會得。[生行介]

【園林好】滿胸懷，瑰奇內藏。覓良朋，銜杯細商。[作行到，向左右壁拱手介]列位先生，連日不曾奉陪了。[雜將椅移向左邊，掛畫一張，放酒殽椅上介]相公，酒殽都在此。[生把酒向左壁〔二〕，唱介]把醽醁〔二七〕，殷勤相向。我與列位先生，雖生不同時，何妨作千秋神契〔二八〕。豪傑士，共肝腸，雖異代可同堂。[向畫語介]這個是《杜默哭廟圖》。杜先生，聞得你落第而歸，路經項王廟，心懷憤恨，入廟登神座大言曰：『以項王之英雄，不得爲天子；以杜默之才學，不得中狀元。天下不平事，孰有過於此者？』因撫泥像欷噓大哭，哭得那泥像亦出起淚來。豈不是天地間第一奇事？[雜背笑介]你看我家相公，又來與壁上畫的人兒講話，豈不是顛〔二九〕了。[生飲酒唱介]

【眠江綠】萬古英雄恨，千篇錦繡腸。惱主司〔三〇〕、雙目紅紗障〔三一〕。使書生、怒髮沖冠上。賺霸王、怨淚橫胸漾。真哭得個人愁鬼愴。我若遇着項王廟，亦要進去哭他一場，訴説平生冤枉。杜先生，我與你飲一杯解解悶。[生將酒勸畫，復自飲介][雜上張〔三二〕、背笑介]你看我家相公，真正顛了，日日對着壁上畫的人兒講話，今又對他吃起酒來，豈不好笑。[生]杜先生，請飲一杯。[將酒灌畫介][雜上張介]好奇怪，你看壁上畫的人兒亦會吃酒。想是我家相公日日去叫他，故此叫得他都靈動〔三三〕起來。[生]杜先生，請再飲一杯。[又將酒灌畫介][雜又上張介]你看那畫的人兒，臉都吃得通紅了。怪事，怪事。[生飲酒唱介]

【玉交枝】你與我名流同黨。抱經綸〔三四〕、泥途久藏，偏逢主試冬烘〔三五〕樣，不由人不惱恨難當。杜先生，我與你不中又何妨。文章一道通上蒼，姓名二字留天壤。誰寧耐頭場二場，誰知道文場武場。［雜將椅移向右邊，生向畫語介］這個是《馬周濯足圖》。馬先生，你是好量的，先請一杯纔好講話。［將酒灌畫，復自飲介］聞你初到長安，即買酒數斗痛飲至醉，其餘將來〔三六〕洗了足，竟投中郎常何家來，求代上便宜數事。唐太宗一見大喜，即時召見，擢爲都御史。這樣奇遇，亦是千古所少的，不可不相賞一杯。［飲酒唱介］

【玉抱肚】雄懷骯髒〔三七〕。走天涯，雲山渺茫。望酒簾，解渴梅湯。倒瓊漿，濯足滄浪。以酒洗足，千古奇聞。此等舉動，不是大英雄，那個做得出來？都只爲、胸中豪氣鬱難藏。因此上、狼藉醇醪作酒狂。馬先生，你飲了許多酒，又把來洗足，想已大醉，不敢再勸，我自家飲罷。［飲酒介］布衣上書，自古罕有其人，馬先生的是奇才。

【玉山頹】英雄豪放，羈旅客、參謀廟堂。便奇才喜動天顔，擢清要〔三八〕，立佩金章〔三九〕。若論以布衣上書，我廖柴舟亦還做得來，祇是那能有此際遇。潛身陋巷，利害傍觀清朗，難遇知音賞。最淒涼，饑來何處賣文章？［雜將椅又移向左邊，生向畫語介］這個是《陳子昂碎琴圖》。聞得先生未遇時，嘗挾自家所作詩文百十軸走長安，遇鬻胡琴者，以千緡市之，詭言善此技。大集市人，因對衆碎琴，遍贈所著文稿，一時聲名遂大震起來。此等作用，可稱豪舉。

【三學士】奇文萬軸闢天荒，爭博得篋護山藏，經營數載磨穿硯，擔負長途壓破囊。珍重幾時珠在掌，誰能辨、寶玉光。文章既無識者，絲桐〔四〇〕更少知音，真不知碎之爲妙。先生此舉、正合吾意，等我敬奉一杯。［將酒灌畫，復自飲唱介］

【解三醒】走長安，窮途情況。抱絲桐，磊落行藏。高山流水誰知賞？真堪劈破琴囊。碎琴贈文，聲名遂震。這個豈是世人鑒賞之能，還是先生文章之妙了。行間溜出金聲響，字裏沖來劍氣芒。堪誇獎，驀將佳句，博得名揚。〔雜將椅又移向右邊〕〔生向畫語介〕這個是《張元昊曳碑圖》。張先生，聞得你欲獻策於韓琦、范仲淹，恥於自干，題詩碑上，使人曳之市，而笑其後。韓、范疑而不用，轉走西夏，詭名張元昊。元昊聞之召見，大悅，用其策，大爲邊患。呀，這個是韓、范二公之過也，棄賢資敵國，可惜可惜。不可不罰一杯。祇是二公今在那裏，我代飲了罷。〔飲酒唱介〕

【川撥棹】真豪爽，負奇才落拓狂。頗羞慚、挾瑟門牆。頗羞慚、挾瑟門牆。還須把明珠緊藏。題詩一舉，豈是常人所爲？以二公之高明，尚且不知，何况別人？不由人不氣沖霄，劍射芒。祇落得走邊陲，哭大荒。從來英雄，志在四方。此邦不用，又走去他邦，這亦怪你不得了。張先生，我與你吃杯酒餞餞行何如？〔將酒灌畫，復自飲介〕

【前腔】辜負英雄一片腸，你好胸中自忖量。便從此、投奔他邦，便從此、投奔他邦，直待功成身始藏。後來先生得遇趙元昊〔四一〕，言聽計從，亦可謂不負所學了。雄才施展長，把聲名萬古揚。

〔作醉態介〕〔雜〕相公醉了，請去睡罷。〔生〕我吃甚麼酒來？

【彩旗兒】向丹青閒稱獎。借紙筆、訴衷腸。那裏知、醉醉醒醒皆成謊，怪怪奇奇未可量。

〔作醉態，雜扶介〕相公少吃一杯，却不是好。〔生〕你那裏知道我飲酒的意思。知道我的除非是壁上畫的這幾位相公。〔向左右壁拱手介〕列位先生，不陪了，我醉欲眠，卿可且去。

【尾聲】畫中人，真吾黨。豈是無端學楚狂〔四二〕，我祇是顛倒乾坤入醉鄉。

【校記】

〔一〕此三種傳奇，底本闕，據清抄本補。『傳奇』，清抄本作『雜劇』，據利民本、寶元本改。傳奇，指明清以唱南曲爲主的長篇戲曲，以别於北雜劇，是宋元南戲的進一步發展。盛於明嘉靖到清乾隆年間。昆腔、弋陽腔、青陽腔等劇種，都以演唱傳奇劇本爲主。著名作品有《浣紗記》、《牡丹亭》、《清忠譜》、《長生殿》、《桃花扇》等。有生、旦、外、丑、雜等角色。生扮演男子的角色，旦扮演女性的角色，外扮演老年男子的角色，丑扮演滑稽可笑的喜劇人物或反面人物，雜扮演雜差、百姓等人物。

〔二〕左壁：清抄本作『左右壁』，據利民本、寶元本改。

【注釋】

〔一〕個事：一事。宋劉一止《和何山揔老一擊軒二首之一》：『掃洒閑庭無個事，林間一擊是何聲。』胸儻：卽胸膛。廖燕《舟次博羅遙望羅浮山》（卷十八）：『平生丘壑横胸儻，更愛羅浮結幽想。』

〔二〕『三千』二句：《史記·孔子世家》：『孔子以詩書禮樂教，弟子蓋三千焉。』後因以『三千』指孔門弟子。屠龍技，《莊子·列禦寇》：『朱泙漫學屠龍於支離益，殫千金之家，三年技成，而無所用其巧。』後因以指高超而無用的技藝。萬戶難封，漢名將李廣部下因軍功而封侯的人很多，而李廣本人戰功顯赫，卻不見封侯。後因以『萬戶難封』慨歎功高不爵，命運乖舛。射虎，指漢李廣射虎的故事。《史記·李將軍列傳》：『廣所居郡，聞有虎，嘗自射之。及居右北平，射虎，虎騰傷廣，廣亦竟射殺之。』這裏用以形容英雄豪氣。

〔三〕醇醪：味厚的美酒。《史記·袁盎鼂錯列傳》：『乃悉以其裝齎置二石醇醪。』

〔四〕清狂：放逸不羈。晉左思《魏都賦》：『僕黨清狂，怵迫閩濮。』

〔五〕矯矯：超凡脱俗，不同凡響。《漢書·敘傳下》：『賈生矯矯，弱冠登朝。』

〔六〕班馬韓蘇：指班固、司馬遷、韓愈、蘇軾。明莊㫤《送潘應昌提學山東序》：『先儒又謂六經已後無文，蓋班馬韓蘇得文之法，而文之理不得也，惟周程張朱之學可以無間。』

〔七〕開生面：開創新的風格、形式。語出唐杜甫《丹青引贈曹將軍霸》：『淩煙功臣少顔色，將軍下筆開生面。』趙次公注：『貞觀中太宗畫李靖等二十四人於淩煙閣，至開元時，顔色已暗，而曹將軍重爲之畫，故云開生面。蓋因左氏：狄人歸先軫之元面如生也。』

〔八〕賺誤：耽誤。宋釋道原撰《景德傳燈録・青原行思禪師第九世上・金陵清涼文益禪師法嗣》：『若只貴答話簡辯有什麼難。但恐無益于人翻成賺誤。』

〔九〕阿堵：指錢。語出南朝宋劉義慶《世説新語・規箴》：『王夷甫雅尚玄遠，常嫉其婦貪濁，口未嘗言錢字。婦欲試之，令婢以錢遶牀不得行。夷甫晨起，見錢閡行，呼婢曰：「舉卻阿堵物。」』《二刻拍案驚奇》卷二六：『正是：世情看冷暖，人面逐高低。任是親兒女，還隨阿堵移。』

〔一〇〕帖括：唐代科舉制度規定，明經科以『帖經』試士。把經文貼去若干字，令應試者對答。爲便於記誦，後考生乃總括經文編成歌訣，稱『帖括』。後以泛指科舉應試文章。明清時亦用指八股文。

〔一一〕頭巾：指明清時規定讀書人戴的儒巾。《古今小説・陳御史巧勘金釵鈿》：『魯公子回到家裏，將衣服鞋襪裝扮起來。只有頭巾分寸不對，不曾借得。』

〔一二〕個裏：此中，其中。清李漁《閒情偶寄・居室》：『諦觀熟視，方知個裏情形。』

〔一三〕吾儕：我輩。《左傳・宣公十一年》：『吾儕小人，所謂取諸其懷而與之也。』

〔一四〕宿酒：猶宿醉。隔夜仍使人醉而不醒的酒力。唐白居易《早春卽事》詩：『眼重朝眠足，頭輕宿酒醒。』

〔一五〕阮籍（二一〇—二六三）：字嗣宗，陳留尉氏（今河南尉氏）人。三國時期魏國思想家、詩人。曾爲步兵校尉，世稱阮步兵。志氣宏放，任性不羈，尤好老莊，善彈琴。在政治鬥爭中，常以醉酒的辦法擺脱困境。他不拘禮節，嘗以白眼對待禮俗之士。劉伶：字伯倫。沛國（今安徽宿州）人。魏晉間作家。性嗜酒，縱情肆志。《晉書·劉伶傳》載其『常乘鹿車，攜一壺酒，使人荷鍤而隨之，謂曰：「死便埋我。」』

〔一六〕酒中禪，誰人參上：參禪，佛教禪宗的修持方法。有遊訪問禪、參究禪理、打坐禪思等形式。《西遊記》第九回：『衆人同坐在松陰之下，講經參禪，談説奧妙。』

〔一七〕非非想：『非想非非想處天』的略語。佛教語。即三界（佛教指衆生輪回的欲界、色界和無色界）中無色界第四天，諸天之最勝者。此天没有欲望與物質，僅有微妙的思想。《婆娑論》：『無色界中有四天：一名空處天，二名識處天，三名無所有處天，四名非想非非想處天。』唐寒山《詩》之二一五：『假使非非想，蓋緣多福力。』

〔一八〕介：戲曲術語。傳奇等劇本裏關於動作、表情、效果等的舞臺指示。如坐、笑、見面以及雞鳴、犬吠等，分別寫作『坐介』、『笑介』、『見介』、『雞鳴介』、『犬吠介』。

〔一九〕蘇子美：指蘇舜欽（一〇〇八—一〇四八），字子美。祖籍梓州銅山（今四川中江），自曾祖時移居開封。北宋詩人。他是詩文革新運動中的重要作家，在政治上傾向於以范仲淹爲首的改革派。

〔二〇〕把《漢書》下酒：元陸友仁《研北雜志·讀書佐酒》：『蘇子美豪放不羈，好飲酒。在外舅杜祁公家，每夕讀書，以一斗爲率。公深以爲疑，使子弟密覘之。聞子美讀《漢書·張良傳》，至「良與客狙擊秦皇帝，誤中副車」，遽撫掌曰：「惜乎，擊之不中！」遂滿飲一大白。又讀，至「良曰『始臣起下邳，與上會於留，此天以授陛下』」，又撫案曰：「君臣相遇，其難如此！」復舉一大白。公聞之，大笑曰：「有如此下酒物，一斗不爲多也。」』

〔二一〕孔顔：孔子與其弟子顔淵的並稱。

〔二二〕則個：用於動詞之後，表示略微之意。明馮夢龍《醒世恒言·鄭節使立功神臂功》：『丈夫，你耐靜則個，我出去便歸。』

〔二三〕杜默哭廟：杜默，字師雄，宋和州歷陽人，一作濮州人。詳見卷十六《杜默哭廟圖讚並傳》注〔一〕。

〔二四〕馬周濯足：馬周（六〇一—六四八），字賓王，博州茌平（今山東省聊城市茌平縣）人。唐初大臣。詳見卷十六《馬周濯足圖讚並傳》注〔一〕。

〔二五〕陳子昂碎琴：陳子昂（約六五九—七〇〇，一作六六一—七〇二），字伯玉，梓州射洪（今屬四川）人。唐代文學家。詳見卷十六《陳子昂碎琴圖讚並傳》注〔一〕。

〔二六〕張元昊曳碑：明賀復徵編《文章辨體彙選·錄》引宋俞文豹《清夜錄》：『慶曆間，華州士人張元昊累舉不中第，落魄不得志。負氣倜儻，有縱橫材。嘗薄遊塞上，觀覽山川，有經畧西鄙意。《雪詩》云：「戰罷玉龍三百萬，敗鱗殘甲滿天飛。」又《鷹詩》：「有心待搦心中兔，更上白雲頭上飛。」欲謁韓、范二帥。恥自屈，乃刻詩石上，使人拽之市而笑其後。二帥召見之，躊躇未用間已走西夏，與曩霄謀抗朝廷，連兵十餘年。』

〔二七〕醽醁：美酒名，亦名綠酃、酃酒。《文選·左思〈吳都賦〉》：『飛輕軒而酌綠酃，方雙轡而賦珍羞。』劉逵注引《湘州記》：『湘州臨水縣有酃湖，取水爲酒，名曰酃酒。』

〔二八〕神契：猶神交。唐牛僧孺《玄怪錄·岑順》：『明公養素畜德，進業及時，屢承嘉音，願託神契。』

〔二九〕顛：通『癲』。瘋癲。

〔三〇〕主司：科舉的主試官。唐李白《送楊少府赴選》詩：『天子有盛才，主司得球琳。』

〔三一〕雙目紅紗障：絹紗透明，以紅紗蒙住雙目則視物爲紅色，表示眼紅，忌妒。

〔三二〕張：張望。明汪廷訥《獅吼記·奇妒》：『你且住，我去張一張，若是年幼的朋友，不許你出去。』

〔三三〕靈動：有了靈氣，顯靈。明馮夢龍《警世通言·況太守斷死孩兒》：『如冷廟泥神，朝夕焚香拜禱，也少不得靈動起來。』

〔三四〕經綸：指治理國家的抱負和才能。明沈鯨《雙珠記·軍門優恤》：『白面書生今就武，這經綸可惜埋塵坱。』

〔三五〕冬烘：迂腐，淺陋。五代王定保《唐摭言·誤放》載：唐鄭薰主持考試，誤認顏標爲魯公（顏真卿）的後代，將他取爲狀元。當時有無名氏作詩嘲諷云：『主司頭腦太冬烘，錯認顏標作魯公。』

〔三六〕將來：拿來。明蘭陵笑笑生《金瓶梅詞話》第七十二回：『溫秀才道：「帖在那裏，將來學生寫。」』

〔三七〕骯髒：高亢剛直貌。漢趙壹《疾邪詩》之二：『伊優北堂上，骯髒倚門邊。』宋文天祥《得兒女消息》詩：『骯髒到頭方是漢，娉婷更欲向何人！』

〔三八〕清要：謂地位顯貴、職司重要而政務不繁的官職。唐韓愈《永貞行》：『郎官清要爲世稱，荒郡迫野嗟可矜。』

〔三九〕金章：金質的官印。一說，銅印。南朝宋鮑照《建除》詩：『開壤襲朱紱，左右佩金章。』錢振倫注引《文選·孔稚圭〈北山移文〉》注：『金章，銅印也。』唐杜甫《陪柏中丞觀宴將士》詩之一：『無私齊綺饌，久坐密金章。』仇兆鰲注：『金章，金印也。』

〔四〇〕絲桐：指琴。古人削桐爲琴，練絲爲弦，故稱。《史記·田敬仲完世家》：『若夫治國家而弭人民，又何爲乎絲桐之間？』漢王粲《七哀詩》：『絲桐感人情，爲我發悲音。』

〔四一〕趙元昊（一〇〇三—一〇四八）：本姓拓跋，以唐、宋賜姓，亦稱李元昊、趙元昊，後改名曩霄。西夏第一代皇帝（景宗），軍事家。性格剛毅，博學多才，通曉兵法。

〔四二〕楚狂：《論語·微子》：『楚狂接輿歌而過孔子曰：「鳳兮鳳兮，何德之衰！」』邢昺疏：『接輿，楚人，姓陸名通，字接輿也。昭王時，政令無常，乃披髮佯狂不仕，時人謂之楚狂也。』後常用以稱狂士。

訴琵琶

遭偃蹇〔一〕，窮鬼苦纏人；訴琵琶，酸丁〔二〕甘乞食。

第一齣　乞食

【滿庭芳】〔生上〕〔引子〕斑管〔三〕無靈，繡腸〔四〕空飽，年來敝盡貂裘〔五〕，豪懷徒在，醉裏慢凝眸。說甚伊周〔六〕事業，對妻孥、冷落已堪羞。渾無奈、向天欲問，搔首更登樓。鬚眉如戟髮鬖鬖〔七〕，貧對妻孥亦覺慚。勢位爲人生怎忍，俠腸於義死猶甘。盡頭措大〔八〕居童塾，失足英雄拜佛龕。若肯灰心尋隱計，是非誰復論朝三〔九〕。小生姓廖名燕，別號柴舟，乃韶州曲江人也。人都道我身輕似燕，骨瘦如柴，富貴亦何難也。我爭道：燕頷封侯〔一〇〕，柴氏稱帝〔一一〕，富貴尚可待也。說便是這等說，其如尚口乃窮〔一二〕，果是謀生無計。幾日來米壜〔一三〕告匱，談文豈可療饑；酒盞〔一四〕俱空，嚼字那堪軟飽〔一五〕。貧愁日甚一日，豐樂年復何年。〔丑扮窮鬼上，左右戲謔介〕你看窮鬼最是難驅。忽笑忽啼，無情無緒，不離前後左右，依稀兩個買臣〔一六〕。〔雜扮瘧鬼上。左右戲謔介〕且是瘧魔偏易近，時寒時熱，或去或來，難分春夏秋冬。豈是再生沈約〔一七〕，似這樣貧病齊攻，怎能禁室人交謫〔一八〕。生平弄筆墨，爭誇滿腹文章；此日問經綸，那博一家溫飽。雖未卜將來何似，但商量目下難支。幾番要捨此他圖，做一個不事家產的英雄。祇恐知己難逢，豈不翻成兩誤？又幾番欲將計就計，做一個獨樂田園的隱士。只恐耕鋤乏力，豈不盡費前工？左思右量，顧此失彼。日前雖有幾件家用什物，俱已典賣盡了，惟剩自己做的幾篇酸文，那個要來。

【好事近】［過曲］典盡鷫鸘裘〔一九〕，典不去滿腹裏幾篇文繡〔二〇〕。我想千古才人皆千古窮人。窮則不免於乞，所以古來有負鼎殷廷、吹簫吴市的故事〔二一〕，亦皆出於不得已了。少甚麼英雄班首〔二二〕，胸中自負奇謀。奈時乖落魄，向人前、輕薄難禁受。祇恐時至今日，連乞食亦是難了。莫説負鼎，就是任簫聲吹出鳳鸞，欲覓知音那有。祇是負鼎吹簫，雖亦乞中一法，但我輩行乞，亦要分個雅俗。要不消我説，他就知道的方妙。［想介］有了，晉朝有個高士叫做陶淵明〔二三〕，亦曾乞過食來，有《乞食》〔二四〕古風一篇最妙。我今便將這段故事編成幾闋詞兒，譜入琵琶新調，到朋友家去彈唱起來，他聽了自然會意。這個纔不失我輩人品，不免就此編成則個。

【前腔】［換頭］干求饑債幾時酧〔二五〕，試問高人曾否？有淵明佳譜，摹來更見風流。詞已編就了，先到那一家發市〔二六〕？我有個密友，住在城西門内，姓黄，字少涯。他的境遇雖與我差不多，然爲人甚是義俠，與我爲詩酒莫逆之交。不免先到他那裏索杯酒潤潤筆，就託他將這幾闋詞兒當做一篇募疏，傳到各位知己家去，或者有肯周急〔二七〕的亦未可知。又省得自家開口不雅，豈不更妙？祇是沒有絃子〔二八〕怎處？我想文人唱曲，豈效優人伎倆〔二九〕，把手拍着桌子，應應腔兒就是了。算計停當，就此去來。［行介］城西一帶竹林幽，門對着青山秀。信步行來，不覺到了他家門首。你看文人庭戶，自然與俗子不同，一帶粉牆〔三〇〕，掩映着幾株楊柳，便自瀟灑殺人也。［叫門介］少涯兄可在？［小生上］春迴處處見花開，庭院無塵積落梅。［開門介］原來是柴舟兄，請進。［相揖介］門外何人題鳳〔三一〕去，［生］堦前有客抱琴來。［小生］柴兄辱臨，必有見諭。

【傳言玉女】［生］何物窮愁，硬壓英雄消受。書生未遇，那裏尋黄金過斗。［小生］懷才不遇，古今同慨。請進一杯，與柴兄解悶何如？家童，取酒上來。〔生〕小弟此來，正欲索一杯，還有事請教。奇文萬軸，莫换窮途杯酒。説起時，胸懷憤懣，眉心顰皺。小弟偶將陶淵明乞食那段故事編成幾闋詞兒，譜入琵琶新調，不知是否，就此唱來請正何如？〔小生〕極妙，再請三杯發興〔三二〕。

【畫眉序】〔生〕晉代有高流，好菊先生號五柳〔三三〕。奈寒齋寂寞，韻事〔三四〕都收。苦昨日、杯影蛇乾〔三五〕，歎今朝、詩腸雷吼〔三六〕。饑來驅我莫停留，信步忙尋親舊。

【前腔】迢遞〔三七〕歷芳洲，行近鄰村隔溪瀏〔三八〕。望松林樹杪，隱露書樓。故人在、撫罷絲桐，見客至、急迎肩負〔三九〕。别來無恙更綢繆〔四〇〕，笑語雙雙攜手。

【前腔】忙與内人籌，脱珥〔四一〕經營急開酒。便山家野味，勝過珍饈。忘賓主、話正投機；任晝夜、酒俱盈缶。況逢此地更清幽，不惜千杯堪受。

【前腔】酣醉欲扶頭，晚照斜暉射林藪〔四二〕。就辭歸，便把《歸去辭》謳。再送送、分袂〔四三〕山邊，還望望、拄藜〔四四〕溪口。此時有句可能酧，獨記吾朋情厚。〔小生〕細聆詞意，已知大概。明日致意諸公，相贈過來就是。〔生〕少兄真是知己，一言就與愚意相合，亦不消再説了。

【太平令】釋我多愁，彷彿眉開俠氣留，生平心事杯中酒。惟知己、可同謀。〔小生〕柴兄高才，定有知遇，暫時困乏，何足掛懷。

【前腔】談笑封侯，劍氣連霄貫斗牛〔四五〕。詩文天下推高手，須有日、詔書求。柴兄再請一杯。〔生〕天色已晚，暫且告辭。適蒙慨諾，還要借重。〔小生〕這個自然。

【尾聲】〔合〕良朋聚晤談心久，仗義還須我輩求。方信道、文人貧甚亦風流。

【注釋】

〔一〕偃蹇：猶困頓。《新唐書·段文昌傳》：「憲宗數欲親用，頗爲韋貫之奇詆，偃蹇不得進。」

〔二〕酸丁：舊時對貧寒而迂腐的讀書人嘲諷性的稱呼。金董解元《西廂記諸宫調》卷一：「秀才家那箇不風魔；大抵這箇酸丁忒劣角，風魔中占得箇招討。」

〔三〕斑管：毛筆。以斑竹爲杆，故稱斑管。唐《懷素上人草書歌》：「銅瓶錫杖倚閒庭，斑管秋毫多逸意。」

〔四〕繡腸：猶繡腑。比喻才華出衆、文辭華麗。典出唐李白《冬日於龍門送從弟令問之淮南覲省序》：「（令問）常醉目吾曰：『兄心肝五臟皆錦繡耶？不然，何開口成文，揮翰霧散？』」

〔五〕敝盡貂裘：《戰國策·秦策·蘇秦始將連横》：「（蘇秦）説秦王書十上，而説不行，黑貂之裘弊，黄金百斤盡，資用乏絶，去秦而歸……歸至家，妻不下紝，嫂不爲炊，父母不與言。」

〔六〕伊周：商伊尹和西周周公旦的合稱。兩人都曾攝政，後常並稱。《漢書·張陳王周傳贊》：「周勃爲布衣時，鄙樸庸人，至登輔佐，匡國家難，誅諸吕，立孝文，爲漢伊周。」顔師古注：「處伊尹、周公之任。」

〔七〕藍鬖：毛髮長而下垂貌。元趙顯宏《晝夜樂·春》：「想從前枉將風月擔，空贏得鬢髮藍鬖。」

〔八〕措大：舊指貧寒失意的讀書人。詳見卷九《吳少宰與臧公祖書附》注〔三〕。

〔九〕朝三：謂萬事萬物本身具有同一的性狀和特點，是非並無區别。語出《莊子·齊物論》：「勞神明爲一而不知其同也，謂之朝三。何謂朝三？狙公賦芧曰：『朝三而暮四。』衆狙皆怒。曰：『然則朝四而暮三。』衆狙皆悦。名實未虧而喜怒爲用，亦因是也。是以聖人和之以是非而休乎天鈞，是之謂兩行。」

〔一〇〕燕頷封侯：東漢名將班超自幼卽有立功異域之志。相士説他「燕頷虎頸」，有封萬里侯之相。後奉命出使西域三十一年，陸續平定各地貴族的變亂，官至西域都護，封定遠侯。見《後漢書・班超傳》。

〔一一〕柴氏稱帝：後周顯德元年（九五四）正月，周太祖郭威病逝，養子柴榮繼位，是爲世宗。柴氏稱帝指此。

〔一二〕尚口乃窮：語出《易・困・彖傳》：「『有言不信』，尚口乃窮也。」，謂尚口談，自致窮困。

〔一三〕壜：同「壇」。一種口小肚大的陶器。

〔一四〕酒盞：小酒杯。唐杜甫《酬孟雲卿》詩：「但恐銀河落，寧辭酒盞空。」

〔一五〕軟飽：謂飲酒。宋蘇軾《發廣州》詩：「三杯軟飽後，一枕黑甜餘。」自注：「浙人謂飲酒爲軟飽。」

〔一六〕買臣：朱買臣（？—前一一五），字翁子，會稽吳人。西漢大臣。《漢書・朱買臣傳》載其「家貧，好讀書，不治產業，常艾薪樵，賣以給食，擔束薪，行且誦書」。

〔一七〕沈約（四四一—五一三）：字休文，吳興武康（今浙江吳興）人。南朝大臣，史學家、文學家。歷仕宋、齊、梁三朝。沈約年幼時，父親沈璞在皇族爭奪帝位的鬥爭中被殺。《梁書・沈約傳》載其：「既而流寓孤貧，篤志好學，晝夜不倦。母恐其以勞生疾，常遣減油滅火。」

〔一八〕交謫：謂競相責難。《詩・邶風・北門》：「我入自外，室人交偏謫我。」鄭玄箋：「我從外而入，在室之人，更迭遍來責我。」

〔一九〕鷫鸘裘：東晉葛洪《西京雜記》：「司馬相如初與卓文君還成都，居貧憂懣，以所著鷫鸘裘就市人陽昌貰酒，與文君爲歡。」鷫鸘，鳥名。雁的一種。頸長，羽綠。明李時珍《本草綱目・禽一・鷫雞》（附錄）載其「皮可爲裘，霜時乃來就暖。」而張華《禽經注》載「其羽可爲裘以辟寒」。

〔二〇〕文繡：本指刺繡華美的絲織品或衣服，引申指辭藻華麗的文章。明趙琦美編《趙氏鐵網珊瑚・松雪畫竹石圖》：『魏國圖書天下無，當時聲價滿王都。萬篇文繡垂金薤，一段冰清置玉壺。』

〔二一〕負鼎殷廷：指伊尹背負鼎俎見湯，喻以烹調致湯王道之事。見《史記·殷本紀》：『伊尹名阿衡。阿衡欲干湯而無由，乃爲有莘氏媵臣，負鼎俎，以滋味説湯，致于王道。』吹簫吴市：春秋時伍子胥爲報父兄之仇，自楚逃至吴，曾吹簫乞食於吴市。《史記·范雎蔡澤列傳》：『伍子胥橐載而出昭關，夜行晝伏，至於陵水，無以餬其口，膝行蒲伏，稽首肉袒，鼓腹吹篪，乞食於吴市。』裴駰集解引徐廣曰：『（篪）一作「簫」。』後稱街頭乞食爲『吴市吹簫』。

〔二二〕班首：首領，魁首。宋劉克莊《念奴嬌·和誠齋休致韻》詞：『地行仙裏，合推儂做班首。』

〔二三〕陶淵明（三六五—四二七）：一名潛，字元亮，别號五柳先生。私謚靖節。晉宋時期詩人。

〔二四〕乞食：晉陶淵明有《乞食》一詩，引錄如下：『饑來驅我去，不知竟何之。行行至斯裏，叩門拙言辭。主人解余意，遺贈豈虚來。談諧終日夕，觴至輒傾杯。情欣新知歡，言詠遂賦詩。感子漂母意，愧我非韓才。銜戢知何謝，冥報以相貽。』

〔二五〕干求：請求，求取。《三國志·魏書》卷二十四：『爽等奢放，多有干求，憚觀守法，乃徙爲太僕。』

〔二六〕發市：開市，開始做買賣。《初刻拍案驚奇》卷一：『豈知北京那年自交夏來，日日淋雨不晴，並無一毫暑氣，發市甚遲。』

〔二七〕周急：周濟困急。《論語·雍也》：『吾聞之也，君子周急不繼富。』朱熹集注：『急，窮迫也；周者，補不足。』

〔二八〕絃子：絃樂器名，即三弦。木筒兩端蒙蛇皮，上置長柄，有弦三根，故名。清曹雪芹《紅樓夢》第五十四回：『賈母命他們坐了，將弦子、琵琶遞過去。』

〔二九〕優人：原指古代以樂舞、戲謔爲業的藝人。後以稱戲曲演員。宋趙彥衛《雲麓漫鈔》卷十二：『近日優人作雜班，似雜劇而簡略。』伎倆：技能，本領。唐貫休《戰城南》詩之一：『邯鄲少年輩，個個有伎倆。』

〔三〇〕粉牆：塗刷成白色的牆。唐方干《新月》詩：『隱隱臨珠箔，微微上粉牆。』

〔三一〕題鳳：南朝宋劉義慶《世說新語·簡傲》：『嵇康與呂安善，每一相思，千里命駕。安後來，值康不在。喜出戶延之，不入。題門上作「鳳」字而去。喜不覺，猶以爲欣，故作。「鳳」字，凡鳥也。』後因以『題鳳』爲訪友的典故。

〔三二〕發興：激發意興。南朝宋鮑照《園中秋散》詩：『臨歌不知調，發興誰與歡。』

〔三三〕好菊先生號五柳：指陶淵明。陶淵明有一篇自傳性質的《五柳先生傳》，文中自稱五柳先生。陶淵明好菊，其《歸去來兮辭》言其辭官歸家時『三徑就荒，松菊尤存』。《飲酒》（其五）云：『采菊東籬下，悠然見南山。』

〔三四〕韻事：風雅的事，多指文人名士吟詩作畫等活動。《儒林外史》第三十回：『花酒陶情之餘，復多韻事。』

〔三五〕杯影蛇乾：漢應劭《風俗通·怪神·世間多有見怪驚怖以自傷者》載：杜宣夏至日赴飲，見酒杯中似有蛇，然不敢不飲。酒後胸腹痛切，多方醫治不愈。後得知壁上赤弩照於杯中，影如蛇，病即愈。這裏指酒杯空了。

〔三六〕詩腸雷吼：指肚子餓。詩腸，本指詩思，詩情。

〔三七〕迢遞：遙遠貌。三國魏嵇康《琴賦》：『指蒼梧之迢遞，臨迴江之威夷。』

〔三八〕溪瀏：卽瀏溪，清澈的小溪。瀏，通『漻』。水深而清澈。《詩·鄭風·溱洧》：『溱與洧，瀏其清矣。』

〔三九〕肩負：用肩背馱。指爲客人接行李。

〔四〇〕綢繆：情意殷切。漢李陵《與蘇武詩》之二：『獨有盈觴酒，與子結綢繆。』

〔四一〕珥：珠玉耳飾。《蒼頡篇》：『珥，珠在耳也。耳璫垂珠者曰珥。』《史記·李斯傳》：『傅璣之珥。』

〔四二〕林藪：山林與澤藪，指山野隱居的地方。漢蔡邕《薦皇甫規表》：『藏器林藪之中，以辭徵召之寵。』

〔四三〕分袂：離别。晉干寶《秦女賣枕記》：『（秦女）取金枕一枚，與度（孫道度）爲信，乃分袂泣别。』

〔四四〕拄藜：謂拄著手杖行走。藜，野生植物，莖堅韌，可爲杖。元吳澄《故楚清先生龔君墓碣銘》：『歲月幾何，拄藜看雲。』

〔四五〕『劍氣』句：《晉書·張華傳》謂吳滅晉興之際，天空斗牛之間常有紫氣。張華聞雷煥妙達緯象，乃邀與共觀天文。煥曰：『斗牛之間頗有異氣』，是『寶劍之精，上徹於天耳』，並謂劍在豫章豐城。華卽補煥爲豐城令，『煥到縣，掘獄屋基，入地四丈餘，得一石函，光氣非常，中有雙劍，並刻題，一曰龍泉，一曰太阿。其夕斗牛間氣不復見焉。』後世因用贊傑出人才，或謂傑出人才有待識者發現。

訴琵琶〔一〕

鬧麯蘖〔二〕，窮鬼永潛蹤；談因緣，道人新贈句。

第二齣〔一〕 逐窮

〔生上〕自家廖柴舟，曾因困乏，編就琵琶新調，求濟諸友。雖承周急，豈是長謀？想來皆因窮鬼這廝作祟，以致如此。前曾託詩伯與酒仙二位知己去驅逐他，不知事體若何，目下想有好消息，且去書房坐着等他便了。正是：引人樂地三杯酒，破我愁天幾首詩。〔下〕

【傳言玉女前】〔小生扮詩伯上〕律呂宮商，調出玉鳴金響，寫不完牢騷舊賬。筆墨叢中別一天，青山茅屋結良緣。前身豈帶煙霞骨，五字〔二〕吟成便欲仙。自家詩伯是也。先祖復姓關關，名字叫做雎鳩，乃是周朝人氏。因周武王得了天下，大封功臣，念先祖有呼雨微勞，就封在河之洲，做了一國諸侯。原來這河之洲，是一個獨脚洲，地方雖小，却多佳人才子。佳人叫做淑女，才子就號爲君子，終日鐘鼓相樂，琴瑟相友，到亦還不寂寞。〔三〕後來螽斯衍慶〔四〕，子孫多至三千有餘。傳至春秋時候，遇着孔子，深服先祖的學問，就叫他門弟子拜從門下。嘗說小子何莫學乎《詩》〔二〕，又將寒族家譜從新校正，把那假冒依附的一概刪除，所剩人丁亦還不下三百之多。〔五〕最後歷秦漢魏晉，以至五代〔六〕時，雖或盛或衰，亦復名賢輩出，代不乏人。傳至唐朝，又復中興，子孫遍天下，貴寵滿朝堂。不是我自家誇獎，自古以來如我寒家這樣盛的，亦算稀罕的了。閒話休題，近因我好友柴舟先生屢被窮鬼無禮相纏，著我去驅逐他。叵耐這廝倔强不服，近又聞得他勾引瘧鬼，朋黨肆虐，一發可惡。我今日畢竟與他決個勝負，不驅逐這廝，決不甘休。

【傳言玉女後】英雄失路，受盡千般魔障。待翦除、還須發奮，玉堂爭上。不免叫他出來，盤問他一番，看他有何說話？〔向前叫介〕窮鬼那裏〔七〕？〔丑扮窮鬼上介〕來了，自家窮鬼是也。〔雜扮瘧鬼上介〕自家瘧鬼是也。窮鬼哥請了。〔丑〕你是瘧鬼，只管跟著我走做甚？〔雜〕窮鬼老哥，你還不知我原與你緊鄰相好？〔丑〕怎說？〔雜〕你的窮病與我這瘧病亦差不多，豈不是同病相憐？〔丑〕好個同病相憐，於今柴舟先生請了一個甚麼詩伯來奈何我們，這事怎處？［雜］哎呀，他當真來了，我見了他就要走的。［丑］這又怎説？［雜］你不聽見《詩經》有云『善戲謔兮，不爲虐兮』〔八〕。［丑］音同字不同，這個不妨。［雜］也罷，你先去，我且躲在一傍。你且講得他過，我轉來未遲；若講他不過，我就逃之夭夭了。［先下］［丑］這樣没志氣的東西，他就走了，我老窮須是不怕他。周赧王他是一個皇帝，見了我亦要躲在避債臺〔九〕上，何況他們？且去與他鬧鬧，看他怎樣奈何我。［向小生拱手介］詩伯老先請了。［小生］哇。你是甚等人？敢與我抗禮〔一〇〕！［丑］你有所不知，你若没有我，你這詩伯就做不成了。［小生］這是怎樣説？［丑］豈不聞詩窮而後工。〔一一〕［小生］放屁！［丑］正是！却不道詩從放屁起，又説窮出屁來。這是真的，何勞過譽？［小生］這廝口强，你有甚來頭？敢如此抵死纏人！［丑］若説我的來頭儘大哩。先祖姓后名羿，封在有窮國爲諸侯，遂做了寒家的始祖〔一二〕。後來傳至春秋時候，出了一個顔淵，曾爲聖門高弟。一簞食，一瓢飲，孔子嘗稱道：『賢哉，回也！其庶乎屢空〔一三〕』。又有家伯祖叫做伯夷，家叔祖叫做叔齊，二人俱餓死於首陽之下〔一四〕，民到於今稱之。還有難兄難弟，難兄叫做原憲，捉襟露肘〔一五〕；難弟叫做朱買臣，行歌負薪。這都是千古有名的。

【降黄龍】［過曲］祖輩賢良，先代傳家，並稱人望。成就了功名蓋世，早捱盡、當時幾許炎涼。堪揚，史書褒獎，姓字兒千載猶香。於今傳到區區〔一六〕，亦算做家學淵源了。我幾時寄人到廣城，去做一個燈籠，上面亦要寫四個大字撐撐棍〔一七〕。［小生］那四個字怎樣寫？［丑］窮鬼世家〔一八〕。［小生］嗄嗄，窮鬼亦稱起世家來，豈不好笑？［丑］這個何足道哉？若遇着梁武帝在臺城捱餓的時候〔一九〕，開科取士，要我們這班窮鬼做起官來，我就換了一個吏部候選的燈籠，你道體面不體面？少甚麽窮簷茅屋，崛起朝堂。［小生］你有甚功勞？亦想做起官來。［丑］我的功勞，若説起來亦好大哩。你看自古英雄豪傑，除了這班紈褲膏粱用我不著，若是從布衣白屋〔二〇〕崛起的，那個不是我幫襯〔二一〕他來。就如伍員吹簫〔二二〕，韓信乞飯〔二三〕，呂蒙正寄居破窯〔二四〕，范仲淹斷虀蕭寺〔二五〕，這幾個古人，後來都成封侯拜相。若不是老窮先下一激之力，焉能到此地位？所以太史公常歎我

的功勞，說：『不困阨，焉能激乎？』〔二六〕

【前腔】淒涼苦辣都嘗。欲就功勳，屈身何枉？自然有日，苦盡甘來，四海名揚。〔小生〕這廝還要大言。〔丑〕不瞞你說，這個還不打緊，還要因我一激之力，竟做了皇帝的。漢昭烈不因織履營生，做不得後漢皇帝〔二七〕；宋劉裕不因耕田餬口，做不得開國英雄〔二八〕。難當英雄無兩，天生成鐵骨剛腸。最堪誇、熬成名士，餓出侯王。莫說別人，就是柴舟先生，我何曾虧負他來？他的好處，我亦不必盡說，天下有目的人自然知道。衹是他若生長富貴，豈能造就至此？〔小生〕這個我不信，罵他、笑他的還多。〔丑〕這個當做桀犬吠堯〔二九〕。〔小生〕怎麼比他們做狗？〔丑〕他們信口亂吠，怎麼不是狗？〔小生〕他既是犬，亦不必怪他了。衹是你適才說柴舟先生有甚麼好處，怎麼不會中？〔丑〕那裏就此較論？孔夫子不曾中得，難道不尊他做聖人？你看自古英雄豪傑，那個是朝廷法度所能籠絡得他來的？豈不聞唐朝以詩取士，以杜子美、李太白這樣大才，何曾中了這舉人進士？難道中了的，才學好過這二人不成？

【前腔】堪傷絕妙文章，却遇冬烘，看成時樣。高才落第，豎子成名，地老天荒。〔小生〕你這面目可憎，就是孔夫子遇著你亦要惱的。嘗說貧與賤是人之所惡也，那個懽喜你來？〔丑〕却不道『不義而富且貴，於我如浮雲』〔三〇〕？當時漢朝有個揚子雲〔三一〕，做了一篇《逐貧賦》逐我。唐朝有個韓退之〔三二〕，做了一篇《送窮文》送我。後來見我說得有理，他就請回我去，待爲上賓，這個纔是有見識的。於今世上的人，不能因我發奮，動不動就把我埋怨起來，豈不好笑？那知富貴要從貧賤中掙出來，方見妙處。比如吃飯，饑了方吃得有味。若像那些不長進的子弟，靠着先人的富貴，志得意滿，誇嘴使勢，不數時冰消瓦解，那時節纔來與我老窮相處，已是強弩之末了。何妨從吾高尚，且隨時著述山藏，又何須妄希富樂，惱恨窮忙。〔小生〕您這廝倒亦說得有理。罷了，遠遠望見酒仙賢弟來了，等他來與你作對。〔丑〕怎麼說酒仙來了，快走。〔小生〕怎樣，你就怕他？〔丑〕你不聽見破除萬事無過酒〔三三〕，又說事大如天醉亦休〔三四〕？我不怕他，還怕那一個來？去了，正是得放手時須放手，得饒人處且饒人。〔下〕〔雜上張介〕怎麽窮鬼當真去了？想是講他不過，我原是跟著他做事的，他去了，我豈可久留？況且酒仙又來了，一發藏身不住。我亦且做個火燒紙馬鋪，落得做人情〔三五〕。〔下〕〔小生〕你看窮鬼原來怕酒仙，我說了許多，只是不理，見了他來，這窮鬼就疾忙〔三六〕走了，怪不得這些名士都愛着這杯的。我且躲在一邊，等他到來，再作區處〔三七〕。

〔下〕

【校記】

〔一〕訴琵琶：清抄本作『續訴琵琶』，今從利民本、寶元本。

〔二〕第二齣：清抄本作『第一齣』，今從利民本、寶元本。

〔三〕詩：清抄本闕，據利民本、寶元本補。

【注釋】

〔一〕麯蘖：亦作『麴櫱』。指酒。明鄭若庸《玉玦記・商嫖》：『每日價躭圖麯蘖，誰知道慇懃呵杯酒有弓蛇。』清方文《窮冬六詠・無酒》：『生來嵇阮性，麯蘖助天機。』

〔二〕五字：初指五言詩，後亦泛指詩歌。明王鏊《震澤長語・文章》：『唐人用一生心於五字，故能巧奪天工。』

〔三〕『先祖』句：《詩・國風・周南》有《關雎》篇，是《詩經》首篇，有『關關雎鳩，在河之洲。窈窕淑女，君子好逑』、『窈窕淑女，琴瑟友之』、『窈窕淑女，鐘鼓樂之』等句，本篇虛擬的『詩伯』指此。

〔四〕螽斯：《詩經》有《螽斯》篇。《詩・周南・螽斯序》：『螽斯，后妃子孫衆多也，言若螽斯不妬忌，則子孫眾多也。』螽斯，昆蟲名，產卵極多。後用爲多子之典實。衍慶：綿延吉慶。常用作祝頌之詞。明吳承恩《賀松窗陳孝勇冠帶障詞》：『看它日門庭衍慶，寵光重疊。』

〔五〕『子孫』九句：司馬遷《史記・孔子世家》記有孔子刪詩之説，將三千多首古詩刪減爲三百餘首：『古者詩三千餘篇，及至孔子，去其重，取可施於禮義，上采契、后稷，中述殷周之盛，至幽、厲之缺。始於衽席，故曰：「《關雎》之亂以爲風始，《鹿鳴》爲小雅始，《文王》爲大雅始，《清廟》爲頌始。」三百五篇孔子皆弦歌之，以求合韶武雅頌之音。禮樂自此可得而述，以備王道，成六藝。』

〔六〕五代：唐初官修了梁、陳、北齊、周、隋五代史書，後因以五代指稱南北朝至隋這段歷史時期。又稱前五代。這個時期除了隋代出現過短暫的統一，是我國歷史上的大分裂的時期。

〔七〕那裏：哪裏。宋周密《杏花天》詞：『一色柳煙三十里，爲問春歸那裏？』

〔八〕『善戲謔兮』二句：見《詩・衛風・淇奧》。

〔九〕避債臺：本名誃臺，周景王所築。後因周赧王避債於此，故稱。《太平御覽》卷一七七引晉皇甫謐《帝王世紀》：『周赧王雖居天子之位，爲諸侯所侵逼，與家人無異。貰於民，無以歸之，乃上臺以避之。故周人因名其臺曰「逃債臺」。故洛陽南宮簃臺是也。』清袁枚《隨園隨筆・摘史記注》：『赧王爲諸侯所逼，負責於民，乃上臺避之，號避責臺。』

〔一〇〕抗禮：行對等之禮，以平等的禮節相待。《史記・貨殖列傳》：『子貢結駟連騎，束帛之幣，聘享諸侯，所至，國君無不分庭與之抗禮。』

〔一一〕詩窮而後工：見宋歐陽脩《梅聖俞詩集序》：『蓋愈窮則愈工。然則非詩之能窮人，殆窮者而後工也。』

〔一二〕后羿：上古夷族的首領，善射。相傳夏太康沉湎於遊樂，羿推翻其統治，自立爲君，號有窮氏。不久因喜狩獵，不理民事，爲其臣寒浞所殺。見《書·五子之歌》、《左傳·襄公四年》、《楚辭·離騷》、《史記·吳世家》。

〔一三〕『賢哉』三句：《論語·庸也》：『子曰：「一簞食，一瓢飲，在陋巷，人不堪其憂，回也不改其樂，賢哉回也！」』又《論語·先進》：『回也，其庶乎！屢空。』

〔一四〕伯夷、叔齊：商末孤竹君之二子。相傳其父遺命要立次子叔齊爲繼承人。孤竹君死後，叔齊讓位給伯夷，伯夷不受，叔齊也不願登位，先後都逃到周國。周武王伐紂，二人叩馬諫阻。武王滅商後，他們恥食周粟，采薇而食，餓死於首陽山。見《呂氏春秋·誠廉》、《史記·伯夷列傳》。

〔一五〕原憲（前五一五—?）：孔子弟子，爲古之清高貧寒之士。《莊子·讓王》：『原憲居魯，環堵之室，茨以生草；蓬戶不完，桑以爲樞；而甕牖二室，褐以爲塞；上漏下濕，匡坐而弦。子貢乘大馬，中紺而表素，軒車不容巷，往見原憲。原憲華冠縰履，杖藜而應門。子貢曰：「嘻！先生何病？」原憲應之曰：「憲聞之，無財謂之貧，學而不能行謂之病。今憲，貧也，非病也。」子貢逡巡而有愧色。』後因以『原憲』爲文士清貧的典故。捉襟露肘：見《莊子·讓王》：『曾子居衛，十年不製衣，正冠而纓絕，捉衿而肘見。』衿，同『襟』。謂整一整衣襟就露出了肘部。後以『捉襟見肘』形容衣衫襤褸。

〔一六〕區區：自稱的謙詞。《後漢書·竇融傳》：『區區所獻，唯將軍省焉。』

〔一七〕撐撐棍：撐撐門面。撐棍，即撐門面。許寶華、宮田一郎主編《漢語方言大詞典·手部》：『撐棍，〈名〉拐杖。客話。』由『拐杖』義而引申出『撐門面』義。

〔一八〕世家：本指世祿之家，引申指以某種專業世代相承的家族。

〔一九〕梁武帝（四六四—五四九）：即蕭衍，字叔達，南蘭陵（今江蘇常州西北）人。南朝梁的建立者，五〇二至五四九年在位。五四七年接受東魏大將侯景歸降。次年冬，景引兵渡江，攻破都城，梁武帝於圍困中饑病而死。臺城：六朝時的禁城。在今江蘇省南京市雞鳴山南乾河沿北，其地本三國吳後苑城，東晉成帝時改建作新宮，遂爲宮城。歷宋、齊、梁、陳，皆爲台省和宫殿所在地，因專名臺城。

〔二〇〕白屋：指不施采色、露出本材的房屋。一説，指以白茅覆蓋的房屋。爲古代平民所居。《漢書·王莽傳上》：『開門延士，下及白屋。』顔師古注：『白屋，謂庶人以白茅覆屋者也。』

〔二一〕幫襯：贊助，資助。元曾瑞《留鞋記》第二折：『觀音菩薩……今日一天大事，都在這殿裏，你豈可不幫襯著我。』

〔二二〕伍員（？—前四八四）：字子胥，封於申地，故又稱申胥。春秋時期楚國人。吳國大夫，傑出的政治家、軍事家。伍子胥爲報父兄之仇，自楚逃至吳，曾吹簫乞食於吳市。《史記·范雎蔡澤列傳》：『伍子胥橐載而出昭關，夜行晝伏，至於陵水，無以餬其口，膝行蒲伏，稽首肉袒，鼓腹吹篪，乞食於吳市。』裴駰集解引徐廣曰：『（篪）一作「簫」。』

〔二三〕韓信乞飯：《史記·淮陰侯列傳》：『信釣於城下，諸母漂，有一母見信饑，飯信，竟漂數十日。』

〔二四〕吕蒙正（九四四或九四六—一〇一一）：字聖功，河南洛陽人。北宋名臣。幼時與母一起被父遺棄。元王實甫《吕蒙正風雪破窯記》雜劇即以此爲題材，寫吕蒙正與母親一起被父遺棄後，身居破窯，以乞討爲生。後發奮讀書，最終官至極品。

〔二五〕范仲淹斷虀蕭寺：宋釋文瑩《湘山野録》：『范仲淹少貧，讀書長白山僧舍，作粥一器，經宿遂凝，以刀畫爲四塊，早晚取兩塊，斷齏數十莖啖之，如此者三年。』齏，醬菜或醃菜之類。蕭寺，即佛寺。唐李肇《唐國史補》卷中：『梁武帝造寺，令蕭子雲飛白大書「蕭」字，至今一「蕭」字存焉。』後因稱佛寺爲蕭寺。

〔二六〕『不困阨』二句：見《史記・范雎蔡澤列傳》：『然二子不困厄，惡能激乎？』

〔二七〕漢昭烈：即劉備（一六一—二二三），字玄德。涿郡涿縣（今河北省涿州市）人。漢朝皇室疏宗。三國時期漢國（習稱蜀國）開國君主。劉備早年喪父，家孤貧，與母以販履織席爲業。卒謚昭烈帝。

〔二八〕劉裕（三六三—四二二）：字德輿，小名寄奴。原籍彭城（今江蘇徐州），後遷居京口（今江蘇鎮江）。南朝宋王朝建立者。出身於破落士族。父早亡，少貧困，以農爲業，兼作樵夫、漁夫及賣履小販。

〔二九〕桀犬吠堯：謂桀的狗向著堯亂叫。比喻壞人的爪牙攻擊好人。語出《戰國策・齊策》：『蹠之狗吠堯，非貴蹠而賤堯也，狗固吠，非其他也。』

〔三〇〕『不義』二句：見《論語・述而》：『子曰：「飯疏食飲水，曲肱而枕之，樂亦在其中矣。不義而富且貴，於我如浮雲。」』

〔三一〕揚子雲：揚雄（前五三—前一八），字子雲，蜀郡成都人。西漢時期文學家、哲學家、語言文字學家。

〔三二〕韓退之：韓愈（七六八—八二四），字退之，唐河南河陽（今河南孟縣）人。

〔三三〕破除萬事無過酒：見唐韓愈《贈鄭兵曹》：『杯行到君莫停手，破除萬事無過酒。』

〔三四〕事大如天醉亦休：見宋陸游《秋思》：『日長似歲閑方覺，事大如天醉亦休。』

〔三五〕火燒紙馬鋪，落得做人情：明張岱《快園道古・小慧部・酒令》：『諺云：火燒紙馬鋪，落得做人情。』紙馬鋪，經營香燭、紙錢、紙馬的店鋪。紙錢、紙馬等可供人焚化以敬鬼神。

〔三六〕疾忙：急忙，趕快。元吳昌齡《張天師》第一折：『俺可便疾忙行動，怕的是五雲樓畔日華東。』

〔三七〕區處：處理，籌畫安排。《漢書・循吏傳・黃霸》：『鰥寡孤獨有死無以葬者，鄉部書言，霸具爲區處。』

第三齣〔一〕 悟真

［末扮酒仙上］原是蓬萊〔一〕第幾仙，謫來塵世已多年。生平飲癖成癡想，願變長江作酒泉。自家酒仙便是。先祖姓麯名蘖，乃是晉朝人氏。以秀才起家，做到醉鄉侯地位。〔二〕因見晉室昏亂，所用的，皆貪婪小人；所擯的，皆正人君子。祇是致政〔三〕家居，與竹林七賢、飲中八仙〔四〕爲友，往來交好最密。於今傳到區區，雖不能跨祖越父，亦足媲美先賢。所以天下的人見了我，無有不喜懽的。還有一種落魄的英雄，失志的才子，尤少我不得。若不是我時時去替他開愁解悶，氣亦要氣死的。閒話休提。這裏有個柴舟先生，與我相處最好，亦是有才不遇，且是奇窮。同輩勸他，不如俯就制科，省得受這窮氣。他道：『到了這樣時候，不能考人，還要受人考，可恥孰甚？且使我望做進士舉人，聽人去取，何如現做聖賢仙佛，任我主張，何等自由自在。』我亦深服他的志量〔五〕。世人不知，都把他當做山人詞客〔六〕看待，豈不可惜。我嘗勸他，使你有身後名，不如生前一個我。他道：『妙人說出妙語，恨不得把你全身吞在肚裏。』聞得他近來被窮鬼侵害，請了詩伯老先生去驅逐他，爭奈詩伯到底是個文人出身，斯斯文文，去向他講，這廝那裏肯聽。就如宋朝這班賣國的奸臣，明季那班誤國的書獃，遇了强盜，動不動就去與他講和就撫，這樣見識，豈不誤了朝廷大事？我於今若遇着這廝，定要盡情處置他一番，把他來困住醉鄉，禁在酒牢，打下十九二十重的酒食地獄，弄得他做了一個恍恍惚惚的乾坤，昏昏沉沉的日月，不怕這廝不跑去九霄雲外。就此尋他出來，和他說話。［尋介］窮鬼那裏！窮鬼那裏！這廝何處藏了？再尋不見。［向內張介］遠遠望見那個躲着的，不是詩伯老先〔七〕？不免請他出來，一問便知這廝去向。［向內拱手介］詩伯老先請了。［小生］酒仙賢弟來得恰好，窮鬼這廝我說他不服，見了你來，他就走了。

[末]我正要尋他。[小生]罷了，這廝去遠，亦既往不咎了。我和你且去報知柴舟先生，等他亦好懽喜。[末]説得有理。柴舟先生有請。

【西地錦】[生上]偌大乾坤，怎難容一個柴舟？逢場作戲且風流，詩伯酒仙堪友。二位老兄有勞了，前日所託重的事體〔八〕若何？[小生]前承尊命，驅逐窮鬼，這廝於今已去了，特請先生出來賀喜。[生]好了，這廝已去，皆賴二位老兄之力。[小生]酒仙賢弟之功爲多。[末]不敢。[生]家人將酒上來，與二位老兄酧勞。[末]當得我們三人亦該吃個太平宴。[生]詩伯老先請酒。

【二郎神】真掣肘〔九〕，這窮愁，似蠶絲結紐。把利劍揮開、推好手。生平心事，從來落落難儔〔一〇〕。消我牢騷詩幾首，慢沉吟、句雕詞繡。[合]從此好歌謳，請開懷笑傲王侯。酒仙老先請酒。

【前腔】好良謀，佯狂肆志，飛觴擊缶。磊塊〔一一〕堪澆惟仗酒。往來酧唱，壺中另闢春秋。海闊天空任縱眸。笑愁魔，聞風先走。[合]從此好歌謳，且開懷笑傲王侯。[小生]我二人亦奉先生一杯。

【集賢賓】[小生]乾坤萬事皆我有，江湖一任遨遊，別有文章留不朽。眼前景，怎生辜負？

[合]吾儕好友，真個是天生非偶〔一二〕，堪消受，幾杯醇酒。[末]先生再請一杯。

【前腔】從來美醞〔一三〕難到口，還須暢飲千甌〔一四〕。且放從前眉裏皺，況逢這豔陽時候。

[合]吾儕好友，真個是天生非偶，堪消受，幾杯醇酒。[小生]這樣飲得不暢，我們三人共猜一拳何如？

[生]甚好。[猜拳介][末]先生輸了。[飲酒，再猜介][小生]又是先生輸了。[飲酒，再猜介][生]酒仙老兄輸了。

〔飲酒，再猜介〕〔末〕詩伯老先輸了。拳已猜多了，還是唱個曲子好。等我先唱一個《劈破玉》做個抛磚引玉，何如？〔生〕領教。〔末唱介〕任唱小曲一個〔小生〕這是舊曲子，我把新改的《赤膽忠良》唱個，何如？〔末〕極妙。〔小生唱介〕吃得鍾涼，盪盪溫溫吃幾缸。咱家祇愛薑和醬，嗽口檳榔。妙錫鑽〔一五〕，勝銅炮，漸酕醄〔一六〕。飽喫了黃鰍白鱔，虎肚龍膏。普天下、溫州出不得吾圈套，方顯男兒酒量高。〔末〕改得有趣，於今該輪到柴舟先生唱了。〔雜扮道人闖入介〕柴舟先生請了，你三人在此吃得好高興。〔生〕道長何來？〔雜〕貧道乃是太上真人〔一七〕，從蓬萊山特來相訪。先生前身爲靈瀧寺〔一八〕僧，今已掛名仙籍，不可因『詩酒』二字忘却本來。貧道有一首詩奉贈，你留下細看，便知端的〔一九〕。〔遞詩介〕前程尚遙，各宜努力。我去了。〔生〕怎麽這個道人，一時就不見了？好生奇怪。且看他贈我的詩說些甚麽？〔念詩介〕赤日當空夜氣收，海山深處一柴舟。蓬萊水淺無人到，望斷白雲天際頭。呀，我知道了，只是適纔道人說我前身是靈瀧寺僧，這是我的隱事，他怎麽知道？記得二十年前，曾夢至靈瀧寺裏作了一道《石樞銘》，我是從那裏來的已自無疑了。他又勸我不可因『詩酒』二字忘却本來。噫，我豈是迷於詩酒的人？祇是生平未逢知己，不得已借此糊塗。莫說做詩飲酒不是真的，就是適纔乞食逐窮，亦是藉此遊戲，世人那裏知道。

【貓兒墜】含汙納垢，就裏可同謀。富貴功名豈易求，三杯何處不風流。〔合〕真否，好悟透，洙泗淵源〔二〇〕，鷲嶺羅浮〔二一〕。適纔道人見教極是，我於今還要努力上進，參透聖賢仙佛，做個天下第一等的人，方遂我的心願。

【前腔】山青水秀，努力試參求。無字文章已細搜，滿庭風月更相投。〔合〕真否，好悟透，洙泗淵源，鷲嶺羅浮。今日晚了，我醉欲眠。二位老兄，暫請回步。明日相邀，同去訪那道人何如？〔小生〕自當奉陪。

【尾聲】〔合〕玩世何妨借酒一甌，任人呼馬與呼牛。我與你、同訪高流上海樓。

【校記】

〔一〕第三齣：清抄本作『第二齣』，今從利民本、寶元本。

【注釋】

〔一〕蓬萊：蓬萊山。古代傳説中的神山名。《漢書·郊祀志》：『自威、宣、燕昭使人入海求蓬萊、方丈、瀛洲，此三神山者，其傳在勃海中。』

〔二〕『先祖』四句：唐鄭綮《開天傳信記》載唐代道士葉法善待客玄真觀，滿座思酒。突有一少年造訪，自稱曲秀才，吭聲談論，一座皆驚。良久暫起，如風旋轉。法善以爲是妖魅，俟曲生復至，密以小劍擊之，隨手墜於階下，化爲瓶榼，美酒盈瓶。坐客大笑飲之，其味甚佳。麯蘖，指酒。《宋書·顔延之傳》：『交遊閫茸，沉迷麴蘖。』又唐皮日休《夏景沖澹偶然作二首》：『他年謁帝言何事，請贈劉伶作醉侯。』宋蘇軾《喬將行烹鵝鹿出刀劍以飲客以詩戲之》：『便可先呼報恩子，不妨仍帶醉鄉侯。』宋王十朋集注：『唐人詩：若使劉伶爲酒帝，亦須封我醉鄉侯。』劉伶，字伯倫。沛國（今安徽宿州）人。魏晉間作家。竹林七賢之一。性嗜酒，縱情肆志。

〔三〕致政：猶致仕，指官吏將執政的權柄歸還給君主。《禮記·王制》：『五十而爵，六十不親學，七十致政。』鄭玄注：『還君事。』《國語·晉語五》：『范武子退自朝，曰：「……余將致政焉。」』韋昭注：『致，歸也。』

〔四〕竹林七賢：三國魏末七位名士的合稱。以嵇康、阮籍爲骨幹，包括山濤、阮咸、向秀、王戎、劉伶。他們以莊子精神爲寄託，常寄情於竹林幽泉之鄉，以縱酒談玄，高尚其志著稱於世。由於他們互有交往，而且曾集於山陽（今河南修武）竹林之下肆意酣暢，故世稱竹林七賢。飲中八仙：指唐朝嗜酒善飲的八位學者名人。《新唐書・李白傳》載，李白、賀知章、李適之、汝陽王李璡、崔宗之、蘇晉、張旭、焦遂爲『酒中八仙人』。唐杜甫有《飲中八仙歌》。

〔五〕志量：志向和抱負。元白樸《牆頭馬上》第一折：『夫人張氏，有女孩兒小字千金，年方一十八歲，尤善女工，深通文墨，志量過人。』

〔六〕山人：隱居在山中的士人。南朝齊孔稚珪《北山移文》：『蕙帳空兮夜鶴怨，山人去兮曉猿驚。』詞客：擅長文詞的人。唐王維《偶然作》詩之六：『宿世謬詞客，前身應畫師。』

〔七〕老先：『老先生』的省稱，是對年高望重者的敬稱。清孔尚任《桃花扇・聽稗》：『大撒腳步正往東北走，合夥了箇敬仲老先纔顯俺的名。』

〔八〕事體：事情，情況。唐白居易《請罷兵第三狀》：『行營近日事體，陛下一一具知。』

〔九〕掣肘：從旁牽制。典出《呂氏春秋・具備》：『宓子賤治亶父，恐魯君之聽讒人，而令己不得行其術也。將辭而行，請近吏二人於魯君，與之俱至於亶父。邑吏皆朝，宓子賤令吏二人書。吏方將書，宓子賤從旁時掣搖其肘；吏書之不善，則宓子賤爲之怒。吏甚患之，辭而請歸……魯君太息而歎曰：「宓子以此諫寡人之不肖也。」』

〔一〇〕儔：籌畫，籌辦。明吳承恩《賀周蘭墩升都督障詞》：『人傳孝友，轉帆檣於赤縣；八閩戎節，寓儔策於清尊。』

〔一一〕磊塊：石塊，比喻鬱積在胸中的不平之氣。宋陸游《家居自戒》詩之三：『世人無奈愁，沃以杯中酒。未能平磊塊，已復生堆阜。』

〔一二〕真個：真的，確實。唐王維《酬黎居士淅川作》詩：『儂家真箇去，公定隨儂否？』非偶：無可匹敵，不能比擬。唐薛能《牡丹》詩之二：『自高輕月桂，非偶賤池蓮。』

〔一三〕美醞：美酒。宋周去非《嶺外代答·食用門·酒》：『廣右無酒禁，公私皆有美醞。』

〔一四〕甌：杯、碗之類的飲具。南唐李煜《漁父》詞：『花滿渚，酒滿甌。』

〔一五〕鐶：釧，臂鐶。《廣韻·換韻》：『鐶，臂鐶。』《集韻·換韻》：『鐶，鐶手謂之鐶。』

〔一六〕酕醄：大醉貌。唐姚合《閒居遣懷》詩之六：『遇酒酕醄飲，逢花爛熳看。』

〔一七〕太上真人：指老子。唐段成式撰《酉陽雜俎·玉格》：『（老子）具三十六號七十二名……大千法王、九靈老子、太上真人、天老玄中法師、上清太極真人、上景君等號。』元陶宗儀撰《説郛》卷六十六下引漢東方朔《海内十洲記》：『蓬丘，蓬萊山是也……上有九老丈人九天真王宮，蓋太上真人所居，唯飛仙有能到其處耳。』真人是道家稱存養本性或修真得道的人。

〔一八〕靈瀧寺：廖燕有《靈瀧寺石樞銘》（卷十六），記其夢至一處，見一碑甚巨，上題曰：靈瀧寺石樞。

〔一九〕端的：始末，底細。宋柳永《征部樂》詞：『憑誰去花衢覓，細説此中端的。』

〔二〇〕洙泗：洙水和泗水。古時二水自今山東省泗水縣北合流而下，至曲阜北，又分爲二水，洙水在北，泗水在南。春秋時屬魯國地。孔子在洙泗之間聚徒講學。《禮記·檀弓上》：『吾與女事夫子於洙泗之間。』後因以『洙泗』代稱儒學、儒家。

〔二一〕鷲嶺：即靈鷲山。在古印度摩揭陀國王舍城東北。梵名耆闍崛山。山中多鷲，或言山頂似鷲，故名。相傳釋迦牟尼曾在此居住和説法多年。因代稱佛地。羅浮：山名。在廣東省增城市東，跨入博羅縣境。位於東江北岸。晉葛洪曾在此山修道，道教稱爲『第七洞天』。見佚名氏《名山洞天福地記》。

水月村，高流欣把臂；　鏡花閣，淑媛倩〔一〕題名。

【一江風】〔生〕趁東風，踏遍閒丘隴〔二〕。歷亂鶯花共。最關情，蝶鬧蜂忙，幾處紅妝擁。一路行來，春色撩人，香風引袂，真好天氣也呵。　溪山隔幾重，溪山隔幾重，行行小徑通，留人那得桃源洞〔三〕？　來到此處，又是一樣光景。那邊竹林深處，不知誰家庭院，甚是可觀。待我前去探取〔四〕則個。〔行介〕

【前腔】小橋東，花木相遮冗，隱隱炊煙動。〔到介〕原來是一所莊子。地雖偏僻，景最清幽，不免步入一觀，有何不可。〔入門行介〕遶籬邊，看修竹，蕭疏翠影拖雲重。如此清景所在，主人定是有韻的，何妨再進一看。〔行介〕深來小院東，深來小院東，徘徊步落紅，主人何事慳陪奉。你看這幾樹桃花，開得如此茂盛，可愛可愛。那邊又有一座新蓋的亭子，好不幽雅，怎麼得進去一看，方遂我意。〔作癡望介〕

【前腔】〔外扮老人扶杖上〕歎龍鍾，衰老消塵夢，草舍無迎送。是何人驀〔五〕叩柴扉，惹犬階前閧。原來是一位尊客。〔生〕這位老丈，想是主人了，請拜揖。〔外〕不敢。〔相揖介〕〔生〕偶爾尋春，輕造盛圃，望祇恕罪。〔外〕荒園草舍，得蒙尊顧，草樹生輝。〔相遜，各坐介〕〔外〕蝸居一草蓬，蝸居一草蓬，何期貴客通。敢問尊客高姓大名。〔生〕賤姓廖名燕，別號柴舟。〔外背語介〕女兒文蒨常稱柴舟先生詩才，原來這位就是。〔轉向生介〕原來就是柴舟先生，久仰久仰。芳名記得香閨誦。〔生〕請問老丈高姓。〔外〕老拙〔六〕隱居多年，連自己姓名亦不記得了。這裏叫做水月村，就叫做水月道人便是。［生］原來是隱逸高流，失敬失敬。［外］先生大名，神交已久。今幸光顧，實慰平生。若蒙不棄村醪，少坐何如？［生］只是取擾不當。［外］說那裏話。家童，取酒上來。

【梁州新郎】【梁州序】［外］老拙呵，觀時避世，漁樵堪共。門外雲封苔擁。何期仙駕，欣然訪我牆東［七］。［生］想老丈少年亦曾做過事業來的。［外］記得當年志氣，此日功名，回覺黃粱夢。［生］急流勇退，纔是高人所爲。［外］老拙不過世外偷閒，豈敢追踪［八］埋名英傑？只合巖棲尋逸樂，撫絲桐，好寫鬚眉入畫中。先生請酒。

【賀新郎】［合］文字會，精神聳。佳篇久已爭傳誦。浮醽醁［九］，更須勇。［外］久聞先生大才，爲何不以功名爲念，却作此物外［一〇］閒遊，豈不辜負一生。

【前腔】［生］小弟呵，書生落拓［一一］，文章橫縱，參透當年周孔。人生祇宜盡其在我，至於功名富貴，付之天也。功名何物？英雄豈受牢籠。［外］先生高見，果然與尋常不同。［生］此豈玩世奇行，亦是道理合當如此耳。須信詩書易誤，富貴難期，莫學窮途慟［一二］。何似逍遙遊物外，訪仙翁。攜得煙霞兩袖濃。［外］先生妙論，正合愚意，請再飲一杯。

【前腔】［合］文字會，精神聳。佳篇久已爭傳誦。浮醽醁，更須勇。［生］酒已多了，貴地還有甚麼名勝，敢煩指引一觀。［外］此處名勝頗多，奈賤足不能奉陪。舍傍有一新構小亭，若不嫌湫陋，請到彼處盤桓［一三］一會，還有事請教。［生］甚好。［外］老拙前導。［行介。作行到介］好一座亭子，適纔外邊看見的，原來就是這裏。花竹蕭疎［一四］，琴書瀟韻，偶然經目，塵俗頓忘。［外］草舍不堪，有辱尊步。［生］桌上甚麼書卷？［看書介］這是《唐詩抄》，這是《列女傳》，這是《二十七松堂集》，拙稿怎麼亦在這裏？況且書卷上都有脂粉餘香，這是爲何？［向外問介］

這裏想近老丈內室？〔外〕不瞞先生說，拙荊〔一五〕棄世多年，獨有小女一人，唤名文倩，頗通翰墨。這所亭子，就是蓋與小女讀書的。〔生〕怪得這樣幽雅。〔外〕小女又好讀先生詩文，終日吟諷不輟。〔生〕這又奇了，請問令嬡〔一六〕芳齡幾何？〔外〕小女年方一十五歲，亦要叫他出來拜見先生。〔向內叫介〕我兒那裏？

【一江風】〔旦〕捲簾櫳〔一七〕，釵嚲香雲〔一八〕擁，繡倦雙描鳳。〔外〕我兒快來。〔旦〕聽堂前客坐聲喧，膽怯行難動。〔外〕這位就是柴舟先生，我兒可整衣行禮。〔旦背語介〕原來是柴舟先生。〔向生介〕請先生台座〔一九〕，容奴家〔二〇〕拜見。〔外〕先生若不嫌棄，請收此女學生何如？〔生〕不敢，祇以兄妹相呼足矣。〔旦拜介〕詩文間出雄，詩文間出雄，深閨學未工，吟來祇合神仙共。〔外〕這亭子新構不久，尚未命名，難得先生到此，就請賜題一額，更見生色。〔生〕祇恐筆法不工。〔外〕休得過謙。〔旦〕等奴家磨墨。〔磨墨介〕〔生題匾介〕

【前腔】筆花濃，書法曾傳永。題作鏡花亭何如？〔外〕極妙。〔生〕菱影〔二一〕新妝寵。就此一氣寫完，方見筆勢。〔生〕慢俄延〔二二〕落墨如風，逸馬應難鞚〔二三〕。〔外〕題得妙，不但書法精絕，就是鏡花二字，形容閨中如畫。奇才奇才。聰明奪化工〔二四〕，聰明奪化工，揮毫掣電同，龍蛇尚覺行間動。我兒，你自家做的詩稿，何不將來請教先生。〔旦〕等孩兒取來。〔向內取書遞生介〕初學胡謅，敢塵青目〔二五〕，求賜斧斤〔二六〕。〔生〕正欲領教，敢吝他山〔二七〕。〔生看詩贊介〕略看數首，已見大才，真曹姑〔二八〕復生，謝女〔二九〕再世，可喜可敬。

【節節高】〔旦〕塗鴉笑淺庸，似雕蟲〔三〇〕，還祈大匠施磨礱〔三一〕。〔生〕佳篇字字珠玉，曾向何人傳授？〔旦〕論書種〔三二〕，自陶鎔〔三三〕，家嚴〔三四〕共。〔生〕能自得師，尤爲難得。〔旦〕拙稿求先生命一名字，方好請教大方。〔生〕說得有理。就依今日所題亭名，號爲《鏡花亭詩草》，最爲妙合。〔旦〕謹領大教。閨中整日閒拈弄，新篇都作香奩誦。〔合〕試看韶光〔三五〕日日妍，滿簾風絮還堪詠。〔外〕小女詩稿，還求先生面賜塗改。［生］容領回細讀，改日送來就是。［外］這等我兒且退，就此辭過先生者。［旦拜辭介］請先生少坐，奴家暫且告別。［生］小姐請便。［旦］正是春園賞罷鶯花倦，繡閣吟餘粉墨香。［旦下］［生目送介］端的好一位小姐。

【前腔】［生］奇才屬女童〔三六〕，勝英雄，題詩作賦般般勇。［外］塗字閨娃，豈勞過譽。愧吟鳳，學女工〔三七〕，多惶悚。［生］令嫒幾時出閣〔三八〕？［外］尚未有人。［生］這等還須擇婿爲要，不可誤配匪人〔三九〕。［外］多承指教。［生］孟光自有梁鴻共，〔四〇〕休教辜負藍田種〔四一〕。［合］試看韶光日日妍，滿簾風絮〔四二〕還堪詠。［生］天色已晚，暫且告別，容日再來奉訪。［外］今日幸會，承教多了。

【尾聲】［生］尋春誤入桃源洞。［外］別去還疑夢裏逢。［合］真個是鏡花水月兩朦朧。

【注釋】

〔一〕倩：請求，央求。漢王褒《僮約》：『蜀郡王子淵以事到湔，止寡婦楊惠舍，有一奴名便了，子淵倩奴行酤酒。』

〔二〕丘隴：壟畝，田園。南朝宋鮑照《代邊居行》：『長松何落落，丘隴無復行。』

〔三〕桃源洞：洞名。在今浙江省天台縣北。相傳東漢時，劉晨、阮肇到天台山采藥迷路，誤入桃源洞，遇見兩個仙女，被邀至家中。半年後回家，子孫已過七代。事見南朝宋劉義慶《幽冥錄》。

〔四〕探取：探問。元無名氏《小孫屠》戲文第十出：『因甚家中鬧聲沸……到堂前探取，免心下多慮。』

〔五〕驀：突然，忽然。金董解元《西廂記諸宮調》卷三：『恰正張生悶加轉，驀見紅娘歡喜煞，叉手奉迎他。』

〔六〕老拙：　舊時老年人自稱的謙詞。宋陶穀《清異錄・居室》：『善説者莫儒生若也。老拙幼學時，同舍生劉垂，尤有口材，曹號「虛空錦」。』

〔七〕牆東：　指隱居之地。典出《後漢書・逸民傳・逢萌》：『君公遭亂獨不去，儈牛自隱。時人謂之論曰：「避世牆東王君公。」』

〔八〕追踪：　追隨仿效。北周庾信《燕射歌辭・徵調曲四》：『將欲比德於三皇，未始追踪於五霸。』

〔九〕浮：　指滿飲。醽醁：　美酒名。晉葛洪《抱朴子・嘉遯》：『藜藿嘉於八珍，寒泉旨於醽醁。』

〔一〇〕物外：　世外，謂超脱於塵世之外。漢張衡《歸田賦》：『苟縱心於物外，安知榮辱之所如！』

〔一一〕落拓：　豪放，不受拘束，放浪不羈。晉葛洪《抱朴子・疾謬》：『然落拓之子，無骨骾而好隨俗者，以通此者爲親密，距此者爲不恭。』

〔一二〕窮途慟：　謂處於困境所發的絕望的哀傷。典出《晉書・阮籍傳》：『（阮籍）時率意獨駕，不由徑路，車跡所窮，輒痛哭而返。』

〔一三〕盤桓：　徘徊，逗留。《文選・班固〈幽通賦〉》：『承靈訓其虛徐兮，竚盤桓而且俟。』李善注：『盤桓，不進也。』

〔一四〕蕭疎：　清麗。唐吳融《書懷》詩：『傍巖依樹結簷楹，夏物蕭疎景更清。』

〔一五〕拙荊：　東漢隱士梁鴻的妻子孟光生活儉樸，以荊枝作釵，粗布爲裙。見《太平御覽》卷七一八引《列女傳》。後因以『拙荊』謙稱自己的妻子。

〔一六〕令嬡：　稱對方女兒的敬詞。亦作『令愛』。《京本通俗小説・碾玉觀音》：『虞候道：「無甚事，閒問則個。適來叫出來看郡王轎子的人，是令愛麽？」待詔道：「正是拙女，止有三口。」』

〔一七〕簾櫳：泛指門窗的簾子。宋史達祖《惜黄花·定興道中》詞：『獨自捲簾櫳，誰爲開尊俎！恨不得御風歸去。』

〔一八〕軃：下垂。同『嚲』。唐岑參《送郭乂雜言》：『朝歌城邊柳嚲地，邯鄲道上花撲人。』香雲：比喻青年女子的頭髮。宋柳永《尾犯》詞：『記得當初，翦香雲爲約。』

〔一九〕台座：舊時稱呼對方的敬辭。宋王安石《與王宣徽書》：『某頓首再拜留守宣徽太尉台座。』

〔二〇〕奴家：舊時女子自稱。《敦煌變文集·破魔變文》：『奴家愛著綺羅裳，不勳沉麝自然香。』

〔二一〕菱影：本指菱花的身影，後以形容女子的身影。唐尹程《觀秋水賦》：『星光夜照如臨剖蚌之珠，菱影朝開似照盤龍之鏡。』

〔二二〕慢：别，不要。《白雪遺音·馬頭調·麻衣神相》：『我那如神的先生慢要胡猜，我給你錢財。』俄延：延緩，耽擱。元楊梓《霍光鬼諫》第一折：『休那裏俄延歲月，打捱時光。』

〔二三〕鞚：駕馭。宋蘇軾《虢國夫人夜遊圖》詩：『佳人自鞚玉花驄，翩如驚燕蹋飛龍。』

〔二四〕化工：指自然的創造者。語本漢賈誼《鵩鳥賦》：『且夫天地爲鑪兮，造化爲工。』

〔二五〕青目：眼睛正視，黑眼珠在中間。指對人喜愛或器重。語出《世説新語·簡傲》『嵇康與吕安善』劉孝標注引《晉百官名》：『嵇喜字公穆，歷揚州刺史，康兄也。阮籍遭喪，往弔之。籍能爲青白眼，見凡俗之士，以白眼對之。及喜往，籍不哭，見其白眼，喜不懌而退。康聞之，乃齎酒挾琴而造之，遂相與善。』『青目』、『白目』表示對人的尊敬和輕視兩種截然不同的態度。

〔二六〕賜斧斤：請人修改詩文的敬辭。

〔二七〕他山：語出《詩·小雅·鶴鳴》：『它山之石，可以爲錯……它山之石，可以攻玉。』錯，粗磨石。本指琢磨玉石，後喻幫助人有所成就的外力。攻，治。

〔二八〕曹姑：　曹大家，即漢班昭（約四九—約一二〇）。班彪之女，班固、班超之妹。嫁曹世叔，早寡。博學能文，屢受召入宫，爲皇后及諸貴人教師，號曰『大家』。家，通『姑』。《後漢書·皇后紀上·和熹鄧皇后》：『太后自入宫掖，從曹大家受經書，兼天文、筭數。』唐劉知幾《史通·古今正史》：『固後坐竇氏事，卒於洛陽獄，書頗散亂，莫能綜理，其妹曹大家博學能屬文，奉詔校敍。』

〔二九〕謝女：　晉代女詩人謝道藴，聰慧過人。唐李紳《登禹廟回降雪五言二十韻》：『麻引詩人興，鹽牽謝女才。』

〔三〇〕雕蟲：　漢揚雄《法言·吾子》：『或問：「吾子少而好賦？」曰：「然。童子雕蟲篆刻。」俄而曰：「壯夫不爲也。」』按，『蟲』指蟲書，爲一種字體。後以『雕蟲篆刻』喻詞章小技。或比喻技藝低下。

〔三一〕磨礱：　磨治。漢趙曄《吴越春秋·勾踐陰謀外傳》：『一夜天生神木一雙，大二十圍，長五十尋，陽爲文梓，陰爲楩柟，巧工施校，制以規繩，雕治圓轉，刻削磨礱。』

〔三二〕書種：　猶言讀書種子。宋楊萬里《送李待制季允擢第皈蜀》詩：『高文大冊傳書種，怨句愁吟惱化工。』

〔三三〕陶鎔：　陶鑄熔煉，比喻培育、造就。前蜀杜光庭《親隨司空爲大王醮葛仙化詞》：『臣曲荷陶鎔，實深造化，唯虔禱祝，少答恩慈。』

〔三四〕家嚴：　語出《易·家人》：『家人有嚴君焉，父母之謂也。』嚴君本兼指父母，後世常言嚴父慈母，故對人稱自己的父親爲家嚴，母親爲家慈。

〔三五〕韶光：　美好的時光，常指春光。南朝梁簡文帝《與慧琰法師書》：『五翳消空，韶光表節。』

〔三六〕女童：謂少女。漢劉向《列女傳・楚處莊侄》：『有一女童，伏於幟下，願有謁于王。』

〔三七〕女工：舊指女子所作紡織、刺繡、縫紉等事。《淮南子・齊俗訓》：『錦繡纂組，害女工者也。』

〔三八〕出閣：古時指公主出嫁，後泛指女子出嫁。

〔三九〕匪人：行爲不端正的人。《易・否》：『否之匪人。』李鼎祚集解引虞翻曰：『以臣弑其君，子弑其父，故曰匪人。』

〔四〇〕『孟光』句：孟光、梁鴻爲夫妻，隱居於霸陵山中，以耕織爲生。後至吳。梁鴻爲傭工，每食時，孟光必舉案齊眉，以示敬愛。見《後漢書・逸民傳・梁鴻》。後以孟光作爲古代賢妻的典型。

〔四一〕藍田種：喻指美好姻緣。藍田古以出産美玉出名。種玉於藍田，比喻適得其所。典出晉干寶《搜神記》卷十一：『公汲水作義漿於阪頭，行者皆飲之。三年，有一人就飲，以一斗石子與之，使至高平好地有石處種之，云：「玉當生其中。」楊公未娶，又語云：「汝後當得好婦。」語畢不見。乃種其石。數歲，時時往視，見玉子生石上，人莫知也。有徐氏者，右北平著姓，女甚有行，時人求，多不許。公乃試求徐氏。徐氏笑以爲狂，因戲云：「得白璧一雙來，當聽爲婚。」公至所種玉田中，得白璧五雙，以聘。徐氏大驚，遂以女妻公。』《金瓶梅詞話》第九十一回：『姻緣本是前生定，曾向藍田種玉來。』

〔四二〕風絮：隨風飄悠的絮花，多指柳絮。唐薛能《折楊柳》詩之二：『閒想習池公宴罷，水蒲風絮夕陽天。』

廖燕全集校注卷十八

詩五言古

飲酒十首

神龍伏泥沙〔一〕，抱珠〔二〕光燭天。鳳凰不世出，文彩何便娟〔三〕。幽人雖巖棲，煙霞覆其巔。凡物欣有託，予將何爲焉。斯道多秘密，待醉與君傳。

【注釋】

〔一〕『神龍』句：《文選·張衡〈西京賦〉》：『若神龍之變化，章后皇之爲貴。』薛綜注：『龍出則昇天，潛則泥蟠。』

〔二〕抱珠：《莊子·列禦寇》：『夫千金之珠，必在九重之淵，而驪龍頷下。』南朝梁任昉《述異記》卷上：『凡珠有：龍珠，龍所吐者……越人諺云：「種千畝木奴，不如一龍珠。」』抱珠，猶言含珠。

〔三〕便娟：輕盈美好貌。《楚辭·大招》：『豐肉微骨，體便娟只。』

又

人生少暇逸，躊躇思所營。軒冕〔一〕豈不願，折腰〔二〕非我情。卜易得潛龍〔三〕，風雲無由生。晚歲成嘉遯〔四〕，内視清神明。嵇阮〔五〕以爲師，憂樂一時並。

【注釋】

〔一〕軒冕：古時大夫以上官員的車乘和冕服，因借指官位爵禄。《莊子·繕性》：「古之所謂得志者，非軒冕之謂也，謂其無以益其樂而已矣。」

〔二〕折腰：屈身事人。典出《晉書·隱逸傳·陶潛》：「吾不能爲五斗米折腰，拳拳事鄉里小人耶！」

〔三〕卜易：以《易》占卜。清姜宸英《湛園集·董公傳》：「董公少而受易於其婦翁吳公，遂屏棄舉子業不事，卜易市中，意專在於導人爲善。」潛龍：本指陽氣潛藏，後以比喻賢才失時不遇。典出《易·乾》：「初九，潛龍勿用。」李鼎祚集解引馬融曰：「物莫大於龍，故借龍以喻天之陽氣也。初九，建子之月，陽氣始動於黄泉，既未萌芽，猶是潛伏，故曰潛龍也。」《後漢書·馬融傳》：「聘畎畝之羣雅，宗重淵之潛龍。」李賢注：「潛龍，喻賢人隱也。」

〔四〕嘉遯：合乎正道的退隱，合乎時宜的隱遁。《易·遯》：「嘉遯貞吉，以正志也。」

〔五〕嵇阮：三國魏嵇康與阮籍的並稱。兩人詩文齊名，皆以嗜酒、孤高不阿著稱。南朝梁劉勰《文心雕龍·時序》：『於時正始餘風，篇體清澹，而嵇、阮、應、繆，並馳文路矣。』

又

貧居多寂寞，樽酒常不離。天地多缺陷，筆墨欲補之。酣來信手書，發我胸中奇。安用懸國門〔一〕，得失原自知。

【注釋】

〔一〕懸國門：秦相呂不韋使門客著《呂氏春秋》，書成，公佈於咸陽城門，聲言有能增刪一字者，賞予千金。見《史記·呂不韋列傳》。

又

濁醪誰作俑，〔一〕儀狄〔二〕傳其名。劉伶〔三〕獨頌德，千載遺芳聲。爲發聖賢秘，遂開天地情。於斯不解飲，人亦可無生。抗懷〔四〕肆所尚，師古〔五〕以爲程。

【注釋】

〔一〕濁醪：濁酒，未濾的酒。晉左思《魏都賦》：『清酤如濟，濁醪如河。』作俑：本謂製作用於殉葬的偶象，後因稱創始、首開先例。典出《孟子·梁惠王上》：『仲尼曰：「始作俑者，其無後乎！」爲其象人而用之也。』

〔二〕儀狄：傳說爲夏禹時善釀酒者。《戰國策·魏策二》：『昔者帝女令儀狄作酒而美，進之禹。禹飲而甘之，遂疏儀狄，絕旨酒。曰：「後世必有以酒亡其國者。」』

〔三〕劉伶：字伯倫。沛國（今安徽宿州）人。魏晉間作家。性嗜酒。曾著《酒德頌》一篇。

〔四〕抗懷：謂堅守高尚的情懷。宋曾鞏《過高士坊》詩：『一畝蕭然絕世喧，抗懷那肯就籠樊。』

〔五〕師古：效法古代。《書·說命下》：『事不師古，以克永世，匪說攸聞。』

又

萬古此一時，天地爲我宅〔一〕。紛紛各有求，何時免憂戚。我心清且閒，順逆等朝夕。微酣意自佳，興至境多適。悠悠欲忘言，仰睇〔二〕空青碧。

【注釋】

〔一〕『天地』句：《世說新語·任誕》：『劉伶恒縱酒放達，或脫衣裸形在屋中，人見譏之。伶曰：「我以天地爲棟宇，屋室爲褌衣，諸君何爲入我褌中？』」

〔二〕睇：視。《廣韻・齊韻》：『睇，視也。』

又

茫茫春夏交，紅綠紛如錦。靜流多達觀〔一〕，榮辱亦已審。奇書不厭讀，名酒豈易飲。言醉知尚醒，忘形始甘寢。頹然入沉冥，問心得無朕〔二〕。

【注釋】

〔一〕靜流：不流動的水。唐孟郊《長安羈旅行》：『直木有恬翼，靜流無躁鱗。』達觀：謂一切聽其自然，隨遇而安。晉陸雲《愁霖賦》：『考幽明於人神兮，妙萬物以達觀。』

〔二〕無朕：沒有跡象或先兆。漢嚴遵《道德指歸論・用兵》：『與敵相距，變運無形，奇出無朕，錯勝無窮。』

又

對酒獨不語，沉吟若有思。上古不可見，人事多乖離。刑罰尚不足，況欲德化之。揖讓寧足法，征誅乃其宜。論世無特識，將爲古人嗤。

又

晨起挹清氣，耳目爲開朗。徘徊竹樹間，遇景自成賞。吾生豈無涯，萬物紛有象。仲尼論隱見〔一〕，莊生齊得喪〔二〕。要之各有懷，情至不可强。醉鄉在何方？飄然欲長往。

【注釋】

〔一〕「仲尼」句：《論語·泰伯》：「天下有道則見，無道則隱。」

〔二〕「莊生」：《莊子·外篇·田子方》：「夫天下也者，萬物之所一也。得其所一而同焉，則四支百體將爲塵垢，而死生終始將爲晝夜而莫之能滑，而況得喪禍福之所介乎！」

又

芝蘭植幽谷，不與凡花同。逸民隱巖穴，不願逢王公。披襟藉野草，散髮臨清風。豈徒行己樂，亦復憫人窮。讀易得無始，養生知有終。斯人不可見，予將欲焉從？

又

人生坐待老，容貌日夕變。歲月豈能留，樽酒以爲餞。所娱貴目前，良辰信堪戀。吞吐造化精，洗滌聰明見。煉魄歸神奇，庶爲萬物殿。

仙山行

傳邑人某英州山行迷路，見一叟在道旁剖竹爲筐。詢之，云：『汝有緣，方得到此。』即舉以爲贈，並呼犬導之出。歸視筐，無起止斷續痕，久之忽失所在云。

仙凡原不隔，所隔惟人心。豈是行路迷，多緣仙境深。偶逢道旁叟，贈答成知音。煙霞攜滿袖，歸作仙山吟。誰知已陳跡，且理牕中琴。

過白鶴峯題蘇文忠公故居〔一〕

孤岫〔二〕連城隅，危闌瞰江渚。蘇公此卜居〔三〕，鶴今歸何處？千載猶欲希，當年胡多齬？名盛遭遷謫，途窮值島嶼。風流落遐荒，惠民想遺緒〔四〕。斯文乃在兹，我來久延佇〔五〕。但見炎海〔六〕間，雲淨輕霞舉。

【注釋】

〔一〕白鶴峯：山名。在今廣東省惠州市惠陽區北龍江之濱，宋紹聖中蘇軾謫惠州時居此。清章壽彭等修、陸飛纂《歸善縣志》卷三：「白鶴峯，在縣治後，高五丈，週一里……宋蘇軾嘗寓此。」

〔二〕岫：峯巒。晉陶潛《歸去來辭》：「雲無心以出岫，鳥倦飛而知還。」

〔三〕卜居：擇地居住。《漢書·郊祀志》：「秦德公立，卜居雍。」

〔四〕遺緒：前人留下來的功業。《書·君牙》：「惟予小子，嗣守文武成康遺緒。」

〔五〕延佇：久立，久留。《楚辭·離騷》：「悔相道之不察兮，延佇乎吾將反。」王逸注：「延，長也；佇，立貌。」

〔六〕炎海：泛指南方沿海炎熱的地區。唐杜甫《多病執熱奉懷李尚書》詩：「大水淼茫炎海接，奇峯硉兀火雲升。」

遊豐湖〔一〕即景

幽探步曲折，湖水遶山深。崎嶇入山路，突忽開平林。冬深湖氣煖，逶迤成遠尋。因而歷諸勝，履聲隨磬〔二〕音。緩遊方盡妙，屢憩松竹陰。觀空知物化，立澗看魚沉。登高引遐想，觸悟乘閒心。彷彿若有會，感動起微吟。

【注釋】

〔一〕豐湖：湖名。在今廣東省惠州市惠陽區內。清章壽彭等修、陸飛纂《歸善縣志》卷三：『西湖，爲郡之勝覽，長二里餘，繞郡城外之西南。源自横槎，衆山之水滙焉。以其在惠州之西，故名西湖。』又『豐湖，豐山之西，迤邐入西湖，湖利弗禁，施於民者普，故又曰豐湖。』清吳震方《嶺南雜記》卷上：『惠州豐湖，亦名西湖。有蘇公堤，乃東坡出上賜金錢所築。煙波浩渺，山水環秀，彷彿明聖湖風景。白鶴峯下，東坡卜居於此。』

〔二〕磬：僧磬，佛寺中使用的一種鉢狀物，用銅鐵鑄成，既可作念經時的打擊樂器，亦可敲響集合寺衆。唐李頎《題僧房雙桐》詩：『綠葉傳僧磬，清陰潤井華。』

過葉金吾〔一〕還豐湖別墅

山行景多幽，湖行景多爽。墅行有餘思，竹陰綠成巷。深來氣蕭森，中自分陰朗。造物〔二〕豈先設，卜築隨俯仰。轉入勢將盡，橋通忽軒敞。曲徑望猶疑，豔花錯相長。檻虛雲氣侵，日映湖光蕩。但覺有無間，心目紛儻恍〔三〕。恬澹樂幽棲，嶔崎〔四〕寄遐想。悠然起長懷，得句還自賞。書之青篠〔五〕竿，風吹發奇響。

【注釋】

〔一〕葉金吾：　清初人，生平不詳。

〔二〕造物：　指創造萬物的神力。《魏書·李彪傳》：『生生得所，事事惟新，巍巍乎猶造物之曲成也。』

〔三〕儻恍：　驚疑貌。宋惠洪《冷齋夜話·江神嗜黄魯直書韋詩》：『卽取視之，儻恍之際，曰：「我猶不識，鬼寧識之乎？」』

〔四〕嶔崎：　險峻，崎嶇。漢王延壽《王孫賦》：『生深山之茂林，處嶃巖之嶔崎。』

〔五〕篠：　細竹。唐許渾《和賓客相國詠雪》：『霽添松篠媚，寒積蕙蘭猜。』

甲寅人日同謝小謝李湖長讌集李非庵雲在堂兼出新詩畫冊評閲有賦〔一〕

令節〔二〕常多陰，應欣此日霽。良晤趁今朝，貧交聚相繼。主人爛漫情，列酌雜文藝〔三〕。評論樽俎間，選言〔四〕樸且麗。幽事追新懽，紛紛翰墨贅。名筆肖化工，萬形任點綴。注閲杯在手，賞容見眉際。几席如園林，俯仰情景異。酣來尋臥遊〔五〕，惺惺〔六〕目難閉。

【注釋】

〔一〕甲寅：　康熙十三年（一六七四）。人日：　舊俗以農曆正月初七爲人日。《太平御覽》卷九七六引南朝梁宗懔《荆楚歲時記》：『正月七日爲人日。以七種菜爲羹，剪綵爲人或鏤金箔爲人，以貼屏風，亦戴之頭鬢。又造華勝以相遺，登高賦詩。』宋高承《事物紀原·天生地植·人日》：『東方朔《占書》曰：歲正月一日占鷄，二日占狗，三日占羊，四日占豬，五日占牛，六日占馬，七日占人，八日占穀。皆晴明温和，爲蕃息安泰之候，陰寒慘烈，爲疾病衰耗。』清富察敦崇《燕京歲時記·人日》：『初七日謂之人日。是日天氣清明者則人生繁衍。』讌集：宴飲集會。《晉書·杜預傳》：『預初在荊州，因宴集醉卧齋中。』

〔二〕令節：猶佳節。《藝文類聚》卷四引晉傅充妻辛氏《元正》詩：『元正啟令節，嘉慶肇自兹。咸奏萬年觴，小大同悦熙。』

〔三〕文藝：指撰述和寫作方面的學問。《大戴禮記·文王官人》：『有隱於知理者，有隱於文藝者。』

〔四〕選言：擇言，措辭。晉左思《魏都賦》：『雖選言以簡章，徒九復而遺旨。』

〔五〕卧遊：欣賞山水畫以代遊覽。元倪瓚《顧仲贄來聞徐生病差》詩：『一畦杞菊爲供具，滿壁江山入卧遊。』

〔六〕惺惺：清醒貌。唐杜甫《喜觀即到復題短篇》之二：『應論十年事，愁絶始惺惺。』

遊聖果庵將及門忽尋庵址石磵〔一〕

梵刹〔二〕隔林木，松聲通一徑。迢遞遠探奇，到門反不定。忽尋石磵去，所至豈由興。戀景行漸深，迴環萬緑亙。周行流水隨，坐嘯谷風〔三〕應。鳥鳴野多奇，巖花開更瑩。但覺性情悅，不復辨佳勝。袖口入白雲，禪關〔四〕出清磬。幽人去不返，始信煙霞佞〔五〕。

【注釋】

〔一〕聖果庵：位於今廣東韶關市武江區武江西岸一帶。《曲江縣志》卷十六：『聖果庵，在河西。』磵：山間的水溝。唐杜甫《憶昔行》：『松風磵水聲合時，青兕黃熊啼向我。』

〔二〕梵刹：梵文意爲清淨之地，泛指佛寺。唐唐彥謙《遊南明山》詩：『金銀拱梵刹，丹青照廊宇。』

〔三〕谷風：山谷中的風。《淮南子·天文訓》：『虎嘯而谷風至，龍舉而景雲屬。』

〔四〕禪關：禪門。唐李白《化城寺大鐘銘》：『方入於禪關，覩天宮崢嶸，聞鐘聲瑣屑。』

〔五〕佞：迷惑，迷戀。唐元稹《立部伎》詩：『奸聲入耳佞人心，侏儒飽飯夷齊餓。』

輓劉橫溪〔一〕先生

吾韶文獻邦，賢哲後先起。嗟我橫溪翁，繼述能不愧。歷落〔二〕歎當年，胡云遽殂棄。嗚呼交已終，素履〔三〕猶多志。憶君古人內，畸性天所畀。讀書眼在先，能使古幽邃。嘐嘐〔四〕秦漢前，卑卑宋明季。聖經〔五〕亦糟粕，所貴惟慧智。筆墨不受羈，落落寫玄致〔六〕。倜儻邁〔七〕群英，巍科〔八〕直如寄。安測斯途幻，一升還屢躓〔九〕。身大四海小，古來艱所遂。卜築橫溪湄，歸隱豈天賜。門含瀲灩〔一〇〕光，牕擁煙嵐〔一一〕翠。網艇〔一二〕集簷下，漁樵適儔類〔一三〕。爭席〔一四〕混野老，澆創〔一五〕常酣醉。著書散憤懣，寫物寓美刺。比興成一家，中復多精粹。喜子俗所譏，氣骨更不媚。俯結忘年交〔一六〕，筆札往來亟。扁舟過我門，入門同輩避。坐卧傍花陰，尋常列蔬食。無復貴苛儀，壺觴必三四。雄談一座驚，古今受軒輊。客來隔竹窺，頗怪不細膩。狂懷誰得知？大笑酧衆忌。相去幾十程〔一七〕，月過或數次。值兹春風時，似覺疎杖屨〔一八〕。客從君所來，斯豈傳者僞。造次〔一九〕走一奠，忽忽神荒悴〔二〇〕。君胸達生死，歌哭不敢出。幽冥〔二一〕或憐才，此行君所利。聖賢亦偶然，蓋棺了大事。地下南面〔二二〕樂，知君善遊戲。

【注釋】

〔一〕劉横溪：劉啟鑰，字洞如，號横溪。

〔二〕歷落：灑脱不拘。《晉書·桓彝傳》：「顗嘗歎曰：『茂倫嶔崎歷落，固可笑人也。』」

〔三〕素履：《易·履》：「初九：素履往，無咎。象曰：素履之往，獨行願也。」王弼注：「履道惡華，故素乃無咎。」高亨注：「素，白色無文彩。履，鞋也。『素履往』比喻人以樸素坦白之態度行事，此自無咎。」後用以比喻質樸無華、清白自守的處世態度。

〔四〕嘐嘐：形容志大而言誇。《孟子·盡心下》：「何以謂之狂也？曰：其志嘐嘐然。曰古之人，古之人。夷考其行而不掩焉者也。」趙岐注：「嘐嘐，志大言大者也。」

〔五〕聖經：舊指儒家經典。宋朱鑑《文公易説·讀易》：「大抵聖經惟《論》、《孟》文詞平易而切於日用，讀之疑少而益多。』

〔六〕玄致：奧妙的旨趣。晉支遁《大小品對比要抄序》：『覽始原終，研極奧旨，領大品之王標，備小品之玄致。』

〔七〕邁：超過，跨越。《三國志·高堂隆傳》：『三王可邁，五帝可越。』

〔八〕巍科：猶高第，古代稱科舉考試名次在前者。宋岳珂《桯史·劉蘊古》：『其二弟在北皆登巍科。』

〔九〕躓：遭受挫折。《南史·王僧孺傳》：『僧孺碩學，而中年遭躓。』

〔一〇〕瀲灩：水波蕩漾貌。《文選·木華〈海賦〉》：『湫浹瀲灩，浮天無岸。』李善注：『瀲灩，相連之貌。』

〔一一〕煙嵐：山林間蒸騰的霧氣。唐宋之問《江亭晚望》詩：『浩渺浸雲根，煙嵐出遠村。』

〔一二〕網艇：一種漁船。宋吳自牧《夢粱錄》卷十二《江海船艦》：『江岸之船甚夥，初非一色：海船、大艦、網艇、大小船隻、公私浙江漁捕等渡船，買賣客船，皆泊於江岸。』

〔一三〕儔類：朋輩。漢蔡邕《陳留太守胡公碑》：『詔出，遣使者王謙以中牢具祠，特賜錢五萬，布一百匹，贈穀三千斛。儔類赴送，遠近鱗集。』

〔一四〕爭席：爭坐位。表示彼此融洽無間，不拘禮節。《莊子·寓言》：『其往也，舍者迎將其家，公執席，妻執巾櫛，舍者避席，煬者避竈。其反也，舍者與之爭席矣。』郭象注：『去其誇矜故也。』成玄英疏：『除其容飾，遣其矜誇，混跡同塵，和光順俗，於是舍息之人與爭席而坐矣。』

〔一五〕澆創：用喝酒來排遣愁懷。創，創傷，傷口。

〔一六〕忘年交：以才德相契，不拘年齡、行輩而結成的知交。《南史·何遜傳》：『弱冠州舉秀才，南鄉范雲見其對策，大相稱賞，因結忘年交。』

〔一七〕程：指以驛站、郵亭或其他停頓止宿地點爲起訖的行程段落。《字彙·禾部》：『程，驛程道里也。』

〔一八〕杖履：對老者、尊者的敬稱。宋蘇軾《夜坐與邁聯句》：『樂哉今夕游，復此陪杖履。』

〔一九〕造次：輕率，隨便。《宋書·建平宣簡王宏傳》：『驅烏合之衆，隸造次之主，貌疎情乖，有若胡越。』

〔二〇〕荒悴：焦急、憂傷。荒，通『慌』。三國魏曹植《九愁賦》：『登高陵而反顧，心懷愁而荒悴。』

〔二一〕幽冥：地府，陰間。《文選·曹植〈王仲宣誄〉》：『嗟乎夫子，永安幽冥；人誰不没，達士徇名。』呂向注：『幽冥，地下也。』

〔二二〕南面：古代以坐北朝南爲尊位，因以泛指居尊位或官位。漢王充《論衡·對作》：『至或南面稱師，賦奸僞之説；典城佩紫，讀虚妄之書。』

横溪〔一〕行

運厄干戈起，群凶日縱横。名義既不立，得土亦隨傾。豈無後蘇意，聚斂灰民情。乍傳烽火近，逼我横溪行。餱糧〔二〕是所急，寧暇攜琴笙。豺狼滿道路，奔走還多驚。官軍豈盜賊，恣掠莫敢攖。蹌踉就巖藪〔三〕，且暫逃殘生。誅茅〔四〕結矮屋，穴地煨破鐺〔五〕。饑餐野藜藿〔六〕，倦臥亂柴荊。時復防擄劫，終夜心怦怦。妻孥餒且病，死鬼啼咿嚶。生鬼猶在牀，陰風暗孤檠〔七〕。此身復苦痢，弱骨强支撑。窮村乏藥餌〔八〕，亂世性命輕。安得寇盡滅，漸次奏昇平。

挈家返故廬，詠歌樂躬耕。

【注釋】

〔一〕横溪：又名雙下溪，即今江灣河，爲南水支流。詳見卷三《横溪詩集序》注〔一三〕。

〔二〕餱糧：乾糧，食糧。《尸子》卷下：「乃遣使巡國中，求百姓賓客之無居宿、絶餱糧者賑之。」

〔三〕巖藪：山澤，山野。漢鄒陽《獄中上書自明》：「今欲使天下恢廓之士……回面汙行以事諂諛之人，而求親近於左右，則士有伏死堀穴巖藪之中耳。」

〔四〕誅茅：芟除茅草。南朝梁沈約《郊居賦》：「或誅茅而剪棘，或既西而復東。」

〔五〕鐺：平底淺鍋。唐杜牧《阿房宮賦》：「鼎鐺玉石，金塊珠礫，棄擲邐迤。」

〔六〕藜藿：藜和藿，泛指粗劣的飯菜。《文選·曹植〈七啟〉》：「予甘藜藿，未暇此食也。」劉良注：「藜藿，賤菜，布衣之所食。」

〔七〕孤檠：孤燈。清陳維崧《清平樂·夜飲友人別館聽年少彈三弦限韻》詞：「歡場纔罷，去對孤檠話。」

〔八〕藥餌：藥物。晉葛洪《抱朴子·微旨》：「知草木之方者，則曰惟藥餌可以無窮矣。」

丁巳〔一〕感事

天地忽欲晦，妖魅敢出爭。頗有蚩蚩〔二〕輩，乃言功可成。破產集亡命，徒希紙上名。大勢既已昧〔三〕，得失將安程〔四〕。胡先據邊邑，中原定自平。首事乏良謀，闒茸〔五〕皆專城。爵祿輕賞敗，何以勵前征？苟且非一朝，貨財是所營。行復自相害，轉眼已土崩。子牙〔六〕方隱跡，浩歌濯長纓〔七〕。

【注釋】

〔一〕丁巳：康熙十六年（一六七七）。

〔二〕蚩蚩：惑亂貌，紛擾貌。漢揚雄《法言・重黎》：『大國蚩蚩，爲嬴弱姬。』

〔三〕昧：違背。唐李白《南奔書懷》詩：『草草出近關，行行昧前算。』

〔四〕程：衡量。《禮記・儒行》：『程功積事，惟賢以盡達之。』

〔五〕闒茸：指庸碌、低劣的人。漢賈誼《弔屈原賦》：『闒茸尊顯兮，讒諛得志。』

〔六〕子牙：姜子牙，即太公望呂尚。周初人。姜姓，字子牙。俗稱姜太公。據《史記・齊太公世家》載，呂尚窮困年老，釣於渭濱。文王出獵，遇之，與語大悦，曰：『吾太公望子久矣。』載與俱歸，立爲師。後佐武王滅殷建立周朝，封於齊。

〔七〕濯長纓：洗濯冠纓。比喻超脱世俗，操守高潔。長纓，古時繫帽的長絲帶。語本《孟子・離婁上》：『滄浪之水清兮，可以濯我纓。』漢李陵《與蘇武》詩之二：『臨河濯長纓，念子悵悠悠。』

故園

一身半死餘，扶笻〔一〕觀故址。乍入已無辨，良久乃可指。鄰屋數百家，家家剩頹垝。依稀鬼嘯壁，先靈失棲止。傷哉讀書堂，瓦礫生荊枳。殺戮及蒼生，亦不恕書史〔二〕。四梅〔三〕半株存，松竹〔四〕已盡毀。猶憶初種時，一刻百回視。芳冷入孤懷，餘陰韻苔履。飲讀坐其下，頗覺具神理。成敗原在天，此豈值其圮。但見墟墓間，酸風〔五〕吹葉起。

【注釋】

〔一〕扶笻：扶杖。宋朱熹《又和秀野》之一：『覓句休教長閉戶，出門聊得試扶笻。』

〔二〕書史：典籍，指經史一類的書籍。唐韓愈《此日足可惜贈張籍》詩：『閉門讀書史，窗戶忽已涼。』

〔三〕四梅：廖燕的書齋二十七松堂種有四株梅樹。見廖燕《韻軒四梅記》（卷七）。

〔四〕松竹：廖燕的書齋二十七松堂種有竹子和二十七株松樹。見廖燕《韻軒種竹記》（卷七）、《贖屋行謝孫都尉廉西查副戎維勳暨義助諸公》（卷十八）。

〔五〕酸風：指刺人的寒風。唐李賀《金銅仙人辭漢歌》：『魏官牽車指千里，東關酸風射眸子。』

寄懷酧陳崑圃制題作詩課兼柬王西涯有序〔一〕

丁巳〔二〕春，集陳崑圃別業〔三〕。棋酒暇，因製秧針、麥浪等一十六題，屬予與王子西涯作七言律詩如題數。題巧甚，似非予迂拙所能辦，西涯則不能辭。迨後亂離相繼，而詩懷轉甚，常淚吟鋒鏑豺虎間。回思往事，如隔異代，因作五言古一篇以塞責。雖詩與題相左，寄懷而已。兼柬西涯，庶共喻此意，其巧拙可勿論也。

萬物任化工〔四〕，肖形何參錯。感入良朋心，分吟見淵博。一巧與一拙，相避還相愕。懽聚亂隨繼，升沉夜夢惡。流離已莫禁，興懷轉如昨。傲骨應難諧，迂情或有託。林泉養幽貞〔五〕，翰墨展戲謔。往事多縈胸，躊躇倚山閣。

【注釋】

〔一〕王西涯：清初人，生平不詳。

〔二〕丁巳：康熙十六年（一六七七）。

〔三〕別業：別墅。唐楊炯《唐同州長史宇文公神道碑》：『享年六十有五，以永淳元年六月二十一日終于華州之別業，嗚呼哀哉！』

〔四〕化工：工巧天成。明李贄《雜說》：『《拜月》、《西廂》，化工也；《琵琶》，畫工也。夫所謂畫工者，以其能奪天地之化工，而其孰知天地之無工乎？」

〔五〕林泉：山林與泉石，指隱居。唐駱賓王《上兗州張司馬啟》：「雖則放曠林泉，頗得閒居之趣。」幽貞：指高潔堅貞的節操。語出《易・履》：「履道坦坦，幽人貞吉。」

遊草履庵〔一〕同胡而安屈半農〔一〕

秋郊散幽步，舍喧覓僻徑。荒荒水雲外，所歷更佳勝。岸曲流多洄，谷虛風自應。到門溪屢渡，環庵水爲絙〔二〕。僧舍雜葦蘆，漁汀接堦磴。煙帆席上過，潮痕及釜甑。少坐靜遊念，萬象如有贈。魚鱉佛身餘，花鳥禪觀〔三〕剩。神幽悟色空〔四〕，境寂依鐘磬〔五〕。此中覺蒼茫，奥曠幻視聽。新菊娟有餘，敗荷香不定。參差取景寬，涉覽嫌盡興。客心各有會，歸路野煙暝。

【校記】

〔一〕草履庵：利民本、寶元本作「草橋庵」，即草屬菴。位於今廣州市中山七路陳家祠一帶。清郭爾戺、胡雲客纂修《南海縣志》卷二：「草屬菴，在城西六里。明經李慧菴建。」

【注釋】

〔一〕胡而安：詳見卷二《論語辯》注〔一三〕。屈半農：清初人，生平不詳。

〔二〕絙：緩。《說文・糸部》：「絙，緩也。」

〔三〕禪觀：寺院。唐錢起《送僧歸日本》詩：『水月通禪觀，魚龍聽梵聲。』
〔四〕色空：佛教語。『色即是空』的略語。謂一切事物皆由因緣所生，虚幻不實。唐玄奘譯《波若波羅蜜多心經》：『舍利子，色不異空，空不異色。色即是空，空即是色。受想行識，亦復如是。』唐白居易《感悟妄緣題如上人壁》詩：『弄沙成佛塔，鏘玉謁王宫。彼此皆兒戲，須臾即色空。』
〔五〕鐘磬：鐘和磬。佛教法器。磬，僧磬，佛寺中使用的一種鉢狀物，用銅鐵鑄成，既可作念經時的打擊樂器，亦可敲響集合寺衆。唐岑參《上嘉州青衣山中峯題惠淨上人幽居寄兵部楊郎中》詩：『猿鳥樂鐘磬，松蘿泛天香。』

將遊丹霞自相江發舟入仁化江口〔一〕

長懷若高秋〔二〕，因之肆遊衍〔三〕。神情忽超越，雲物〔四〕自新倩。萬山迎一帆，蒼翠墮前面。遲迴〔五〕導瞻矚，目送峯峯轉。忽近丹山路，掬水意已善。斯時視聽閒，佳處欲焉眷。丘壑入奇胸，將爲文所變。

【注釋】

〔一〕丹霞：丹霞山，在廣東省韶關市仁化縣城南九公里，錦江東岸。主峯寶珠峯。相江：又作湘江，即湞江。乾隆《大清一統志》卷三百四十一：『東江，一名始興水，一名湘江，以晉置湘州故也。在曲江縣。』《曲江縣志》卷四：『東江，舊名湞水，即城外東河。』則相江（湘江）即湞水（湞江）之别名。湞江是北江的上游部分，發源於江西省信豐縣，流入廣東省境後經南雄、始興、湞江、曲江等區縣，在韶關市沙洲尾與武江匯合後稱爲北江。仁化江口：錦江匯入湞江處，在今韶關市仁化縣大橋鎮水江村。

〔二〕長懷：遐想，悠思。漢劉向《九歎・遠逝》：「情慨慨而長懷兮，信上皇而質正。」高秋：天高氣爽的秋天。南朝梁沈約《休沐寄懷》詩：「臨池清溽暑，開幌望高秋。」

〔三〕遊衍：暢遊。《詩・大雅・板》：「昊天曰旦，及爾遊衍。」毛傳：「遊，行；衍，溢也。」孔穎達疏：「遊行衍溢，亦自恣之意也。」

〔四〕雲物：景物，景色。南朝齊謝朓《高松賦》：「爾乃青春受謝，雲物含明，江皋綠草，暧然已平。」

〔五〕遲迴：猶徘徊。唐張説《爲妓人祭故主文》：「心思往而莫遂，足欲返而遲迴。」

入銅鶴峽望觀音石至夏富復回望更似是夜宿潼口〔一〕

天地爲洪爐，萬物受陶鑄。大士〔二〕亦有形，焉能使不露。蒼茫色相〔三〕間，雲氣相回互〔四〕。大士或爲石，石化大士故。神鬼不可知，靈蠢同一悟。對面翻不見，卽之水月注〔五〕。遠近無或殊，佛性滿指顧〔六〕。我來獨莫逆〔七〕，蕭蕭江日暮。

【注釋】

〔一〕銅鶴峽：位於廣東省韶關市仁化縣丹霞鎮夏富村的瑤山。觀音石：位於廣東省韶關市仁化縣丹霞鎮夏富村，錦江西岸。夏富：在廣東省韶關市仁化縣城南一〇公里，錦江西岸。屬丹霞鎮。漴口：位於今廣東省韶關市仁化縣丹霞鎮車灣村董塘河與錦江交匯處。清林述訓等修《韶州府志》卷十三：『利水，漴錦二溪之下流也。漴溪源出漴嶺，流經仁化縣西。錦石溪……又南過錦石巖與漴溪水合曰漴口，南流至曲江縣入於始興江。』

〔二〕大士：佛教對菩薩的通稱，這裏特指觀世音菩薩。《紅樓夢》第五十回：『不求大士瓶中露，爲乞嫦娥檻外梅。』

〔三〕色相：佛教語，指萬物的形貌。《涅槃經·德王品四》：『（菩薩）示現一色，一切衆生各各皆見種種色相。』唐白居易《感芍藥花寄正一丈人》詩：『開時不解比色相，落後始知如幻身。』

〔四〕回互：回環交錯。唐柳宗元《夢歸賦》：『紛若喜而佁儗兮，心回互以壅塞。』

〔五〕水月注：注視水中的月亮。水月，水中月影。佛經謂觀音菩薩有三十三個不同形象的法身，作觀水中月影狀的稱水月觀音。見《法華經·普門品》。

〔六〕指顧：手指目視，指點顧盼。《漢書·律曆志上》：『指顧取象，然後陰陽萬物靡不條鬯該成。』

〔七〕莫逆：指彼此志同道合，交誼深厚。語出《莊子·大宗師》：『（子祀、子輿、子犂、子來）四人相視而笑，莫逆於心，遂相與爲友。』

晨起舍舟陸行誤入樵徑硼阻步止遇老農引之始得路

旭霧遝〔一〕青濛，霜鐘隔前嶺。山盡復行溪，水氣侵衣冷。竹莽紛有路，漸入丹山影。貪看急莫辯，誤爲磵所梗。參差意不違，蘧然〔二〕發深省。

【注釋】

〔一〕還：通「沓」。衆多，重疊。唐杜甫《麗人行》：「簫鼓哀吟感鬼神，賓從雜還實要津。」

〔二〕蘧然：驚喜貌，驚覺貌。《莊子·大宗師》：「成然寐，蘧然覺。」成玄英疏：「蘧然是驚喜之貌。」

初至丹霞因得寓目〔一〕諸勝

白雲橫青嶂，登之凡幾重。豈知天地內，奇峯如心胸。取險快遊目，絶壁曳孤筇〔二〕。鳥道漸高危，石龕〔三〕僧方鐘。群岫接一綠，元化〔四〕彌其縫。巖欹草樹雜，肅氣託蒼松。悠然望前嶺，雲起西北峯。雷雨相汩沒〔五〕，安知山始終。嵌字使苔蝕，千載認遊蹤。

【注釋】

〔一〕寓目：猶過目，觀看。宋洪邁《夷堅丁志·仙舟上天》：「仰空寓目，見一舟淩虛直上。」

〔二〕筇：一種竹。實心，節高。因筇竹宜於作拐杖，即稱杖爲筇。

〔三〕石龕：供奉神像或神主的小石閣。北魏酈道元《水經注·河水四》：「從此南入谷七里，又屆一祠，謂之「石養父母」，石龕木主存焉。」

〔四〕元化：　造化，天地。唐陳子昂《感遇》詩之六：『古之得仙道，信與元化並。』

〔五〕汩沒：　淹沒。唐元稹《遭風二十韻》：『浸淫沙市兒童亂，汩沒汀洲鴈鶩哀。』

遊丹霞山與樂說和尚〔一〕接語連宵歸復可懷乃貽以詩

幾日山水内，耳目爲之尊。况逢世外人，冰雪洗心魂。悠然共寒檠〔二〕，宿理發孤論。鬼神或潛聽，恐傷天地根。空山轉寂寞，簷溜〔三〕留霜痕。此意原不隔，往來夢石門〔四〕。石門在何處？胸次盤崑崙〔五〕。波瀾應莫二，知爲筆墨源。採藥逢山叟，鄭重寄之言。

【注釋】

〔一〕樂說和尚：　今辯（一六三八——一六九七），字樂說。詳見卷十《與樂說和尚》注〔一〕。

〔二〕寒檠：　猶寒燈。北周庾信《對燭賦》：『蓮帳寒檠窗拂曙，筠籠薰火香盈絮。』

〔三〕簷溜：　同『簷溜』、『簷霤』，即檐溝。屋簷下面承接雨水的橫槽子。用以彙集由屋面落下的雨水，引入水斗或水落管，以免淋濕牆壁或窗子。宋范成大《雪後守之家梅未開呈宗偉》詩：『瓦溝凍殘雪，簷溜粘輕冰。』

〔四〕石門：　蓋丹霞山中樂說和尚所在之地。

〔五〕崑崙：　昆侖山。在新疆、西藏之間，西接帕米爾高原，東延入青海境内。勢極高峻，多雪峯、冰川。古代神話傳說中，昆侖山上有瑤池、閬苑、增城、縣圃等仙境。

雲零石〔一〕即金雞、籠頭諸石。寧都魏和公過此，言石甚佳而名惡，因改今名。有《雲零石歌》

溯流近清溪〔三〕，巨觀快遊目。奇峯峭插天，怪石攢成簇。欹仄如將崩，奔濤更嚙足。舟迴勢亦變，萬態紛碧綠。圖畫信造化，墨瀋〔四〕費幾斛。中自生煙嵐，雲零綴林麓。誰爲命此名，丘壑填胸腹。名士與名山，會心在幽獨。

【注釋】

〔一〕雲零石：位於廣東省英德市沙口鎮一帶的北江邊。清魏禮《雲零石歌序》：『英韶之際有石甚佳而名惡，湛子粱子曰更名之，予極其勢綿亙江滸，靈峭不一，字之曰雲零。因《作雲零石歌》。』

〔二〕魏和公：魏禮（一六二八—一六九三），字和公。詳見卷一《性論一》注〔一六〕。

〔三〕清溪：今廣東省英德市沙口鎮清溪村，位於英德市北部。

〔四〕墨瀋：墨汁。宋陸游《雜興》詩之五：『淨洗硯池瀦墨瀋，乘涼要答故人書。』

過友人山齋

閒居念儔侶，花時更沉吟。昨夜夢故人，晨起欣招尋。越陌復度阡，一見爲開襟〔一〕。盤榼〔二〕未暇理，有酒且出斟。交情豈異昔，曠懷〔三〕獨至今。杯話猶未盡，爲君試彈琴。彈來多古調，千載誰知音？

【注釋】

〔一〕開襟：開闊心胸，敞開胸懷。唐李咸用《寄所知》詩：『從道趣時身計拙，如非所好肯開襟？』

〔二〕盤榼：古代一種盛食物的器具。西晉左思《嬌女詩》：『並心汪希饌，端坐理盤榼。』

〔三〕曠懷：豁達的襟懷。唐白居易《酬楊八》詩：『君以曠懷宜靜境，我因蹇步稱閑官。』

壬申夏初抵樂昌喜與羅仲山話舊〔一〕

瀧流〔二〕勢欲崩，蛟龍日夜吼。扁舟溯流上，瞰見黿峯〔三〕瘦。故人隱其中，鬚眉與爭秀。一別四五年，相見惟恐後。濁醪〔四〕且出斟，佳詩還共究。掀髯發雄談，崢嶸一燈右。此意君所知，蒼茫橫宇宙。半夜起風雷，似與酒人鬬。酒人興愈豪，風雷相馳驟〔五〕。與君醉復傾，往事休回首。試卜明朝晴，杖藜〔六〕踏遠岫。

【注釋】

〔一〕壬申：康熙三十一年（一六九二）。樂昌：今廣東省樂昌市。位於廣東省北部。羅仲山：清初廣東樂昌人。參見廖燕《與羅仲山》（卷十）。

〔二〕瀧流：指武江。源於湖南省臨武縣，古稱瀧水等。《韶州府志》卷十三：『武水，卽郡城西河，古名虎溪，又名瀧水。唐改爲武溪，又名武陽溪。在縣西北，自湖廣衡州府臨武縣西經郴州宜章縣流入乳源縣西北，又東經樂昌縣西又東南流入縣界，合東江下注。』

〔三〕龜峯：位於今樂昌市樂城街道，武江東岸。《韶州府志》卷十二：『龜峯，距縣南半里，横截武水，爲一邑關鍵。有真武祠。嘉靖十九年知府符錫創建書院一區，浮圖一座。』

〔四〕濁醪：濁酒，未濾的酒。晉左思《魏都賦》：『清酤如濟，濁醪如河。』

〔五〕馳驟：猶驅使。

〔六〕杖藜：拄着藜杖。藜，一年生草本植物，莖直立，葉子菱狀卵形，邊緣有齒牙，下面被粉狀物，花黄綠色，嫩葉可吃。莖可以做拐杖。唐姚合《武功縣中作三十首》之十八：『誰更能騎馬，閒行只杖藜。』

遊泐溪石室〔一〕

昌嶺有流泉，潺聲聞數里。云是古泐溪，溪傍岫窿起。洞門曲折通，巖屋參差倚。冒寒試登臨，到來聳聽視。萬籟吹淒清，百靈爭幻詭。嵌空石乳瑩，穿壁藤蘿美。野馬〔二〕飛光中，山魈〔三〕吟暗裏。品題因自然，刻畫失神理。招隱〔四〕豈無人，行歌良有以〔五〕。自知骨非仙，扶筇返塵市。

【注釋】

〔一〕泐溪石室：位於廣東省樂昌市西北方向二公里處（現樂昌市委黨校所在地）的泐溪嶺（又名西石巖），是一座溶巖洞穴。清徐賓符等修、李禨等纂《樂昌縣志》卷三：『泐溪嶺，又名西石巖，在縣治西北三里。高三十餘丈，下石室高三丈，廣七、八尺。左右各有斜竇可通遊。右入則有石牀，六祖往黃梅時曾憩於此巖。僧慧遠謂其神采非常，必得道。仙經七十二福地，此其一也。有陸羽題名。』

〔二〕野馬：指野外蒸騰的水氣。《莊子·逍遥遊》：『野馬也，塵埃也。生物之以息相吹也。』郭象注：『野馬者，遊氣也。』成玄英疏：『此言青春之時，陽氣發動，遥望藪澤之中，猶如奔馬，故謂之野馬也。』一說，野馬卽塵埃。唐玄應《一切經音義》卷三：『野馬』孫星衍校正：『或問：「遊氣何以謂之野馬？」答云：「馬，特麈字假音耳。野麈，言野塵也。」』聞一多《古典新義·莊子内篇校釋》：『野馬字蓋卽沙漠之漠……野馬亦塵埃耳。《莊子》蓋以野外者爲野馬，室中者爲塵埃，故兩稱而不嫌。』

〔三〕山魈：動物名。猴屬，狒狒之類。體長約三尺，頭大面長，眼小而凹，鼻深紅色，兩頰藍紫有皺紋，腹部灰白色，臀部有一大塊紅色胼胝，尾極短而向上，有尖利長牙，性兇猛，狀極醜惡。古代傳說以爲山怪，又稱『山蕭』、『山臊』、『山繅』等，記述狀貌不一。唐戴孚《廣異記·斑子》：『山魈者，嶺南所在有之，獨足反踵，手足三歧。其牝者好施脂粉。於大樹中做窠。』

〔四〕招隱：招人歸隱。晉左思、陸機皆有《招隱》詩。

〔五〕行歌：邊行走邊歌唱。藉以發抒自己的感情，表示自己的意向、意願等。《晏子春秋·雜上十二》：「梁丘據左操瑟，右挈竽，行歌而出。」有以：猶有原因，有道理。《詩·邶風·旄丘》：「何其久也？必有以也。」

過訪劉漢臣兼喜晤澹歸和尚〔一〕

昨報司天臺〔二〕，德星〔三〕見韶邑。不然一室中，安得多彥〔四〕聚。雄才自虛衷，友朋性命注。聞名未及應，徒步訪我寓。短褐欣過謁，落落神相遇。乃知天下士，至性原同度。私心一以慰，況復晤所慕。澹師山中人，英雄共法乳〔五〕。廿年不得見，得見還如素〔六〕。但覺顏色間，融成一片悟。能使性情深，反覺才多露。靜對消名根〔七〕，有詞不敢吐。國士與高僧，機鋒〔八〕原不忤。銜杯坐夜闌〔九〕，相喻意難訴。

【注釋】

〔一〕過訪：登門探視訪問。宋張舜民《與石司理書》：「近呂主簿過訪，蒙示長函大編，副以手書。」

〔二〕司天臺：官署名。掌管觀察天象、考定曆數等職。歷代設置專官，稱太史令。隋改太史監，唐初改爲太史局，以後名稱屢改，有秘書閣局、渾天監、渾儀監、太史監等名。至唐肅宗乾元元年改爲司天臺。除占候天象外，並預造來年曆頒於天下。

〔三〕德星：古以景星、歲星等爲德星，認爲國有道有福或有賢人出現，則德星現。《史記・孝武本紀》：『望氣王朔言：「候獨見其星出如瓠，食頃復入焉。」有司言曰：「陛下建漢家封禪，天其報德星云。」』司馬貞索隱：『今按：此紀唯言德星，則德星，歲星也。歲星所在有福，故曰德星也。』《史記・天官書》：『天精而見景星。景星者，德星也。其狀無常，常出於有道之國。』

〔四〕彥：才德出衆的人，賢才，俊才。《詩・鄭風・羔裘》：『彼其之子，邦之彥兮。』

〔五〕法乳：佛教語。喻佛法。謂佛法如乳汁哺育衆生。《涅槃經・如來性品》：『飲我法乳，長養法身。』

〔六〕素：舊交。唐韋應物《慈恩伽藍清會》：『素友俱薄世，屢招清景賞。』

〔七〕名根：指好名的根性。明謝肇淛《五雜俎・人部一》：『七十後卽一切名根繫念，盡與勑斷，以保天年可也。』

〔八〕機鋒：佛教禪宗用語。指問答迅捷銳利、不落跡象、含意深刻的語句。宋蘇軾《金山妙高臺》詩：『機鋒不可觸，千偈如翻水。』

〔九〕夜闌：夜殘，夜將盡時。漢蔡琰《胡笳十八拍》：『山高地闊兮，見汝無期；更深夜闌兮，夢汝來斯。』

林草亭數以新詩見示未遑和答賦此識謝〔一〕

凍雲鬱不開，斂形待春煦。良朋慰幽獨，常出袖中句。彼讀見深情，寓言興比賦。寸管劚嶔崎〔二〕，不平時復露。按之如有痕，胸中得無故。朗吟燈酒間，聲出籬難護。幽事獨儔侶，況兼筆墨晤。清氣防盡舒，釋卷踏荒圃。

【注釋】

〔一〕識謝：同『志謝』。

〔二〕寸管：毛筆的代稱。南朝梁江淹《蕭驃騎讓太尉增封表》：『具煩寸管，備黷尺史，曠旬浹景，祈指遂宜。』劚：砍削。《荀子·榮辱》：『所謂以狐父之戈劚牛矢也。』嶔崎：險峻，不平。漢王延壽《王孫賦》：『生深山之茂林，處嶄巖之嶔崎。』

舟中偶以磁盆蓄菜花作供護以英石〔一〕雜草頗得野致因觸興成詩

舟行少雜念，自得丘壑情。色色資目取，蔬英復縱橫。移植磁盆內，幽賞乃平生。試護以英石，磊落羅蔥菁〔二〕。蔓草隨手蓺〔一〕，愈使石崢嶸。與蔬迭賓主，青翠敷以盈。扁舟儼巖壑，頓使忘舟行。俾予恣遠遊，中夜〔三〕起濤聲。

【校記】

〔一〕蓺，利民本、寶元本作『刈』。

【注釋】

〔一〕英石：廣東省英德市山溪中所產的一種石頭。詳見卷七《朱氏二石記》注〔一〕。

〔二〕菁：本指韭菜花，後亦泛指盛開的花。《文選·宋玉〈高唐賦〉》：「秋蘭茝蕙，江離載菁。」
〔三〕中夜：半夜。《書·冏命》：「怵惕惟厲，中夜以興，思免厥愆。」孔傳：「言常悚懼惟危，夜半以起。」

舟中買蕙〔一〕花作

蕙與蘭同類，幽谷養孤芳。採來向市售，遭厄誠可傷。豈無金谷園〔二〕？道阻難自將〔三〕。我聞爲咨嗟，購之伴行裝。日夕躬灌溉，花葉增輝光。長途同臥起，夢魂皆吉祥。於己何曾損，受益更難量。乃知能下交〔四〕，四海咸歸王。古人紉爲佩〔五〕，斯言慎莫忘。

【注釋】

〔一〕蕙：即蕙蘭。一種蘭屬植物，多年生草本，僞鱗莖卵形，葉線形，總狀花序，花紅色，邊緣有黄帶，唇瓣白色而具紅點，可供觀賞。
〔二〕金谷園：晉石崇於金谷澗中所築的園館。繁榮華麗，極一時之盛。故址在今河南省洛陽西北。《晉書·石崇傳》：「崇有妓曰綠珠，美而豔，善吹笛。孫秀使人求之……崇勃然曰：『綠珠吾所愛，不可得也。』」這裏以金谷園指憐香惜玉、愛惜花草。
〔三〕自將：自己保全。《漢書·兒寬傳》：「寬爲人溫良，有廉知自將，善屬文，然懦於武，口弗能發明也。」
〔四〕下交：地位高的人與地位低的人交往。《易·繫辭下》：「君子上交不諂，下交不瀆。」

〔五〕『古人』句：戰國楚屈原《離騷》：『紉秋蘭以爲佩，豈惟紉夫蕙茝。』

北蘭寺晤淡雪上人〔一〕

疊沙與城齊俗名沙堆寺，長林〔二〕隱幽異。舟人向前指，云是北蘭寺。萬綠匝禪棲〔三〕，深閉絕遊屐。我聞神爲懽，維舟扣玄秘。到門先見竹，曲徑苔痕積。久之扉始開，森然聳聽視。遠公〔四〕下榻迎，相對見孤意。鐘磬自清泠，庭梧落蒼翠。微言〔五〕淨心魂，人天〔六〕會有始。出處亦偶然，喧寂應不二。征客難久留，起行還徙倚。虎溪值一嘯〔七〕，此晤良匪易。春風吹去帆，永言念高寄。

【注釋】

〔一〕北蘭寺：位於今江西省南昌市陽明路、勝利路交匯處附近的贛江邊上。清謝旻等監修《江西通志》卷一百十一：『北蘭寺在省城德勝門外，南岳讓禪師道場，後廢。本朝康熙丁巳有臨濟派下僧淡雪由浙西來重建，前後殿宇疊石爲山，種竹栽松，通止戈泉爲井，引蟹子泉爲溪。戊辰巡撫宋犖建綿津詩屋及秋屏閣、列岫亭、煙江疊嶂堂。布政盧崇興建三元殿、觀蘭亭。己卯學士查昇題「豫章勝概」額，並書「煙江疊嶂堂記」。』淡雪上人：又作澹雪上人。臨濟派下僧。康熙十六年（一六七七）自浙西來至南昌，見北蘭懷讓禪師道場鞠爲茂草，乃結茅於此。經營數載，殿宇、齋堂、方丈、禪室及秋屏閣、列岫亭皆次第重建，遂爲江西名勝之冠。見清謝旻等監修《江西通志》卷一百三。上人，《釋氏要覽・稱謂》引古師云：『內有德智，外有勝行，在人之上，名上人。』自南朝宋以後，多用作對僧人的尊稱。

〔二〕長林：高大的樹林。三國魏嵇康《琴賦》：『涉蘭圃，登重基。背長林，翳華芝。』

〔三〕禪棲：謂出家隱居。北魏酈道元《水經注・淄水》：『所謂修修釋子，眇眇禪棲者也。』

〔四〕遠公：慧遠（三三四—四一六），晉高僧。雁門樓煩人，俗姓賈。居廬山東林寺，世人稱爲遠公。唐孟浩然《晚泊潯陽望廬山》詩：『嘗讀遠公傳，永懷塵外蹤。』

〔五〕微言：精深微妙的言辭。《逸周書・大戒》：『微言入心，夙喻動衆。』朱右曾校釋：『微言，微眇之言。』

〔六〕人天：佛教語。六道輪回中的人道和天道，後泛指諸世間、衆生。《大寶積經・被甲莊嚴會三》：『能爲世導師，映蔽人天衆，演説無所畏，我禮勝丈夫。』唐白居易《看夢得題答李侍郎詩因戲和之》：『看題錦繡報瓊瓌，俱是人天第一才。』

〔七〕虎溪：溪名。在江西省九江市南廬山東林寺前。相傳晉僧慧遠居東林寺時，送客不過溪，過此，則虎鳴。一日陶潛、道士陸修靜來訪，與語甚契，相送時不覺過溪，虎輒號鳴，三人大笑而別。見清謝旻等監修《江西通志》卷十二、卷四十二。

彭蠡湖〔一〕遇雨

巨浸〔二〕匯衆流，彭蠡獨稱最。水天互爲根，浩然見汪濊〔三〕。孤帆懸中流，驟雨迷前瀨〔四〕。恍惚蛟龍鳴，依稀鬼神會。安常庶濟險，坦易斯來泰。風雷何處生？乃在天地外。

【注釋】

〔一〕彭蠡湖：即鄱陽湖，在江西省北部。宋毛晃《禹貢指南・彭蠡既豬》：「彭蠡，漢水南入于江，東匯澤爲彭蠡，在彭澤西北，今南康軍湖是也。」

〔二〕巨浸：大水。指大河流、大湖澤、大海等。唐駱賓王《夏日游德州贈高四》詩：「鬲津開巨浸，稽阜鎮名都。」

〔三〕汪濊：深廣。《漢書・司馬相如傳下》：「威武紛紜，湛恩汪濊。」顏師古注：「汪濊，深廣也。」

〔四〕瀨：流得很急的水，急流。《淮南子・本經》：「抑減怒瀨，以揚激波。」

仙人橋在貴溪縣〔一〕

山勢亙長虹，高懸倚天半。嵯峨鬼斧工，幻詭蜃樓〔二〕燦。履實根平地，淩虛觸霄漢〔三〕。迴思太古初，開鑿一何悍。信具造物力，以茲成戲玩。巖深猿狖〔四〕歸，水涸蛟龍竄。到此絕階梯，憑誰藉羽翰〔五〕？擬欲謝塵蹤，飛身渡彼岸。

【注釋】

〔一〕仙人橋：位於今江西省貴溪市東南二公里，信江南岸群山中。爲一天然而成的獨拱石橋。明徐弘祖《徐霞客遊記·江右遊日記》：『丙子（一六三六）十月……二十三日晨起，渡大溪之北，復西向行八里，將至貴溪城，忽見溪南一橋門架空，以爲城門與卷梁皆無此高跨之理。執途人而問之，知爲仙人橋，乃石架兩山間，非磚砌所成也。』貴溪縣，今江西省貴溪市。位於江西省東北部，信江中游。

〔二〕蜃樓：古人謂蜃氣變幻成的樓閣。宋陳允平《渡江雲·三潭印月》詞：『煙沉霧迴，怪蜃樓飛入清虛。秋夜長，一輪蟾素，漸漸出雲衢。』實際上是一種大氣光學現象。常發生在海上或沙漠地區。

〔三〕霄漢：天河。《後漢書·仲長統傳》：『不受當時之責，永保性命之期。如是，則可以陵霄漢，出宇宙之外矣。』

〔四〕猿狖：亦作『猨狖』。泛指猿猴。《楚辭·九章·涉江》：『深林杳以冥冥兮，乃猨狖之所居。』

〔五〕羽翰：翅膀。南朝宋鮑照《詠雙燕》之一：『雙燕戲雲崖，羽翰始差池。』

虎丘〔一〕題壁

清晨陟孤嶼〔二〕，因見林壑情。臺殿倚峭壁，怪石互支撐。雖藉人力勝，巧合同天成。幽芳散遠近，危磴勢縱横。濃緑補山翠，當春敷以盈。崎嶇躡峯影，窕窈尋鐘聲。喧寂紛不一，此心惟空靈。萬象森目前，所貴搴〔三〕其英。頑塊亦可化，劫盡悟無生〔四〕。夫差〔五〕何其愚，鐲鏤〔六〕摧長城。至今劍池〔七〕水，猶疑蛟龍爭。壯哉子胥〔八〕節，捐軀千載榮。往事既云誤，今人胡相傾〔九〕。成敗亦須臾，豈不在鑒衡〔一〇〕。潔身有長榮，吾將歸蓬瀛〔一一〕。

【注釋】

〔一〕虎丘：山名。在江蘇省蘇州市西北山塘街與虎丘路的交匯處，亦名海湧山。唐時因避諱曾改稱武丘或獸丘，後復舊稱。相傳吳王闔閭葬此。漢袁康《越絕書·外傳記吳地傳》：『闔廬塚在閶門外，名虎丘……築三日而白虎居上，故號爲虎丘。』其上有虎丘塔、雲巖寺、劍池、千人石等名勝古跡。

〔二〕嶼：平地小山。宋戴侗《六書故·地理二》：『嶼，平地小山也。』

〔三〕搴：採摘。《楚辭·九歌·湘君》：『搴芙蓉兮木末。』

〔四〕劫：佛教名詞。『劫波』（或『劫簸』）的略稱。意爲極久遠的時節。古印度傳說世界經歷久遠的年代毀滅一次，重新再開始，這樣一個週期叫作一『劫』。後人借指天災人禍。無生：佛教語。謂沒有生滅，不生不滅。晉王該《日燭》：『咸淡泊於無生，俱脫骸而不死。』

〔五〕夫差：春秋末吳國國君。夫差二年（前四九四）攻越大勝，越王勾踐卑詞乞和。夫差遂率吳軍北上爭霸。十四年，吳王夫差大會諸侯於黃池（今河南封丘西南）。在吳與晉相爭，奪得霸主地位時，越王勾踐乘虛攻入吳都，獲其太子，夫差不得不匆匆回軍，向越求和。從此，吳國勢日下，加上民力凋敝，災荒頻繁，又屢遭楚、越攻擊，二十三年都城被勾踐攻破，夫差自殺，吳國滅亡。

〔六〕鐲鏤：劍名。亦作『屬盧』、『屬鏤』。《左傳·哀公十一年》：『王（夫差）聞之，使賜之（子胥）屬鏤以死。』明錢宰《山峽圖》：『伍員終賜鐲鏤劍，江上鴟夷空復憐。』

〔七〕劍池：位於虎丘，據説吴王闔閭就葬在劍池之下。漢袁康《越絶書·外傳記吴地傳》：『（虎丘）下池廣六十步，水深丈五尺。銅槨三重。澒池六尺。玉鳧之流，扁諸之劍三千，方圓之口三千。時耗、魚腸之劍在焉。』唐陸廣微撰《吴地記》：『秦始皇東巡至虎丘，求吴王寶劍……劍無復獲，乃陷成池，古號「劍池」。』

〔八〕子胥：伍員（？—前四八四），字子胥。春秋楚大夫。楚平王殺其父伍奢、兄伍尚，其經宋、鄭入吴，助闔廬奪取王位，整軍經武。不久，攻破楚國，掘楚平王之墓，鞭屍三百。吴王夫差時，因力諫停止攻齊，拒絶越國求和，而漸被疏遠。後夫差賜劍命自殺。《莊子·盜蹠》：『比干剖心，子胥抉眼，忠之禍也。』漢桓寬《鹽鐵論·散不足》：『此詩人所以傷而作，比干子胥遺身而忘禍也。』

〔九〕相傾：相互競爭；彼此排擠。《史記·呂不韋列傳》：『當是時，魏有信陵君，楚有春申君，趙有平原君，齊有孟嘗君，皆下士喜賓客以相傾。』

〔一〇〕鑒衡：鑒别，評定。明李東陽《擬楊文懿公謚議》：『又見諸考校，爲鑑衡模範，昭不可掩。』

〔一一〕蓬瀛：蓬萊和瀛洲。神山名，相傳爲仙人所居之處，是道教所指的仙境。晉葛洪《抱朴子·對俗》：『（得道之士）或委華駟而轡蛟龍，或棄神州而宅蓬瀛。』

雜花林訪千齡上人暨首座心鑒〔一〕

支公〔二〕喜嘉遯，幽居隔潺湲〔三〕。遠訪步江皋〔四〕，到來凡幾灣。長林聞梵唄〔五〕，深巷啟柴關〔六〕。一徑彌曲折，萬緑互迴環。相攜坐青篠〔七〕，恍若畫圖間。寄跡〔八〕自高妙，會心寧等間。胸次〔九〕隱丘壑，筆底翻波瀾。吟成向竹書，鐫痕積多斑。是非不復論，嬾僻亦難删〔一〇〕。渺渺白雲外，杖藜期往還。

【注釋】

〔一〕雜花林：位於今江蘇省太倉市東郊的一處庵寺。清龔煒《巢林筆談·東園》：『耳東園名久，今日始探其勝。辟地曠，取徑幽，樹老雲深，去城市而入山林矣……因歎奉常先生之澤，波及遊人者多矣。園有庵曰「雜花林」，亦幽靜可憩。』民國王祖畬等纂《鎮洋縣志》卷一：『樂郊園，亦名東園。太傅王錫爵種芍藥處，在東門外半里許，孫太常卿時敏拓爲園林。有藻野堂、揖山樓……諸勝。清嚴虞惇有記。』千齡上人：清初僧人。首座：指位居上座的僧人。《慈明禪師語錄》：『先是汾陽預語首座：「非久有異僧至，傳持吾道。」』心鑒：清初僧人。

〔二〕支公：支遁（三一四—三六六），字道林，時人也稱爲『林公』。河東林慮人，一說陳留人。東晉高僧。精研《莊子》與《維摩經》，擅清談。當時名流謝安、王羲之等均與爲友。

〔三〕潺湲：指流水。南朝宋謝靈運《入華子岡是麻源第三谷詩》：『且申獨往意，乘月弄潺湲。』

〔四〕江皋：江岸，江邊地。《楚辭·九歌·湘夫人》：『朝馳余馬兮江皋，夕濟兮西澨。』

〔五〕梵唄：亦稱讚唄、梵樂、梵音、佛曲、佛樂等，是佛教徒在進行佛事活動時所歌詠的曲調。它摹仿古印度的梵腔曲調創爲新聲，用漢語來歌唱的。梵，是印度語『清淨』的意思。唄是印度語『唄匿』的略稱，義爲讚頌或歌詠。

〔六〕柴關：柴門。唐劉長卿《送鄭十二還廬山別業》詩：『潯陽數畝宅，歸臥掩柴關。』

〔七〕篠：小竹，細竹。《漢書·地理志上》：『篠簜既敷。』唐顔師古注：『篠，小竹也。』

〔八〕寄跡：猶隱居。

〔九〕胸次：胸間。《莊子·田子方》：『行小變而不失其大常也，喜怒哀樂不入於胸次。』

〔一〇〕嬾僻：懶惰孤僻。嬾，同『懶』。明王世貞《姜鳳阿先生集序》：『余與先生生同江左，相去一衣帶水，而出處齟齬不相值。先後歸田之日垂二紀，嬾僻不能通百里交往者，先生僂行通之。』難刪：困窘，艱難。同『闌珊』。元陸文圭《跋苔石翁詩卷》：『詩家與文章家不同，詩家最難刪。』宋蘇軾《減字木蘭花》詞：『官況闌珊，慚愧青松守歲寒。』

移寓圓通蘭若〔一〕

萍蹤〔二〕無定居，躊躇思所適。闤闠〔三〕既非宜，禪棲庶堪藉。良朋肯見招，開士復前席〔四〕。竹樹蔭前後，煙霞分咫尺。到門三徑〔五〕綠，下榻一燈碧。梵唄洗羈愁，齋鐘悟物役〔六〕。花香似有無，色空等朝夕。蔬食神氣清，吟嘯性情懌〔七〕。遊覽各有歸，以茲酧宿昔〔八〕。

【注釋】

〔一〕圓通蘭若：位於今蘇州市十全路闊街頭巷。清李銘皖等修《蘇州府志》卷四十二：『圓通庵，在闊街頭巷網獅園右。宋淳熙間僧原淨建。明初歸併東禪寺。』蘭若，梵語『阿蘭若』的省稱，寺廟。杜甫《謁真諦寺禪師》：『蘭若山高處，煙霞障幾重。』

〔二〕萍蹤：浮萍的蹤跡，比喻行蹤飄泊無定。元薩都剌《秋日池上》詩：『飄風亂萍蹤，落葉散魚影。』

〔三〕闤闠：街市，街道。《文選·左思〈魏都賦〉》：『班列肆以兼羅，設闤闠以襟帶。』呂向注：『闤闠，市中巷繞市，如衣之襟帶然。』

〔四〕開士：菩薩的異名，後用作對僧人的敬稱。唐顏真卿《懷素上人草書歌》序：『開士懷素，僧中之英。』前席：《史記·商君列傳》：『衛鞅復見孝公。公與語，不自知厀之前於席也。』後以『前席』指欲更接近而移坐向前。

〔五〕三徑：晉趙岐《三輔決錄·逃名》：『蔣詡歸鄉里，荊棘塞門，舍中有三徑，不出，唯求仲、羊仲從之遊。』後因以『三徑』指歸隱者的家園。晉陶潛《歸去來辭》：『三徑就荒，松竹猶存。』

〔六〕物役：爲外界事物所役使。《荀子·正名》：『故嚮萬物之美而盛憂，兼萬物之利而盛害……夫是之謂以己爲物役矣。』楊倞注：『己爲物之役使。』

〔七〕懌：喜悅。《詩·大雅·板》：『辭之懌矣。』毛亨傳：『懌，悅也。』

〔八〕宿昔：從前，往日。《史記·平津侯主父列傳》：『朕宿昔庶幾獲承尊位，懼不能寧，惟所與共爲治者，君宜知之。』

弔金聖歎〔一〕先生

詩畫塞天地，斯道益蔽虧。孰具點睛手，爲之抉〔二〕其奇。君懷創古才，奮筆啟群疑。五經尊尼父〔三〕，一畫遡庖羲〔四〕。諸子及百家，矩度〔五〕患多歧。得君一彼導，忽如新相知。面目爲改觀，森然見鬚眉。直追作者〔六〕魂，紙上聞啼嬉。高標七子〔七〕作，分解三唐〔八〕詩。其餘經賞鑒，眾妙紛陸離〔九〕。陳者使之新，險者使之夷。昏憒使之靈，字字有餘思。掀翻鬼神窟，再闢混沌基。遂令千載下，人人得所師。我居嶺海〔一〇〕隅，君起吴門〔一一〕湄。讀君所著書，恨不相追隨。才高造物忌，行僻俗人嗤〔一二〕。果以罹奇凶，遙聞涕交頤〔一三〕。今來闔閭城〔一四〕，宿草盈墓碑。斯人不可再，知音當俟誰？

【注釋】

〔一〕金聖歎：詳見卷二《論語辯》注〔一一〕。

〔二〕抉：挑選，選取。唐皮日休《郢州孟亭記》：『先生之作，遇景入詠，不拘奇抉異。』

〔三〕尼父：孔子（前五五一—前四七九），字仲尼，尼父、仲尼父。《左傳·哀公十六年》：『旻天不弔，不憖遺一老。俾屏余一人以在位，煢煢余在疚。嗚呼哀哉，尼父！無自律。』

〔四〕一畫：相傳伏羲畫八卦，始於乾卦卦形的第一畫。宋陸游《讀易》詩：『無端鑿破乾坤秘，禍始羲皇一畫時。』遡：同『溯』。庖羲：又作『伏羲』。古代傳說中的古帝，即太昊。風姓。相傳他始畫八卦，又教民漁獵，取犧牲以供庖廚。

〔五〕矩度：規矩法度。《宋史·理宗紀一》：『出入殿庭，矩度有常。』

〔六〕作者：稱在藝業上有卓越成就的人。五代貫休《讀劉得仁賈島集》詩之一：『二公俱作者，其奈亦迂儒。』

〔七〕高標：指清高脱俗的風範。典出南朝宋劉義慶《世説新語·德行》：『李元禮風格秀整，高自標持。』明劉基《梅花絶句》之五：『借問高標誰得似？白頭蘇武在天山。』七子：指漢末建安時期作家孔融、陳琳、王粲、徐幹、阮瑀、應瑒、劉楨等七人，稱建安七子。見三國魏曹丕《典論·論文》。唐羅隱《寄酬鄴王羅令公》之一：『書札二王爭巧拙，篇章七子避風流。』

〔八〕三唐：詩家論唐人詩作，多以初、盛、中、晚分期，或以中唐分屬盛、晚，謂之『三唐』。

〔九〕陸離：光彩絢麗貌。《楚辭·招魂》：『長髮曼鬋，豔陸離些。』

〔一〇〕嶺海：指兩廣地區。其地北倚五嶺，南臨南海，故名。唐韓愈《潮州刺史謝上表》：『雖在萬里之外，嶺海之陬，待之一如畿甸之間，輦轂之下。』

〔一一〕吳門：指蘇州或蘇州一帶。爲春秋吳國故地，故稱。

〔一二〕嗤：嘲笑。《後漢書·隗囂傳論》：『豈多嗤呼。』注：『笑也。』

〔一三〕交頤：猶滿腮。《孫子兵法·九地》：『士卒坐者涕沾襟，偃臥者涕交頤。』

〔一四〕闔閭城：蘇州的别稱。《史記·吳太伯世家》『吳太伯』唐張守節正義：『吳，國號也。太伯居梅里，在常州無錫縣東南六十里……至二十一代孫光，使子胥築闔閭城都之，今蘇州也。』

義犬行有序

上海〔一〕王某爲妻蕭氏謀殺，有犬日守棺哀號。邑令陸某經其門，犬急奔，出嚼輿人衣，向令號咷〔二〕，似訴冤狀。令使輿人跡之，犬以首觸棺示意。隨訊氏，伏辜〔三〕。犬遂不食死。時康熙某年事〔四〕也。因詩識異，作《義犬行》。

時世今非古，風俗日澆漓〔五〕。見義多猶豫，異類乃能之。王家有義犬，豢養豈殊施？主人忽冤斃，凶禍起房帷〔六〕。亡嗣骨肉少，報仇當仗誰？犬曰予之責，哀痛復深思。忽傳邑令至，向外急奔馳。號咷代膚愬〔七〕，令若悉其詞。拘婦立訊伏，殺夫罪何疑。以此謝主恩，捐命相追隨。嗟哉此義俠，豈異人所爲。人或不能爲，所以留芳規。茫茫宇宙內，義犬實吾師。

【注釋】

〔一〕上海：清代上海縣屬江蘇省松江府轄，縣境約爲今上海市松江區東北的黄浦江兩岸地。

〔二〕號咷：啼哭呼喊，放聲大哭。《易·同人》：「同人，先號咷而後笑。」

〔三〕伏辜：服罪，承擔罪責而死。語本《詩·小雅·雨無正》：「舍彼有罪，既伏其辜。」辜，罪行。《説文·辛部》：「辜，辠也。」段玉裁注：「辜本非常重罪，引申之凡有罪者皆曰辜。」

〔四〕康熙某年事：考清應寶時修《上海縣志·職官表》，康熙年間上海縣無陸姓知縣。順治十七年有陸宗贇任上海知縣。「陸宗贇，臨清人。《府志》作十五年任，《通志》同。」此云「康熙某年事」，似誤。

〔五〕澆漓：亦作「澆醨」。酒味淡薄，引申指社會風氣浮薄不厚。唐張九齡《敕歲初處分》：「政猶踳駁，俗尚澆醨，當是爲理之心未返於本耳。」

〔六〕房帷：泛指内室、閨房。明劉基《再和石末公〈七夕〉詩倒用前韻》：「房帷瓜果紛祠祀，霄漢雲霓隔晦冥。』

〔七〕膚愬：『膚受之愬』的略語，控訴。《論語・顏淵》：『浸潤之譖，膚受之愬，不行焉，可謂明也已矣。』朱熹集注：『膚受，謂肌膚所受，利害切身。』明沈德符《野獲編・公主・駙馬受制》：『公主悲忿不欲生，次辰奔訴於母妃，不知盈女已先入膚愬，增飾諸穢語，母妃怒甚，拒不許謁。』

丙子夏自圓通蘭若移寓報本庵贈鶴洲上人〔一〕

市寓畏煩囂〔二〕，山寓畏寂寞。兹移此刹居，囂寂兩可却。主人逢支公，鬚眉見浩落〔三〕。性空鏡非臺〔四〕，禪定〔五〕雲棲閣。導予來深林，數椽圍青箬〔六〕。春雨看生苔，夜風聞墜籜〔七〕。花香曲徑幽，方丈〔八〕隔簾幕。煮茗相過談，羈情增懽噱〔九〕。世諦〔一〇〕久不聞，翰墨時間作。制毒鉢藏龍〔一一〕，閒行杖引鶴〔一二〕。予亦世外人，胸中隱丘壑。悟對各冥冥〔一三〕，齋心滿寥廓。

【注釋】

〔一〕丙子：康熙三十五年（一六九六）。報本庵：位於今江蘇省蘇州市中心城區西南十公里的楞伽山西，吴越路的最南端。清李銘皖等修《蘇州府志》卷四十：『報本寺，在縣西南二十里楞伽山西。舊名報本蘭若。宋時賜侍郎孟猷功德寺，侍郎墓在其側。』同書卷六：『楞伽山，在吴山東北，又名上方山。上爲楞伽寺，有浮屠七級。』鶴洲上人：清初僧人，生平不詳。

〔二〕煩囂：喧擾，嘈雜。唐宋之問《靈隱寺》詩：『夙齡尚遐異，搜對滌煩囂。』

〔三〕浩落：開朗坦蕩。清惲敬《與趙石農書》：『前日旌旆入都，得快瀉匈臆，惲子居又得數日浩落矣。』

〔四〕性空：佛教語。十八空之一。謂一切事物的現象，都是因緣和合而生的，暫生還滅，沒有實在的自體。《大智度論》卷三一：『性空者，諸法性常空，假業相續，故似若不空。譬如水性自冷，假火故熱，止火停久，水則還冷。諸法性亦如是。』鏡非臺：唐法海記《法寶壇經·自序品》：『菩提本無樹，明鏡亦非臺。本來無一物，何處惹塵埃？』

〔五〕禪定：佛教禪宗修行方法之一。一心審考爲禪，息慮凝心爲定。佛教修行者以爲靜坐斂心，專注一境，久之達到身心安穩、觀照明淨的境地，卽爲禪定。唐法海記《壇經·坐禪品》：『何名禪定？外離相爲禪，內不亂爲定……外禪內定爲禪定。』

〔六〕箬：竹名。卽箬竹。葉大而寬，可編竹笠，又可用來包粽子。

〔七〕籜：竹皮、筍殼。明劉基《苦齋記》：『啟隕籜以藝粟菽。』

〔八〕方丈：指寺院、道觀的住持。唐陸龜蒙《和襲美寒日書齋卽事》之三：『名價皆酬百萬餘，尚憐方丈講玄虛。』

〔九〕懽噱：歡快地大笑。唐薛用弱《集異記·王涣之》：『諸伶不喻其故，皆起詣曰：「不知諸郎君何此歡噱？」』

〔一〇〕世諦：佛教語。『二諦』之一。謂有關世間種種事相的真理。《大智度論》卷三八：『佛法中有二諦，一者世諦，二者第一義諦。爲世諦故，説有衆生；爲第一義諦故，説衆生無所有。』

〔一一〕鉢藏龍：唐法海記《法寶壇經・附錄・緣記外記》：『（南華寺）寺殿前有潭一所，龍常出沒其間，觸橈林木。一日現形甚巨，波浪洶湧，雲霧陰翳，徒眾皆懼。師叱之曰：「爾只能現大身不能現小身。若爲神龍，當能變化以小現大、以大現小也。」其龍忽沒，俄頃復現小身躍出潭面。師展鉢試之曰：「爾且不敢入老僧鉢盂裏。」龍乃遊揚至前，師以鉢舀之，龍不能動。師持鉢堂上，與龍說法。龍遂蛻骨而去，其骨長可七寸，首尾角足皆具，留傳寺門。師後以土石堙其潭，今殿前左側有鐵塔鎮處是也。』

〔一二〕杖引鶴：謂拄杖行走。老年人所用的手杖稱鶴杖，手杖頂端多呈鶴形。清王夫之《長沙旅興》詩：『鶴杖恰逢苔徑輭，漁舟初曉碧波勻。』

〔一三〕冥冥：專心致志貌。《荀子・勸學》：『是故無冥冥之志者，無昭昭之明；無惛惛之事者，無赫赫之功。』楊倞注：『冥冥、惛惛，皆專默精誠之謂也。』

旅懷六首

著書思遠遊，足跡不得息。豈惟覽山川，亦欲尋賢哲。崎嶇吳楚間，壯懷彌激烈。萬類徒形全，一人獨影滅。所遇非所期，此意難共說。三尺〔一〕匣中寒，寸腸心內熱。

【注釋】

〔一〕三尺：指劍。《漢書・高祖紀下》：『吾以布衣提三尺取天下，此非天命乎？』顏師古注：『三尺，劍也。』

又

出門喜近春，蹉跎已夏半。陶陶〔一〕萬木稠，灼灼〔二〕雜花亂。煢煢〔三〕羈旅客，顧此寧無歎？志士貴爭時，披襟坐達旦。草檄羨陳琳〔四〕，執戈誇絳灌〔五〕。獨有巖居人，忘情遊汗漫〔六〕。

【注釋】

〔一〕陶陶：廣大貌。漢應劭《風俗通·山澤·四瀆》：『《詩》云：「江漢陶陶。」』

〔二〕灼灼：鮮明貌。《詩·周南·桃夭》：『桃之夭夭，灼灼其華。』

〔三〕煢煢：孤零貌。晉李密《陳情事表》：『煢煢孑立，形影相弔。』

〔四〕『草檄』句：《三國志·魏書》卷二十一『軍國書檄，多琳瑀所作也』裴松之注引三國魏魚豢《典略》：『琳作諸書及檄，草成呈太祖。太祖先苦頭風，是日疾發，臥讀琳所作，翕然而起曰：「此愈我病。」數加厚賜。』

〔五〕絳灌：漢絳侯周勃與潁陰侯灌嬰的並稱。均佐漢高祖定天下，建功封侯。二人起自布衣，鄙樸無文。金段克己、段成己《二妙集·再用渠字韻二首之一》：『絳灌自能扶漢業，綺黃只合老商餘。』

〔六〕汗漫：廣大，漫無邊際，形容漫遊之遠。唐陳陶《謫仙吟贈趙道士》：『汗漫東游黃鶴雛，縉雲仙子住清都。』

又

天地生萬物，萬物爲芻狗〔一〕。人亦多自棄，造化夫何有？壯歲期功名，不覺至白首。一朝賦遠遊，風雲在其肘。變化會有時，亢龍庶無咎〔二〕。此事亦偶然，且進杯中酒。

【注釋】

〔一〕芻狗：古代祭祀時用草紮成的狗。《老子》：『天地不仁，以萬物爲芻狗；聖人不仁，以百姓爲芻狗。』魏源本義：『結芻爲狗，用之祭祀，既畢事則棄而踐之。』《莊子·天運》：『夫芻狗之未陳也，盛以篋衍，巾以文繡，尸祝齊戒以將之；及其已陳也，行者踐其首脊，蘇者取而爨之而已。』陸德明釋文引李頤曰：『芻狗，結芻爲狗，巫祝用之。』喻微賤無用的事物或言論。

〔二〕亢龍：《易·乾》：『上九，亢龍有悔。』孔穎達疏：『上九，亢陽之至，大而極盛，故曰亢龍，此自然之象。以人事言之，似聖人有龍德，上居天位，久而亢極，物極則反，故有悔也。』無咎：無災禍，無過失。《易·乾》：『君子終日乾乾，夕惕若厲，無咎。』孔穎達疏：『謂既能如此戒慎，則無罪咎。』

又

轉側常不寐，旅愁如亂絲。晨起思所往，欲行步復遲。登高眺四遠，山川何迤邐。彷彿逢異人，翩翩霜雪姿。握手道故舊，勸誡多微辭。便欲乘長風〔一〕，歸去蓬萊〔二〕池。

【注釋】

〔一〕長風：遠風。戰國楚宋玉《高唐賦》：『長風至而波起兮，若麗山之孤畝。』

〔二〕蓬萊：蓬萊山，古代傳說中的神山名。《漢書·郊祀志》：『自威、宣、燕昭使人入海求蓬萊、方丈、瀛洲，此三神山者，其傳在勃海中。』

又

搔首問青天，青天不肯語。壯士抱奇才，脉脉徒自許。仗劍走天涯，拄頰視島嶼。美人期不來，浮雲適儔侶。人事多參差〔一〕，憂來不可拒。安得金丹〔二〕成，此身忽輕舉。

【注釋】

〔一〕參差：蹉跎，錯過。唐李白《送梁四歸東平》詩：『莫學東山卧，參差老謝安。』

〔二〕金丹：古代方士煉金石爲丹藥，認爲服之可以長生不老。晉葛洪《抱朴子·金丹》：『夫金丹之爲物，燒之愈久，變化愈妙。黄金入火，百鍊不消；埋之，畢天不朽。服此二物，鍊人身體，故能令人不老不死。』

又

浮生過半百，所事無一成。僕僕〔一〕道路間，意欲將何營？河漢〔二〕東西流，日月晝夜明。呼吸得靈液〔三〕，發爲筆墨精。開拓一人慮，甄陶〔四〕萬古情。持此欲焉往？予將返柴荊〔五〕。

【注釋】

〔一〕僕僕：奔走勞頓貌。宋范成大《酹江月·嚴子陵釣臺》詞：『富貴功名皆由命，何必區區僕僕。』

〔二〕河漢：指銀河。《古詩十九首·迢迢牽牛星》：『河漢清且淺，相去復幾許。』

〔三〕靈液：仙液。《文選·郭璞〈遊仙詩〉》：『圓丘有奇草，鍾山出靈液。』李善注：『靈液，謂玉膏之屬也。』

〔四〕甄陶：本意燒制瓦器，引申指化育，培養造就。漢揚雄《法言·先知》：『甄陶天下者，其在和乎！』

〔五〕柴荊：指用柴荊做的簡陋門户。唐白居易《秋游原上》詩：『清晨起巾櫛，徐步出柴荊。』

喜得家信寄謝郡侯陳毅庵〔一〕夫子暨同郡諸公

昨夜曾夢歸，今喜家書至。長途四千餘，崎嶇來豈易。開緘未及讀，先見平安字。薪水已無憂，寧計他乏匱。況復庭戶修，花竹多蔥萃。長男頗知學，執經探大義。吁嗟胡能然，德施賢守始。諸公有同心，慷慨贈遺亟。致使羈旅人，庶無內顧累。冥報徒虛言，感激惟抱愧。

【注釋】

〔一〕陳毅庵：陳廷策，字毅庵，號景白。正黄旗人，廕監。詳見卷三《易簡方論序》注〔六〕。

留別蔡九霞〔一〕

出門何所爲，豈不顧良友？到吴過半載，無異住林藪〔二〕。將歸始逢君，矯矯〔三〕忠節後。人生重一言，感君與君厚。遂使忘羈愁，不但飫〔四〕醇酒。養晦隱丘園，冥心却吝咎〔五〕。典型〔六〕乃在兹，後賢待開誘〔七〕。古人慎論交，久要〔八〕庶不負。安能得耦耕〔九〕，荒園理春韭〔一〇〕。

【注釋】

〔一〕蔡九霞：蔡方炳，字九霞，號息關，清初江蘇昆山人。詳見卷七《八卦爐記》注〔五〕。

〔二〕林藪：山林與澤藪。《管子·立政》：「修火憲，敬山澤，林藪積草，天財之所出，以時禁發焉。」

〔三〕矯矯：勇武貌。《詩·魯頌·泮水》：「矯矯虎臣，在泮獻馘。」鄭玄箋：「矯矯，武貌。」

〔四〕飫：吃飽。《玉篇·食部》：「飫，食多也。」

〔五〕冥心：泯滅俗念，使心境寧靜。《魏書·逸士傳序》：「冥心物表，介然離俗，望古獨適，求友千齡，亦異人矣。」

〔六〕吝咎：禍辱。「吝、咎」都是周易卦爻表示負面意義的用辭。「吝」表示有瑕疵。「咎」表示有過失、錯誤。《易·觀》：「初六。童觀。小人無咎，君子吝。」

〔六〕典型：典範。宋蘇舜欽《代人上申公祝壽》詩：「天爲移文象，人思奉典型。」

〔七〕開誘：啟發誘導。《晉書·鄭袤傳》：「旌表孝悌，敬禮賢能，興立庠序，開誘後進。」

〔八〕久要：舊交。《文選·曹植〈箜篌引〉》：「久要不可忘，薄終義所尤。」劉良注：「久要，久交也。」

〔九〕耦耕：二人並耕，泛指農事或務農。《禮記·月令》：「（季冬之月）命農計耦耕事，脩耒耜，具田器。」

〔一〇〕春韭：古人以初春早韭爲美味。語出《南史·周顒傳》：「文惠太子問顒菜食何味最勝，顒曰：『春初早韭，秋末晚菘。』」

藤杖

古藤裁作杖，應伴老人行。堅緻鑌〔一〕同勁，溫柔玉比瑩。琴挑三尺古，錢掛百文輕。入畫形俱老，登高路已平。扶持如好友，相倚即干城〔二〕。坦處須防險，危途不用驚。鐫題詩字細，拂拭段痕明。月下看無跡，花前步有聲。攜來隨鶴影，飛去化龍精。好共蓬萊侶，逍遥上玉京〔三〕。

【注釋】

〔一〕堅緻：堅固細密。《淮南子·時則訓》：『工師效功，陳祭器，案度程，堅致爲上。』鑌：精鐵。《金史·輿服志下》：『刀貴鑌，柄尚鷄舌木，黄黑相半。』

〔二〕干城：盾牌和城牆，比喻捍衛者。《詩·周南·兔罝》：『赳赳武夫，公侯干城。』

〔三〕玉京：道家稱天帝所居之處。晉葛洪《枕中書》引《真記》：『玄都玉京七寶山，週迴九萬里，在大羅之上。』《魏書·釋老志》：『道家之原，出於老子。其自言也，先天地生，以資萬類，上處玉京，爲神王之宗。』

詩七言古

續武溪〔一〕深

武溪深碧洄潯〔二〕煙，深深淺淺搖空林。漁人弄棹横溪去，城南古樹烏啼曙。

【注釋】

〔一〕武溪：即武江。北江支流。

〔二〕潯：水體邊緣的陸地（如海邊、河邊）。《淮南子·原道》：『故雖游于江潯海裔。』注：『潯，厓也。』

曲江〔一〕曲

山抱雙江〔二〕江抱屋，一家一家簾斷續。樓上有人樓下疑，紅妝映水知爲誰？

【注釋】

〔一〕曲江：舊縣名。西漢元鼎六年（前一一一）置。因境内江流回曲，故名。在今韶關市中部，北江上游。轄境大致相當於今韶關市武江區、湞江區和曲江區。唐李吉甫撰《元和郡縣志》卷三十五：『曲江縣，本漢舊縣也，屬桂陽郡。江流迴曲，因以爲名。』

〔二〕雙江：指武江、湞江。

碧落洞〔一〕

英州丘壑多奇闢〔二〕，碧落尤奇天所劃。女媧鑽燧〔三〕造物烹，洞府潛開百靈宅。橫空軒敞〔四〕含天光，一潭深黑蛟龍藏。有時白日風雨驟，魚蝦無數隨雲翔。始知此洞真靈異，毋怪僞劉勞寤寐〔五〕。雲華御室〔六〕至今傳，滿壁蝌文猶識記〔七〕。又聞巖頂多飛仙，無形有物時或然。金丹七粒獻天子〔八〕，丹若有靈今不死。我來探奇禹穴〔九〕開，長生無如酒一杯。酒酣日暮人歸去，煙霞空鎖望仙臺〔一〇〕。

【注釋】

〔一〕碧落洞：位於今廣東省英德市西南七公里，橋下村燕子巖南端。詳見卷七《遊碧落洞記》注〔一〕。

〔二〕奇闢：奇特。同「奇僻」。《晏子春秋·問上十六》：「衣冠無不中，故朝無奇僻之服。」

〔三〕女媧：中國神話傳説中人類的始祖。傳説她曾用黄土造人，煉五色石補天，斷鼇足支撑四極，平治洪水，驅殺猛獸，使人民得以安居。並繼伏羲而爲帝。見《淮南子·覽冥訓》、《史記》司馬貞補《三皇本紀》、《太平御覽》卷七八《皇王部·女媧氏》所舉諸書。鑽燧：鑽燧取火。原始的取火法。燧爲取火的工具，有金燧（陽燧）、木燧兩種。《管子·輕重戊》：「黄帝作鑽鐩生火，以熟葷臊。」

〔四〕軒敞：開闊，寬敞。

〔五〕僞劉：指南漢，五代十國之一。五代後梁太祖時，封劉隱爲南平王，又進封南海王。劉隱死，弟龑稱帝，國號大越。後改稱漢，是爲南漢。包括今廣東及廣西的南部。後滅於宋。見《新五代史·南漢世家》。寤寐：醒與睡，常用以指日夜。《詩·周南·關雎》：「窈窕淑女，寤寐求之。」毛傳：「寤，覺；寐，寢也。」唐錢起《秋夜作》詩：「寤寐怨佳期，美人隔霄漢。」

〔六〕雲華御室：碧落洞内的一處石棺。詳見卷七《遊碧落洞記》注〔六〕。

〔七〕讖記：記載讖語的書。《漢書・王莽傳下》：「星孛掃宮室，劉氏當復興，國師公姓名是也。」』

〔八〕『金丹』句：清吳任臣撰《十國春秋・南漢二・中宗本紀》：『（乾和七年）冬十二月，帝（劉晟）如英州。受神丹於野人，隨御雲華石室以藏焉。』南漢大臣鍾允章爲此寫了一篇《碧落洞雲華御室記》，刻於碧落洞：『俄頃，有一道流，衣短褐，斂容而至，自稱野人，本無姓名。云：昔葛先生于此石室煉丹砂，藥成息焰，躡雲而舉，令野人伏火延丹，秘丹於靈府。並云日後五百載當有真人降此，子宜以其還丹呈獻。昨略算之，起重光單閼之歲，迄屠維作噩之年，將四百九十祀，時令真德主來。驗其君之言明矣，野人因匍匐而來。上喜聞所陳，問道者靈丹何在？野人曰：「咫尺耳。」遂捫蘿於峭壁中取出一小石函。函上有金書古篆，題「九蛻之丹」四字，内有神丹七粒，大如黍粟，光彩射人。仙者開函取丹，躬自持獻。野人遽旋踵隱入石縫間，罔如厥止。』

〔九〕禹穴：指會稽宛委山。相傳禹於此得黃帝之書而復藏之。唐李白《送二季之江東》詩：『禹穴藏書地，匡山種杏田。』王琦注：『賀知章《纂山記》曰：黃帝號宛委穴爲赤帝陽明之府，於此藏書。大禹始於此穴得書，復於此穴藏之，人因謂之禹穴。』禹於宛委山得黃帝金簡書之説，見《吳越春秋・越王無餘外傳》。

〔一〇〕望仙臺：宋樂史撰《太平寰宇記》卷六：『望仙臺在縣西南一十三里，漢文帝親謁河上公，公既上昇，故築此臺以望祭之。』陝縣位於河南省西部，屬三門峽市。

春日書感

古菱〔一〕照鬢鬚如鐵，濁酒澆腸腸内熱。石頭壓笋不得伸，萬丈龍梢徒拗折。池邊楊柳乍搖風，無數寒花待化工〔二〕。何處人家春獨早？隔牆遥見幾株紅。

【注釋】

〔一〕菱：指菱花鏡。古代銅鏡名。鏡多爲六角形或背面刻有菱花者名菱花鏡。《趙飛燕外傳》：『飛燕始加大號婕妤，奏上三十六物以賀，有七尺菱花鏡一奩。』

〔二〕化工：指自然的創造者。語本漢賈誼《鵩鳥賦》：『且夫天地爲鑪兮，造化爲工。』

舟次博羅遥望羅浮山〔一〕

平生丘壑横胸臆〔二〕，更愛羅浮結幽想。扁舟經過不及登，徒使遥瞻增客怏。山可浮來然不然，驅填炎海〔三〕神加鞭。峯頭四百紛莫辯，渾淪元氣〔四〕連蒼煙。豈是此山成絶罨〔五〕，風塵緣阻何曾到？雲斷螺尖半出空，石樓上下但青濛。岫巒已遠目猶注，丹竈仙真〔六〕那可遇。江行今夜宿何方？夢魂應傍梅花樹〔七〕。

【注釋】

〔一〕博羅：今廣東省惠州市博羅縣。位於廣東省東江下游北岸。羅浮山：在廣東省惠州市博羅縣西部。因傳説古時浮海而至得名。明李玘修《惠州府志》卷四：『羅浮山，在府城西北八十里博羅域中。即道書十大洞天之一。昔有山浮海而來，傅于羅山，合而爲一，故曰羅浮。又因博羅誤稱曰博羅。』

〔二〕胸儻：即『胸膛』。廖燕《醉畫圖》（卷二十二）：『搔首踟蹰閒思想，個事横胸儻。』

〔三〕炎海：泛指南方沿海炎熱的地區。唐杜甫《多病執熱奉懷李尚書》詩：『大水淼茫炎海接，奇峯硉兀火雲升。』

〔四〕元氣：泛指宇宙自然之氣。《楚辭・王逸〈九思・守志〉》：『食元氣兮長存。』原注：『元氣，天氣。』

〔五〕嶴：山中深奥處。宋沈括《夢溪筆談・雁蕩山》：『出南門三十里，宿於八嶴。』

〔六〕仙真：道家稱昇仙得道之人。唐李白《上雲樂》詩：『生死了不盡，誰明此胡是仙真？』

〔七〕梅花樹：指梅花村。在廣東省惠州市博羅縣羅浮山飛雲峯下。因梅樹成林而得名。宋蘇軾《再用松風亭下韻》：『羅浮山下梅花村，玉雪爲骨冰爲魂。』清屈大均《廣東新語》卷三：『梅花村在山口，前對麻姑、玉女二峯，深竹寒溪，一往幽折，人多以藝梅爲生，牛羊之所踐踏，皆梅也。』

丁巳臘月病起寄謝陳滄洲〔一〕

五月二日風蕭索，殺氣薄雲烽火惡。倉忙草莽爭避藏，山瘴乘危侵更虐。妻孥鬼錄哭聲吞，一病惟餘半死身。健兒日呼鬼夜泣，引領憑誰肯援汲？君聞慷慨載同歸，藥療多時猶骨立。驚魂今始得生還，回憶從前喜懼集。似兹急義俠者爲，古人中人我見之。報君筆墨可無負，譜入吾詩君亦古。

【注釋】

〔一〕丁巳：康熙十六年（一六七七）。陳滄洲：清初人，通醫術。丁巳之亂，廖燕染疾幾死，經陳滄洲醫治始得生還。見廖燕《丁戊詩自序》（卷四）。

英石歌贈柯遠若〔一〕

英州奇石造物鑄，宛轉天然形皆具。中非一狀難爲言，透漏瘦皺〔二〕隨秉賦。煙霞丘壑共結胎，歲久山靈常擁護。面面環觀俱有情，須知神物天生成。扣之能作金玉響，胸中豈有不平鳴。世人所得皆頑石，忍使嶔崎〔三〕反遭斥。從來紗障主司眸，以耳作目何足貴？千秋獨有米南宫〔四〕，天劃神鏤出袖中〔五〕。賞鑒還將袍笏拜〔六〕，如斯具眼〔七〕孰能同？誰知今又逢柯子，搜奇踏遍百千峯。昨遊吾粤過英邑〔八〕，攜來一片如生龍。生龍以神不以形，以燈取影倍峥嶸。奇中生幻人莫測，夜半忽聞風雷驚。風雷怪石相擊搏，主人視之神自若。以酒酹石石氤氲〔九〕，縱無風雨亦生雲。寄語高齋〔一〇〕好護汝，莫使變〔一一〕化爲真龍，乘雲破壁突飛去。

【校記】

〔一〕變：底本闕，據利民本、寶元本補。

【注釋】

〔一〕柯遠若：江寧（今南京市）人，喜好英石。參見廖燕《送柯遠若還江寧》（卷十九）。

〔二〕透漏瘦皺：古人提出的相石標準。明毛鳳苞輯《海嶽志林·相石》：『米南宫相石法：曰瘦、曰秀、曰皺、曰透。』清鄭燮《題畫石》：『米元章論石，曰瘦、曰縐、曰漏、曰透，可謂盡石之妙矣。』

〔三〕嶔崎：險峻，不平。這里比喻品格卓異。宋秦觀《南都新亭行寄王子發》詩：『亭下嶔崎淮海客，末路逢公詩酒共。』

〔四〕米南宫：卽米芾（一〇五一—一一〇七），初名黻，後改芾，字元章。北宋書畫家。酷愛奇石。米芾因曾官禮部員外郎，而禮部别稱南宫，故又稱米南宫。

〔五〕『天劃』句：明毛鳳苞輯《海嶽志林·弄石》：『元章守漣水，地接靈璧，蓄石甚富，一一品目入玩，則終日不出。楊次公爲察使，因往廉焉，正色曰：朝廷以千里郡邑付公，那得終日弄石，都不省録郡事。米徑前，于左袖中取一石，嵌空玲瓏，峯巒洞穴皆具，色極清潤，宛轉翻覆，以示楊曰：如此石安得不愛？楊殊不顧，乃納之袖。又出一石，疊嶂層巒，奇巧又勝。又納之袖。最後出一石，盡天劃神鏤之妙，顧楊曰：如此石安得不愛？楊忽曰：非獨公愛，我亦愛也。卽就米手攫得之，徑登車去。』

〔六〕『賞鑒』句：明毛鳳苞輯《海嶽志林·拜石》：『元章知無爲軍，見州廨立石甚奇，命取袍笏，拜之，呼曰石丈。』《宋史·米芾傳》：『無爲州治有巨石，狀奇醜，芾見大喜曰：「此足以當吾拜！」具衣冠拜之，呼之爲兄。』袍笏，朝服和手板。泛指官服。清鈕琇《觚賸·石言》：『所以怪石作貢，文石呈祥，甲乙品於衛公，袍笏拜於元章。』

〔七〕具眼：謂有識别事物的眼力。宋陸游《冬夜對書卷有感》詩：『萬卷雖多當具眼，一言惟恕可銘膺。』

〔八〕英邑：指英德。

〔九〕氤氳：彌漫貌。三國魏曹植《九華扇賦》：『效虯龍之蜿蟬，法虹霓之氤氳。』

〔一〇〕高齋：高雅的書齋，常用作對他人屋舍的敬稱。唐孟浩然《宴張别駕新齋》詩：『高齋徵學問，虚薄濫先登。』

蘧廬歌贈吴太章〔一〕

天地爲廬誰復廬？廣陵〔二〕吴子聊以娱。吴子多奇尤負氣〔三〕，倜儻直與天爲徒。生平在客如在家，走馬看盡長安花〔四〕。又來吾粤探韶石〔五〕，回身衣袂生煙霞。更聞兹地多美酒，神賞流涎嗟歎久。醇醪堪戀欲忘歸，旋闢荒畦開竹牖。竹蔭花風曲徑連，鶯聲飛度隔牆柳。自顔〔六〕蘧廬手自書，一樽招客客何如。須臾酣適相酧唱，酒墨淋漓滿袖裾。杯傳流水更籌亟〔七〕，客既難留主亦醉。夢中猶作呼盧〔八〕聲，倒盡長江方快意。我亦有夢口難傳，欲借蘧廬一榻眠。蘧然〔九〕一覺成大笑，與君共踏桃花天〔一〇〕。

【注釋】

〔一〕蘧廬：古代驛傳中供人休息的房子，即旅舍。蘧，通「遽」，送信的驛車或驛馬。《莊子·天運》：「仁義，先王之蘧廬也，止可以一宿，而不可久處。」吳太章：又作吳大章，清初江南江都縣人。多奇負氣，好遠遊，曾至廣東探韶石。參《地藏閣募建大殿疏》（卷六）。

〔二〕廣陵：指明清時的揚州府江都縣，秦於此置廣陵縣，故稱。

〔三〕負氣：有生氣，有正氣。明淩濛初《初刻拍案驚奇》第十九卷：「父親把他許了歷陽一個俠士，姓段名居貞，那人負氣仗義，交遊豪俊，卻也在江湖上做大賈。」

〔四〕「走馬」句：唐孟郊《登科後》：「昔日齷齪不足誇，今朝放蕩思無涯。春風得意馬蹄疾，一日看盡長安花。」

〔五〕韶石：山巖名。在今廣東省韶關市仁化縣周田鎮（舊屬韶州曲江縣）湞江北岸。詳見卷七《樂韶亭記》注〔一六〕。

〔六〕顏：題字於匾額等。明郎瑛《七修類稿》卷三十二：「家嘗有竹數竿，作亭其間，名曰『醫俗』，因記之以顏於亭。」

〔七〕杯傳流水：古代習俗，每逢夏曆三月上旬的巳日（三國魏以後定爲夏曆三月初三），人們於水邊相聚宴飲，認爲可祓除不祥。後人仿行，於環曲的水流旁宴集，在水的上流放置酒杯，任其順流而下，杯停在誰的面前，誰就取飲。更籌：古代夜間報更用的計時竹簽。南朝梁庾肩吾《奉和春夜應令》詩：「燒香知夜漏，刻燭驗更籌。」

〔八〕呼盧：古時博戲，用木制骰子五枚，每枚兩面，一面塗黑，畫牛犢；一面塗白，畫雉。一擲五子皆黑者爲盧，爲最勝采；五子四黑一白者爲雉，是次勝采。賭博時爲求勝采，往往且擲且喝。唐李白《少年行》之三：

『呼盧百萬終不惜，報讎千里如咫尺。』

〔九〕蘧然：驚喜，驚覺。《莊子·大宗師》：『成然寐，蘧然覺。』成玄英疏：『蘧然是驚喜之貌。』

〔一〇〕桃花天：即春天。清性統編《高峯三山來禪師年譜·（康熙）二十二年癸亥》：『師七十歲，答給事李公諱兼問道書壽郎公柱石偈：「杏花天矣桃花天，太白星高夜正懸。記取郎君初度日，持籌直算到驢年。」』

癸酉臘月姚彙吉見訪英州旅寓賦贈〔一〕

朔風〔二〕凜冽梅初吐，有客訪予英之滸。客爲姚子素心〔三〕人，衣冠磊落神尤古。入門一揖笑致詞，廿載神交〔四〕今始覩。乍聞此語何敢當，自愧生平無一長。豈有虛名動君慕，扁舟千里來何忙。異地相逢欣把臂，茅齋花竹增高致〔五〕。酣飲雄談嘯復歌，等閒洩盡天地秘。此中懷抱欲何如，豪氣當年尚未除。掛角長披炎漢史〔六〕，垂綸欲釣渭濱魚〔七〕。人生志在行胸臆，身外浮雲任卷舒。多〔八〕君意氣邁流俗，數日論心猶未足。何時譜此入絲桐〔九〕，酹唱如聞太古風。一曲知音無處覓，相期同泛五湖東〔一〇〕。

【注釋】

〔一〕癸酉：康熙三十二年（一六九三）。

〔二〕朔風：北風，寒風。三國魏曹植《朔方》詩：『仰彼朔風，用懷魏都。』

〔三〕素心：純潔的心地。南朝宋顏延之《陶徵士誄》：『弱不好弄，長實素心。』

〔四〕神交：指彼此慕名而未謀面的交誼。元劉南金《和黄溍卿客杭見寄》：『十載神交未相識，卧淹幽谷恨羈窮。』

〔五〕高致：高雅的情致、格調。《三國志・吴書》卷九『性度恢廓，大率爲得人，惟與程普不睦』裴松之注引晉虞溥《江表傳》：『幹還，稱瑜雅量高致，非言辭所間。』

〔六〕『掛角』句：隋末李密年輕時，曾騎牛外出，掛《漢書》於牛角，一面抓著牛鞭，一面翻書閲讀。越國公楊素見到，問是何處書生如此好學？李密認得楊素，乃下牛再拜，自言姓名。問所讀何書，回答説是《項羽傳》。見《舊唐書・李密傳》。炎漢，漢自稱以火德王，故稱炎漢。

〔七〕『垂綸』：相傳吕尚未遇文王之前，曾釣於渭濱，後爲周文王師。漢司馬遷《史記・齊太公世家》：『吕尚蓋嘗窮困，年老矣，以漁釣干周西伯……於是周西伯獵，果遇太公於渭之陽，與語大説……載與俱歸，立爲師。』

〔八〕多：贊許，推崇。唐白居易《與元九書》：『此誠雕蟲之戲，不足爲多也。』

〔九〕絲桐：古人削桐爲琴，練絲爲弦，故以指樂曲。宋賀鑄《羅敷歌》詞之四：『自憐楚客悲秋思，難寫絲桐，目斷書鴻，平淡江山落照中。』

〔一〇〕同泛五湖東：春秋末越國大夫范蠡，輔佐越王勾踐，滅亡吴國，功成身退，乘輕舟以隱於五湖。見《國語・越語下》。後因以『泛五湖』指隱遁。晉葛洪《抱朴子・正郭》：『法當仰隮商洛，俯泛五湖，追巢父於峻嶺，尋漁父於滄浪。』

豐湖歌送王觀察〔一〕之任川南

豐湖丘壑胸中物，别號西湖尤彷彿。前有東坡今使君〔二〕，愈使山川氣蒼鬱。湖山歷歷湖水連，米家〔三〕圖畫成天然。使君最愛湖中景，常判公事來湖船。須臾退食吏人散，鶯花無數湖光煖。從容與客相唱酧，詩成爭得被絃管。還欣萬姓樂桑麻，並無官事到官衙。官閒亦復多高臥〔四〕，開遍堦前桃李花〔五〕。公署蕭然獨琴鶴〔六〕，俸薪盡入文人橐。至今寒士得揚眉，無復雞牕〔七〕歎寂寞。燕亦承君下交久，略去苛儀時握手。呼酒高談快論文，翻盡從前舊窠臼〔八〕。誰知楊柳正依依，又向江干話别離。遥望川南送君去，豐湖歌罷誰與語？

【注釋】

〔一〕王觀察：　指王煐，直隸人，廩生。康熙二十八年（一六八九）至三十四年任惠州知府。見清劉溎年修《惠州府志》卷十九。觀察，清代對道員的尊稱。唐代未設節度使的各道設『觀察使』，爲州以上的長官。後因分守、分巡道員也管轄府州，就借用以尊稱道員。王煐在惠州知府任滿後，前往川南任道員，故稱王觀察。

〔二〕使君：　尊稱州郡長官。《三國志·蜀書》卷一：『（張松）還，疵毁曹公，勸璋自絶，因説璋曰：「劉豫州，使君之肺腑，可與交通。」』

〔三〕米家：　指米芾（一〇五一——一一〇七），北宋書畫家。常乘舟載書畫遊覽江湖。宋黄庭堅《戲贈米元章》詩之一：『滄江盡夜虹貫月，定是米家書畫舡。』任淵注：『崇寧間，元章爲江淮發運，揭牌於行舸之上，曰「米家書畫舡」。』

〔四〕高臥：漢汲黯任東海太守時，因多病，『臥閨閤内不出。歲餘，東海大治。』後漢武帝又召拜汲黯爲淮陽太守，汲黯不受印。武帝説：『吾徒得君之重，臥而治之。』黯居郡如故治，淮陽政清。事見《史記·汲鄭列傳》。後以『高臥』爲無爲而治之典。

〔五〕桃李花：《韓詩外傳》卷七：『夫春樹桃李，夏得陰其下，秋得食其實。』後遂以『桃李』比喻栽培後輩和門生。

〔六〕琴鶴：琴與鶴。古人常以琴鶴相隨，表示清高、廉潔。唐鄭谷《贈富平李宰》詩：『夫君清且貧，琴鶴最相親。』

〔七〕雞牕：指書齋。典出《藝文類聚》卷九一引南朝宋劉義慶《幽明録》：『晉兖州刺史沛國宋處宗嘗買得一長鳴雞，愛養甚至，恒籠著窗間。雞遂作人語，與處宗談論，極有言智，終日不輟。處宗因此言巧大進。』

〔八〕窠臼：門臼，舊式門上承受轉軸的臼形小坑。比喻舊有的現成格式，老套路。宋朱熹《答許順之書》：『此正是順之從來一箇窠臼，何故至今出脱不得，豈自以爲是之過耶？』

贈方鶴居〔一〕

江南有客形如鶴，别號鶴居高自託。意遠神閒任所之，雲天萬里何寥廓。形雖如鶴氣如虹，足跡西南又粵東〔二〕。聊借丹青寄懷抱，一時筆底開鴻濛〔三〕。此中三昧〔四〕誰能假？化工妙手從空寫。彷彿煙嵐遍岫巖，還成節候分春夏。五日一石石能飛，十日一水波橫瀉。更喜醇醪發怪奇，興酣耳熱呼毛錐〔五〕。解衣磅礴俄頃內，等閒掃就尤淋漓。淋漓墨汁長滿斛，斑管〔六〕千枝久亦禿。多少王公强不爲，知己或能乞幾幅。君嗟未遇我長貧，同病相憐意更親。從來材大偏逢祟〔七〕，豈獨儒冠始誤身〔八〕。何時爲我拂長箋〔九〕，圖成搔首問青天。青天笑我已不朽，焉用區區榮目前。自古窮通信有數，性情樂地〔一〇〕吾自有。身外浮名何足云，與君且進杯中酒。

【注釋】

〔一〕方鶴居：清初江南人，好遠遊，足跡遍西南、粵東。又善畫。

〔二〕粵東：廣東省的別稱。

〔三〕鴻濛：宇宙形成前的混沌狀態。《莊子·在宥》：『過扶搖之枝，而適遭鴻蒙。』成玄英疏：『鴻蒙，元氣也。』

〔四〕三昧：奥妙，訣竅。唐李肇《唐國史補》卷中：『長沙僧懷素好草書，自言得草聖三昧。』

〔五〕毛錐：即毛錐子。毛筆的別稱。因其形如錐，束毛而成，故名。宋陸游《醉中作行草數紙》詩：『驛書馳報兒單于，直用毛錐驚殺汝。』

〔六〕斑管：毛筆。以斑竹爲杆，故稱斑管。唐《懷素上人草書歌》：『銅瓶錫杖倚閒庭，斑管秋毫多逸意。』

〔七〕祟：鬼神製造的災禍。《戰國策·齊策》：『寡人不祥，被于宗廟之祟，沉於諂諛之臣，開罪於君。』

〔八〕儒冠始誤身：唐杜甫《奉贈韋左丞丈二十二韻》：『紈袴不餓死，儒冠多誤身。』儒冠，古代儒生戴的帽子。借指儒生。

〔九〕長箋：長的信箋或詩箋。唐李賀《潞州張大宅病酒遇江使寄上十四兄》詩：『繫書隨短羽，寫恨破長箋。』

〔一〇〕樂地：快樂的境地。南朝宋劉義慶《世説新語·德行》：『王平子、胡毋彦國諸人，皆以任放爲達，或有裸體者。樂廣笑曰：「名教中自有樂地，何爲乃爾也？」』

滕王閣〔一〕玩月歌

浩蕩長江勢欲傾，腥風吹浪動江城。客舟夜泊滕王閣，憑高儻恍〔二〕生奇情。彷彿冰輪〔三〕江上起，先照樓頭隔牕紙。登樓把酒仰天看，大塊〔四〕蒼茫幾萬里。浮雲出沒何縱横，精華〔五〕乍吐還中止。豈知外蔽中常瑩，養晦潛藏良有以。須臾雲散月中天，一碧萬頃心悠然。江豚作霧〔六〕侵衣袂，銀漢流輝上綺筵〔七〕。水天一色難分劃，杯白酒白月尤白。好將杯酒同月吞，萬丈湖光向胸瀉。胸中塊磊〔八〕忽然開，倚闌與客共徘徊。點點疎星手堪摘，横笛誰家怨落梅〔九〕。丹桂〔一〇〕今何處，廣寒〔一一〕安在哉？把酒囑君，且莫容易〔一二〕沉西海，待予醒後還傾杯。吁嗟乎！此中醉醒，難與俗人道，予將歸作中山〔一三〕老。

【注釋】

〔一〕滕王閣：唐高祖之子李元嬰爲洪州刺史時所建。李元嬰封滕王，故名。在今江西省南昌市贛江濱。閣歷經修建。一九二六年被北洋軍閥鄧如琢燒毁，一九八五至一九八九年重建。明范淶修《南昌府志》卷五：『滕王閣，在郡城章江門外。面臨章江西山之勝。唐高祖第二十六子元嬰都督洪州時建。詳王勃、韓愈序記。』

〔二〕儻怳：驚疑貌。宋惠洪《冷齋夜話·江神嗜黄魯直書韋詩》：『卽取視之，儻怳之際，曰：「我猶不識，鬼寧識之乎？」』

〔三〕冰輪：指明月。唐王初《銀河》詩：『歷歷素榆飄玉葉，涓涓清月溼冰輪。』

〔四〕大塊：大自然，大地。《莊子·齊物論》：『夫大塊噫氣，其名爲風。』成玄英疏：『大塊者，造物之名，亦自然之稱也。』

〔五〕精華：猶光輝。南朝梁江淹《效阮公詩》之八：『仲冬正慘切，日月少精華。』

〔六〕江豚：通稱『江豬』。水中的哺乳動物，形狀像魚，無背鰭，頭短，眼小，全身黑色。吃小魚和其他水生小動物。長江中常可見到。在大風大雨到來之前，江面起霧，氣壓變低。江豚作爲哺乳動物，用肺呼吸，此時需要頻繁地露出水面呼吸。古人因此以爲霧氣是江豚所吐，故稱『江豚作霧』。唐許渾《金陵懷古》詩：『石燕拂雲晴亦雨，江豚吹浪夜還風。』明李時珍《本草綱目·鱗四·海豚魚》（集解）引陳藏器曰：『江豚生江中，狀如海豚而小，出没水上，舟人候之占風。』

〔七〕銀漢：天河，銀河。南朝宋鮑照《夜聽妓》詩：『夜來坐幾時，銀漢傾露落。』綺筵：華麗豐盛的筵席。唐陳子昂《春夜别友人》詩之一：『銀燭吐青煙，金樽對綺筵。』

〔八〕塊磊：泛指鬱積之物，這裏比喻胸中鬱結的愁悶或氣憤。宋劉弇《莆田雜詩》之十六：『賴足樽中物，時將塊磊澆。』

〔九〕『横笛』句：宋李清照《滿庭霜》詞：『難堪雨藉，不耐風柔。更誰家横笛，吹動濃愁。』横笛，笛子。即今七孔横吹之笛，與古笛之直吹者相對而言。落梅，即《梅花落》。古笛曲名。《樂府詩集·横吹曲辭四·梅花落》郭茂倩題解：『《梅花落》本笛中曲也。按：唐大角曲，亦有《大單于》、《小單于》、《大梅花》、《小梅花》等曲，今其聲猶有存者。』

〔一〇〕丹桂：傳説月中有桂樹。元吳昌齡《張天師》第一折：『你只想鵾鶚起秋風，怎知我月中丹桂非凡種。』

〔一一〕廣寒：指廣寒宫。傳説唐玄宗於八月望日遊月中，見一大宫府，榜曰：『廣寒清虚之府。』見舊題唐柳宗元《龍城錄·明皇夢遊廣寒宫》。

〔一二〕容易：輕率，草率，輕易。《朱子語類》卷十一：『看前人文字，未得其意，便容易立説，殊害事。』

〔一三〕中山：《周禮·天官·酒正》『三曰清酒』漢鄭玄注：『清酒，今中山冬釀接夏而成。』晉張華《博物志》卷五：『劉玄石於中山酒家酤酒，酒家與千日酒飲之，忘言其節度。歸至家大醉，不醒數日，而家人不知，以爲死也，具棺殮葬之。酒家計千日滿，乃憶玄石前來酤酒，醉當醒矣。往視之，云：「玄石亡來三年，已葬。」於是開棺，醉始醒。』後因以『中山』作爲美酒的代稱。

鄭松房〔一〕邀賞牡丹有賦

中州有花曾稱王〔二〕，江南以比同芬芳。天生吾粤種獨少，奇葩未覩心徒忙。昨來吳地值春暮，春風澹蕩〔三〕花迷路。魏紫姚黄遍内家〔四〕，煖日蒸香嬌欲吐。等閒〔五〕寧受雨淋欺，碧玉闌干紅錦帷。好景每憐初霽色，賞心偏在半開時。主人好花兼好客，折柬〔六〕招尋越阡陌。須臾客集開東軒〔七〕，對此懽欣倍珍惜。舉杯屬客酹花神，花神解飲顔微赤。臨風仙子絳雲輕，倚竹佳人翠袖窄。彷彿吹來滿座香，清芬和酒入詩腸。詩腸幻出生花筆〔八〕，陸離光怪思翱翔。連朝浮白〔九〕猶未足，從容卜夜〔一〇〕重燃燭。燭照紅妝態更妍，露凝粉頰香猶馥。廿載相思道路賒〔一一〕，至今何幸慰咨嗟。更喜主人樂高隱〔一二〕，圖書萬卷饒煙霞〔一三〕。何時乞我一本〔一四〕歸粤東，頓令扶桑〔一五〕拜下風。但恐此花富貴喜金屋〔一六〕，茅齋無分邀帡幪〔一七〕。不如依然守我幽蘭叢，安能榮枯佶屈問天公。

【注釋】

〔一〕鄭松房：清初人，生平不詳。

〔二〕中州：古豫州（今河南省一帶），地處九州之中，稱爲中州。牡丹是著名的觀賞植物。群花品中，牡丹第一，芍藥第二，故世謂牡丹爲花王，芍藥爲花相。參閲唐韋絢《劉賓客嘉話録》、宋高承《事物紀原・草木花果・牡丹》、宋陸游《天彭牡丹譜・花品序》、明李時珍《本草綱目・草三・牡丹》。

〔三〕澹蕩：蕩漾，多形容春天的景物。南朝宋鮑照《代白紵曲》之二：『春風澹蕩俠思多，天色淨淥氣妍和。』

〔四〕魏紫姚黄：指宋代洛陽兩種名貴的牡丹品種。魏紫，相傳爲宋時洛陽魏仁浦家所植，色紫紅。姚黄，千葉黄花牡丹，出於姚氏民家。參閲宋歐陽脩《洛陽牡丹記》。内家：　百姓人家。《初刻拍案驚奇》卷三四：『靜觀此時已是内家裝扮了，又道黄夫人待他許多好處，已自認他爲乾娘了。』王古魯注：『此處指「俗家打扮」之意。不再是出家人打扮了。』

〔五〕等閒：　尋常，平常。唐賈島《古意》詩：『志士終夜心，良馬白日足。俱爲不等閒，誰是知音目。』

〔六〕折柬：　本指折半之簡，後泛指書札或信箋。亦作『折簡』。清李漁《風箏誤・題鷂》：『幸有風箏爲折柬，寄愁天上何難。』

〔七〕東軒：　指堂屋東側的房子。《文選・陶潛〈雜詩〉》：『嘯傲東軒下，聊復得此生。』呂向注：『軒，簷也。』

〔八〕生花筆：　五代王仁裕《開元天寶遺事・夢筆頭生花》：『李太白少時，夢所用之筆頭上生花，後天才贍逸，名聞天下。』因以『生花筆』喻傑出的寫作才能。

〔九〕浮白：　漢劉向《説苑・善説》：『魏文侯與大夫飲酒，使公乘不仁爲觴政，曰：「飲不釂者，浮以大白。」』原意爲罰飲一滿杯酒，後亦稱滿飲或暢飲酒爲浮白。南朝梁沈約《郊居賦》：『或升降有序，或浮白無算。』

〔一〇〕卜夜：　春秋時齊陳敬仲爲工正，請桓公飲酒，桓公高興，命舉火繼飲，敬仲辭謝説：『臣卜其晝，未卜其夜，不敢。』見《左傳・莊公二十二年》。《晏子春秋・雜上》、漢劉向《説苑・反質》以爲齊景公與晏子事。後稱盡情歡樂晝夜不止爲『卜夜』。

〔一一〕睽：　遙遠。唐王勃《滕王閣序》：『北海雖睽，扶搖可接。』

〔一二〕高隱：　隱居。唐皮日休《通玄子棲賓亭記》：『古者有高隱殊逸，未被爵命，敬之者以其德業，號而稱之，玄德、玄晏是也。』

〔一三〕煙霞：煙霧，雲霞。這裏泛指山水、山林。南朝梁蕭統《錦帶書十二月啟·夾鐘二月》：『敬想足下，優遊泉石，放曠煙霞。』

〔一四〕一本：草木等植物的一株。北魏賈思勰《齊民要術·種瓜》：『八月斷其梢，減其實，一本但留五六枚。』

〔一五〕扶桑：植物名。灌木。亦名朱槿，錦葵科植物。花冠大型，葉卵形。有紅、白等色。多栽於我國南方。全年開花，爲著名的觀賞植物。明李時珍《本草綱目·木三·扶桑》：『扶桑產南方，乃木槿別種。其枝柯柔弱，葉深綠，微澀如桑。其花有紅黄白三色，紅者尤貴，呼爲朱槿。』清吳震方《嶺南雜記》卷下：『扶桑花，粤中處處有之，葉似桑而畧小，有大紅、淺紅、黄三色，大者開泛如芍藥，朝開暮落，落已復開，自三月至十月不絶。』

〔一六〕金屋：華美之屋。宋蘇轍《次遲韻千葉牡丹》之一：『共傳青帝開金屋，欲遣姚黄比玉真。』

〔一七〕茅齋：茅蓋的書齋。唐孟浩然《西山尋辛諤》詩：『竹嶼見垂釣，茅齋聞讀書。』帡幪：庇蔭。宋呂頤浩《河間帥吳述古遷職再任啟》：『某猥慚疲鈍，獲托帡幪。』

滄浪亭歌呈某中丞〔一〕

南國臺榭參差起，主人多更幾興圮。蘇子〔二〕遺踪亦已湮，依稀惟剩滄浪水〔三〕。滄浪之水淺無波，淤泥漸壅舟難過。縱横綠遍王孫草〔四〕，清濁音消孺子歌〔五〕。商丘中丞霹靂手，百廢俱興欲經久。却喜滄浪咫尺間，疎鑿紆迴引新瀏〔六〕。芙蕖的歷〔七〕魚浮沉，曲徑長廊間遮柳。就中〔八〕湧出滄浪亭，西南山色分葱青。林泉此日開生面〔九〕，往來賢達思儀型〔一〇〕。漢書下酒〔一一〕何磊落，濯纓濯足〔一二〕謳堪聽。中丞政暇來亭坐，尚友〔一三〕千秋遥唱和。步屧容與〔一四〕神氣閒，更撫絲桐作清課〔一五〕。泠泠〔一六〕天籟心和平，滄浪曲雜絃歌聲〔一七〕。今賢昔賢此相繼，嗟哉王道萬古程。

【注釋】

〔一〕滄浪亭：江蘇省蘇州市名園之一。原爲五代吳越廣陵王錢元璙的花園，後歸宋蘇舜欽。蘇舜欽在園内建亭曰『滄浪』，遂因亭名園。後又爲韓世忠所有，俗稱韓王園。園内假山起伏，古木葱蘢，徑幽水曲，頗具一格。參閲宋蘇舜欽《滄浪亭記》、宋朱長文《吳郡圖經續記·園策》。某中丞：指宋犖（一六三五—一七一四），字牧仲，號漫堂，又號西陂。河南商丘人。廕生。順治間以大臣子列侍衛。康熙三年，授湖廣黄州通判。十六年，授理藩院院判，遷刑部員外郎，榷贛關，還遷郎中。二十二年，授直隸通永道。二十六年，遷山東按察使。再遷江蘇布政使。二十七年，擢江西巡撫。三十一年，調江蘇巡撫。盡力供應聖祖南巡。後入爲吏部尚書。少與侯方域爲文友，詩文與王士禛齊名。精鑒藏，善畫。有《綿津山人集》，晚年别刻《西陂類稿》。見《清史稿》卷二百七十四、清趙宏恩等監修《江南通志》卷一百五。中丞，漢代御史大夫下設兩丞，一稱御史丞，一稱中丞。東漢以後，以中丞爲御史臺長官。明清時用作對巡撫的稱呼。清梁章鉅《稱謂録·巡撫》：『明正統十四年，命都察院右僉都御史鄒來學巡撫順天、永平二府……今巡撫之稱中丞，蓋沿於此。』

〔二〕蘇子：指宋蘇舜欽。

〔三〕滄浪水：古水名。有漢水、漢水之别流、漢水之下流、夏水諸説。《書·禹貢》：『嶓塚導漾，東流爲漢。又東爲滄浪之水。』孔傳：『别流在荆州。』北魏酈道元《水經注·夏水》：『劉澄之著《永初山川記》云：「夏水，古文以爲滄浪，漁父所歌也。」』滄浪水和蘇州本無關涉，只是因滄浪亭而將兩者聯繫在一起。

〔四〕王孫草：漢淮南小山《招隱士》：『王孫游兮不歸，春草生兮萋萋。』後以『王孫草』指牽人離愁的景色。宋穆修《寒食》詩：『恨滿王孫草，愁多望帝禽。』

〔五〕孺子歌：《孟子·離婁上》：『有孺子歌曰：「滄浪之水清兮，可以濯我纓；滄浪之水濁兮，可以濯我足。」』『孺子歌』指此。

〔六〕瀏：水流。《太玄·減》：『次八，瀏漣漣，減於生根。』范望注：『瀏，流也。』《水經注·淯水》：『溫水出竟陵之新陽縣東澤中……其熱可以燖雞。洪瀏百餘步，冷若寒泉。東南流，注于淯水。』

〔七〕芙蕖：荷花的别名。《爾雅·釋草》：『荷，芙渠。其莖茄，其葉蕸，其本蔤，其華菡萏，其實蓮，其根藕，其中的，的中薏。』郭璞注：『（芙渠）别名芙蓉，江東呼荷。』的歷：光亮、鮮明貌。唐王勃《越州秋日宴山亭序》：『參差夕樹，煙侵橘柚之園；的歷秋荷，月照芙蓉之水。』

〔八〕就中：其中。唐杜甫《麗人行》：『就中雲幕椒房親，賜名大國虢與秦。』

〔九〕開生面：比喻展現新的面目。語出唐杜甫《丹青引贈曹將軍霸》：『淩煙功臣少顏色，將軍下筆開生面。』趙次公注：『貞觀中太宗畫李靖等二十四人於淩煙閣，至開元時，顏色已暗，而曹將軍重爲之畫，故云開生面。蓋因左氏：狄人歸先軫之元面如生也。』

〔一〇〕儀型：楷模，典範。明薛蕙《送楊石齋》詩：『事業存鐘鼎，儀型照簡編。』

〔一一〕漢書下酒：元陸友仁《研北雜志》：『蘇子美豪放不羈，好飲酒。在外舅杜祁公家，每夕讀書，以一斗爲率。公深以爲疑，使子弟密覘之。聞子美讀《漢書・張良傳》，至「良與客狙擊秦皇帝，誤中副車」，遽撫掌曰：「惜乎，擊之不中！」遂滿飲一大白。又讀，至「良曰：『始臣起下邳，與上會於留，此天以授陛下』」，又撫案曰：「君臣相遇，其難如此！」復舉一大白。公聞之，大笑曰：「有如此下酒物，一斗不爲多也。」』

〔一二〕濯纓濯足：《孟子・離婁上》：『有孺子歌曰：「滄浪之水清兮，可以濯我纓；滄浪之水濁兮，可以濯我足。」孔子曰：「小子聽之。清斯濯纓，濁斯濯足矣。自取之也。」』

〔一三〕尚友：上與古人爲友。宋朱熹《陶公醉石歸去來館》詩：『予生千載後，尚友千載前。』

〔一四〕容與：從容閑舒貌。《楚辭・九歌・湘夫人》：『時不可兮驟得，聊逍遙兮容與。』

〔一五〕絲桐：指琴。古人削桐爲琴，練絲爲弦，故稱。《史記・田敬仲完世家》：『若夫治國家而弭人民，又何爲乎絲桐之間？』漢王粲《七哀詩》：『絲桐感人情，爲我發悲音。』清課：原指佛教日修之課，後用以指清雅的功課。清湯祖武《暮春送小兒沐讀書長干》詩：『良辰清課能無負，椀茗缾花未可删。』

〔一六〕泠泠：形容聲音清越、悠揚。晉陸機《招隱詩》之二：『山溜何泠泠，飛泉漱鳴玉。』

〔一七〕滄浪曲：《孟子・離婁上》：『有孺子歌曰：「滄浪之水清兮，可以濯我纓；滄浪之水濁兮，可以濯我足。」』滄浪曲指此。絃歌：依琴瑟而詠歌。《周禮・春官・小師》：『小師掌教鼓鞀、柷、敔、塤、簫、管、弦、歌。』鄭玄注：『弦，謂琴瑟也。歌，依詠詩也。』《史記・孔子世家》：『三百五篇，孔子皆弦歌之。』

旅館夜雨

愁坐寒更〔一〕燈倦剔，簷雨聲聲隔牕滴。爐煙已燼被難溫，到枕電光飛霹靂。樹撼風號動地驚，攤書遮眼思不平。不如眠去尋歸夢，夢裏關山無限情。

【注釋】

〔一〕寒更：寒夜的更點。元王惲《秋夜》詩：『鐘鼓寒更永，乾坤夜色蒼。』

酧楊魯庵〔一〕見贈兼以識別

西泠〔二〕宿昔稱才藪，傑出還推子雲〔三〕後。髫年〔四〕早已馳英名，等閒〔五〕下筆龍蛇走。橫戈草檄一人爲，慷慨功名氣愈奇。到處王公爭折節〔六〕，往來戰壘〔七〕獨揚眉。天生懷抱多歷落〔八〕，南北東西隨所託。荊湖〔九〕琴劍幾經霜，滇蜀風煙勤躡屩〔一〇〕。胸中塊磊卒難消，自笑生平仗酒澆。對客懽呼那計斗，酒酣興適才偏饒。吐談座上千人懾，揮灑毫端五嶽搖。却訝人間太拘束，欲借鉅觀〔一一〕快胸目。聞在匡廬〔一二〕看瀑歸，又向洞庭歌濯足〔一三〕。嵩衡崿立〔一四〕羅浮連，登臨鳥道如飛仙。同遊伏地喘不起，看君早已跨其巔。絕頂依稀通帝座，狂吟叫嘯長驚天。海內名峯題欲遍，仙華〔一五〕佳句至今傳。我來吳作探奇想，最後逢君尤倜儻。誰信新交原故人，荒祠廿載曾經賞。君知我久我何能，我感君知別思增。風雨蕭蕭雲樹暮，明朝回首天涯路。

【注釋】

〔一〕楊魯庵：清初浙江杭州人。曾從軍。有文名，好遠遊。足跡遍及名山大川。

〔二〕西泠：橋名。亦稱『西陵橋』、『西林橋』。在杭州孤山西北盡頭處，是由孤山入北山的必經之路。宋周密《武林舊事．湖山勝概》：『西陵橋，又名西林橋，又名西泠。』

〔三〕子雲：揚雄（前五三—後一八），姓一作楊，字子雲，西漢蜀郡成都人。少好學，爲人口吃，博覽群書，長於辭賦。年四十餘，始遊京師，以文見召，奏《甘泉》、《河東》、《羽獵》、《長楊》等賦。成帝時任黄門侍郎。後仕王莽，爲大夫，校書天祿閣。著有《太玄》、《法言》、《方言》、《訓纂篇》等。見《漢書．揚雄傳》。

〔四〕髫年：幼年。唐楊炯《明威將軍梁公神道碑》：『丱歲騰芳，髫年超靄。』

〔五〕等閒：輕易，隨便。唐白居易《新昌新居》詩：『等閒栽樹木，隨分占風煙。』

〔六〕折節：屈己下人。《漢書．伍被傳》：『是時淮南王安好術學，折節下士，招致英雋以百數，被爲冠首。』

〔七〕戰壘：戰爭中用以防守的堡壘。清查慎行《渡漳河》詩：『天垂曠野名都壯，路入中原戰壘多。』

〔八〕歷落：磊落，灑脱不拘。《晉書．桓彝傳》：『顗嘗歎曰：「茂倫嶔崎歷落，固可笑人也。」』

〔九〕荊湖：指今湖南、湖北一帶。宋司馬光撰《資治通鑑》卷二百二十二：『又陰使人如荊湖求諲過失』胡三省注：『荊謂荊南，湖謂湖南。』

〔一〇〕躡屩：穿草鞋行走。《史記．孟嘗君列傳》：『初，馮驩聞孟嘗君好客，躡蹻而見之。』

〔一一〕鉅觀：大觀，宏偉的景象。晉王濟《華林園》詩：『皇居偉則，芳園巨觀。』

〔一二〕匡廬：指江西的廬山。相傳殷周之際有匡俗兄弟七人結廬於此，故稱。《後漢書·郡國志四·廬江郡》『尋陽南有九江，東合爲大江』劉昭注引南朝宋慧遠《廬山記略》：『有匡俗先生者，出殷周之際，隱遯潛居其下，受道於仙人而共嶺，時謂所止爲仙人之廬而命焉。』唐白居易《草堂記》：『匡廬奇秀，甲天下山。』

〔一三〕歌濯足：《孟子·離婁上》：『有孺子歌曰：「滄浪之水清兮，可以濯我纓；滄浪之水濁兮，可以濯我足。」』

〔一四〕嵩衡：嵩山與衡山的並稱。南朝陳徐陵《裴使君墓志銘》：『每以財輕簞簞，義重嵩衡。割宅字貧友之孤，開門延故人之殯。』崿立：如山崖般屹立。明胡胤嘉《遊釣臺記》：『登岸謁子陵遺像……三折而臺石崿立，東西若峙。』

〔一五〕仙華：山名。在今浙江省金華市浦江縣。又名少女峯。《角山樓增補類腋·金華府·仙華山》：『（仙華）在浦江。一名少女峯。相傳黄帝少女修真處。』

望夫石〔一〕

郎去既有日，郎歸豈無期？問卜滋妾惑，昨夜夢猶疑。出門入門郎不見，登高極目目還眩。郎心如鐵妾如石，鐵難溫熱石難轉。郎行何日回？遠望空崔嵬〔二〕。妾身成石不易奪，但得郎歸石亦活。

【注釋】

〔一〕望夫石：各地多有，均屬民間傳説，謂婦人佇立望夫，日久化而爲石。《初學記》卷五引南朝宋劉義慶《幽明録》：『武昌北山有望夫石，狀若人立。古傳云：昔有貞婦，其夫從役，遠赴國難，攜弱子餞送北山，立望夫而化爲立石。』

〔二〕崔嵬：高聳貌，高大貌。《楚辭·九章·涉江》：『帶長鋏之陸離兮，冠切雲之崔嵬。』王逸注：『崔嵬，高貌。』

贖屋行謝孫都尉廉西查副戎維勳〔一〕暨義助諸公

我昔有堂在西郭，群松擁護成林壑。寒濤日夜吼碧空，一聲聲向牕前落。虬枝龍榦互低昂，歷盡風霜歲月長。計株僅得廿七數，即以其數名吾堂。吾堂吾堂何寥寂，偃仰其中聊自適。誰知烽火起崇朝〔二〕，基址依稀惟瓦礫。暫向郡城混俗塵，寄居廡下徒四壁。孫君查君開戟門〔三〕，不嫌貧賤臨高軒。相看坐次難容膝，安得青山贈隱淪〔四〕。傍有荒畦堪寓目，一椽尤喜圍修竹。詢是吾宗出質廬，贖來恰好爲書屋。語未脱口快捐囊，還倩同儕〔五〕助新築。甕牖蘿垣〔六〕愜野情，庭前花木多葱青。栽松猶記當年緑，題額還鐫舊日名。君不見古人爲朋買山隱〔七〕，琴書得庇生丰韻。寧料今人勝古人，幽懷喜遂滿園春。預知邑乘傳佳話，筆墨淋漓更寫神。

【注釋】

〔一〕孫都尉廉西：孫清，字廉西，又字天一，清初休寧（今安徽休寧縣）人。詳見卷十四《韶協鎮孫公傳》注〔一〕。都尉，對副將的尊稱。查副戎維勳：查之愷，字維勳，江南人。康熙二十八年任右翼鎮標中營游擊。見《韶州府志》卷六。副戎，對游擊的敬稱。

〔二〕崇朝：終朝，從天亮到早飯時，猶言一個早晨。比喻時間短暫。崇，通『終』。《詩·鄘風·蝃蝀》：『朝隮於西，崇朝而雨。』毛傳：『崇，終也。從旦至食時爲終朝。』

〔三〕戟門：立戟之門，引申指顯貴之家或顯赫的官署。《資治通鑒·唐僖宗光啓三年》：『行密帥諸軍合萬五千人入城，以梁纘不盡節於高氏，爲秦畢用，斬於戟門之外。』胡三省注：『唐設戟之制，廟社宫殿之門二十有四，東宫之門一十有八，一品之門十六，二品及京兆、河南、太原尹、大都督、大都護之門十四，三品及上都督、中都督、上都護、上州之門十二，下都督、下都護、中州、下州之門各十。設戟於門，故謂之戟門。』

〔四〕隱淪：神人等級之一，這裏借指隱者。《文選·郭璞〈江賦〉》：『納隱淪之列真，挺異人乎精魄。』李善注引漢桓譚《新論》：『天下神人五：一曰神仙，二曰隱淪，三曰使鬼物，四曰先知，五曰鑄凝。』唐杜甫《奉贈韋左丞丈二十二韻》詩：『此意竟蕭條，行歌非隱淪。』

〔五〕倩：請求，央求。漢王褒《僮約》：『蜀郡王子淵以事到煎上寡婦楊惠舍，有一奴名便了，倩行酤酒。』同儕：同伴，夥伴。宋何薳《春渚紀聞·陷蛇出虱身輕》：『寨卒有蕭愁者，爲人性率，同儕多狎侮之。』

〔六〕甕牖蘿垣：以破甕爲窗，以藤蘿爲垣，指貧寒之家。《禮記·儒行》：『篳門圭窬，蓬戶甕牖。』鄭玄注：『以甕爲牖。』孔穎達疏：『又云：以敗甕口爲牖。』《莊子·讓王》：『桑以爲樞而甕牖。』成玄英疏：

『破甕爲牖。』

〔七〕買山隱：南朝宋劉義慶《世說新語·排調》：『支道林因人就深公買印山，深公答曰：「未聞巢由買山而隱。」』

韶都尉孫廉西先生邀賞牡丹有賦並序

粵地從無牡丹，雖勉强移植，亦不作花。歲丙子〔一〕春，予韶都尉孫公廉西自中州移栽此地。逾年花開更茂，招予同賞，因賦識異。

去年賞牡丹，吳門春風寒。今年賞牡丹，韶陽公署錦雲攢〔二〕。吾粵之花無此種，一朝傳說驚相詾〔三〕。豈是根從天上來，奇葩應爲主人開。主人愛此渾忘勢，遍邀佳客坐蒼苔。斯時正喜值春霽，衆卉參差鬬嬌麗。等閒推出百花王，群芳孰敢還爭帝。層層吐焰結樓臺，陣陣分香上衣袂。中州地產本難同，渲染春光五彩濃。素靨〔四〕向陽烘愈白，豔妝經露洗還紅。阿誰〔五〕未見見應憶，我且重看猶歎息。雖欣南面獨稱尊，尤羨東君〔六〕能物色。花神默喻亦嫣然，瑩射華堂態更妍。座客酒酣呼紙筆，長篇賦就月中天。明朝有意攜多醑〔七〕，再到花前與花語。

【注釋】

〔一〕丙子：康熙三十五年（一六九六）。

〔二〕韶陽：指今廣東省韶關市。攢：簇擁，圍聚，聚集。漢張衡《西京賦》：『攢珍寶之玩好。』三國吳薛綜注：『攢，聚也。』

〔三〕詾：眾口紛喧，爭論是非。《五代史・四夷兀欲傳》：『聚而謀者詾詾。』

〔四〕靨：酒窩兒，面頰上的微渦。漢班倢伃《擣素賦》：『兩靨如點，雙眉如張。』

〔五〕阿誰：疑問代詞。猶言誰，何人。《樂府詩集・横吹曲辭五・紫騮馬歌辭》：『十五從軍征，八十始得歸。道逢鄉里人：「家中有阿誰？」』

〔六〕東君：猶東家，對主人的尊稱。明屠隆《綵毫記・展叟單騎》：『東君運蹇遭顛沛，願捐軀虎穴探來。英雄抖搜平生概，定要救主回。』

〔七〕醑：美酒。南朝謝靈運《石門新營所住》：『芳塵凝瑤席，清醑滿金尊。』

琴堂歌贈翁源張泰亭明府〔一〕

誰攜嶧陽三尺桐〔二〕，依稀匣底生春風。何年斲就顏色古，段紋冰裂聲春融〔三〕。南薰〔四〕解慍從來賞，此曲尤宜在堂上。堂上徐彈堂下聽，智者化愚頑化靈。始知五音〔五〕動人速，轉眼民情已淳樸。私作助成不用錢，官糧輸訖還餘穀。萬生熙皞〔六〕春復春，夜靜絃歌遍四鄰。喜君治效有如此，祿食爲公豈爲身。君不見宓子賤〔七〕，蒞官單父〔八〕時一鼓，千載聞風猶起舞。

【注釋】

〔一〕琴堂：翁源縣令張拱極堂。翁源：今廣東省韶關市翁源縣。明府：漢魏以來對郡守牧尹尊稱明府。漢亦有以『明府』稱縣令，《後漢書·吴祐傳》：『國家制法，囚身犯之。明府雖加哀矜，恩無所施。』王先謙集解引沈欽韓曰：『縣令爲明府，始見於此。』唐以後多用以專稱縣令。

〔二〕嶧陽三尺桐：嶧山（在山東省鄒城市東南）南坡所生的特異梧桐，古代以爲是制琴的上好材料。這裏借指精美的琴。語出《書·禹貢》：『羽畎夏翟，嶧陽孤桐。』孔傳：『嶧山之陽，特生桐，中琴瑟。』唐李白《琴贊》：『嶧陽孤桐，石聳天骨，根老冰泉，葉苦霜月。』王琦注引《封氏聞見記》：『土人云：此桐所以異於常桐者，諸山皆發地兼土，惟此山大石攢倚，石間周圍皆通人行，山中空虚，故桐木絶響，是以珍而入貢也。』

〔三〕春融：融和，融合。唐沈佺期《過蜀龍門》詩：『我行當季月，煙景共春融。』

〔四〕南薰：指《南風》歌。相傳爲虞舜所作，歌中有『南風之薰兮，可以解吾民之慍兮』等句。參閲《禮記·樂記》疏引《尸子》、《史記·樂書》集解、《孔子家語·辯樂》。

〔五〕五音：我國古代五聲音階中的五個音級，即宫、商、角、徵、羽。唐以後又名合、四、乙、尺、工。後以指音樂。《韓非子·十過》：『不務聽治而好五音，則窮身之事也。』

〔六〕萬生：猶眾生，人類。銀雀山漢墓竹簡《孫臏兵法·奇正》：『有生有死，萬物是也；有能有不能，萬生是也。』熙皥：和樂，怡然自得。明李東陽《送仲維馨院使還淮南》詩：『況當朝省盛才賢，且向山林樂熙皥。』

〔七〕宓子賤：春秋時魯國人。名不齊，字子賤，孔子弟子。曾爲單父宰，彈琴而治，甚得民心，孔子美之。爲後世儒家所稱道。參閲《吕氏春秋·察賢》、《孔子家語·七十二弟子解》。《漢書·藝文志》載，儒家有《宓子》十六篇，久佚。

〔八〕莅官：到職，居官。唐元稹《戒勵風俗德音》：『居省寺者，不能以勤恪莅官，而曰務從簡易。』單父：春秋魯國邑名。故址在今山東省單縣南。

丙子秋夜泊吳江聽鄰舟美人彈琴歌〔一〕

秋夜茫茫江浸月，篙工競泊思休歇。群囂漸息更欲闌〔二〕，何處絲桐響清越？起坐推篷側耳聽，鄰舟簾內聲泠泠。尋聲潛步窺牕隙，中有一人何娉婷〔三〕。約略芳齡十五六，香鬟半嚲黛微蹙〔四〕。似銜幽怨口難言，聊借金徽〔五〕訴衷曲。纖指揮來調易工，柔腸若斷膠難續。嗚咽每多兒女情，喁喁私語不分明。非關司馬求凰操〔六〕，豈學昭君出塞聲〔七〕。依稀曲罷音猶嫋〔八〕，俄頃更翻羽聲〔九〕小。羽聲乍轉動咨嗟〔一〇〕，一韻悠揚徹水涯。幾處蛟龍〔一一〕吟雪浪，滿園蜂蝶鬧松花〔一二〕。宮商往復多淒惋〔一三〕，我來聽此能無歎。不獨通神情可移，尤覺輕身骨都換。迴舟默默擁孤衾，如迷還悟對河漢〔一四〕。星斗在天風在林，風吹萬籟皆元音〔一五〕。明日舟開美人去，憑誰知我此時心。

【注釋】

〔一〕丙子：康熙三十五年（一六九六）。吳江：吳淞江的別稱，黃浦江支流。位於今上海市西部和江蘇省南部。又稱蘇州河。源出太湖，東流到今上海市區匯入黃浦江。《國語・越語上》『三江環之』三國吳韋昭注：『三江：吳江、錢唐江、浦陽江。』

〔二〕闌：殘，將盡。《文選・謝莊〈宋孝武宣貴妃誄〉》：『白露凝兮歲將闌。』李善注：『闌，猶晚也。』

〔三〕娉婷：姿態美好貌。漢辛延年《羽林郎》詩：『不意金吾子，娉婷過我廬。』

〔四〕嚲：下垂。唐岑參《送郭乂雜言》：『朝歌城邊柳嚲地，邯鄲道上花撲人。』黛：古代女子用以畫眉的青黑色的顏料，後用爲女子眉毛的代稱。明吳易《滿江紅・姑蘇懷古》詞：『花月煙横西子黛，魚龍水噴鴟夷血。』

〔五〕金徽：琴上繫弦之繩，借以指琴。唐黃滔《塞上》詩：『金徽互嗚咽，玉笛自淒清。』

〔六〕司馬求凰操：漢司馬相如《琴歌》之一：『鳳兮鳳兮歸故鄉，遨遊四海求其凰。』相傳相如歌此向卓文君求愛。宋劉克莊《風入松・癸卯至石塘》詞：『歎芳卿，今在今亡？絕筆無求凰曲，癡心有返魂香。』

〔七〕昭君出塞聲：指《昭君怨》，相傳爲漢王昭君嫁於匈奴後所作之琴曲。《樂府詩集・琴曲歌辭三・昭君怨》郭茂倩題解引《樂府解題》：『昭君恨帝始不見遇，乃作怨思之歌。』

〔八〕嫋：形容聲音宛轉悠揚。唐張說《東都酺宴詩五》：『入雲歌嫋嫋，向日妓叢叢。』

〔九〕羽聲：指羽調式。我國古代的五聲音階中以羽聲爲主音構成的一種調式。能表現激憤、高昂的情緒。《戰國策・燕策三》：『（荊軻）復爲慷慨羽聲，士皆瞋目，髮盡上指冠。』

〔一〇〕咨嗟：歎息。漢焦贛《易林・離之升》：『車傷牛罷，日暮咨嗟。』

〔一一〕蛟龍：古代傳說的兩種動物，居深水中。相傳蛟能發洪水，龍能興雲雨。《楚辭・離騷》：『麾蛟龍以梁津兮，詔西皇使涉予。』王逸注：『小曰蛟，大曰龍。』

〔一二〕松花：松樹的花。唐李白《酬殷明佐見贈五雲裘歌》：『輕如松花落衣巾，濃似錦苔含碧滋。』

〔一三〕宮商：宮和商，古代五音的兩個音階，泛指音樂、樂曲。《韓詩外傳》卷五：『人有六情，目欲視好色，耳欲聽宮商。』淒惋：哀怨。《世說新語·賢媛》『桓宣武平蜀』劉孝標注引《妒記》：『（郡主）見李在窗梳頭，姿貌端麗，徐徐結髮，斂手向主，神色閑正，辭甚悽惋。』

〔一四〕河漢：指銀河。《古詩十九首·迢迢牽牛星》：『河漢清且淺，相去復幾許。』

〔一五〕元音：純正而完美的聲音。清吳偉業《送杜大于皇兼簡曹司農》詩：『一氣元音接混茫，想落千峯入飛鳥。』

下十八灘〔一〕

洪濤亂石互吞吐，石更嵯峨濤更怒。路澀灘長處處愁，此灘險惡尤難渡。我來却值冬春交，鼎沸濤聲日夜號。周遭水石紛相擊，就裏潛藏劍戟牢〔二〕。劍戟縱横鋒利鋭，魚龍出沒浪飛高。巨川叵測恒多變，急溜行舟舟若電。何來磊砢〔三〕忽當前，及至迴看旋不見。須臾路轉更攢奇，千堆萬塊誰烹煉。狂瀾驟發江之湄，中有鼉〔四〕宮不敢窺。叠嶂堪吟方拄頰〔五〕，碧溪如畫又開眉。隱隱山嵐迷遠樹，晴空突忽生風雨。風雨豈從天上來，水煙作霧散江隈〔六〕。彷佛湘妃輕鼓瑟〔七〕，依稀河伯〔八〕乍鳴雷。神靈有無渾莫測，暗禱何人酹酒杯。灘灘曲折連章貢〔九〕，章、貢，二水名。天柱遥遥接惶恐〔一〇〕。天柱、惶恐，二灘名。估客〔一一〕倉皇默自驚，篙工遊戲欣相送。相送匆匆已出灘，舟行至此真萬安〔一二〕。灘口即萬安縣。懽呼好向堤邊醉，醉後焉知行路難。

【注釋】

〔一〕十八灘：指贛江位於江西贛縣、萬安縣的十八處險灘。即贛縣的白澗、天柱等九灘；萬安縣的昆侖、曉灘等九灘。清謝旻等監修《江西通志》卷十三：『贛江在府城北，章貢二水之會處。北流三百里至吉安府萬安縣，其間有險灘十八，屬贛縣者凡九，曰白澗、天柱、小湖、鼈、大湖、狗脚、銅盤、鍚洲、梁灘。』同書卷九：『贛江在府城南，原本章貢二水，北流至贛縣爲贛江。三百里至萬安縣十八灘，屬萬安者有九，曰崑崙、曉、武索、匡坊、小蓼、大蓼、綿津、漂神、黄公。水性湍險，惟黄公灘爲甚。東坡南遷訛爲惶恐，舟過此，其險始平。』

〔二〕就裏：個中，内中。元無名氏《連環計》第三折：『王家設宴莫猜疑，就裏機關我自知。』劍戟：泛指武器。《國語·齊語五》：『美金以鑄劍戟，試諸狗馬。』

〔三〕磊砢：指衆多委積的石頭。宋梅堯臣《擬水西寺東峯亭九詠·幽徑石》：『緣溪去欲遠，磊砢忽礙行。』

〔四〕鼉：爬行動物，吻短，體長二米多，背部、尾部均有鱗甲。穴居江河岸邊，皮可以蒙鼓。亦稱『揚子鰐』、『鼉龍』、『豬婆龍』。《墨子·公輸》：『魚鱉黿鼉。』

〔五〕拄頰：用手支著臉頰，有所思貌。唐韓偓《雨中》詩：『鳥濕更梳翎，人愁方拄頰。』

〔六〕江限：江水曲折處。南朝齊謝朓《奉和隨王殿下》之四：『睿心重離析，歧路清江限。』

〔七〕湘妃輕鼓瑟：語出《楚辭·遠遊》：『使湘靈鼓瑟兮，令海若舞馮夷。』湘妃，舜二妃娥皇、女英。相傳二妃沒於湘水，遂爲湘水之神。

〔八〕河伯：傳說中的河神。《莊子・秋水》：『於是焉，河伯欣然自喜，以天下之美爲盡在己。』陸德明釋文：『河伯姓馮，名夷，一名冰夷，一名馮遲……一云姓呂，名公子；馮夷是公子之妻。』南朝宋鮑照《望水》詩：『河伯自矜大，海若沉渺莽。』明胡侍《真珠船・馮夷》：『張衡《思玄賦》：「號馮夷俾清津兮，櫂龍舟以濟予。」李善注引《清泠傳》曰：「河伯姓馮氏，名夷，浴於河中而溺死，是爲河伯。」太公《金匱》曰：「河伯姓馮名修。」……《後漢・張衡傳》注引《聖賢塚墓記》曰：「馮夷者，弘農華陰潼鄉隄首里人，服八石，得水仙爲河伯。」又《龍魚河圖》曰：「河伯姓呂，名公子，夫人姓馮名夷。」唐碑有《河侯新祠頌》，秦宗撰文曰：「河伯姓馮名夷，字公子。」數說不同。』

〔九〕章貢：章江和貢江的並稱。章江和貢江在贛州匯流後稱贛江。宋蘇軾《鬱孤台》詩：『日麗崆峒曉，風酣章貢秋。』

〔一〇〕天柱：天柱灘，贛江十八灘之一，屬江西省贛縣。惶恐：惶恐灘，贛江十八灘之一，屬江西省吉安市萬安縣。

〔一一〕估客：即行商。南朝宋劉義慶《世說新語・文學》：『聞江渚間估客船上有詠詩聲。』

〔一二〕萬安：今江西省吉安市萬安縣。位於江西省中南部。

上十八灘

昨來正值春風和，危灘歷歷曾經過。今掛歸帆秋漲滿，亂峯依舊青峨峨〔一〕。大堆小堆排江面，轉眼高低尤善變。崒嵂〔二〕撐天險易防，鋒稜〔三〕伏水凶難見。乍經估客已心寒，慣歷篙工猶膽戰。中流一石何軒昂，浪激洄湍勢莫當。豈有潛龍鳴澗底，還如猛虎吼高岡。山嵐〔四〕拖練雲猶濕，水霧騰空日欲黄。曲折迴旋江路壅，行舟如馬憑操縱。巨鱗〔五〕吹沫濺篷牕，修纜牽檣穿石縫。纜牽里許却多灣，果然上灘如上山。若使長途皆似此，何難黑髪變霜顔。歸人日日望鄉樹，灘石年年阻行路。我欲劚之無斧柯，不平之事何其多。

【注釋】

〔一〕峨峨：高貌。《楚辭·招魂》：『增冰峨峨，飛雪千里些。』呂向注：『峨峨，高皃。』

〔二〕崒嵂：高峻貌。宋陸游《大寒》詩：『爲山儻勿休，會見高崒嵂。』

〔三〕鋒稜：指物體的鋒芒、棱角。宋司馬光《怪石》詩：『圭角老龍脊，鋒稜秋劍鋏。』

〔四〕山嵐：山中的霧氣。唐顧非熊《陳情上鄭主司》詩：『茅屋山嵐入，柴門海浪連。』

〔五〕巨鱗：大魚。漢揚雄《羽獵賦》：『入洞穴，出蒼梧；乘巨鱗，騎京魚。』一本作『鉅鱗』。

木棉樹〔一〕歌

君不見造物由來無定主，炎方〔二〕偏長木棉樹。相看傲骨欲淩雲，豈特孤標〔三〕堪作柱。密葉修柯礙遠眸，數株高傍郡西樓。根穿地脉蛟龍怒，梢撼天心日月愁。年年氣煖覺春早，春早紅開花更好。赤玉參差綴碧空，火珠歷亂燒晴昊〔四〕。老幹經今已幾圍，雨痕斑駁繡苔衣。秋來結實棉成片，留待隆冬禦霜霰。

【注釋】

〔一〕木棉樹：落葉喬木。花先葉開，大而紅，結卵圓形蒴果。種子表皮有白色纖維，質柔軟，可用來裝枕頭、墊褥等。《太平御覽》卷九六〇引晉郭義恭《廣志》：『木緜樹赤華，爲房甚繁；偪則相比，爲緜甚軟。出交州永昌。』

〔二〕炎方：泛指南方炎熱地區。《藝文類聚》卷九一引三國魏鍾會《孔雀賦》：『有炎方之偉鳥，感靈和而來儀。』

〔三〕孤標：指山、樹等特出的頂端。北魏酈道元《水經注·涑水》：『東側磻溪萬仞，方嶺雲迴，奇峯霞舉，孤標秀出，罩絡羣山之表。』

〔四〕晴昊：晴空。唐杜甫《蘇端薛復筵簡薛華醉歌》：『安得健步移遠梅，亂插繁花向晴昊。』

送俞其祥還會稽〔一〕

會稽山水天下聞，胸藏磊塊〔二〕何如君。君才豈獨文兼武，少壯軍中早立勳。賓主相投似魚水，等閒料敵無堅壘。往往功成不自居，至今猶是書生爾。書生遠勝魯仲連〔三〕，輕世肆志王公前。山陰道〔四〕上思樵月，七里灘〔五〕邊欲釣煙。隨軍來韶寓韶久，入參帷幄出求友。與予喜結忘年交，更復忘形樂杯酒。笑談今古意何雄，俯仰乾坤誰不朽。遙遙大地吹春風，正好花間醉碧筒〔六〕。豈料東山〔七〕歸隱切，折柳〔八〕江干嗟遠別。君旋浙水我韶濱，兩地相思易愴神。他日松堂〔九〕期再到，鄰家尚有甕頭春〔一〇〕。

【注釋】

〔一〕俞其祥：清初人。早年從軍，曾駐韶州。後歸隱浙江會稽縣。

〔二〕磊塊：石塊，用以比喻鬱積在胸中的不平之氣。宋陸游《家居自戒》詩之三：『世人無奈愁，沃以杯中酒。未能平磊塊，已復生堆阜。』

〔三〕魯仲連：戰國時齊國人。有計謀，但不肯做官。常周遊各國，排難解紛。秦軍圍趙都邯鄲，魯連以利害進說趙魏大臣，勸阻尊秦爲帝：『彼（秦昭王）卽肆然稱帝，連有蹈東海而死耳！』齊國要收復被燕國佔據的聊城時，又寫信勸說燕將撤守。齊王打算給予官位，他便逃到海上。事見《史記·魯仲連鄒陽列傳》。後被視爲奇偉高蹈、不慕榮利的代表人物。

〔四〕山陰道：南朝宋劉義慶《世說新語·任誕》：『王子猷居山陰，夜大雪……忽憶戴安道，時戴在剡，卽便夜乘小船就之，經宿方至，造門不前而返。人問其故，王曰：「吾本乘興而行，興盡而返，何必見戴？」』後『山陰道』表示對友人的懷念或惜別之情。

〔五〕七里灘：卽七里瀨。浙江省桐廬南有七里瀨。兩山夾峙，東陽江奔瀉其間，水流湍急，連亙七里，故名。

北岸富春山（嚴陵山）傳説爲東漢嚴光（嚴子陵）耕作垂釣處。《後漢書・逸民傳・嚴光》「後人名其釣處爲嚴陵瀨」李賢注引南朝陳顧野王《輿地志》：「七里瀨在東陽江下，與嚴陵瀨相接，有嚴山。」

〔六〕碧筒：一種用荷葉製成的飲酒器。唐段成式《酉陽雜俎・酒食》：「歷城北有使君林，魏正始中，鄭公慤三伏之際，每率賓僚避暑於此。取大蓮葉置硯格上，盛酒三升，以簪刺葉，令與柄通，屈莖上輪菌如象鼻，傳噏之，名爲碧筩杯。」宋竇苹《酒譜・酒之事三》引作「碧筒杯」。

〔七〕東山：據《晉書・謝安傳》載，謝安早年曾辭官隱居會稽之東山，經朝廷屢次徵聘，方從東山復出，官至司徒要職，成爲東晉重臣。又，臨安、金陵亦有東山，也曾是謝安的遊憩之地。後因以「東山」爲典，指隱居或遊憩之地。唐王維《戲贈張五弟諲》詩之一：「吾弟東山時，心尚一何遠！」

〔八〕折柳：折取柳枝。《三輔黄圖・橋》：「霸橋在長安東，跨水作橋。漢人送客至此橋折柳贈別。」後多用爲贈別或送別之詞。

〔九〕松堂：指廖燕的二十七松堂。

〔一〇〕甕頭春：初熟酒，後泛指好酒。胡韞玉《周六介招飲即席有作》詩：「爛泥新擘甕頭春，越醴濃斟醉殺人。」

英石牕歌寄廣陵周象九〔一〕有序

歲丁丑〔二〕冬，廣陵周子象九時客寓英州，遺予英石一片，周圍闊二尺有奇，其形匾而方，似非几案間物。然中多透漏，方思有以用之。適予重葺二十七松堂，遂取此石嵌之壁間如疎牕式，内外玲瓏，花竹掩映，誠奇觀也。因呼爲英石牕，作歌以記其事，並柬象九云。

故人久作英州客，英州地產多奇石。知予野性愛蕭疎〔三〕，遙贈巉巖峯數尺。數尺峯巒一片雲，齋頭日夕生氤氲〔四〕。風雷觸動金徽響，冰鐵熔成墨皺紋。喜君磊落交君久，晤對幾時成好友。位置相看何處宜，天然却好爲牕牖。掩映玲瓏内外虚，外看花竹内圖書。空中綴景詩相似，鏡裏窺人畫不如。草堂自此多生色，爲感故人常唧唧〔五〕。故人慷慨負鬚眉〔六〕，不重金錢惟重德。英石作牕復作歌，君試讀之將奈何。君不見，結交無如石交好，千秋萬古清風多。

【注釋】

〔一〕周象九：周鼎，字象九。詳見卷四《周象九五十壽序》注〔一〕。

〔二〕丁丑：康熙三十六年（一六九七）。

〔三〕蕭疎：瀟脱，自然不拘束。明劉崧《題余仲揚畫山水圖爲余自安賦》詩：『金華山人余仲揚，筆墨蕭疏開老蒼。』

〔四〕氤氲：彌漫貌。三國魏曹植《九華扇賦》：『效虯龍之蜿蟬，法虹霓之氤氲。』

〔五〕唧唧：歎息。唐白居易《琵琶行》：『我聞琵琶已歎息，又聞此語重唧唧。』

〔六〕負鬚眉：猶言男子漢。明孫傳庭《丈夫行》詩：『吾曹磊落負鬚眉，顧瞻四方心曷已。』

丙子元旦孫將軍廉西招賞紅梅〔一〕

吾粵梅花少顏色，等閒〔二〕費盡東風力。誰知幕府〔三〕花能紅，云在江南遠移得。昨宵除夕今開年〔四〕，賀年更喜賀芳妍。冰梢帶露迎陽律〔五〕，玉瓣隨風散綺筵〔六〕。一片花飛一杯酒，飛多飛少落誰手？斟來如數並花吞，莫使韶光〔七〕暫辜負。似此良辰不易逢，況當寒豔〔八〕綻高空。香侵五內〔九〕詩腸活，枝畫三更月色濃。傲骨稜稜日騰上，蕭疏偏遇主人賞。主人開府〔一〇〕幾經春，花下時時集衆賓。預卜明年同此日，孤山亭〔一一〕畔再傾樽。

【注釋】

〔一〕丙子：康熙三十五年（一六九六）。元旦：新年第一天。舊指夏曆正月初一日，今稱春節。南朝梁蕭子雲《介雅》詩：『四氣新元旦，萬壽初今朝。』宋吳自牧《夢粱録·正月》：『正月朔日，謂之元旦，俗呼爲新年。一年節序，此爲之首。』孫將軍廉西：孫清，字廉西，又字天一，清初休寧（今安徽休寧縣）人。詳見卷十四《詔協鎮孫公傳》注〔一〕。

〔二〕等閒：無端，平白。唐劉禹錫《竹枝詞》：『長恨人心不如水，等閒平地起波瀾。』

〔三〕幕府：本指將帥在外的營帳。後泛指軍政大吏的府署。《史記·李將軍列傳》：『大將軍使長史急責廣之幕府對簿。』

〔四〕開年：一年的開始。南朝梁沈約《與徐勉書》：『而開年以來，病增慮切。』

〔五〕陽律：指春季。唐蔣防《春風扇微和》詩：『幸當陽律候，惟願及佳辰。』

〔六〕綺筵：華麗豐盛的筵席。唐陳子昂《春夜別友人》詩之一：『銀燭吐青煙，金樽對綺筵。』

〔七〕韶光：美好的時光，常指春光。南朝梁簡文帝《與慧琰法師書》：『五翳消空，韶光表節。』

〔八〕寒豔：猶冷豔，形容素雅美好。隋侯夫人《春日看梅》詩之二：『香清寒艷好，誰惜是天真。』

〔九〕五内：五臟，指内心。漢蔡琰《悲憤詩》：『見此崩五内，恍惚生狂癡。』

〔一〇〕開府：古代指高級官員（如三公、大將軍、將軍等）成立府署，選置僚屬。《後漢書·董卓傳》：『傕（李傕）又遷車騎將軍，開府，領司隸校尉，假節。』

〔一一〕孤山：山名。位於浙江杭州市西湖偏北湖面，東連白堤，西以西泠橋與湖岸連接，山高三十八米。孤峯獨聳，秀麗清幽。宋林逋曾隱居於此，喜種梅養鶴，世稱孤山處士。北麓有放鶴亭和梅林。清李衛監修、傅王露總纂《西湖志》卷五：『孤山，《咸淳臨安志》：「在西湖中，一嶼聳立，旁無聯附。爲湖山勝絶處。」《萬曆杭州府志》：「山形坦平縣邈，巋介湖中。以其不與諸山聯附，故名。亦名孤嶼，又名瀛嶼山。故多梅，爲林處士放鶴之地。」』宋沈括《夢溪筆談·人事二》：『林逋隱居杭州孤山，常畜兩鶴，縱之則飛入雲霄，盤旋久之，復入籠中。』宋林逋《宿姑蘇淨惠大師院》詩：『孤山猿鳥西湖上，懶對寒燈詠《式微》。』清李衛監修、傅王露總纂《西湖志》卷九：『放鶴亭，在孤山之北，宋和靖處士林逋故廬也。元至元間儒學余謙既葺處士之墓，因植梅花數百本構梅亭其下。郡人陳子安以處士妻梅子鶴不可偏舉，乃持一鶴放之，遂構鶴亭。後與梅亭並廢。明嘉靖間錢塘令王釴重建曰放鶴亭。崇禎壬申鹽運副使崔士秀新之。歲久圮。』

石龍池〔一〕歌

高涼〔二〕署後石龍池，皆云有物龍爲之。一泓深黑不見底，神靈出沒多迷離。窟穴天成非斧鑿，周遭綠染苔痕薄。細甲修麟不敢爭，疾風怪雨有時作。人言此龍不得時，我言此龍善藏機〔三〕。迅雷突震誰驚覺？夭矯〔四〕雲中露頭角。

【注釋】

〔一〕石龍池：位於今廣東省高州市內。

〔二〕高涼：指今廣東省高州市，漢元鼎六年（前一一一）於此置高涼縣，故稱。

〔三〕藏機：藏匿才智，藏匿心機。唐李紳《墨詔持經大德神異碑銘》：『發論開蒙，藏機匿聖。』

〔四〕夭矯：屈伸貌。《淮南子·脩務訓》：『木熙者，舉梧檟，據句枉，蝯自縱，好茂葉，龍夭矯。』

茂名錢明府閬行招同萬管村包子韜遊城西荔枝園〔一〕

吾粵荔枝天下聞，高涼地產尤清芬。我來正好值初夏，家家園囿浮紅雲。此地主人多磊落，扁舟邀我遊西郭。西郭沿堤綠蔭濃，虬梢龍榦互參錯。捨舟登岸穿荒畦，花鳥懽迎過竹籬。席地裀〔二〕鋪苔蘚厚，流連欣賞酒盈斗。低枝幾處密遮頭，累實有時垂到口。信手摘來帶露鮮，大筐小筥堆滿筵。一顆還傾一杯酒，風生兩腋體皆仙。園丁解事〔三〕越阡陌，尋得團龍〔四〕餉嘉客。團龍第一孰與儔，柔肌豐肉若無核。色瑩珠貝映晶盤，香沁齒牙流玉液。猿猱〔五〕採遞莫教停，佳境後來味更馨。飽嚼競餐不計數，等閒鎚碎琉璃瓶。紛紛酹酢〔六〕時俱醉，起對叢柯頻注意。恨不移栽向故鄉，頓教茅屋生蔥翠。我欲高歌日已昏，主人送客出柴門。柴門聊記數行去，明朝好覓飛觴處。

【注釋】

〔一〕茂名：縣名，爲高州府治所在地。今廣東省高州市。錢明府閬行：錢以塏，字閬行，號蔗山，浙江嘉善（今浙江省嘉興市嘉善縣）人。康熙二十七年進士。康熙三十六年任茂名知縣。在任四年。前歲秋歉不給，錢以塏即開倉平糶，全活甚衆。任内革操軍、嚴保甲、省徭役、均田米、併村落、去團練。於公務之餘，延接諸生，殷勤誨諭。雍正間累遷少詹事。江浙海水爲患，疏請遣官致祭江海之神，褒封爵秩，以示尊崇，官至禮部尚書。謚恭恪。有《羅浮外史》、《嶺海見聞》。見清鄭業崇等修《茂名縣志》卷四、《國朝耆獻類徵初編》卷六二。明府，縣令的尊稱。萬管村：萬言，字貞一，號管村，清初浙江鄞縣（今浙江寧波市）人。副貢生。少時與諸父萬斯大、萬斯同學於黄宗羲，有精博之名。著有《尚書説》、《明史舉要》。與修《明史》，獨成《崇禎長編》。尤工古文。晚出爲安徽五河知縣，忤大吏，論死，尋得免。有《管村集》。見《清史列傳》卷六十八。包子韜：清初人，生平不詳。

〔二〕裀：同『茵』，墊子，褥子。明沈受先《三元記・餞行》：『長途芳草綠如裀，好把王孫歸路分。』

〔三〕解事：通曉事理。宋陸游《雷》詩：『惟嗟婦女不解事，深屋掩耳藏嬰孩。』

〔四〕團龍：荔枝的一種優異品種，柔肌豐肉若無核，清香液多。

〔五〕猿猱：泛指猿猴。《管子・形勢》：『墜岸三仞，人之所大難也，而猿猱飲焉。』

〔六〕酧酢：主客相互敬酒，主敬客稱酬，客還敬稱酢。《淮南子・主術訓》：『觴酌俎豆酬酢之禮，所以效善也。』

錢明府和韻附

曲江山水天下聞，高人特立揚芳芬。明月清風結茅屋，著書萬卷排蒼雲。投荒遠吏愧落落，傾蓋〔一〕招邀過西郭。輕舠容與〔二〕江之湄，紫荇青蘋紛且錯。登塍四顧麥滿畦，抽孫龍籜〔三〕蔭修籬。山容合沓〔四〕層峯厚，促坐高談浮大斗〔五〕。密雨連朝民疢〔六〕蘇，偶博餘閒開笑口。野老山僧各獻鮮，茶鐺〔七〕酒盞羅几筵。石船已往丹井塞〔八〕，徒令望古懷潘仙〔九〕。行行攜手越阡陌，吟毫更共四明客〔一〇〕。謂萬管郵。荔枝園中千樹紅，初賞恍訝青田核〔一一〕。肌理晶瑩潔勝脂，甘逾柏梁〔一二〕掌內液。顆顆勻圓摘未停，碧筩〔一三〕傾瀉鬬餘馨。炎方入夏苦溽熱〔一四〕，對此欲倒雙玉瓶〔一五〕。村醪未博嘉賓醉，物外蕭騷〔一六〕林外意。怪煞低眉事簿書，那得終朝〔一七〕坐深翠。解纜科頭〔一八〕日色昏，花潭竹塢隔柴門。漁人一棹橫江去，棹入煙波不知處。

【注釋】

〔一〕傾蓋：途中相遇，停車交談，雙方車蓋往一起傾斜。形容一見如故。《史記·魯仲連鄒陽列傳》：『諺曰：「白頭如新，傾蓋如故。」何則？知與不知也。』司馬貞索隱引《志林》曰：『傾蓋者，道行相遇，軿車對語，兩蓋相切，小欹之，故曰傾。』

〔二〕輕舠：輕快的小舟。唐李白《送當塗趙少府赴長蘆》詩：『我來揚都市，送客迴輕舠。』容與：從容閑舒貌。《楚辭·九歌·湘夫人》：『時不可兮驟得，聊逍遙兮容與。』

〔三〕抽孫龍籜：指竹筍抽心。抽孫，猶抽心。發芽，長出枝條。唐李懷遠《鳳閣南廳槐樹半生死》詩：『庭槐歲月深，半死尚抽心。』籜，竹皮、筍殼。明劉基《苦齋記》：『啟隕籜以藝粟菽。』

〔四〕合沓：重迭，攢聚。漢賈誼《旱雲賦》：『遂積聚而合沓兮，相紛薄而慷慨。』

〔五〕促坐：靠近坐。《史記·滑稽列傳》：『日暮酒闌，合尊促坐，男女同席，履舄交錯。』浮大斗：用大斗滿飲。浮，用滿杯酒罰人。後引申指喝酒。漢劉向《說苑·善說》：『魏文侯與大夫飲酒，使公乘不仁爲觴政，曰：「飲不釂者，浮以大白。」』明陳汝元《金蓮記·郊遇》：『願浮白以敘交情，且來青而譚別意。』斗：盛酒器。《詩·大雅·行葦》：『酌以大斗，以祈黄耇。』

〔六〕疢：煩熱，這裏泛指病。《說文·疒部》：『疢，熱病也。亦作疹。』《左傳·哀公六年》：『則有疾疢。』

〔七〕鐺：溫器，似鍋，三足。如酒鐺，茶鐺，藥鐺。

〔八〕『石船』句：　石船、丹井，潘茂名煉丹成仙的遺跡。『潘茂名』見下『潘仙』注。清鄭業崇等修《茂名縣志》卷七：『潘茂名……於東山採藥煉丹，於西山白日上昇。今有潘山石船、丹竈遺址。』石船、丹井遺跡位於今廣東省高州市文明路冼太廟東側。

〔九〕潘仙：　指潘茂名，晉代潘州（今廣東省高州市）人。相傳永嘉中入山，遇仙翁點化，授其長生不老之法。他按仙翁指點，采藥煉丹，最後飛升而去。見明李賢等撰《明一統志》卷八十一。

〔一〇〕吟毫：　寫詩的筆。元宋無《垂虹亭秋日遣興》詩：『吟毫醉蘸吳江水，寫與騎鯨李謫仙。』四明客：萬言（號管村）爲清初浙江鄞縣（今浙江寧波市）人。唐賀知章（字季真），會稽永興人，性放曠，善談説。晚年尤加縱誕，自號四明狂客。天寶初，還鄉爲道士，不久即壽終。見《舊唐書》卷一百九十。這裏是以賀知章比萬言。四明，山名。在浙江省寧波市西南。相傳群峯之中，上有方石，四面如窗，中通日月星辰之光，故稱四明山。《三才圖會・四明山圖考》：『四明山者，天台之委也。高興華頂，齊跨數邑。自奉化雪竇入，則直謂之四明。行山中大約五六十里，山山盤亙，竹樹蓊菁，衆壑之水，亂流爭趨。入益深，猿鳥之聲俱絶，悄然嘻咽通顥氣，覺與世界如絶，不似天台之近人也。道書稱第九洞天。峯凡二百八十二，中有芙蓉峯，刻漢隸「四明山心」四字。其山四穴如天窻，隔山通日月星辰之光，故曰四明。』

〔一一〕恍訝：　驚訝。明倪岳《雨中題徐州蘇指揮湘江暮雨竹》：『恍訝湘江暮雨中，只欠鉤輈鷓鴣語。』青田核：　傳説中產於烏孫國的一種果實的核。晉崔豹《古今注・草木》：『烏孫國有青田核，莫測其樹實之形。至中國者，但得其核耳。得清水，則有酒味出，如醇美好酒。核大如六升瓠，空之以盛水，俄而成酒。』

〔一二〕柏梁：　指柏梁臺，漢代臺名。故址在今陝西省西安市西北長安故城內。《漢書・郊祀志上》：『其後則又作柏梁、銅柱承露僊人掌之屬矣。』顏師古注引蘇林曰：『僊人以手掌擎盤承甘露。』漢武帝迷信神仙，多次築臺，立銅仙人舒掌捧銅盤承接甘露，冀飲以延年。後三國魏明帝亦於芳林園置承露盤。

〔一三〕碧筒：一種用荷葉製成的飲酒器。唐段成式《酉陽雜俎·酒食》：『歷城北有使君林，魏正始中，鄭公慤三伏之際，每率賓僚避暑於此。取大蓮葉置硯格上，盛酒三升，以簪刺葉，令與柄通，屈莖上輪菌如象鼻，傳噏之，名爲碧筩杯。』宋竇革《酒譜·酒之事三》引作『碧筒杯』。

〔一四〕炎方：泛指南方炎熱地區。《藝文類聚》卷九一引三國魏鍾會《孔雀賦》：『有炎方之偉鳥，感靈和而來儀。』溽熱：濕熱。《新唐書·西域傳上·天竺國》：『土溽熱，稻歲四熟。』

〔一五〕雙玉瓶：盛酒器。宋鄭俠《謝太守惠酒》：『眼前突兀雙玉瓶，滿貯玉液清泠泠。拜公之賜未敢傾，不覺失笑三間生。』

〔一六〕蕭騷：形容風吹樹木的聲音。五代齊己《小松》詩：『後夜蕭騷動，空階蟋蟀聽。』

〔一七〕終朝：整天。晉陸機《答張悛》詩：『終朝理文案，薄暮不遑瞑。』

〔一八〕科頭：謂不戴冠帽，裸露頭髻。《戰國策·韓策一》：『秦帶甲百餘萬，車千乘，騎萬匹，虎摯之士，跿跔科頭，貫頤奮戟者，至不可勝計也。』鮑彪注：『科頭，不著兜鍪。』

荔枝歌留別

豔陽到處風吹煖，荔子枝頭紅莫算。芒種纔過夏至前，千株萬樹糖方滿。主人愛客得飽嘗，傾將玉液入詩腸。詩題樹上明朝別，回首雲山幾點蒼。

梅嶺〔一〕行

梅嶺有梅梅梢古，梅嶺有關行人苦。南來北往何紛紛，奔馳豈獨爲商賈。晨雞咿喔天未明，起看有客已前征。崎嶇狹路車相擊，蹀躞〔二〕長途馬亂鳴。朝暮馳驅聞叱馭〔三〕，無論嚴寒與伏暑。寒時冰透暑汗流，心急迢迢向關去。關門大闢爲誰開，辛苦皆圖名利來。此日擔簦〔四〕青草路，何年倚劍黄金臺〔五〕？我亦同是風塵客，經過幾時鬢鬚白。人自忙忙山自閒，山閒笑我勞登攀。嶺頭梅已開將遍，嶺外行人尚未還。

【注釋】

〔一〕梅嶺：山名。即大庾嶺。五嶺之一。在江西大餘、廣東南雄交界處，向爲嶺南、嶺北的交通咽喉。清屈大均《廣東新語》卷三：『梅嶺者，南嶽之一支……而梅嶺之名，則以梅鋗始也。鋗本越句踐子孫，與其君長避楚，走丹陽皋鄉，更姓梅，因名皋鄉曰梅里。越故重梅，向以梅花一枝遺梁王，謂珍于白璧也。當秦並六國，越復稱王，自皋鄉逾零陵至於南海。鋗從之，築城湞水上，奉其王居之，而鋗於臺嶺家焉。越人重鋗之賢，因稱是嶺曰梅嶺。』

〔二〕蹀躞：馬行貌。唐柳宗元《同劉二十八院長述舊言懷感時書事贈二君子》詩：『蹀躞騶先駕，籠銅鼓報衙。』

〔三〕叱馭：漢琅邪王陽爲益州刺史，行至邛郲九折阪，歎曰：『奉先人遺體，奈何數乘此險！』因折返。及王尊爲刺史，『至其阪……尊叱其馭曰：「驅之！王陽爲孝子，王尊爲忠臣。」』見《漢書·王尊傳》。後因以『叱馭』爲報效國家，不畏艱險之典。

〔四〕擔簦：背著傘，謂奔走，跋涉。南朝宋吴邁遠《長相思》詩：『虞卿棄相印，擔簦爲同歡。』

〔五〕黄金臺：古臺名。又稱金臺、燕臺。故址在今河北省易縣東南北易水南。相傳戰國燕昭王築，置千金於臺上，延請天下賢士，故名。南朝宋鮑照《代放歌行》：『豈伊白璧賜，將起黄金臺。』錢振倫注：『《上谷郡圖經》曰：「黄金臺，易水東南十八里，燕昭王置千金於臺上，以延天下之士。」』

廖燕全集校注卷十九

詩五言律

登廣州府城樓

白日照滄海，蕭森一望中。島深晴見樹，春早煖歸鴻。物力東南竭，兵符〔一〕楚粵通。此懷何處遣？惆悵古人同。

【注釋】

〔一〕兵符：古代調兵遣將用的一種憑證。《史記·魏公子列傳》：『嬴（侯嬴）聞晉鄙之兵符常在王卧內，而如姬最幸，出入王卧內，力能竊之。』

秋夜聽顧芸叟〔一〕彈琴二首

月照鬚眉古，絃揮第幾宮〔二〕。分明茅屋下，如在萬山中。夜半聞流水，天邊起宿鴻。潛來牕外聽，翹首背梧桐。

【注釋】

〔一〕顧芸叟：『芸叟』又作『耘叟』，清初人，善琴而多藝。曾居廣州、泉州等地。見廖燕《送琴客顧耘叟序》（卷四）。

〔二〕宮：指宮調。戲曲、音樂名詞。我國歷代稱宮、商、角、徵、羽、變徵、變宮爲七聲，其中任何一聲爲均可構成一種宮調。以七聲配十二律，理論上可得十二宮、七十二調，合稱八十四宮調。但實際上在音樂中並不全用。如明清以來，南曲只有五宮八調，通稱十三調，而最常用者不過五宮四調，通稱九宮。

又

靜極都忘語，秋風爽透襟。聽殘太古調，灰盡此時心。天迥〔一〕星俱響，齋〔二〕空壁欲吟。自非蓬島〔三〕客，誰復測高深？

【注釋】

〔一〕迥：遙遠。漢班彪《北征賦》：『野蕭條以莽蕩，迥千里而無家。』

〔二〕齋：書齋。

〔三〕蓬島：即蓬萊山。古代傳說中的神山名。唐李白《古風》：『但求蓬島藥，豈思農鳸春？』

贈廬山道士

浮雲難擬跡，南嶽又匡廬。獨自眠峯雪，多年著道書。山魈爭爨役〔一〕，雞犬及丹餘〔二〕。不識長生術，何如天地初。

【注釋】

〔一〕爨役：燒煮之類的活。宋釋普濟《五燈會元·青原下二世·石頭遷禪師法嗣》：『石頭曰：「著槽廠去。」師禮謝，入行者房，隨次執爨役，凡三年。』

〔二〕雞犬及丹餘：傳說漢淮南王劉安修煉成仙後，把剩下的丹藥撒在院子裏，雞和狗吃了，也都升天了。漢王充《論衡·道虛》：『儒書言：淮南王學道，招會天下有道之人，傾一國之尊，下道術之士，是以道術之士並會淮南，奇方異術，莫不爭出。王遂得道，舉家升天，畜產皆仙，犬吠於天上，雞鳴於雲中。』

半山亭

萬山圍缺處，宜眺是斯亭。平野分餘景，遥峯接一青。秋深狐兔狡，寺古柏松靈。暫了浮生事，蒲龕〔一〕聽誦經。

【注釋】

〔一〕蒲龕：指佛堂、寺廟。宋周密《齊東野語·放翁鍾情前室》：『年來妄念消除盡，回向蒲龕一炷香。』

暮春寓曹溪〔一〕同陳崑圃黄少涯釋四無西山採茶

幽事僧同韻，扶筇破曉煙。亂雲行處濕，數畝摘時鮮。緣足三春雨，香生半夜泉。歸來忙欲試，移鼎向南天。

【注釋】

〔一〕曹溪：在今廣東省韶關市曲江區馬壩鎮東南五公里。處三面環山的河谷地帶。唐代禪宗六祖慧能居此，大興佛法，建有南華寺。陳崑圃：陳金閶，字崑圃。詳見卷九《與陳崑圃書》注〔一〕。黃少涯：黃遙，字少崕。詳見卷三《横溪詩集序》注〔二〕。釋四無：清初曹溪南華寺僧。見廖燕《與四無上人》(卷十)、清馬元釋真朴重修《重修曹溪通志》卷八。

十六夜坐月

此夕輪仍滿，東林待較遲。涼生侵坐處，光徹出雲時。鶴唳猶聞影，簫聲只隔籬。相看如昨夜，天地本無私。

草閣晚望

衆山當北戶，暮色上春煙。客思雲俱黯，蟲吟聲悄然。歸霜千雁裊〔一〕，落日一鐘娟〔二〕。此意憑誰識？徘徊草閣前。

【注釋】

〔一〕裊：通「嫋」。柔弱細長的樣子。南朝陳江總《遊攝山栖霞寺》：「披逕憐深沉，攀條惜杳裊。」

〔二〕娟：美好，秀麗。唐王昌齡《山中别龐十》詩：「幽娟松篠徑，月出寒蟬鳴。」

彈子磯〔一〕

帆過孤峯起，天開霹靂文。一痕留滿月，千仞落寒雲。日照光難徹，猿號夜屢聞。中流懷磊砢〔二〕，凝眺意偏殷。

【注釋】

〔一〕彈子磯：位於廣東省英德市沙口鎮北江岸邊。《韶州府志》卷十二：『輪石山，縣北一百一十里，一名彈子磯。壁立江滸，山半有竅，廣圓丈許。相傳伏波將軍試彈於此。』清李調元《南越筆記·彈子磯》：『彈子磯在英德之北，臨江壁立，如半破彈子。』

〔二〕磊砢：指鬱結在心中的不平之氣，形容心中不平。清二石生《十洲春語》卷三：『横胸磊砢誰消得？眼見垂楊凍春色。』

觀音巖〔一〕

絕壁横流處，巒穿結刹〔二〕懸。片帆連雁影，孤磬〔三〕墜江煙。日月斜分照，魚龍夜遶禪〔四〕。平生丘壑癖，來此泊漁船。

【注釋】

〔一〕觀音巖：　位於廣東省英德市北横石塘鎮的北江西岸。是一個天然的石灰巖溶洞。洞口臨江，從水路方能進洞，洞中架閣三層，視野開闊，内供觀音菩薩。《韶州府志》卷十二：『觀音巖，縣東三十五里，石峯壁立，下跨重淵，别有小洞。深入數十步，沿厓而出。洞中舊有觀音大士像。順治十五年兩廣總督王國光捐資修建。洞内架閣爲三層，摩厓刻「觀音巖」三大字。康熙六年尚藩可喜招集僧流，給以衣食，使守是巖，俱有記。道光六年守巖僧真諦復於巖之左麓闢精舍數椽，奉大士呂祖於其上。』

〔二〕刹：　梵語刹多羅的省稱，指佛寺。唐顧況《獨遊青龍寺》詩：『春風入香刹，暇日獨遊衍。』

〔三〕磬：　僧磬，佛寺中使用的一種鉢狀物，用銅鐵鑄成，既可作念經時的打擊樂器，亦可敲響集合寺衆。唐李頎《題僧房雙桐》詩：『綠葉傳僧磬，清陰潤井華。』

〔四〕遶禪：　環繞著佛像或僧人兜圈子。佛教以此表示對佛或僧人的敬信之情。元張翥《送紹宗繼講師住大雄寺》：『纚纚風雷飛講舌，眈眈龍象繞禪牀。』

題友人山齋

琴書雜苔竹，幽人此卜居〔一〕。山腰連黑塹，地脉接清渠。幾日歸無計，斯時閒有餘。軟茸貪坐久，自起翦春蔬〔二〕。

【注釋】

〔一〕卜居：擇地居住。《漢書·郊祀志》：『秦德公立，卜居雍。』

〔二〕春蔬：春日的菜蔬。南朝梁元帝《與蕭諮議等書》：『螺蚳登俎，豈及春蔬爲淨。』

春雨

春雨及時好，應知造化心。氣寒荷沼水，聲濕草堂琴。日月先虹隱，風雷雜電侵。南郊梅笋盛，蠟屐〔一〕可同尋。

【注釋】

〔一〕蠟屐：以蠟塗木屐。指悠閒、無所作爲的生活。語出南朝宋劉義慶《世說新語·雅量》：『或有詣阮（阮孚），見自吹火蠟屐，因歎曰：「未知一生當著幾量屐！」神色閑暢。』

晚晴

櫺隙忽生白，天先晴別峯。斷雲飛破雁，斜景霽開虹。腮煖收餘濕，簾寒怯晚風。試看今夜色，纖月上新桐。

觀古心上人〔一〕烹茶

竹外看煙起，幽人獨解烹。汲泉分石髓〔二〕，留客坐松聲。入手雲皆滿，開牕雪已晴。餘香猶未歇，彷彿透前楹。

【注釋】

〔一〕古心上人：清初武夷山道士。生平不詳。見廖燕《人日遊紫微巖聽彈琴詩序》（卷三）。

〔二〕石髓：即石鐘乳。古人用於服食。《晉書·嵇康傳》：『康又遇王烈，共入山。烈嘗得石髓如飴，即自服半，餘半與康，皆凝而爲石。』

夜泊

暮氣方冥合，勞人及夜休。關山孤客夢，今古大江流。歸隱心徒切，謀生計未周。愁吟當此際，霜月滿沙頭〔一〕。

【注釋】

〔一〕沙頭：沙灘邊，沙洲邊。北周庾信《春賦》：『樹下流杯客，沙頭渡水人。』

登白雲山〔一〕有懷

攀躋窮多路，白雲常在前。江湖臨半地，鴻雁度中天。望去煙森渺，登茲心悄然。所思人不見，惆悵下峯巔。

【注釋】

〔一〕白雲山：位於廣州市中心城區東北之白雲區。詳見卷四《送琴客顧耘叟序》注〔一八〕。

坐西禪寺萬佛閣同胡而安太僕〔一〕

樓高成寂寞，戀靜客時登。鬧市留塵諦〔二〕，閒心向野僧。地空雲水〔三〕遍，秋老芰荷〔四〕澄。亦欲參禪〔五〕去，餘情割未能。

【注釋】

〔一〕西禪寺萬佛閣： 位於今廣東省廣州市西華路太保直街廣州市第四中學内。明李賢等撰《明一統志》卷七十九：『西禪寺，在府城西。宋淳熙中經畧周自强建。』清郭爾戺、胡雲客纂修《南海縣志》卷二：『西禪龜峯寺，在城西四里。明爲大學士方公祠，國朝兩藩毁祠爲寺，又創萬佛樓。』胡而安太僕： 胡而安，詳見卷二《論語辯》注〔一三〕。太僕，舊時對綠林好漢的尊稱。元康進之《李逵負荊》第一折：『你山上頭領，都是替天行道的好漢，並沒有這事。只是老漢不認的太僕，休怪，休怪，休怪！』

〔二〕塵諦： 卽俗諦，佛教語。世俗人所知的道理。又稱『世諦』、『世俗諦』，與『真諦』相對。宋宋祁《送賢上人歸山序》：『送師者自厓而反，師自兹遠矣。寧于韁鎖塵諦，雞鶩仕塗者，可希其轍跡哉。』

〔三〕雲水： 謂漫遊。漫遊如行雲流水一樣飄泊無定，故稱。唐黄滔《寄湘中鄭明府》詩：『莫耽雲水興，疲俗待君痊。』

〔四〕芰荷： 指菱葉與荷葉。《楚辭·離騷》：『製芰荷以爲衣兮，集芙蓉以爲裳。』

〔五〕參禪： 佛教禪宗的修持方法。有遊訪問禪、參究禪理、打坐禪思等形式。《西遊記》第九回：『衆人同坐在松陰之下，講經參禪，談説奧妙。』

春思

麗日偏深照，春風吹所思。啼痕幽怨處，簾影豔情時。軟語調鸚鵡，私書倩侍兒。綠牕多秘事，寧許外人知。

雨

羈棲亦已久，況復雨難開。雲下牽天墜，雷行裂石迴。客愁常臥病，歸思獨登臺。到戶無車馬，堦前滿綠苔。

初至羊城

水國東南極，輕舟始過時。海天浮日月，風俗接華彝。雨積潮尤煖，花繁春未知。神仙如可學，爲訪舊安期〔一〕。

【注釋】

〔一〕安期：亦稱『安期生』。仙人名。秦、漢間齊人，一說琅琊阜鄉人。傳說他曾從河上丈人習黃帝、老子之說，賣藥東海邊。秦始皇東遊，與語三日夜，賜金璧數千萬。皆置之阜鄉亭而去，留書及赤玉舄一雙爲報。後始皇遣使入海求之，未至蓬萊山，遇風波而返。一說，生平與蒯通友善，嘗以策干項羽，未能用。後之方士、道家因謂其爲居海上之神仙。事見《史記·樂毅列傳》、漢劉向《列仙傳》等。

晚眺

柴門仍半掩，平野望蒼然。返照巖根動，分流水柵喧。僧歸雲閉寺，人靜月當船。夜夜叢隈〔一〕裏，愁心厭杜鵑〔二〕。

【注釋】

〔一〕隈：山的彎曲處。《左傳·僖公二十五年》：『秦人過析，隈入而係輿人，以圍商密，昏而傳焉。』杜預注：『隈，隱蔽之處。』

〔二〕杜鵑：鳥名。又名杜宇、子規。相傳爲古蜀王杜宇之魂所化。春末夏初，常晝夜啼鳴，其聲哀切。南朝宋鮑照《擬行路難》詩之六：『中有一鳥名杜鵑，言是古時蜀帝魂。其聲哀苦鳴不息，羽毛憔悴似人髡。』

芙蓉蘭若〔一〕試新茗

庵西雲積處，香茗報新枝。況值花朝〔二〕後，相尋雨歇時。摘煙馨未遍，試雪鼎還移。只許僧同意，悠然把素磁。

【注釋】

〔一〕芙蓉蘭若：指芙蓉庵。《曲江縣志》卷十六：『芙蓉庵在城西五里芙蓉山。有石室、玉井泉、煉丹池。爲漢道士康容修煉之所。』蘭若，指寺院。梵語『阿蘭若』的省稱。意爲寂淨無苦惱煩亂之處。唐杜甫《謁真諦寺禪師》詩：『蘭若山高處，煙霞嶂幾重。』

〔二〕花朝：指百花盛開的春晨。唐白居易《琵琶引》：『春江花朝秋月夜，往往取酒還獨傾。』

入湞陽峽〔一〕

入峽神皆肅，江情至此移。高峯銜日早，寒水出帆遲。巖菊花初綻，沙煙艇晚炊。險夷經已遍，回憶始堪疑。

【注釋】

〔一〕湞陽峽：位於廣東省英德市以南三十公里的連江口鎮境內的北江河段。峽長十公里，兩岸崖石壁立，最窄處僅二百米左右。明、清時在崖壁均開鑿修建有棧道和橋樑，今道旁留有二十多篇摹崖石刻。清林述訓等修《韶州府志》卷十二：『溱水歷皋石太尉二山之間是曰湞陽峽。長二十里，兩崖峙立，一水中流，猿鳥莫踰，舟楫艱阻。峽内牛牯灘、抄石灘、釣魚臺舊稱險峻，而釣魚臺尤爲至險，絕無蹊徑。明府判符錫沿崖開道，黎遂球過此有記。國朝康熙初，平南王尚可喜改修，嘉慶間總督阮元重修。』

舟過清遠峽望飛來寺〔一〕

山寺隔煙水，舟人指古碑。入雲松影密，出峽磬聲遲。臺閣峯能遍，神仙事可疑。當年來去跡，巖下老僧知。

【注釋】

〔一〕清遠峽：又名中宿峽、飛來峽，位於廣東省清遠市東面的北江河段，呈東西走向，全長九公里，最窄處爲三十六米。因峽谷北岸有古寺飛來寺，故又名飛來峽。清李文烜修、朱潤芸等纂《清遠縣志》卷三：『峽山在城東三十里，一名中宿峽。崇山峻峙，中通江流。』飛來寺：又名廣慶寺。在廣東省清遠市東十一公里，飛來峽北岸。南朝梁武帝普通元年（五二〇）僧人貞俊創建。清李文烜修、朱潤芸等纂《清遠縣志》卷十五：『廣慶寺，即峽山飛來寺，梁普通間貞俊禪師建，賜額至德。宋定康二年改今額。飛來殿在廣慶寺中，胡愈所作記，云梁武帝末，峽有神人往叩上元延祚寺貞俊禪師曰：「本峽居清遠上流，建一道場，足立勝概，師能去否？」俊然其說。俄然中夜風雨暴作，黎明薄霽，啟戶而觀，則琳宮紺宇，一望莊嚴，儼然在峽中矣。』

曉發

催艇乘潮進，蒼茫未曙天。雲移知雨近，峯轉覺帆前。江路逐程遠，鄉愁疊夢懸。往還何所事，頭白此山川。

江村即景二首

隔岸步溪影，紆迴向竹亭。莎[一]青歸犢路，蘆白落鴻汀。亂水流多碧，群芳接一聲。野橋橫木穩，耕釣幾回經。

【注釋】

〔一〕莎：多生於潮濕地區或河邊沙地。莖直立，三棱形。葉細長，深緑色，質硬有光澤。夏季開穗狀小花，赤褐色。地下有細長的匍匐莖，並有褐色膨大塊莖。塊莖稱『香附子』，可供藥用。《淮南子·覽冥》：『田無立禾，路無莎蘋。』

又

野暝猶殘照，孤村起夕煙。雲過崩岸斷，月向缺峯圓。田叟看扶杖，溪漁醉倚天。干戈愁未息，露宿憶前年。

賦得〔一〕猿啼送客

夾嶂連雲起，哀湍瀉若狂。猿聲三百里，客思九迴腸。此地愁難盡，他鄉心易傷。何當中夜〔二〕聽，落淚暗沾裳。

【注釋】

〔一〕賦得：凡摘取古人成句爲詩題，題首多冠以『賦得』二字。如南朝梁元帝有《賦得蘭澤多芳草》一詩。科舉時代的試帖詩，因試題多取成句，故題前均有『賦得』二字。亦應用於應制之作及詩人集會分題。即景賦詩者也往往以『賦得』爲題。

〔二〕中夜：半夜。三國魏曹植《美女行》：『盛年處房室，中夜起長歎。』

珠江寒望

海水通溝洫，帆檣接里閭。三冬〔一〕寒有幾，萬井〔二〕望無餘。日入蛟龍睡，潮迴天地舒。應憐多古俠，蹤跡混樵漁。

【注釋】

〔一〕三冬：冬季三月，即冬季。唐楊炯《李舍人山亭詩序》：『三冬事隙，五日歸休。』

〔二〕萬井：千家萬戶。宋張孝祥《水調歌頭·桂林中秋》詞：『千里江山如畫，萬井笙歌不夜。』

由珠江小河入從化縣〔一〕路

客路多乘興，今朝又進舡。片帆通陸險，簇嶺透流偏。蠶養桑圍屋，潮耕蛤入田。野香迎宿處，知在芰荷邊。

【注釋】

〔一〕從化縣：在今廣東省從化市，位於廣東省中部，廣州市東北面。

宿翠微山房〔一〕

纔來松竹裏，已與世情違。一夜眠峯影，煙霞暗滿衣。山深樵牧樸，冬煖蟹魚肥。宿昔常懷此，心牽未易歸。

【注釋】

〔一〕翠微山房：未詳。

朝雲墓在惠州府豐湖〔一〕

漸近斜陽裏，蕭蕭古墓門。竹煙消舞態，燐火照詩魂。宿草枯猶踐，殘碑斷莫捫。柳綿吹又盡，歌咽向誰論？

【注釋】

〔一〕朝雲：人名。宋蘇軾之妾。本爲錢塘妓，姓王，蘇軾官錢塘時納爲妾。初不識字，後從蘇軾學書，並略通佛理。蘇軾貶官惠州，數妾散去，獨朝雲相隨。清陳維崧《浣溪沙・逮下爲閻牛叟賦》詞：『每遣白公留阿素，卻教坡老買朝雲。』參閱宋蘇軾《朝雲墓志銘》、《悼朝雲詩引》。豐湖：湖名。在廣東省惠州市惠陽區。清章壽彭等修、陸飛纂《歸善縣志》卷三：『西湖，爲郡之勝覽，長二里餘，繞郡城外之西南。源自横槎，衆山之水滙焉。以其在惠州之西，故名西湖。』又『豐湖，豐山之西，迤邐入西湖，湖利弗禁，施於民者普，故又曰豐湖。』清吳震方《嶺南雜記》卷上：『惠州豐湖，亦名西湖。有蘇公堤，乃東坡出上賜金錢所築。煙波浩渺，山水環秀。彷佛明聖湖風景。白鶴峯下，東坡卜居於此。』

山居二首

歲晚罷遊楫，棲心〔一〕向竹林。茶風松影細，燈雨草堂深。樹壓成瓜架，泉流到釜鬵〔二〕。故人曾有約，迢遞訪山陰〔三〕。

【注釋】

〔一〕棲心：猶寄心，寄託心意。三國魏嵇康《釋私論》：『若質乎中人之性，運乎在用之質，而棲心古烈，擬足公塗。』

〔二〕釜鬵：釜和鬵，皆古代炊具。《詩・檜風・匪風》：『誰能亨魚，溉之釜鬵。』

〔三〕迢遞訪山陰：南朝宋劉義慶《世説新語・任誕》：『王子猷（王徽之）居山陰，夜大雪……忽憶戴安道

（戴逵），時戴在剡，卽便夜乘小船就之，經宿方至，造門不前而返。人問其故，王曰：「吾本乘興而行，興盡而返，何必見戴？」』山陰，舊縣名，在今浙江省紹興市。

又

樹密圍成屋，齋居只似庵。釣煙過岸北，樵野盡山南。禮樂貧多廢，詩書老更貪。幾時不出戶，落葉蒲方潭。

得月亭〔一〕集飲

地僻偏宜侶，琴樽慰索居。青垂几席暗，香入水簷疎。古道酣初闢，今情曠始除。醉來閒得句，吟向綠蕉書〔二〕。

【注釋】

〔一〕得月亭：未詳。

〔二〕蕉書：以芭蕉葉代紙作書。宋黄庭堅《戲答史應之》詩之三：『更展芭蕉看學書。』任淵注引周越《法書苑》：『陸羽作《懷素傳》曰：貧無紙可書，常於故里種芭蕉萬餘，以供揮灑。』

會龍庵晤仞千上人〔一〕

住錫〔二〕豈無意，吾師道已成。煙霞雙履足，風雨數椽輕。至性原通佛，真慈那免情。曾同塵外〔三〕約，移榻傍鐘聲。

【注釋】

〔一〕會龍庵：詳見卷三《冶山堂文集序》注〔四〕。仞千上人：清初僧人，通書法。參見廖燕《與仞千上人》（卷十）。

〔二〕住錫：謂僧人在某地居留。錫，錫杖。明汪廷訥《獅吼記·住錫》：『遠遠望見一座寺，倘清淨可居，老僧在此住錫。』

〔三〕塵外：猶言世外。唐孟浩然《武陵泛舟》詩：『坐聽閒猿嘯，彌清塵外心。』

清明郊行

苔靄權遊屐，春風吹更佳。鶯花原不老，天地豈長霾。綠染千山黛，香連一路釵。旗亭堪貰酒〔一〕，消盡十年懷。

【注釋】

〔一〕『旗亭』句：唐薛用弱《集異記・王涣之》載，一日詩人王昌齡、高適、王涣之共詣旗亭，貰酒小飲。忽有梨園伶官十數人，登樓會讌。王昌齡等私相約曰：『我輩各擅詩名，每不自定其甲乙，今者可以密觀諸伶所謳，若詩入歌詞之多者，則爲優矣。』結果王昌齡得『二絕句』。高適得『一絕句』。王涣之自以得名已久，指諸妓之中最佳者曰：『待此子所唱，如非我詩，吾卽終身不敢與子爭衡矣。脱是吾詩，子等當須列拜牀下，奉吾爲師。』須臾，次至諸妓之中最佳者，則曰：「黄河遠上白雲間……」，王涣之卽揶揄二子曰：『田舍奴，我豈枉哉！』因大諧笑。旗亭，酒樓。懸旗爲酒招，故稱。

琴言堂同吴元躍黄少涯夜飲〔一〕

殘樽猶未徹，三子向牕吟。拄頰〔二〕風吹鬢，揮毫月照襟。懷人成怨調，自我發孤音。相對多酣意，誰知此際心？

【注釋】

〔一〕琴言堂：未詳。吴元躍：吴中龍，字元躍，曲江人。順治十一年中舉，時年十二，以神童聞。性謹厚，素行廉介。康熙二十八年授順天府東安縣知縣，抵任旬日而卒。《曲江縣志》卷十四有傳。

〔二〕拄頰：用手支著臉頰，有所思貌。

殘菊

摧殘應有故，非獨值秋涼。群卉何多棄，孤花守一芳。與香浮夜月，連影注寒塘。猶幸留餘蒂，幽人把玩〔一〕長。

【注釋】

〔一〕把玩：握在或置在手中賞玩。漢陳琳《爲曹洪與魏文帝書》：『得九月二十日書，讀之喜笑，把玩無猒。』

登風度樓二首　樓爲邑人張文獻公創〔一〕

獨此危樓〔二〕在，遺風想像中。功標庾嶺〔三〕勝，公曾開庾嶺路。詩起盛唐雄。高置身千尺，遥開眼一空。由來經濟〔四〕士，曠世許相同。

【注釋】

〔一〕風度樓：舊址在今廣東省韶關市風度中路與風采路交叉口。詳見卷七《重修風度樓記》注〔一〕。張文獻公：即張九齡。

〔二〕危樓：高樓。北魏酈道元《水經注·沮水》：『危樓傾崖，恒有落勢。』

〔三〕庾嶺：即大庾嶺。在今江西大餘、廣東南雄交界處。

〔四〕經濟：經世濟民。唐李白《贈別舍人弟臺卿之江南》詩：『令弟經濟士，謫居我何傷。』

又

無限登高意，悠然向此樓。時平容若輩〔一〕，事去憶忠謀。安祿山反，帝始憶公讜言〔二〕。樹色連雲見，江聲入海流。所懷終莫盡，吟破一天秋。

【注釋】

〔一〕若輩：這些人，這等人。

〔二〕讜言：正直之言，直言。《漢書·敘傳上》：『吾久不見班生，今日復聞讜言！』顏師古注：『讜言，善言也。』

夜泊鎮江口〔一〕

途危愁失侶，夜泊傍叢舷。遠黑漁燈炯〔二〕，空光鶴影圓。山鐘雲隔寺，星月水連天。暗計旋家日，心知在菊前。

【注釋】

〔一〕鎮江口：卽京口。今江蘇鎮江市北的江面。清何紹章等修、楊履泰等纂《丹徒縣志》卷三：「京口連岡三而跨據大江，歷代戰守之策無不等爲天險。」

〔二〕炯：光明，光亮。戰國楚宋玉《神女賦》：「眸子炯其精朗兮，瞭多美而可觀。」

春夜丹霞山樂說上人院坐雨〔一〕

高齋添客坐，燈影隔長林〔二〕。一雨催春盡，千峯落磬深。電奔巖石火，寒逼草蛩〔三〕吟。莫厭通宵語，平生秖此心。

【注釋】

〔一〕丹霞山：在廣東省韶關市仁化縣城南九公里，錦江東岸。詳見卷七《遊丹霞山記》注〔一〕。樂說上人：今辯（一六三八—一六九七），字樂說，俗姓麥，名貞。清初廣東番禺人。詳見卷十《與樂說和尚》注〔一〕。上人，對和尚的尊稱。

〔二〕燈影：燈光。唐沈佺期《夜遊》詩：『月華連晝色，燈影雜星光。』長林：高大的樹林，喻隱逸者的居處。語出三國魏嵇康《與山巨源絶交書》：『此由禽鹿少見馴育，則服從教制，長而見羈，則狂顧頓纓，赴蹈湯火，雖飾以金鑣，饗以嘉肴，逾思長林而志在豐草也。』

〔三〕蛩：蟋蟀。唐白居易《禁中聞蛩》詩：『西窗獨闇坐，滿耳新蛩聲。』

半幅亭〔一〕試茗

野館朋皆集，新泉手自煎。入簾香暗滿，隔竹色分妍。韻喜煙霞侶〔二〕，時逢雨雪天。只緣丘壑性，曾得隱流傳。

【注釋】

〔一〕半幅亭：亭名，位於韻軒（即二十七松堂，廖燕書齋）的西南方。二十七松堂位於今廣東省韶關市武江南路中和巷七三—七七號（見姚良宗《廖燕與『二十七松堂』》）。見廖燕《半幅亭試茗記》（卷七）、《改舊居爲家祠堂記》（卷七）。

〔二〕煙霞侶：與山水結成伴侶，喻性好山水。唐白居易《祇役駱口因與王質夫同遊秋山偶題》詩：『石擁百泉合，雲破千峯開。平生煙霞侶，此地重徘徊。』

由東郊路訪牛頭沖〔一〕友人新莊

東郊新有路，山館隔層巒。曉日嵐初歇，春蕪緑未乾。扉連三徑〔二〕曲，牕逼一峯寒。近岸多漁艇，閒來把釣竿。

【注釋】

〔一〕牛頭沖：今廣東省韶關市湞江區五里亭牛頭沖。

〔二〕三徑：晉趙岐《三輔決錄・逃名》：『蔣詡歸鄉里，荊棘塞門，舍中有三徑，不出，唯求仲、羊仲從之遊。』後因以『三徑』指歸隱者的家園。晉陶潛《歸去來辭》：『三徑就荒，松竹猶存。』

宿雲封寺〔一〕

幾時勞悵望，方始近層巒。行路驚星月，投門歇馬鞍。林風叢葉鬧，巖雨落花攢。半夜聞鍾磬，塵心覺少闌〔二〕。

【注釋】

〔一〕雲封寺：俗名掛角寺。位於大庾嶺山隘的梅關關樓南坡，今六祖廟東對面。寺在『文革』中被毀。清余保純修《直隸南雄州志》卷二十四：『雲封寺在梅關側，唐時剏，名梅花院。宋大中祥符三年賜今額……俗呼掛角寺。』

〔二〕塵心：指凡俗之心，名利之念。唐白居易《馮閣老處見與嚴郎中酬和詩因戲贈絕句》：『縱有舊游君莫憶，塵心起即墮人間！』闌：衰減，消沉。唐白居易《詠懷》：『白髮滿頭歸得也，詩情酒興漸闌珊。』

遊英州南山〔一〕

信步來何處？南山冒險登。巖逢鋤藥叟，寺老種松僧。放眼浮千嶂，穿雲卓一藤。留題期再到，應上最高層。

【注釋】

〔一〕英州：今廣東省英德市。有英山在其北，五代南漢於其地置英州。宋以宋英宗潛邸，升爲英德府，明改縣。一九九四年設市。南山：位於英德市西南七公里的北江河畔。主峯鳴弦峯。南山風景秀麗，存有大量的古建築和摩崖石刻。《韶州府志》卷十二：『南山，縣南二里。山之陽爲蓮花峯，下有涵暉谷……今崖壁間皆唐宋詩刻題名。』

秋夜

隔竹坐峯形，微涼乍拂裾。草香秋色遠，蛩響夜牕虚。野宿舟投岸，荒江火聚魚。好憑歸雁翼，緘夢到林廬〔一〕。

【注釋】

〔一〕林廬：林中茅屋，指隱居之所。唐盧綸《酬陳翃郎中冬至攜柳郎竇郎歸河中舊居見寄》詩：『三旬一休沐，清景滿林廬。』

送柯遠若還江寧〔一〕

又復空歸去，行藏〔二〕竟若何。詩題僧舍遍，舟載嶺雲多。客路饒風浪，柴門滿薜蘿〔三〕。到家還可樂，呼酒且酣歌。

【注釋】

〔一〕柯遠若：清初江寧（今南京市）人，喜好英石。參見廖燕《英石歌贈柯遠若》（卷十八）。江寧：地名，舊江寧府所在地，在今南京市。

〔二〕行藏：指出處或行止。語本《論語·述而》：『用之則行，舍之則藏，唯我與爾有是夫。』

〔三〕薜蘿：薜荔和女蘿。兩者皆野生植物，常攀緣於山野林木或屋壁之上。借指隱者或高士的住所。南朝梁吳均《與顧章書》：『僕去月謝病，還覓薜蘿。』

題回龍山〔一〕

乾坤留勝跡，萬古未名聞。龍虎文章秘，江山混沌分。臨流生險怪，絕壁畫煙雲。題品從今始，後遊應記文。

【注釋】

〔一〕回龍山：在今廣東韶關市湞江區樂園鎮長樂附近的北江東岸。參見廖燕《題迴龍山詩跋》（卷十三）。

送遠

萍梗〔一〕天涯路，先騎問所之。品須矜出俗，道最重隨時。親老歸宜早，文高遇故遲。遍觀名勝跡，終與著書期。

【注釋】

〔一〕萍梗：浮萍斷梗。因漂泊流徙，故以喻人行止無定。唐許渾《晨自竹徑至龍興寺崇隱上人院》詩：『客路隨萍梗，鄉園失薜蘿。』

題澹公禪房〔一〕

幾時來此地，頭白事焚修〔二〕。隔塢〔三〕聞樵唱，通廚接野流。庵饑同伴去，菓熟嶺猿收。綠滿堦前草，何曾一出遊。

【注釋】

〔一〕澹公：指澹歸（一六一四—一六八〇）。俗姓金名堡，字衛公，又字道隱。出家後取名今釋，字澹歸。詳見卷四《送杜陵山人序》注〔三〕。禪房：佛徒習靜之所。北魏楊衒之《洛陽伽藍記·景林寺》：『中有禪房一所，内置祇洹精舍，形製雖小，巧構難比。』

〔二〕焚修：焚香修行，泛指淨修。唐司空圖《攜仙籙》詩之五：『若道陰功能濟活，且將方寸自焚修。』

〔三〕塢：山坳。唐羊士諤《山閣聞笛》詩：『臨風玉管吹參差，山塢春深日又遲。』

己巳閏三月端州舟中食新荔〔一〕

鮮荔爭時早，開奩豔暮春。青濃香未遍，紅淺色初勻。短艇乘潮穩，高懷寫物新。莫愁詩思渴，幾樹近前鄰。

【注釋】

〔一〕己巳：康熙二十八年（一六八九）。端州：今廣東省肇慶市。隋開皇九年（五八九）於其地置端州，故稱。

寄題鏡湖別業〔一〕

知幾〔二〕成隱計，卜築鏡湖丘。萬壑遙通處，泉聲徹夜流。雲歸山閣晚，葉響草堂秋。坐釣平生足，侯門豈可遊。

【注釋】

〔一〕鏡湖：在紹興市城區西南一公里半。清徐元梅等修、朱文翰等輯《嘉慶山陰縣志》卷四：『鏡湖，在縣南三里，即古南湖，又名長湖，亦名大湖。東漢太守馬臻濬，周三百五十八里，宋漸廢。今爲田，俗呼白塔洋，僅十餘里。若耶溪合焉。』明蕭良幹等修、張元忭等纂《紹興府志》卷七：『山陰鏡湖，在府城南三里，亦名鑑湖。任昉《述異記》：軒轅氏鑄鏡湖邊，因得名。』別業：別墅。唐楊炯《唐同州長史宇文公神道碑》：『享年六十有五，以永淳元年六月二十一日終于華州之別業，嗚呼哀哉！』

〔二〕知幾：謂有預見，看出事物發生變化的隱微徵兆。《易・繫辭下》：『知幾其神乎？君子上交不諂，下交不瀆，其知幾乎？幾者，動之微，吉之先見者也。』

喜晤連雙河〔一〕即送還楚

但得論交意，寧嫌覿面〔二〕遲。庵鐘深話處，花雨暮春時。一水風帆穩，千峯竹杖欹。離懷多磊落〔三〕，正與楚山〔四〕宜。

【注釋】

〔一〕連雙河：清初人，生平不詳。

〔二〕覿面：見面。元無名氏《馮玉蘭》第四折：『與俺這母親重覿面，怎麽俺兄弟爹爹也不見影。』

〔三〕磊落：形容胸懷坦蕩。漢阮瑀《箏賦》：『慷慨磊落，卓礫盤紆，壯士之節也。』

〔四〕楚山：泛指楚地之山。唐張説《對酒行巴陵作》詩：『鳥哭楚山外，猿啼湘水陰。』

將歸故山作

遨遊都似此，應不厭家貧。北海〔一〕思休暇，南樓〔二〕别故人。囊攜驢背句〔三〕，裘賺陌頭塵〔四〕。歸計兹時決，鶯花正暮春。

【注釋】

〔一〕北海：漢末孔融爲北海相，時稱孔北海。融性寬容少忌，好士，喜誘益後進。及退閒職，賓客日盈其門。常歎曰：『坐上客恒滿，尊中酒不空，吾無憂矣。』見《後漢書·孔融傳》。後常用作典實，以喻主人之好客。

〔二〕南樓：南朝宋謝靈運有《南樓中望所遲客》詩。中有『與我别所期，期在三五夕……路阻莫贈問，云何慰離析』句，後以『南樓』指送别處。

〔三〕『囊攜』句：後蜀何光遠《鑒戒録·賈忤旨》：『（賈島）忽一日於驢上吟得：「鳥宿池中樹，僧敲月下門。」初欲著「推」字，或欲著「敲」字，煉之未定，遂於驢上作「推」字手勢，又作「敲」字手勢。不覺行半坊。觀者訝之，島似不見。時韓吏部愈權京尹，意氣清嚴，威振紫陌。經第三對呵唱，島但手勢未已。俄爲官者推下驢，擁至尹前，島方覺悟。顧問欲責之。島具對：「偶得一聯，吟安一字未定，神遊詩府，致衝大官，非敢取尤，希垂至鑒。」韓立馬良久思之，謂島曰：「作敲字佳矣。」』後因以『驢背』指斟酌字句。

〔四〕『裘賺』句：謂窮困落拓。典出《戰國策·秦策一》：『（蘇秦）説秦王，書十上而説不行，黑貂之裘弊，黄金百斤盡。』陌頭，路上，路旁。唐王昌齡《閨怨》詩：『忽見陌頭楊柳色，悔教夫壻覓封侯。』

過友人山齋

到門方半里，數折渡溪流。牕俯蒹葭緑，山藏翡翠幽。題詩遍修竹，邀客話清秋。有約過今夜，西峯看斗牛〔一〕。

【注釋】

〔一〕斗牛：二十八宿中的斗宿和牛宿。傳説晉初時，斗、牛之間常有紫氣照射，雷煥以爲是寶劍之精，上徹於天所致。見《晉書·張華傳》。後以『斗牛』指喻傑出人才有待識者發現。北周庾信《哀江南賦》：『路已分於湘漢，星猶看於斗牛。』

送顧芸叟〔一〕歸泉州

滄波行更遠，歸棹獨瑤琴。易作懷人調，難爲去國心。情牽山夢近，釣往水雲深。他日如相憶，應來海嶽〔二〕尋。

【注釋】

〔一〕顧芸叟：善琴而多藝。曾居廣州、泉州等地。見廖燕《送琴客顧耘叟序》（卷四）。

〔二〕海嶽：大海和高山。晉葛洪《抱朴子·逸民》：『呂尚長於用兵，短於爲國，不能儀玄黄以覆載，擬海嶽以博納。』

舟行見油菜花

近臘花偏茂，沙洲到處黄。雙眸連岸渺，千畝引蜂忙。客路宜蔬食，寒天欲雪霜。生平常憶此，回首更難忘。

旅夜同友人飲紅梅花下

天涯閒此夕，應得共芳樽。夜重花吟穩，寒深酒氣昏。人情偏曲折，月性務渾淪〔一〕。豔麗誰相許？終全造物恩。

【注釋】

〔一〕渾淪：自然，質樸。唐崔令欽《教坊記》：『任智方四女皆善歌，其中二姑子，吐納悽惋，收斂渾淪。』

山莊題壁

遊屐還應少，堦前野蘚青。斷橋時過鹿，芳草夜歸螢。秋老荒蓮渚，煙開見雁汀。閒來彈古調，牕外倩誰聽？

古劍

古劍何年鑄？應知識者稀。黄金鐫字隱，白晝見星微。風雨時聞嘯，江湖近欲飛〔一〕。功成多馬上，曾伴漢王歸。

【注釋】

〔一〕『風雨』二句：晉王嘉《拾遺記·顓頊》：『（顓頊）有曳影之劍，騰空而舒，若四方有兵，此劍則飛起指其方，則剋伐。未用之時，常於匣裏如龍虎之吟。』

古鏡

塵埋亦已久，磨洗竟何如。蟲蝕菱花〔一〕遍，煙消月暈初。鬼神疑有象，肝膽照無餘。誰識妍媸〔二〕理，寥寥天地虚。

【注釋】

〔一〕菱花：指古鏡上菱花形的花紋。唐駱賓王《王昭君》詩：『古鏡菱花暗，愁眉柳葉顰。』

〔二〕妍媸：美好和醜惡。南朝宋劉義慶《世説新語·巧藝》：『四體妍媸，本無關於妙處；傳神寫照，正在阿堵中。』

古錢

年號依然古，何時已鑄山〔一〕？聖人能禍世，此物却舒顔。苔蝕痕成篆，鉛消火出斑。莫嫌多近俗，榮辱最相關。

【注釋】

〔一〕鑄山：謂開採山中銅礦以鑄造錢幣。《史記·吳王濞列傳》：『吳有豫章郡銅山，濞則招致天下亡命者盜鑄錢，煑海水爲鹽。』

閏七夕

又復成佳會，應憐此夜長。河流前渡水，衣染再來香。好事防更〔一〕盡，深閨愛夕涼。誰知梧葉〔二〕意，亦喜近銀牀〔三〕。

【注釋】

〔一〕更：舊時夜間計時單位。《玉臺新詠·古詩爲焦仲卿妻作》：『中有雙飛鳥，自名爲鴛鴦。仰頭相向鳴，夜夜達五更。』

〔二〕梧葉：梧桐落葉早，故以『梧葉』表示秋天來臨。《廣群芳譜·木譜六·桐》：『立秋之日，如某時立秋，至期一葉先墜，故云：梧桐一葉落，天下盡知秋。』

〔三〕銀牀：井上的轆轤架。唐杜甫《冬日洛城北謁玄元皇帝廟》詩：『風箏吹玉柱，露井凍銀牀。』仇兆鰲注：『朱注：舊以銀牀爲井欄。《名義考》：銀牀乃轆轤架，非井欄也。』

買端硯〔一〕

端溪〔二〕溪裏石，幾片截溪痕。積水凝成鐵，孤雲散作根。攜來藏匣穩，老去著書繁。只此隨身便，相磨永不諼〔三〕。

【注釋】

〔一〕端硯：以廣東省肇慶市東南郊羚羊峽端溪所產石製成的硯臺，爲硯中上品。詳參《天然端硯銘》（卷十六）注。

〔二〕端溪：溪名。在廣東省肇慶市東南郊。產硯石。清屈大均《廣東新語》卷五：『羚羊峽口之東有一溪，溪長一里許，廣不盈丈，其名端溪。』

〔三〕諼：忘記，忘卻，遺忘。《詩·衛風·淇奥》：『有匪君子，終不可諼兮。』

種菜八首

荒園三四畝，日夕事澆鋤。每至盛衰際，常思天地初。百芳隨候變，一秀見春餘。肉食寧多鄙〔一〕，須知惜細蔬。

【注釋】

〔一〕『肉食』句：《左傳·莊公十年》：『肉食者鄙，未能遠謀。』謂居高位、享厚祿的人眼光狹陋短淺。

又

生財需地利，尤貴在因時。斯道侔參贊，他年任饉饑。留青過晚歲，牽綠上枯枝。近水乘涼好，荷香種滿池。

又

老圃〔一〕非無學，功深始有成。佳蔬栽欲遍，惡草刈還盈。豐歉寧天定，陰陽以道生。倦來思暫憩，林鳥早催耕。

【注釋】

〔一〕老圃：有經驗的菜農。《論語·子路》：『樊遲請學稼，子曰：「吾不如老農。」請學爲圃，曰：「吾不如老圃。〔二〕』何晏集解：『樹菜蔬曰圃。』

又

物理〔一〕何由識？時翻種植書。藥苗宜灌溉，芥性賤吹噓。坐嘯風生榻，忘機水到渠。年來甘業此，不敢厭粗疎。

【注釋】

〔一〕物理：事物的道理、規律。《周書·明帝紀》：『天地有窮已，五常有推移，人安得常在，是以生而有死者，物理之必然。』

又

辛勤堪鍊性，習此已經年。播種時防後，看書眼在先。蛩吟秋榻下，瓜蔭藕池邊。偷得閒中樂，花間一醉眠。

又

安卑翻足樂，此事向誰論？松菊開三徑，鶯花散一園。新秧宜暮雨，寒薺喜朝暾〔一〕。草舍無迎送，何人適扣門？

【注釋】

〔一〕朝暾：初升的太陽或早晨的陽光。《隋書·音樂志下》：『扶木上朝暾，嵫山沉暮景。』

又

閉門無所事，讀罷學躬耕。畛域〔一〕分高下，圖書任縱横。菜花香引蝶，鄰樹密藏鶯。栽植防朝熱，攜鋤向月明。

【注釋】

〔一〕畛域：指田地。宋曾協《大愚堂記》：『果蔬薪樵取足於畛域之内，而擇其地之中結廬以爲家。』

又

時來勤四體〔一〕，偶懶亦悠然。高臥〔二〕心俱隱，浮生事欲捐。種苔成綠地，栽竹作青天。只此閒工課〔三〕，匆匆又一年。

【注釋】

〔一〕四體：四肢。《論語·微子》：『四體不勤，五穀不分。』

〔二〕高臥：指隱居不仕。南朝宋劉義慶《世説新語·排調》：『卿（謝安）屢違朝旨，高臥東山，諸人每相與言：「安石不肯出，將如蒼生何？」』

〔三〕工課：經常從事的各種訓練、愛好等。元顧德潤《罵玉郎過感皇恩採茶歌·述懷》曲：『人生傀儡棚中過，嘆烏兔似飛梭。消磨歲月新工課；尚父蓑，元亮歌，靈均些。』

十六夜雨霽見月

坐覺浮雲淨，不知天已晴。翻因茲夕皎，忽憶昨宵明。衰葉秋催響，長空雨洗清。籬邊花更好，數朵獨輕盈。

山居寄友人

萬松陰覆屋，吟榻對江湄〔一〕。斯道誰堪語？微言〔二〕己獨知。寺鄰煙磬接，漁習荻竿隨。偶值樵歸叟，琴心寄子期〔三〕。

【注釋】

〔一〕江湄：江岸。漢劉向《列仙傳·江妃贊》：『靈妃艷逸，時見江湄。』

〔二〕微言：精深微妙的言辭。《逸周書·大戒》：『微言入心，夙喻動眾。』朱右曾校釋：『微言，微眇之言。』

〔三〕子期：即鍾子期。春秋時楚人，精於音律，與伯牙友善。伯牙鼓琴，志在高山流水，子期聽而知之。子期死，伯牙絕弦破琴，終身不復鼓琴。見《呂氏春秋·本味》。

綠匪山房即事〔一〕

萬竹圍人坐，閒將鶴影〔二〕同。忽驚書幌〔三〕雨，更爽芰荷風。心已如山寂，庭其似水空。忘言〔四〕當此際，新月印牆東。

【注釋】

〔一〕綠匪山房：位於今廣東省韶關市五祖路附近。詳見卷七《芥堂記》注〔七〕。卽事：以當前事物爲題材的詩。宋魏慶之《詩人玉屑》卷六《陵陽謂須先命意》：『凡作詩須命終篇之意，切勿以先得一句一聯，因而成章，如此則意不多屬。然古人亦不免如此，如述懷、卽事之類，皆先成詩，而後命題者也。』多用爲詩詞題目。

〔二〕鶴影：鶴居林野，性孤高，常喻隱士。唐劉長卿《送方外上人》詩：『孤雲將野鶴，豈向人間住。』

〔三〕書幌：書房的帷帳。南朝梁劉孝綽《〈昭明太子集〉序》：『猶臨書幌而不休，對欹案而忘怠。』

〔四〕忘言：語出《莊子·齊物論》：『夫大道不稱，大辨不言。』又見陶潛《飲酒》其五：『此中有真意，欲辨已忘言。』此以『忘言』指稱對歸隱的領悟。

夜起坐月

光浸一庭水，披衣起坐時。露華〔一〕生几席，河漢淨鬚眉。漏下三更〔二〕急，聲消萬籟吹。沉吟如有會，梧影轉東籬。

【注釋】

〔一〕露華：清冷的月光。南朝齊王儉《春夕》詩：『露華方照夜，雲彩復經春。』

〔二〕漏下：漏刻（古計時器）的水面下落。指時間已晚。清和邦額《夜譚隨錄·譚九》：『風度蒲牢，都城漏下矣；荒野寂寥，保無有暴客相值。』三更：指第三更的時候，即半夜十一時至翌晨一時。《樂府詩集·清商曲辭二·子夜變歌一》：『三更開門去，始知子夜變。』

買英石舟中同鄭思宣作〔一〕

買得英州石，長途作畫看。胸中多磊砢〔二〕，塵外幾煙巒。傍水雲常起，分題〔三〕墨未乾。堅予丘壑癖，朝夕共盤桓〔四〕。

【注釋】

〔一〕英石：廣東省英德市山溪中所產的一種石頭。詳見卷七《朱氏二石記》注〔一〕。鄭思宣：生平不詳，康熙二十九年（一六九〇），鄭思宣來韶，與廖燕相識。參見廖燕《庚午初冬喜晤鄭思宣快談數夕情見乎詞時因歸閩賦此贈别》（卷二十）。

〔二〕磊砢：衆多委積貌，形容鬱結在心中的不平之氣。清二石生《十洲春語》卷三：『横胸磊砢誰消得？眼見垂楊凍春色。』

〔三〕分題：詩人聚會，用抽籤方式分題目而賦詩，謂之分題。宋嚴羽《滄浪詩話·詩體》：『有擬古，有連句，有集句，有分題。』自注：『古人分題，或各賦一物，如云送某人分題得某物也。或曰探題。』

〔四〕盤桓：周旋，交往。《秦併六國平話》卷上：『二將驟征鞍，盤桓兩陣前。』

三水〔一〕漁婦時已百有二歲

三水漁家婦，經年已百餘。賤貧忘得失，歲月任乘除。頭白猶留髮，心聰只辨魚。翻憐金屋〔二〕内，瑣瑣〔三〕養生書。

【注釋】

〔一〕三水：今廣東省佛山市三水區。位於廣東省中部，珠江三角洲西北端。因西江、北江、綏江在境内匯流，故名三水。

〔二〕金屋：華美之屋，指富貴人家的住處。南朝梁柳惲《長門怨》詩：『無復金屋念，豈照長門心。』

〔三〕瑣瑣：形容事情細小，不重要。唐白居易《議祥瑞辨妖災策》：『自謂政之能立，道之能行，雖有瑣瑣之妖，不足懼也。』

辛未臘月粤西舟中逢立春寒甚作〔一〕

殘臘〔二〕開春日，舟行雪浪中。聲喧巒澗瀨，寒裂錦囊桐〔三〕。酒話爐邊勝，詩情客裏工。

偏憐桃綻早，幾樹隔溪紅。

【注釋】

〔一〕辛未：康熙三十年（一六九一）。

〔二〕殘臘：農曆年底。唐李頻《湘口送友人》詩：『零落梅花過殘臘，故園歸去又新年。』

〔三〕錦囊：用錦製成的袋子，古人多用以藏詩稿或機密文件。《南史·徐湛之傳》：『以錦囊盛武帝納衣，擲地以示上。』《新唐書·文藝傳下·李賀》：『每旦日出，騎弱馬，從小奚奴，背古錦囊，遇所得，書投囊中。』桐：指琴。唐謝邈《謝人惠琴材》詩：『風撼桐絲帶月明，羽人乘醉截秋聲。』

粵西舟行遲友人不至

出門曾有約，去棹自難前。夢怯寒江月，心孤旅雁天。計程塘堡隔，回首水雲連。但使無相負，終同話瘴煙。

摘野菜

飄泊來何處？芳菲遍野隈。綠分人散採，香帶蝶同回。偶食輕詩骨〔一〕，長吟泥酒杯。

維舟〔二〕聊復爾，不覺客懷開。

【注釋】

〔一〕詩骨：詩的風骨。唐孟郊《戲贈無本》詩之一：『詩骨聳東野，詩濤湧退之。』金元好問《王黃華墨竹》詩：『雪溪仙人詩骨清，畫筆尚餘詩典刑。』

〔二〕維舟：繫船停泊。南朝梁何遜《與胡興安夜別》詩：『居人行轉軾，客子暫維舟。』

舟寒

天地還幽閉〔一〕，孤舟江上寒。客程原有定，風雨苦無端。覓句圍爐坐，逢山伏枕看。生平曾耐此，無復畏艱難。

【注釋】

〔一〕幽閉：關閉。古代神話，謂盤古氏開天闢地。此形容天陰寒情狀。

粵西道中感興

窮冬猶作客，心逐片帆懸。不爲營衣食，寧輕冒瘴煙〔一〕？星分〔二〕同塢屋，萍聚〔三〕異鄉船。底事〔四〕憑誰語？躊躕落照〔五〕前。

【注釋】

〔一〕瘴煙：瘴氣。亦作『煙瘴』。深山叢林間蒸發出來的濕熱霧氣，人觸之輒病瘧。明謝榛《四溟集·送陳駕部邦禮出守潮陽》：『疊浪平夷島，高秋肅瘴煙。』

〔二〕星分：謂星散。《魏書·崔浩傳》：『大軍卒至，必驚駭星分，望塵奔走。』

〔三〕萍聚：猶萍水相逢。萍隨水漂泊，聚散無定。比喻人的偶然相遇。宋薛季宣《誠臺雪望懷子都》詩之二：『狂遊失可人，萍聚我和君。』

〔四〕底事：此事。宋林希逸《題達摩渡蘆圖》詩：『若將底事比渠儂，老胡暗中定羞殺。』

〔五〕落照：夕陽的餘暉。唐姚合《霽後登樓》詩：『爲有登臨興，獨吟落照中。』

和尚石〔一〕

天地誰開闢？僧人石共生。水雲原易足，善惡自難名。圓頂禪三昧〔二〕，疎鐘月五更。往來休指顧，仙佛本無情。

【注釋】

〔一〕和尚石：位於今廣東省英德市青塘鎮。

〔二〕圓頂：完成剃髮而呈現出家人之相。宋法賢譯《實授菩薩菩提行經》：『圓頂被袈裟，住於羅漢相，如不能知空，佛智何能了？』三昧：佛教語。梵文音譯。又譯『三摩地』。意譯爲『正定』。謂屏除雜念，心不散亂，專注一境。《大智度論》卷七：『何等爲三昧？善心一處住不動，是名三昧。』晉慧遠《念佛三昧詩集序》：『夫三昧者何？專思、寂想之謂也。』

癸酉春夜集羚羊峽古刹聽泉〔一〕

峽水峯頭出，更深聽更明。源縣林杪〔二〕遠，聲落石池清。半榻人欹坐，中宵〔三〕月獨横。來朝各天末〔四〕，應憶此時情。

【注釋】

〔一〕癸酉：康熙三十二年（一六九三）。羚羊峽：在廣東省肇慶市東北西江河上，羚羊山與爛柯山之間。清夏修恕等修、何元等纂《高要縣志·山川畧》（卷五）：『高峽山，在縣東二十里許。高千仞，長二十里，與爛柯山對峙。江流至此夾束而出，江廣一里。華翠之樹四時蔥蒨。相傳山有羊化石，因名羚羊峽。又名靈羊。《南越志》云零羊峽。一名高要峽。峽中有九頭頂、阿溇頂、釣魚臺，水最湍急處。峽口有羚山寺，別麓有香澗菴，菴今廢。』

〔二〕林杪：樹梢，林外。晉陸機《感時賦》：『猿長嘯於林杪，鳥高鳴於雲端。』

〔三〕中宵：中夜，半夜。晉陸機《贈尚書郎顧彥先》詩之二：『迅雷中宵激，驚電光夜舒。』

〔四〕天末：天的盡頭，指極遠的地方。漢張衡《東京賦》：『眇天末以遠期，規萬世而大摹。』

戊寅春集二十七松堂訂期作詩課〔一〕

朋集當春霽，相商韻事賒〔二〕。言須存大雅，人豈讓名家。燭刻三更漏，題分〔三〕幾樹花。預期明約束，吟興已無涯。

【注釋】

〔一〕戊寅：康熙三十七年（一六九八）。詩課：作詩的功課。元劉詵《送趙光遠道州寧遠稅使》詩：『詩課書程應不減，東風早送錦衣還。」

〔二〕韻事：風雅之事。《儒林外史》第三十回：『花酒陶情之餘，復多韻事。』賒：多。唐郎士元《聞吹楊葉者》：『胡馬迎風起恨賒。』

〔三〕題分：拈題分韻。舊時文人集會作詩的一種方式。各人自認或拈鬮定題目。在限定的韻部中自認或拈定詩韻。

蟻

細族偏憐汝，同霑造化功。移居防穴患，聚斂免途窮。寸土爭爲帝，癡腸不讓忠。勞勞天地內，感此念微躬。

蝶

變化亦云末，彩儀良足珍。名園經幾宿，花事又連旬。豔麗翻纖影，芳菲寫早春。他時猶憶汝，會向夢中親。

蜘蛛

晚霽蜘蛛喜，網羅屋角開。爲生〔一〕心獨巧，取物智尤該〔二〕。出處安時命，經綸〔三〕愧小才。靜專〔四〕如有意，瓦雀〔五〕莫相猜。

【注釋】

〔一〕爲生：猶謀生。《史記·越王勾踐世家》：「（范蠡）以爲此天下之中，交易有無之路通，爲生可以致富矣。」

〔二〕該：完備。《楚辭·招魂》：「招具該備。」

〔三〕經綸：抱負。宋秦觀《滕達道挽詞》：「經綸未了埋黃土，精爽還應屬斗牛。」

〔四〕靜專：貞靜專一。語出《易·繫辭上》：「其靜也專，其動也直。」韓康伯注：「專，專一也。」唐元稹《高允恭授侍御史知雜事制》：「允恭始以儒家子能文入官……靜專勤直，志行修明。」

〔五〕瓦雀：麻雀的別名。元葉李《暮春即事》詩：「雙雙瓦雀行書案，點點楊花入硯池。」

螟蛉〔一〕

螟蛉生獨異，造化此中存。么麽輕〔二〕軀命，辛勤爲子孫。思深〔三〕隨變物，候至罷繁言。萬類原同氣，疎親不復論。

【注釋】

〔一〕螟蛉：螟蛾的幼蟲。蜾蠃（寄生蜂的一種。腰細，體青黑色，以泥土築巢於樹枝或壁上）常捕螟蛉喂它的幼蟲，古人誤認爲蜾蠃養螟蛉爲己子。《詩·小雅·小宛》：『螟蛉有子，蜾蠃負之。』

〔二〕么麽輕：同義連用，輕微、微小。常見『么麽』連用。明胡應麟《少室山房集·奉汪司馬伯玉》：『一么麽鄙生厠五六鉅公之末，執筆忸怩，罔知所措。稍一搆思，愧汗淫淫，繼之雨泪簌簌矣。』

〔三〕思深：思慮得深，爲久遠的事操心。語出《左傳·襄公二十九年》：『思深哉，其有陶唐氏之遺民乎！不然，何憂之遠也。』

蟋蟀〔一〕

蟋蟀乾坤内，乘時露化機〔二〕。方將出衰草，便欲近羅幃〔三〕。聲入深秋重，思當永夜〔四〕

微。年年愁此際，未覺淚沾衣。

【注釋】

〔一〕蟋蟀：昆蟲名。黑褐色，觸角很長，後腿粗大，善於跳躍。雄的善鳴，好鬥。也叫促織。《詩·豳風·七月》：『十月蟋蟀入我牀下。』

〔二〕化機：變化的樞機。唐吳筠《步虛詞》之十：『二氣播萬有，化機無停輪。』

〔三〕羅幃：羅帳。唐盧照鄰《長安古意》詩：『雙燕雙飛繞畫梁，羅幃翠被鬱金香。』

〔四〕永夜：長夜。《列子·楊朱》：『肆情於傾宮，縱欲於永夜。』

犬

庭堦閒臥起，動息汝如知。獨守忘朝夕，相依憶亂離。主恩誠可念，盜賊欲何爲。祇此成天性，寧關豢養私？

馬

戎事艱難日，秋風駿驥嘶。神襟〔一〕開勇懦，高足絕雲泥。伏櫪〔二〕英雄盡，長驅殺氣低。

祇今餘老病，猶自憶征西。

【注釋】

〔一〕神襟：胸懷。南朝陳徐陵《新亭送別應令》詩：『神襟愛遠別，流涕極清漳。』

〔二〕伏櫪：馬伏在槽上。後用爲壯志未酬，蟄居待時的典故。三國魏曹操《步出夏門行》：『老驥伏櫪，志在千里；烈士暮年，壯心不已。』

雞

五德〔一〕寧多羨，司晨〔二〕信獨全。生來雖異地，時至自鳴天。家畜依王政，群嬉散稻田。充庖〔三〕聊籍汝，奢殺亦堪憐。

【注釋】

〔一〕五德：古謂雞有文、武、勇、仁、信五德。《韓詩外傳》卷二：『君獨不見夫雞乎？首戴冠者，文也；足傅距者，武也；敵在前敢鬬，勇也；得食相告，仁也；守夜不失時，信也。雞有此五德，君猶日瀹而食之者，何也！』

〔二〕司晨：謂雄雞報曉。《尸子》卷下：『使星司夜，月司時，猶使雞司晨也。』

〔三〕充庖：供作食用。語出《禮記·王制》：『三爲充君之庖。』

鵝

群鵝何爛漫，父子各天真。倦憩眠青數，嬉遊逐浪頻。不材供殺戮，一飽卽經綸。共此浮生〔一〕內，悠悠亦正均〔二〕。

【注釋】

〔一〕浮生：語本《莊子·刻意》：『其生若浮，其死若休。』以人生在世，虚浮不定，因稱人生爲『浮生』。

〔二〕均：『韻』的古字。《楚辭·惜誓》：『二子擁瑟而調均兮，余因稱乎清商。』王逸注：『均，亦調也。』

雁

露下秋風急，相將〔一〕度嶺雲。先機〔二〕趨獨早，惜别怨何殷。影向望中盡，聲猶天際聞。不堪愁絕處，夜色正氤氳〔三〕。

【注釋】

〔一〕相將：相偕，相共。漢王符《潛夫論·救邊》：『相將詣闕，諧辭禮謝。』

〔二〕先機：猶先幾，預先洞知細微。明沈德符《野獲編·神仙·仙姑避跡》：『何廷玉、羅萬象等數十輩，皆以失旨伏誅，仙姑明哲先幾，卽謂之仙亦可。』

〔三〕氤氳：彌漫貌。三國魏曹植《九華扇賦》：『效虯龍之蜿蟬，法虹霓之氤氳。』

鷹

既負淩雲志，何妨暫附人。風飈〔一〕常側耳，霄漢獨凝神。長翮〔二〕當秋勁，雄才遇敵真。且寬凡鳥責，留俟擊鵃毚〔三〕。

【注釋】

〔一〕風飈：暴風。漢班婕妤《擣素賦》：『任落手之參差，從風飈之遠近。』

〔二〕翮：翅膀。三國魏曹植《送應氏》詩之二：『願爲比翼鳥，施翮起高翔。』

〔三〕鵃：貓頭鷹一類的鳥。毚：狡兔。《新序·雜事五》：『昔者，齊有良兔曰東郭毚，蓋一旦而走五百里。』

子規〔一〕

子規啼正急，遺恨帶聲吞。易墜行人淚，難消蜀帝魂。孤城霜月曉，絕壑雨煙昏。捱盡此時聽，幽思只暗論。

【注釋】

〔一〕子規：杜鵑鳥的别名。相傳爲古蜀王杜宇之魂所化。春末夏初，常晝夜啼鳴，其聲哀切。宋陸佃《埤雅·釋鳥》：『杜鵑，一名子規。』南朝宋鮑照《擬行路難》詩之六：『中有一鳥名杜鵑，言是古時蜀帝魂。其聲哀苦鳴不息，羽毛憔悴似人髡。』

鷓鴣〔一〕

百粵叢隈地，山山響鷓鴣。似將征役苦，故向旅人呼。帶恨啼前澗，迎愁過别湖。此時聽不盡，留向曲中摸〔二〕。

【注釋】

〔一〕鷓鴣：鳥名。爲南方留鳥。古人諧其鳴聲爲『行不得也哥哥』，詩文中常用以表示旅途之苦。《文選·左思〈吴都賦〉》：『鷓鴣南翥而中留，孔雀綷羽以翱翔。』劉逵注：『鷓鴣，如雞，黑色，其鳴自呼。或言此鳥常南飛不止。豫章已南諸郡處處有之。』

〔二〕摸：同『摹』。模仿。唐韓愈《畫記》：『余少時常有志乎茲事，得國本，絶人事而模得之。』

鴛鴦

結侣秋江上，終能相傍飛。宿花香夢遠，逐浪錦衣肥。思積年年島，情深夜夜磯。初心永不負，生死肯同歸。

鷗

野性堪相狎，優遊〔一〕獨至今。幾時忘歲月，終日任浮沉。天地何如大，江湖隨處深。由來同此意，爲爾一長吟。

【注釋】

〔一〕優遊：悠閒自得。《詩·大雅·卷阿》：「伴奐爾游矣，優遊爾休矣。」

鷺

海天寬白鷺，閒甚到於今。飲啄寧餘羨〔一〕，飛鳴獨遠心。古松棲殆〔一〕遍，煙浦去何深。却哂〔二〕牢籠内，區區豢欲禽。

【校記】

〔一〕殆：底本作「迨」，據利民本、寶元本改。

【注釋】

〔一〕餘羨：盈餘。《晉書·齊王攸傳》：「計今地有餘羨，而不農者衆，加附業之人復有虚假，通天下謀之。」

〔二〕哂：譏笑。晉孫綽《游天台山賦》：「哂夏蟲之疑冰，整輕翮而思矯。」

鴝鵒〔一〕

顧盼如多慮，孤危物易侵。獨憐殘短翮，猶憶舊長林。花隔留棲影，簾開聽吹音。殷勤惟畜汝，捱過九冬〔二〕深。

【注釋】

〔一〕鴝鵒：鳥名。俗稱八哥。全身黑色，頭部有簇羽，鳴聲婉轉，略能學語。《春秋·昭公二十五年》：『有鸜鵒來巢。』楊伯峻注：『鸜同鴝，音劬。鸜鵒即今之八哥，中國各地多有之。』

〔二〕九冬：指冬季。一季約九十日，故名。《初學記》卷三引《梁元帝纂要》：『冬曰玄英，亦曰安寧，亦曰玄冬、三冬、九冬。』

鵲

曉色牕初啟，簷前歷亂〔一〕飛。欲傳何處喜，豈報遠人歸。靈警占天候〔二〕，祥聲淨殺機。黃昏猶遶樹，叢噪送餘暉。

【注釋】

〔一〕歷亂：爛熳。南朝梁簡文帝《采桑》詩：『細萍重疊長，新花歷亂開。』

〔二〕天候：天文及時令氣候。宋褚伯秀《南華真經義海纂微·雜篇外物》：『（龜）七十二鑽而無遺筴，言其材美，上符天候。然而入網莫逃，刳腸不免者，其神其知有時而窮，皆不足恃。』

豕

豢養成風俗，艱難使汝蕃。一身供殺戮，百拙受饔飧〔一〕。市聚人爭貨，檻深虎莫吞。傷多能致早，得庇是天恩。

【注釋】

〔一〕百拙：事事笨拙。宋黃庭堅《和答魏道輔寄懷》之十：『機巧生五兵，百拙可用過。』饔飧：早飯和晚飯，泛指飯食。

鹿

群鹿相爲命，深山太古初。長生丹府〔一〕秘，盛世網羅疏。泉石原無恙，煙霞只自如。那知渾樸〔二〕意，所性傍仙居。

【注釋】

〔一〕丹府：即丹田。人體部位名。道教稱人體有三丹田：在兩眉間者爲上丹田，在心下者爲中丹田，在臍下者爲下丹田。見晉葛洪《抱朴子·地真》。宋蘇軾《蔡州道上遇雪》詩：『不如閉目坐，丹府夜自暾。』王十朋集注：『丹府，即道家所謂丹田也。』

〔二〕渾樸：樸實，淳厚。唐皎然《鄭容全成蛟形木機歌》：『渾樸無勞剞劂工，幽姿自可蛟龍質。』

猿

隔嶺群呼侶，天寒風雨哀。啼煙愁向夜，嘯月響窮嵬。飲食長生術，神通出世〔一〕才。莫投三峽〔二〕去，征客屢徘徊。

【注釋】

〔一〕出世：超脫人世。北齊顔之推《顔氏家訓·養生》：『考之内教，縱使得仙，終當有死，不能出世。』

〔二〕三峽：位於重慶、湖北境内，爲長江上游的瞿塘峽、巫峽和西陵峽的合稱。《水經注·江水》：

『故漁者歌曰：「巴東三峽巫峽長，猿鳴三聲淚沾裳。」』宋陸游《登樓》詩：『歌聲哀怨傳三峽，行色淒涼帶百蠻。』

狐

靈奇過百獸，寧獨腑毛〔一〕精。一穴藏身地，千金起獵情。以疑能定性〔二〕，自狡得長生。竊得真人籙〔三〕，他時任縱橫。

【注釋】

〔一〕腑毛：即腋毛。狐的腋毛是其毛皮最精華的部分。明歸有光《震川別集》卷二上：『夫千金之裘，非一狐之腋也；臺榭之榱，非一木之枝也。』

〔二〕『以疑』句：傳說狐性多疑。《漢書·文帝紀》：『方大臣誅諸呂迎朕，朕狐疑。』顏師古注：『狐之爲獸，其性多疑，每渡冰河，且聽且渡。故言疑者，而稱狐疑。』

〔三〕真人籙：仙人的符籙。真人，道家稱存養本性或修真得道的人。《莊子·大宗師》：『古之真人，其寢不夢，其覺無憂，其食不甘，其息深深……古之真人，不知説生，不知惡死，其出不訢，其入不距；翛然而往，翛然而來而已矣。』籙，道教所稱的秘文，符籙、籙練、籙籍之類。

鯉魚

江湖神氣立，污渚詎〔一〕能安。未得揚眉喜，終慚點額〔二〕酸。黿鼉〔三〕何瑣細，蝦蟹亦多端。寧識圖南〔四〕意，風雷起羽翰〔五〕。

【注釋】

〔一〕詎：豈，難道。南朝梁江淹《休上人怨别》詩：『寶書爲君掩，瑶瑟詎能開。』

〔二〕點額：謂跳龍門的鯉魚頭額觸撞石壁。北魏酈道元《水經注·河水四》：『鱣，鮪也。出鞏穴，三月則上渡龍門，得渡爲龍矣。否則，點額而還。』

〔三〕黿鼉：大鱉和揚子鰐。《國語·晉語九》：『黿鼉魚鱉，莫不能化。』

〔四〕圖南：《莊子·逍遥遊》：『北冥有魚，其名爲鯤。化而爲鳥，其名爲鵬。鵬之徙于南冥也，水擊三千里，摶扶摇而上者九萬里，背負青天而莫之夭閼者，而後乃今將圖南。』後以『圖南』比喻人的志向遠大。

〔五〕羽翰：翅膀。南朝宋鮑照《詠雙燕》之一：『雙燕戲雲崖，羽翰始差池。』

蝦

水族汝尤賤，洿池〔一〕聊自居。蛟龍傍戰鬬，蘋藻任逶迤。多近人情棄，生應造化知。不堪廊廟〔二〕薦，自是網罟〔三〕遺。

【注釋】

〔一〕洿池：水塘。《孟子·梁惠王上》：『數罟不入洿池，魚鱉不可勝食也。』

〔二〕廊廟：殿下屋和太廟，指朝廷。《後漢書·申屠剛傳》：『廊廟之計，既不豫定；動軍發衆，又不深料。』李賢注：『廊，殿下屋也；廟，太廟也。國事必先謀於廊廟之所也。』

〔三〕網罟：捕魚及捕鳥獸的工具。《管子·勢》：『獸厭走而有伏網罟。』

龍

神龍不可御，夭矯〔一〕欲何之。白日雲生處，青空雨暝時。行藏〔二〕原莫測，變化更多奇。天上猶無見，人間那得知。

【注釋】

〔一〕天矯：屈伸貌。《淮南子·脩務訓》：『木熙者，舉梧檟，據句枉，蝯自縱，好茂葉，龍夭矯。』

〔二〕行藏：指出處或行止。語本《論語·述而》：『用之則行，舍之則藏。』晉潘岳《西征賦》：『孔隨時以行藏，蘧與國而舒卷。』

虎

養威來絕壑，肅氣照孤松。真勇疑無敵，至仁如有容。行當山鬼避，嘯引雨雷通。萬里征人絕，泠泠見舊蹤。

麒麟〔一〕

豈惟避殺戮，亦且慎行藏。間出時多怪〔二〕，高蹈〔三〕志可傷。人心不妖孽，物理自禎祥〔四〕。誰識《春秋》筆，功成籍汝光〔五〕。

【注釋】

〔一〕麒麟：古代傳説中的一種動物。形狀像鹿，頭上有角，全身有鱗甲，尾像牛尾。古人以爲仁獸、瑞獸，拿它象徵祥瑞。

〔二〕『間出』：《春秋・哀公十四年》：『春，西狩獲麟。』杜預注：『麟者仁獸，聖王之嘉瑞也。時無明王出而遇獲，仲尼傷周道之不興，感嘉瑞之無應，故因《魯春秋》而修中興之教。絶筆於「獲麟」之一句，所感而作，固所以爲終也。』

〔三〕高蹈：指隱居。三國魏鍾會《檄蜀文》：『誠能深鑒成敗，邈然高蹈，投跡微子之蹤，措身陳平之軌，則福同古人，慶流來裔，百姓士民，安堵樂業。』

〔四〕禎祥：吉祥。漢陸賈《新語・道基》：『改之以災變，告之以禎祥。』

〔五〕『功成』句：春秋魯哀公十四年獵獲麒麟。相傳孔子作《春秋》至此而輟筆。

十八灘〔一〕雨泊

客路寧愁險，舟維急浪中。濤聲灘上下，暝色電西東。杯話三更酒，琴橫半枕桐。天涯知更遠，相慰藉春風。

【注釋】

〔一〕十八灘：指贛江位於江西贛縣、萬安縣的十八處險灘。即贛縣的白澗、天柱等九灘；萬安縣的昆侖、曉灘等九灘。清謝旻等監修《江西通志》卷十三：『贛江在府城北，章貢二水之會處。北流三百里至吉安府萬安縣，其間有險灘十八，屬贛縣者凡九。曰白澗、天柱、小湖、鼈、大湖、狗脚、銅盤、錫洲、梁灘。』同書卷九：『贛江在府城南，原本章貢二水，北流至贛縣爲贛江。三百里至萬安縣十八灘，屬萬安者有九，曰崑崙、曉、武索、匡坊、小蓼、大蓼、綿津、漂神、黄公。水性湍險，惟黄公灘爲甚。東坡南遷訛爲惶恐，舟過此，其險始平。』

過萬安縣〔一〕

一路驚奇險，而今喜萬安。風牽帆影疾，雨逼井煙寒。亂樹迷前浦，奔濤吼遠灘。平生耽勝覽，不敢怨途難。

【注釋】

〔一〕萬安縣：在今江西省吉安市萬安縣，位於江西省中南部。

舟過廬陵哭朱藕男〔一〕

傷逝年來甚，悲歌更痛君。殘書蟲聚篋，新塚鹿眠雲〔二〕。天奪生前算，人傳身後文。江流嗟不返，杯酒酹斜曛〔三〕。

【注釋】

〔一〕朱藕男：朱蕖，字藕男。詳見卷三《荷亭文集序》注〔一〕。

〔二〕眠雲：比喻處在山中。山中多雲，故云。唐陸龜蒙《和張廣文賁旅泊吳門次韻》：『茅峯曾醮斗，笠澤久眠雲。』

〔三〕斜曛：落日的餘輝。元周權《晚春》：『何許數聲牛背笛，天涯芳草正斜曛。』

舟過白下哭劉漢臣〔一〕二首

數載艱相見，旋嗟已沒身。交深堪刻骨，淚盡更傷神。詩卷留千古，乾坤少一人。路旁桃李樹，寂寞爲誰春？

【注釋】

〔一〕白下：古地名。在今江蘇省南京市西北。唐移金陵縣於此，改名白下縣。後因用爲南京的别稱。劉漢臣：詳見卷三《荷亭文集序》注〔一九〕。

又

新塚知何處？憑高奠一巵〔一〕。長貧憂我甚〔二〕，節飲勸君遲。劍氣〔三〕星前没，桐音爨後悲〔四〕。斜陽傷興盡，孤棹返江湄。

【注釋】

〔一〕巵：古代酒器。唐韋蟾《和柯古窮居苦日喜雨》：『玉律詩調正，瓊巵酒腸窄。』

〔二〕『長貧』句：廖燕《復劉漢臣》（卷十）：『書通候諸友，獨諄諄念燕貧。』

〔三〕劍氣：《晉書·張華傳》謂吴滅晉興之際，天空斗牛之間常有紫氣。雷焕以爲是『寶劍之精，上徹於天耳』。後以『劍氣』喻人的才華和才氣。南朝梁任昉《宣德皇后令》：『劍氣淩雲，而屈跡於萬夫之下。』

〔四〕『桐音』：《後漢書·蔡邕傳》：『吴人有燒桐以爨者，邕（蔡邕）聞火烈之聲，知其良木，因請而裁爲琴，果有美音。』後以指遭毁棄的良材。

横查〔一〕阻風

不堪行轉滯，當午已維舟。浪撼蛟龍鬭，風號日月愁。泊涯尋酒店，坐嘯上江樓。作客常如此，何難致白頭。

【注釋】

〔一〕横查：又作『横槎』。今廣東省肇慶市鼎湖區永安鎮横槎村。位於西江北岸。清顧祖禹撰《讀史方輿紀要》卷一百一：『禄步鎮，府（肇慶府）西七十里……又府東七十里有横查巡司，洪武二年置，嘉靖三十六年遷于横查水口。』

高涼道中聞子規〔一〕

乍入高涼路，偏多杜宇聲。思鄉腸易斷，啼血恨難平。花落春三月，燈昏夢五更。幾人曾共聽，孤客淚先傾。

【注釋】

〔一〕高凉：指今廣東省高州市，漢元鼎六年（前一一一）於此置高凉縣，故稱。子規：杜鵑的别名。相傳爲古蜀王杜宇之魂所化。春末夏初，常晝夜啼鳴，其聲哀切。

聞鷓鴣

不省鷓鴣意，偏來傍客船。啼醒芳草夢，飛破碧溪煙。入曲聲尤媚，成詩句獨傳。謾言〔一〕行不得，長路更加鞭。

【注釋】

〔一〕謾言：説假話。《史記·淮南衡山列傳》：『陛下以淮南民貧苦，遣使者賜長帛五千匹，以賜吏卒勞苦者。長不欲受賜，謾言曰：「無勞苦者。」』

照鏡

客途顔易改，對鏡正堪嗟。鬢悴惟添雪，容酣始帶霞。覺來身是幻，前去路尤賒〔一〕。何似家居好，優遊養道芽。

【注釋】

〔一〕賒：長，遠。唐韓愈《贈譯經僧》：『萬里休言道路賒，有誰教汝度流沙。』

曉發高涼道中

未曉驅車去，行程晝夜忙。雨餘雲尚黑，霧散日初黄。村婦喧爲市，蠻童戲種桑。但能時取醉，寧復計他鄉。

哭蔡文河〔一〕二首

不信成終別，傷心欲問天。數奇〔二〕曾短氣，漏盡〔三〕竟長眠。此道憑誰繼，生平只我憐。茫茫無限恨，堪慰是遺編。

【注釋】

〔一〕蔡文河：清初人，生平不詳。

〔二〕數奇：指命運不好，遇事多不利。《漢書·李廣傳》：『大將軍陰受上指，以爲李廣數奇，毋令當單于，恐不得所欲。』顔師古注：『言廣命隻不耦合也。』

〔三〕漏盡：刻漏已盡，夜將盡天將曉。又佛教謂煩惱爲『漏』，斷盡了種種煩惱就是『漏盡』。此處爲雙關。漢蔡邕《獨斷》卷下：『夜漏盡，鼓鳴則起；晝漏盡，鐘鳴則息也。』南朝宋僧滑《戎華論折顧道士〈夷夏論〉》：『道則以仙爲貴，佛用漏盡爲妍；仙道有千歲之壽，漏盡有無窮之靈。』

又

哭到無聲處，靈前奠一杯。聰明原少福，夭折爲多才。蠟燼紅添淚，牕陰綠長苔。依然書滿架，只是隔泉臺〔一〕。

【注釋】

〔一〕泉臺：指陰間。唐駱賓王《樂大夫挽辭》之五：『忽見泉臺路，猶疑水鏡懸。』

遊曹溪禮六祖並憨山塔院次韻〔一〕八首

曹溪傳勝蹟，洞口亂雲封。望阻疑山遠，行彎覺礀重。原韻峯字，峯與封同音，故易此。一林秋杪露，幾杵午堂鐘。稽首龕中老，知予不二〔二〕宗。

【注釋】

〔一〕六祖： 指慧能（六三八—七一三），名或作惠能。唐代僧人。嶺南新州人，祖籍范陽，俗姓盧。與神秀同師禪宗五祖弘忍，以『菩提本無樹，明鏡亦非臺。本來無一物，何處惹塵埃』一偈得弘忍贊許，密傳其衣鉢，爲禪宗第六祖。後居韶州曹溪寶林寺，弘揚『見性成佛』的頓悟法門，與神秀在北方倡行的『漸悟』法門相對，分爲南宗和北宗。慧能的南宗其後學爲『五家七宗』，影響深遠。卒謚大鑒禪師。弟子輯其語錄爲《壇經》。見《舊唐書》卷二百一、宋贊寧撰《宋高僧傳》卷八、宋志磐《佛祖統紀·達磨禪宗》。憨山塔院： 位於今廣東省韶關市南華寺東側青龍嶺南端的小山塘附近。清馬元、釋真朴修《重修曹溪通志》卷一：『憨山大師塔院，在寺左天峙岡，去寺二里而近，鼎建於天啟三年癸亥。有錢宗伯謙益碑銘一道。』清徐昌治撰《高僧摘要》卷三：『（憨山）塔全身于韶之南華寺，南二里天子崗。』清山鐸真在編、石源機雲續《徑石滴乳集》卷之四：『乙丑歲，（憨山）龕歸五乳，塔而藏焉。崇禎癸未，粵人復奉龕歸曹溪。歷年二十，端坐如生。遂金漆塗體升座，與六祖肉身相望，就天峙岡舊塔院地供養，名曰憨山院，去南華寺半里許。』憨山（？—一六二三），名德清，字澄印，號憨山。俗姓蔡。滁州全椒（今屬安徽）人。明末僧人。十二歲出家。萬曆中，在五臺山爲李太后主持祈儲道場，李太后爲造寺於嶗山。後坐『私造寺院』罪戍雷陽，遇赦歸。先後住持青州（山東）海印寺、曹溪寶林寺等，宣揚禪宗。有《楞伽筆記》。見錢謙益著《列朝詩集小傳》閏集。塔院，建有佛塔的院子。次韻： 依次用所和詩中的韻作詩。也稱步韻。世傳次韻始於白居易、元稹，稱『元和體』。唐元稹《酬樂天餘思不盡加爲六韻之作》：『次韻千言曾報答，直詞三道共經綸。』原注：『樂天曾寄予千字律詩數首，予皆次用本韻酬和，後來遂以成風耳。』一說始於南北朝。明焦竑《焦氏筆乘·

次韻非始唐人》：『楊衒之《洛陽伽藍記》載王肅入魏，捨江南故妻謝氏，而娶元魏帝女，故其妻贈之詩曰：「本爲薄上蠶，今爲機上絲。得路遂騰去，頗憶纏綿時。」繼室代答，亦用絲時兩韻。是次韻非始元白也。』

〔二〕不二：佛家語，指超越相對、差別的一切絕對、平等之真理。《維摩詰經・入不二法門品》：『如我意者，於一切法無言無說，無示無識，離諸問答，是爲入不二法門。』

又

高低閒踏遍，庭院滿松陰。綠繡頹垣古，黃添落葉深。煙霞招隱具〔一〕，冰鐵住山心。忽憶三生〔二〕約，還來此地尋。

【注釋】

〔一〕招隱具：招人歸隱的才幹。招隱，招人歸隱。唐駱賓王《酬思玄上人林泉》詩：『聞君招隱地，髣髴武陵春。』具，才能，才幹。《文選・李陵〈答蘇武書〉》：『皆信命世之才，抱將相之具。』

〔二〕三生：佛教語。指前生、今生、來生。唐牟融《送僧》詩：『三生塵夢醒，一錫衲衣輕。』

又

不是真空色〔一〕，安能[illegible]。立深三尺雪〔三〕，香透一庭梅。世事衝波〔四〕去，生涯到岸回。浮沉皆苦海〔五〕，端〔六〕爲衆生[illegible]

【注釋】

〔一〕空色：佛教語。謂明瞭一切事物皆由因緣所生，虛幻不實。『色』，謂物質的形相。『空』，謂[illegible]相的虛幻本性。唐玄奘譯《摩訶般若波羅蜜多心經》：『色不異空，空不異色，色卽是空，空卽是色，受想行識，亦復如是。』

〔二〕劫灰：本謂劫火的餘灰。南朝梁慧皎《高僧傳·譯經上·竺法蘭》：『昔漢武穿昆明池底，得黑灰，問東方朔。朔云：「不知，可問西域胡人。」後法蘭既至，衆人追以問之，蘭云：「世界終盡，劫火洞燒，此灰是也。」』後因謂戰亂或大火毀壞後的殘跡或灰燼。宋陸游《數年不至城府丁巳火後始見》詩：『陳跡關心已自悲，劫灰滿眼更增欷。』

〔三〕『立深』句：禪宗二祖慧可爲求達摩收其爲徒而徹夜堅立大雪中。及曉，積雪過膝，師甚感動。事見宋釋道原撰《景德傳燈錄·菩提達磨》。後遂以爲僧人精誠求法之典故。

〔四〕衝波：衝破波浪。《三國志·蜀書》卷十二：『若乃奇變縱横，出入無間，衝波截轍，超谷越山，不由舟楫而濟盟津者，我愚子也，實所不及。』

〔五〕苦海：佛教指塵世間的煩惱和苦難。南朝梁武帝《淨業賦》：『輪迴火宅，沉溺苦海，長夜執固，終不能改。』

〔六〕端：確實，果真。元楊樵雲《滿庭芳·影》詞：『溪橋斷，梅花晴雪，端的白三分。』

又

年來惟此事，記得未生前。數載心俱泯，三更法盡傳〔一〕。山空魚鳥性，僧老水雲禪。瞥目西峯色，蒼蒼幾點煙。

【注釋】

〔一〕『三更』句：指六祖慧能從五祖弘忍處三更受法。唐法海記《法寶壇經·自序品》：『祖以杖擊碓三下而去。惠能即會祖意，三鼓入室；祖以袈裟遮圍，不令人見，爲說金剛經……三更受法，人盡不知，便傳頓教及衣鉢。云：「汝爲第六代祖，善自護念，廣度有情，流布將來，無令斷絕。」』

又

勝地同天竺〔一〕，淵源到此分。性空〔二〕惟己見，道妙許誰聞。紅染霜酣樹，青浮雨閣雲。莫臨高處望，山色尚迷軍〔三〕。迷軍，山名。

【注釋】

〔一〕天竺：印度的古稱。《後漢書·西域傳·天竺》：『天竺國一名身毒，在月氏之東南數千里。』唐玄奘《大唐西域記·印度總述》：『詳夫天竺之稱，異議糾紛，舊云身毒，或曰賢豆。今從正音，宜云印度。』

〔二〕性空：佛教語。謂一切事物的現象，都是因緣和合而生。暫生還滅，沒有實在的自體。《大智度論》卷三一：『性空者，諸法性常空，假業相續，故似若不空。譬如水性自冷，假火故熱，止火停久，水則還冷。諸法性亦如是。』

〔三〕迷軍：山名，屬南華山，位於韶關市曲江區馬壩鎮東南六公里。爲南華寺所在地。《曲江縣志》卷四：『南華山，城南六十里，自庾嶺分脈，蜿蜒磅礴，不遠數百里，融結寶林，有香爐、缽盂、迷軍、羅漢諸名。唐儀鳳元年，六祖傳黃梅衣缽，後於此建寺。寺門石坊題曰：第一山。』迷軍山的得名和黃巢農民起義軍行經南華寺有關。清馬元、釋真朴修《重修曹溪通志》卷一：『迷軍山，昔黃巢破嶺南，寇至寺，毀大鑒左指一節，持去。至此山，忽黃霧四塞，軍行失道，隨送還寺，禮謝而去。指節後飾以銀，爲盜所竊，僧追至江，盜俱溺水而死。』

又

頻來懽喜地，樂此自忘憂。松桂懷何遠，溪山氣已秋。事隨多境變，心到五更休。誰信千年後，曹溪又別流。

又

溪源多異境，塔院一燈明。竹密分行種，田稠結伴耕。禪參〔一〕心更活，齋食禮俱輕。雲水〔二〕難忘處，應憐景最清。

【注釋】

〔一〕禪參：即參禪。佛教禪宗的修持方法。有遊訪問禪、參究禪理、打坐禪思等形式。明皇甫汸《皇甫司勳集·簡釋懋》：『禪參花雨後，法喻鳥聲中。』

〔二〕雲水：僧道雲遊四方，如行雲流水，故稱。唐項斯《日東病僧》詩：『雲水絕歸路，來時風送船。』

又

法海〔一〕原通俗，身閒可住庵。截畦栽藥卉，開戶納煙嵐。佛號珠千顆〔二〕，禪心〔三〕水一潭。時因風日爽，吟過小山南。原韻曇字，曇與潭同音，故易此。

【注釋】

〔一〕法海：佛教語。喻佛法，謂佛法深廣如海。《維摩詰經·佛國品》：『度老病死大醫王，當禮法海德無邊。』

〔二〕佛號：佛的名號。特指信佛者口中所誦阿彌陀佛的名號。珠千顆：佛教徒念佛號或經咒時一般都手持念珠用以計數。念珠粒數有十八、二十七、五十四、一百零八之分。

〔三〕禪心：佛教語。謂清靜寂定的心境。南朝梁江淹《吳中禮石佛》詩：『禪心暮不雜，寂行好無私。』

翁樵野〔一〕移居別墅賦贈

磊落〔二〕天涯客，僑居處處宜。書和棋譜捲，花帶藥苗移。砌甃開新牖，牽蘿護短籬。還欣鄰有伴，隔竹好哦詩。

【注釋】

〔一〕翁樵野：清初人，生平不詳。

〔二〕磊落：形容胸懷坦蕩。漢阮瑀《箏賦》：『慷慨磊落，卓礫盤紆，壯士之節也。』

湞江〔一〕訪友卽事

又放湞江棹，心飛凍雪天。計程人獨遠，望眼夢猶懸。霜鳥鬧棲荻，溪漁遠釣煙。客途連夜急，好載月同船。

【注釋】

〔一〕湞江：北江上游。發源於江西省信豐縣，流經廣東省韶關市南雄、始興、湞江、曲江等市縣區，於韶關市沙洲尾納武江後稱北江。

送友

明知將遠別，且復暫徘徊。萬里行初啟，三春花正開。帆風牽去舫，淚雨漲離杯。生計乘時好，秋霜又早催。

哭羅桂庵〔一〕

故人傷遽歿，未語淚先零。地下添才鬼，天涯殞酒星。埋文空有塚，問字已無亭。宿昔行吟處，心孤怕再經。

【注釋】

〔一〕羅桂庵：清初人，志氣雄傑，負才不羈，然鬱鬱不得志。廖燕好友。著有《羅桂庵詩集》。見廖燕《羅桂庵詩集序》（卷三）。

送邑侯談定齋先生還毘陵〔一〕二首

此行非不惜，高尚亦悠然。職在民爲子，官休骨是仙。裝輕琴鶴〔二〕伴，路渺水雲連。岸柳知傷別，飛花撲去船。

【注釋】

〔一〕談定齋：詳見卷一《性論二》注〔二〕。邑侯：縣令。毘陵：詳見卷三《令粵詩刻序》注〔一〕。

〔二〕琴鶴：琴與鶴。古人常以琴鶴相隨，表示清高、廉潔。唐鄭谷《贈富平李宰》詩：『夫君清且貧，琴鶴最相親。』

又

解綬〔一〕寧無意？深山欲卜居〔二〕。情懷同水月，宦況問樵漁。公署曾栽秫〔三〕，歸舟只載書。蒼生還引領〔四〕，再出興何如？

【注釋】

〔一〕解綬：解下印綬。謂辭免官職。漢蔡邕《文范先生陳仲弓銘》：『郡政有錯，爭之不從，即解綬去。』

〔二〕卜居：擇地居住。《漢書・郊祀志》：『秦德公立，卜居雍。』

〔三〕秫：穀物之有粘性者。多用以釀酒。《禮記・內則》：『饘、酏、酒、醴、芼、羹、菽、麥、蕡、稻、黍、粱、秫，唯所欲。』孫希旦集解：『秫，黏粟也；然凡黍稻之黏者，皆謂之秫，不獨粟也。』

〔四〕引領：伸頸遠望，形容期望殷切。《左傳・成公十三年》：『及君之嗣也，我君景公引領西望曰：「庶撫我乎！」』

送友人遊江南

壯歲〔一〕初爲客，途行定幾千。志饒雙劍利，胸貯一輪圓。野店雞頭飯〔二〕，春江鴨嘴船〔三〕。此時多旅思，應否入詩聯？

【注釋】

〔一〕壯歲：壯年。唐白居易《晚歲》詩：『壯歲忽已去，浮榮何足論。』

〔二〕雞頭飯：用芡實做的飯。芡，又名雞頭。水生植物。種子稱爲芡實。全株有刺，葉圓盾形，浮於水面。花單生，帶紫色，花托形狀像雞頭。芡實做的飯較粗劣。《呂氏春秋·恃君》：『柱厲叔事莒敖公，自以爲不知，而去居於海上。夏日則食菱芡，冬日則食橡栗。莒敖公有難，柱厲叔辭其友而往死之。』

〔三〕鴨嘴船：船名。船形扁長似鴨嘴，故稱。清王士禛《題蘇臺楊柳枝詞後》詩之二：『雁齒紅橋鴨嘴船，曲塵風起艷陽天。』

庵居卽事 二首

庵居閒養靜，形影自相依。盡日長開帙〔一〕，空山獨掩扉。石栽松易瘦，煙飼鶴難肥。誰是同心侣，還來共釣磯〔二〕。

【注釋】

〔一〕開帙：猶開卷。唐李嘉祐《送韋邕少府歸鍾山》：『萬卷長開帙，千峯不閉門。』

〔二〕釣磯：釣魚時坐的巖石。北周明帝《貽韋居士詩》：『坐石窺仙洞，乘槎下釣磯。』

又

到此渾忘暑，山深夏亦寒。典衣沽濁酒，移榻對清湍。水霧鷗飛破，巖花鹿食殘。浮沉人世事，只作嶺雲看。

廖燕全集校注卷二十

詩七言律

喜二十七松堂〔一〕新成

地偏偏得好林泉，新構松寮〔二〕水石邊。晚歲著書憐此日，清明移竹憶前年。牕開峯影連雲見，樹隱漁家入畫傳。慚愧貧居無客到，柴門春長綠苔錢〔三〕。

【注釋】

〔一〕二十七松堂：廖燕書齋名，又名韻軒。位於今韶關市武江南路中和巷七三—七七號（見姚良宗《廖燕與〈二十七松堂〉》）。廖燕《贖屋行謝孫都尉廉西查副戎維勳暨義助諸公》（卷十八）：『我昔有堂在西郭，群松擁護成林壑……計株僅得廿七數，卽以其數名吾堂。』《改舊居爲家祠堂記》（卷七）：『舊居西向，議於此地改爲祠堂。東向，背山臨溪，湞水來朝與武水匯於址。』『堂右舊有二十七松堂，爲燕燈火之地。』《募建芙蓉下院疏》（卷六）：『湞、武二水從千里奔流，至予鄉而忽匯。而予韻軒之東適當其處。』

〔二〕松寮：松木蓋的小屋。宋劉克莊《送陳霆之官連州》詩：『茆寮愁問宿，峽石善驚船。』

〔三〕苔錢：苔點形圓如錢，故曰『苔錢』。南朝梁劉孝威《怨詩》：『丹庭斜草徑，素壁點苔錢。』

粵王臺〔一〕懷古

粵嶠猶存拜漢臺〔二〕，東南半壁望中開。命歸亭長〔三〕占王業，人起炎方〔四〕見霸才。日月行空從地轉，蛟龍入海捲潮回。山川自古雄圖在，檻外時聞遶電雷。

【注釋】

〔一〕粵王臺：即越王臺。又名朝漢臺。在廣州市中部偏北，今越秀公園內的越秀山上。相傳爲西漢時南越王趙佗所築。秦亡，趙佗自立爲南越武王。漢高祖劉邦統一天下，封趙佗爲南越王。呂后時，趙佗又自立爲南越武帝。文帝時，趙佗接受漢使陸賈的勸告，上書稱臣。清郭爾戺、胡雲客纂修《南海縣志》卷二：『朝漢臺，南漢(當作南越)趙佗建，在粵秀山西。』

〔二〕粵嶠：指五嶺以南地區。《明史·項忠朱英等傳贊》：『朱英廉威名粵嶠，秦紘經略著西陲，文武兼資，偉哉一代之能臣矣。』嶠，尖而高的山。拜漢臺：即越王臺。

〔三〕亭長：指劉邦，劉邦曾任泗水亭長。《史記·高祖本紀》：『(高祖)爲泗水亭長。』張守節正義：『秦法，十里一亭，十亭一鄉。亭長，主亭之吏。』

〔四〕炎方：泛指南方炎熱地區。《藝文類聚》卷九一引三國魏鍾會《孔雀賦》：『有炎方之偉鳥，感靈和而來儀。』

送天然和尚〔一〕還廬山

丹霞久住露玄機〔二〕，又背蒲團下翠微〔三〕。一榻坐穿塵外隱，千峯行盡雪中歸。路經橫浦〔四〕同鷗宿，身入廬山聽瀑飛。此去春風吹正好，蘑菰新長蕨初肥〔五〕。

【注釋】

〔一〕天然和尚（一六〇八—一六八五）：法名函昰，字麗中，别字天然。俗姓曾，名起莘，字宅師。廣東番禺（今廣州市花都區）人。以舉人出家。爲曹洞宗第三十四代傳人。先後住持番禺海雲寺、廣州海幢寺、光孝寺、惠州華首台寺、丹霞山别傳寺以及江西廬山歸宗寺、棲賢寺等。天然和尚住持的諸多寺院，成了當時許多明遺民安身立命的皈依之所。見清陳世英纂、釋古如增補《丹霞山志》卷六。

〔二〕丹霞：丹霞山，在廣東省韶關市仁化縣城南九公里，錦江東岸。主峯寶珠峯。玄機：深奥微妙的義理。唐張説《道家四首奉敕撰》之三：『金爐承道訣，玉牒啟玄機。』

〔三〕蒲團：用蒲草編成的圓形墊子。多爲僧人坐禪和跪拜時所用。唐歐陽詹《永安寺照上人房》詩：『草席蒲團不掃塵，松間石上似無人。』翠微：泛指青山。唐高適《赴彭州山行之作》詩：『峭壁連崆峒，攢峯疊翠微。』

〔四〕横浦：南安府的别稱。清代的南安府轄大庾、南康、上猶、崇義四縣，治大庾。今屬江西省贛州市。宋祝穆撰《方輿勝覽》卷二十二：『（南安軍）郡名横浦。』明李賢等撰《明一統志》卷五十八：『（南安府）領縣四：大庾縣、南康縣、上猶縣、崇義縣。郡名横浦，以郡城大江自西流東横繞南岸故名。』

〔五〕蘑菰：通作『蘑菇』，食用菌類的通稱。明李時珍《本草綱目·菜三·蘑菰蕈》：『蘑菰出山東、淮北諸處。埋桑、楮諸木於土中，澆以米泔，待菰生，採之。長一二三寸，本小末大，白色柔軟。』蕨：一種多年生草本植物。根狀莖蔓生土中，被棕色細毛。葉大，多回羽狀複葉，孢子囊群生葉背邊緣。廣布全球，我國各地荒山都有生長。幼葉可食，根狀莖含澱粉，可供食用或釀造，也供藥用。其纖維可製繩纜，能耐水濕。《齊民要術·蕨》：『蕨，山菜也。周秦曰蕨，齊魯曰鱉。』

送李湖長還會稽〔一〕

連天衰草隔江湄，立馬西風酒一卮。破篋幾年藏稿穩，輕裝千里載雲宜。家先雁到秋同路，花後人開菊滿籬。知近阮王杯硯地〔二〕，畫圖深處好裁詩〔三〕。

【注釋】

〔一〕李湖長：清初浙江會稽人。好詩文。與廖燕有交往。

〔二〕阮王：阮裕、王羲之的合稱。這裏偏指王羲之。《晉書·王羲之傳》：『時陳留阮裕有重名，爲敦（王敦）主簿。敦嘗謂羲之曰：「汝是吾家佳子弟，當不減阮主簿。」裕亦目羲之與王承、王悦爲王氏三少。』王羲之（三〇三—三六一或三二一—三七九），字逸少，東晉琅邪臨沂人。王導從子，郗鑒婿。起家秘書郎，遷右軍將軍、會稽内史。世稱王右軍。與王述不和，辭官，居會稽山陰，遊山水，服食養性。工書法，一變漢魏質樸書風，創造新體，自成一家。與鍾繇並稱『鍾王』，後世尊爲『書聖』。王羲之嘗與志同道合者宴集於會稽山陰之蘭亭以修禊事，一觴一詠，暢叙幽情。

〔三〕裁詩：作詩。唐杜甫《江亭》詩：『故林歸未得，排悶强裁詩。』

聽陳山人〔一〕彈琴

絲桐〔二〕攜得嶧陽春，一曲悠然聽更真。半夜泉鳴山澗月，三秋〔三〕雨灑石樓塵。鴻濛〔四〕有譜先天地，絕調無端泣鬼神。容我老來傳數闋，蓬萊山〔五〕頂作仙民。

【注釋】

〔一〕陳山人：清初人，生平不詳。山人，隱者的稱謂。

〔二〕絲桐：指琴。古人削桐爲琴，練絲爲弦，故稱。《史記·田敬仲完世家》：『若夫治國家而弭人民，又何爲乎絲桐之間？』嶧陽：嶧山（在山東省鄒城市東南）的南坡生長一種特異梧桐，古代以爲是製琴的上好材料。語出《書·禹貢》：『羽畎夏翟，嶧陽孤桐。』孔傳：『嶧山之陽，特生桐，中琴瑟。』因以借指精美的琴。

〔三〕三秋：指秋季。七月稱孟秋、八月稱仲秋、九月稱季秋，合稱三秋。晉陶潛《閒情賦》：『願在莞而爲席，安弱體於三秋。』

〔四〕鴻濛：古人認爲天地開闢之前是一團渾沌的元氣。宋張君房《雲笈七籤·太上君開天經》：『太初始分，別天地清濁，剖判涬溟鴻蒙。』

〔五〕蓬萊山：神山名。相傳爲仙人所居之處。《後漢書·竇章傳》：『是時學者稱東觀爲老氏臧室，道家蓬萊山。』李賢注：『蓬萊，海中神山，爲仙府，幽經祕錄並皆在焉。』

客中春雨

旅邸傷春倍黯然，那堪陰雨數霾天〔一〕。雷奔急電山根裂，潮捲長灘雪浪懸。萬里風鳴悲畫角，五更花重落寒煙。登樓盡日還空憶，深樹黄昏響杜鵑。

【注釋】

〔一〕霾天：昏暗的天空。北魏酈道元《水經注·溱水》：『交柯雲蔚，霾天晦景。』

客中寒食〔一〕

醉眠孤館夢歸遐，寒食今朝倍憶家。野塚草荒遙酹酒，小園春老惜飛花。雲開綠墅松蘿長，香逐紅妝粉蝶斜。最是年年逢勝節〔二〕，一身長繫在天涯。

【注釋】

〔一〕寒食：節日名。在清明前一日或二日。相傳春秋時晉文公有負其功臣介之推。介之推憤而隱於綿山。文公悔悟，燒山逼令出仕，介之推抱樹焚死。人民同情介之推的遭遇，相約於其忌日禁火冷食，以爲悼念。以後相沿成俗，謂之寒食。按，《周禮・秋官・司烜氏》『中春以木鐸修火禁於國中』，則禁火爲周的舊制。漢劉向《別錄》有『寒食蹋蹴』的記述，與介之推死事無關；晉陸翽《鄴中記》、《後漢書・周舉傳》等始附會爲介之推事。寒食日有在春、在冬、在夏諸說，惟在春之說爲後世所沿襲。南朝梁宗懔《荊楚歲時記》：『去冬節一百五日，即有疾風甚雨，謂之寒食。禁火三日，造餳大麥粥。』又，有的地區亦稱清明爲寒食。明張煌言《舟次清明拈得青字》詩：『欲隱尚違慚介子，年年寒食臥江汀。』清富察敦崇《燕京歲時記・清明》：『清明即寒食，又曰禁煙節。古人最重之，今人不爲節，但兒童戴柳祭掃墳塋而已。』參閱《太平御覽》卷三十、宋洪邁《容齋三筆・介推寒食》、清袁枚《隨園隨筆・寒食不必清明》。

〔二〕勝節：猶佳節。清湯右曾《晚過妙光閣》詩：『勝節清游數，流年百感增。西風重九日，吹灧酒三升。』

田崑山副戎招伎聞奇聞悅飲別墅備諸韻事時予先以事旋里公惜予不在後返述其意因賦以謝〔一〕

綠護闌干韻事深，平原獵罷更幽尋。隔簾春色花俱醉，入拍歌聲鳥解吟。曲宴燈昏香墜珥，紅亭客散夜操琴。風流案已同禪悅〔二〕，爲述閒情動宿心〔三〕。

【注釋】

〔一〕田崑山：清初廣州人。爲參將或游擊等中級軍官。參見廖燕《九日帖自跋》（卷十三）。韻事：風雅之事。《儒林外史》第三十回：『花酒陶情之餘，復多韻事。』旋里：返回故鄉。《明史·華允誠傳》：『允誠舉天啟二年進士，從同里高攀龍講學首善書院，先後旋里，遂受業爲弟子，傳其主靜之學。』

〔二〕禪悅：佛教語。謂入於禪定，使心神怡悅。《維摩詰經·方便品》：『雖服寶飾，而以相好嚴身；雖復飲食，而以禪悅爲味。』

〔三〕宿心：本來的心意，向來的心願。《後漢書·皇后紀上·和熹鄧皇后》：『上欲不欺天愧先帝，下不違人負宿心。』

懷嵩山〔一〕隱者

高蹤〔二〕何處可能尋？寂寂荒山自古今。一水綠蓑垂釣穩，千峯黄葉閉門深。霜侵衣袂猶趺坐〔三〕，月落梧桐尚苦吟。每憶君詩冰雪句，倩風吹入錦囊琴〔四〕。

【注釋】

〔一〕嵩山：山名。在今河南省登封市北，爲五嶽之中嶽。古稱外方、太室，又名崇高、嵩高。其峯有三：東爲太室山，中爲峻極山，西爲少室山。唐宋之問《下山歌》：『下嵩山兮多所思，攜佳人兮步遲遲。』

〔二〕高蹤：高尚的行跡。《文選・傅咸〈贈何劭王濟〉詩》：『豈不企高蹤，麟趾邈難追。』張銑注：『豈不慕高軌，但蹤跡邈遠難可追攀也。』

〔三〕趺坐：雙足交迭而坐。唐王維《登辨覺寺》詩：『輭草承趺坐，長松響梵聲。』

〔四〕錦囊：用錦製成的袋子。《新唐書・文藝傳下・李賀》：『每旦日出，騎弱馬，從小奚奴，背古錦囊，遇所得，書投囊中。』

福田荒院〔一〕題壁

樹映溪流綠幾灣，深來石徑長苔斑。掩扉僧去禪關靜〔二〕，踏葉人吟落照〔三〕閒。衰到空門〔四〕知佛悟，隱歸原野覺情刪。賞心莫負當前景，一路飛花送客還。

【注釋】

〔一〕福田荒院：指寶界寺，宋皇祐初所建之福田院，位於今江西省大餘縣城內。今已不存。廖燕《從軍帖自跋》（卷十三）：『歲丙辰（康熙十五年，一六七六）九月，予從軍寓橫浦寶界寺，無事學書，幾壁皆黑。』清黃鳴珂修《南安府志》卷七：『寶界寺在（大庾）城西北。歲三大禮，郡邑官僚習儀於此，因扁外曰萬壽山，內曰祝聖寺。道場本宋皇祐初所建福田院，後稍增廓易今名。』

〔二〕扉：門扇。《說文·户部》：『扉，戶扇也。』禪關：禪門。即叢林，僧侶群聚的寺院。唐李白《化城寺大鐘銘》：『方入於禪關，覩天宮崢嶸，聞鐘聲瑣屑。』

〔三〕落照：夕陽的餘暉。南朝梁簡文帝《和徐錄事見內人作臥具》：『密房寒日晚，落照度窗邊。』

〔四〕空門：指佛寺。明華察《遊善卷碧仙巖》詩：『落日下空門，齋鐘出林莽。』

懷羅桂庵〔一〕

好友天涯不易隨，夢迴如可見丰儀〔二〕。窮簷下馬論交〔三〕日，孤館挑燈話雨時。萬里霜威吹作鐵，三年客淚滴成詩。行踪此日知何處，楚水吳山道路歧。

【注釋】

〔一〕羅桂庵：廖燕好友。著有《羅桂庵詩集》。見《羅桂庵詩集序》（卷三）。

〔二〕丰儀：風度儀表。唐元稹《鶯鶯傳》：「余所善張君性溫茂，美丰儀。」

〔三〕論交：結交，交朋友。唐高適《送前衛縣李寀少府》詩：「怨別自驚千里外，論交卻憶十年時。」

謝小謝歸自白門復送之浙〔一〕

白門歸棹尚留連，似我閒遊又復然。話絮〔二〕往還將別酒，征塵〔三〕明暗欲秋天。沙洲日晚雲隨馬，島嶼花深客到船。須信讀書行萬里，眼前丘壑盡奇編。

【注釋】

〔一〕謝小謝：清初人。詳見卷九《答謝小謝書》注〔一〕。白門：江蘇省南京市的别名。六朝皆都建康（今南京市），其正南門爲宣陽門，俗稱白門，故名。

〔二〕話絮：比喻連續的話語。

〔三〕征塵：路上揚起的塵埃。唐王勃《别人》詩之一：『自然堪下淚，誰忍望征塵？』

題友人别業〔一〕

一似曾過梅竹邊，入門猶記景依然。山園路僻通僧舍，水岸牕横泊釣船。風動蕉天秋色響，影分蘿壁夜燈懸。花時〔二〕愛客頻來往，踏碎苔痕幾萬錢〔三〕。

【注釋】

〔一〕别業：别墅。唐楊炯《唐同州長史宇文公神道碑》：『享年六十有五，以永淳元年六月二十一日終于華州之别業，嗚呼哀哉！』

〔二〕花時：百花盛開的時節。常指春日。唐杜甫《遣遇》詩：『自喜遂生理，花時甘緼袍。』

〔三〕『苔痕』句：指苔蘚。苔點形圓如錢，故稱。南朝梁劉孝威《怨詩》：『丹庭斜草徑，素壁點苔錢。』

丙辰中秋舟次雄州集海會庵有作〔一〕

一片征帆掛逆流，他鄉聚晤正逢秋。境貪僻處尋庵宿，宵戀良時結月遊。萬里雲消天化碧，三更酒醒客登樓。遙憐四野多烽火，翹首長空桂影〔二〕愁。

【注釋】

〔一〕丙辰：康熙十五年（一六七六）。雄州：指今廣東省南雄市。南漢乾亨四年於其地置雄州，故稱。海會庵：位於今廣東省南雄市愛民路。清余保純等修《直隸南雄州志》卷二十四：『海會菴，在玄妙觀左。今廢。』『玄妙觀在府城東三里德政街。』

〔二〕桂影：指月影，月光。唐李咸用《山中夜坐寄故里友生》詩：『蟲聲促促催鄉夢，桂影高高掛旅情。』

送友人之天城衛〔一〕

馳驅萬里衹空囊，慷慨臨歧一勸觴。路入寒煙芳草沒，行衝羸馬野風涼。全胸河嶽營高壘〔二〕，極目雲天接大荒〔三〕。却計前途還雨雪，音書〔四〕好寄雁南翔。

【注釋】

〔一〕天城衛：在今山西省大同市天鎮縣，位於山西省東北部。明洪武元年改天成縣爲天城衛。洪熙元年又添設鎮虜衛。清順治三年（一六四七）並天城、鎮虜二衛爲天鎮衛。雍正三年（一七二五）改置天鎮縣。

〔二〕河嶽：黄河和五嶽的並稱。語本《詩·周頌·時邁》：『懷柔百神，及河喬嶽。』毛傳：『喬，高也。高岳，岱宗也。』孔穎達疏：『言高岳岱宗者，以巡守之禮必始於東方，故以岱宗言之，其實理兼四嶽。』後泛指山川。

高壘：高大的壁壘。

〔三〕大荒：荒遠的地方，邊遠地區。《山海經·大荒東經》：『東海之外，大荒之中，有山名曰大言，日月所出。』

〔四〕音書：音訊，書信。唐宋之問《渡漢江》詩：『嶺外音書斷，經冬復歷春。』

粤西道中寄懷劉漢臣〔一〕時漢臣客粤西桂林

粤水〔二〕西連冒險過，偏憐故舊阻關河〔三〕。詩懷珠玉郵箋〔四〕少，絲繡鬚眉入夢多。此夕觴飛何處月，十年衣乞隔鄰荷。扁舟如記當時約，好共漁磯〔五〕織釣蓑。

【注釋】

〔一〕劉漢臣：詳見卷三《荷亭文集序》注〔一九〕。

〔二〕粵水：指珠江。

〔三〕關河：關山河川。《後漢書·荀彧傳》：『此實天下之要地，而將軍之關河也。』

〔四〕郵箋：書信。清趙翼《接張廉船書寄答》詩：『江程千里接郵箋，棖觸離懷悵各天。』

〔五〕漁磯：可供垂釣的水邊巖石。唐戴叔倫《過故人陳羽山居》詩：『峯攢仙境丹霞上，水遶漁磯緑玉灣。』

九日登白雲山懷古〔一〕

不辭千仞跨層巒，秋色臨高入望寬。籬菊折來堪佐酒，髩〔二〕霜浮出欲扶冠。山窮地軸華彝合〔三〕，潮撼天門〔四〕日月寒。霸業至今猶彷彿，幾回提劍此中看。

【注釋】

〔一〕九日：指九月九日。是日爲重陽，魏晉後，習俗於此日登高遊宴。白雲山：位於廣州市白雲區。

〔二〕髩：古同『鬢』。臉旁靠近耳朵的頭髮。

〔三〕地軸：古代傳說中大地的軸。晉張華《博物志》卷一：『地有三千六百軸，犬牙相舉。』後泛指大地。《南齊書·樂志三》：『義滿天淵，禮昭地軸。』華彝：即華夷。指漢族與少數民族。明陳紀《天橋雪浪》：『北來貫串華彝地，南去分開秦晉限。』

〔四〕天門：天宮之門。《楚辭·九歌·大司命》：『廣開兮天門，紛吾乘兮玄雲。』

曉行青塘〔一〕道中

路入空濛曉氣賒〔二〕，炊煙幻作嶺頭霞。人行旭日驅單騎，村隔殘雲見數家。深谷寒封晴後雨，野園香過夏前茶。晚來稅駕〔三〕知何處？望斷千峯鳥道斜。

【注釋】

〔一〕青塘：今廣東省英德市青塘鎮。道光《英德縣志》卷六：『青塘墟，在烏牛圖。期三六九，市穀、麥、花生、牛岡。』

〔二〕空濛：迷茫貌。南朝齊謝朓《觀朝雨》詩：『空濛如薄霧，散漫似輕埃。』曉氣：清晨的霧氣。唐宋之問《早秋上陽宮侍宴序》：『滄洲曉氣，化爲宮闕之形；閶闔秋風，亂起金銀之樹。』賒：多，繁多。唐郎士元《聞吹楊葉者》：『胡馬迎風起恨賒。』

〔三〕稅駕：猶解駕，停車。謂休息或歸宿。稅，通『挩』、『脫』。《史記·李斯列傳》：『物極則衰，吾未知所稅駕也。』司馬貞索隱：『稅駕，猶解駕，言休息也。李斯言已今日富貴已極，然未知向後吉凶，止泊在何處也。』

登東山塔頂是夜宿東山寺〔一〕

山頂還從絶頂行，登臨此日悟浮生〔二〕。雲連遠塞孤鴻迴，草踐平原萬馬横。薄暮紅霞分嶽影，隔林黄葉送鐘聲。閒身〔三〕到處堪投宿，一榻禪燈敵月明。

【注釋】

〔一〕東山：在廣州城大東門（今廣州市中山路和越秀路交匯處）外，有多座小山崗，習稱東山。東山寺：位於今廣州市署前路。《番禺縣志》卷二十四：『東山寺，一名太監寺，在城東。明弘治間内監韋眷建。成化間賜額永泰。嘉靖十四年祀真武於前殿。國朝順治七年，總鎮班某重修，知府王庭記。』

〔二〕浮生：語本《莊子·刻意》：『其生若浮，其死若休。』以人生在世，虚浮不定，因稱人生爲『浮生』。

〔三〕閒身：指没有官職。唐牟融《題道院壁》詩：『若使凡緣終可脱，也應從此度閒身。』

魏和公先生同嗣君昭士甥盧孝則過訪兼示佳集賦謝志喜〔一〕

高流〔二〕原許布衣群，千里相過日已曛〔三〕。近岸身沾蘆葦雨，到門杖扣薜蘿〔四〕雲。座添燈影三更語，袖出濤痕幾卷文。怪道鬚眉塵盡洗，翠微〔五〕山色鏡中分。和公先生住翠微峯，山水極佳。

【注釋】

〔一〕魏和公：詳見卷一《性論一》注〔一六〕。嗣君：稱别人的兒子。清袁枚《隨園詩話》卷十六：『雪芹者，曹楝亭織造之嗣君也。』昭士：魏世傚，字昭士。江西寧都人。魏禮長子。以多病不應試，專心著述。遍遊燕、楚、吴、越間。善文辭，與從兄魏世傑、弟魏世儼齊名，時號『小三魏』。《清史稿》卷四百八十四有傳。過訪：登門探視訪問。宋張舜民《與石司理書》：『近吕主簿過訪，蒙示長函大編，副以手書。』

〔二〕高流：指才識出衆的人物。宋陸游《舟中大醉偶賦長句》：『過江何敢號高流，偶與俗人風馬牛。』

〔三〕曛：傍晚，黄昏。南朝宋鮑照《冬日》詩：『曛霧蔽窮天，夕陰晦寒地。』

〔四〕薜蘿：薜荔和女蘿。兩者皆野生植物，常攀緣於山野林木或屋壁之上。《楚辭·九歌·山鬼》：『若有人兮山之阿，被薜荔兮帶女蘿。』王逸注：『女蘿，兔絲也。言山鬼仿佛若人，見於山之阿，被薜荔之衣，以兔絲爲帶也。』後借指隱者或高士的住所。南朝梁吴均《與顧章書》：『僕去月謝病，還覓薜蘿。』

〔五〕翠微：山名。位於江西省贛州市寧都縣西北五公里處。

酧蕭絅若見贈

天涯猶見宦餘身，落落孤踪迥絶倫。雨宿荒庵吟破壁，客彈長鋏〔一〕送殘春。澆胸酒轆葡萄汁〔二〕，放膽文傳腐史〔三〕神。留得丹霞今夜月，好登峯頂話松筠〔四〕。絅若客仁化署中，嘗往來丹霞。

【注釋】

〔一〕鋏：劍把。《戰國策·齊策四》載：齊人馮諼貧苦不能自存，寄居孟嘗君門下。因食無魚、出無車，無以爲家，三彈其劍鋏，歌曰：『長鋏歸來乎！』後人因用爲處境窘困而有所干求之典。

〔二〕醲：通『漉』，液體漫漫地滲下。《戰國策·楚策》：『漉汁灑地，白汗交流。』葡萄汁：這裏指酒。北周庾信《燕歌行》：『蒲桃一杯千日醉，無事九轉學神仙。』

〔三〕腐史：指《史記》。漢司馬遷曾受腐刑，後人因稱其所著《史記》爲『腐史』。明張萱《疑耀·石經》：『第自古鐫石者惟經，而紹興獨鐫《史記》列傳，此亦腐史千載特達之知也。』

〔四〕松筠：《禮記·禮器》：『其在人也，如竹箭之有筠也，如松柏之有心也。二者居天下之大端矣，故貫四時而不改柯易葉。』筠，竹子的青皮。後因以『松筠』喻節操堅貞。

霽後登廣州府城東戰臺

春盡炎方杜宇哀〔一〕，他鄉雨霽獨登臺。天連上下虹横斷，雲暗東西電照開。避世高僧浮海去〔二〕，從軍好友寄書回。憑欄此際無窮意，收拾從容付酒杯。

【注釋】

〔一〕炎方：泛指南方炎熱地區。《藝文類聚》卷九一引三國魏鍾會《孔雀賦》：『有炎方之偉鳥，感靈和而來儀。』杜宇：即杜鵑鳥。據《成都記》載：杜宇又曰杜主，自天而降，稱望帝，好稼穡，治郫城。後望帝死，其魂化爲鳥，名曰杜鵑。宋王安石《雜詠絶句》之十五：『月明聞杜宇，南北總關心。』

〔二〕『避世』句：唐代僧人義淨（六三五—七一三），於唐高宗咸亨二年（六七一），隻身自今廣東廣州附波斯商船赴印度求法。見宋贊寧等撰《宋高僧傳》卷一《唐京兆大薦福寺義淨傳》。

讀書山中蘭若〔一〕寄友人

蒲龕〔二〕相對寸心遐，溪色林光此地賒。夜半苦吟分佛火〔三〕，日長罷課乞僧茶。近廚竹引流泉細，隔岸漁烘晚照斜。試摘芭蕉裁作柬，期君清興〔四〕話煙霞。

【注釋】

〔一〕蘭若：指寺院。梵語『阿蘭若』的省稱。意爲寂淨無苦惱煩亂之處。唐杜甫《謁真諦寺禪師》詩：『蘭若山高處，煙霞嶂幾重。』

〔二〕蒲龕：指佛堂、寺廟。宋周密《齊東野語·放翁鍾情前室》：『年來妄念消除盡，回向蒲龕一炷香。』

〔三〕佛火：指供佛的油燈香燭之火。唐孟郊《溧陽唐興寺觀薔薇花》詩：『佛火不燒物，淨香空徘徊。』

〔四〕清興：清雅的興致。唐王勃《山亭夜宴》詩：『清興殊未闌，林端照初景。』

皇岡〔一〕懷古

疊翠屏開接郡城，依稀猶識舊韶聲。入山徑曲曾通輦〔二〕，隔代音希〔三〕尚囀鶯。秋老碧巖松半折，寺荒金殿〔四〕草全生。登臨漫作無窮想，話到興亡月已横。

【注釋】

〔一〕皇岡：在韶關市湞江區沙洲半島北部三里。詳見卷四《韶郡城郭圖略序代》注〔四〕。

〔二〕輦：古時用人拉或推的車。《說文·車部》：『輦，挽車也。』

〔三〕音希：語出《老子》：『大音希聲，大象無形。』王弼注：『聽之不聞名曰希，不可得聞之音也。有聲則有分，有分則不宫而商矣。分則不能統眾，故有聲者非大音也。』魏源本義引吕惠卿曰：『以至音而希聲，象而無形，名與實常若相反者也，然則道之實蓋隱於無矣。』意謂最大最美的聲音乃是無聲之音。

〔四〕金殿：金飾的殿堂。南朝齊謝朓《奉和隨王殿下》之十三：『端儀穆金殿，敷教藻瓊筵。』

丁巳就塾水竹軒喜與黄少涯絳帳隔鄰賦詩相慰兼以解嘲寄陳崑圃〔一〕

生平自笑竟何爲，此日相憐作塾師。地接池荷香度處，光連燈火夜分時。六經删〔二〕後誰堪繼，一代文成已獨知。舉向良朋應首肯〔三〕，從來懷抱不須疑。

【注釋】

〔一〕丁巳：康熙十六年（一六七七）。水竹軒：未詳。黄少涯：黄遙，字少崕。詳見卷三《横溪詩集序》注〔二〕。絳帳：《後漢書·馬融傳》：『融才高博洽，爲世通儒，教養諸生，常有千數……居宇器服，多存侈飾。常坐高堂，施絳紗帳，前授生徒，後列女樂，弟子以次相傳，鮮有入其室者。』後因以『絳帳』爲師門、講席之敬稱。陳崑圃：陳金闓，字崑圃。詳見卷九《與陳崑圃書》注〔一〕。

〔二〕六經删：六經指《詩》、《書》、《禮》、《樂》、《易》、《春秋》六部儒家經典，相傳是由孔子删定。

〔三〕首肯：點頭同意。宋蘇軾《司馬溫公行狀》：『時仁宗簡默不言，雖執政奏事，首肯而已。』

登筆峯山〔一〕亭

東風吹緑上前山，夾岸青連樹色間。避世僧依孤島住，探奇人向絶巔攀。花迷樵徑香迎袂，影盡江帆客度關。吟硯未乾何處去？一枝邛竹〔二〕帶雲還。

【注釋】

〔一〕筆峯山：又名帽子峯，在韶關市湞江區沙洲半島北部，皇岡山東南。詳見卷四《陪蔣觀察讌筆峯山亭序》注〔六〕。

〔二〕邛竹：竹名。邛山（邛崍山，在四川省雅安市滎經縣西）所出，中實而節高，可作手杖。這裏用作手杖的代稱。《文選·左思〈蜀都賦〉》：『邛竹緣嶺，菌桂臨崖。』劉逵注：『邛竹，出興古盤江以南，竹中實而高節，可以作杖。』

秋晚自湞口寄宿丹霞禪院有懷蕭絅若〔一〕

秋老江天翠未凋，松陰一路到僧寮〔二〕。峯浮黛綠雲橫斷，樹染霜紅葉倒飄。招隱〔三〕北山松桂長，寄書南海去鴻〔四〕遙。夜來獨臥蒲團穩，月照禪棲〔五〕倍寂寥。

【注釋】

〔一〕湞口：位於今廣東省韶關市仁化縣丹霞鎮車灣村董塘河與錦江交匯處。《韶州府志》卷十三：『利水，湞錦二溪之下流也。湞溪源出湞嶺，流經仁化縣西。錦石溪……又南過錦石巖與湞溪水合，曰湞口，南流至曲江縣入於始興江。』丹霞禪院：指丹霞山別傳寺。在今廣東省韶關市仁化縣城南九公里的丹霞山，錦江東岸。《韶州府志》卷二十六：『丹霞別傳寺，在(仁化)縣南十七里。明虔撫鄧州李永茂隱居於此，其弟祠部充茂以施武林僧。國朝康熙元年闢爲叢林。有長老峯、海螺巖、龍王閣、紫玉臺、雪巖、舵盤巖、片鱗巖、龍尾石諸勝境。』

〔二〕僧寮：僧舍。宋陸游《貧居》詩：『囊空如客路，屋窄似僧寮。』

〔三〕招隱：招人歸隱。唐駱賓王《酬思玄上人林泉》詩：『聞君招隱地，髣髴武陵春。』

〔四〕南海：縣名。含今廣東省佛山市禪城區、南海區，及廣州市的一部分。去鴻：漢武帝天漢元年，蘇武奉命出使匈奴被扣。後匈奴與漢和親，漢使復至匈奴。蘇武等『教使者謂單于，言天子射上林中，得雁，足有繫帛書，言武等在某澤中』，單于不能隱匿，遂放還蘇武等人。(見《漢書·蘇建傳》)。後因以鴻雁稱送信的人。

〔五〕禪棲：謂出家隱居。北魏酈道元《水經注·淄水》：『所謂修修釋子，眇眇禪棲者也。』

送吳元躍候銓都門〔一〕

賢書〔二〕十二早傳名，今喜彈冠〔三〕向北征。雨雪彌天黃鵠〔四〕漲，鶯花三月白門〔五〕晴。途經風俗詩成史，里雜絃歌曲變聲。從此閶闔咸引領〔六〕，好栽棠陰〔七〕護春城。

【注釋】

〔一〕吳元躍：吳中龍，字元躍，曲江人。順治十一年中舉，時年十二，以神童聞。性謹厚，素行廉介。康熙二十八年授順天府東安縣知縣，抵任旬日而卒。《曲江縣志》卷十四有傳。侯銓：聽候選授官職。《聊齋志異·青梅》：『適有王進士者，方候銓於家。』都門：本指都城城門，這裏借指都城。元揭傒斯《送宋少府之官長洲》詩：『白髮長洲尉，都門萬里船。』清厲鶚編《宋詩紀事·王邁〈除夕〉》：『憶昔都門值歲除，高樓張燭戲呼盧。』

〔二〕賢書：語本《周禮·地官·鄉大夫》：『鄉老及鄉大夫羣吏獻賢能之書于王。』賢能之書，謂舉薦賢能的名錄，後因以『賢書』指考試中式的名榜。

〔三〕彈冠：彈去冠上的灰塵，整冠。指爲官。北齊顏之推《古意》詩：『十五好詩書，二十彈冠仕。』

〔四〕黃鵠：鳥名，後以喻高才賢士。唐韓愈《南山有高樹行贈李宗閔》：『黃鵠據其高，衆鳥接其卑。』錢仲聯集釋引陳沆曰：『黃鵠謂元稹、李紳也。』

〔五〕白門：江蘇省南京市的別名。六朝皆都建康（今南京市），其正南門爲宣陽門，俗稱白門，故名。

〔六〕閭閻：里巷內外的門。後多借指里巷。《史記·平準書》：『守閭閻者食粱肉，爲吏者長子孫，居官者以爲姓號。』引領：伸頸遠望，形容期望殷切。《左傳·成公十三年》：『及君之嗣也，我君景公引領西望曰：「庶撫我乎！」』

〔七〕棠陰：棠樹樹蔭。《史記·燕召公世家》：『召公巡行鄉邑，有棠樹，決獄政事其下，自侯伯至庶人各得其所，無失職者。召公卒，而民人思召公之政，懷棠樹不敢伐，哥詠之，作《甘棠》之詩。』後因以『棠陰』喻惠政。

送黃少涯遊都門

四十儒冠得道姿，帝城欲獻篋中奇。文攜海外飛濤壯，帆掛天邊去路遲。群雁書空雲化墨，一驢衝凍雪催詩。盧溝橋北金臺側〔一〕，好向東風試展眉。

【注釋】

〔一〕盧溝橋：在北京西南部，跨永定河（金時的盧溝河）。始建於金，清初重建。由十一孔石拱組成，橋旁建有石欄，其上有衆多精刻的石獅，姿態各殊，生動雄偉。金臺：古臺名。又稱黃金臺、燕臺。故址在今河北省易縣東南北易水南。相傳戰國燕昭王築，置千金於臺上，延請天下賢士，故名。南朝宋鮑照《代放歌行》：『豈伊白璧賜，將起黃金臺。』錢振倫注：『《上谷郡圖經》曰：「黃金臺，易水東南十八里，燕昭王置千金於臺上，以延天下之士。」』

某分憲觀試南韶擬呈二律〔一〕時某以海上軍功崛起今職

百戰功高劍吐光，擕來白雲又登場〔二〕。繡衣猶染煙霞氣，招隱早飄松桂香。天下奇文原獨步，千秋絕業許誰襄〔三〕。書成海內爭傳寫，贏得溪藤貴洛陽〔四〕。

【注釋】

〔一〕分憲：明清道員的別稱。明初按察司以轄境廣大，由按察使的佐官副使、僉事分理各道刑名，稱爲『分巡道』。清乾隆時始專設分巡道，多兼『兵備』銜，轄府、州，成爲省和府、州之間的高級行政長官。南韶：即南韶道。清代廣東省分爲五道。道轄府，府轄州縣。康熙十三年（一六七五）置南韶道，駐韶州府，領南雄府（南雄州）、韶州府。康熙二十二年廣州府來屬，更名廣南韶道。

〔二〕白雲：喻歸隱。晉左思《招隱詩》之一：『白雲停陰岡，丹葩曜陽林。』登場：上臺。

〔三〕絕業：有非凡成就的事業或學業。襄：成就，完成。《左傳·定公十五年》：『不克襄事。』注：『襄，成也。』

〔四〕溪藤：指剡溪紙。浙江剡溪所產的藤制紙最爲有名。宋蘇軾《孫莘老求墨妙亭》詩：『書來乞詩要自寫，爲把栗尾書溪藤。』蘇轍注：『溪藤，剡溪紙也。』貴洛陽：晉左思作《三都賦》，構思十年，賦成，不爲時人所重。及皇甫謐爲之作序，張載、劉逵爲之作注，張華見之，歎爲『班張之流也』，於是豪富之家爭相傳寫，洛陽紙價因之昂貴。見《晉書·左思傳》。後以稱譽別人的著作受人歡迎，廣爲流傳。

又

胸藏五嶽隱難平，濁酒堪澆取次〔一〕傾。滿目煙雲供異賞，一天星斗寫奇情。夏游莫贊春秋筆〔二〕，沮溺長懷隴畝耕〔三〕。亦欲彈冠商出處，弓旌〔四〕何日起書生。

【注釋】

〔一〕取次：隨便，任意。晉葛洪《抱朴子·祛惑》：『此兒當興卿門宗，四海將受其賜，不但卿家，不可取次也。』

〔二〕『夏游』句：《史記·孔子世家》：『（孔子）爲春秋，筆則筆，削則削，子夏之徒不能贊一辭。』三國魏曹植《與楊德祖書》：『昔尼父之文辭，與人通流。至於制《春秋》，游夏之徒乃不能措一辭。』夏游，子夏（卜商）與子游（言偃）的並稱。兩人均爲孔子學生，長與文學。

〔三〕『沮溺』句：《論語·微子》：『長沮、桀溺耦而耕，孔子過之，使子路問津焉。』錢穆新解：『（長沮、桀溺）兩隱者，姓名不傳。沮，沮洳。溺，淖溺。以其在水邊，故取以名之。』後詩文中常以『沮溺』借指避世隱士。隴畝，田地。

〔四〕弓旌：弓和旌。古代徵聘之禮，用弓招士，用旌招大夫。《左傳·昭公二十年》：『昔我先君之田也，旃以招大夫，弓以招士。』《孟子·萬章下》：『敢問招虞人何以？曰：「以皮冠，庶人以旃，士以旂，大夫以旌。」』後遂以『弓旌』泛指招聘賢者的信物。

憶綠匪山房〔一〕

地雜池塘十畝餘，中藏修竹更蕭疎〔二〕。春朝宿雨香垂露，月夜敲煙翠落裾。好友到門攜綠綺〔三〕，美人留照寫紅蕖〔四〕。只今故址荊榛遍，猶記苔磯〔五〕坐釣魚。

【注釋】

〔一〕綠匪山房：位於今廣東省韶關市五祖路附近。詳見卷七《芥堂記》注〔七〕。

〔二〕修竹：長長的竹子。《世説新語·企羨》『王右軍得人以《蘭亭集序》方《金谷詩序》』劉孝標注引晉王羲之《臨河敘》：『此地有崇山峻嶺，茂林修竹。』蕭疎：稀疏，稀少。元張可久《折桂令·讀史有感》曲之一：『説到知音，自古無多，白髮蕭疎，青燈寂寞，老子婆娑。』

〔三〕緑綺：古琴名。西晉傅玄《琴賦序》：『齊桓公有鳴琴曰號鐘，楚莊有鳴琴曰繞梁，中世司馬相如有緑綺，蔡邕有焦尾，皆名器也。』後以作古琴的别稱。

〔四〕紅蕖：紅荷花。蕖，芙蕖，荷花。南朝梁簡文帝《蒙華林園戒詩》：『紅蕖間青瑣，紫露濕丹楹。』

〔五〕磯：水邊突出的巖石或石灘。唐孟浩然《經七里灘》：『釣磯平可坐，苔磴滑難步。』

城南春望

避客行吟春日前，登高一望倍淒然。陽迴嶺海〔一〕潮生潤，緑近城濠〔二〕雨作煙。隔岸漁歸蘆葦港，遠村鷗點稻花田。當時俯仰成陳跡〔三〕，莫向東風話去年。

【注釋】

〔一〕嶺海：指兩廣地區。其地北倚五嶺，南臨南海，故名。唐韓愈《潮州刺史謝上表》：『雖在萬里之外，嶺海之陬，待之一如畿甸之間，輦轂之下。』

〔二〕城濠：亦作『城壕』。護城河。南朝梁江淹《劉太尉琨》詩：『飲馬出城濠，北望沙漠路。』

〔三〕『當時』句：晉王羲之《蘭亭集序》：『向之所欣，俯仰之間，已爲陳跡。』俯仰，一低頭，一抬頭的工夫。形容時間極短。

寒齋二首

欲將流水洗塵顏〔一〕，新築茅蘆近釣灣。韻冷居深松竹裏，氣奇品在惠夷〔二〕間。煨爐樹下收殘葉，呵筆〔三〕風前寫遠山。賴有寒雲無世態〔四〕，飛來幾片伴人間。

【注釋】

〔一〕塵顏：滿是灰塵的臉。宋蘇轍《次韻子瞻麻田青峯寺下院翠麓亭》：『塵顏洗濯淨，髀肉再三捫。』

〔二〕惠夷：柳下惠、伯夷的並稱。古代廉正之士。宋陳宓《寄題桂籍》：『肯詫一時燕許手，要垂百代惠夷風。』

〔三〕呵筆：天寒筆凍，噓氣使解。宋梅堯臣《次韻和王景彝十四日冒雪晚歸》：『閉門吾作袁安睡，呵筆君爲謝客謡。』

〔四〕世態：世俗的情態，多指人情淡薄而言。唐戴叔倫《旅次寄湖南張郎中》詩：『卻是梅花無世態，隔牆分送一枝春。』

又

綠覆茅簷接竹林，東風吹入雨痕深。茶香伴冷三更火，朱墨磨消數載心。亂霞灑空敲破瓦，寒潮上壁潤枯琴。杖藜〔一〕七尺扶成鐵，又策探梅過遠岑〔二〕。

【注釋】

〔一〕杖藜：藜杖，拐杖。藜，野生植物，莖堅韌，可爲杖。唐護國《贈張駙馬斑竹柱杖》詩：『此君與我在雲溪，勁節奇文勝杖藜。』

〔二〕岑：小而高的山。《説文·山部》：『岑，山小而高也。』

贈朱式桐〔一〕式桐時已僧服

別有行藏〔二〕寄所憨，何妨潦倒更投庵。勝窮名嶽編芒屨〔三〕，老懺雄心拜佛龕〔四〕。入畫詩成吟骨瘦，横琴枕臥夢魂甘。遠來道氣猶堪挹，攜得匡廬滿袖嵐〔五〕。

【注釋】

〔一〕朱式桐：清初僧人。

〔二〕行藏：指出處或行止。語本《論語·述而》：「用之則行，舍之則藏。」晉潘岳《西征賦》：「孔隨時以行藏，蘧與國而舒卷。」

〔三〕芒屩：芒鞋。用芒莖外皮編織成的鞋。宋蘇軾《梵天寺見僧守詮小詩次韻》：「幽人行未已，草露溼芒屩。」

〔四〕佛龕：指佛寺。《說郛》卷六十引宋無名氏《雞林志·佛龕》：「龜山有佛龕，林木益邃，傳云羅漢三藏行化至此滌齒。」

〔五〕匡廬：指江西的廬山。相傳殷周之際有匡俗兄弟七人結廬於此，故稱。《後漢書·郡國志四·廬江郡》「尋陽南有九江，東合爲大江」劉昭注引南朝宋慧遠《廬山記略》：「有匡俗先生者，出殷周之際，隱遯潛居其下，受道於仙人而共嶺，時謂所止爲仙人之廬而命焉。」嵐：山林中的霧氣。唐白居易《新栽竹》：「未夜青嵐入，先秋白露團。」

憶韻軒〔一〕梅花

天涯又逼歲寒時，綠萼鄉園〔二〕綻幾枝。況復看花憐異域，每因倚竹想同姿。數株霜折香初引，午夜詩成雪更吹。醉後好圖冰鐵幹，滄煙濃墨慰相思。

【注釋】

〔一〕韻軒：廖燕書齋名，卽二十七松堂。詳見卷六《募建芙蓉下院疏》注〔一〕。

〔二〕綠萼：梅花之一種。萼片爲綠色。宋范成大《梅譜》：『綠萼梅。凡梅花跗蒂皆絳紫色，惟此純綠，枝梗亦青，特爲清高，好事者比之九嶷仙人萼綠華。京師艮嶽有萼綠華堂，其下專植此本。』明李時珍《本草綱目·果一·梅》：『綠萼梅，枝跗皆綠。』鄉園：家園，故鄉。南朝梁何遜《春暮喜晴酬袁戶曹苦雨》詩：『鄉園不可見，江水獨自清。』

病中卽事

三春〔一〕貧病共愁侵，傲骨支牀獨勝任。雪夜夢殘牕月暗，藥爐香染帳梅〔二〕深。書攤枕畔橫身閱，花壓牆頭拄頰〔三〕吟。多謝故人相問訊，寄來箋牘積成林。

【注釋】

〔一〕三春：春季。春季三個月，故稱。漢班固《終南山賦》：『三春之季，孟夏之初，天氣肅清，周覽八隅。』

〔二〕帳梅：卽紙帳梅花。同『梅花紙帳』。一種由多樣物件組合、裝飾而成的臥具。宋林洪《山家清事·梅花紙帳》：『法用獨牀。旁置四黑漆柱，各掛以半錫瓶，插梅數枝，後設黑漆板約二尺，自地及頂，欲靠以清坐。左右設橫木一，可掛衣，角安斑竹。書貯一，藏書三四，掛白麈一。上作大方目頂，用細白楮衾作帳罩之。前安小踏牀，於左植綠漆小荷葉一，寘香鼎，然紫藤香。中只用布單、楮衾、菊枕、蒲褥。』

〔三〕拄頰：用手支著臉頰。明汪砢玉《珊瑚網·米敷文瀟湘長卷》：『予贊治丹丘，雖環郛皆山可以拄頰，而霞城雲嶼亦得駕言窮覽。』

寄內

荊布〔一〕支貧未有涯，幾年曾共守寒齋。談天客至先藏酒，買史囊慳早當釵。別後塵埃封玉鏡，行深霜雪敝芒鞋〔二〕。窮途贏得思鄉淚，迸入郵箋遠寄懷。

【注釋】

〔一〕荊布：『荊釵布裙』之省。荊枝爲釵，粗布爲裙。婦女簡陋寒素的服飾。《太平御覽》卷七一八引《列女傳》：『梁鴻妻孟光，荊釵布裙。』《南史·范雲傳》：『昔與將軍俱爲黃鵠，今將軍化爲鳳凰，荊布之室，理隔華盛。』

〔二〕芒鞋：用芒莖外皮編織成的鞋。唐張祜《題靈隱寺師一上人十韻》：『朗吟揮竹拂，高揖曳芒鞋。』

內次韻〔一〕答詩附

幾回魂夢遶天涯，門逕蕭條閉竹齋。夜課工忙煨荻火，珠冠〔二〕當盡插荊釵。孀姑缺旨愁添淚，破雨侵牕冷到鞋。欲向前途知此意，慢將虛譽慰離懷。

【注釋】

〔一〕次韻：依次用所和詩中的韻作詩。也稱步韻。世傳次韻始於白居易、元稹，稱『元和體』。唐元稹《酬樂天餘思不盡加爲六韻之作》：『次韻千言曾報答，直詞三道共經綸。』原注：『樂天曾寄予千字律詩數首，予皆次用本韻酬和，後來遂以成風耳。』一說始於南北朝。明焦竑《焦氏筆乘・次韻非始唐人》：『楊衒之《洛陽伽藍記》載王肅入魏，捨江南故妻謝氏，而娶元魏帝女，故其妻贈之詩曰：「本爲薄上蠶，今爲機上絲。得路遂騰去，頗憶纏綿時。」繼室代答，亦用絲時兩韻。是次韻非始元白也。』

〔二〕孀姑：守寡的婆母。清周亮工《倪母朱太夫人七十序》：『事其苦節五十年之孀姑，備極色養，必恭必謹。』缺旨：缺乏養親的食品。旨，旨甘，美好的食物，指養親的食品。明錢子正《憶常德子原炳》：『我憶從軍子，經年缺旨甘。異鄉書不到，垂老我何堪。』

重遊羊城留別陳崑圃黄少涯

還鄉未久又思遊，楊柳堤邊獨解舟。親老琴書猶作客，途長風雨況當秋。幾年醉月同花墅，何處題詩隔石樓。欲識離懷今更甚，數行先寄到齋頭〔一〕。

【注釋】

〔一〕齋頭：指書齋。宋施宿等《會稽志・雜記》：『支道林、許掾諸人共在會稽王齋頭。』

贈朱藕男〔一〕

不知何故便相親，須信交情別有神。半百年同憐短鬢〔二〕，一二三友在羨長貧。眼前天地詩爭闊，客裏鬚眉酒洗新。身外浮雲身內事，一丘好共種松筠。

【注釋】

〔一〕朱藕男：朱蕖，字藕男。詳見卷三《荷亭文集序》注〔一〕。

〔二〕髩：古同「鬢」。

閒居有懷故人

亂蓧〔一〕周遭壓屋斜，日長閒課興尤賒〔二〕。吟餘乞火煨新笋，飯後僱泉試苦茶。好友情難疎翰墨，伊人心只在蒹葭〔三〕。扁舟欲訪知何處，一水茫茫隔荻花。

【注釋】

〔一〕蓧：古同「條」。

〔二〕賒：指興致高。宋梅堯臣《依韻和希深雨後見過小池》：「碧池新雨後，清興一何賒。」

〔三〕「伊人」句：《詩·秦風·蒹葭》：「蒹葭蒼蒼，白露爲霜。所謂伊人，在水一方。」本指在水邊懷念故人，後以泛指思念異地友人。蒹葭，初生的蘆葦。

旅懷

海潮勢欲與簷平，瘴雨〔一〕聲高旅夢驚。萬里關山勞悵望〔二〕，百年身世費逢迎〔三〕。劍横南斗〔四〕風雷吼，地盡東方日月生。似有閒懷無處説，新詩題向尉佗城〔五〕。

【注釋】

〔一〕瘴雨：指南方含有瘴氣的雨。前蜀李珣《南鄉子》詞：「行客待潮天欲暮，送春浦，愁聽猩猩啼瘴雨。」

〔二〕悵望：惆悵地遠望或想望。南朝齊謝朓《新亭渚别范零陵》詩：「停驂我悵望，輟棹子夷猶。」

〔三〕逢迎：迎合，奉承。《孟子・告子下》「逢君之惡其罪大」漢趙岐注：「逢，迎也。君之噁心未發，臣以諂媚逢迎而導君爲非，故曰罪大。」

〔四〕南斗：星名。卽斗宿，有星六顆。在北斗星以南，形似斗，故稱。用以借指南方，南部地區。《隋書・高帝紀上》：「尉迥倡狂，稱兵鄴邑，欲長戟而指北闕，强弩而圍南斗。」

〔五〕尉佗城：指漢南粤王趙佗的都城番禺（今廣州市南部）。尉佗，卽趙佗（？—前一三七），曾任秦南海郡尉。宋蘇轍《閏九月重九與父老小飲四絶之四》：「尉佗城下兩重陽，白酒黄雞意自長。」

送劉念庵〔一〕歸都門

行藏落落見衿期〔二〕，萬里雲天有所思。晤對每懷分夜〔三〕後，别離偏惜在秋時。長途客敵風霜老，滿篋文爭海嶽〔四〕奇。歸到薊門〔五〕逢劍俠，笑掀氈笠〔六〕認鬚眉。

【注釋】

〔一〕劉念庵：清初人，曾與廖燕偕同北上，至江西贛州而止。見廖燕《與蕭綗若》（卷十）。

〔二〕衿期：猶心期。指人與人之間的相互期許。《魏書・崔休傳》：『仲文弟叔仁，性輕俠，重衿期。』

〔三〕分夜：半夜。南朝梁鍾嶸《詩品・總論》：『至使膏腴子弟，恥文不逮，終朝點綴，分夜呻吟。』

〔四〕海嶽：謂四海與五嶽。南朝梁劉勰《文心雕龍・時序》：『海嶽降神，才英秀發。』

〔五〕薊門：古地名。即薊丘。在北京德勝門外西北隅。明蔣一葵《長安客話・古薊門》：『京師古薊地，以薊草多得名……今都城德勝門外有土城關，相傳是古薊門遺址，亦曰薊丘。』

〔六〕氈笠：氈制的笠帽。宋孟元老《東京夢華錄・元旦朝會》：『于闐皆小金花氈笠、金絲戰袍、束帶，並妻男同來。』

題友人新構水亭〔一〕

種藕池塘雜水芹〔二〕，小亭初構絕塵氛〔三〕。橫牕山色搖空翠，倒影波光漾碧紋。夜半客來堪坐月，醉中詩就欲裁雲〔四〕。昵人猶有無窮景，隔塢〔五〕鶯花幾處分。

【注釋】

〔一〕水亭：臨水的亭子。唐杜審言《夏日過鄭七山齋》詩：『薜蘿山逕入，荷芰水亭開。』

〔二〕水芹：多年生水生宿根草本。傘形科。多生長在泥層深厚的河溝、水田旁。氣味濃鬱。莖葉可作蔬菜。宋羅願《爾雅翼·釋草·芹》：『水芹二月三月作英，時可作菹。及熟，瀹食之。葉似芎藭，花白色而無實，根赤白色。』

〔三〕塵氛：塵俗的氣氛。唐牟融《題孫君山亭》詩：『長年樂道遠塵氛，靜築藏修學隱淪。』

〔四〕裁雲：裁剪行雲，比喻詩文構思精妙新巧。明屠隆《綵毫記·夫妻玩賞》：『名擅雕龍，詩成倚馬，清思裁雲翦水。』

〔五〕塢：山坳。唐羊士諤《山閣聞笛》詩：『臨風玉管吹參差，山塢春深日又遲。』

喜劉横溪〔一〕過園中

遶廬修竹又生孫，正喜君過一畝門。坐久苔沾衣跡在，題多花染墨香存。煙霞滿目難爲畫，丘壑藏胸〔二〕易長根。却好聯牀共晨夕，開懷記向夜深論。

【注釋】

〔一〕劉横溪：字洞如，號横溪。詳見卷三《横溪詩集序》注〔一〕。

〔二〕丘壑藏胸：謂隱逸。南朝宋謝靈運《齋中讀書》詩：『昔余游京華，未嘗廢丘壑。』

晚步白雲寺〔一〕

煙畫松林眼底明，幽懷一縷靜中生。旅邊歸思逢庵止，醉後閒吟遶竹行。出谷鶯飛千樹碧，橫天虹掛數峯晴。斯時只有禪知覺，喚起黃粱悟磬〔二〕聲。

【注釋】

〔一〕白雲寺：位於今廣東省廣州市白雲山上。《番禺縣志》卷二十四：『白雲寺，在白雲山上。今圯，惟安期生祠尚存。寺有九龍泉。』

〔二〕黃粱：黃小米，喻虛幻不能實現的願望。唐沈既濟《枕中記》載：盧生在邯鄲客店遇道士呂翁，生自歎窮困，翁探囊中枕授之曰：枕此當令子榮適如意。時主人正蒸黃粱，生夢入枕中，享盡富貴榮華。及醒，黃粱尚未熟，怪曰：『豈其夢寐耶？』翁笑曰：『人世之事亦猶是矣。』磬：僧磬，佛寺中使用的一種鉢狀物，用銅鐵鑄成，既可作念經時的打擊樂器，亦可敲響集合寺眾。唐李頎《題僧房雙桐》詩：『綠葉傳僧磬，清陰潤井華。』

贈章偉人〔一〕

草堂風雨話連句，況復神交〔二〕別有因。午夜詩成分蠟炬〔三〕，三春酒坐共花晨。身疑仙骨常餐藥〔四〕，住喜修篁〔五〕欲乞鄰。曾約歸途同畫舫〔六〕，江湖到處好垂綸〔七〕。

【注釋】

〔一〕章偉人：清初人。廖燕友人，生平不詳。

〔二〕神交：謂心意投合，深相結托而成忘形之交。《三國志·吳書》卷七『子瑜之不負孤，猶孤之不負子瑜也』裴松之注引晉虞溥《江表傳》：『孤與子瑜，可謂神交，非外言所間也。』

〔三〕午夜：半夜。宋高似孫《緯略·五夜》：『所謂午夜者，爲半夜時如日之午也。』蠟炬：即蠟燭。唐杜甫《宿府》詩：『清秋幕府井梧寒，獨宿江城蠟炬殘。』

〔四〕仙骨：道教語。謂成仙的資質。《太平廣記》卷五引晉葛洪《神仙傳》：『於是神人授以素書……凡二十五篇，告墨子曰：「子有仙骨，又聰明，得此便成，不復須師。」』藥：這裏指道教爲追求長生不死和成仙所煉製的丹藥。

〔五〕修篁：修竹，長竹。唐司空圖《二十四詩品·沖淡》：『猶之惠風，荏苒在衣。閲音修篁，美曰載歸。』

〔六〕畫舫：裝飾華美的船。唐劉希夷《江南曲》之二：『畫舫煙中淺，青陽日際微。』

〔七〕垂綸：垂釣。傳說呂尚（姜太公）未出仕時曾隱居渭濱垂釣。後常以『垂綸』指隱居或退隱。

重登廣州府城樓

樓勢崔嵬〔一〕客意閒，重來猶記舊江山。潮聲晝夜通三島〔二〕，風俗東南雜百蠻〔三〕。望氣〔四〕中原星斗異，灰心逆旅鬢毛斑〔五〕。天涯何處堪回首，獨向秋空數雁還。

【注釋】

〔一〕崔嵬：高聳貌，高大貌。《楚辭·九章·涉江》：『帶長鋏之陸離兮，冠切雲之崔嵬。』王逸注：『崔嵬，高貌。』

〔二〕三島：指傳說中的蓬萊、方丈、瀛洲三座海上仙山。唐鄭畋《題緱山王子晉廟》：『六宮攀不住，三島互相招。』

〔三〕百蠻：古代南方少數民族的總稱。《詩·大雅·韓奕》：『以先祖受命，因時百蠻。』毛傳：『因時百蠻，長是蠻服之百國也。』

〔四〕望氣：古代方士的一種占候術，通過觀察雲氣以預測吉凶。《墨子·迎敵祠》：『凡望氣，有大將氣，有小將氣，有往氣，有來氣，有敗氣，能得明此者，可知成敗吉凶。』

〔五〕逆旅：客舍，旅館。晉陶潛《自祭文》：『陶子將辭逆旅之館，永歸於本宅。』鬢毛：即鬢毛。鬢，古同『鬢』。

霽後閒步因過棲霞寺〔一〕

雨過千峯洗岫〔二〕顏，晴敲竹杖響空山。送春鶯囀長林〔三〕晚，避客鷗飛野水閒。侶雜漁樵探虎穴〔四〕，風吹鐘磬出柴關〔五〕。賞心能得幾時事，辜負煙霞又早還。

【注釋】

〔一〕棲霞寺：位於今南京市棲霞區之棲霞山（又名攝山）。南齊永明七年（四八九），隱士明僧紹舍宅爲寺，稱『棲霞精舍』。這就是棲霞寺建寺之始。清咸豐年間毀於火災。清光緒年間重建。清莫祥芝、甘紹盤等修《上江兩縣志》卷三：『而西峙乎大江者曰攝山……其麓有棲霞寺。本名虎窟山寺，梁陸罩、王台卿竝有《奉和往虎窟山寺》詩。』

〔二〕岫：峯巒。晉嵇康《憂憤詩》：『采薇山阿，散髮巖岫。』

〔三〕長林：高大的樹林。唐杜甫《茅屋爲秋風所破歌》：『高者掛罥長林梢，下者飄轉沉塘坳。』

〔四〕虎穴：棲霞山有虎洞。清陳毅纂《攝山志·形勝》卷二：『上有石壁，其直如截者曰天開巖。又上峭壁嶔岑中可穴居者曰虎洞。』棲霞寺又名虎穴寺，又名虎窟山寺，南朝陳江總有《遊虎穴寺》詩。見清莫祥芝、甘紹盤等修《上江兩縣志》卷三。

〔五〕鐘磬：鐘和磬。佛教法器。磬，僧磬，佛寺中使用的一種鉢狀物，用銅鐵鑄成，既可作念經時的打擊樂器，亦可敲響集合寺衆。唐岑參《上嘉州青衣山中峯題惠淨上人幽居寄兵部楊郎中》詩：『猿鳥樂鐘磬，松蘿泛天香。』柴關：柴門，用柴木做的門。言其簡陋。唐劉長卿《送鄭十二還廬山別業》詩：『潯陽數畝宅，歸臥掩柴關。』

送白聯馭陞任龍門〔一〕

十年交道此中存，惆悵離筵酒滿樽。夜静登樓觀劍氣〔二〕，舟輕乘浪下龍門。前途花豔鮫人〔三〕浦，新署牕添翰墨痕。猶是炎方天咫尺，雁飛容易到荒村。

【注釋】

〔一〕白聯馭：白名鑣，字聯馭，清初直隸人。武舉。康熙二十八年任龍門城守營守備。見清瑞麟等修及史澄等纂《廣州府志》卷三十、民國招念慈修及鄔慶時纂《龍門縣志》卷十一。龍門：今廣東省惠州市龍門縣。位於廣東省中部，東南與河源市、博羅縣接壤，西南與從化市、增城市毗鄰，北與新豐縣相連。

〔二〕觀劍氣：《晉書·張華傳》張華聞雷煥妙達緯象，乃邀與共觀天文。煥曰：『斗牛之間頗有異氣』，是『寶劍之精，上徹於天耳。』參《重修曲江縣志凡例》（卷十七）注。

〔三〕鮫人：捕魚者，漁夫。唐杜甫《閿鄉姜七少府設鱠戲贈長歌》：『饔人受魚鮫人手，洗魚磨刀魚眼紅。』仇兆鰲注：『鮫人，捕魚者。』

梅影

綠萼依稀鏡裏攢，天然雪幹欲摹難。脱胎仙去〔一〕前身現，徹夜禪參〔二〕出相看。品格一時同玉立，鬚眉千古帶霜寒。黄昏月上還堪賞，煙畫枝頭墨未乾。

【注釋】

〔一〕脱胎：道教語。謂脱去凡胎。《參同契》卷下「形體爲灰土，狀若明窗塵」蔣一彪集解引宋陳顯微曰：「及乎脱胎，則形體閃爍，如明窗日影射塵之狀。」仙去：成仙而去。晉干寶《搜神記》卷一：「至蠶時，有神女夜至，助客養蠶……繅訖，女與客俱仙去，莫知所如。」

〔二〕禪參：即參禪。佛教禪宗的修持方法。有遊訪問禪、參究禪理、打坐禪思等形式。明皇甫汸《簡釋懋》：「禪參花雨後，法喻鳥聲中。」

賦得柴門不正逐江開〔一〕

地接清溪幾曲奇，茅齋新闢野人基。縱横畫意扉偏向，宛對波光景獨宜。竹裏半開斜始見，江心遥望轉方知。花時有客攜琴訪，踏遍長堤側扣籬。

【注釋】

〔一〕賦得：凡摘取古人成句爲詩題，題首多冠以『賦得』二字。參《賦得猿啼送客》（卷十九）注。柴門不正逐江開：見唐杜甫《野老》：『野老籬邊江岸回，柴門不正逐江開。』

過友人別業

長堤行盡緑陰繁，亭榭依稀倚石根。花底坐來無位次，竹間看去有詩痕。遶池荷葉香浮水，穿壁藤蘿翠上門。似有閒愁消未得，時時移榻此中論。

庚午初冬喜晤鄭思宣快談數夕情見乎詞時因歸閩賦此贈別〔一〕

相逢正好話良宵，信宿誰期賦柳條〔二〕。翦燭句敲〔三〕霜夜酒，歸程人趁雪天橈〔四〕。一林紅葉秋同醉，滿目青山隱可招。若近武夷〔五〕尋伴侶，隔溪猶有舊松寮〔六〕。

【注釋】

〔一〕庚午：康熙二十九年（一六九〇）。

〔二〕信宿：連宿兩夜。《詩·豳風·九罭》：「公歸不復，於女信宿。」毛傳：「再宿曰信；宿，猶處也。」賦柳條：漢時長安，凡送客至灞橋，常折柳枝相贈。見《三輔黃圖·橋》：「霸橋在長安東，跨水作橋。漢人送客至此橋折柳贈別。」另古樂曲有《折楊柳》，多用以惜別懷遠。唐袁郊《甘澤謠·許雲封》：「《折柳》傳情，悲玉關之戍客。」

〔三〕翦燭：語出唐李商隱《夜雨寄北》詩：「何當共翦西牕燭，卻話巴山夜雨時。」謂剔燭芯。後以「翦燭」爲促膝夜談之典。句敲：推敲詩句。後蜀何光遠《鑒戒錄·賈忤旨》載賈島推敲故事，參《將歸故山作》（卷十九）注引。

〔四〕橈：船槳。《淮南子·主術》：「夫七尺之橈而制船之左右者，以木爲資。」

〔五〕武夷：武夷山。位於今福建省西北部的武夷山市。

〔六〕松寮：松木蓋的小屋。宋劉克莊《送陳霆之官連州》詩：「茆寮愁問宿，峽石善驚船。」

送友人移家乳源〔一〕〔二〕

野性原許傍山林，羨爾移家遂宿心〔二〕。一路水煙浮舫〔三〕穩，數椽風雨避人深。牕添疎影新栽竹，壁響流泉舊製琴。何日隔鄰分幾笏〔四〕，花時時得共長吟。

【校記】

〔一〕詩題：底本缺『送友人』三字，據利民本、寶元本補。

【注釋】

〔一〕乳源：在今廣東省韶關市乳源瑤族自治縣，位於廣東省北部。

〔二〕宿心：本來的心意，向來的心願。《後漢書·皇后紀上·和熹鄧皇后》：『上欲不欺天愧先帝，下不違人負宿心。』

〔三〕舫：船。唐白居易《琵琶行》：『東船西舫悄無言，唯見江心秋月白。』

〔四〕笏：量詞。條、塊。用於金銀、墨等。

弔六烈女〔一〕俗名六貞女，今改正　有序

烈女六，俱屬吾粵順德陳村〔二〕李姓。丙辰〔三〕遇亂，爲豪橫〔四〕乘機所逼。一夕相約以紅羅〔五〕結臂，俱赴水死。家人合葬之龜山〔六〕之陽，有司題其墓與投詩文，弔挽者皆稱『六貞女』。予曰：烈矣，豈貞足以盡之耶！按謚法〔七〕，守正爲貞，捐軀爲烈，因爲改正，並識一詩，庶幾以慰芳魂。

寇氛當日遍關津〔八〕，六女捐軀勝古人。一夕影沉池水碧，千秋淚染臂羅新。蛾眉〔九〕烈性留天地，夜雨荒墳泣鬼神。憑弔不須重寫照〔一〇〕，龜山山色盡前身。

《易》云：『女子貞，不字，十年乃字。』則貞之一字，爲閨閣守正之通稱，非奇事也。吾粤順德陳村六女遇亂捐軀，爲天地間轟轟烈烈之事，乃諱其烈而獨以貞見稱，豈此地之大，遂别無有一人如六女之守正者耶！如云人人皆貞而獨稱此六女，似涉於私，如以守正惟六女爲然，則是明爲六女闡幽〔一一〕而實暗加衆媛以不貞之名也。公論之謂何？以一字褒揚之誤，遂以掩其捐軀之烈，已不堪言，況因而誣及諸閫〔一二〕，皆陷不貞疑獄，又烏可訓乎哉？故六女宜改稱曰『烈』，庶有合於捐軀謚法之義。因成此詩並序，以俟後世之具史筆者。又記。

【注釋】

〔一〕六烈女：廖燕有《烈女不當獨稱貞辯》（卷二）、《自書弔六烈女詩後》（卷十二），可參看。

〔二〕順德陳村：今廣東省佛山市順德區陳村鎮。在順德區北部。南臨潭洲水道。

〔三〕丙辰：康熙十五年（一六七六）。

〔四〕豪横：强暴蠻横。《後漢書·鄧禹傳》：『漢世外戚，自東西京十有餘族，非徒豪横盈極，自取災故，必於貽釁後主，以至顛敗者，其數有可言焉。』

〔五〕紅羅：紅色的輕軟絲織品。多用以製作婦女衣裙。

〔六〕龜山：即佛山市順德區陳村鎮赤花之龜岡。清郭汝誠修《順德縣志》卷十六：『李氏六貞女墓在赤花龜岡。』

〔七〕謚法：評定謚號的法則。上古有號無謚。周初始制謚法，至秦廢。漢復其舊，歷代因之，至清止。《史記·秦始皇本紀》：『自今已來，除謚法。朕爲始皇帝。』參閲《逸周書·謚法》、《通志·謚略》、明吴訥《文章辨體序題·謚法》、《四庫全書總目提要·史部·政書類》。

〔八〕關津：水陸要道的關卡。《漢書・王莽傳中》：「吏民出入，持布錢以副符傳，不持者，廚傳勿舍，關津苛留。」

〔九〕蛾眉：美女的代稱。南朝梁高爽《詠鏡》：「初上鳳皇墀，此鏡照蛾眉。」

〔一〇〕寫照：寫真。指畫人的肖像。明高攀龍《書名公玉宇卷》：「陳伯符寫照，肖其形並肖其神。」

〔一一〕闡幽：使幽深隱藏的顯露出來。《易・繫辭下》：「夫《易》彰往而察來，而微顯闡幽。」韓康伯注：「闡，明也。」

〔一二〕諸闈：內室，借指婦女。元陸文圭《杜夫人墓志銘》：「婦無公事，內言不出。諸闈雖有懿德，人焉知之。」

九日登鎮海樓〔一〕

穗嶺〔二〕初登第一樓，蒼茫煙樹寫深秋。千年霸業餘殘照，萬里洋帆〔三〕捲逆流。霜氣漫天鴻欲落，菊香浮座酒新篘〔四〕。今宵又送重陽別，惆悵西風易白頭。

【注釋】

〔一〕鎮海樓：在今廣州市越秀區越秀公園內的越秀山上，又名望海樓，俗稱五層樓。建於明洪武十三年（一三八〇），爲明代廣州城北城牆上的建築。清李福泰修、史澄等纂《番禺縣志》卷十四：「城北枕山阜，三面環濠……明洪武十三年永嘉侯朱亮祖，都指揮使許良、呂源以舊城低隘，請建三城，爲一關東北山麓以廣之……又建五層樓於北城上，高八丈，名鎮海，稱爲雄勝。」

〔二〕穗嶺：指越秀山。穗，廣州市的別稱。古代傳説中有五仙人乘五色羊執六穗至此。見《太平寰宇記·嶺南道一·廣州》引《續南越志》。一説戰國時此地屬楚，南海人高固任楚相，有五羊銜穀穗聚其庭，以爲祥瑞，因以爲地名。參閱晉顧微《廣州記》。

〔三〕洋帆：指代海上航行的大船。宋樂史撰《太平寰宇記·嶺南道十三》：「含城縣，舊崖州郭下縣……州之上方千里四面抵海，北渡海，洋帆一日一夜至雷州。」

〔四〕篘：漉取，過濾（酒）。明朱誠泳《小鳴稿·對花》：「花發酒新篘，花前客倡酬。」

舟次梧州追挽家弟佛民〔一〕時佛民客死梧州已八年矣

行近蒼梧淚竹〔二〕邊，鶗鴂〔三〕舊夢復潸然。家憐孀母齋依佛，篋積遺文妙入玄。嶺樹酣翻烏柏月〔四〕，江花寒墜杜鵑煙。生平韻事還堪憶，書向蒲龕伴夜禪。

【注釋】

〔一〕梧州：在今廣西壯族自治區梧州市，位於廣西東部。桂、潯兩江在此匯合。佛民：廖如，字佛民。

〔二〕蒼梧：縣名。轄境相當於今廣西梧州市萬秀區、蝶山區、長洲區和蒼梧縣。淚竹：即斑竹，也叫湘妃竹。一種莖上有紫褐色斑點的竹子。晉張華《博物志》卷八：『堯之二女，舜之二妃，曰湘夫人，帝崩，二妃啼，以涕揮竹，竹盡斑。』唐郎士元《送李敖湖南書記》詩：『入楚豈忘看淚竹，泊舟應自愛江楓。』

〔三〕鶺鴒：亦作『脊令』。鳥類的一屬。最常見的一種，身體小，頭頂黑色，前額純白色，嘴細長，尾和翅膀都很長，黑色，有白斑，腹部白色。吃昆蟲和小魚等。《詩·小雅·常棣》：『脊令在原，兄弟急難。』後以『鶺鴒』比喻兄弟。晉袁宏《三國名臣序贊》：『豈無鶺鴒？固慎名器。』

〔四〕烏桕：落葉樹。實如胡麻子，多脂肪，可制肥皂及蠟燭等。明李時珍《本草綱目·木二·烏桕木》：『烏桕，烏喜食其子，因以名之……或云：其木老則根下黑爛成臼，故得此名。』

平南〔一〕夜泊謝友人招飲

他鄉聚晤喜同群，況復招尋意更殷。千里舟依蘆岸月，三更杯話瘴溪雲。江湖慷慨交情合，酒墨淋漓夜漏分〔二〕。誰信德星〔三〕今夕聚，好推篷臥看天文。

【注釋】

〔一〕平南：今廣西壯族自治區貴港市平南縣。位於廣西東南部。潯江於此穿過。

〔二〕漏分：半夜，深夜。南朝宋鮑照《擬阮公夜不能寐》詩：『漏分不能臥，酌酒亂繁憂。』

〔三〕德星：古以景星、歲星等爲德星，認爲國有道有福或有賢人出現，則德星現。《史記·孝武本紀》：

『望氣王朔言：「候獨見其星出如瓠，食頃復入焉。」有司言曰：「陛下建漢家封禪，天其報德星云。」』司馬貞索隱：『今按：此紀唯言德星，則德星，歲星也。歲星所在有福，故曰德星也。』《史記·天官書》：『天精而見景星。景星者，德星也。其狀無常，常出於有道之國。』

山居三十首

願結煙霞夢不違，遙瞻山色已神飛。幾年作客遊方外〔一〕，就日攜家住翠微。水國潮生浮艇去，松牕花發指雲歸。到來丘壑難忘處，正值春風蕨筍肥。

【注釋】

〔一〕方外：世外。指仙境或僧道的生活環境。《淮南子·俶真訓》：『（真人）騎蜚廉而從敦圄，馳於方外，休乎宇內。』

又

遠山重疊白雲昇，移得家居最上層。風裏響聽千尺瀑，雨中寒坐一龕燈〔一〕。微言〔二〕此日難傳授，大道〔三〕何人肯仰承。自昔灰心尋隱樂，門前流水早成冰〔四〕。

【注釋】

〔一〕龕燈：佛龕、神龕前的長明燈。唐溫庭筠《宿秦生山齋》詩：『龕燈落葉寺，山雪隔林鐘。』

〔二〕微言：精深微妙的言辭。漢劉歆《移書讓太常博士》：『及夫子沒而微言絶，七十子卒而大義乖。』

〔三〕大道：正道，常理。指最高的治世原則，包括倫理綱常等。《禮記·禮運》：『孔子曰：「大道之行也，與三代之英，丘未之逮也，而有志焉。」』

〔四〕『門前』句：指漸積功夫以至於成。語本《易·坤》：『初六：履霜，堅冰至。』唐孔穎達正義曰：『初六陰氣之微，似若初寒之始，但履踐其霜，微而積漸，故堅冰乃至。』

又

柴門曲折傍雲開，世外經營取次裁。時放漁舟題畫去，偶從僧屋賭棋回。紅添錦繡三春雨，綠染鬚眉半畝苔。讀罷楞嚴〔一〕閒睡覺，此身何異在蓬萊〔二〕。

【注釋】

〔一〕楞嚴：即《楞嚴經》，佛教經典，凡十卷。《大佛頂如來密因修證了義諸菩薩萬行首楞嚴經》之略稱。又稱《大佛頂首楞嚴經》、《大佛頂經》。唐代中天竺沙門般剌蜜帝譯。

〔二〕蓬萊：蓬萊山。古代傳説中的神山名。《漢書·郊祀志》：『自威、宣、燕昭使人入海求蓬萊、方丈、瀛洲，此三神山者，其傳在勃海中。』

又

住久山莊路不迷，千峯行盡草橋西。頻看花鳥隨時變，雜植桑麻過屋齊。秋晚尋僧黄葉寺，宵分〔一〕釣雪緑蘿溪。平生自信探奇癖，慢貰村醪〔二〕酹杖藜。

【注釋】

〔一〕宵分：夜半。《魏書·崔楷傳》：『亮由君之勤恤，臣用劬勞，日昃忘餐，宵分廢寢。』

〔二〕村醪：村酒。醪，濁酒。唐司空圖《柏東》詩：『免教世路人相忌，逢著村醪亦不憎。』

又

幾年避跡臥崆峒〔一〕，茅屋高低竹樹中。未學誰堪稱隱逸，有才人始許貧窮。芭蕉雨過侵書幌〔二〕，牡蠣牆〔三〕荒聚草蟲。正好新篘春酒〔四〕熟，飛箋先約灌園翁。

【注釋】

〔一〕崆峒：山名。在今甘肅平涼市西。相傳是黃帝問道於廣成子之所。也稱空同、空桐。《莊子·在宥》：『黃帝立爲天子，十九年，令行天下，聞廣成子在於空同之上，故往見之。』後以指仙山。參閱宋樂史《太平寰宇記·河南道八·汝州》。

〔二〕書幌：書帷。唐劉長卿《過裴舍人故居》詩：『書幌無人長不捲，秋來芳草自爲螢。』

〔三〕牡蠣牆：以牡蠣殼爲材料建的牆。清王士禛《漁洋精華錄·廣州竹枝》：『佛桑花下小迴廊，曲院深深牡蠣牆。』

〔四〕春酒：冬釀春熟之酒，亦稱春釀秋冬始熟之酒。《詩·豳風·七月》：『爲此春酒，以介眉壽。』毛傳：『春酒，凍醪也。』孔穎達疏：『此酒凍時釀之，故稱凍醪。』馬瑞辰通釋：『周制，蓋以冬釀經春始成，因名春酒。』

又

掩映〔一〕疎籬野趣饒，清幽況復近僧寮〔二〕。月明牆角梅初放，露濕松梢鶴可招。隨築黃泥成古屋，任分綠水灌新苗。從今不用尋山隱，處處枝頭許掛瓢〔三〕。

【注釋】

〔一〕掩映：謂或遮或露，時隱時現。唐白居易《夜泛陽塢入明月灣卽事寄崔湖州》詩：『掩映橘林千點火，泓澄潭水一盆油。』

〔二〕僧寮：僧舍。宋陸游《貧居》詩：『囊空如客路，屋窄似僧寮。』

〔三〕掛瓢：《太平御覽》卷七六二引漢蔡邕《琴操》：『許由無杯器，常以手捧水。人以一瓢遺之，由操飲畢，以瓢掛樹。風吹樹，瓢動，歷歷有聲。由以爲煩擾，遂取捐之。』後以『掛瓢』爲隱居或隱者傲世的典故。

又

紅綠經秋尚未稀，週遮〔一〕好護舊柴扉。閒來著述心徒在，老去功名〔二〕願已違。竹榻詩成觀蟻鬬，石樓琴罷羨鴻飛。故人家在清溪曲，千里相期共採薇〔三〕。

【注釋】

〔一〕週遮：謂多方回護。金王若虛《〈論語辨惑〉總論》：『凡忿疾譏斥之辭，必周遮護諱而爲之説。』

〔二〕功名：舊指科舉稱號及官職名位等。金董解元《西厢記諸宫調》卷三：『不以功名爲念，五經三史何曾想。』

〔三〕採薇：《史記·伯夷列傳》載，周武王滅殷之後，『伯夷、叔齊恥之，義不食周粟，隱於首陽山，采薇而食之。』後因以『采薇』指歸隱或隱遁生活。

又

世外何須學閉關〔一〕，林泉隨處可舒顔。舟行一水溪光渺，家遶千竿竹路灣。好句當前吟未穩，勝情〔二〕終日坐來閒。分明記得寰中〔三〕約，纔入煙霞性便頑。

【注釋】

〔一〕閉關：閉門謝客，斷絶往來。謂不爲塵事所擾。《文選·顔延之〈五君詠·劉參軍〉》：『劉伶善閉關，懷情滅聞見。』李周翰注：『言伶懷情不發，以滅聞見，猶閉關卻歸而無事也。』

〔二〕勝情：盡情。

〔三〕寰中：宇内，天下。晉孫綽《喻道論》：『焉復覩夫方外之妙趣、寰中之玄照乎？』

又

水石周遭一徑通，沿堤亂篠間花紅。尋常送客柴門外，潦倒題詩竹籜〔一〕中。四壁野風吟蟋蟀，三更霜月上梧桐。此時獨樂成高隱〔二〕，臥聽溪聲隔岸東。

【注釋】

〔一〕竹籜：筍殼。唐陸羽《茶經·造》：『茶有千萬狀……有如竹籜者，枝幹堅實，艱於蒸搗，故其形籭簁然。』

〔二〕高隱：隱居。唐皮日休《通玄子棲賓亭記》：『古者有高隱殊逸，未被爵命，敬之者以其德業，號而稱之，玄德玄晏是也。』

又

松秧種得已成林，綠覆牆東小院深。花影滿簾人拄頰，溪山如畫客攜琴。著書眼欲先天地，經世〔一〕才誰辨古今。每憶羅浮仙處〔二〕隱，萬峯峯頂一沉吟。

【注釋】

〔一〕經世：治理國事。《後漢書·西羌傳論》：『計日用之權宜，忘經世之遠略，豈夫識微者之爲乎？』

〔二〕羅浮仙處：相傳隋開皇中，趙師雄於羅浮山夢遇梅花仙女。與之語，則芳香襲人，語言清麗，遂相飲竟醉，及覺，乃在大梅樹下。見舊題唐柳宗元《龍城錄》。羅浮，山名。位於廣東省增城市與博羅縣交界處的東江北岸。

又

踏遍煙嵐興更奇，新詩寫就手長披。全身有意藏巖穴，與物忘機〔一〕狎鹿麋。寺送疎鐘人定〔二〕後，漁歸遠浦月明時。山情近夜尤堪賞，獨上高樓聽籟〔三〕吹。

【注釋】

〔一〕忘機：消除機巧之心。指甘於淡泊，與世無爭。唐王勃《江曲孤鳧賦》：『爾乃忘機絕慮，懷聲弄影。』

〔二〕人定：亥時（二十一點—二十三點），此時是夜深人靜時。《後漢書·來歙傳》：『臣夜人定後，爲何人所賊傷，中臣要害。』王先謙集解：『《通鑑》胡注：「日入而羣動息，故中夜謂之人定。」惠棟曰：「杜預云，人定者，亥也。」』

〔三〕籟：從孔穴中發出的聲音，泛指一般的聲響。南朝齊謝朓《答王世子》詩：『蒼雲暗九重，北風吹萬籟。』

又

幾折寒流接板橋，杖閒何處訪漁樵。名花種就時堪賞，好句吟成酒未消。叢桂滿山明月皎，蒹葭隔水美人遥。年來心緒憑誰訴，書遍牆東數萬蕉〔一〕。

【注釋】

〔一〕數萬蕉：典出懷素學書的經歷。唐陸羽《僧懷素傳》：『（懷素）貧無紙可書，嘗於故里種芭蕉萬餘株，以供揮灑。書不足，乃漆一盤書之；又漆一方板，書至再三，盤版皆穿。』

又

愛山常抱住山心，拮据〔一〕於今始勝任。到處煙霞雙履足，閉門風雨一牀深。碧桃〔二〕花下人閒臥，獨木橋邊客遠尋。又約千峯鋤藥去，杖頭挑上古瑤琴〔三〕。

【注釋】

〔一〕拮据：勞苦操作，辛勞操持。《詩·豳風·鴟鴞》：『予手拮据。』唐陸德明釋文：『韓《詩》云：「口足爲事曰拮据。」』

〔二〕碧桃：桃樹的一種。花重瓣，不結實，供觀賞和藥用。一名千葉桃。元陳夢根編《徐仙翰藻·寶殿十奇峯之飛蓬峯》：『吹笙仙子知何在，猶有碧桃千樹開。』

〔三〕瑤琴：用玉裝飾的琴。宋何薳《春渚紀聞·古琴品說》：『秦漢之間所製琴品，多飾以犀玉金彩，故有瑤琴、綠綺之號。』

又

豐草長林雜葦蘆，閒情恰與野情孚。慢言〔一〕丘壑藏胸裏，不覺鬚眉入畫圖。曲岸叢深巢翡翠〔二〕，荒塘水淺長茨菰〔三〕。春來到處尋芳去，賞遍溪山只酒壺。

【注釋】

〔一〕慢言：謂口出放肆之言。《北齊書·元景安傳》：『景安告景皓慢言，引豫言相應和。』

〔二〕翡翠：鳥名。嘴長而直，生活在水邊，吃魚蝦之類。羽毛有藍、綠、赤、棕等色。《楚辭·招魂》：『翡翠珠被，爛齊光些。』王逸注：『雄曰翡，雌曰翠。』洪興祖補注：『翡，赤羽雀；翠，青羽雀。《異物志》云：翠鳥形如燕，赤而雄曰翡，青而雌曰翠。』

〔三〕茨菰：即慈姑。可作食用和藥用。明李時珍《本草綱目·果六·慈姑》：『慈姑，一根歲生十二子，如慈姑之乳諸子，故以名之。』

又

深山初覺早寒添，手倦抛書曝短簷。萬頃平疇翻麥浪，三叉斜路滑松鍼〔一〕。坐臨水石心俱冷，臥入煙霞夢亦甜。聞道長安塵十丈，從來足跡不曾霑。

【注釋】

〔一〕松鍼：松樹的葉。葉狀似針，故稱。清阮元《何夢華滌碑圖》詩：『挹泉澆竹葉，享帚縛松鍼。』

又

樹杪炊煙幾縷斜，偏宜數口住山家。潛疏澗道隨流曲，晚餉耕農去路遐。滿壁化工〔一〕留竹影，一林香露落松花。斯情正與閒相得，又報鄰翁約採茶。

【注釋】

〔一〕化工：指自然的造化者。語本漢賈誼《鵩鳥賦》：『且夫天地爲鑪兮，造化爲工。』唐元稹《春蟬》詩：

『我自東歸日，厭苦春鳥聲。作詩憐化工，不遺春蟬生。』

又

春迴萬緑遶圍牆，幾片飛花墜硯香。好友招來成石隱，奇書著就覓山藏〔一〕。沙田水長銜泥蜆〔二〕，巖屋檐生上樹薑。值得松風連曉夜，扶持清夢到羲皇〔三〕。

【注釋】

〔一〕『奇書』句：《太平御覽》卷四九引南朝宋盛弘之《荊州記》：『小西山（在今湖南沅陵縣）上石穴中有書千卷，相傳秦人於此而學，因留之。』

〔二〕蜆：軟體動物，介殼圓形或心臟形，表面暗褐色，有輪狀紋。内面色紫，棲淡水軟泥中。肉可食，殼可入藥。亦稱『扁螺』。

〔三〕羲皇：即伏羲氏。古代傳説中的三皇之一。風姓。相傳其始畫八卦，又教民漁獵，取犧牲以供庖廚。《文選·揚雄〈劇秦美新〉》：『厥有雲者，上罔顯於羲皇。』李善注：『伏羲爲三皇，故曰羲皇。』

又

風雨連旬掩敝廬，此中懷抱欲何如？圖成劍俠閒齋供，種就芭蕉禿筆書。黃卷〔一〕滿牀消歲月，綠蓑一領老樵漁。近來尚畏人蹤跡，又向深巖別卜居〔二〕。

【注釋】

〔一〕黃卷：指道書或佛經。因佛道兩家寫書用黃紙。唐皎然《兵後早春登故鄣南樓望昆山寺白鶴觀示清道人並沈道士》詩：『耳目何所娛，白雲與黃卷。』

〔二〕卜居：擇地居住。《漢書·郊祀志》：『秦德公立，卜居雍。』

又

幾片晴嵐接荻灣，似將畫意與秋山。釣垂潭月孤身往，藥採藤花滿袖還。千古胸藏天地秘，一時情寄水雲間。林深盡日無人到，雨漬堦前野蘚斑。

又

信步芒鞋半濺泥，閒看阡陌緑萋萋。收來花瓣縫裀〔一〕卧，移得山嵐上畫題。荒徑雨昏時過虎，孤村日午亂鳴雞。西成又近陽春候〔二〕，雪壓寒梅幾樹低。

【注釋】

〔一〕裀：通『茵』。褥子，牀墊。司馬相如《美人賦》：『裀褥重陳。』

〔二〕西成：謂秋天莊稼已熟，農事告成。《書·堯典》：『平秩西成。』孔穎達疏：『秋位在西，於時萬物成熟。』唐高適《東平路中遇大水》詩：『稼穡隨波瀾，西成不可求。』陽春候：這裏指小陽春，夏曆十月。明謝肇淛《五雜俎·天部二》：『十月有陽月之稱，卽天地之氣四月多寒而十月多煖，有桃李生華者，俗謂之小陽春。』

又

野性眈閒僻居〔一〕，每思幽事亦難除。栽茶緑遍新開塢〔二〕，洗藥香浮亂甃〔三〕渠。雲寫斷峯秋色净，月窺殘夢夜簾虛。醉來潦倒長吟句，都向鄰庵壁上書。

【注釋】

〔一〕耽：沉溺。《詩·衛風·氓》：『於嗟女兮，無與士耽。』僦：租賃。唐韓愈《送鄭權尚書序》：『僦屋以居。』

〔二〕塢：山坳。唐李德裕《重憶山居·平泉源》詩：『透迤過竹塢，浩淼走蘭塘。』

〔三〕甃：磚。金董解元《西廂記諸宮調》：『壘甃而成樓，十有三重。』

又

炊煙遙共片雲浮，山色蒼蒼景更幽。筆底有文通造化，眼前無事繫心頭。梅花香遶吟詩屋，楊柳堤橫弄笛舟。却羡二三知己在，清宵好結月明遊。

又

紙牕半破透曦光〔一〕，二十年前舊草堂。明月貯胸塵不染，白雲在望跡堪藏。霜酣烏桕千林醉，艷浸紅蕖〔二〕一水香。欲散幽衿〔三〕閒遠眺，收來佳句滿奚囊〔四〕。

【注釋】

〔一〕曦光：晨光。唐韓愈、孟郊《同宿聯句》：『曦光霽曙物，景耀鑠宵祲。』

〔二〕紅蕖：紅荷花。南朝梁簡文帝《蒙華林園戒詩》：『紅蕖間青瑣，紫露濕丹楹。』

〔三〕衿：胸懷。南朝梁陶弘景《答虞中書書》：『辭動情端，志交衿曲。』

〔四〕奚囊：唐李商隱《李長吉小傳》：『每旦日出，與諸公遊，恒從小奚奴，騎距驢，背一古破錦囊，遇有所得，即書投囊中。』後因稱詩囊爲『奚囊』。

又

遠望山嵐似有無，何妨行徑雜樵蘇〔一〕。花明幾處開詩境，囊澀經年積酒逋〔二〕。數畝田園生計足，一肩雲水杖頭孤。還期快試扁舟樂，穩載全家泛五湖〔三〕。

【注釋】

〔一〕樵蘇：打柴砍草的人。晉左思《魏都賦》：『樵蘇往而無忌，即鹿縱而匪禁。』

〔二〕囊澀：晉阮孚持一皂囊遊會稽，客問囊中何物，曰：『但有一錢守囊，恐其羞澀。』見宋陰時夫《韻府群玉·陽韻》。後因以『囊澀』謂身無錢財。酒逋：猶言酒債。宋陸游《秋興》詩：『朝眠每恨妨書課，秋穫先令入酒逋。』

〔三〕泛五湖：春秋末越國大夫范蠡，輔佐越王勾踐，滅亡吳國，功成身退，乘輕舟以隱於五湖。見《國語·越語下》。後因以『五湖』指隱遁之所。晉葛洪《抱朴子·正郭》：『法當仰隮商洛，俯泛五湖，追巢父於峻嶺，尋漁父於滄浪。』

又

蹤跡年來與世忘，尚餘何事可相商。雜花爭發圍茅屋，野水分流入藕塘。巖穴有人專著作，廟堂無缺籍匡襄〔一〕。孤懷此際誰堪伴，夜夜松陰撲滿牀。

【注釋】

〔一〕匡襄：輔佐幫助。清陸隴其《贈潘子遠亭尊人壽》：『文當贊化育，武則務匡襄。』

又

竹屋牕開野水邊，讀書猶記十年前。苦吟榻几常留稿，入畫峯巒盡帶煙。長日耕餘分饁〔一〕食，遠山樵倦傍松眠。等閒〔二〕又度春三月，亂篠叢深叫杜鵑。

【注釋】

〔一〕饁：耕作時送來的飯食。宋孔武仲《汴河》：「鳴弓擊柝驚夜盜，掘茹撈鰕佐晨饁。」

〔二〕等閒：輕易，隨便。唐白居易《新昌新居》詩：「等閒栽樹木，隨分占風煙。」

又

地絕塵囂〔一〕少送迎，閒中歲月幾回更。樹連鄰圃藏鳩屋，藤陰方塘架豆棚。中酒〔二〕病當三日臥，賞花時值一天晴。扶筇又向何峯去，欲上匡廬聽瀑聲。

【注釋】

〔一〕塵囂：世間的紛擾、喧囂。晉陶潛《桃花源》詩：「借問游方士，焉測塵囂外。」

〔二〕中酒：醉酒。晉張華《博物志》卷九：「人中酒不解，治之以湯，自漬即愈。」

又

山牕却好接修篁〔一〕，盡日看花獨勸觴。瓦雀〔二〕將雛喧小圃，苔痕隨雨上迴廊〔三〕。是非浪語〔四〕千秋史，筆墨禪參〔五〕眾妙方。閒畫故人懸臥室，免教魂夢太淒涼。

【注釋】

〔一〕修篁：修竹，長竹。唐司空圖《二十四詩品·沖淡》：『猶之惠風，荏苒在衣。閲音修篁，美曰載歸。』

〔二〕瓦雀：麻雀的别名。元葉李《暮春卽事》詩：『雙雙瓦雀行書案，點點楊花入硯池。』

〔三〕迴廊：曲折回環的走廊。唐杜甫《涪城縣香積寺官閣》詩：『小院回廊春寂寂，浴鳧飛鷺晚悠悠。』

〔四〕浪語：妄説，亂説。《隋書·五行志上》：『大業中童謡曰：「桃李子，鴻鵠遶陽山，宛轉花林裏。莫浪語，誰道許。」』

〔五〕禪參：卽參禪。佛教禪宗的修持方法。有遊訪問禪、參究禪理、打坐禪思等形式。明皇甫汸《簡釋懋》：『禪參花雨後，法喻鳥聲中。』

又

一溪澄緑隔紅塵〔一〕，雞犬桑麻不計春。墜籜爲冠〔二〕成古制，好花釀酒醉芳辰〔三〕。招來世外漁樵侶，隱去人間翰墨身。誰是披裘天子客〔四〕？碧波深處慢垂綸〔五〕。

【注釋】

〔一〕紅塵：佛教、道教等稱人世爲『紅塵』。明賈仲明《金安壽》第四折：『你如今上丹霄，赴絳闕，步瑶臺，比紅塵中別是一重境界。』

〔二〕墜籜爲冠：用竹筍皮製成帽子。唐陸龜蒙《奉和襲美夏景沖澹偶作次韻》之一：『蟬雀參差在扇紗，竹襟輕利籜冠斜。』

〔三〕芳辰：美好的時光，指春季。唐陳子昂《三月三日宴王明府山亭》詩：『暮春嘉月，上巳芳辰。』

〔四〕披裘天子客：漢嚴光少時與劉秀同遊學，有高名。及劉秀稱帝，隱居不出。劉秀思其賢，令以物色訪之。後齊國有人報告：『有一男子，披羊裘釣澤中。』劉秀估計他就是嚴光，三次派人才把他請到京師。見《後漢書·逸民傳·嚴光》。

〔五〕垂綸：垂釣。三國魏嵇康《兄秀才公穆入軍贈詩》之十五：『流磻平皋，垂綸長川。』

又

勘破〔一〕行藏尚欲何，此生贏得住巖阿〔二〕。穿籬嫩笋成苞竹〔三〕，過屋危牆〔四〕長薜蘿。半世心耽塵事少，數家耕占水田多。閒來得句偏奇絕，書向花間倩鳥哦。

【注釋】

〔一〕勘破：猶看破。宋文天祥《七月二日大雨歌》：『死生已勘破，身世如遺忘。』

〔二〕巖阿：山的曲折處。漢王粲《七哀詩》：『山崗有餘映，巖阿增重陰。』

〔三〕苞竹：茂盛、稠密的竹子。《詩・小雅・斯干》：『如竹苞也，如松茂矣。』宋林光朝《甲午》：『猗蘭成漢殿，苞竹入周詩。』

〔四〕危：高。唐高適《聽張立本女吟》：『危冠廣袖楚宮妝，獨步閒庭逐夜涼。』

賦得月湧大江流〔一〕

極目蒼茫夜氣清，遙天〔二〕上下景偏明。洪濤萬里光中瀉，皓魄初更〔三〕水底生。碧動潮痕連海遠，寒侵秋色帶星橫。此時更欲通宵坐，兩岸蘆花雁一聲。

【注釋】

〔一〕『賦得』句：凡摘取古人成句爲詩題，題首多冠以『賦得』二字。月湧大江流：見唐杜甫《旅夜書懷》：『星垂平野闊，月湧大江流。』

〔二〕遙天：猶長空。三國魏阮籍《詠懷》之三二：『遙天耀四海，倏忽潛濛汜。』

〔三〕初更：指第一更的時候。即天剛暗時，相當於一九點至二一點。

秋日過黃積庵見堂〔一〕

一路秋光引步遲，亭軒深入景參差。林花香暗侵衣袂〔二〕，庭草青浮上竹籬。書著名山藏幾處，琴懷流水〔三〕聽多時。相逢此日成千古，梧葉金風〔四〕暮更吹。

【注釋】

〔一〕黃積庵見堂：未詳。

〔二〕衣袂：衣袖。《周禮·春官·司服》『齊服有玄端素端』漢鄭玄注：『士之衣袂，皆二尺二寸。』

〔三〕流水：《列子·湯問》：『伯牙善鼓琴，鍾子期善聽。伯牙鼓琴，志在高山。鍾子期曰：「善哉！峩峩兮若泰山！」志在流水。鍾子期曰：「善哉！洋洋兮若江河！」』後以爲知音相賞或樂典高妙之典。

〔四〕金風：秋風。《文選·張協〈雜詩〉》：『金風扇素節，丹霞啟陰期。』李善注：『西方爲秋而主金，故秋風曰金風也。』

崔行重招飲澹遠堂〔一〕

郭外園林景更幽，到來暑氣已潛收。綠陰成巷通書屋，紅瓣迎風散酒籌〔二〕。千古談深天地秘，一時吟就水雲秋。催歸無奈黄昏月，遥帶霞光映石樓。

【注釋】

〔一〕崔行重：清初人。澹遠堂：未詳。

〔二〕酒籌：行酒令時用以記數的籌子。唐白居易《同李十一醉憶元九》詩：『花時同醉破春愁，醉折花枝當酒籌。』

龍華庵〔一〕題壁

茅庵築就已多年，門傍清溪入水煙。籟起松篁〔二〕隨徑遶，緑分薜荔〔三〕近牎懸。疎鐘敲冷朝飛雨，缺硯吟乾舊貯泉。何日高僧同結社〔四〕，隔鄰商種幾池蓮。

【注釋】

〔一〕龍華庵：在今韶關市中山路與西堤北路交匯處的武江沿岸。《曲江縣志》卷十六：『静室庵、龍華庵……俱在北門外。』又『龍華庵在武溪側。尹元玢《龍華庵》詩：「精盧原不遠，帶郭虎溪頭。」從地理位置看兩『龍華庵』實爲一庵。

〔二〕松篁：松與竹。北魏酈道元《水經注·沔水二》：『池中起釣臺，池北亭，虆墓所在也，列植松篁於池側。』

〔三〕薜荔：又稱木蓮。常綠藤本植物，蔓生，葉橢圓形，花極小，隱於花托內。果實富膠汁，可制涼粉，有解暑作用。《楚辭·離騷》：『擥禾根以結茝兮，貫薜荔之落蘂。』王逸注：『薜荔，香草也，緣木而生蘂實也。』參閱明李時珍《本草綱目·草七·木蓮》。

〔四〕結社：組織團體。唐許渾《送太昱禪師》詩：『結社多高客，登壇盡小詩。』

同鄭思宣北郭尋梅時桃已綻花

臘天梅信〔一〕動吟懷，路出晴郊景漸佳。幾樹隔籬遲好月，一林疎影寫寒齋。哦成驢背〔二〕香侵骨，踏遍苔痕綠染鞋。豈是尋芳來洞口，武陵春色更無涯〔三〕。

【注釋】

〔一〕梅信：梅花開放所報春天將到的信息。宋唐庚《次韻行父冬日旅舍》：『異鄉梅信遠，誰寄一枝春。』

〔二〕哦成驢背：後蜀何光遠《鑒戒錄·賈忤旨》載賈島驢上吟詩的推敲故事。詳參《將歸故山作》（卷十九）注。

〔三〕『豈是』二句：晉陶潛《桃花源記》載：晉太元中，武陵漁人來至一山，入一洞口，誤入桃花源。見其屋舍儼然，有良田美池，阡陌交通，雞犬相聞，男女老少怡然自樂。村人自稱先世避秦時亂，率妻子邑人來此，遂與外界隔絕。後漁人復尋其處,『迷不復得』。

挽趙小有〔一〕

浮世〔二〕疑君性最偏,尋思往事倍淒然。眠孤欲喚丹青〔三〕妓,囊澀難支榆莢錢〔四〕。筆墨慈悲堪悟佛,文人慧業〔五〕自生天。依稀猶記蓬萊景,已謫塵寰〔六〕二十年。

【注釋】

〔一〕趙小有:清初藝妓,善畫。

〔二〕浮世:人世間。舊時認爲人世間是浮沉聚散不定的,故稱。三國魏阮籍《大人先生傳》:『逍遥浮世,與道俱成。』

〔三〕丹青:繪畫,作畫。《晉書·文苑傳·顧愷之》:『尤善丹青,圖寫特妙。』

〔四〕榆莢錢:漢代一種輕而薄的錢幣。因形似榆莢,故名。這裏代指錢。《魏書·高謙之傳》:『漢興,以秦錢重,改鑄榆莢錢。』

〔五〕慧業:佛教語。指智慧的業緣。後秦鳩摩羅什譯《維摩經·菩薩品》:『知一切法,不取不捨,入一相門,起於慧業。』

〔六〕塵寰:人世間。唐權德輿《送李城門罷官歸嵩陽》詩:『歸去塵寰外,春山桂樹叢。』

晚眺

荒村薄暮減炎蒸〔一〕，閒踏郊坰〔二〕曳短藤。出浦數聲江寺磬，穿林一點草堂燈。思餐靈藥行當就〔三〕，欲住名山買未能。歸到柴門欣得句，書成楷帖寄高僧。

【注釋】

〔一〕炎蒸：暑熱薰蒸。北周庾信《奉和夏日應令》：『五月炎烝氣，三時刻漏長。』

〔二〕郊坰：泛指郊外。晉葛洪《抱朴子·崇教》：『或建翠翳之青蔥，或射勇禽於郊坰。』

〔三〕靈藥：指傳說中的仙藥。《海內十洲記·長洲》：『長洲，一名青丘……一洲之上，專是林木，故一名青丘。又有仙草、靈藥、甘液、玉英，靡所不有。』行當：即將，將要。宋梅堯臣《九日陪京東馬殿院會迭嶂樓》詩：『行當登泰山，雲掃日月開。』

送朱梓文〔一〕還會稽

論交翻惜結交遲，況值歸帆路轉歧。煙盡離天明滅處，魂消別酒醉醒時。曉霞嶺上驅征騎，夜雨舟中聽子規〔二〕。料得高流〔三〕偏耐此，裁成好景入新詩。

【注釋】

〔一〕朱梓文：清初人，生平不詳。

〔二〕子規：杜鵑鳥的别名。傳説爲蜀帝杜宇的魂魄所化。常夜鳴，聲音淒切，故藉以抒悲苦哀怨之情。《埤雅·釋鳥》：『杜鵑，一名子規。』

〔三〕高流：指才識出衆的人物。宋陸游《舟中大醉偶賦長句》：『過江何敢號高流，偶與俗人風馬牛。』

遊觀山寺山爲潘仙古跡〔一〕

閒曳芒鞋印石苔，客懷好向上方開。燒丹仙已乘雲去，踏葉人還入畫來。夢切江湖曾寄跡，眼空天地又登臺。同遊信是漁樵侶，愛對青山送酒杯。

【注釋】

〔一〕觀山寺：位於今廣東省高州市城西的觀山上。清鄭業崇等修、楊頤纂《茂名縣志》卷一：『觀山，在縣西半里，隔鑑水。西晉永嘉間潘茂名飛昇處。一名仙山，又名昇真岡。岡頂舊有昇真觀，石香爐在焉。觀廢，萬曆間知府張邦伊創觀山寺，世傳有金玉二井。潘真人於仙坡煉丹，煙通金井則黄，通玉井則白……山高十餘丈，周小半里。屹立江滸，林木蔥蔚。』潘仙，指潘茂名，晉代潘州（今廣東省高州市）人，一生向道，相傳永嘉中入山，遇仙翁點化，授其長生不老之法。他按仙翁指點，采藥煉丹，最後飛升而去。參見明李賢等撰《明一統志・高州府・仙釋》。

送友

動人愁緒在臨歧〔一〕，惆悵江干〔二〕醉別巵。滿目干戈天跼促〔三〕，長途風雪客淒其〔四〕。五更馬上吟殘月，獨木橋邊訪古碑。想得到家春已暮，柳煙梅雨正離離〔五〕。

【注釋】

〔一〕臨歧：面臨歧路，爲贈別之辭。唐杜甫《送李校書》詩：『臨歧意頗切，對酒不能喫。』

〔二〕江干：江邊，江岸。南朝梁范雲《之零陵郡次新亭》詩：『江干遠樹浮，天末孤煙起。』

〔三〕跼促：處境窘迫。清鄒弢《三借廬筆談・汪柳門》：『泉唐汪柳門侍讀未貴時，避難於吾鄉之南錢，流離辛苦，跼促可憐，故詩多感慨哀思。』

〔四〕淒其：悲涼傷感。晉陶潛《自祭文》：『故人悽其相悲，同祖行於今夕。』

〔五〕離離：濃密貌。三國魏曹操《塘上行》：『蒲生我池中，其葉何離離。』

辛巳秋日重遊曹溪祖亭〔一〕

曾掬曹溪洞口泉，重來已隔廿餘年。苔侵破壁題痕舊，景入深秋畫譜妍。夜静風翻千樹月，曉寒雨洗一潭煙。此身豈是維摩〔二〕後，欲結青山世外緣。

【注釋】

〔一〕辛巳：康熙四十年（一七〇一）。曹溪祖亭：即曹溪祖庭。指南華寺。位於今廣東省韶關市曲江區馬壩鎮東南五公里。處三面環山的河谷地帶，前有曹溪流過。唐代禪宗六祖慧能居此，大興佛法。祖庭，指佛教宗祖布教傳法之處。

〔二〕維摩：維摩詰的省稱。意譯爲『淨名』或『無垢稱』。佛經中人名。《維摩詰經》中説他和釋迦牟尼同時，是毘耶離城中的一位大乘居士。嘗以稱病爲由，向釋迦遣來問訊的舍利弗和文殊師利等宣揚教義。爲佛典中現身説法、辯才無礙的代表人物。後常用以泛指修大乘佛法的居士。

禮六祖肉身〔一〕

得道南來住翠微〔二〕，當年緇白早皈依〔三〕。通宵燈映琉璃〔四〕徹，幾處雲隨錫杖〔五〕歸。暗室〔六〕憑誰聽說法，青山覿面〔七〕坐忘機。須知色相俱泡幻〔八〕，莫向龕〔九〕中辯是非。

【注釋】

〔一〕六祖：指慧能（六三八—七一三），詳《品泉亭記》（卷七）注。慧能的南宗其後蔚爲『五家七宗』，影響深遠。卒謚大鑒禪師。弟子輯其語錄爲《壇經》。見肉身：僧道死後，將其遺體經過處理，塗以金漆，以資供奉，稱『肉身』。六祖肉身位於今廣東韶關南華寺。

〔二〕『得道』句：慧能於五祖弘忍處得法後，南下嶺南弘法，住今廣東省韶關市曲江區南華山下曹溪。見《壇經·自序品》。得道，佛教謂修行戒、定、慧三學而發斷惑證理之智爲得道，得道然後可以成佛。翠微，泛指青山。

〔三〕緇白：僧俗人士。緇指僧徒，白指俗人。南朝梁王僧孺《懺悔禮佛文》：『必欲洗濯臣民，獎導緇白。』皈依：佛教語。佛教的入教儀式。表示對佛、法（教義）、僧三者歸順依從。唐李頎《宿瑩公禪房聞梵》詩：『始覺浮生無住著，頓令心地欲皈依。』

〔四〕琉璃：梵語的譯音。用鋁和鈉的矽酸化合物燒製成的釉料，常見的有綠色和金黃色兩種，多加在粘土的外層，燒製成缸、盆、磚瓦等。這裏指琉璃燈座。

〔五〕錫杖：僧人所持的禪杖。其制，杖頭有一鐵卷，中段用木，下安鐵纂，振時作聲。梵名隙棄羅，取錫錫作聲爲義。《得道梯橙錫杖經》：『是錫杖者，名爲智杖，亦名德杖。』

〔六〕暗室：指別人看不見的地方。語出唐駱賓王《螢火賦》：『類君子之有道，入暗室而不欺。』

〔七〕覿面：迎面。宋陸游《前詩感慨頗深猶吾前日之言也明日讀而悔之乃復作此然亦未能超然物外也》

詩：『世人欲覓何由得，覿面相逢喚不應。』

〔八〕色相：佛教語。指萬物的形貌。泡幻：『夢幻泡影』之省。以夢境、幻術、水泡和影子比喻世上事物無常，一切皆空。《金剛般若波羅蜜經·應化非真分》：『一切有爲法，如夢、幻、泡、影，如露，亦如電，應作如是觀。』

〔九〕龕：供奉佛像或神位的石室或小閣。南朝陳江總《攝山棲霞寺碑》：『莊嚴龕像，首於西峯石壁。』

隨喜西來法具〔一〕

法器南歸止莫傳〔二〕，珍藏石匣自芳鮮。黄梅〔三〕秘授曾經手，葱嶺〔四〕同攜幾歇肩。衣敝千秋珠尚活，錫飛〔五〕午夜月初圓。摩娑〔六〕不用頻思議，須信西來別有禪。

【注釋】

〔一〕隨喜：佛教語。謂見到他人行善而生歡喜之意。南朝梁沈約《懺悔文》：『弱性蒙心，隨喜讚悅。』法具：佛教語。指修行者用的衣物器具。這裏指六祖慧能所留袈裟，一直留存於廣東省韶關市南華寺。

〔二〕『法器』句：《壇經·自序品》：『祖（五祖弘忍）復曰：「昔達摩大師初來此土，人未之信，故傳此衣，以爲信體，代代相承。法則以心傳心，皆令自悟自解。自古佛佛惟傳本體，師師密付本心。衣爲爭端，止汝勿傳。若傳此衣，命如懸絲。汝須速去，恐人害汝。」』

〔三〕黄梅： 佛教禪宗五祖弘忍（六〇二—六七五），蘄州黄梅人，七歲依道信（五八〇—六五一）出家，盡傳其禪法，人以黄梅稱之。

〔四〕葱嶺： 今新疆西南的帕米爾高原。中印兩國間的陸路交通多經此山。歷代僧人西行或東來亦多經此山，故以葱嶺指佛法。清通醉輯《錦江禪燈・明槩表》：『摩騰東入，跨葱嶺而傳真，遂得化漸漢朝，寺興白馬之號。』

〔五〕錫飛： 飛錫，謂僧人出行。宋釋道誠《釋氏要覽》卷下：『今僧遊行，嘉稱飛錫。此因高僧隱峯遊五臺，出淮西，擲錫飛空而往也。若西天得道僧，往來多是飛錫。』清施閏章《宿少林寺》：『聞道折蘆人去遠，錫飛常帶白雲還。』

〔六〕摩娑： 撫摸。《釋名・釋姿容》：『摩娑，猶末殺也，手上下之言也。』

登臨象嶺天王迷軍〔一〕諸勝

登高一望衆峯平，遠近探奇趁野晴。樹杪扳藤山路險，崖邊撒手腋風輕。天空雁字〔二〕高低寫，秋老蟬聲斷續鳴。得意煙霞隨處好，塵緣〔三〕應向此中清。

【注釋】

〔一〕象嶺： 南華寺位於象嶺。象嶺爲南華寺之主山。位於韶關市曲江區馬壩鎮東南六公里。清馬元、釋真朴修《重修曹溪通志·山川形勢》：『象嶺，寺之主山也。自寶山演迤而來，勢正形昂，坡陀蹲伏，真若白象駝經負寶之狀，故名。』明憨山《曹溪中興録》上：『觀此曹溪主山，儼然象形，而四足、六牙、鼻口俱備。其寶林初開時，山勢完密。故寺坐領中，左太牙包裹，與右牙連合。唇内爲龍潭，即如象口。其寶林右壁，儼然象鼻。』天王：指天王嶺。位於南華寺之主山象嶺四隅。《重修曹溪通志·山川形勢》：『四天王嶺，坐鎮四隅，爲祖師袈裟定界。』唐釋法海撰《壇經畧序》：『祖以坐具一展，盡罩曹溪四境。四天王現身，坐鎮四方。今寺境有天王嶺，因茲而名。』迷軍：山名，屬南華山，位於韶關市曲江區馬壩鎮東南六公里。爲南華寺所在地。《曲江縣志》卷四：『南華山，城南六十里。自庾嶺分脈，蜿蜒磅礴，不遠數百里，融結寶林，有香爐、鉢盂、迷軍、羅漢諸名。唐儀鳳元年，六祖傳黄梅衣鉢，後於此建寺。寺門石坊題曰：第一山。』迷軍山的得名和黄巢起義軍行經南華寺有關。《重修曹溪通志·山川形勢》：『迷軍山，昔黄巢破嶺南，寇至寺，毁大鑒左指一節，持去。至此山，忽黄霧四塞，軍行失道，隨送還寺，禮謝而去。指節後飾以銀，爲盜所竊，僧追至江，盜俱溺水而死。』

〔二〕雁字：成列而飛的雁群。群雁飛行時常排成『一』或『人』字，故稱。唐白居易《江樓晚眺景物鮮奇吟玩成篇寄水部張員外》詩：『風翻白浪花千片，雁點青天字一行。』

〔三〕塵緣：佛教、道教謂與塵世的因緣。唐韋應物《春月觀省屬城始憩東西林精舍》詩：『佳士亦棲息，善身絶塵緣。』

過憨山塔院〔一〕

一徑深來萬樹稠，憨公曾此事焚修〔二〕。古亭雨漬苔爭長，野磵荷枯水亂流。覓句有僧同倚竹，看山無伴獨登樓。蒲團坐待冰輪〔三〕上，清磬泠泠散客愁。

【注釋】

〔一〕憨山塔院：位於今廣東省韶關市南華寺東側青龍嶺南端的小山塘附近。清馬元、釋真朴修《重修曹溪通志·建制規模》：『憨山大師塔院，在寺左天峙岡，去寺二里而近，鼎建於天啟三年癸亥。有錢宗伯謙益碑銘一道。』清徐昌治撰《高僧摘要》卷三：『（憨山）塔全身于韶之南華寺南二里天子崗。』清山鐸真在編、石源機雲續《徑石滴乳集》卷四：『乙丑歲，（憨山）龕歸五乳，塔而藏焉。崇禎癸未，粵人復奉龕歸曹溪。歷年二十，端坐如生。遂金漆塗體升座，與六祖肉身相望。就天峙岡舊塔院地供養，名曰憨山院，去南華寺半里許。』塔院，建有佛塔的院子。《法苑珠林》卷五十：『佛塔高顯處作，不得塔院内浣染曬衣唾地。』

〔二〕憨公：指憨山（？—一六二三），明末僧人。名德清，字澄印，號憨山。俗姓蔡。滁州全椒（今屬安徽）人。十二歲出家。萬曆中，在五臺山爲李太后主持祈儲道場，李太后爲造寺於嶗山。後坐『私造寺院』罪戍雷陽，遇赦歸。先後住持青州（山東）海印寺、曹溪寶林寺等，宣揚禪宗。有《楞伽筆記》。見錢謙益著《列朝詩集小傳》閏集《憨山大師清公》。焚修：焚香修行。唐司空圖《攜仙籙》詩之五：『若道陰功能濟活，且將方寸自焚修。』

〔三〕冰輪：指明月。唐王初《銀河》詩：『歷歷素榆飄玉葉，涓涓清月溼冰輪。』

筆峯寫雲以下二十二首俱曲江名勝〔一〕

孤峯如削勢森然，倒繪虛空水墨鮮。數變雲霞觀處幻，幾重煙雨畫中玄。化工妙豈同凡手，巨穎奇應譜碧天。可怪秋來江上雁，亦從霄漢試長箋〔二〕。

【注釋】

〔一〕筆峯寫雲：曲江二十二名勝之一。廖燕有《題筆峯寫雲跋》（卷十三）。筆峯，卽筆峯山，又名帽子峯，在韶關市湞江區沙洲半島北部，皇岡山東南。《曲江縣志》卷四：『筆峯山，城北一里，郡主山也。初名筆峯，後人呼帽子峯，以其端圓如帽。』曲江名勝：《曲江縣志》卷八所記爲二十四，與此略有出入。『雙江欸乃』、『韶石攢奇』，縣志作『雙江環碧』、『韶石生雲』。『東郊春曉』，不見於縣志。縣志另有二景：『白沙煙艇』、『榕臯晚眺』，廖燕未寫及。

〔二〕霄漢：天河，銀河。這裏借指天空。《後漢書·仲長統傳》：『不受當時之責，永保性命之期。如是，則可以陵霄漢，出宇宙之外矣。』長箋：長的信箋或詩箋。唐李賀《潞州張大宅病酒遇江使寄上十四兄》詩：『繫書隨短羽，寫恨破長箋。』

貂蟬秋月〔一〕

萬峯齊擁一峯尖，絕頂當秋早吐蟾〔二〕。夜半渡江浮影濕，天涯隨處照人纖。光分遙岫頻擡首，涼透深閨尚倚簾。正欲騰空窺碧落〔三〕，露華如水滴前簷。

【注釋】

〔一〕貂蟬秋月：曲江二十二名勝之一。貂蟬，即貂蟬嶺。今名雞公山。位於今韶關市以北，湞江區十里亭鎮坳背村後。在黄崗山東北。《曲江縣志》卷四：『貂蟬嶺，城北五里，山頂石突起如貂蟬，俗名雞冠石。石上有洞，一竅通天。』

〔二〕蟾：蟾蜍。後用爲月亮的代稱。典出《後漢書·天文志上》『言其時星辰之變』南朝梁劉昭注：『羿請無死之藥於西王母，姮娥竊之以奔月……姮娥遂託身於月，是爲蟾蠩。』

〔三〕碧落：天空，青天。道教語。唐白居易《長恨歌》：『排空馭氣奔如電，昇天入地求之遍。上窮碧落下黄泉，兩處茫茫皆不見。』

皇岡夕照

翠屏將暮澹煙含，夕照依然印客衫。倒射樓臺光尚動，遥分巖岫影猶摻〔一〕。蒼茫隔岸催歸騎，荏苒〔二〕隨風引去帆。坐對幾回憐此際，蕭蕭山色瘦松杉。

【注釋】

〔一〕巖岫：峯巒。唐戴叔倫《聽霜鐘》詩：『髣髴煙嵐隔，依稀巖岫重。』摻：細小。《方言》卷二：『摻，細也。』戴震疏證：『摻，細小也。』

〔二〕荏苒：柔弱。此形容船帆貌。晉傅咸《羽扇賦》：『體荏苒以輕弱，侔縞素於齊魯。』

九成遺響〔一〕

九成何處奏宮商〔二〕，彷彿高臺武水〔三〕旁。歲久笙鏞〔四〕隨世變，天空海嶽〔五〕發音長。簫韶〔六〕意自懸今古，揖讓〔七〕情誰識帝王。猶有眼前全部樂，幾行哀雁正南翔。

【注釋】

〔一〕九成遺響：曲江二十二名勝之一。九成，九成臺。相傳舜南巡奏樂於韶石，後人故建此臺。初位於廣東韶州府城北城牆上（今韶關市中山路），後遷至西城牆上（今韶關市西堤北路）。《曲江縣志》卷八：『九成臺，舊名聞韶，在北城上。建中靖國元年五月，蘇子瞻與蘇伯固北歸，郡守狄咸延之臺上，伯固謂臺宜名九成，子瞻即席爲銘，自書刻石臺上。後以元祐黨事，碑毀臺廢，遂以西城武溪亭爲臺，上立虞帝碑位，蔣之奇武溪深詞碑。原在延祥寺，元祐八年，郡守譚粹移亭中。後人於碑陰模九成臺。字二，一小楷是子瞻書，一大篆是湖南曹文公書。』明清兩代多次重修。今已不存。宋蘇軾有《九成臺銘》。

〔二〕宮商：五音中的宮音與商音。這裏泛指音樂、樂曲。《韓詩外傳》卷五：『人有六情，目欲視好色，耳欲聽宮商。』

〔三〕武水：即武江。北江支流。詳見卷四《韶郡城郭圖略序代》注〔五〕。

〔四〕笙鏞：古樂器名。鏞，大鐘。《書・益稷》：『笙鏞以間，鳥獸蹌蹌。』孔穎達疏：『吹笙繫鐘，更迭而作。』孫星衍注引鄭玄曰：『東方之樂謂之笙。笙，生也。東方生長之方，故名樂爲笙也。西方之樂謂之庸。庸，功也，西方物熟有成功。亦謂之頌，頌亦是頌其成也。』

〔五〕海嶽：大海和高山。晉葛洪《抱朴子・逸民》：『呂尚長於用兵，短於爲國，不能儀玄黃以覆載，擬海嶽以博納。』

〔六〕簫韶：舜樂名。《書・益稷》：『《簫韶》九成，鳳皇來儀。』

〔七〕揖讓：禪讓，讓位於賢。《韓非子・八説》：『古者人寡而相親，物多而輕利易讓，故有揖讓而傳天下者……當大爭之世而循揖讓之軌，非聖人之治也。』

雙江欸乃〔一〕

南來湞武合雙流，無數征帆帶遠收。亂石灘高聲自苦，長途風急夜堪愁。響窮四野山巖裂，聽徹重關客鬢秋。歷盡煙波〔二〕曾耐此，幾回相憶倚江樓。

【注釋】

〔一〕雙江欸乃：曲江二十二名勝之一。『雙江』，指湞江、武江。湞江是北江的上游部分，武江爲北江支流。兩水在韶關市匯合後稱北江。欸乃，象聲詞。唐元結《欸乃曲》：『誰能聽欸乃，欸乃感人情。』題注：『棹舡之聲。』

〔二〕煙波：指煙霧蒼茫的水面。隋江總《秋日侍宴婁苑湖應詔》詩：『霧開樓闕近，日迥煙波長。』

東郊春曉〔一〕

綠繡東郊處處奇，纔分曙色〔二〕景參差。嵐開絕巘〔三〕曦初透，花綻長堤露尚垂。江岸幾家全入畫，鶯聲一路早催詩。同人莫負尋春約，片刻千金是此時。

【注釋】

〔一〕東郊春曉：曲江二十二名勝之一。東郊，指今韶關市湞江東岸的湞江路、啟明路一帶。《韶州府志》卷二十六『榕皋晚眺』下引有廖燕《東皋春曉》詩，實即《東郊春曉》詩。可見東郊又稱東皋或榕皋。

〔二〕曙色：拂曉時的天色。南朝梁簡文帝《守東平中華門開》詩：『薄雲初啟雨，曙色始成霞。』

〔三〕絕巘：極高的山峯。晉張協《七命》：『於是登絕巘，遡長風。』

仙橋古渡〔一〕

長江浩淼〔二〕隔東西，勝跡依然接舊堤。楊柳影邊人暫憩，荻花風裏馬前嘶。千秋入夢神仙幻，一葉横波水霧迷。幾度臨流多感慨，渡頭芳草正堪題。

【注釋】

〔一〕仙橋古渡：曲江二十二名勝之一。仙橋，即遇仙橋。即今韶關市西河大橋。《曲江縣志》卷七：『遇僊橋即西河浮橋，在西門外。上通瀧水，爲由楚入粵要津。』

〔二〕浩淼：水面廣闊悠遠貌。唐孟郊《送任齊二秀才自洞庭游宣城》詩：『扣奇驚浩淼，採異訪穹崇。』

中流塔影〔一〕

二水中浮一柱輕，四圍山色鏡中明。朝濛碧落侵雲暗，夜霽長江濯月清。形影直孤天地相，煙波別注古今情。到來俯仰俱無盡，斜倚危欄聽瀨聲〔二〕。

【注釋】

〔一〕中流塔影：曲江二十二名勝之一。此塔指通天塔，位於今廣東省韶關市湞江和武江匯合處的江心小島上。二〇一一年七月，通天塔動工重建，二〇一二年九月完工。《曲江縣志》卷十六：『通天塔在城南洲中湞武二水合流處。明嘉靖間知府陳大綸建。萬曆間攝知府司理吳三畏重修。國朝咸豐四年賊燬。』

〔二〕危欄：高欄。唐李商隱《北樓》詩：『此樓堪北望，輕命倚危欄。』瀨：流得很急的水，急流。《淮南子·本經》：『抑減怒瀨，以揚激波。』

韶石攢奇〔一〕

參差樂石拂雲稠，虞帝曾經奏此丘。巖竇竅虛聲自響，鐘匏〔二〕韻古跡堪留。千秋絕調空山和，一部元音〔三〕大地收。數遍峯巒懷未已，天風吹籟滿滄洲〔四〕。

【注釋】

〔一〕韶石攢奇：曲江二十二名勝之一。韶石，山巖名。在今廣東省韶關市仁化縣周田鎮（舊屬韶州曲江縣）湞江北岸，西南距韶關市二十五公里。傳說舜游登此石，奏《韶》樂，因名。北魏酈道元《水經注·溱水》：『其高百仞，廣圓五里，兩石對峙，相去一里，小大略均，似雙闕，名曰韶石。』

〔二〕鐘匏：即『笙鏞』，指鐘和笙，鐘和笙常搭配使用。《尚書·益稷》：『笙鏞以間，鳥獸蹌蹌。』孔穎達疏：『吹笙繫鐘，更迭而作。』清張廷玉等編《皇清文穎·王會汾〈聖主臨雍禮成恭紀〉》：『俎豆森成列，鐘匏儼在懸。』

〔三〕元音：純正而完美的聲音，常用以指詩歌。清吳偉業《送杜大于皇兼簡曹司農》詩：『一氣元音接混茫，想落千峯入飛鳥。』

〔四〕滄洲：濱水的地方，常用以稱隱士的居處。三國魏阮籍《爲鄭沖勸晉王箋》：『然後臨滄洲而謝支伯，登箕山以揖許由。』

蓉山丹竈〔一〕

萬疊芙蓉一徑通，仙人遺址更巃嵸〔二〕。煙薰半壁苔猶黑，丹染千山樹欲紅。玉簡塵封蝌蚪字〔三〕，藥欄春長兔絲叢〔四〕。登臨我亦乘雲去，相見蓬萊弱水〔五〕東。

【注釋】

〔一〕蓉山丹竈：曲江二十二名勝之一。蓉山，即芙蓉山。位於今廣東省韶關市西南武江區西河鎮與西聯鎮之間。《曲江縣志》卷四：『芙蓉山，城西五里，舊産芙蓉，漢末康容煉丹於此。山有丹殼，硃紋紫理，大如拳石，人罕得之。上建一庵，有石室、玉井泉諸勝。重九日，遊人絡繹爲登高之會，稱仙境焉。』

〔二〕巃嵸：山勢高峻貌。漢司馬相如《上林賦》：『於是乎崇山矗矗，巃嵸崔巍。』

〔三〕玉簡：玉質的簡札，指道家的符籙。即道士巫師所畫的一種圖形或線條，相傳可以役鬼神，辟病邪。北齊樊遜《釋道教對》：『至若玉簡金書，神經祕錄……皆是憑虛之説。』蝌蚪字：指道士巫師所畫的圖形或線條，因形似蝌蚪，故稱。

〔四〕藥欄：芍藥之欄。南朝梁庾肩吾《和竹齋》：『向嶺分花徑，隨階轉藥欄。』兔絲：植物名，即菟絲子。《淮南子·說山訓》：『千年之松，下有茯苓，上有兔絲。』高誘注：『一名女蘿也。』

〔五〕弱水：古代神話傳說中稱險惡難渡的河海。《海内十洲記・鳳麟洲》：『鳳麟洲在西海之中央，地方一千五百里，洲四面有弱水繞之，鴻毛不浮，不可越也。』

西河竹籟〔一〕

西郭應疑接渭川〔二〕，猗猗〔三〕千畝翠相連。空青照客鬚眉綠，密影籠〔四〕溪水石鮮。雨霽中宵聞墜粉〔五〕，風搖半嶺想吟煙。欲將幽韻清塵骨，深入編茅〔六〕住幾年。

【注釋】

〔一〕西河竹籟：曲江二十二名勝之一。韶關市武江區東界武江，其沿江鄰近區域稱西河。

〔二〕渭川：即渭水，以竹多著名。《史記・貨殖列傳》：『陳夏千畝漆，齊魯千畝桑麻，渭川千畝竹……此其人皆與千戶侯等。』唐孟浩然《登總持寺浮圖》詩：『竹遶渭川遍，山連上苑斜。』

〔三〕猗猗：美盛貌。《詩・衛風・淇奧》：『瞻彼淇奥，綠竹猗猗。』毛傳：『猗猗，美盛貌。』

〔四〕籠：籠罩，遮掩。唐杜牧《泊秦淮》：『煙籠寒水月籠沙。』

〔五〕中宵：中夜，半夜。晉陸機《贈尚書郎顧彥先》詩之二：『迅雷中宵激，驚電光夜舒。』墜粉：指筍殼脱落。幼竹在生長過程中，伴隨著筍殼脱落，能見到附著在竹節旁的白色粉末即竹粉。宋程垓《望秦川》詞：『竹粉翻新籜，荷花拭靚妝。』

〔六〕編茅：指蓋茅篷。金段克己、段成己《二妙集·蘭氏自然齋》：『編茅依石寬如斗，卧看溪雲出岫還。』

蓮峯樵唱〔一〕

峯轉千盤路不違，數聲樵唱早忘機。身遊太古同麋鹿，歌滿長空裂石扉〔二〕。幾處音來虛谷應，半肩人負夕陽歸。相逢俱是煙霞侶〔三〕，好向山中問採薇〔四〕。

【注釋】

〔一〕蓮峯樵唱：曲江二十二名勝之一。蓮峯，即蓮花峯，又名蓮花山。位於韶關市中心城區東南之湞江區新韶鎮蓮花村。因山峯渾圓，狀如蓮花拱托，故名。《曲江縣志》卷四：『蓮花峯，城南五里，狀如蓮花，拱揖郡治。舊城建於湞水東，即此山下。宋開寶三年，潘美伐南漢，劉鋹使其將李承渥列象爲陣拒美於此。』

〔二〕石扉：石洞的口。形似大門敞開，故稱。唐李白《夢遊天姥吟留别》詩：『洞天石扉，訇然中開。』

〔三〕煙霞侶：與山水結成伴侣。喻性好山水。唐白居易《祗役駱口因與王質夫同遊秋山偶題》詩：『平生煙霞侣，此地重徘徊。』

〔四〕採薇：指歸隱或隱遁生活。《史記·伯夷列傳》載，周武王滅殷之後，『伯夷、叔齊恥之，義不食周粟，隱於首陽山，采薇而食之』。

湧泉流觴〔一〕

爲愛山泉肯遠尋，試投香醞泛波心。沿流接飲分苔坐，踞石留題鬮韻〔二〕吟。世外煙霞多變幻，胸中丘壑自高深。同人〔三〕此日增佳勝，酒墨淋漓灑碧岑〔四〕。

【注釋】

〔一〕湧泉流觴：曲江二十二名勝之一。湧泉，卽大湧泉。位於今韶關市中心城區東南曲江區馬壩鎮山子背，與湞江區樂園鎮交界。《曲江縣志》卷四：『大湧泉，城東南二十里，泉湧出石罅中，西流十里入溱水。宋守杜植作湧泉亭。余襄公有記。』清顧祖禹撰《讀史方輿紀要·廣東三》：『又城西南十二里有紫薇洞……其東大湧泉出焉。』經實地考察，『二十里』當爲『十二里』，『西南』應爲『東南』。

〔二〕鬮韻：以拈鬮確定詩韻，舊時分韻賦詩的一種方法。王毓岱《乙卯自述一百四十韻》：『揮毫驚倚馬，鬮韻想探驪。』

〔三〕同人：志同道合的朋友。語出《易·同人》：『同人於野，亨。』孔穎達疏：『同人，謂和同於人。』朱熹本義：『與人同也。』唐陳子昂《偶遇巴西姜主簿序》：『逢太平之化，寄當年之歡，同人在焉，而我何歎？』

〔四〕碧岑：青山。唐杜甫《上後園山腳》詩：『自我登隴首，十年經碧岑。』

回龍漁笛〔一〕

沙岸〔二〕漁歸值晚晴，嗚嗚鐵笛〔三〕向人橫。音浮水面雲俱裂，響徹山根月更明。兒女情關秋思切，梅花夜落客愁生。何當小艇同垂釣，一曲忘機萬慮輕。

【注釋】

〔一〕回龍漁笛：曲江二十二名勝之一。回龍，即回龍山。在今韶關市東南湞江區樂園鎮長樂村附近的北江東岸。廖燕《題迴龍山詩跋》（卷十三）：『去邑治南二十里，有山名迴龍，臨江壁立，形如張榜，亦近郭一奇觀也。』

〔二〕沙岸：沙灘。南朝宋謝靈運《初去郡》詩：『野曠沙岸淨，天高秋月明。』

〔三〕鐵笛：鐵制的笛管。相傳隱者、高士善吹此笛，笛音響亮非凡。宋朱熹《武夷精舍雜詠·鐵笛亭序》：『（武夷山中之隱者劉君）善吹鐵笛，有穿雲裂石之聲。』

薇巖積雪〔一〕

薇巖深入夏猶寒，況復冬深臘已殘。積素粉空山欲老，巖威摧壑瀏〔二〕全乾。煖分僧火烘遊屐，香碎梅花簇野盤。驢背尋詩〔三〕成往事，萬松冰折路漫漫。

【注釋】

〔一〕薇巖積雪：曲江二十二名勝之一。薇巖，即紫薇巖。位於今韶關市東南曲江區馬壩鎮山子背，與湞江區樂園鎮交界。《曲江縣志》卷四：『紫薇嵓，城東南二十里。宋朱翌謫居韶州，放意山水。遇父老指示，始得遊此嵓。可容百人。』清顧祖禹撰《讀史方輿紀要·廣東三》：『又城西南十二里有紫薇洞，中若大廈，容百餘人，其東大湧泉出焉。宋舍人朱翌謫居時遊此，因名。』經實地考察，《曲江縣志》、《讀史方輿紀要》的記載都有錯誤，《曲江縣志》『城東南二十里』，其中『二十里』當爲『十二里』。《讀史方輿紀要》『又城西南十二里有紫薇洞』，其中『西南』應爲『東南』。

〔二〕瀏：水流。《水經注·湞水》：『溫水出竟陵之新陽縣東澤中……其熱可以爓雞，洪瀏百餘步，冷若寒泉。東南流，注于湞水。』

〔三〕驢背尋詩：後蜀何光遠《鑒戒錄·賈忤旨》載賈島驢上吟詩的推敲故事，詳《將歸故山作》（卷十九）注。

曹溪香水〔一〕

瀲灎〔二〕長溪遶寺門，傳云西竺此同源〔三〕。深藏魚鱉潛興怪，寒洗冰霜別出村。兩岸影分巖樹碧，中流波動雨雷痕。閒來一勺香猶在，煮茗燒松更細論。

【注釋】

〔一〕曹溪香水：曲江二十二名勝之一。曹溪，水名。在廣東省韶關市曲江區馬壩鎮東南南華山下。宋文天祥《南華山》詩：『笑看曹溪水，門前坐松風。』

〔二〕瀲灔：水波蕩漾貌。清鈕琇《觚賸續編·畫水》：『臨其瀲灔，花月迷江。』

〔三〕『傳云』句：唐釋法海撰《壇經畧序》：『其寶林道場，亦先是西國智藥三藏自南海經曹溪口，掬水而飲，香美，異之。謂其徒曰：「此水與西天之水無別，溪源上必有勝地，堪爲蘭若。」隨流至源上，四顧山水回環，峯巒奇秀。歎曰：「宛如西天寶林山也。」』西竺，指天竺。印度的古稱。古伊朗語的音譯。

獅巖招隱〔一〕

石室空隆透幾層，翠微深處見雲興。洞陰班蘚生虛壁，樹老蒼松掛古藤。山鬼櫢驅衣錦客，野人書約種畲〔二〕僧。到來注易〔三〕經年久，流水巖前早凍冰〔四〕。

【注釋】

〔一〕獅巖招隱：曲江二十二名勝之一。獅巖，即獅子巖，在韶關市曲江區馬壩鎮西南一公里。由兩座石灰巖殘丘組成，外形似獅子，故名獅子山。山有石灰巖溶洞，統稱獅子巖。

〔二〕畬：通『畬』，用刀耕火種的方法種田。《廣韻·麻韻》：『畬，燒榛種田。』
〔三〕注易：注釋易經。
〔四〕『流水』句：指漸積功夫以至於成。語本《易·坤》：『初六：履霜，堅冰至。』唐孔穎達正義：『初六陰氣之微，似若初寒之始，但履踐其霜，微而積漸，故堅冰乃至。』

南華晚鐘〔一〕

蒲牢〔二〕何處發音雄，暮課工忙古寺中。幾杵響空瀰野壑，一時和梵〔三〕徹蒼穹。荒山有竅虛能應，塵世無心〔四〕夢易通。聲出前溪猶未歇，行人遥指夕陽紅。

【注釋】

〔一〕南華晚鐘：曲江二十二名勝之一。南華，即南華寺，在韶關市曲江區馬壩鎮東南。南朝梁天監三年（五〇四）建，初名寶林寺。唐儀鳳二年（六七七）禪宗六祖慧能主持寺門，發展禪宗南派，有禪宗『祖庭』之稱。唐曾敕名中興寺、法泉寺。北宋開寶元年（九六八）太祖趙匡胤賜名南華禪寺，沿用至今。見《曲江縣志》卷十六『南華寺』條。
〔二〕蒲牢：古代傳說中的一種生活在海邊的獸。據說它吼叫的聲音非常宏亮，故古人常在鐘鑄蒲牢的形象。後因以『蒲牢』爲鐘的別名。《文選·班固〈東都賦〉》『於是發鯨魚，鏗華鐘』李善注引三國吳薛綜曰：『海中有大魚曰鯨，海邊又有獸名蒲牢。蒲牢素畏鯨，鯨魚擊蒲牢，輒大鳴。凡鐘欲令聲大者，故作蒲牢於上。所以撞之者爲鯨魚。』

〔三〕梵：梵唄。佛教謂作法事時的歌詠讚頌之聲。南朝梁慧皎《高僧傳·經師論》：『原夫梵唄之起，亦肇自陳思。』

〔四〕無心：佛教語。指解脱邪念的真心。唐修雅《聞誦〈法華經〉歌》：『我亦當年學空寂，一得無心便休息。』

塔院松濤〔一〕

亂峯盡處接平疇〔二〕，數里松陰覆院幽。空翠〔三〕滴衣山欲落，疎枝漏日影如浮。聲吹一夜能輕骨，濤捲中天〔四〕已換秋。最是臨高聽更切，好攜枕簟〔五〕臥僧樓。

【注釋】

〔一〕塔院松濤：曲江二十二名勝之一。此塔院指憨山塔院，位於今廣東省韶關市南華寺東側青龍嶺南端的小山塘附近。清馬元、釋真朴修《重修曹溪通志》卷一：『憨山大師塔院，在寺左天峙岡，去寺二里而近，鼎建於天啟三年癸亥。有錢宗伯謙益碑銘一道。』塔院，建有佛塔的院子。

〔二〕平疇：平坦的田野。晉陶潛《癸卯歲始春懷古田舍》詩之二：『平疇交遠風，良苗亦懷新。』

〔三〕空翠：指青色的潮濕的霧氣。唐王維《山中》詩：『山路元無雨，空翠濕人衣。』

〔四〕中天：高空中，當空。《列子·周穆王》：『王執化人之袪，騰而上者，中天迺止。』

〔五〕枕簟：枕席，泛指臥具。《禮記·内則》：『斂枕簟，灑掃室堂及庭，布席，各從其事。』

羅巖仙樹〔一〕

屈曲羅巖勝跡遥，亭亭奇樹此中標〔二〕。生成仙骨難通俗，別有靈根易透潮。日月斜窺當戶轉，煙霞全染上衣消。深山自古無車馬，誰賞孤高扣〔三〕寂寥。

【注釋】

〔一〕羅巖仙樹：曲江二十二名勝之一。羅巖，即羅隱巖。位於今韶關市武江區西聯鎮赤水村附近。《曲江縣志》卷四：『羅隱巖，城西北二十里，俗名龍王巖。雲級巉削，異木森蔚，泉流半壁，如漱玉之聲。曲景有「羅巖仙樹」，即此巖。產菖蒲，長不踰尺而芬馥襲人，旁有祠，祀龍王，像下爲甑湖，深不可測。』此稱『羅隱巖，城西北二十里』，誤。當是『城西南二十里』。廖燕《遊詩石橋題名記》：『去邑治西南二十里有澗……澗上有橋……橋南一二里，有朝天、羅隱諸巖。』

〔二〕亭亭：高聳貌。《文選·張衡〈西京賦〉》：『干雲霧而上達，狀亭亭以苕苕。』薛綜注：『亭亭、苕苕，高貌也。』標：標舉，樹立。《玉篇·木部》：『標，標舉也。』

〔三〕扣：探問。清魏禧《大鐵椎傳》：『扣其鄉及姓字。』

書堂夜雨〔一〕

煙鎖層巖古洞深，淒其夜雨正堪吟。簷飛細瀑書聲濕，寒照孤檠〔二〕獨影沉。積久苔痕宜繡壁，劈空雷火欲燒林。此中有客懷高尚〔三〕，獨自支頤〔四〕坐碧岑。

【注釋】

〔一〕書堂夜雨：曲江二十二名勝之一。書堂，指書堂巖。位於今韶關冶煉廠三村水塔下的水泵房處（見朱德瑞《張九齡書堂巖的傳說》）。《曲江縣志》卷四：『書堂巖，城東十五里，白茫渡相對，巖洞劃然，泉清石潔。曲江公嘗讀書於此。元志有元次山題名。』清顧祖禹撰《讀史方輿紀要·廣東三》：『書堂巖，在府東南二十里，巖洞豁然，泉清而潔，爲張九齡讀書處。』按：《曲江縣志》所載有誤。白茫渡爲北江渡口，在城南。則書堂巖亦在城南。《曲江縣志》卷八：『張文獻公宅在城南十里。按，公行狀云：「公歸，營州南山水，卜築茅齋。」又公曾孫敦慶洪州都督府參軍墓志云：「丁憂還，韶州南十里，文獻故居，臺榭蕪沒，規模猶存，公復其堂構，山水多奇。」足爲明證。舊志作「在平圃驛畔」，始興志作「居律水」，俱非是。』張九齡故居在韶州城南十里，書堂即其讀書處，在其故居附近。

〔二〕孤檠：孤燈。清陳維崧《清平樂·夜飲友人別館聽年少彈三弦限韻》詞：『歡場纔罷，去對孤檠話。』

〔三〕高尚：指高潔的節操。《晉書·隱逸傳·陶潛》：『潛少懷高尚，博學善屬文，穎脱不羈，任真自得，爲鄉鄰之所貴。』

〔四〕支頤：以手托下巴。唐白居易《除夜》詩：『薄晚支頤坐，中宵枕臂眠。』

詩石留題〔一〕

野澗潺湲〔二〕水霧封，何人載酒辟遊踪。飄楓色染澄潭黑，峭壁苔侵古篆濃。天地大文鐫石骨，山川全部注心胸。後賢覽此須防護，筆墨千秋欲化龍。

【注釋】

〔一〕詩石留題：曲江二十二名勝之一。詩石，指詩石橋。位於今廣東省韶關市武江區西聯鎮赤水村附近。《曲江縣志》卷七：『詩石橋，在賢二都。』『賢相二都，在城西南二十五里。』廖燕《遊詩石橋題名記》（卷七）：『去邑治西南二十里有澗……澗上有橋，以其近黄屋村，遂以黄屋爲名，其實非也。』

〔二〕潺湲：水流貌。《楚辭·九歌·湘夫人》：『慌忽兮遠望，觀流水兮潺湲。』

辭諸生詩〔一〕

四十年前事既非，那堪還著舊藍衣〔一〕。年來著述〔二〕心徒在，老去功名願已違。四海浪平龍獨臥，一天雲淨鶴高飛。須知富貴非吾分，願抱琴書伴釣磯〔三〕。

【校記】

〔一〕該詩底本闕，據利民本、寶元本補。清曾璟《廖燕傳》：『康熙三十八年（一六九九）學使按韶，（廖燕）賦詩一章辭諸生。』廖燕有《辭諸生說》（卷十一），可參看。

【注釋】

〔一〕藍衣：即藍衫。明清生員所穿服裝。清愛新覺羅·弘曆《陸治松鼠葡萄》詩：『送客看花上苑時，藍衣換紫祝臨岐。却成松鼠葡萄景，不識譬之抑刺之。』

〔二〕著述：撰寫，編著。《後漢書·應劭傳》：『凡所著述百三十六篇。又集解《漢書》，皆傳于時。』

〔三〕釣磯：釣魚時坐的巖石。北周明帝《貽韋居士詩》：『坐石窺仙洞，乘槎下釣磯。』

宗師和附〔一〕〔一〕

閱歷卿行無一非，綠袍〔二〕宜掛換藍衣。九旬衛武耄猶學〔三〕，八十梁生志不違〔四〕。駿馬超群踏草度，鵬程指日望雲飛。於今盛世求賢急，休抱經綸〔五〕下釣磯。

【校記】

〔一〕該詩底本闕，據利民本、寶元本補。

【注釋】

〔一〕宗師：明清時對提督學道、提督學政的尊稱。清中葉以後，派往各省，按期至所屬各府、廳考試童生及生員。均從進士出身的官吏中簡派，三年一任。不問本人官階大小，在充任學政時，與督、撫平行。明淩濛初《初刻拍案驚奇》卷十：『子文又到館中，靜坐了一月有餘，宗師起馬牌已到。那宗師姓梁名玉範，江西人。』

〔二〕綠袍：指非正色的下等服色。元薩都拉《和韻三茆山呈張伯雨外史》：『武華山人三載別，綠袍赤杖蒼髯翁。』

〔三〕衛武：衛武公。姓姬，名和。西周與春秋初衛國國君。他在執政期間，能修康叔之政，百姓和集。後來犬戎殺周幽王，衛武公率兵佐周平戎，又保護周平王東遷。因功被周平王封爲公。衛武公十分好學，直至九十高齡猶好學不倦。《國語·楚語上》：『昔衛武公年數九十有五矣，猶箴儆于國，曰：「自卿以下至於師長士，苟在朝者，無謂我老耄而舍我，必恭恪於朝，朝夕以交戒我，聞一二之言，必誦志而納之，以訓道我。」在輿有旅賁之規，位寧有官師之典，倚几有誦訓之諫，居寢有暬御之箴，臨事有瞽史之道，宴居有師工之誦。史不失書，蒙不失誦，以訓禦之。於是乎作懿戒以自儆也。及其沒也，謂之「叡聖」。』

〔四〕梁生：指梁顥，字太素，宋鄆州須城人。梁顥勤奮好學，鍥而不舍，年八十二終中進士。元不著撰人《氏族大全》卷九：『梁顥，宋雍熙二年試《庭燎賦》，進士第一人，時年八十二。謝啟云：「白首窮經少伏生之八歲，青雲得路多太公之二年。」詩云：「天福三年來應舉，雍熙二載始成名。從教白髮巾中滿，且喜青雲足下生。觀榜更無朋輩在，歸家但有子孫迎」也。知年少登科好争，奈龍頭屬老成。』參見《宋史》卷二百九十六。

〔五〕經綸：指治理國家的抱負和才能。宋秦觀《滕達道挽詞》：『經綸未了埋黄土，精爽還應屬斗牛。』

廖燕全集校注卷二十一

詩五言絶句

遊通天塔同蕭絅若將小舟遶塔址一迴題詩石上而去〔一〕

晚霽溪如洗，萬形漾長鏡。將衣蘸濕雲，拂石題溪影。

【注釋】

〔一〕通天塔：位於今廣東省韶關市湞江和武江匯合處的江心小島上。二〇一一年七月，通天塔動工重建，二〇一二年九月完工。《曲江縣志》卷十六：『通天塔在城南洲中湞武二水合流處。明嘉靖間知府陳大綸建。萬曆間攝知府司理吳三畏重修。國朝咸豐四年賊燬。』蕭絅若：清初雲南人，寓居金陵。曾出仕仁和，未幾歸，足跡幾遍天下。著有《支離草》、《古董羹》、《冶山堂集》。見廖燕《冶山堂文集序》（卷三）。

垂釣

幾曲桃花水〔一〕，扁舟蓑笠寒。任他徵稅急，應不到漁竿。

【注釋】

〔一〕桃花水：即春汛。《漢書·溝洫志》：『來春桃華水盛，必羨溢，有填淤反壤之害。』顔師古注：『《月令》：「仲春之月，始雨水，桃始華。」蓋桃方華時，既有雨水，川谷冰泮，衆流猥集，波瀾盛長，故謂之桃華水耳。』清蒲松齡《聊齋志異·白秋練》：『至次年桃花水溢，他貨未至，舟中物當百倍於原直也。』

題芙蓉葉

牕前有芙蓉一株頗蒼古。時夏方半，忽見墜葉，鮮黄可愛，因戲以作書，儼然一名箋也。因書一絶其上

芙蓉春葉緑，夏半已多黄。得傍詩人屋，墜時亦有香。

訊友移居

聞説新移勝，溪流隔市廛〔一〕。比鄰〔二〕無廖燕，誰結酒詩緣？

【注釋】

〔一〕市廛：指店鋪集中的市區。南朝宋謝靈運《山居賦》：『山居良有異乎市廛。』

〔二〕比鄰：鄉鄰，鄰居。《漢書·孫寶傳》：『後署寶主簿，寶徙入舍，祭竈請比鄰。』

贈某道士

高卧孤峯頂，觀心〔一〕泯見聞。曉來閒放鶴，衝破半山雲。

【注釋】

〔一〕觀心：觀察心性。宋蘇轍《諸子將築室以畫圖相示》詩之三：『久爾觀心終未悟，偶然見道了無疑。』

納悶

欲語翻成默，登高獨望鄉。無人知此意，杯酒酹斜陽。

思歸

懶作侯門〔一〕客，時時乞拂衣〔二〕。從來山野性，只合傍漁磯〔三〕。

【注釋】

〔一〕侯門：指顯貴人家。元無名氏《連環記》第二折：『俺只道侯門一入如天遠，誰承望漢劉晨誤入桃源，枉著你佳人受盡相思怨。』

〔二〕拂衣：振衣而去，謂歸隱。晉殷仲文《解尚書表》：『進不能見危授命，忘身殉國；退不能辭粟首陽，拂衣高謝。』

〔三〕漁磯：可供垂釣的水邊巖石。唐戴叔倫《過故人陳羽山居》詩：『峯攢仙境丹霞上，水遶漁磯綠玉灣。』

索菊

此日憐秋早，籬邊幾朵開。先期催惠檄，好引白衣〔一〕來。

【注釋】

〔一〕白衣：古代平民服。指無功名或無官職的士人。元辛文房《唐才子傳·孟浩然》：『觀浩然罄折謙退，才名日高，竟淪明代。終身白衣，良可悲夫！』

重陽前一日賞菊

黄白爭秋色，悠然入座香。還須連夜賞，近曉是重陽〔一〕。

【注釋】

〔一〕『還須』二句：舊俗於農曆九月九日重陽節，以絳囊盛茱萸，登高山，飲菊酒，謂可以避邪免災。南朝梁吴均《續齊諧記·重陽登高》：『汝南桓景隨費長房遊學累年。長房謂曰：「九月九日汝家當有災，宜急去，令家人各作絳囊，盛茱萸以繫臂，登高飲菊花酒，此禍可除。」景如言，齊家登山。夕還，見雞犬牛羊一時暴死。長房聞之，曰：「此可以代矣。」今世人每至九月九日登高飲酒，婦人帶茱萸囊，因此也。』

題友人新居

堊壁〔一〕泥猶濕，琴書已自如。却疑堪入畫，分得水雲居。

【注釋】

〔一〕堊壁：粉飾的牆壁。堊，白色土，可用來粉飾牆壁。明陸容《菽園雜記》：『卧内有堊壁一堵，一夕幻出山水圖，世用心怪之。』

贈友人英石〔一〕

幾片英州〔二〕石，攜來尚帶雲。高齋〔三〕堪作伴，磊落正同君。

【注釋】

〔一〕英石：廣東省英德市山溪中所產的一種石頭。詳見卷七《朱氏二石記》注〔一〕。

〔二〕英州：今廣東省英德市。有英山在其北，五代南漢於其地置英州。宋以英宗潛邸，升爲英德府，明改縣。一九九四年設市。

〔三〕高齋：高雅的書齋，常用作對他人屋舍的敬稱。唐孟浩然《宴張别駕新齋》詩：『高齋徵學問，虚薄濫先登。』

客夢

客夢何曾確，愁來匪〔一〕自今。忍將千日醉，一豁百年心。

【注釋】

〔一〕匪：通『非』。《詩·衛風·氓》：『匪來貿絲，來即我謀。』

無酒

輾轉眠難穩，披衣坐薜蘿〔一〕。怪來疏翰墨〔二〕，雙眼醒時多。

【注釋】

〔一〕薜蘿：薜荔和女蘿。兩者皆野生植物，常攀緣於山野林木或屋壁之上。《楚辭·九歌·山鬼》：『若有人兮山之阿，被薜荔兮帶女蘿。』王逸注：『女蘿，兔絲也。言山鬼仿佛若人，見於山之阿，被薜荔之衣，以兔絲爲帶也。』

〔二〕怪來：難怪。宋許棐《訪潘叔明》詩：『怪來几案無寒色，春在題詩卷子中。』翰墨：筆墨。漢張衡《歸田賦》：『揮翰墨以奮藻，陳三皇之軌模。』

憶韶酒四首

幾甕家藏好，酣來骨欲仙。自憐輕作客，夜夜夢回船。

又羊城通造燒酒〔一〕

纔沾燒粟汁〔二〕，愈使客思鄉。猶憶微酣後，逃禪向法王〔三〕。

【注釋】

〔一〕燒酒：用蒸餾法製成的酒，透明無色，酒精含量較高，引火能燃燒。也稱白酒。明李時珍《本草綱目·穀四·燒酒》：『燒酒非古法也。自元時始創其法……近時惟以糯米或粳米或黍或秫或大麥蒸熟，和麴釀甕中七日，以甑蒸取。其清如水，味極濃烈，蓋酒露也。』

〔二〕燒粟汁：指燒酒。
〔三〕逃禪：指遁世而參禪。唐牟融《題寺壁》詩：『聞道此中堪遁跡，肯容一榻學逃禪。』法王：指高僧。清金農《得宋高僧手寫〈涅槃經〉殘本即題其後》詩：『法王力大書體肥，肯落人間寒與饑。』

又 韶酒以冬月釀者爲佳

新釀三冬〔一〕熟，期年取次開〔二〕。如逢嵇阮〔三〕客，好載幾船來。

【注釋】

〔一〕三冬：冬季三月，即冬季。唐楊炯《李舍人山亭詩序》：『三冬事隙，五日歸休。』
〔二〕期年：一年。《左傳·僖公十四年》：『秋八月辛卯，沙鹿崩。晉卜偃曰：「期年將有大咎，幾亡國。」』取次：謂次第，一個挨一個地，挨次。元揭傒斯《山市晴嵐》詩：『近樹參差出，行人取次多。』
〔三〕嵇阮：三國魏嵇康與阮籍的並稱。兩人詩文齊名，皆以嗜酒、孤高不阿著稱。唐杜甫《有懷台州鄭十八司戶》詩：『夫子嵇阮流，更被時俗惡。』

又

琥珀鄰家醞〔一〕，長增翰墨緣。何時歸計就，另闢醉鄉〔二〕天。

【注釋】

〔一〕琥珀：指美酒。杜甫《鄭駙馬宅宴洞中》：『春酒盃濃琥珀薄，冰漿椀碧瑪瑙寒。』宋黄希注引王洙曰：『《本草》：琥珀是千年茯苓所化，言酒色如琥珀也。』醞：釀造。《説文解字·酉部》：『醞，釀也。』

〔二〕醉鄉：指醉酒後神志不清的境界。唐王績《醉鄉記》：『阮嗣宗、陶淵明等十數人，並遊於醉鄉。』

端硯〔一〕

一片端溪〔二〕石，蛟龍舊作群。祇今藏匣底，猶自欲生雲。

【注釋】

〔一〕端硯：廣東省肇慶市東南郊羚羊峽端溪所產石製成的硯臺，爲硯中上品。詳《天然端硯銘》（卷十六）注。

〔二〕端溪：溪名。在廣東省肇慶市東南郊。產硯石。清屈大均《廣東新語》卷五：『羚羊峽口之東有一溪，溪長一里許，廣不盈丈，其名端溪。』

斑管〔一〕

歲久啼痕在，愁多獨此君。祇堪隨我去，好寫送窮文〔二〕。

【注釋】

〔一〕斑管：毛筆。以斑竹爲杆，故稱斑管。斑竹，一種莖上有紫褐色斑點的竹子，也叫湘妃竹。晉張華《博物志》卷八：『堯之二女，舜之二妃，曰湘夫人。帝崩，二妃啼，以涕揮竹，竹盡斑。』

〔二〕送窮文：唐韓愈有《送窮文》。

竹杖

衰老身相倚，千峯記舊踪。莫隨風雨去，滄海作蛟龍。

五色石硯

偶得摛奇硯，蒼茫色獨全。伴予書著就，好去補青天〔一〕。

【注釋】

〔一〕補青天：古代神話所説女媧煉五色石以補天。《淮南子·覽冥訓》：『往古之時，四極廢，九州裂……於是女媧鍊五色石以補蒼天，斷鼇足以立四極。』

漁舟

誰云風浪險，一葉往來輕。欲放仙源〔一〕棹，桃花〔二〕隔幾程。

【注釋】

〔一〕仙源：指晉陶淵明所描繪的理想境地桃花源。唐王維《桃源行》：『春來遍是桃花水，不辨仙源何處尋。』

〔二〕桃花：晉陶淵明《桃花源記》：『晉太元中，武陵人捕魚爲業，緣溪行，忘路之遠近。忽逢桃花林，夾岸數百步，中無雜樹，芳草鮮美，落英繽紛，漁人甚異之。復前行，欲窮其林。林盡水源，便得一山。』

癸酉〔一〕八月十二日大風雨有作二首

風雷相震怒，豈有不平鳴。怪得牀頭劍，光芒欲發聲〔二〕。

【注釋】

〔一〕癸酉：康熙三十二年（一六九三）。

〔二〕『怪得』二句：晉王嘉《拾遺記·顓頊》：『（顓頊）有曳影之劍，騰空而舒。若四方有兵，此劍則飛起指其方，則剋伐；未用之時，常於匣裏，如龍虎之吟。』

又是日闈〔一〕中試物盡爲風雨所壞

沙石空中起，轟聲逼四圍。文人身有翼，應化作龍飛。

【注釋】

〔一〕闈：科舉時代對考場、試院的稱謂。

詩石橋〔一〕三首　即黄屋橋，予爲改今名

岸壁隨流曲，蒼茫漬墨痕。閒吟橋上客，惆悵立黄昏。

【注釋】

〔一〕詩石橋：位於今廣東省韶關市武江區西聯鎮赤水村附近。詳見卷七《遊詩石橋題名記》注〔一〕。

又

名筆成光怪，橋頭浪欲稀。蛟龍不敢住，一夜盡南飛。

又

村落存黄屋〔二〕，今傳詩石橋。留題難盡處，來往待漁樵。

【注釋】

〔一〕黃屋：黃屋村，今廣東省韶關市武江區西聯鎮赤水村附近。

竹逕二首

籜粉〔一〕香生處，霏煙〔二〕欲撲人。到來凡骨換，另現畫圖身。

【注釋】

〔一〕籜粉：竹筍皮上的粉末。元貢師泰《題李則平憲副所藏息齋竹》詩：『籜粉已翻鱗甲紫，墨花還染羽毛蒼。』

〔二〕霏煙：飄飛的雲霧。宋蘇軾《鳴泉思》詩：『鳴泉鳴泉，經雲而潺湲。拔爲毛骨者修竹，蒸爲雲氣者霏煙。』

又

猗猗〔一〕連密蔭，行處綠沾衣。疑有仙人住，雲房隔翠微〔二〕。

【注釋】

〔一〕猗猗：美盛貌。《詩·衛風·淇奥》：『瞻彼淇奥，綠竹猗猗。』毛傳：『猗猗，美盛貌。』

〔二〕雲房：僧道或隱者所居住的房屋。唐韋應物《遊琅琊山寺》詩：『填壑躋花界，疊石構雲房。』翠微：泛指青山。唐高適《赴彭州山行之作》詩：『峭壁連崆峒，攢峯疊翠微。』

買山泉二首

源出高山麓，甘分玉井苔。伊誰〔一〕乘曉汲，帶得白雲來。

【注釋】

〔一〕伊誰：《詩·小雅·何人斯》：『伊誰云從？維暴之云。』誰，何人。

又

日市山中水，尋常費幾錢。曉看新茗〔一〕色，悟透趙州禪〔二〕。

【注釋】

〔一〕新茗：新茶。唐李涉《春山三朅來》詩：『山中朅來採新茗，新花亂發前山頂。』

〔二〕趙州禪：相傳趙州（唐代高僧從諗的代稱）曾問新到的和尚：『曾到此間麼？』和尚說：『曾到。』趙州說：『喫茶去。』又問另一個和尚，和尚說：『不曾到。』趙州說：『喫茶去。』院主聽到後問：『爲甚麼曾到也云喫茶去，不曾到也云喫茶去？』趙州呼院主，院主應諾。趙州說：『喫茶去。』趙州均以『喫茶去』一句來引導弟子領悟禪的奥義。見《五燈會元·南泉願禪師法嗣·趙州從諗禪師》。

山行因過某山莊漫題二首

幽賞意難盡，深行景轉多。最欣圖畫裏，爲屋住煙蘿〔一〕。

【注釋】

〔一〕煙蘿：草樹茂密，煙聚蘿纏，借指幽居或修真之處。唐裴鉶《傳奇·文簫》：『一斑與兩斑，引入越王山。世數今逃盡，煙蘿得再還。』周楞伽輯注：『煙蘿，道家稱隱居修真的地方。』

又

又覺仙凡別，遥飛一帶霞。斜陽茅屋外，流水遶桃花。

野飲口占〔一〕

尋春來野外，遇勝即傳杯〔二〕。却怪香風近，前村已放梅〔三〕。

【注釋】

〔一〕口占：謂作詩文不起草稿，隨口而成。《漢書·朱博傳》：『閤下書佐入，博口占檄文。』

〔二〕傳杯：謂宴飲中傳遞酒杯勸酒。唐杜甫《九日》詩之二：『舊日重陽日，傳杯不放杯。』仇兆鰲注引明王嗣奭《杜臆》：『「傳杯不放杯」，見古人只用一杯，諸客傳飲。』

〔三〕放梅：梅花開放。明楊巍《雪夜晉邸賞紅梅和孟衛源方伯韻》：『王家仙苑倚雲開，雪暖山城初放梅。』

有慟三兒四兒俱連年遭殤

百歲今過半，傷心事轉違。兩行兒女淚，偏濕老年衣。

寓英州四首

磊落英州石，蕭疎〔一〕覆萬竿。往來長住此，祇作畫圖看。

【注釋】

〔一〕蕭疎：清麗。唐吴融《書懷》詩：『傍巖依樹結簷楹，夏物蕭疎景更清。』

又

近郭已離俗，鄰山景更宜。有人躭翰墨，燈火出疎籬。

又

匣劍〔一〕猶堪拭，閒居獨縱論。英雄誰具眼〔二〕？一爲訪夷門〔三〕。

【注釋】

〔一〕匣劍：匣中的寶劍。喻指被埋沒的人才。晉王嘉《拾遺記・顓頊》：「（顓頊）有曳影之劍，騰空而舒。若四方有兵，此劍則飛起指其方，則剋伐；未用之時，常於匣裏，如龍虎之吟。」

〔二〕具眼：謂有識别事物的眼力。宋陸游《冬夜對書卷有感》詩：「萬卷雖多當具眼，一言惟恕可銘膺。」

〔三〕訪夷門：戰國時期魏國隱士侯嬴隱於夷門，信陵君慕名往訪，親自執轡御車，迎爲上客。見《史記・魏公子列傳》。夷門，戰國魏都城的東門。故址在今河南開封城内東北隅。因在夷山之上，故名。

又

燈下時開卷，花前屢舉卮。此懷人不識，搔首月明時。

贈周象九〔一〕二首　時同寓英州

慷慨曾投策〔二〕，功成獨遠尋。試聽藏匣劍，猶欲作龍吟〔三〕。

【注釋】

〔一〕周象九：周鼎，字象九。詳見卷四《周象九五十壽序》注〔一〕。

〔二〕投策：投杖，棄杖。晉張協《七命》：『天驥之駿，逸態超越……陽烏爲之頓羽，誇父爲之投策。』

〔三〕『試聽』二句：晉王嘉《拾遺記·顓頊》：『（顓頊）有曳影之劍，騰空而舒，若四方有兵，此劍則飛起指其方，則剋伐；未用之時，常於匣里，如龍虎之吟。』藏匣劍，喻指被埋沒的人才。

又

竹石英州勝，悠然寄壯懷。由來貧賤友，容易到茅齋〔一〕。

【注釋】

〔一〕茅齋：茅蓋的屋舍。齋，多指書房、學舍。《南齊書·劉善明傳》：『（善明）質素不好聲色，所居茅齋斧木而已，牀榻几案不加劄削。』

客中重陽 二首

又度重陽節，傷心客未回。家書憑雁翼〔一〕，曾否故園來？

【注釋】

〔一〕『家書』句：漢武帝天漢元年，蘇武奉命出使匈奴被扣。後匈奴與漢和親，漢使復至匈奴。蘇武等『教使者謂單于，言天子射上林中，得雁，足有繫帛書，言武等在某澤中』，單于不能隱匿，遂放還蘇武等人。見《漢書·蘇建傳》。後因以鴻雁稱送信。

又

客況淒其〔一〕甚，登高意若何？黄花〔二〕空爛漫，白髮已蹉跎。

【注釋】

〔一〕淒其：悲涼傷感。晉陶潛《自祭文》：『故人悽其相悲，同祖行於今夕。』

〔二〕黄花：指菊花。宋李清照《醉花陰·重陽》詞：『莫道不銷魂，簾捲西風，人比黄花瘦。』

題友人小像

誰來圖畫裏？岸坐獨翛然〔一〕。此意無人識，松風吹曉天。

【注釋】

〔一〕岸坐：端坐。明王世貞《王室孺人墓志銘》：『孺人丰容，岸坐凝然。』翛然：無拘無束貌，超脱貌。《莊子·大宗師》：『翛然而往，翛然而來而已矣。』成玄英疏：『翛然，無係貌也。』

題畫

蒼茫山色間，書聲振林木。有客賞知音，攜琴向茅屋。

送道士

杖藜〔一〕何處去？前路水雲賒〔二〕。莫作離群想，還來醉菊花。

【注釋】

〔一〕杖藜：拄着藜杖。藜，一年生草本植物，莖直立，葉子菱狀卵形，邊緣有齒牙，下面被粉狀物，花黄緑色，嫩葉可吃。莖可以做拐杖。

〔二〕賒：遥遠。唐王勃《滕王閣序》：『北海雖賒，扶摇可接。』

題仙人採香子圖

是花堪作藥，紅白總芳菲。採得提筐滿，餘香引蝶歸。

題採藥圖

眾芳隨地生，中有不死草〔一〕。採摘欲何歸，香風吹蓬島〔二〕。

【注釋】

〔一〕不死草：傳說中能使死者復活的仙草。《海內十洲記·祖洲》：『祖洲，在東海，上有不死之草……秦始皇時，大苑中多枉死者，有鳥銜此草以覆人面，於是起活。始皇遣使者以問北郭鬼谷先生，云：「此祖洲不死草也。」』

〔二〕蓬島：即蓬萊山。古代傳說中的神山名。亦常泛指仙境。唐李白《古風》之四十八：『但求蓬島藥，豈思農鳸春？』

漁

換酒歸來遲，和魚煮蘆蕨〔一〕。晚酌不須燈，移舟就沙月。

【注釋】

〔一〕蘆蕨：即蕨。蕨的嫩莖葉可以吃。宋梅堯臣《送朱表臣職方提舉運鹽》：『過淮逢絮鮆，泊岸採蘆蕨。』

樵

樵採在何方？石巖多枯木。林深不見人，斧聲出幽谷。

牧

日長犢正嬉，逐草散林壑。倦來傍樹眠，頭上松花〔二〕落。

【注釋】

〔一〕松花：松樹的花。唐李白《酬殷明佐見贈五雲裘歌》：『輕如松花落衣巾，濃似錦苔含碧滋。』

善書

獨有磊塊〔一〕人，狂情託毫〔二〕洩。醉後始一揮，擲筆歎奇絶。

【注釋】

〔一〕磊塊：石塊。比喻鬱積在胸中的不平之氣。宋陸游《家居自戒》詩之三：『世人無奈愁，沃以杯中酒。未能平磊塊，已復生堆阜。』

〔二〕毫：指毛筆。唐杜甫《飲中八仙歌》：『張旭三杯草聖傳，脱帽露頂王公前，揮毫落紙如雲煙。』

善畫

解衣久盤礴〔一〕，急起爲一拂。丘壑多奇形，寫我胸中物。

【注釋】

〔一〕『解衣』：《莊子·田子方》：『宋元君將畫圖……有一史後至者，儃儃然不趨，受揖不立，因之舍。公使人視之，則解衣槃礴，羸。君曰：「可矣，是真畫者也。」』成玄英疏：『解衣箕坐，倮露赤身，曾無懼憚。』盤礴，箕踞而坐。

琴師

撫琴貌蒼然，音與人俱古。疑是天地籟，不入人間譜。

道士

獨攜竹杖行，雲霞落雙屐。厭食人間餘，入山煮白石〔一〕。

【注釋】

〔一〕白石：傳說中神仙的糧食。漢劉向《列仙傳·白石生》：『白石生，中黄丈人弟子，彭祖時已二千餘歲……嘗煮白石爲糧。』

酒徒

鬚髮入酒鍾〔一〕，笑啼驚燕市〔二〕。有時不復飲，挾策〔三〕謁天子。

【注釋】

〔一〕酒鍾：酒器。小者如酒杯，用來取飲；大者如酒甕，用來貯酒。南朝梁任昉《述異記》卷上：『上別立春宵宮，爲長夜之飲，造千石酒鍾。』

〔二〕燕市：戰國時燕國的國都。《史記·刺客列傳》：『荊軻嗜酒，日與狗屠及高漸離飲於燕市。酒酣以往，高漸離擊筑，荊軻和而歌於市中，相樂也，已而相泣，旁若無人者。』

〔三〕挾策：胸懷計謀、建議。明宋濂《〈桂氏家乘〉序》：『周末有季楨者，與其弟眭挾策以干諸侯。』

劍俠

恩怨報分明，功成無一語。雲封十二樓〔一〕，從此不知處。

【注釋】

〔一〕十二樓：指神話傳説中的仙人居處。《漢書·郊祀志下》：『五城十二樓。』顔師古注引應劭曰：『昆侖玄圃五城十二樓，仙人之所常居。』

夜泊長黎地多產茶

風雨送黄昏，炊煙早閉門。誰憐耽酒客，飄泊向茶村。

約友遊羅浮〔一〕

屢負羅浮約，煙霞隔幾重。遲君攜好句，題遍百千峯。

【注釋】

〔一〕羅浮：在廣東省惠州市博羅縣西部。因傳説古時浮海而至得名。明李玘修《惠州府志》卷四：『羅浮山，在府城西北八十里慱羅域中。即道書十大洞天之一。昔有山浮海而來，傅于羅山合而爲一，故曰羅浮。又因博羅誤稱曰慱羅。』

送杭簡夫〔一〕北旋

客舍方傾蓋〔二〕，天涯又問津〔三〕。欲來高處送，望斷馬頭塵。

【注釋】

〔一〕杭簡夫：清初人，生平不詳。

〔二〕傾蓋：途中相遇，停車交談，雙方車蓋往一起傾斜。形容交談得很投機。《史記·魯仲連鄒陽列傳》：「諺曰：『白頭如新，傾蓋如故。』何則？知與不知也。」唐司馬貞索隱引《志林》曰：「傾蓋者，道行相遇，軿車對語，兩蓋相切，小欹之，故曰傾。」

〔三〕問津：詢問渡口。《論語·微子》：「長沮、桀溺耦而耕，孔子過之，使子路問津焉。」

宿丹霞〔一〕

偶宿丹峯〔二〕頂，紅塵〔三〕隔翠微。怪來秋夢冷，山瀑近牀飛。

【注釋】

〔一〕丹霞：丹霞山，在廣東省韶關市仁化縣城南九公里，錦江東岸。主峯寶珠峯。

〔二〕丹峯：指丹霞山。

〔三〕紅塵：佛教、道教等稱人世爲『紅塵』。明賈仲明《金安壽》第四折：『你如今上丹霄，赴絳闕，步瑤臺，比紅塵中別是一重境界。』

惜苔

庭陰生欲遍，雨漬久彌青。但恐遊人損，沿堦護石屏〔一〕。

【注釋】

〔一〕石屏：石制屏風。

秋海棠代內贈李夫人〔一〕夫人姚姓，字仲淑，李研齋〔二〕先生續配。善詩畫

深院新移出，猶沾舊砌〔三〕苔。天然憐弱質，好傍鏡臺〔四〕開。

【注釋】

〔一〕秋海棠：多年生草本植物，地下莖球形，葉子斜卵形，葉背和葉柄帶紫紅色，花淡紅色。供觀賞。廖燕《海棠居詩集序》（卷三）：『海棠居詩，爲明太史李研齋夫人所作，而海棠卽其所手植，而因以爲號者也。』李夫人：指姚仲淑，金陵（今江蘇南京）人。李長祥續配。善詩畫。著有《海棠居詩集》。見廖燕《海棠居詩集序》（卷三）。

〔二〕李研齋：詳見卷三《海棠居詩集序》注〔一〕。

〔三〕砌：臺階。李煜《虞美人》詞：『雕闌玉砌應猶在，只是朱顏改。』

〔四〕鏡臺：上面裝著鏡子的梳粧檯。《初學記》卷二五引《魏武雜物疏》：『鏡臺出魏宮中，有純銀參帶鏡臺一，純銀七子貴人公主鏡臺四。』

題某上人山房〔一〕

結屋紅塵外，山泉隔竹分。莫教行脚〔二〕去，閒却半牀雲。

【注釋】

〔一〕上人：《釋氏要覽·稱謂》引古師云：『內有德智，外有勝行，在人之上，名上人。』自南朝宋以後，多用作對僧人的尊稱。山房：山中的寺宇。唐溫庭筠《宿白蓋峯寺》詩：『山房霜氣晴，一宿遂平生。』

〔二〕行脚：謂僧人爲尋師求法而游食四方。宋賾藏編《古尊宿語録》卷六：『老僧三十年來行脚，未曾置此一問。』

客舍中秋

月色憐秋半〔一〕，天涯獨舉觴。誰橫今夜笛？吹夢到韶陽〔二〕。

【注釋】

〔一〕秋半：中秋。唐韓愈《獨釣》詩之四：『秋半百物變，溪魚去不來。』

〔二〕韶陽：指今廣東省韶關市。

題王也癡〔一〕虛舟小隱 四首

主人多異想，陸地構虛舟。不畏煙波闊，乾坤一棹收。

【注釋】

〔一〕王也癡：清浙江定海縣（今浙江省舟山市）人。足跡幾遍天下，寓廣東且十年。能書善畫，作有《意園帖》、《意園圖》。見廖燕《意園帖跋》（卷十三）、《意園圖序》（卷四）。

又

久作浮萍〔一〕客，舟居隱可招。何人堪共戴〔二〕？大半是漁樵。

【注釋】

〔一〕浮萍：浮生在水面上的一種草本植物。葉扁平，呈橢圓形或倒卵形，表面綠色，背面紫紅色，葉下生鬚根，花白色。可入中藥。比喻飄泊無定的身世或變化無常的人世間。漢王褒《九懷·尊嘉》：『竊哀兮浮萍，汎淫兮無根。』

〔二〕共戴：在一個天底下並存。語出《禮記·曲禮上》：『父之讎，弗與共戴天。』

又

片帆天地外，行止〔一〕欲何如？謾〔二〕作江湖想，悠然泛太虛〔三〕。

【注釋】

〔一〕行止：指行動。《列子・天瑞》：『天，積氣耳，亡處亡氣。若屈伸呼吸，終日在天中行止，奈何憂崩墜乎？』

〔二〕謾：通『漫』。隨意，散漫。《莊子・天道》：『太謾，願聞其要。』

〔三〕太虛：指天，天空。《文選・孫綽〈游天台山賦〉》：『太虛遼廓而無閡，運自然之妙有。』李善注：『太虛，謂天也。』

又

風濤多不測，此處却安眠。衹在花間泊，琴書載滿船。

薄暮

薄暮西郊外，扶笻過野塘。閒看歸客急，匹馬向斜陽。

落日

落日白雲外，殘霞相映紅。西山銜未盡，猶照兩三峯。

席上口占送友公車〔一〕

且醉今宵酒，明朝萬里行。看花如見憶，方信是平生。

【注釋】

〔一〕口占：謂作詩文不起草稿，隨口而成。《漢書·朱博傳》：『閤下書佐入，博口占檄文。』公車：漢代以公家車馬遞送應徵的人，後因以『公車』爲舉人應試的代稱。明王晫《今世説·雅量》：『（李夢蘭）弱冠舉孝廉，公車不第，策蹇南歸，務益砥礪讀書。』

梅興三首

雪意暗林皋〔一〕，月光溪上起。巖枝倒綻花，香蘸寒潭水。

【注釋】

〔一〕林皋：語出《莊子·知北遊》：『山林與！皋壤與！使我欣欣然而樂與！』後因以『林皋』指山林皋壤或樹林水岸。宋黄庭堅《送劉士彦赴福建轉運判官》詩：『官閒得勝日，杖屨之林皋。』

又

春信透疎林，寒香開幾處。有人冒雪看，拂石題詩去。

又

鐵幹香初綻，參差隔水樓。曉來堪畫處，斜月掛枝頭。

梅下集飲二首

景近孤山〔一〕勝，移尊向薜蘿。香來先透骨，寧待醉顔酡〔二〕。

【注釋】

〔一〕孤山：山名。位於杭州市西湖偏北湖面，東連白堤，西以西泠橋與湖岸連接，山高三十八米。孤峯獨聳，秀麗清幽。宋林逋曾隱居於此，喜種梅養鶴，世稱孤山處士。孤山北麓有放鶴亭和梅林。清李衛監修、傅王露總纂《西湖志》卷五：『孤山，《咸淳臨安志》：「在西湖中，一嶼聳立，旁無聯附。爲湖山勝絕處。」《萬曆杭州府志》：「山形坦平緜邈，巋介湖中。以其不與諸山聯屬，故名。亦名孤嶼，又名瀛嶼山。故多梅，爲林處士放鶴之地。」』宋沈括《夢溪筆談·人事二》：『林逋隱居杭州孤山，常畜兩鶴，縱之則飛入雲霄，盤旋久之，復入籠中。』宋林逋《宿姑蘇淨惠大師院》詩：『孤山猿鳥西湖上，懶對寒燈詠《式微》。』

〔二〕顏酡：醉後臉泛紅暈。語出《楚辭·招魂》：『美人既醉，朱顏酡些。』王逸注：『朱，赤也；酡，著也。言美女飲啖醉飽，則面著赤色而鮮好也。』

又

幽懷香易結，傲骨雪難消。歸路猶回首，長吟過板橋。

隔院聞琴作二首

潛來深院裏，彷彿撫絃聲。聽到音希處，空堦月更明。

又

泠泠松竹籟，入耳細泉分。便欲輕身〔一〕去，三山〔二〕臥島雲。

【注釋】

〔一〕輕身：指飛升，登仙。明屠隆《綵毫記·遊玩月宮》：『靈光保得長明皎，萬里秋毫。早則個輕身慾界超。』

〔二〕三山：傳說中的海上三神山。晉王嘉《拾遺記·高辛》：『三壺，則海中三山也。一曰方壺，則方丈也；二曰蓬壺，則蓬萊也；三曰瀛壺，則瀛洲也。』

題碧落洞〔一〕煉丹古蹟

山中忘歲月，煉就百花丹。餌〔二〕罷歸何處？風吹舊石壇。

【注釋】

〔一〕碧落洞：位於今廣東省英德市西南七公里，橋下村燕子巖南端。

〔二〕餌：服食，吃。《新唐書・李抱真傳》：『有孫季長者爲治丹，且曰：「服此當僊去。」……（抱真）餌丹二萬丸，不能食，且死。』

飲桃花下

春遊容易醉，藉草〔一〕興偏饒。花瓣知人意，吹香上酒瓢〔二〕。

【注釋】

〔一〕藉草：坐臥在草墊上。藉，墊襯。金段克己、段成己《野步仍用韻示封張二子》：『藉草便成席，酌泉聊代壺。』

〔二〕酒瓢：盛酒的瓢。唐姚合《酬田卿書齋即事見寄》詩：『不是相尋嬾，煩君舉酒瓢。』

折梅送友人還羊城

期君歲寒意，折贈一枝妍。好作長途伴，香風月滿船。

春日山行

薰風〔一〕吹客袂，不覺去程遥。芳草春同路，隨人綠過橋。

【注釋】

〔一〕薰風：和暖的風。《呂氏春秋·有始》：『東南曰薰風。』明李東陽《天津八景》詩之四：『層軒南向坐薰風，極目平疇遠近同。』

深院

深院人初靜，酣來欲賦詩。最欣佳句就，恰好月明時。

獨夜

獨夜空堦裏，涼飇〔一〕乍拂時。梧陰閒待月，秋色上鬢眉。

【注釋】

〔一〕涼颸：涼風。南朝齊謝朓《在郡臥病呈沈尚書》詩：『珍簟清夏室，輕扇動涼颸。』

秋雨即事

蕭爽〔一〕新秋雨，吹來自藕塘。一時人共酒，都作芰荷〔二〕香。

【注釋】

〔一〕蕭爽：涼爽。宋陸游《感秋》詩：『秋堂露氣清，蕭爽入毛骨。』

〔二〕芰荷：指菱葉與荷葉。《楚辭·離騷》：『製芰荷以爲衣兮，集芙蓉以爲裳。』

題弄璋〔一〕圖

內院閒工課，圭璋〔二〕出寶函。一經纖手弄，夜夜夢宜男。

【注釋】

〔一〕弄璋：《詩·小雅·斯干》：『乃生男子，載寢之牀，載衣之裳，載弄之璋。』毛傳：『半圭曰璋……璋，臣之職也。』詩意祝所生男子成長後爲王侯，執圭璧。後因稱生男爲弄璋。

〔二〕圭璋：兩種貴重的玉制禮器。《禮記·禮器》：『圭璋特。』孔穎達疏：『「圭璋特」者，「圭璋」，玉中之貴也；「特」謂不用他物媲之也。諸侯朝王以圭，朝后執璋，表德特達不加物也。』

題弄瓦〔一〕圖〔一〕

銅雀臺〔二〕安在，高風景仰時。好將金屋貯〔三〕，月夜畫娥眉〔四〕。

【校記】

〔一〕此詩，底本闕，文字及詩的位置據廣東中山圖書館所藏之清抄本補。

【注釋】

〔一〕弄瓦：《詩·小雅·斯干》：『乃生女子，載寢之地，載衣之裼，載弄之瓦。』瓦，紡磚，古代婦女紡織所用。後因稱生女曰弄瓦。

〔二〕銅雀臺：建安十五年冬曹操所建。周圍殿屋一百二十間，連接榱棟，侵徹雲漢。鑄大孔雀置於樓頂，舒翼奮尾，勢若飛動，故名銅雀台。故址在今河北省臨漳縣西南古鄴城的西北隅。《三國志·魏書》卷一：『（建安十五年）冬，作銅爵臺。』《三國演義》第四十四回描述赤壁之戰之前，諸葛亮有意渲染曹操覬覦二喬美色，故築銅雀台。其實赤壁之戰在建安十三年，銅雀台建於十五年。二喬，指三國吳喬公二女大喬、小喬。

〔三〕金屋貯：《漢武故事》：『帝以乙酉年七月七日生於猗蘭殿。年四歲，立爲膠東王。數歲，長公主抱置膝上，問曰：「兒欲得婦不？」膠東王曰：「欲得婦。」長主指左右長御百餘人，皆云不用。末指其女問曰：「阿嬌好不？」於是乃笑對曰：「好！若得阿嬌作婦，當作金屋貯之也。」』

〔四〕畫娥眉：以黛描飾眉毛。《漢書·張敞傳》：『敞無威儀……又爲婦畫眉，長安中傳張京兆眉憮。有司以奏敞。上問之，對曰：「臣聞閨房之內，夫婦之私，有過於畫眉者。」』後以『畫眉』喻夫妻感情融洽。

詩七言絕句

登鎮海樓〔一〕

煙樹蒼茫海氣浮，一聲征雁〔二〕嶺南秋。同來作客人歸盡，獨倚天涯百尺樓。

【注釋】

〔一〕鎮海樓：在今廣州市越秀區越秀公園内的越秀山上，又名望海樓，俗稱五層樓。建於明洪武十三年（一三八〇），爲明代廣州城北城牆上的建築。《番禺縣志》卷十四：『城北枕山阜，三面環濠……明洪武十三年永嘉侯朱亮祖，都指揮使許良、呂源以舊城低隘，請建三城，爲一闢東北山麓以廣之……又建五層樓於北城上，高八丈，名鎮海，稱爲雄勝。』

〔二〕征雁：遷徙的雁。唐李涉《送魏簡能東遊》詩之二：『燕市悲歌又送君，目隨征雁過寒雲。』

翠微寺〔一〕題壁

萬松深處洞門開，歲久松陰亦化苔。翠引諸峯青欲滴，秋從雲外渡江來。

【注釋】

〔一〕翠微寺：未詳。

月夜聞度曲〔一〕

絲竹〔二〕如生萬種情，須臾銀市〔三〕靜無聲。不知曲底逢商變〔四〕，一夜西風秋滿城。

【注釋】

〔一〕度曲：按曲譜歌唱。漢張衡《西京賦》：『度曲未終，雲起雪飛。』

〔二〕絲竹：絃樂器與竹管樂器之總稱。亦泛指音樂。《禮記・樂記》：『德者，性之端也；樂者，德之華也；金石絲竹，樂之器也。』《商君書・畫策》：『是以人主處匡牀之上，聽絲竹之聲，而天下治。』

〔三〕銀市：即天市，星名。《史記·天官書》：『東北曲十二星曰旗。旗中四星曰天市。』張守節正義：『天市二十三星，在房、心東北，主國市聚交易之所。』

〔四〕商變：變作商音。商，商音，指旋律以商調爲主音的樂聲。其聲悲涼哀怨。晉陶潛《詠荊軻》：『商音更流涕，羽奏壯士驚。』

送劍俠

古俠雄姿鐵髯濃，風塵何處快遊踪？匣中劍嘯〔一〕須防護，若近延津〔二〕恐化龍。

【注釋】

〔一〕匣中劍嘯：晉王嘉《拾遺記·顓頊》：『（顓頊）有曳影之劍，騰空而舒。若四方有兵，此劍則飛起指其方，則剋伐；未用之時，常於匣裏，如龍虎之吟。』

〔二〕延津：即延平津，古代津渡名。晉時屬延平縣（今福建省南平市東南），故稱。據《晉書·張華傳》載，豐城令雷煥得龍泉、太阿兩劍，以其一與張華。後張華被誅，劍即失其所在。雷煥死，其子持劍行經延平津，劍忽躍出墮水。使人入水取之，但見兩龍蟠縈，波浪驚沸。劍亦從此亡去。

山行

山逕獨行意更欣，每逢名勝坐來勤。歸途頓覺身輕爽，衣履原來盡帶雲。

擬題華清宮〔一〕二首

萬叠青山遶故宮〔二〕，小橋横出御河〔三〕通。沿流此去無窮景，都閉珠簾畫閣中。

【注釋】

〔一〕華清宮：唐宮殿名。在陝西省臨潼縣城南驪山麓，其地有溫泉。唐貞觀十八年（六四四）建湯泉宮。咸亨二年（六七一）改名溫泉宮。天寶六載（七四七）再行擴建，改名華清宮。天寶十五載宮殿燬於兵火。

〔二〕故宮：舊時的宮殿。《漢書·食貨志下》：『公卿白議封禪事，而郡國皆豫治道，修繕故宮。』

〔三〕御河：專供皇室用的河道。唐王之渙《送別》詩：『楊柳東風樹，青青夾御河。』

又

玉殿巍峨蜀道斜〔一〕，上皇〔二〕行處豈忘家。黄鶯猶戀笙歌地〔三〕，飛下宫牆啄落花。

【注釋】

〔一〕玉殿：宫殿的美稱。三國魏曹植《當車以駕行》詩：『歡坐玉殿，會諸貴客。』蜀道：蜀中的道路。唐李白《蜀道難》詩：『噫吁嚱，危乎高哉，蜀道之難，難於上青天！』

〔二〕上皇：太上皇的簡稱，這裏指唐玄宗李隆基。唐顔真卿《皇帝即位賀上皇表》：『伏承陛下命皇太子踐祚改元，皇帝上陛下尊號曰上皇天帝。』

〔三〕黄鶯：黄鸝。身體黄色，自眼部至頭後部黑色，嘴淡紅色。叫的聲音很好聽，常被飼養作籠禽。吃森林中的害蟲。也叫鶬鶊。三國吴陸璣《毛詩草木鳥獸蟲魚疏·黄鳥於飛》：『黄鳥，黄鸝留也，或謂之黄栗留，幽州人謂之黄鸎。』笙歌：泛指奏樂唱歌。

移竹

山寺鐘西罨畫〔一〕宜，數竿修翠帶雲移。他年牕影添佳處，記得清明是種時。

【注釋】

〔一〕罨畫：色彩鮮明的繪畫。明楊慎《丹鉛總錄·訂訛·罨畫》：『畫家有罨畫，雜彩色畫也。』多用以形容自然景物或建築物等的豔麗多姿。唐秦韜玉《送友人罷舉除南陵令》詩：『花明驛路胭脂煖，山入江亭罨畫開。』

歸途口占〔一〕二首

客返於今始有期，山長惟恐馬行遲。知歸未必登仙〔二〕樂，但近鄉音勝竹絲〔三〕。

【注釋】

〔一〕口占：謂作詩文不起草稿，隨口而成。《漢書·朱博傳》：『閤下書佐入，博口占檄文。』

〔二〕登仙：成仙。《楚辭·遠遊》：『貴真人之休德兮，美往世之登仙。』

〔三〕竹絲：即絲竹。絃樂器與竹管樂器的總稱，這裏指音樂。

又

歸及天涯花發時，行藏〔一〕已與客心違。三千里路一千水，衹有春風肯遠隨。

【注釋】

〔一〕行藏：指出處行止。語本《論語·述而》：『用之則行，舍之則藏。』晉潘岳《西征賦》：『孔隨時以行藏，蘧與國而舒卷。』

訪友不值

樵聲遥引入煙霞，欲叩柴扉恨轉賒〔一〕。山館寥寥春寂寂，惟聞流水泛桃花。

【注釋】

〔一〕賒：多，繁多。唐郎士元《聞吹楊葉者》：『妙吹楊葉動悲笳，胡馬迎風起恨賒。』

漁舍

雲開始覺有人家，門對清溪滿落花。谿口衹容漁艇〔一〕入，世人無路覓蒹葭〔二〕。

【注釋】

〔一〕漁艇：小型輕快的漁船。唐杜甫《雨》詩之二：『漁艇息悠悠，夷歌負樵客。』

〔二〕蒹葭：《詩·秦風·蒹葭》：『蒹葭蒼蒼，白露爲霜。所謂伊人，在水一方。』本指在水邊懷念故人，這裏以『蒹葭』指異地友人。

送別 五首

馬知人語尚嘶離，望嶺雲遮路轉歧。若去天涯猶憶此，落花好記出門時。

又

紅亭祖宴〔一〕百花齊，花草連天日欲低。送客人歸歌舞寂，一溪香水載船西。

【注釋】

〔一〕紅亭：猶長亭。路途中行人休憩、送别之處。唐岑參《水亭送劉顒使還歸節度》詩：『無計留君住，應須絆馬蹄。紅亭莫惜醉，白日眼看低。』祖宴：餞别的宴會。《北堂書鈔》卷一一〇〇引晉裴啟《語林》：『晉孝武祖宴西堂，詔桓子野彈箏。』

又

山中雲物望中微〔一〕，二月河梁〔二〕雪乍稀。却羨春風同去路，落花時礙馬前飛。

【注釋】

〔一〕雲物：雲氣、雲彩。晉葛洪《抱朴子·知止》：『若夫善卷、巢、許、管、胡之徒，咸蹈雲物以高騖，依龍鳳以竦跡。』望中：視野之中。唐權德輿《酬馮監拜昭陵途中遇雨》詩：『甘谷行初盡，軒臺去漸遥。望中猶可辨，耘鳥下山椒。』

〔二〕河梁：舊題漢李陵《與蘇武》詩之三：『攜手上河梁，遊子暮何之？……行人難久留，各言長相思。』後因以『河梁』借指送别之地。

又

却好東風二月時，落花流水送歸期。到家還剩春多少，一部鶯聲柳萬枝。

又

芳草離魂兩欲迷，官橋〔一〕柳覆小亭低。行人忍向春風別，多少流鶯〔二〕不敢啼。

【注釋】

〔一〕官橋：官路上的橋樑。唐杜甫《長吟》：『江渚翻鷗戲，官橋帶柳陰。』

〔二〕流鶯：即鶯。流，謂其鳴聲婉轉。南朝梁沈約《八詠詩·會圃臨東風》：『舞春雪，雜流鶯。』

山寺

十里花香覆院居，竹竿引水到山廚。雲遮碉戶〔一〕難尋路，松際時聞響木魚〔二〕。

【注釋】

〔一〕礀戶：指代山谷中的住屋，常用以指隱士所居。唐王勃《詠風》：『驅煙尋礀戶，卷霧出山楹。』

〔二〕木魚：佛教法器。相傳佛家謂魚晝夜不合目，故刻木像魚形，用以警戒僧衆應晝夜忘寐而思道。有兩種：一爲圓狀魚形，誦經禮佛時扣之以調音節；一爲挺直魚形，粥飯或集會衆僧時用之，俗稱梆。唐司空圖《上陌梯寺懷舊僧》詩之一：『松日明金像，山風響木魚。』

送僧慈雨〔一〕還江南

炎涼一衲老塵沙〔二〕，歸路何曾計近遐。雲水〔三〕從來無定跡，若多巖樹便堪家。

【注釋】

〔一〕慈雨：清初僧人。

〔二〕一衲：指一個僧人。衲，僧衣。唐陳陶《酬元亨上人》詩：『一衲淨居雲夢合，秋來詩思祝融高。』塵沙：猶塵世。宋王安石《蒙城清燕堂》詩：『飄然一往何時得，俯仰塵沙欲作翁。』

〔三〕雲水：指僧道。僧道雲遊四方，如行雲流水，故稱。唐項斯《日東病僧》詩：『雲水絕歸路，來時風送船。』明李中馥《原李耳載·尋親誠感》：『原邑趙孝子名威晉，其父好黃冠術，遇全真雲水，無不以禮下之。』

湖上

夾堤晴柳煖煙微，歌遏行雲水際飛。最是斷腸三月景，落花湖上送春歸。

九日度梅關〔一〕時在某軍中

相隨萬騎度關長，一路征塵帶菊黄。想絶故山曾載酒，太平煙雨話重陽。

【注釋】

〔一〕梅關：古關名。宋時在江西大庾嶺上所置，爲江西、廣東二省分界處。清屈大均《廣東新語》卷三：『自驛至嶺頭六十里爲梅關。從大庾縣西南者，望關門兩峯相夾，一口哆懸，行者屈曲穿空，如出天井。』

丙辰〔一〕除夕二首

客返匆匆又歲遷，生平迴首總堪憐。縱多此夜還須睡，況到更殘〔二〕是隔年。

【注釋】

〔一〕丙辰：康熙十五年（一六七六）。

〔二〕更殘：更深夜殘，指夜晚將盡。

又

三更〔一〕已作隔年期，無復多愁但賦詩。終歲圖謀還不就，那爭殘臘〔二〕半宵時。

【注釋】

〔一〕三更：指半夜十一時至翌晨一時。《樂府詩集·清商曲辭二·子夜變歌一》：『三更開門去，始知子夜變。』

〔二〕殘臘：農曆年底。唐李頻《湘口送友人》詩：『零落梅花過殘臘，故園歸去又新年。』

丁巳〔一〕立春有感

地僻風光到轉遲，曉牕寒色獨支頤〔二〕。那知簷畔逢春日，猶似長途踏雪時。

【注釋】

〔一〕丁巳：康熙十六年（一六七七）。

〔二〕支頤：以手托下巴。唐白居易《除夜》詩：『薄晚支頤坐，中宵枕臂眠。』

春日山行二首

杖藜踏破野苔紋，一路看山到夕曛〔一〕。似有仙源尋不見，桃花千畝亂紅雲。

【注釋】

〔一〕夕曛：指黃昏。明張邦伊《沈嘉則有三楚之游席上》詩：『春城斗酒惜離羣，把袂高歌到夕曛。』

又

花香流水坐苔磯，行盡春山綠染衣。却怪鬚眉都換色，不知曾在畫中歸。

口占〔一〕別友人

臨歧倚馬更重論，欲訪幽居別有村。行盡千峯知住處，薜蘿藤逕舊柴門。

【注釋】

〔一〕口占：謂作詩文不起草稿，隨口而成。《漢書·朱博傳》：『閤下書佐入，博口占檄文。』

素馨妃墓〔一〕墓在羊城南數里，其地產花多異香，因名素馨以此

綠隱荒岡起暮雲，素馨花氣正氤氲〔二〕。佳人自古何曾死，幻作幽香出古墳。

【注釋】

〔一〕素馨妃墓：位於素馨斜，在今廣東省廣州市和平路、珠璣路一帶。清屈大均《廣東新語》卷十九：『素馨斜，在廣州城西十里三角市，南漢葬美人之所也。有美人喜簪素馨，死後遂多種素馨於塚上，故曰素馨斜。至今素馨酷烈，勝於他處。以彌望悉是此花，又名曰花田。』清郭爾戺、胡雲客纂修《南海縣志》卷二：『花田，在城西十里三角市。平田彌望皆種素馨花。《南征錄》：南漢時美人葬此。至今花香於他處。』

〔二〕氤氳：濃烈的氣味，多指香氣。南朝梁沈約《芳樹》詩：『氤氳非一香，參差多異色。』

重遊玲瓏巖〔一〕

玲瓏石屋白雲封，此日重登已暮鐘。壁上舊題須好護，恐防風雨化蛟龍。

【注釋】

〔一〕玲瓏巖：位於今廣東省始興縣城南三公里處，此處現建有一水泥廠。有半月巖、天光巖、觀音巖、沖虛巖、蓮花巖等溶洞。南面有玲瓏古刹。民國陳及時等纂修《始興縣志》卷五：『玲瓏巖，在城南十里。一名機山。巖爲始興勝景。』又同書卷十：『玲瓏仙室，在城南十里，巖洞甚多，玲瓏如室。有萬稚川練丹遺跡。又傳仙姫織機於此，遇者聞金石絲竹之音，故又名機山。』

踏青〔一〕詞

踏青時近雨初酣，礙路花枝好折簪。何處人間堪入畫？紅妝幾簇出城南。

【注釋】

〔一〕踏青：清明節前後郊野遊覽的習俗。舊時並以清明節爲踏青節。唐孟浩然《大堤行》：『歲歲春草生，踏青二三月。』

偶成

主人屋與青山接，臥枕黄庭經〔一〕幾帖。夜半詩成無紙書，起來堦下拾梧葉。

【注釋】

〔一〕黄庭經：指晉王羲之書寫的《黄庭經》法帖。宋秦觀《春日》詩之四：『春禽葉底引圓吭，臨罷《黄庭》日正長。』明謝肇淛《五雜俎·人部三》：『《曹娥》、《樂毅》，尚有蹊徑可尋，至《蘭亭》、《黄庭》，幾莫知其端倪矣。』

九日重過梅關題雲封寺壁〔一〕

梅關關上見雲興，幾處黄花〔二〕記再登。暫把一杯明日別，白雲依舊屬山僧。

【注釋】

〔一〕梅關：古關名。宋時在江西大庾嶺上所置。爲江西、廣東二省分界處。清屈大均《廣東新語》卷三：『自驛至嶺頭六十里爲梅關。從大庾縣西南者望關門，兩峯相夾，一口哆懸，行者屈曲穿空，如出天井。』雲封寺：俗名掛角寺。位於大庾嶺山隘的梅關關樓南坡，今六祖廟東對面。寺在『文革』中被毁。清余保純修《直隸南雄州志》卷二十四：『雲封寺在梅關側，唐時剏，名梅花院。宋大中祥符三年賜今額……俗呼掛角寺。』

〔二〕黄花：指菊花。宋李清照《醉花陰·重陽》詞：『莫道不銷魂，簾捲西風，人比黄花瘦。』

重過東山寺〔一〕

幾間松院傍雲開，有客重臨損綠苔。依舊東山〔二〕山色裏，一龕燈影護如來〔三〕。

【注釋】

〔一〕東山寺：位於今廣州市署前路。《番禺縣志》卷二十四：『東山寺，一名太監寺，在城東。明弘治間内監韋眷建，成化間賜額永泰。嘉靖十四年祀真武於前殿。國朝順治七年，總鎮班某重修，知府王庭記。』

〔二〕東山：在舊廣州城大東門（今廣州市中山路和越秀路交匯處）外，有多座小山崗，習稱東山。

〔三〕如來：佛的别名，爲梵語意譯。『如』，謂如實。『如來』即從如實之道而來，開示真理的人。《金剛經·威儀寂靜分》：『如來者，無所從來，亦無所去，故名如來。』

宮怨二首

入夜笙歌〔一〕別院繁，傳言新選近承恩〔二〕。暫時雨露〔三〕休欣羡，此地曾經幸至尊〔四〕。

【注釋】

〔一〕笙歌：泛指奏樂唱歌。

〔二〕承恩：蒙受恩澤。唐岑參《送張獻心充副使歸河西雜句》：『前日承恩白虎殿，歸來見者誰不羨。』

〔三〕雨露：比喻恩澤。唐高適《送李少府貶峽中王少府貶長沙》詩：『聖代即今多雨露，暫時分手莫躊躇。』

〔四〕至尊：至高無上的地位。後用爲皇帝的代稱。《漢書·西域傳上·罽賓國》：『今遣使者承至尊之命，送蠻夷之賈。』

又

西宫〔一〕夜宴樂千般，歌舞龍顏帶笑看。地近長門〔二〕偏寂寞，月明簾捲水晶寒。

【注釋】

〔一〕西宫：妃嬪住的地方。《公羊傳·僖公二十年》：『西宫者何？小寢也。』何休注：『西宫者，小寢内室，楚女所居也。禮，諸侯娶三國女……夫人居中宫，少在前；右媵居西宫，左媵居東宫，少在後。』

〔二〕長門：漢宫名。漢司馬相如《長門賦》序：『孝武皇帝陳皇后時得幸，頗妒，别在長門宫，愁悶悲思。聞蜀郡成都司馬相如天下工爲文，奉黄金百斤，爲相如、文君取酒，因于解悲愁之辭。而相如爲文以悟主上，陳皇后復得親幸。』後以『長門』借指失寵女子居住的寂寥淒清的宫院。

戍婦〔一〕吟

寒風塞上早吹沙，征客何曾解憶家。路入空閨無遠近，秋宵〔二〕一刻遍天涯。

【注釋】

〔一〕戍婦：戍卒的妻子。清洪瀛《烏夜啼》詩：『城頭烏啼霜月下，戍婦依母蠕寒夜。』

〔二〕秋宵：秋夜。唐曹松《僧院松》詩：『此木韻彌全，秋宵學瑟絃。』

舟中聞簫

嗚咽遥傳指上聲，江流千尺月三更。鄰舟多少孤眠客，驀起推牕坐到明。

宿曹溪〔一〕僧舍

雲連齋閣宿松聲，閒入溪山得隱情。丘壑豈知能換骨〔二〕？住來幾日覺身輕。

【注釋】

〔一〕曹溪：在今廣東省韶關市曲江區馬壩鎮東南五公里。處三面環山的河谷地帶，前有曹溪流過。唐代禪宗六祖慧能居此，大興佛法，建有南華寺。

〔二〕換骨：道家謂服食仙酒、金丹等使之化骨升仙。《資治通鑒·唐武宗會昌五年》：『上餌道士金丹……自秋冬以來，覺有疾，而道士以爲換骨。上秘其事。』

義鳩塚四首

予葬義鳩於芙蓉山麓，曾爲志銘〔一〕，並題其上曰：千古義鳩之塚

呼雨〔二〕聲勤已寂寥，義名爭得此時標。庵僧好護墳前樹，留與山禽早晚朝。

【注釋】

〔一〕曾爲志銘：見廖燕《義鳩塚銘》（卷十五）。

〔二〕呼雨：典出宋歐陽脩《鳴鳩》：『天將陰，鳴鳩逐婦鳴中林，鳩婦怒啼無好音。天雨止，鳩呼婦歸鳴且喜，婦不亟歸呼不已。』又宋歐陽脩《啼鳥》：『誰謂鳴鳩拙無用，雄雌各自知陰晴。』

又

鳩雖性拙義堪傳，說與時人頗不然。值得吾儕〔一〕留好句，一杯塚上奠秋煙。

【注釋】

〔一〕吾儕：我輩。《左傳・宣公十一年》：『吾儕小人，所謂取諸其懷而與之也。』

又

彷彿芳魂不可招，此禽烈性異山鷯〔一〕。行人莫易墳前指，有客唏噓過板橋。

【注釋】

〔一〕山鷯：鷦鷯，鳥名。體長約十釐米，背赤褐色，腹灰褐色，尾短而豎立，善鳴唱，捕食小蟲。《莊子・逍遥遊》：『鷦鷯巢於深林，不過一枝。』

又

謾言人鳥不同情〔一〕，一穴寧教異死生。塚上欲埋千片石，好留詩客寫秋聲。

【注釋】

〔一〕謾言：休說，別說。謾，莫，不要。唐王昌齡《九日登高》詩：「謾說陶潛籬下醉，何曾得見此風流？」同情：謂同一性質，實質相同。《韓非子·揚權》：「参名異事，通一同情。」

坐松風臺〔一〕

石逕苔封絕送迎，檻收黛色坐來清。山居縱有紅塵夢，消得松臺幾吹聲。

【注釋】

〔一〕松風臺：未詳。

泊舟

知在磻溪〔一〕第幾灣，折蘆花覆釣船閒。夜來無復遮牕臥，爲愛江山入夢間。

【注釋】

〔一〕磻溪：水名。一名璜河。在今陝西寶雞市東南。源出南山茲谷，北流入渭水。相傳呂尚（姜太公）垂釣於此而遇周文王。《韓詩外傳》卷八：『太公望少爲人壻，老而見去，屠牛朝歌，賃於棘津，釣於磻溪。』晉李石《續博物志》卷八：『汲縣舊汲郡，有硤水爲磻溪，太公釣處，有太公泉、太公廟。』《陳書·高祖紀上》：『是以文武之佐，磻磎藴其玉璜；堯舜之臣，滎河鏤其金版。』

雪

巖松欲折萬山凝，樹杪〔一〕千層落瀑冰。一望平原飛鳥絕，斷橋猶有晚歸僧。

【注釋】

〔一〕樹杪：樹梢。《陳書·儒林傳·王元規》：『元規自執檝棹而去，留其男女三人，閣於樹杪。』

題野人屋壁

嶺缺松遮綠更繁，野人爲屋倚松根。尋常入戶山雲薄，歲久衣裳亦染痕。

山亭

瀑落空堦曉夜聞，山亭晚尚掛斜曛〔一〕。分明高出千峯外，世上遥看只白雲。

【注釋】

〔一〕斜曛：落日的餘輝。宋錢良右《題所南老子推篷竹圖》：『挂起北牕長見此，蒼烟一抹帶斜曛。』

過友人武溪〔一〕草堂

杖頭琴卷帶雲攜，日暮尋君遇釣湄。一片閒情難說與，門前青竹獨題詩。

【注釋】

〔一〕武溪：即武江。

送行脚僧〔一〕

一肩雲水老萍鄉〔二〕，貪看名峯到路長。日暮縱然無宿處，蒲團放下卽禪牀〔三〕。

【注釋】

〔一〕行脚僧：指步行參禪的雲遊僧。宋陸游《雙流旅舍》詩：『開門拂榻便酣寢，我是江南行腳僧。』

〔二〕萍鄉：漂泊之地。萍隨水漂泊，行蹤無定，故稱。明陸深《雪中王嵩野過公館小酌次韻》：『西臺梁苑客，南國楚郊山……萍水萍鄉路，相看得破顏。』

〔三〕蒲團：用蒲草編成的圓形墊子。多爲僧人坐禪和跪拜時所用。唐歐陽詹《永安寺照上人房》詩：『草席蒲團不掃塵，松間石上似無人。』禪牀：坐禪之牀。唐賈島《送天台僧》詩：『寒蔬修淨食，夜浪動禪牀。』

買英石

舟過英州載石行，長途日夕見雲生。與君夜傍琴邊臥，一榻泉聲響到明。

烏蠻灘謁伏波祠〔一〕

烏蠻灘廟伏波遺，猶記雲臺未畫時〔二〕。何似如椽銅作筆，獨從天外寫鬚眉。

【注釋】

〔一〕烏蠻灘：今廣西壯族自治區南寧市横縣東二十五公里處的雲表鎮烏蠻山下鬱江之中，該灘礁犬牙交錯，灘長、礁衆、流急。灘之上有馬伏波祠。清金鉷等監修《廣西通志》卷十五：『烏蠻灘在州東六十里，極險。上有伏波祠，因改爲起敬灘。水道又有龍門。』伏波祠：位於烏蠻灘北岸，距横縣城東二十五公里。《廣西通志》卷十五：『烏蠻山在城東北六十里，下爲烏蠻灘，其麓有伏波廟。』伏波，指馬援（前一四—四九），字文淵，扶風茂陵（今陝西興平東北）人，東漢初名將。建武十七年，任伏波將軍，率軍平定嶺南動亂，封新息侯。馬援行軍所過，經常爲郡縣修治城郭，穿渠灌溉，以利百姓。事迹見《後漢書·馬援列傳》。

〔二〕雲臺：漢宫中高臺名。東漢明帝時因追念前世功臣，圖畫鄧禹等二十八將於南宫雲臺。漢明帝納馬援女，立爲皇后。但因明帝禁外戚之家封侯預政，故馬援未得入雲臺二十八將。見《後漢書·馬援列傳》。

客愁

路隔蠻煙〔一〕歸去遲，客中歲月鏡中髭。相看已是腸堪斷，況復春風花落時。

【注釋】

〔一〕蠻煙：指南方少數民族地區山林中的瘴氣。宋張詠《舟次辰陽》詩：『村連古洞蠻煙合，地落秋畲楚俗懽。』

祝月

竹館蕭疎〔一〕起夜涼，行看秋月滿輪霜。殷勤好照今宵夢，一路遥飛到故鄉。

【注釋】

〔一〕蕭疎：寂寞，淒涼。唐杜牧《八六子》詞：『辭恩久歸長信，鳳帳蕭疏，椒殿閒扃。』

泛舟

瀲灧〔一〕波光曲岸連，小橋春煖好行船。紅霞覆處仙源近，萬樹桃花別有天。

【注釋】

〔一〕瀲灔：水波蕩漾貌。清鈕琇《觚賸續編·畫水》：『臨其瀲灔，花月迷江。』

泊舟折梅作

疎枝綻雪隔江村，折得歸來對客尊。賞至宵分〔一〕猶未足，又隨霜月扣柴門。

【注釋】

〔一〕宵分：夜半。《魏書·崔楷傳》：『日昃忘餐，宵分廢寢。』

花石潭〔一〕桃花

花石潭邊別有村，亂紅無數遶柴門。武陵山水王維筆〔二〕，畫裏還堪長子孫。

【注釋】

〔一〕花石潭：未詳。

〔二〕武陵山水：晉陶潛《桃花源記》載，晉太元中武陵人捕魚爲業，偶入桃花源。王維（七〇一—七六一）：

字摩詰，祖籍太原祁（今山西省祁縣），至其父時遷居蒲州（今山西省永濟市）。唐代詩人、畫家。他畫山水能吸收衆家之妙，唐人評其所畫山水爲『筆綜措思，參與造化』，『雲峯石色，絕跡天機，非繪者之所及也』（《舊唐書·王維傳》）。

豐城〔一〕懷古

望氣〔二〕江樓星欲稀，雌雄何處化龍歸？擕來匣裏如椽筆，試擲長空作劍飛。

【注釋】

〔一〕豐城：今江西省豐城市。位於江西省中部。《晉書·張華傳》謂吳滅晉興之際，天空斗牛之間常有紫氣。張華聞雷煥妙達緯象，乃邀與共觀天文。雷煥曰：『斗牛之間頗有異氣』，是『寶劍之精，上徹於天耳』，並謂劍在豫章豐城。張華卽補雷煥爲豐城令，『煥到縣，掘獄屋基，入地四丈餘，得一石函，光氣非常，中有雙劍，並刻題，一曰龍泉，一曰太阿。其夕斗牛間氣不復見焉。』豐城令雷煥得龍泉、太阿兩劍，以其一與張華。後張華被誅，劍卽失其所在。雷煥死，其子持劍行經延平津（今福建省南平市東南），劍忽躍出墮水。使人入水取之，但見兩龍蟠縈，波浪驚沸。劍亦從此亡去。

〔二〕望氣：古代方士的一種占候術。觀察雲氣以預測吉凶。《墨子·迎敵祠》：『凡望氣，有大將氣，有小將氣，有往氣，有來氣，有敗氣，能得明此者，可知成敗吉凶。』

題嚴子陵〔一〕釣臺二首

七里灘〔二〕聲千仞磯，高風今古共崔巍〔三〕。漢陵寂寞雲臺圮〔四〕，始信功名讓布衣。

【注釋】

〔一〕嚴子陵：嚴光，字子陵。東漢餘姚人。曾與漢光武帝劉秀同遊學，劉秀即位後，改名隱居，後被召至京師洛陽，授諫議大夫，不受而退隱於富春山。《後漢書·逸民列傳》載其『乃耕于富春山，後人名其釣處爲嚴陵瀨焉』。今浙江省桐廬有東陽江，其北岸富春山（嚴陵山）即傳説爲東漢嚴光（嚴子陵）耕作垂釣處。

〔二〕七里灘：即七里瀨。浙江省桐廬縣南有七里瀨。兩山夾峙，東陽江奔瀉其間，水流湍急，連亙七里，故名。北岸富春山（嚴陵山）即傳説爲東漢嚴光（嚴子陵）耕作垂釣處。《後漢書·逸民傳·嚴光》『後人名其釣處爲嚴陵瀨』李賢注引南朝陳顧野王《輿地志》：『七里瀨在東陽江下，與嚴陵瀨相接，有嚴山。』

〔三〕崔巍：高峻，高大雄偉。《楚辭·東方朔〈七諫·初放〉》：『高山崔巍兮，水流湯湯。』王逸注：『崔巍，高貌。』

〔四〕漢陵：漢代帝王的陵園。元王逢《錢塘春感》詩：『驪山草暗墟周業，郿塢花繁失漢陵。』雲臺：漢宮中高臺名。漢明帝時因追念前世功臣，圖畫鄧禹等二十八將於南宮雲臺。後用以泛指紀念功臣名將之所。唐杜牧《少年行》：『捷報雲臺賀，公卿拜壽巵。』

又

富春流似渭川寒〔一〕，千古高人寄跡寬。一代功臣天子客，更誰堪把釣魚竿？

【注釋】

〔一〕富春：指富春山。位於今浙江省桐廬縣東陽江北岸，傳説爲東漢嚴光（嚴子陵）耕作垂釣處。渭川：即渭水。南北朝庾信《擬詠懷》：『赭衣居傅巖，垂綸在渭川。』因以指隱居之地。

舟過白下〔一〕哭蕭絅若

遙傳物化〔二〕潛揮淚，此日經過倍痛君。嗣續〔三〕已亡居易主，一杯何處奠荒墳？

【注釋】

〔一〕白下：古地名。在今江蘇省南京市西北。唐移金陵縣於此，改名白下縣。後因用爲南京的别稱。

〔二〕物化：死亡。語出《莊子·刻意》：『聖人之生也天行，其死也物化。』《文選·古詩〈回車駕言邁〉》：『人生非金石，豈能長壽考。奄忽隨物化，榮名以爲寶。』李善注：『化，謂變化而死也。不忍斥言其死，故言隨物而化也。』

〔三〕嗣續：指後嗣，子孫。《梁書·儒林傳·范縝》：『家家棄其親愛，人人絕其嗣續。』

獨憶

春風拂處易開懷，酒市漁村隔水涯。獨憶消魂芳草路，落花紅襯踏青鞋。

城南

春行一路綠陰賒〔一〕，何處溪山似若耶〔二〕？最是城南好風景，小橋推過美人車。

【注釋】

〔一〕賒：多，繁多。唐郎士元《聞吹揚葉者》詩之一：『胡馬迎風起恨賒。』

〔二〕若耶：山名。在浙江省紹興市南。又溪名。出若耶山，北流入運河。溪旁舊有浣紗石古跡，相傳西施浣紗於此，故一名浣紗溪。唐李白《子夜吴歌·夏歌》：『五月西施採，人看隘若耶。』

題嚴子陵釣魚圖

君臣亡恥漢隨東，欲挽狂瀾一釣中。大器已歸名節重，論功應合〔一〕首漁翁。

【注釋】

〔一〕應合：應當，該當。唐杜甫《傷春》詩之一：『蓬萊足雲氣，應合總從龍。』

送友北旋

朔風〔一〕吹雪凍征袍，水澀前灘路漸高。珍重三杯和別淚，助君江上作波濤。

【注釋】

〔一〕朔風：北風，寒風。三國魏曹植《朔方》詩：『仰彼朔風，用懷魏都。』

潘仙石船〔一〕

片石爲舟不計年，等閒曾泛鑑湖天。只今弱水〔二〕乘風便，好向蓬萊〔三〕鬭採蓮。

【注釋】

〔一〕潘仙：指潘茂名，晉代潘州（今廣東省高州市）人。相傳永嘉中入山，遇仙翁點化，授其長生不老之法。他按仙翁指點，采藥煉丹，最後飛升而去。見明李賢等撰《明一統志》卷八十一。石船：潘茂名煉丹成仙的遺跡。清鄭業崇等修《茂名縣志》卷七：『潘茂名……於東山採藥煉丹，於西山白日上昇。今有潘山石船、丹竈遺址。』石船遺跡位於今高州市文明路冼太廟東側。

〔二〕弱水：古代神話傳說中稱險惡難渡的河海。《海内十洲記・鳳麟洲》：『鳳麟洲在西海之中央，地方一千五百里，洲四面有弱水繞之，鴻毛不浮，不可越也。』

〔三〕蓬萊：蓬萊山。古代傳說中的神山名。《漢書・郊祀志》：『自威、宣、燕昭使人入海求蓬萊、方丈、瀛洲，此三神山者，其傳在勃海中。』

丹竈〔一〕

仙人已去竈無煙，冷落空山玉井泉。我欲尋踪何處是，澹風涼月碧霞〔二〕天。

【注釋】

〔一〕丹竈：潘茂名煉丹成仙的遺跡。清鄭業崇等修《茂名縣志》卷七：『潘茂名……於東山採藥煉丹，於西山白日上昇。今有潘山石船、丹竈遺址。』丹竈遺跡位於今高州市文明路冼太廟東側。

〔二〕碧霞：青色的雲霞。多用以指隱士或神仙所居之處。唐李白《題元丹丘山居》詩：『羨君無紛喧，高枕碧霞裏。』

題昭君出塞〔一〕圖

長門爭似作閼氏〔二〕，一曲琵琶半醉時。夜共單于〔三〕應有語，畫工原不誤娥眉〔四〕。

【注釋】

〔一〕昭君出塞：王嬙，字昭君。晉避司馬昭諱，改稱爲明君，後人又稱明妃。漢南郡秭歸（今屬湖北省）人。元帝宮人。竟寧元年，匈奴呼韓邪單于入朝，求美人爲閼氏，以結和親，她自請嫁匈奴。入匈奴後，被稱爲寧胡閼氏。生一男。呼韓邪死，其前閼氏子代立，成帝又命她從胡俗，復爲後單于的閼氏。生二女。卒葬於匈奴。現內蒙古呼和浩特市南有昭君墓，世稱青塚。見《漢書·元帝紀》及《匈奴傳》、《後漢書·南匈奴傳》。

〔二〕長門：漢宮名。漢司馬相如《長門賦》序：『孝武皇帝陳皇后時得幸，頗妒，別在長門宮，愁悶悲思。

聞蜀郡成都司馬相如天下工爲文，奉黄金百斤，爲相如、文君取酒，因于解悲愁之辭。而相如爲文以悟主上，陳皇后復得親幸。』後以『長門』借指失寵女子居住的寂寥淒清的宫院。爭似：怎似。唐劉禹錫《楊柳枝》詞：『城中桃李須臾盡，爭似垂楊無限時。』閼氏：漢代匈奴單于、諸王妻的稱號。《史記·韓信盧綰列傳》：『上出白登，匈奴騎圍上，上乃使人厚遺閼氏。』張守節正義：『閼，於連反，又音燕。氏音支。單于嫡妻號，若皇后。』

〔三〕單于：漢時對匈奴君長的稱號。《史記·匈奴列傳》：『匈奴單于曰頭曼。』裴駰集解：『單于者，廣大之貌，言其象天單于然。』

〔四〕『畫工』：晉葛洪《西京雜記》卷二：『元帝后宫既多，不得常見，乃使畫工圖形，案圖召幸之。諸宫人皆賂畫工，多者十萬，少者亦不減五萬。獨王嬙不肯，遂不得見。匈奴入朝求美人爲閼氏，於是上案圖以昭君行。及去召見，貌爲後宫第一，善應對，舉止閒雅，帝悔之，而名籍已定。帝重信於外國，故不復更人。乃窮案其事，畫工皆棄市，籍其家資皆巨萬。』本詩作者在這裏是反其意而用之。

與黄寅東劇飲大醉臥起口占〔一〕

酒客相逢酒甕〔二〕邊，不妨醉倒在堦前。鼾呼一覺新扶起，猜道黄昏是曉天。

【注釋】

〔一〕黄寅東：清初人，生平不詳。劇飲：豪飲，痛飲。《三國志·魏書》卷十三『策以其長者待以上賓之禮』裴松之注引晉華嶠《譜敘》：『歆能劇飲，至石餘不亂。』口占：謂作詩文不起草稿，隨口而成。

〔二〕酒甕：盛酒的罎子。《晉書·文苑傳·左思》：『（陸機）與弟雲書曰：「此間有傖父，欲作《三都賦》，須其成，當以覆酒甕耳。」』

吳門〔一〕歸途病疥口占

都道吳門是洞天〔二〕，却經我去不曾然。歸舟賺得愁多少，一路還教費藥錢。

【注釋】

〔一〕吳門：指蘇州或蘇州一帶。爲春秋吳國故地，故稱。宋張先《漁家傲·和程公闢贈別》詞：『天外吳門清霅路，君家正在吳門住。』

〔二〕洞天：道教稱神仙的居處，意謂洞中別有天地。唐陳子昂《送中嶽二三真人序》：『楊仙翁玄默洞天，賈上士幽棲牝谷。』

夏日閒居

避囂終日隱牆東，茅屋三間更透風。雙襪不穿巾不戴，食眠多在竹陰中。

冬日閒居

隔牆梅已綻多枝，坐起茅簷景更宜。閒讀道書欹曝背〔一〕，把杯直到日斜時。

【注釋】

〔一〕道書：道家或佛家的典籍。《後漢書・西域傳論》：『詳其清心釋累之訓，空有兼遣之宗，道書之流也。』《三國志・魏書》卷八：『祖父陵，客蜀，學道鵠鳴山中，造作道書以惑百姓。』曝背：以背向日取暖。唐劉長卿《初到碧澗招明契上人》詩：『漸老知身累，初寒曝背眠。』

漁舟

天涯問路皆貪富，海角驅車總畏窮。慚愧扁舟風浪穩，霞餐瓢飲〔一〕水雲中。

【注釋】

〔一〕瓢飲：語出《論語・雍也》：『一簞食，一瓢飲，在陋巷，人不堪其憂，回也不改其樂。』原謂以瓢勺飲水。後用以喻生活簡樸。

寄友書後再題一絶

霜落蒹葭雁有聲，一封珍重話生平。他時韶石〔一〕能相訪，但問漁樵識姓名。

【注釋】

〔一〕韶石：山巖名。在今廣東省韶關市仁化縣周田鎮（舊屬韶州曲江縣）湞江北岸。

郊行漫題

一出紅塵眼便寬，柴門流水任盤桓〔一〕。敲磁向竹鐫新句，留待高人作釣竿。

【注釋】

〔一〕盤桓：徘徊，逗留。《文選·班固〈幽通賦〉》：『承靈訓其虚徐兮，竚盤桓而且俟。』李善注：『盤桓，不進也。』

題畫

山川一望白成堆，袖裏琴囊〔一〕蓋半開。却似去年逢雪景，阿誰〔二〕寫入畫圖來。

【注釋】

〔一〕琴囊：貯琴之囊。宋歐陽脩《六一詩話》：『余家舊蓄琴一張……其聲清越，如擊金石，遂以此布（蠻布）更爲琴囊。』

〔二〕阿誰：疑問代詞。猶言誰，何人。《樂府詩集·横吹曲辭五·紫騮馬歌辭》：『十五從軍征，八十始得歸。道逢鄉里人：「家中有阿誰？」』

訪道士不值〔一〕

迢遞〔二〕尋君君未知，柴門静掩日斜時。山中料必無忙事，除是仙人約賭棋〔三〕。

【注釋】

〔一〕值：遇到，逢著。《莊子·知北遊》：『明見無值。』成玄英疏：『值，會遇也。』王先謙集解：『雖明見之而無所值。」

〔二〕迢遞：遥遠貌。三國魏嵇康《琴賦》：「指蒼梧之迢遞，臨迴江之威夷。」

〔三〕賭棋：比賽棋藝。唐姚合《答友人招遊》詩：「賭棋招敵手，沽酒自扶頭。」

齒落

五十有五齒初落，那能旣落更重生。別腸〔一〕猶幸能藏酒，醉後還同阮步兵〔二〕。

【注釋】

〔一〕別腸：與衆不同的腸胃，比喻能豪飲。《資治通鑒·後晉高祖天福七年》：「曦曰：『維岳身甚小，何飲酒之多？』左右或曰：『酒有別腸，不必長大。』」

〔二〕阮步兵：阮籍（二一〇—二六三），字嗣宗，陳留尉氏（今河南尉氏）人。曾爲步兵校尉，世稱阮步兵。三國時期魏國思想家、詩人。志氣宏放，任性不羈，尤好老莊，善彈琴。與嵇康齊名，爲『竹林七賢』之一。在政治鬥爭中，常以醉酒的辦法擺脱困境。他不拘禮節，嘗以白眼對待禮俗之士。

哀北徙者〔一〕二首

戰馬南來血洗城〔二〕，曾將人命换簪纓〔三〕。至今劊手妻孥在，亦作哀鴻〔四〕向北征。

【注釋】

〔一〕北徙者：清順治六年（一六四九）平南王尚可喜征廣東。後專鎮廣東，與吳三桂、耿仲明合稱清初三藩。後三藩之亂起，其子尚之信響應吳三桂叛亂。不久又悔罪自歸，襲封平南王，仍鎮守廣東。順治十七年，詔命出兵往救宜章、郴州、永興，皆托詞不赴。又因殘暴跋扈，順治十九年下旨逮問，賜死於廣州。尚之信死後，其妻兒隨後北遷。《清史稿·尚之信傳》：『上復諭宜昌阿曰：「之信雖有罪，其妻子不可淩辱，當護還京師。」』

〔二〕『戰馬』句：清順治六年，平南王尚可喜、靖南王耿仲明率清軍征廣東。十二月，尚可喜攻佔南雄，大肆屠殺城内居民。至清順治七年一月，韶州、英德、清遠、從化等州縣相繼失陷。二月，清軍進逼廣州。同年十一月清軍攻陷廣州，進行慘無人道的屠城。

〔三〕簪纓：古代官吏的冠飾。比喻顯貴。南朝梁蕭統《錦帶書十二月啟·姑洗三月》：『龍門退水，望冠冕以何年？鷁路頹風，想簪纓於幾載？』

〔四〕哀鴻：《詩·小雅·鴻雁》：『鴻鴈於飛，哀鳴嗸嗸。』《序》云：『《鴻雁》，美宣王也。萬民離散，不安其居，而能勞來還定，安集之。』後以『哀鴻』比喻流離失所的人們。

又

富貴冰消勢莫支，王孫歸路更淒其〔一〕。欲將別淚山頭灑，爭奈當年已仆碑〔二〕。

【注釋】

〔一〕王孫：王的子孫。後泛指貴族子弟。《左傳·哀公十六年》：『王孫若安靖楚國，匡正王室，而後庇焉，啟之願也。』唐杜甫《哀王孫》詩：『腰下寶玦青珊瑚，可憐王孫泣路隅。』凄其：寒凉貌。《詩·邶風·綠衣》：『絺兮綌兮，凄其以風。』

〔二〕爭奈：怎奈，無奈。唐顧況《從軍行》之一：『風寒欲砭肌，爭奈裘襖輕？』仆碑：推倒墓碑。明程敏政《仆碑行》：『貞觀仆碑緣入譖，元祐仆碑讒更甚。太平再致伊誰功，後有溫公前鄭公。』

閒居口占

有時夢裏還裁句，無事花間卽舉杯。只此便爲人極樂，何須更待錦衣回？

題秋獵圖

霜落秋郊殺氣屯〔一〕，萬軍圍獵出天津。當時爭得皆狐兔，誰與王家網鳳麟〔二〕。

【注釋】

〔一〕屯：聚集。《廣雅·釋詁三》：『屯，聚也。』

〔二〕鳳麟：鳳凰與麒麟。比喻傑出罕見的人才。明劉基《五月三日會王氏南樓》詩：『諸公俱鳳麟，愧我獨樗櫟。』

曲江竹枝詞〔一〕十三首

遇仙橋下水澄鮮〔二〕，遇仙橋上路通天。誰信神仙容易遇，遇郎難似遇神仙。

【注釋】

〔一〕竹枝詞：樂府《近代曲》之一。本爲巴渝（今四川東部）一帶的民歌，唐詩人劉禹錫據以改作新詞，歌詠三峽風光和男女戀情。後人所作也多詠當地風土或兒女柔情。其形式爲七言絕句，語言通俗，音調輕快。唐劉禹錫《洞庭秋月》詩：『盪槳巴童歌《竹枝》，連檣估客吹羌笛。』

〔二〕遇仙橋：即今韶關市西河大橋，横跨武江下游東西兩岸。當時爲浮橋。《曲江縣志》卷七：『遇僊橋即西河浮橋，在西門外。上通瀧水，爲由楚入粵要津。』澄鮮：清新。南朝宋謝靈運《登江中孤嶼》詩：『雲日相輝映，空水共澄鮮。』

又

誰家兒女肯通風，不信媒人信命宮〔一〕。湞水由來合武水〔二〕，蓮花原只對芙蓉〔三〕。蓮花、芙蓉，俱山名。

【注釋】

〔一〕命宫：星命術士所稱的人之命運之室。以本人生時加於太陽宫（即太陽在黄道帶上的位置），順數遇卯爲命宫。見《張果星宗·安命度法》。例如太陽在子宫，生於酉時，即以酉時加於子宫，順數到卯遇午，則午爲其人之命宫。

〔二〕湞水：即湞江，是北江的上游部分。武水：即武江，爲北江支流。

〔三〕蓮花：即蓮花山。芙蓉：即芙蓉山。

又

芙蓉山是古時留，山上新傳葬義鳩〔一〕予曾葬義鳩於此山之麓。約伴清明墳上拜，遊人拾得玉搔頭〔二〕。

【注釋】

〔一〕義鳩：廖燕有《義鳩塚》四首（本卷）及《義鳩塚銘》（卷十五）。可參看。

〔二〕玉搔頭：即玉簪。玉制的簪子。古代女子的一種首飾。晉葛洪《西京雜記》卷二：『武帝過李夫人，就取玉簪搔頭。自此後宮人搔頭皆用玉，玉價倍貴焉。』

又

青樓〔一〕姊妹不知慚，笑倚門簾引客憨。怪得郎心如野馬，十分春色在城南〔二〕。

【注釋】

〔一〕青樓：指妓院。南朝梁劉邈《萬山見采桑人》詩：『倡妾不勝愁，結束下青樓。』

〔二〕城南：指韶州府城之南。今韶關市城南郊一帶。

又

城南當日甚繁華，十里紅樓半妓家。片地只今惟瓦礫，郎來何處聽琵琶？舊傳城南多青樓家，自國變後盡廢。

又

門外長江深不深，陳郎腸肚更千尋。誰言筆峯〔一〕改得帽，奴亦改得阿郎心。俗改筆峯爲帽峯。

【注釋】

〔一〕筆峯：即筆峯山，又名帽子峯。

又

未曉雞聲已屢催，送郎常起五更〔一〕時。雞冠罰作山頭石，省得人間早別離。城北三十里有貂蟬嶺〔二〕，俗呼雞冠寨。

【注釋】

〔一〕五更：舊時自黃昏至拂曉一夜間，分爲五段。『五更』指第五更的時候，天將明時，相當於三點至五點。南朝陳伏知道《從軍五更轉》詩之五：『五更催送籌，曉色映山頭。』

〔二〕貂蟬嶺：今名雞公山。位於今韶關市湞江區十里亭鎮坳背村後。在黃崗山東北面。《曲江縣志》卷四：『貂蟬嶺，城北五里，山頂石突起如貂蟬，俗名雞冠石。石上有洞，一竅通天。』又清顧祖禹撰《讀史方輿紀要·廣東三·韶州府》：『石頭山，在府北十三里，上有巨石特起，俗名雞冠石，石上有洞深邃，一名貂蟬嶺。』經實測及參考《讀史方輿紀要》的記載可知，此云貂蟬嶺在『城北三十里』，誤。應是『十三里』。

又

門對長溪溪色藍，游魚大半聚溪潭。最嫌無定湞江〔一〕水，纔得西流又向南。

【注釋】

〔一〕湞江：北江的上游部分。發源於江西省信豐縣，流經廣東省韶關市南雄、始興、湞江、曲江等市縣區，於韶關市沙洲尾納武江後稱北江。湞江在與武江匯合前是從東向西流，與武江匯合後向南流。

又

虛傳韶石秀參天，遠望迴龍〔一〕亦蠢然。聞得郎從山下去，迴龍原不解迴船。

【注釋】

〔一〕迴龍：即迴龍山。在今韶關市東南湞江區樂園鎮長樂村附近的北江東岸。

又

東家兒女不知愁，西家兒女不解羞。誰人坐鎮通天塔〔一〕，清濁東西一任流。通天塔在湞、武二水之中。

【注釋】

〔一〕通天塔：位於今廣東省韶關市湞江和武江匯合處的江心小島上。二〇一一年七月，通天塔動工重建，二〇一二年九月完工。《曲江縣志》卷十六：『通天塔在城南洲中湞武二水合流處。明嘉靖間知府陳大綸建。萬曆間攝知府司理吳三畏重修。國朝咸豐四年賊燬。』

又

河西〔一〕萬室遶溪斜，男得閒遊女作家〔二〕。汲水溪邊都跣足〔三〕，樵歸插得滿頭花。

【注釋】

〔一〕河西：今廣東省韶關市武江區鄰近武江的部分區域，因地處韶州府城（今韶關市中心城區）武江之西而俗稱河西。

〔二〕作家：治家，理家。《晉書·食貨志》：『桓帝不能作家，曾無私蓄。』

〔三〕跣足：赤腳，光著腳。唐谷神子《博異志·陰隱客》：『首冠金冠而跣足。』

又

妾住武溪〔一〕溪水傍，萬竿煙雨覆村莊。郎來取竹休傷笋，留待他時宿鳳凰。

【注釋】

〔一〕武溪：即武江。北江支流。

又

幾日簷前鵲噪聲，黄昏心急計歸程。願郎莫使馬停脚〔一〕，若再加鞭便到城。馬停脚，村名。

【注釋】

〔一〕馬停脚：位於今韶關市武江區工業西路與芙蓉北路之間。

羊城竹枝詞六首

茘枝沁肺終成疴，蒲節長生〔一〕恐是訛。自愛和灰連葉嚼，爲榔長是醉心多。

【注釋】

〔一〕蒲節長生：指端午節，在農曆五月五日。因舊時風俗端午節在門上掛菖蒲葉，故稱。俗稱此日可得延年長生。唐無名氏《赤松子章曆·五臘日》：『五月五日地臘，五帝校定生人官爵，血肉衰盛，外滋萬類，内延年壽，記録長生名字。此日可謝罪，求請移易官爵，祭祀玄祖。』

又

江樹青青江草齊，留人洞〔一〕裏使郎迷。憑誰學得移山術，截斷江流不到西。相傳粵西有留人洞，亦齊東野人之語〔二〕也。然入《竹枝詞》却合。

【注釋】

〔一〕留人洞：清屈大均《廣東新語》卷二十四：『西粤土州，其婦人寡者曰鬼妻，土人弗娶也。粤東之估客，多往贅焉。欲歸則必與要約，三年返，則其婦下三年之蠱；五年則下五年之蠱，謂之定年藥。愆期則蠱發，膨脹而死。如期返，其婦以藥解之，輒得無恙。土州之婦，蓋以得粤東夫婿爲榮。故其諺曰：「廣西有一留人洞，廣東有一望夫山。」以蠱留人，人亦以蠱而留。』

〔二〕齊東野人之語：《孟子·萬章上》載孟子弟子咸丘蒙（齊人）問及舜爲天子，堯率諸侯北面稱臣之説是否屬實，孟子答道：『此非君子之言，齊東野人之語也。』後以比喻道聽塗説、不足爲憑之言。

又

小舟重載力難任，海水誰能測淺深？學得神仙猶化石，阿郎寧不變初心。相傳五仙騎羊來此，忽化爲石，今名羊城以此。

又

粗紗爲幞〔一〕竹編籬，内裏行藏〔二〕外裏知。椰子剖來難覓核，那能容得一仁兒？人、仁同音。

【注釋】

〔一〕幙：古同『幕』。

〔二〕行藏：行跡，底細。金董解元《西廂記諸宮調》卷五：『那紅娘對生一一話行藏。』

又

採青時近甚繁華，幾處弓鞋〔一〕趁月斜。同伴不知心底事，怪奴衹採合懽花〔二〕。土俗元夜〔三〕女爭竊蔬菜之類，名曰採青，言得彩之意。

【注釋】

〔一〕弓鞋：舊時纏腳婦女所穿的鞋子。宋黄庭堅《滿庭芳·妓女》詞：『直待朱幡去後，從伊便窄襪弓鞋。』宋張世南《游宦紀聞》卷四：『又有富室擕少女求頌。僧曰：「好弓鞋，敢求一隻。」語再四，不得已遺之。即裂其底得襯紙，乃佛經也。』

〔二〕合懽花：植物名。一名馬纓花。落葉喬木，羽狀複葉，小葉對生，夜間成對相合，故俗稱『夜合花』。夏季開花，頭狀花序，合瓣花冠，雄蕊多條，淡紅色。古人以之贈人，謂能去嫌合好。晉崔豹《古今注·草木》：『合歡，樹似梧桐，枝葉繁互相交結，每風來，輒身相解，了不相牽綴，樹之階庭，使人不忿。嵇康種之舍前。』同書《問答釋義》：『欲蠲人之忿，則贈之青堂，青堂一名合懽，合懽則忘忿。』

〔三〕元夜：即元宵。宋歐陽脩《生查子·元夕》詞：『去年元夜時，花市燈如晝。』

又

元夜燈光賽月光，同人爭竊帶條藏。奴家〔一〕不信宜男喜，留伴燈中雙鳳凰。土俗元夜女郎踏歌〔二〕，爭竊燈帶爲喜，取宜男添丁之義。

【注釋】

〔一〕奴家：舊時女子自稱。《敦煌變文集·破魔變文》：『奴家愛著綺羅裳，不勳沉麝自然香。』

〔二〕踏歌：拉手而歌，以腳踏地爲節拍。唐儲光羲《薔薇篇》：『連袂蹋歌從此去，風吹香去逐人歸。』

羊城歌

潮翻屋溜〔一〕似傾盆，眼見鯉魚飛入門。鯉兒南人相共語，北人今盡長兒孫。

【注釋】

〔一〕屋溜：屋簷滴下的水。宋張世南《游宦紀聞》卷三：『丞相勢位，豈不能築河沙而障屋溜？』

珠江雜詩三首

盈盈粤女弄潮〔一〕歸，手挽船牽繫廟磯。行人廟中朝上拜，暗將心事祝天妃〔二〕。

【注釋】

〔一〕弄潮：在潮水裏游水作戲。宋王讜《唐語林·夙慧》：『杭州端午競渡，於錢塘弄潮。』

〔二〕天妃：海神名，亦稱天后。《元史·祭祀志五》：『惟南海女神靈惠夫人，至元中，以護海運有奇應，加封天妃神號……直沽、平江、周涇、泉、福、興化等處皆有廟。』其廟或曰天妃廟、天妃宫，或曰天后宫。

又

荔陰覆屋傍清渠，藤髻新梳十五餘。同坐蓮舟嬌不語，口中紅唾污郎裾。檳榔汁如紅唾。

又

摸魚歌發小嬋娟〔一〕，一韻悠揚徹九天〔二〕。歌到關情〔三〕聲咽處，低頭尖指亂調絃。

【注釋】

〔一〕摸魚歌：又稱木魚歌，是自明末清初起流行於廣東珠江三角洲一帶的，用廣州方言演唱的一種民間說唱形式。清屈大均《廣東新語》卷十二：『粵俗好歌，凡有吉慶，必唱歌以爲歡樂……其歌之長調者，如唐人《連昌宮詞》、《琵琶行》等，至數百言千言，以三弦合之，每空中弦以起止，蓋太族調也，名曰《摸魚歌》。或婦女歲時聚會，則使瞽師唱之，如元人彈詞曰某記某記者，皆小說也，其事或有或無，大抵孝義貞烈之事爲多，竟日始畢一記，可勸可戒，令人感泣沾襟。其短調蹋歌者不用弦索，往往引物連類，委曲譬喻，多如《子夜》、《竹枝》。』嬋娟：指美人。唐方干《贈趙崇侍御》詩：『卻教鸚鵡呼桃葉，便遣嬋娟唱《竹枝》。』

〔二〕九天：謂天空最高處。《孫子·形篇》：『善攻者，動於九天之上。』梅堯臣注：『九天，言高不可測。』

〔三〕關情：動心，牽動情懷。唐陸龜蒙《又酬襲美次韻》：『酒香偏入夢，花落又關情。』

漁家曲

漁家小婦誇郎美，大婦孤眠嬌不起。昨夜江邊風浪生，鷓鴣愁殺鴛鴦喜〔一〕。

【注釋】

〔一〕鷓鴣：鳥名。爲南方留鳥。古人諧其鳴聲爲『行不得也哥哥』，詩文中常用以表示旅途之苦。鴛鴦：鳥名。似野鴨，體形較小。嘴扁，頸長，趾間有蹼，善游泳，翼長，能飛。雄的羽色絢麗，頭後有銅赤、紫、綠等色羽冠；嘴紅色，腳黄色。雌的體形稍小，羽毛蒼褐色，嘴灰黑色。棲息於内陸湖泊和溪流邊。在我國内蒙古和東北北部繁殖，越冬時在長江以南直到華南一帶。爲我國珍禽之一。舊傳雌雄偶居不離，古稱『匹鳥』。

漁家竹枝詞三首

春漲初生試網罟，小兒輕浪繫腰蘆。得魚不向城中賣，直入鄰村問酒沽〔一〕。

【注釋】

〔一〕酒沽：酒的買賣。《漢書·武帝紀》：『初榷酒酤。』顔師古注引韋昭曰：『以木渡水爲榷，謂禁民酤釀，獨官開置，如道路設木爲榷，獨取利也。』

又

亂沙如雪擁溪斜，星散漁村三四家。水裏開門坭〔一〕作竈，春來遶屋長蘆芽。

【注釋】

〔一〕坭：同『泥』。《敦煌變文集·燕子賦》：『居在堂梁上，銜坭來作窠。』

又

深入蘆花第幾灣？扁舟垂釣往來閒。山煙溪色濃如許，染得漁蓑點點斑。

附錄

附錄一　年譜

廖燕年譜新編

廖燕，初名燕生，字人也，初號夢醒，晚號柴舟。祖籍江西樟樹，明洪武元年始祖宣義公自江西樟樹移居廣東曲江，遂爲曲江籍。《家譜自序》：『吾始祖宣義公於洪武元年自江西樟樹移居曲江，家焉。』王源《廖柴舟墓志銘》：『處士諱燕，韶之曲江人。』曾璟《廖燕傳》：『廖燕，字人也，號柴舟，曲江人。』《記學醫緣起因遺家弟佛民》：『佛民原名如彭，字彭壽，予爲改今字，單名如……記之云者，以如予改燕生，單名燕，棄舉業不事，以從事於醫者也。』《與樂說和尚》之二：『《偏行堂集》內有與燕札二首，誤刻『廖夢醒』爲『廖夢麟』，『麟』是祖諱，尤不宜也。昨閱續集，又誤刻『夢麒』，豈燕直作此物觀耶？其如出非其時何？且後人竟不知夢麟、夢麒爲何人，幸付剞劂改正。今則並易夢醒爲柴舟矣。』

曾祖大松，祖應麟。父名鵬，字程霄。母鄧氏。弟熊，出贅。元配鄧氏，二子，二女，俱殤。續弦亦鄧氏，生子五，三兒、四兒俱連年遭殤。餘下瀛、湘、清。廖瀛，庠生，能世其學。後廖湘亦殤。廖清在廖燕去世時尚年幼。三女：追、維，科秀殤。《家譜記略》：『天祿生曾祖，諱大松；大松生祖，諱應麟；應麟生考，諱鵬；鵬生男二：次熊，長卽燕也。燕生瀛、生湘；熊生源。』《先府君墓志銘》：『府君諱鵬，字程霄，生明萬曆辛亥八月二日，終國朝康熙甲寅九月十四日。合葬者，爲先妣太孺人。孺人鄧姓，生明萬曆庚戌十月五日，終康熙丙辰十月八日。』《改舊居爲家祠堂記》：『十三世傳至不肖燕，家世中落，復值楚逆之變，廬舍殘破，存者僅剩四壁。時有弟某出贅鄉居，燕亦返城東故里，而舊居遂爲廢墟。』《亡妻鄧孺人墓表》：『孺人鄧姓，同邑翼沖公長女。歸予二十年……歲丁巳，避亂南岸陳某家……是歲十月廿日，以病卒於寓所，藁葬雙下溪側，時年三十有七。』『舉二子俱殤，最後撫二女，食貧自甘。』《丁戊詩自序》：『丁巳五月二日，予避亂南岸土圍內……人畜喧填，穢氣蒸爲癘疫，而予內人與次女相繼死矣，予時亦幾不起。越十月賊退，始得扶疴入城，就醫故人陳某家，而一女復病死。嗚呼痛哉！予既孑然一身，病亦稍痊。』王源《廖柴舟墓志銘》：『處士祖父母某，父母某。元配鄧，無出。繼亦鄧，生子三：瀛、湘、清。長子，庠生，能世其學。湘殤。清幼。二女：追、維。』王源《居業堂文集》作『女子子三』。《有慟（三兒四兒俱連年遭殤）》詩：『百歲今過半，傷心事轉違。兩行兒女淚，偏濕老年衣。』《哭亡兒湘文》：『康熙歲次癸未八月十五夜，吾兒湘竟舍予而歿矣……茲歲三月日，天未曙，汝忽從外來家，叩門急，血流被面，哭訴夜間爲某兇手所毆……而無如適值汝妹科秀之變，汝母悲思方切，固無暇他慮。』

順治元年（明崇禎十七年），甲申（一六四四），一歲。

正月初一，明末農民起義軍領袖李自成稱王於西安，國號大順，改元永昌。

三月十九日，李自成攻陷北京，崇禎帝朱由檢自縊。明亡。

四月，清軍與已降清的吳三桂（一六一二—一六七八）山海關守軍一道擊潰李自成部。

五月初，清軍佔領北京。

五月十五日，福王朱由崧即位於南京，南明建立。改明年爲弘光元年。

九月二十六日，廖燕生於廣東曲江西河大廟坊，即今廣東省韶關市武江南路中和巷一帶，舊居爲中和巷七三—七七號。見姚良宗《廖燕與『二十七松堂』》，清王源《廖柴舟墓志銘》：『生於甲申九月二十六日。』廖燕《五十一初度自序》：『歲甲戌九月二十六日，予五十有一初度。』曾璟《廖燕傳》：『生甲申九月，乃順治元年也。』廖燕《改舊居爲家祠堂記》：『予族祖籍豫章樟樹鎮，洪武元年，始祖宣義公始移居粵地，爲曲江城東武成里。至六世祖仕賢公，復徙西河大廟坊，族衆頗繁。』『舊居西向，議於此地改爲祠堂。東向，背山臨溪，湞水來朝，與武水匯於址。』

十月一日，清世祖福臨遷都北京，改元順治。

順治二年（南明弘光元年），乙酉（一六四五），二歲。

五月，清軍佔領南京。福王朱由崧逃至蕪湖被俘，解至北京處斬。南明福王政權覆滅。

閏六月，張維國、張煌言等擁魯王朱以海以監國名義在浙江紹興建立政權。以明年爲監國元年。

七月，黃道周、鄭芝龍等擁立唐王朱聿鍵在福州稱帝，改元隆武。

順治三年（南明隆武二年），丙戌（一六四六），三歲。

八月，清軍佔領福州，鄭芝龍降，唐王朱聿鍵退至汀州，被俘而死。南明唐王政權覆滅。

十月，明廣西巡撫瞿式耜、兩廣總督丁魁楚、湖廣總督何騰蛟等擁立桂王朱由榔在廣東肇慶即皇帝位，改明年爲永曆元年。

順治四年（南明永曆元年），丁亥（一六四七），四歲。

正月，清軍佔領韶關。王夫之《永曆實錄·大行皇帝紀》卷一：『（永曆元年正月）清李成棟攻肇慶、梧州，皆破之，巡撫僉都御史曹曄降。南雄、韶州、高州、雷州、廉州皆陷。』

二月，韶州陳順、簡信起兵抗清。清戴笠《行在陽秋》：『（永曆元年）二月壬申朔，潮州賴天肖起兵，叛將文貴、陳虎、余成隆來戰，擊敗，斬之。韶州陳順、簡信起兵，惠州蘇來起兵，新會鄉紳黃奇策起兵。』

順治五年（南明永曆二年），戊子（一六四八），五歲。

六月，清李成棟舉廣東反清歸明，韶關重回南明控制。清王夫之《永曆實錄·大行皇帝紀》卷一：『（永曆二年）六月，李成棟舉廣東反正。封成棟惠國公，佟養甲漢城侯。』李成棟，明末清初遼東人，一說陝西人。早年參加農民起義，後降明，累官至總兵，守徐州。順治二年（一六四五），率部降清。從清軍南下，破廣州，任兩廣提督。因與兩廣總督佟養甲有隙，遂擁眾反清歸明，出兵攻贛州，兵敗墜水死。（《清史列傳》卷八十）

順治七年（南明永曆四年），庚寅（一六五〇），七歲。

正月，清軍重新佔領韶關。此後，清朝在韶關的統治基本鞏固。清王夫之《永曆實錄·大行皇帝紀》卷一：『（永曆四年正月）清兵陷南雄、韶州。』

順治十年（南明永曆七年），癸巳（一六五三），十歲。

是年，魯王朱以海去監國名號，南明魯王政權覆滅。

順治十四年（南明永曆十一年），丁酉（一六五七），十四歲。

是年，娶同邑鄧翼沖長女爲妻。鄧氏時年十七歲。《亡妻鄧孺人墓表》：『孺人鄧姓，同邑翼沖公長女。歸予二十年，奩飾釵珥悉出以佐予讀書結客之娛。歲丁巳，避亂南岸陳某家……是歲十月廿日，以病卒於寓所，藁葬雙下溪側，時年三十有七。」《墓表》稱其妻「歸予二十年」，而卒於丁巳，由丁巳上推二十年是丁酉。

順治十五年（南明永曆十二年），戊戌（一六五八），十五歲。

是年，淩作聖任曲江縣令。

淩作聖得故吏部鄧某家端硯，形如爛荷，以遺廖燕，廖燕因作《天然端硯銘》。

順治十七年（南明永曆十四年），庚子（一六六〇），十七歲。

是年，趙霖吉任韶州知府。

是年，趙霖吉得端州府中美石，作大小硯數十枚。以其餘贈遺淩作聖。廖燕視之，告知爲贗石。淩作聖善其言，因囑廖燕作文，廖燕因作《端溪贗石記》。

順治十八年（南明永曆十五年），辛丑（一六六一），十八歲。

十二月，吴三桂擒永曆帝朱由榔於緬甸，南明滅亡。清徐鼒《小腆紀年附考》卷二〇。但鄭成功、鄭經、鄭克塽三代仍奉南明永曆正朔，直到康熙二十二年清軍佔領臺灣爲止。

康熙元年，壬寅（一六六二），十九歲。

正月，平南王尚可喜捐資開鑿湞陽、大廟、清遠三峽路橋，於是年冬完工。士衆欲彰尚可喜之功，囑廖燕爲記，廖燕因作《重開湞陽大廟清遠三峽路橋記》。

三月，曲江縣令淩作聖於芙蓉山玉井泉之右重建新亭，名之曰品泉亭，囑廖燕爲記，因作《品泉亭記》。

四月，吳三桂殺南明永曆帝朱由榔及其太子於雲南府。清徐鼒《小腆紀年附考》卷二〇。

是年，廖燕補邑弟子員。曾璟《廖燕傳》：『迨康熙元年，燕年十九，補邑弟子員。』但王源《廖柴舟墓志銘》稱：『十八歲，補弟子員。』姑取曾璟説。

康熙二年，癸卯（一六六三），二十歲。

三月三日上巳節，廖燕與僧慈雨入山採筍，見一異竹，囑族人以製簫，音絶佳。因作《三曲簫銘》。

三月，於緑斐山房讀書。緑斐山房，又作『緑匪山房』，位於今廣東省韶關市武江區五祖路附近。《緑匪山房記》（卷七）：『蓉之麓，武溪之涯，古仁壽臺之南偏……則彭君彤輔之緑匪山房也。』《芥堂記》（卷七）：『而邑西南三里名緑匪山房者，亭沼竹樹，周遮翁鬱，尤稱勝蹟。』）友人養二鳩，未幾逸其一，其配在籠中立斃。廖燕因作《義鳩行》，且率友人瘞之芙蓉山麓，並作《義鳩塚銘并序》。

康熙二年之前的一段時間，廖燕在龍塘山中讀書。（《三曲簫銘》：『予族某居東坑，善製簫。適予讀書龍塘山中，未暇試也。』）龍塘，今廣東省韶關市曲江區白土鎮烏石洞村、界塘村一帶。（《曲江縣志》卷七：『龍塘都在城南六十里……屬村：龍隍崗，厚民村，東安寨。俱隸白沙墟。」）

康熙五年，丙午（一六六六），二十三歲。

三月，作《綠匪山房記》，回憶數年間在綠匪山房的讀書之樂。

又有詩《綠匪山房卽事》，當作於此前後數年間，姑附於此。

康熙七年，戊申（一六六八），二十五歲。

棄制舉業而專攻詩古文詞。《作詩古文詞說》、《習八股非讀書說》、《明太祖論》等文當作於是年。《魚夢堂集題詞》：「予棄制舉業而專攻詩古文詞，歷三十載於兹，今已五十有五，猶碌碌無所比數。」廖燕五十五歲時爲戊寅年，前推三十年，就是戊申年。

是年，周韓瑞任曲江知縣。

康熙八年，己酉（一六六九），二十六歲。

三月，丹霞山僧遺廖燕萬年松一十七株，廖燕以英石蓄之以供佛。《萬年松供佛讚並序》。

十月，舟過邑治南迴龍山，作《題迴龍山》詩一首。《題迴龍山詩跋》：「去邑治南二十里，有山名迴龍……己酉十月日，舟過，題詩記此，俾後賢知所賞焉。」

康熙九年，庚戌（一六七〇），二十七歲。

是年，龔鵬（字毅庵）入韶州知府馬元幕。康熙二十年，龔鵬以平三藩之亂，功授泗城土府同知。未幾卒於官。見清謝啟昆修、胡虔撰《廣西通志・職官表二十七・國朝四》卷三十九。

是年，原設於南雄的關榷太平關移置湘江門外。《樂韶亭記》：『東關名太平，國朝康熙八年始自雄州移至，與遇仙共二關，遞年俱著戶部二員，兼主其事。』然《曲江縣志・食貨書・關榷》：『太平關原設南雄，康熙九年移置縣治湘江門外。』則太平關移置湘江門外的時間在康熙九年。

康熙十年，辛亥（一六七一），二十八歲。

是年，天然和尚受江西廬山歸宗寺之請赴廬山，廖燕作《送天然和尚還廬山》詩。《送天然和尚還廬山》：『丹霞久住露玄機，又背蒲團下翠微。』《丹霞山志・人物志・天然禪師傳》：『歲辛亥受歸宗請。』清今辯述《本師天然昰和尚行狀》：『戊戌因粵人戀慕，請歸雷峯。歷坐華首、海幢、芥菴、丹霞諸大刹，備極莊嚴，竟不易匡山初願。辛亥受歸宗請，諸刹弟子稔知高遁情深，不敢堅留。未幾移隱紫霄峯之淨成。緣郡守以世法繩諸山，飄焉入嶺，養痾雷峯。』

康熙十二年，癸丑（一六七三），三十歲。

春，至廣州，讀草亭詩集，想見其人。林草亭，福建莆田人。《草亭詩集序》。廖燕至廣州後作《初至羊城》、《登廣州府城樓》二詩。《初至羊城》：『雨積潮尤煖，花繁春未知。』《登廣州府城樓》：『島深晴見樹，春早煖歸鴻。物力東南竭，兵符楚粵通。』

是年，廖燕至廣州後於某故老家讀書，時間長達一年。《上某郡守書》：『燕始學爲文，憧憧耳，而竊有志於古，家貧無書，破産買數十百卷，不足，因挾短蒯緱走羊城，聞某故老家多書，上書請讀。期年，讀其書幾遍。』

三月，友人鮮于友石造訪廖燕。鮮于友石將遊洞庭，廖燕作序送之。《送鮮于友石遊洞庭序》：『鮮于友石別予十有三年。茲歲癸丑三月，忽拏舟訪予。』

三月十二日，平南王尚可喜請歸老遼東。

三月二十一日，尚可喜請以其子尚之信襲王爵，經吏部議復，不準。

三月二十七日，清廷準尚可喜之請復歸遼東，其子尚之信亦需隨同其父遷移。該藩所屬十五佐領全撤，所屬綠旗官兵交廣東提督管轄。

四月，居平南王弁田某家。時平南王尚可喜奉旨諭準備移家回遼東，廖燕預言尚可喜終不必移家。不久吴三桂反訊至，尚可喜果不必移家。《三藩謀逆始末》：『歲甲寅四月，奉旨諭平藩移家回遼東籍，時予適客藩弁田某家。』該文稱『歲甲寅』，誤。應爲癸丑，即康熙十二年。

七月三日，平西王吴三桂請撤藩。

七月九日，靖南王耿精忠請撤藩。

八月六日，清廷商議吴三桂撤藩事，決定撤藩。

九月九日（重陽），登廣州鎮海樓。《九日登鎮海樓》：『穗嶺初登第一樓，蒼茫煙樹寫深秋。』

十一月二十一日，吴三桂反，自稱天下都招討兵馬大元帥，國號周。以明年爲周王昭武元年。蓄髮易衣冠，旗幟皆白。《清聖祖實錄》卷四四。《逆臣傳》卷一、卷二。《庭聞錄》卷五。消息傳到北京。次日，清廷決定停撤平南、靖南二藩。

康熙十三年，甲寅（一六七四），三十一歲。

正月七日（人日），與謝小謝、李湖長讌集於李非庵雲在堂，作《甲寅人日同謝小謝李湖長讌集李非庵雲在堂兼出新詩畫冊評閱有賦》。謝小謝爲廖燕好友，曾向廖燕求教作文之法，廖燕告之以讀無字書。

二月上巳，一曹溪僧遺廖燕雪竹三莖，廖燕種之即活。因作《韻軒種竹記》。

三月十六日，靖南王耿精忠據福州反清。

四月十一日，清廷准尚可喜疏請，以其次子尚之孝襲平南王爵。

七月六日，因平南王次子尚之孝辭襲王爵，命尚可喜仍舊管事。

九月九日，與友人廣州田崑山飲酒，醉後有贈姬碧玉詩，爲好事者綴襲成帖。後又作《田崑山副戎招伎聞奇聞悦飲别墅備諸韻事時予先以事旋里公惜予不在後返述其意因賦以謝》一詩。《九日帖自跋》：『歲甲寅九日，羊城田子崑山飲予酒，予已爲文記之矣。此即予醉後贈姬碧玉詩，書扇巾襟帶中墨蹟也，爲好事者綴襲成帖，未免少年狂態。』

秋，重游廣州，作《重遊羊城留别陳崑圃黄少涯》詩留别陳崑圃、黄少涯。

九月十四日，父卒。葬邑西南八里之芙洲嶺。廖燕父名鵬，字程霄。生於萬曆三十九年（辛亥，一六一一）八月二日。享年六十四歲。《先府君墓志銘》：『府君諱鵬，字程霄，生明萬曆辛亥八月二日，終國朝康熙甲寅九月十四日。

十月二十九日，清廷諭廣東督、撫、提、鎮以下悉聽尚可喜節制；一切兵馬調動及招撫事宜悉聽其酌行。

是年，家藏黄山谷真蹟手卷爲鼠竊去，越數日，忽得之臥榻下。重裝潢之，與友某某同閱於碧桃花下。因作《黄山谷墨蹟跋》。「此予家藏山谷道人真蹟手卷也。一日失藏，爲鼠竊去，惋歎不置。越數日，忽得之臥榻下，聳然異之。惟首與腹殘缺數字，豈神物有所護惜，抑假此以顯其靈耶？甲寅某月日，重裝潢之，忽友某某至，出此同閱碧桃花下。」

康熙十四年，乙卯（一六七五），三十二歲。

浙江紹興吴某，築室於紹興之西山，又於其居之南構亭曰隱樂，因求記於廖燕，廖燕因作《隱樂亭記》。

正月九日，清廷晉陞尚可喜爲平南親王。由其子尚之孝襲封。尚之孝統兵在外，給與大將軍印。

二月二十八日，因吴三桂軍船隻在長江往來，恐有不測，設岳州水師副將，兵一千五百名；荆州水師副將，兵一千名，以資防禦。

五月，與友人約爲野外之飲，共擬題分韻，各賦詩一首。廖燕作《山中集飲記》記之。《山中集飲記》：「歲乙卯端陽之月。予與友人相約爲野外之飲……客曰：此遊不可無詩。因共擬題分韻，各賦詩一首，並爲記此而返。」

是年，榷關劉際亭捐資重修郡城東隅之資福寺，廖燕因代人作《資福寺募修佛殿疏》。資福寺，位於今韶關市區中山路與西堤北路交匯處附近。（《資福寺募修佛殿疏（代）》：「資福古刹……康熙丙辰歲，爲榷部劉公捐資鼎新，歷今已二十餘年於兹矣。」《曲江縣志·外教録·寺觀》：「資福寺在九成坊，宋嘉泰間創。國朝康熙乙卯（康熙十四年），榷關劉際亭，住持僧義廣重修，有碑記。」廖燕文稱重修的時間爲「康熙丙辰歲」，然縣志稱爲「康熙乙卯」，當以縣志爲准。）

康熙十五年，丙辰（一六七六），三十三歲。

正月，尚可喜老病不能主事，將兵馬軍務交安達公尚之信處理。

二月一日，平南王尚可喜因『病日劇，寇在門庭』，其子尚之孝又統兵征潮州，恐身有不測，則廣東可危，疏請派人來粵鎮守。本日，康熙帝以平南王官兵駐鎮已久，派人不便，命大將軍尚之孝即回廣州，由尚可喜從其諸子中擇人赴潮州代替之。

二月二十一日，尚之信降吴三桂，發兵圍尚可喜住處，易服改幟。尚可喜臥病不能制，於本年十月二十九日病逝。

三月某日，位於韶關蓮花峯下的六景橋忽然倒塌，數月後新橋建成。應南郊亭僧之請，康熙十八年六月廖燕作《重修六景橋碑記》。『六景橋者，曲邑之景一十有二，自皇岡至蓮花峯而六，而橋適居峯下，因以得名……歲丙辰三月某日，無風雨，雷震，橋忽圮，似有物爲雷攫去者。適南郊亭僧欲新其橋……越數月而其功告竣，又屬予爲記，予感焉……己未六月既望，邑人廖燕記。』

三月五日，廣東右翼鎮總兵（駐韶州）張星耀降吴三桂，大掠韶州城中三日。清張希京修、歐樾華等纂《曲江縣志·武備書·兵事》：『國朝康熙十五年三月初五夜，總兵叛降滇逆吴三桂。率僞千總王得功、馬尚仁等大掠城中三日，復括富民助餉數千金，仍沿門派餉二、三兩及棉被鐵器等項，民不聊生。四月，僞將薛某等率賊黨自乳源抵西河大掠，屯越月始去。五月，鎮南將軍蟒吉圖率師北旋，僞將軍張星耀遣僞守備王得功率賊衆拒戰里田村，大敗，得功陷澤中爲亂箭射死。人心大快，以爲報應之速云。』

五月，清將蟒吉圖率軍向北退入江西。

是年，參加反清軍隊。見蔡升奕《廖燕從軍性質考》，《韶關學院學報》二〇一一年第三期。

七月十三日，乘舟過仁化縣江口掛榜山，作《掛榜山銘》。『山在仁化江口，形如張榜，故名。丙辰七月十三日，舟行過此，題詩一首，醉後復將炭蘸酒爲銘其上。』

八月十五日中秋，宿南雄海會庵，作《丙辰中秋舟次雄州集海會庵有作》詩，詩中有『一片征帆掛逆流，他鄉聚晤正逢秋』句，清楚表明當時廖燕已經從軍。

九月九日重陽，隨軍從廣東度梅關入江西，作《九日度梅關（時在某軍中）》詩。《九日度梅關（時在某軍中）》：『相隨萬騎度關長，一路征塵帶菊黃。想絕故山曾載酒，太平煙雨話重陽。』

九月，隨軍寓江西大餘縣寶界寺，無事學書，直至這一年年底。期間作《福田荒院題壁》詩。《從軍帖自跋》：『歲丙辰九月，予從軍寓横浦寶界寺，數月間無事學書，几壁皆黑，板爲之穿。』《上某郡守書》：『時西南方戰爭，文字無所用。意亦不欲以文字見，因裂冠慷慨，投策從戎。隨軍寓一古刹，雖在戎馬中，然身閒如掛搭僧，坐蒲團上觀階前蟻鬬，便復一日。無書可讀，因就板作書，數月，板爲之穿。』

九月十九日，耿精忠降清。

十月八日，母鄧氏卒。鄧氏生明萬曆三十八年（庚戌，一六一〇）十月五日，終年六十七歲。《先府君墓志銘》：『合葬者，爲先妣太孺人。孺人鄧姓，生明萬曆庚戌十月五日，終康熙丙辰十月八日。』

自康熙十三年（一六七四）九月十四日廖燕父去世，至康熙十五年（一六七六）十月八日廖燕母去世的兩年間，廖燕常年在外，無暇顧及妻兒。《寄內》及廖燕妻鄧氏的回信《內次韻答詩》即作於這段時間。《內次韻答詩（附）》：『孀姑缺旨愁添淚，破雨侵牕冷到鞋。』從『孀姑』一詞可知，這兩首詩寫於廖燕父去世至廖燕母相繼去世的兩年間。

十二月九日，尚之信請求降清。

除夕，廖燕從軍歸家，作《丙辰除夕》二首，表達了對未能在反清軍隊中建功立業的失望。

是年，廣東順德陳村李氏六女，遇亂爲豪横乘機所逼而赴水死，廖燕因作《弔六烈女》詩以贊其烈，並有《自書弔六烈女詩後》、《烈女不當獨稱貞辯》二文。《弔六烈女（俗名六貞女，今改正。有序）》：『烈女六，俱屬吾粤順德陳村李姓。丙辰遇亂，爲豪横乘機所逼。一夕相約以紅羅結臂，俱赴水死。家人合葬之龜山之陽。』

康熙十六年，丁巳（一六七七），三十四歲。

是年，在水竹軒任塾師，與好友黄少涯隔鄰賦詩以解嘲。《丁巳就塾水竹軒喜與黄少涯絳帳隔鄰賦詩相慰兼以解嘲寄陳崑圃》：『生平自笑竟何爲，此日相憐作塾師。地接池荷香度處，光連燈火夜分時。』

立春，作《丁巳立春有感》，表達了對前途命運的擔憂。

春，與友人集陳崑圃别業，棋酒之暇，友人因製秧針麥浪等一十六題，屬廖燕與王西涯作七言律詩。《寄懷酹陳崑圃制題作詩課兼柬王西涯（有序）》：『丁巳春，集陳崑圃别業。』

二月十四日，清廷設岳州水師總兵官，以參將萬正色任之，轄兵二千。

四月二十九日，清將莽依圖率部抵江西南安（今大餘），嚴自明以城降。清軍乘勝南下廣東南雄，傅宏烈迎清軍於始興，引兵直抵韶州（今韶關）。

五月二日，一家避亂南岸土圍内。『南岸』爲廣東韶州府曲江縣鳳沖都屬村，即今韶關市武江區龍歸鎮鳳田村委會南岸村。由於居住環境惡劣，其妻與次女相繼死亡，廖燕本人亦幾不起。十月吴三桂叛軍從韶關敗退，廖燕入城就醫於陳滄洲家，另一女又病死。避亂南岸期間，寫下了著名的五古《横溪行》，對反清軍隊目光短淺、唯利是圖、貪圖財貨的失望，對叛軍和清軍都進行了入木三分的鞭撻。見《丁戊詩自序》、《丁巳臘月病起寄謝陳滄洲》、《横溪行》。

五月四日，聞莽依圖兵抵韶州，尚之信率廣東省城文武官兵民等剃髮歸順。並先遣其弟都統尚之瑛赴韶迎接清軍。李復修被任命爲韶州知府。李復修，號謙菴，直隸蠡縣（今河北蠡縣）人。貢生。康熙三年任雲南新平縣知縣，立官學，招墾種。會土司變起，李復修嚴守禦，城獲全。康熙十年補廣東四會縣知縣，任上主修《四會縣志》。康熙十四年陞廣州府同知，時當三藩之亂。康熙十五年二月，尚之信降吴三桂，發兵圍其父尚可喜住處，易服改幟。李復修時任廣州府同知，亦隨同反清。徐世昌撰《大清畿輔先賢傳・賢能傳一》卷二十八，清鄂爾泰等監修《雲南通志・分部・本朝・元江府知府・新平縣知縣》卷十八，清韓志超等修、張璯纂《蠡縣志・人物志・仕蹟》卷六，清陳志喆等修、吴大猷纂《四會縣志・職官志・宦蹟》編五，清屠英等修、胡森等纂《肇慶府志・職官・國朝・四會縣》卷十三，清瑞麟等修、史澄等纂《廣州府志・職官表七》卷二十三，李復修爲澹歸和尚《徧行堂集》、《徧行堂續集》所作的序。

六月二十八日，清廷命莽依圖所部速回韶州，准備進剿湖南。

七月十四日，清軍莽依圖部抵達韶州，時吴三桂叛軍已進抵城北，兩軍對壘，形勢危急。李復修亦隨莽依圖部抵達韶州。李復修會同莽依圖共同抵禦吴三桂叛軍。尚之信藉口粵地土寇尚多，駐兵不離省城。

九月二十四日，吴三桂叛軍胡國柱、馬寶等率兵萬餘進攻韶州，與清軍激戰後敗走。

十月二十日，元配鄧氏卒，年三十七。葬雙下溪側。一家避難的南岸村即位於雙下溪側。《亡妻鄧孺人墓表》：『孺人鄧姓，同邑翼沖公長女。歸予二十年……歲丁巳，避亂南岸陳某家……是歲十月廿日，以病卒於寓所，稾葬雙下溪側，時年三十有七。』

十月某日，入城就醫於陳滄洲家。另一女又病死。廖燕歸來後，發現茅屋數椽，悉爲兵燹所壞。因牽蘿作瓦，疊甓爲垣，補葺碎裂，名之曰衲堂。作《衲堂銘並序》及《故園》詩。

十一月，澹歸和尚出丹霞山，不久因病靜養於南雄龍護園。廖燕作《與澹歸和尚書》慰問，並祈澹歸賜言以弁其文稿。廖燕與澹歸的初次見面，當在此次澹歸和尚出山時。澹歸此次出丹霞山，先後到了韶州和南雄。《過訪劉漢臣兼喜晤澹歸和尚》卽作於此時。澹歸對廖燕的才華非常欣賞，其《答贈廖夢麒文學》稱『廖生手筆嶺表雄，摩青欲峙雙芙蓉』，其《廖夢麒詩序》稱『廖子夢麒，傑出韶陽之士。其詩蒼秀骨重而神不寒，復登作者之堂』。夢麒爲夢醒之誤。《與樂說和尚》之二：『《徧行堂集》內有與燕札二首，誤刻『廖夢醒』爲『廖夢麟』，『麟』是祖諱，尤不宜也。昨閱續集，又誤刻『夢麒』，豈燕直作此物觀耶？其如出非其時何？且後人竟不知夢麟、夢麒爲何人，幸付剞劂改正。今則並易夢醒爲柴舟矣。』

十二月，由於戰亂，韶州近郭，廬舍林木，毀伐殆盡，而以芙蓉山爲甚，山僧幾無歸處，議暫結一茅舍於芙蓉山之麓。因作《募建蓉麓庵疏》，又有《募建芙蓉下院疏》。

十二月，病起作書謝陳滄洲。《丁巳臘月病起寄謝陳滄洲》：『妻孥鬼錄哭聲吞，一病惟餘半死身……君聞慷慨載同歸，藥療多時猶骨立。驚魂今始得生還，回憶從前喜懼集。』

是年，友人嚴某有一荔根生成之盂，款制奇古。丁巳之變，失而復得。乞銘於廖燕，因作《荔根盂銘》。

廖燕《上某郡守書》中『某郡守』指李復修此詩當寫於李復修初任韶州知府時，卽吳三桂叛軍從韶州敗走至第二年的某個時間。蔡升奕《廖燕與李復修交往考》，《韶關學院學報》二〇一〇年第四期。另《李公謙庵燕居圖讚》也當作於此時。

是年，李長祥寄居廣東仁化之河頭砦，不久病死於此。澹歸和尚《徧行堂集·答李研齋內翰》：『臥病嶺頭，日與寒熱爲伴侶，出關請藏不覺濡滯。得山中信，知台駕暫駐河頭砦，未能趨候，徒有悵仰。』廖燕《上吳制府乞移李研齋柩歸金陵書》：『後復罹亂，流離嶺表，寄居韶陽仁化邑河頭寨萬山之中，遂病死於此。』李長祥死後，其妻姚仲淑及其二子寄寓廣州，托廖燕對陳恭尹表達感激之意。（《與陳元孝》：『李研齋太史客死吾韶，眷屬寄寓貴郡，其夫人並其公郎俱感激義俠，託燕致謝，尚祈終始也。』）李長祥之子李鬲公打算將李長祥的靈柩移至廣州，廖燕以爲不必，寫信勸阻。《與李鬲公》：『聞欲移令先君柩於羊城，似不然……再商之，何如？』廖燕讀李鬲公之母姚仲淑《海棠居詩集》，以爲其詩『奇秀超悟，今罕其比』，主動爲《海棠居詩集》作序，即《海棠居詩集序》。《與李鬲公》：『途中讀令慈太夫人佳刻，奇秀超悟，今罕其比……令先君太史目之以清，亦伉儷間謙詞耳，其詩豈「清」之一字所能盡者哉！弟生平不輕以詩文許人，知此當非套語耳，容擬一序呈教。』又代其妻作一詩贈姚仲淑，即《秋海棠代內贈李夫人》。

是年，廖燕有感於三藩之亂的危害，作《丁巳感事》詩。

康熙十七年，戊午（一六七八），三十五歲。

三月一日，吳三桂於衡州（今湖南衡陽）稱帝，國號周，建元昭武，改衡州爲定天府。時吳三桂年屆六十七，已有病在身。

六月二十五日，澹歸和尚出梅嶺前往嘉興求藏，行前遺書廖燕，欲同出嶺表。廖燕亦欲籍此一覽中原山川，會以事，不果行。《哭澹歸和尚文》：『迨後師以戊午出嶺……師臨別遺燕以書，欲同出嶺表，別有所圖。燕亦欲一覽中原山川，與異聞壯觀、天下幽眇玄幻可感可悟之事，以敵胸中奇偉，因大肆其筆墨，以成一代之文。會以事，不果行。』

八月十七日，吳三桂病死於衡州，終年六十七歲。夏國相、馬寶等擁立吳三桂孫吳世璠繼帝位，改元洪化。

是年，廖燕致書友人屈半農，言及『今剩一身』，淒苦無助。《與屈半農》：『數載烽火匆忙……今剩一身耳。』而在《灌園帖自跋》中，廖燕言及：『歲己未春，予僦居城東隅……時秋初……書此帖付小奚奴，俟時兒長學之。』也就是説，康熙十八年（己未）秋初，廖燕已再婚。因此可以斷定，《與屈半農》一文當作於康熙十七年。

是年，李煦任韶州知府。至康熙二十一年，李煦以迴避其父廣東巡撫李士禎，調浙江寧波知府。

是年，作《丁戊詩自序》。自康熙十六年（丁巳）罹亂以來，愁悶無聊，時吟詩以自遣。康熙十七年（戊午）爲人授館作塾師，閑暇輒以詩爲工課，久之，積爲成帙，題曰《丁戊詩》，並作《丁戊詩自序》以記之。《丁戊詩自序》：『予既孑然一身……或愁悶無聊，時吟數句以自遣，而詩遂與淚爭多矣。又越歲戊午，爲人授館作塾師，訓二三童子外，兀然無一事可作，輒以詩爲工課，塗乙縱横，几壁爲黑。久之，積爲成帙，題曰《丁戊詩》，記實也。』

康熙十八年，己未（一六七九），三十六歲。

一月七日（人日），與黃遙等六人至紫微巖韻遊，作《人日遊紫微巖聽彈琴詩序》。《人日遊紫微巖聽彈琴詩序》：『己未春正月元日雨……至七日屬人，俗傳爲人日。是日忽霽，樂甚，相約爲韻遊……同遊六人，黃子少涯，陳子牧霞，劉子心竹，□子□□，家弟佛民，操弦者爲武夷道士古心。』

春，廖燕僦居韶州城東隅，茅屋數椽，一巷深入，兩牆夾身。中多菜圃，澆灌之暇，則以書爲課。《小品自序》：「己未春，予僦居城東隅。」《灌園帖自跋》：「歲己未春，予僦居城東隅，中多菜圃，予嘗觀其役，澆灌之暇，則以書爲課。遇樹根菜葉，苔階竹墅，即書之，不獨紙也。」廖燕《種菜八首》，亦當作於是年。

四月二十三日，吴三桂叛軍將領郭義以廣西靈山縣降。《逆臣傳》卷三。

六月既望，廖燕作《重修六景橋碑記》。《重修六景橋碑記》：「六景橋者，曲邑之景一十有二，自皇岡至蓮花峯而六，而橋適居峯下，因以得名……歲丙辰三月某日，無風雨雷震，橋忽圮，似有物爲雷攫去者。適南郊亭僧欲新其橋，而屬疏於予，時以多故辭。越數月而其功告竣，又屬予爲記，予感焉……己未六月既望，邑人廖燕記。」

是年或稍早，廖燕作書與龔蓉石，談及其子時兒出生。《與龔蓉石》：「昨過盛圃，偶小飲耳。景與興會，不覺遂醉……昨舉一子，命名時兒，他日仍即「時」字名之，深欲其以父子不合爲鑒耳。」

秋初，廖燕作《灌園帖自跋》。《灌園帖自跋》：「歲己未春，予僦居城東隅……時秋初，暑正盛，息鋤豆瓜棚蔭，取酒就石砰上飲，微醺，意頗佳，書此帖付小奚奴，俟時兒長學之。」《與龔蓉石》、《灌園帖自跋》都提及時兒，可證廖燕當於上一年（康熙十七年，戊午）再婚。

康熙十九年，庚申（一六八〇），三十七歲。

二月，讀《韶州府名勝志》，對澹歸和尚「韶有山水而無人」之説，頗不以爲然，因作《書〈韶州府名勝志〉後》，抒寫了自己的不平。

四月，過友人某宅後之圃，恍然有今昔之感，因作《題壁記》。「予友某宅後有圃數畝，在予西河舊里之西，相去數十武……丁巳之變，則僅餘敗屋數椽……兹歲庚申，始稍葺之。予復過其處，恍然有今昔之感……庚申四月日。」

七月，制退筆藏成。退筆藏如斗大小，筆一敗，則投其中，滿則易之，凡得若干斗。因作《退筆藏銘》。

八月九日，澹歸和尚卒，世壽六十九，僧臘二十九。臨終留下遺囑：『收遺骨投於江流。』門人不忍投棄，奉骨灰葬於仁化縣丹霞山海螺巖。《丹霞山志·澹歸禪師傳》：『（澹歸）投筆而逝，時庚申八月九日也。』

八月二十八日，尚之信因復歸清廷後，仍懷兩端，被賜死。株連甚廣。

是月，康熙帝以耿精忠背恩爲亂，諭『拘囚之』。

閏八月十七日，諭至廣東，尚之信等被處死。

十一月二十八日，廖燕得知澹歸和尚死訊，悲痛欲絶，因作《哭澹歸和尚文》。《哭澹歸和尚文》：『庚申十一月二十八日，友某持師絶筆示燕，不禁淚涕交横，仰天大哭。』

十二月，遊廣州，困而歸。因思學醫事，謂學醫不惟自濟，兼能濟人。《記學醫緣起因遺家弟佛民》：『予既棄舉業不事，起居進退，頗覺適然。然貧日甚，苦無資生策，南海鄭子同虎勸予學醫，未善也。迨庚申臘月遊羊城，困而歸，始思同虎言，不惟自濟，兼能濟人。』

是年，范承澤任韶州榷關部司，釐榷吏之積弊，政清無事，於署西隙地構樂韶亭，屬廖燕爲記，因作《樂韶亭記》。《樂韶亭記》：『東關名太平，國朝康熙八年始自雄州移至，與遇仙共二關，遞年俱著戶部二員，兼主其事。歲滿報命，永爲榷關定例。越十有一年，廣陵某公，始由戶部員外榷關於此。至之日，釐榷吏之積弊，來遠人之謳思。政清無事，乃於署西得隙地構亭以爲休息之所，顔曰樂韶亭，屬燕爲記。』文中『廣陵某公』指范承澤。康熙八年東關自雄州移至太平橋，又過了十一年，廣陵某公始來韶上任，可知廣陵某公上任的時間爲康熙十九年。考清林述訓等修《韶州府志·職官表·文官》，康熙十九年任榷關部司的爲范承澤，但其官職不是廖燕所稱的『戶部員外』，而是『禮部員外郎加二級』。

是年，《二十七松堂文初集》刻成，黄遙爲之作序。此次所刻文集二卷。《哭澹歸和尚文》：『迨後師以戊午出嶺，越二年而燕《二十七松堂文初集》刻成。』《復鄒翔伯書》：『拙著頗多，初集已刻成。』《與樂説和尚》：『拙著初集已刻成，齎呈削正，獨恨其中尚缺遊丹霞山一記。』《與黄少涯書二》：『承序拙稿，遂使蒭言忽班古人之作，誠荷誠愧。』《横溪詩集序》：『少涯精制義，尤通古學……與予交數十年如一日，尤愛予所爲古文詞，曾爲予序而傳之。』《上吳制府書》：『謹將所刻文集二卷，因閽人以獻。其未刻者，不敢瀆陳。』

是年，廖燕同里門生胡海（字葉舟）出遊，不得志，遂薙髮爲僧。得咯血癥卒，時年四十有二。廖燕因作《胡葉舟傳》。《胡葉舟傳》：『葉舟胡姓，海名，曲江人。歲庚申出遊，不得志，遂薙髮爲僧……未幾得咯血症，卒於羅浮精舍，時年四十有二……予先家郡之西河，與葉舟同里，曾從予學舉子業。』

是年，談志由邳州學政遷曲江知縣。莅任數月，即拂衣歸。談志，字定齋，江南武進人。愛民好士，工書法，尤精詩賦古文詞。著有《令粤詩集》。見清張希京修、歐樾華等纂《曲江縣志·官政書·國朝》卷十三。

康熙二十年，辛酉（一六八一），三十八歲。

正月某日，廖燕遊英德城南南山，作《遊英州南山》詩及《南山石壁詩跋》。《南山石壁詩跋》：『英州南山，離城咫尺許。溪巖佳絶，題詠甚多……辛酉正月日，曲江廖燕書。』《遊英州南山》：『信步來何處？南山冒險登……留題期再到，應上最高層。』

正月二十八日，鄭經病逝於臺灣，終年三十九歲。鄭經生前繼明延平王位，奉南明永曆正朔。

二月一日，鄭克塽繼明延平王位於臺灣，時年甫十二歲。仍奉南明永曆正朔。

二月二十六日，夜夢至一處，見一巨碑，題曰『靈瀧寺石樞』，醒後夢境悉可記憶，作《靈瀧寺石樞銘》以記之。《靈瀧寺石樞銘》：『辛酉二月二十六夜，予夢至一處，見一碑甚巨，題曰：「靈瀧寺石樞」……爲銘曰：天地缺陷，水嚼寺隅。取彼媧石，以補地樞。』

七月，廖燕偶搜破簏中舊稿，得文九十三篇，付奚錄過，目爲小品，附《二十七松堂集》刻之。《小品自序》：『辛酉七月日，偶搜破簏中舊稿，得文九十三首。類多短幅雜著，零星散亂。因稍爲校次，付奚錄過，目爲小品，附《二十七松堂集》刻之。』

七月五日，吳軍大將馬寶投降清廷。

九月二十二日，阿字和尚卒。廖燕曾拜訪阿字和尚，但阿字待廖燕如常人，廖燕因作《與阿字和尚書》表達不滿。《與阿字和尚書》：『伏處窮巷者十餘年，無所事事。灌園之暇，聊取殘書數卷，究觀古今成敗得失治亂之數，復悉古人下筆著書之意，與目前俚事妙理，成熟於胸，著爲古文詞數百篇……然燕一見門下，即匆匆別去。情禮有加，雖未見有過常人，亦不可謂無異常人。而燕復以書言者，正不敢以世之齷齪卑鄙者待門下也。』

九月二十五日，馬寶被凌遲處死。

十月二十八日，吳世璠於昆明自殺。三藩之亂結束。

是年，唐如則（字菊村）任廣西西林知縣。見清謝啟昆修、胡虔纂《廣西通志·職官表二十七·國朝四》。唐如則之父唐開先（字君宗）於康熙十年（一六七一）任廣東和平縣知縣，未幾告致，書『今是』二字以明志。其子唐如則乞休後求廖燕爲之跋，因作《今是跋》。清劉湝年修、鄧掄斌等纂《惠州府志·職官表下·和平縣知縣》、《今是跋》：『天長唐君君宗，曾宰吾粵和平，未幾告致。書「今是」二字，所以識也。嗣君菊村實其手澤唯謹。然菊村亦以西林乞休，匪獨急流勇退，可以追蹤古人，而兩世高風，尤稱僅事，爲足述云。』《今是跋》是在唐如則乞休後所作，姑附於此。

是年，曲江知縣談志去任。談志歸前見廖燕詩文，大加賞譽。廖燕作有《今粵詩刻序》、《送邑侯談定齋先生歸毘陵序》、《送邑侯談定齋先生還毗陵二首》及《稱邑侯爲先生說（爲談定齋先生作）》等詩文。《送邑侯談定齋先生歸毘陵序》：『康熙十八年，詔内外臣自三品以上皆得舉薦……越歲，談公定齋來令此地，德及民化，尤以汲引爲己任。未幾以老病告歸，不得盡其職爲恨。』《令粵詩刻序》：『毘陵談公定齋蒞吾曲凡六月，卽告致。又署臥九月，始納屣而歸，計一載有三月。及於其將歸也，燕始見知於公，然燕實未嘗知公之知己也。迨後友某傳公言，始知因見燕所刻文，大加賞譽，以爲有古作者之意，亟稱之，且欲亟見之，見則以理學經濟爲勖。』

是年，廣州知府李復修卸任歸隱。攜家北歸，邀廖燕同行。廖燕也有出遊打算，但最後未能成行。李復修爲澹歸和尚《徧行堂續集》所作序，署的時間是『康熙二十年歲次辛酉菊月』，署名爲『中憲大夫知韶州府廣州府事漁陽李復修』，而據清瑞麟等修、史澄等纂《廣州府志・職官表七》卷二十三，康熙二十年，李甲聲出任廣州知府。可見李復修是在是年卸任歸隱的。《復劉漢臣》：『近且作出嶺想，舊郡侯李漁陽先生攜家北旋，欲燕同行，便可圖晤也。』《李公謙庵燕居圖讚》作于此時。『方乘五馬於天衢，胡爲乎退食而閒居？』

是年，廖燕改燕生，單名燕，以志從事於醫。《記學醫緣起因遺家弟佛民》：『佛民原名如彭，字彭壽，予爲改今字，單名如……記之云者，以如予改燕生，單名燕，棄舉業不事，以從事於醫者也。』《小品自序》：『辛酉七月日，偶搜破簏中舊稿，得文九十三首……時予適改燕生，單名燕。燕者，小鳥也。古燕字從鳥從乙，或曰鳦，蓋得天地巨靈者。』

康熙二十一年，壬戌（一六八二），三十九歲。

正月，附於《二十七松堂集》的小品刻成，因作《小品自序》。《小品自序》：『辛酉七月日，偶搜破簏中舊稿，得文九十三首，類多短幅雜著，零星散亂，因稍爲校次，付奚錄過，目爲小品，附《二十七松堂集》刻之……越一歲，爲壬戌春正月，刻成。』

七月，廖燕族弟廖如（字佛民）築芥堂成，屬廖燕爲記，因作《芥堂記》。《芥堂記》：『康熙二十有一年七月日，家弟佛民於其居之北隅面南築室成，額曰芥堂，屬予記之……堂之西有九成臺。』從『堂之西有九成臺』可知，芥堂位於韶州府城的西北，在今韶關市西堤北路北段的東側。另廖燕作有《寄家弟佛民》書二，具體時間不詳。

是年，兩廣總督吳興祚到任。《清史稿》稱吳興祚『（康熙）二十年擢兩廣總督』。清郝玉麟等修《廣東通志·職官志四》稱吳興祚『（康熙）二十一年以兵部尚書兼都察院右副都御史加正一品任。』可見吳興祚是康熙二十年升兩廣總督，康熙二十一年才到任。吳興祚到任後，廖燕以新刻《二十七松堂集》數卷並《上吳制府書》投贈，未得回復。不久又復上書，請吳興祚資助李長祥靈柩歸金陵。《上吳制府乞移李研齋柩歸金陵書》：『（李長祥）有道德文章足傳，不幸客死，貧復不能歸葬之，可矜如研齋者哉！蜀山萬里，首丘爲難，金陵一水可達。閣下稍爲援手，則移此柩以歸其地，一反掌之間耳。』

是年，澹歸和尚《偏行堂續集》刻成。廖燕《與樂說和尚》之二談及『《偏行堂集》內有與燕札二首，誤刻「廖夢醒」爲「廖夢麟」……昨閱續集，又誤刻「夢麒」……幸付剞劂改正。』《與樂說和尚》之二：『會龍一晤，已兩閱載，音問闊絕，曷勝愧仰！澹和尚已作古人，阿師又復西歸，聞之於邑不已。』澹歸和尚卒於康熙十九年八月，阿字和尚卒於康熙二十年九月。據此，可確定廖燕與樂說和尚會龍庵一晤的時間是在澹歸和尚去世之前的康熙十九年或稍早，因此廖燕《與樂說和尚》之二的寫作時間就不會晚於康熙二十一年。茲定爲康熙二十一年。

康熙二十二年，癸亥（一六八三），四十歲。

七月十五日，鄭克塽請降，施琅納之。臺灣平定。南明政權徹底終結。

是年，廖燕初晤林草亭。十年前，廖燕遊廣州，得讀林草亭詩，甚爲驚異。林草亭多次以新詩見示，廖燕因作《林草亭數以新詩見示未遑和答賦此識謝》詩，並爲其詩集《草亭詩集》作序。《草亭詩集序》：『予十年前遊羊城，寓友某家，檢架上書閱之，得詩一册，讀之驚異，急詢主人，云：「此予鄉林草亭先生所著。」先生時遊荊楚，不得面，惟録其詩歸藏之，而思見其人愈甚。兹歲癸亥始得一晤。』

是年，廖燕遊廣州，訪九曜石，得其處。因作《九曜石記》。《九曜石記》：『予初來穗城，遍覓之不得。兹歲癸亥，復跡之，始得其處，曰流水井，或曰即古藥洲也。』

是年，韓雄岱以工部營繕司主事任韶州榷關部司。韓雄岱至韶後，廖燕以生平所作古文詞數卷進，不得命，因作《與韓主事書》表達不滿。《與韓主事書》：『聞執事由戶部主事榷關於此，其始曾爲翰林某官，因論事切直降今職。天下莫不想慕其風采，則以文章自任者無如執事，以禮自待而即以待天下之士者亦無如執事。燕因得以生平所作古文詞數卷進焉，頗以爲非過舉也。至引領十餘日，不得命，始有疑焉。』

是年，韶州知府唐宗堯重修風度樓。風度樓舊址位於今韶關市風度中路與風采路的交匯處。始建於北宋天禧年間，是爲紀念唐代名相張九齡而建。後多次重建，爲塔樓式建築，今已不存。《曲江縣志·輿地書六·樓》卷八：『風度樓，原在府治南，宋天禧中郡守許申爲張文獻公建……國朝康熙癸亥，郡守唐宗堯重修，於四隅易木爲石，堅固壯麗，爲韶郡冠。』

康熙二十三年，甲子（一六八四），四十一歲。

立春前三日，改舊居爲家祠堂，作《改舊居爲家祠堂記》。『舊居西向，議於此地改爲祠堂……堂成，立始祖宣義公神主，而以高曾祖考妣至祖父考妣，凡若干主配享焉……韶俗有別業而無祠堂，或因此而爲轉移之一法焉，又曷爲不可？記之，時爲甲子立春前三日。』

春，朱庭柏來粵，出其家『青溪別業圖』，索記於廖燕，因作《青溪別業記》。《青溪別業記》：『林修於兹歲甲子春自金陵來粤，袖圖示予曰：「予族始家四明，至予祖雙塘公，值流寇之亂，以越地瀕海不可居，遂徙家金陵。父鶴間公以孝廉歷宦荊楚，雖清白所遺，而堂構恢廓，頗稱名閥。有別業在秦淮名青溪者，爲予祖父及予身三世燈火之地，茲圖是其大略者。君其爲予記之。」』《朱氏二石記》亦當作於是時。杜濬有《題朱林修塵外樓圖》，陳作霖《東城志略》：『運河水又南折至馬家橋，有緣蘋灣，朱處士庭柏寄寓於上（庭柏，字林修，性高潔，康熙時人）。宋山言詩：「便欲從君圖畫裏，杉皮屋子補三間。」』

七月，重修完畢，屬廖燕爲記，因作《重修風度樓記》。『邑人某某謀欲新之，越三月工竣，屬燕爲記……康熙甲子七月日，同邑後學廖燕記。』

七月十九日，廖燕與友呼小艇載酒，遊詩石橋。興酣捉筆，向石壁留題，作《遊詩石橋題名記》《詩石橋三首》即作於此時。《遊詩石橋題名記》：『去邑治西南二十里有澗，莫知其名。……茲歲甲子七月十九日，予偶有事其地，適友某某繼至，雖性樂丘壑，然皆不爲斯遊來者。因話溪山之勝，遂呼小艇載酒，沿流往復，興酣捉筆，向石壁留題。酒墨雜進，觸景成詩，計共得二十一首。』詩石橋位於今廣東省韶關市武江區西聯鎮赤水村附近。廖燕記有曲江二十二名勝詩，《詩石留題》即其一。

是年，魏禮一行來韶拜訪廖燕。廖燕得讀魏禮全文，甚喜，作《魏和公先生同嗣君昭士甥盧孝則過訪兼示佳集賦謝志喜》詩記之。《與魏和公先生書》亦當作於是時。《送杭簡夫遊翠微峯序》：『自魏和公先生與易堂諸君子卜居於此，而後翠微峯之名始聞於天下……甲子歲，先生來韶訪予，始得讀其全文，驚歎久之。』《與魏和公先生書》：『數年前，於友人坐得耳先生名。後於坊刻中，得覩易堂諸尺牘。一家六七賢，文章之盛，古所未有。私心竊向往之，方擬躡蹻擔簦，訪於千里之外，乃反辱枉顧，並賜佳刻，其喜慰曷勝量哉！』《魏和公先生同嗣君昭士甥盧孝則過訪兼示佳集賦謝志喜》：『高流原許布衣群，千里相過日已曛。』

是年，康熙帝詔天下郡縣有司，計量域內山川高低遠近，以及關津、橋梁、古蹟、驛遞，俱欲圖畫詳記成書以聞，將以備考。時廣東督糧道道員蔣伊臨視到韶。歷勘畢，復置酒筆峯山亭。廖燕因作《陪蔣觀察讌筆峯山亭序》以記之。《陪蔣觀察讌筆峯山亭序》：「皇帝二十有三年，上將爲巡狩之舉，詔天下郡縣有司，計量域内名山川高低遠近，以及關津、橋梁、古蹟、驛遞，俱欲圖畫詳記成書以聞，將以備考也。猗歟盛哉！於是嶺南臬司奉命遵行唯謹，儲憲蔣公尤慮承事惰怠失上旨，乘驛臨視到韶。歷勘畢，復置酒筆峯山亭以極目焉。」

是年，廖燕族弟廖如（字佛民）卒，年二十八。《舟次梧州追挽家弟佛民（時佛民客死梧州已八年矣）》：「行近蒼梧淚竹邊，鶺鴒舊夢復潸然。」《辛未臘月粤西舟中逢立春寒甚作》：「殘臘開春日，舟行雪浪中。」康熙三十年（辛未）廖燕在廣西梧州，時廖佛民已客死八年。由此前推八年，即康熙二十三年（甲子）爲廖佛民客死之年。《家佛民傳》：「佛民，予族弟也，名如彭，字彭壽，一字佛民。年十四補邑諸生。工詩畫，尤精楷書。未幾厭諸生，作《辭諸生書》上督學……至是書上辭不允，遂出遊不返。或云已死，或云已僧服，人猶及見之者……予讀佛民《辭諸生書》，高其志。時方發憤出遊。而遽傳其夭歿，然乎否耶？……二詩雖佳，然俱覺有鬼氣，人言佛民未死，則又不足信也已。時年方二十有八，有才無命，悲夫！」

康熙二十四年，乙丑（一六八五），四十二歲。

十月，廖燕攜伴遊九子巖，因作《自跋遊九子巖詩》。《自跋遊九子巖詩》：「九子巖在邑治西南六十餘里，幽深洞敞，可容數百人，然志乘俱不見載……歲乙丑冬十月，攜伴遊此，情與景會，幻出奇觀，不禁歎賞者久之。因劈窩，書「九子巖」三大字，並識一詩，以遺後之攬勝者。」九子巖位於韶關市武江區龍歸鎮方田村委會墩頭村。

是年，韶州府城北一里許皇潭水上的皇岡橋重修，易以石。因作《新建皇岡橋碑記》以記之。「郭北一里許，有澗名皇潭水……顧其先業已成橋，以木爲之，而壞於海若，則水害之也……是橋經始於乙丑某月日，落成於某月日。」皇岡橋位於今韶關市前進路一帶。清張希京修、歐樾華等纂《曲江縣志》卷七：「皇岡橋在城北里許，其水名皇潭。橋以木爲之，康熙二十四年易以石。道光三十年重修。』

是年，廖燕次子廖湘生。《哭亡兒湘文》：『康熙歲次癸未八月十五夜，吾兒湘竟舍予而歿矣。孰謂汝年甫生一十有九，竟舍予而歿耶？』

是年，蕭絅若客居韶州仁化縣，嘗往來湞江蓉驛間，偶於會龍館壁見廖燕詩，因喜定交。《冶山堂文集序》：『古湞蕭子絅若，客韶仁邑幾三載，嘗往來湞江蓉驛間，偶於會龍館壁見予詩，因喜定交……古人晚乃著書，絅若年四十有七，方當壯年強仕之時……今予年亦已四十有五，雖少絅若二甲子，然較之魏武舉義立功之年，均不能無過時之感矣。』《遊通天塔同蕭絅若將小舟逸塔址一迴題詩石上而去》、《酎蕭絅若見贈》及《秋晚自潼口寄宿丹霞禪院有懷蕭絅若》等詩即作於蕭絅若居韶期間。

康熙二十五年，丙寅（一六八六），四十三歲。

是年，客歸，兀坐二十七松堂，借筆墨以宣積鬱。同人效之，遂成常課。後選而刻之。因作《二十七松堂詩課選刻題詞》。《二十七松堂詩課選刻題詞》：『茲歲丙寅客歸，惟兀坐二十七松堂。時或無聊，不得已借筆墨以宣積鬱。』

康熙二十六年，丁卯（一六八七），四十四歲。

十一月二十日，合葬父母於邑西南八里之芙洲嶺。作《先府君墓志銘》。《先府君墓志銘》：『不肖常客外，且數罹變亂，不能祭葬以時，府君終踰十有四年，太孺人終踰十有一年，至茲康熙丁卯十一月二十日，始克襄厥事焉。』

是年，韶州知府唐宗堯重修《韶州府志》，曲江縣令秦熙祚重修《曲江縣志》。廖燕參與重修府志及縣志之事，作《補郡志藝文志》、《韶州府總圖說》、《山川圖說》、《城池圖說》、《關津橋樑圖說》、《驛遞圖說》、《古跡圖說》、《曲江建制沿革總說》。另代人作《重修曲江縣志凡例》、《書邑志學校後》、《書邑志祠廟後》、《書邑志特奏科後》等。清林述訓等修《韶州府志・林述訓序》：『國朝康熙二十六年，郡守唐君踵修刊行，今二百年矣。』清張希京修、歐樾華等纂《曲江縣志・歐樾華序》：『國朝定鼎，淩邑侯作聖，周邑侯韓瑞相繼增輯。康熙丁卯，秦邑侯熙祚重加讐校，其主文者陳崑圃先生也。』

是年，海幢寺藏經閣被傖父創爲堪輿家言毁之。廖燕作《記拆海幢寺藏經閣》一文，直指堪輿之術不足信；並斥官吏貪婪不堪，荼毒百姓。《記拆海幢寺藏經閣》：『海幢藏經閣，壯麗甲東南，爲釋阿字建。歲丁卯，有傖父創爲堪輿家言毁之。』海幢寺位於今廣州市同福中路三三七號。

康熙二十七年，戊辰（一六八八），四十五歲。

是年，爲蕭絅若文集作《冶山堂文集序》，並准備隨同北遊，遍覽山川。因病未能成行。後又有劉念庵拉其北上。方抵江西贛州，劉念庵親戚王藩司去世，東道無主，行程遂取消。《冶山堂文集序》：『絅若年四十有七，方當壯年强仕之時……今予年亦已四十有五，雖少絅若二甲子，然較之魏武舉義立功之年，均不能無過時之感矣……今絅若歸矣，予將從之遊，遍覽山川之奇怪。』《與蕭絅若》：『自辱下交，鬚眉都別，私心喜慰無極。前駕北旋時，因病瘧未得附驥一覽中原山水，殊深悒怏。忽前會劉念庵自端州旋韶，拉燕北上，足快平生，又喜圖晤不遠。豈知方抵虔州，伊親王藩司已作古人，東道無主，遂阻此行。』

康熙二十八年，己巳（一六八九），四十六歲。

二月，吴中龍赴選，授順天府東安縣知縣，廖燕作《送吴元躍侯銓都門》詩別之。『賢書十二早傳名，今喜彈冠向北征。』《誥授文林郎東安縣知縣吴君墓志銘》：『君以己巳歲二月赴選，授順天東安縣知縣。』

閏三月，往肇慶（古稱端州），於舟中食新荔，作《己巳閏三月端州舟中食新荔》詩。

七月，吳中龍在赴任時卒於京邸。《誥授文林郎東安縣知縣吳君墓志銘》：「生明崇禎辛巳二月日，以今康熙己巳七月日卒於京邸，年四十有九。」

是年，門人葛志正之姊葛志慧卒。應葛志正之請，作《葛孺人墓表》。《葛孺人墓表》：「孺人生順治癸巳二月日，卒康熙己巳某月日。以某年月日，與某合葬韶之筆峯山陽。」

是年，陳廷策任韶州知府。

康熙二十九年，庚午（一六九〇），四十七歲。

初冬，喜晤鄭思宣，快談數夕。時鄭思宣歸閩，廖燕因賦詩贈別。見《庚午初冬喜晤鄭思宣快談數夕情見乎詞時因歸閩賦此贈別》

冬，江西廬陵朱蘽來韶，寓陳牧霞別業。廖燕偶過其處，一見懽甚。朱蘽出其所著《荷亭文集》若干卷，屬廖燕爲序，因作《荷亭文集序》。《荷亭文集序》：「予得交朱子藕男，在一夕豪飲。藕男，廬陵傑出士，歲庚午自羊城來韶，寓陳友牧霞別業，予偶過其處，一見懽甚，遂呼酒暢飲達旦。醉後出其所著《荷亭文集》若干卷，屬予序之，卷上皆帶酒氣。予受其卒業焉。」《二十七松堂集序》：「歲庚午冬，予自珠江還客韶，聞此地有廖子柴舟，天下士也，因急訪之。一見卽驚其爲人，及得讀《二十七松堂集》而更有異焉。」

是年，有客來自江西，憩掛角寺，得廖燕康熙十五年（丙辰）九月從軍寓大餘寶界寺時所作之《從軍帖》，歸以示廖燕。廖燕甚爲感慨，作《從軍帖自跋》。《從軍帖自跋》：「歲丙辰九月，予從軍寓橫浦寶界寺……戲書此帖，然已不復記憶矣。茲歲庚午，有客來自豫章，憩掛角寺，以菓餅易之小沙彌，歸以示予。」

康熙三十年，辛未（一六九一），四十八歲。

是年，至廣州，遇包諶野，爲忘年交。包諶野屬序於廖燕，因作《春秋巵言序》。《春秋巵言序》：『歲辛未，予來羊城，得與諶野包先生爲忘年交。先生會稽名儒，時年已六十有八，長予二十甲子。雖居逆旅，獨汲汲著述不少休，間出其所著《春秋巵言》數卷屬序於予。』

是年，陳牧霞囑廖燕爲其於所居之南所構一室題額。廖燕以去歲庚午冬，廬陵朱蕖客韶，適寓於此，因題曰『醉榻』，並作《醉榻解跋》。《醉榻解跋》：『予友陳子牧霞於所居之南構一室爲讀書地，予嘗醉臥其中。曾贈句云：「琴酒蕭疏名下士，鬚眉錯落畫中詩。」復屬予題額，時匆匆未暇也。去歲庚午冬，廬陵朱子藕男客韶，適寓於此，因顔曰「醉榻」，並爲作解。』

冬，身在廣西，於舟中作《辛未臘月粤西舟中逢立春寒甚作》、《粤西道中感興》及《粤西舟行遲友人不至》等詩。另，《復鄭思宣》、《與鄭思宣》和《與鄭思宣》之二都提到因館穀所入莫救饑寒，遂棄去浪遊，於某年初至廣西。期間到了南寧，諸事不順，歸心似箭，四月即從南寧旋里。《復鄭思宣》：『客冬一晤，遂成遠别，至今猶爲悵悵……新歲復接翰教，知令慈太夫人暨閤府迪吉，喜慶無量，但未審車馬何日重臨，使燕再得一覩顔色爲慰耳。燕譾劣不堪，館穀所入，莫救饑寒，近已棄去浪遊，尚不知税駕何所。』《與鄭思宣》：『昨來南寧，意謂即可揚帆徑去，而伺候十餘日，竟不得一便舟……如何如何，歸心似箭，遂至度日如年，若得舟便，即行矣。』《與鄭思宣》之二：『客歲四月，從南寧旋里，身沾蠻煙瘴雨，盡驅入行囊中作詩料用。』

是年，舟行停宿廣西梧州，作《舟次梧州追挽家弟佛民（時佛民客死梧州已八年矣）》詩以悼念。

是年，在廣西，作《粤西道中寄懷劉漢臣（時漢臣客粤西桂林）》。

是年，孫清陞授韶州協鎮副將，歷任九載。《韶協鎮孫公傳》：『三十年，陞授韶州協鎮副將，歷任九載，忽以非罪見罷，公恬然不以爲意。』

康熙三十一年，壬申（一六九二），四十九歲。

夏，廖燕至樂昌，喜與羅仲山話舊。作《壬申夏初抵樂昌喜與羅仲山話舊》詩以記之。

夏，程履新至韶州，寓韶州知府陳廷策署中，作《易簡方論》及《山居本草》二書。以《易簡方論》屬序於廖燕，因作《易簡方論序》。另，廖燕代人所作之《易簡方論題詞（代）》也當作於此時。《易簡方論序》：『予有以讀予德基程先生《易簡方論》之書也。先生非醫人，而借醫以爲名，所著亦不獨此一書。茲歲壬申夏來予韶，寓太守陳公署中。公稔知先生之爲人，促其著書，不越月成此與《山居本草》二書，而先以此書屬序於予。』《易簡方論題詞（代）》：『予友德基程先生，家世理學，尤善詩古文詞，今以岐黄著名，是欲以醫掩也。』

秋，廖燕聞章偉人父去世，遂致函悼念。《與鄭思宣》之二：『客歲四月，從南寧旋里，身沾蠻煙瘴雨，盡驅入行囊中作詩料用……但不知章偉老萬斤重擔，今始上肩，直待何時，方可卸却？正賴仁人有以濟其不及，使生人稍釋重負，則長逝者益感激高誼於無窮也……秋瘴多厲，幸順時自愛。』《與章偉人》之二：『踰時不晤，正以疏教爲歉。豈期令先君仙遊，殊深驚悼，人子值此，自難爲懷……路遥步阻，弗獲躬奠，並祈諒宥。』

是年，葉芳來任曲江知縣。《送邑侯葉澹園歸浙序（代）》：『古婺葉君澹園，於康熙壬申來宰吾曲。』

是年，吳中龍葬蜈蚣壠祖仰湖公墓側，廖燕爲作墓志銘。吳中龍康熙二十八年授順天府東安縣知縣，低任旬日而卒。《誥授文林郎東安縣知縣吳君墓志銘》：『生明崇禎辛巳二月日，以今康熙己巳七月日卒於京邸，年四十有九……茲以康熙壬申某月日，葬蜈蚣壠祖仰湖公墓側。』蜈蚣壠當在曲江縣某地，具體位置不詳。

是年，韶州協鎮副將孫清之母胡太夫人下葬，廖燕爲作墓志銘。《誥贈一品孫母胡太夫人墓志銘》：『夫人生明萬曆辛丑歲某月日，終國朝康熙丙辰歲十二月日……以康熙壬申歲某月日葬於三都七畝坦。』

康熙三十二年，癸酉（一六九三），五十歲。

春，集羚羊峽古刹，夜聽泉聲，作《癸酉春夜集羚羊峽古刹聽泉》詩。羚羊峽在今廣東省肇慶市鼎湖區的西江河上，羚羊山與爛柯山之間。

三月，廖燕與廣陵周鼎往遊英德潮水巖，作《遊潮水巖記》。《遊潮水巖記》：『茲歲癸酉春三月日，予始與周子象九往遊焉。』廖燕與周鼎於羊城相晤而定交，具體時間不詳。見廖燕《周象九五十壽序》（卷四）、《記續碧落洞詩始末》（卷十七）。

四月三日，與秣陵方巢、廣陵周鼎、邑人蕭某共四人同遊英德碧落洞，作《遊碧落洞記》及《記續碧落洞詩始末》。《遊碧落洞記》：『《郡志》載，碧落洞巖壑絕奇。茲歲癸酉四月三日，予與廣陵周子象九始得一遊焉。』《記續碧落洞詩始末》：『後人因題詩云：「湞陽東去是雲華，傳是神仙舊隱家。怪煞僞劉真俗骨，卻將泥土葬丹砂。」予友周子象九曰：「不然。自古無不死之仙佛。漢主之卻金丹，未爲不是。獨是金丹遇天子而始出獻，則仙人亦未免勢利耳。」予因笑續一絕云：「從來勢利欲拋難，仙遇官家亦降壇。今日吾儕親一到，更無山叟贈金丹。」……因並記之，附鐫原詩後。同遊者秣陵方巢、廣陵周鼎、邑人蕭某與予共四人。康熙三十二年四月日，曲江廖燕書。』另，廖燕《碧落洞》、《題碧落洞煉丹古跡》兩詩及《贈周象九（二首，時同寓英州）》亦當作於是年。

是年，陳廷策代理廣州知府，攜廖燕同往。舟至英德，詢及友人某尚未錄科，遂囑廖燕草書，並資斧若干，促友人某急就省試。《與友人論郡侯陳公入祀名宦書》：『公涖韶凡七載……歲癸酉，公攜燕赴署廣州府篆，舟至英德，詢及足下尚未錄科，遂屬燕草書，並資斧若干，星馳付縣，促足下急就省試。』

八月十二日，廣州大風雨，闈中試物盡爲風雨所壞，因作《癸酉八月十二日大風雨有作（二首）》，表達了希望建功立業的急切心情。

秋，登廣州鎮海樓，作《登鎮海樓》詩。《與黄少涯》之三：『昨登鎮海樓，胸目一豁……仁兄與燕皆將半百甲子矣，若猶有雞肋之戀，則當作破釜沉舟計。不然，宜別圖所以不朽者。』《登鎮海樓》：『煙樹蒼茫海氣浮，一聲征雁嶺南秋。同來作客人歸盡，獨倚天涯百尺樓。』

臘月，姚彙吉訪廖燕於英德旅寓，因作《癸酉臘月姚彙吉見訪英州旅寓賦贈》詩。

是年，應邀至廣州爲某縣修縣志，尚未動筆，主事者去世，修志之事遂泡湯。在廣州期間，其寓所與朱蕖近，時過一談，酒墨間作。在此期間，致書黄少涯，謂科舉百不驗一，以『宜別圖所以不朽者』勸之。《與陳牧霞》：『弟此行又成畫餅，縣志尚未動筆，此公已先賦玉樓，湊合之巧，莫此爲甚……寓所與朱藕老近，時過一談，酒墨間作，亦足爲樂。』《與黄少涯》之三：『燕所事已成畫餅，備述與陳牧老札內，想已洞及矣。何偃蹇至是也，置之不足道耳。日坐署中無事，稍藉筆墨消遣……昨登鎮海樓，胸目一豁，因書一聯其上，頗爲嗜痂者所傳誦，與《才子說》並呈正……帖括一道，百不驗一，徒廢時日，殊堪痛惜。仁兄與燕皆將半百甲子矣，若猶有雞肋之戀，則當作破釜沉舟計。不然，宜別圖所以不朽者，及今爲之亦不爲晚，幸留意何如？』《贈朱藕男》：『不知何故便相親，須信交情別有神。半百年同憐短鬢，二三友在羨長貧。』

康熙三十三年，甲戌（一六九四），五十一歲。

是年，韶民大饑，韶協鎮副將孫清首倡捐穀賑濟，全活者甚眾。《韶協鎮孫公傳》：『甲戌歲，韶民大饑，公首倡捐穀賑濟，全活者甚眾。』

是年，三子、四子並殤。時廖燕在廣州，作《有慟》詩。《有慟（三兒四兒俱連年遭殤）》：『百歲今過半，傷心事轉違。兩行兒女淚，偏濕老年衣。』《與范雪村》：『燕前緣事來省，意謂必濟，而一無所成，豈非命乎？昨得三小兒殤信，抱痛不可言。兼家中早租無收，一家絕望，尤爲狼狽。』《與黃少涯》之四：『違教數月，事遂多端……昨得家報，始知三小兒殤亡，五內摧裂，無可爲諭……燕於此中進退維谷，然舍下無人照管，不得不急作歸計，中秋後當圖相見也。』

九月二十六日，廖燕五十一歲生日，適《二十七松堂集》刻成，友某某攜酒稱賀，因作《五十一初度自序》。《二十七松堂集》乃周鼎代爲刻布，因致書周鼎以致謝。《五十一初度自序》：『歲甲戌九月二十六日，予五十有一初度。友某某攜酒就予稱觴，適予《二十七松堂集》刻成，因取以爲壽，曰此予一部年譜也，僅文集云乎哉！』《與周象九》：『拙稿刻工將竣，皆仗高誼，方能成就至此。當今友誼不可復問，贈貧士以金，已屬罕見，況代貧士刻布詩文，比贈金更踰百倍……燕生平有三願：刻稿一，遠遊一，營別墅一，今已了却一願，餘徐圖之……一笑並謝。』

是年，江西寧都魏禮卒，年六十六歲。《清史稿·文苑傳》。

康熙三十四年，乙亥（一六九五），五十二歲。

正月，方晨起，忽有江西南昌自如禪林僧某投刺，請題募造佛像疏。《募造佛像疏》：『歲乙亥正月日，予方晨起，忽有僧投刺，稱江西南昌自如禪林僧某，請題募造佛像疏。』

七月，周鼎五十歲生日，作《周象九五十壽序》以賀。時周鼎正爲廖燕治理行裝，作嶺外名勝遊。《周象九五十壽序》：『予於羊城得晤廣陵周子象九，遂喜定交。象九少予二歲，以兄事予。予不敢當，以才有所不逮也……茲歲乙亥秋七月，予年五十有二，象九亦已五十矣……今復爲予治裝，作嶺外名勝遊，因書此，以侑一觴，且以識別也。』

康熙三十五年，丙子（一六九六），五十三歲。

正月初一，韶州協鎮副將孫清招廖燕賞紅梅，因作《丙子元旦孫將軍廉西招賞紅梅》詩。

正月二十五日，陳廷策解任赴京，攜其同往。廖燕於是日發舟，出行路線由廣東南雄入江西走贛江。二月十一日至南昌。二月十三日，與陳廷策分路北上。暮春，同薛某至蘇州。入夏，蘇州織造府李煦將廖燕送寓報本庵。打算秋初回程。《家信與兒瀛》：『正月廿五日發舟，於二月十一日至南昌……十三日，公祖分路北上，留盤費三十金與予。同薛某至蘇州……茲爲織造府李公送寓報本庵……秋初當圖歸計矣。』途中在贛江舟中作《下十八灘》、《十八灘雨泊》、《過萬安縣》及《舟過廬陵哭朱藕男》等詩。舟過南京，作《舟過白下哭劉漢臣（二首）》詩，悼念亡友劉漢臣。經過杭州時至西湖，遊覽了孤山、鄂王墳諸處。《家信與兒瀛》：『同薛某至蘇州，即寓其家……前過杭，曾至西湖，僅及孤山、鄂王墳諸處，尚俟歸舟再遊。』剛到蘇州，受鄭松房之邀賞牡丹，因作《鄭松房邀賞牡丹有賦》。居蘇州四個月，因水土不服，爲病魔所苦。《答客問五則》：『予於丙子歲曾寓吳門數月。』《與王也癡》：『去歲客吳四閲月，輒爲病魔所苦，水土不服甚於煙瘴。』《家信與兒瀛》：『茲爲織造府李公送寓報本庵，資斧頗不乏，獨病疥，更苦破腹，當是不服水土所致。』入夏不久，盤費被人騙去，蘇州織造府李煦安排廖燕自圓通蘭若移寓報本庵，因作《丙子夏自圓通蘭若移寓報本庵贈鶴洲上人》詩。《家信與兒瀛》：『同薛某至蘇州，即寓其家，不意竟落虎口，前物化爲烏有……茲爲織造府李公送寓報本庵。』期間，遊覽了虎丘山，作《虎丘題壁》詩。《家信與兒瀛》：『茲爲織造府李公送寓報本庵……虎丘山僅一土阜，一覽可盡。』遊覽了滄浪亭，作《滄浪亭歌呈某中丞》。滄浪亭是蘇州市名園之一。某中丞指宋犖，河南商丘人，時任江蘇巡撫。訪金聖歎故居而莫知其處，因作《弔金聖歎先生》詩，並作《金聖歎先生傳》。訪原江蘇巡撫湯斌祠，有感於湯斌善政，作《湯中丞毀五通淫祠記》。

《湯中丞毀五通淫祠記》：『予於丙子歲來吳，時公已去吳，捐館舍數年矣……吳人立祠祀公，予入祠得拜公像，徘徊瞻仰歎息者久之。』晤鄭季雅，讀其《移居》七律四首，因作《鄭季雅移居詩跋》。《鄭季雅移居詩跋》：『予來吳門，得晤鄭子季雅，翩翩風雅人也。茲讀其《移居》七律四首，風流藴藉中，却寓牢騷骯髒之意。』另，《義犬行（有序）》當作於途經上海期間。《義犬行（有序）》：『上海王某爲妻蕭氏謀殺，有犬日守棺哀號……因詩識異，作《義犬行》。』

秋，夜泊吳江，聽鄰舟美人彈琴，作《丙子秋夜泊吳江聽鄰舟美人彈琴歌》。

秋，聽聞陳廷策卒於北京，遂自蘇州回程，作《吳門歸途病疥口占》。《與王也癡》：『去歲客吳四閱月，輒爲病魔所苦，水土不服甚於煙瘴。復值陳敝公祖之變，狼狽獨返。』《吳門歸途病疥口占》：『都道吳門是洞天，却經我去不曾然。歸舟賺得愁多少，一路還教費藥錢。』曾璟《廖燕傳》：『陳抵都未幾物故，燕聞之即絕意仕進，歸而益肆力於古文。』臨別蘇州，作《留別蔡九霞》詩、《與蔡九霞先生》文及《酧楊魯庵見贈兼以識別》詩，作別蔡九霞、楊魯庵。從蔡九霞處得見汪琬文集。《留別蔡九霞》：『到吳過半載，無異住林藪。將歸始逢君，矯矯忠節後。』《與蔡九霞先生》：『寓貴郡數月，一病作祟，佳山勝友俱付之夢想中，幾有空寓吳門之歎。惟得遇先生文章知己，爲斯遊一快耳……茲急抱病旋粵，拙詠一首奉別，即書尊箑中，使賤姓名得藉仁風披拂，一路順帆可知矣……前假《堯峯文鈔》，即求見惠，以潤歸裝。』《酧楊魯庵見贈兼以識別》：『西泠宿昔稱才藪，傑出還推子雲後……我來吳作探奇想，最後逢君尤倜儻……風雨蕭蕭雲樹暮，明朝回首天涯路。』）回程途經杭州，作《梅下集飲二首》。途經鎮江口，作《夜泊鎮江口》詩。在贛江舟中作《上十八灘》。另，此次北行，喜得家信，知悉家中平安，薪水無憂，作《喜得家信寄謝郡侯陳毅庵夫子暨同郡諸公》詩，對陳廷策等的關照表示謝意。《旅懷（六首）》亦作於此次北行，抒發了乘興而來，敗興而歸，一事無成的失意。另，《豐城懷古》、《滕王閣翫月歌》、《彭蠡湖遇雨》、《仙人橋（在貴溪縣）》、《雜花林訪千齡上人暨首座心鑒》、雜花林是位於今江蘇省太倉市東郊的一處庵寺。《題嚴子陵釣臺二首》、《題嚴子陵釣魚圖》、《舟過白下哭蕭絅若》

等皆作於此次北行。

秋，回韶後去信周鼎，對周鼎周濟其家表達謝意，並打算在重陽節前一晤。《與周象九》之二：「遊吳數月，得病得苦，與問一徒罪無異，今則徒滿還家耳……滿擬躬謝，奈賤恙尚未痊可，聞駕亦有端水之行，菊花前後，當圖晤悉。」

是年，韶州經廳馮彥衡以內艱解任，至赤貧無以歸里。廖燕爲作《募助經廳馮公丁艱旋里疏》助行。《募助經廳馮公丁艱旋里疏》：「康熙三十二年，錢塘馮君彥衡授經歷韶州府事，尤見重於太守陳公……未幾公以茲歲丙子卒於京邸，士民奔走號弔，燕尤哭之慟……時君亦以內艱解任，至赤貧無以歸里。」

是年，好友黃遙舉於鄉。

是年，臧興祖任韶州知府。

康熙三十六年，丁丑（一六九七），五十四歲。

春，韶州協鎮副將孫清招廖燕賞牡丹，因作《韶都尉孫廉西先生邀賞牡丹有賦（有序）》詩。《韶都尉孫廉西先生邀賞牡丹有賦序》：「歲丙子春，予韶都尉孫公廉西自中州移栽此地。逾年花開更茂，招予同賞，因賦識異。」

春，門人葛子儀將有北京之遊，索書於廖燕，因錄《山居》詩五首以贈。《自跋帳眉山居詩》：「歲丁丑春，予門人葛子儀將有都門之遊，索書此幅爲臥遊清翫，因錄《山居》詩五首以贈。」

冬，廣陵周鼎客寓英德，送給廖燕一片英石。適廖燕重葺二十七松堂，遂取以作英石牕並作《英石牕歌寄廣陵周象九（有序）》以記其事。《英石牕歌寄廣陵周象九（有序）》：「歲丁丑冬，廣陵周子象九時客寓英州，遺予英石一片……適予重葺二十七松堂，遂取此石嵌之壁間如疎牕式，內外玲瓏，花竹掩映，誠奇觀也。因呼爲英石牕，作歌以記其事，並柬象九云。」

是年，宋余靖《武溪集》刻成，因作《書重刻武溪集後》以記之。《書重刻武溪集後》：『右《武溪集》共若干卷，爲予韶宋余襄公靖遺稿，明丘文莊公濬得之館閣者。鼎革時，其板復毀於兵燹。康熙丙辰歲，邑人黄子少涯始於民家得刻本，錄歸藏之，而原本隨爲顯宦取去。予懼久而復失也，因取其抄本，乞梓於郡太守陳公。』『歲丁丑某月日，刻成，板藏本祠。』

是年，寫信給王也癡，談及上一年北上之行，復托王也癡代爲在廣州找尋數間房屋，打算移居廣州。《與王也癡》：『去歲客吳四閲月，輒爲病魔所苦，水土不服甚於煙瘴。復值陳敝公祖之變，狼狽獨返……然燕非此一遊，幾不知吾粤爲樂地……省城尤爲最便，前曾約居於此，今斷然矣。幸代覓便數間，僻靜疏爽，有餘地可種花竹瓜菜者，或與老兄爲鄰更善。』

康熙三十七年，戊寅（一六九八），五十五歲。

正月，去信門鶴書，轉達姚飛熊希望隨同門鶴書一同北上之意。信中談及姚飛熊從其諸父姚炳坤署中攜王源文集拜訪一事，廖燕讀之驚歎，以爲王源乃『當今古文第一手。』《與門鶴書》：『聞文旆開正北上，非漁欲一附驥尾，託僕道意。』

春，廖燕二十七松堂新成，得孫清、查之愷、周鼎等的幫助甚多。但也祇是紙牕土壁，聊蔽風雨而已。《英石牕歌寄廣陵周象九有序》：『歲丁丑冬，廣陵周子象九時客寓英州，遺予英石一片……適予重葺二十七松堂，遂取此石嵌之壁間如疎牕式，内外玲瓏，花竹掩映，誠奇觀也。』《喜二十七松堂新成》：『地偏偏得好林泉，新構松寮水石邊。晚歲著書憐此日，清明移竹憶前年……慚愧貧居無客到，柴門春長綠苔錢。』《贖屋行謝孫都尉廉西查副戎維勳暨義助諸公》：『我昔有堂在西郭，群松擁護成林壑……誰知烽火起崇朝，基址依稀惟瓦礫。暫向郡城混俗塵，寄居廡下徒四壁。孫君查君開戟門，不嫌貧賤臨高軒……傍有荒畦堪寓目，一椽尤喜圍修竹。詢是吾宗出質廬，贖來恰好爲書屋。語未脱口快捐囊，還倩同儕助新築。甕牖蘿垣愜野情，庭前花木多蔥青。栽松猶記當年綠，題額還鐫舊日名。』《韶協鎮孫公傳》：『尤喜下交貧士，一日單騎訪燕，見所居淺狹，即爲代贖舊業，復謀助日用薪水。燕賦《曠屋行》以記其事。』《劉五原詩集序》：『歲戊寅，湘潭劉子五原客仁化，遠訪予於二十七松堂，喜見眉宇。』）二十七松堂新成後，屬友某繪《杜默哭廟圖》、《馬周濯足圖》、《陳子昂碎琴圖》及《張某曳碑圖》共四圖於壁。醉後無聊，則對圖快訴胸臆於一堂，並作《杜默哭廟圖讚並傳》、《馬周濯足圖讚並傳》、《陳子昂碎琴圖讚並傳》、《張某曳碑圖讚並傳》及《醉畫圖》傳奇。廖燕對《張某曳碑圖讚並傳》的點評：『予築二十七松堂，紙牕土壁，聊蔽風雨而已。某月日屬友某繪此四圖於壁，筆勢生動，鬚眉磊落可喜。予醉後無聊，則對圖呼叫，或大笑痛哭，與之拱揖捉襟，快訴胸臆於一堂也。壁上時聞有歎息聲，因各繫以讚並爲記此云。』蕭綗若對《張某曳碑圖讚並傳》的點評：『想無端大笑或慟哭時，吾嫂若姪輩在傍不知如何絕倒，他日當爲柴兄補圖之。』

春，與人集二十七松堂訂期作詩課，因作《戊寅春集二十七松堂訂期作詩課》。

春，得晤門鶴書。時廖燕適有高州之行，未暇細談。回韶後，爲門鶴書集作《魚夢堂集題詞》。『歲戊寅春，予得晤門君鶴書，驚其年少而多才。時予適有高涼之行，匆匆未暇也。迨後還里，始出其所著各種，屬予論定。』

三月，赴高州。作《高涼道中聞子規》、《曉發（高涼道中）》詩。

夏初，受茂名知縣錢以塏之請同萬言、包子韜同遊高州城西荔枝園，因作《茂名錢明府闇行招同萬管村包子韜遊城西荔枝園》詩。

夏，至廣州，見王也癡所作意園圖及意園帖，因作《意園圖序》及《意園帖跋》。《意園圖序》：『歲戊寅夏，予來會城，王子也癡出圖二十四幅示予，顏曰《意園圖》，並記以詩……予因取其意而序之。』另，《題王也癡虛舟小隱（四首）》亦當作於此時。

是年，齒初落，作《齒落》詩。《齒落》：『五十有五齒初落，那能既落更重生。』

張拱極就任廣東翁源縣知縣。張拱極對廖燕詩文極爲讚賞，《二十七松堂集》中多處有張拱極的點評。

湘潭劉授易客居仁化，訪廖燕於二十七松堂，出其所著詩集，屬序於廖燕。廖燕後來作了《劉五原詩集序》。《劉五原詩集序》：「歲戊寅，湘潭劉子五原客仁化，遠訪予於二十七松堂，喜見眉宇。晤談之頃，出其所著《燕臺》、《西山》、《渡江》諸集，屬序於予。」

朱德安代理曲江縣知縣。一日與廖燕談及康熙三十五年（丙子）秋在長江遇風暴而安然無恙之事，囑廖燕記之，因作《揚子江遇風暴記》。《揚子江遇風暴記》：「歲戊寅，會稽朱公靜公先生自雄州别駕攝篆吾曲。一日語燕曰：『予於康熙丙子秋有事北征，舟抵長江華陽鎮……子其爲我記之，將勒石於廟，以彰神功。』」

苟金徽任曲江縣知縣。苟金徽目覩盧氏殉夫，爲文弔奠，葬之峽山之陽。因作《盧烈婦傳》以記之。

同里陳含貞補諸生，廖燕作《諸生說贈陳含貞》送之。《諸生說贈陳含貞》：「同里陳子含貞與予爲世交，早慧積學，以茲歲戊寅補諸生。」

康熙三十八年，己卯（一六九九），五十六歲。

四月二十一日至二十六日，廖燕及友人李宏聲、子廖瀛陪同晉江蔡雪髯遊丹霞山，作《遊丹霞山記》。這是廖燕第三次遊丹霞山。見《遊丹霞山記》：「茲歲己卯，晉江蔡子雪髯來韶，心豔丹霞甚，强予再遊，不得辭……四月二十一日晚，抵仁化江口。次日由江口抵銅鶴峽，望觀音石，彷彿花冠瓔珞……二十五日，出關門，復至山趾……予遊丹霞，至是凡三往返……時四月二十六日也。」

四月二十七日，得知劉授易刻《丹霞山志》，將其所作詠丹霞詩收入，稱是意外之慶。同時去信劉授易，望所作《遊丹霞山記》亦能一並刪定付刻。又，劉授易請序其集，廖燕爲此請劉授易先提供生平梗概，以便作序。廖燕後來作了《劉五原詩集序》。《與劉五原》：「昨與友人復遊此山，作得遊記一篇，並求刪定付刻，更感不朽之德……承委序尊集，不敢辭，然必得老兄生平梗概，節取成文。」

是年，學使按韶，廖燕賦詩一首辭去諸生。清曾璟《廖燕傳》：「康熙三十八年學使按韶，賦詩一章辭諸生。」廖燕《辭諸生詩》：「四十年前事既非，那堪還著舊藍衣。……須知富貴非吾分，願抱琴書伴釣磯。」

曲江知縣葉芳解任歸，廖燕代人作《送邑侯葉澹園歸浙序》。《送邑侯葉澹園歸浙序（代）》：「古婺葉君澹園，於康熙壬申來宰吾曲，兹歲己卯，解組而歸。」

韶州協鎮副將孫清以非罪去職。《韶協鎮孫公傳》：「公名清，字廉西，休寧人……三十年，陞授韶州協鎮副將，歷任九載，忽以非罪見罷，公恬然不以爲意。」

康熙三十九年，庚辰（一七〇〇），五十七歲。

是年，郭里將報政北旋，繪《韶郡城郭圖略》。廖燕代人作《韶郡城郭圖略序》。《韶郡城郭圖略序（代）》：「歲己卯秋，予獲從司農某公榷關來韶……予榷韶已將一載……今將報政北旋，用廣皇上繪圖之意，爲《韶郡城郭圖略》。」

是年，陳恭尹卒，年七十一歲。《勝朝粵東遺民錄·陳恭尹傳》

康熙四十年，辛巳（一七〇一），五十八歲。

秋，時隔二十多年，重遊曹溪祖亭，即南華寺，作《辛巳秋日重遊曹溪祖亭》詩。《辛巳秋日重遊曹溪祖亭》：『曾掬曹溪洞口泉，重來已隔廿餘年。』

是年，李林及廖燕等請將前韶州知府陳廷策入祀名宦。廖燕友人某責其假朝廷名器以報私恩，欲阻其事。廖燕因作《與友人論郡侯陳公入祀名宦書》以辯其非。《與友人論郡侯陳公入祀名宦書》：『公既歿六年，茲歲辛巳，韶人不忘公，因有請祀名宦之舉。』

是年，翁源知縣張拱極（字泰亭）致書廖燕，欲索廖燕所作時文，以慰好讀異書之心。廖燕復書以棄舉子業已二十餘年，平日所作業已捐棄爲辭。張拱極《張泰亭予廖燕書》：『前歲己卯，忝校闈士，得何子雪生卷，擊節歎賞，亟薦之主司……吾兄制義當勝何生……幸見惠一冊，留置案頭，焚香披對，當與《二十七松堂集》同作退食時早晚功課，且庶幾慰我讀異書之心也。』《復翁源張泰亭明府書》：『復辱賜書，推許過當，至欲索燕時藝，益不禁慚汗浹背也。燕棄舉子業已二十餘年於茲矣，平日所作，業已捐棄殆盡。卽使尚存，亦豈足當巨觀者之目耶？』

是年，作《訴琵琶》傳奇。

康熙四十一年，壬午（一七〇二），五十九歲。

閏六月，友人某以山水手卷索題，時廖燕方中酒，因錄《山居》舊作一律以塞責。《題山水手卷跋》：『歲壬午閏六月日，友某以山水手卷索題，適予方中酒，未暇作也，因錄《山居》舊作一律以塞責。』

七月，番禺縣知縣姚炳坤嗣母李貞靜卒。廖燕至番禺，姚炳坤因屬廖燕作傳及墓表。《李節婦墓表》：『節婦李姓，貞靜其字也，定海縣人……節婦生崇禎戊寅八月日，其卒以康熙壬午七月日，春秋六十有五。又某年月日，始與敬斯合葬焉……初節婦以姪炳坤爲嗣，繼敬斯後，今現在番禺縣知縣。本姓葉，以入旗改姓姚。予來番禺，因屬爲文鐫諸墓石，予爲次其略如此。』《李節婦傳》：『節婦姓李，字貞靜，定海縣人……年及笄，許配慈谿葉敬斯，未及于歸，而敬斯客死揚州。……於是苦節堅守者歷四十有餘年。一日無疾而逝，時年六十有五，卒與敬斯合葬焉。』

是年，吏部侍郎吳涵奉命臨粵，有以廖燕詩文集進者，吳涵亟稱善。後番禺知縣姚炳坤向廖燕轉述吳涵注念殷殷之意。《謝吳少宰書》：『乃閣下以茲歲壬午奉命臨粵，公事甫畢，輒首以人才爲問。或有以拙刻進者，閣下亟稱善。燕時聞之，猶未信也。迨數日，番禺姚明府向燕具述閣下注念殷殷之意甚悉，且言惜匆匆北旋，不暇一晤，已轉聞於大中丞彭公云云。』

十一月，自廣州歸，適翁源知縣張拱極來韶州府城公事，出吏部侍郎吳涵與己及與韶州知府臧興祖書見示。書中稱廖燕爲『嶺南獨秀者』。『如柴舟所作，語語從赤心流出，嶔崎磊落，不特目中無儕輩在，亦並無古人在。雖議論未必盡歸中道，然到底是自作主張人，不是隨行逐隊人，傳之千古，推爲作者，定屬此種文字。』廖燕因作《謝吳少宰書》以表謝意。吳涵《吳少宰與翁源縣張泰亭明府書（附）》廖燕跋：『此少宰吳公與臧公祖暨翁源令張君泰亭書也。歲壬午冬十一月，燕歸自羊城，適張君來郡公事，出書見示，並出與公祖書，則君得自公祖以轉聞於燕者也。』《謝吳少宰書》：『抑又念燕今年五十有九，鬚髮無數莖黑者，其他固不復措意，但業已有志於學，且年逼遲暮，儻得一人知己，豈非生平之大願也耶？不謂忽得見知於閣下，則誠非意料之所敢及也……又伏讀與臧公祖及張翁源書，齒及寒微，稱譽過當，益增汗顏。』

康熙四十二年，癸未（一七〇三），六十歲。

五月，廖燕友人曾傑重過二十七松堂，廖燕出吏部侍郎吳涵與翁源知縣張拱極及與韶州知府臧興祖書以示。曾傑讀竟，感歎廖燕有知己如二人者，雖布衣終其身亦無憾。吳涵《吳少宰與翁源縣張泰亭明府書（附）》曾傑跋：『歲癸未夏五月日，某重過二十七松堂，予友廖子柴舟出文二篇見示，則少宰吳公與臧韶州及張翁源書稿也。』

仲夏，至仁化縣，知縣陳世英出所作《粵闈記異》，廖燕因作《粵闈記異跋》。《粵闈記異跋》：『歲癸未仲夏，燕來仁化。石峯陳明府出此篇見示，燕讀之不禁驚且歎。」

八月十五日，廖燕次子廖湘病卒，時年十九歲。是年三月廖湘受毆，當時正值廖燕女科秀之變，無暇他顧，以致廖湘傷勢加重而亡。廖燕作《哭亡兒湘文》以悼之。《哭亡兒湘文》：「康熙歲次癸未八月十五夜，吾兒湘竟舍予而歿矣。孰謂汝年甫生一十有九，竟舍予而歿耶？……而無如適值汝妹科秀之變，汝母悲思方切，固無暇他慮，汝意亦以爲身雖受傷，久之當自痊，可豈知其禍之至此耶？」

是年，劉信烈聞廖燕次子卒，致信廖燕以示慰問。《劉乾可唁慰書附》：「十年夢想，始得一晤，實慰平生……頃聞令嗣二世兄奄逝，深爲悲悼。」

秋末，張元彪邀廖燕遊丹霞山，值病不果往。未幾，張元彪遊歸，以《遊丹霞詩》以示。廖燕讀之，驚其佳篇秀句，出奇無窮，因作《遊丹霞詩跋》。《遊丹霞詩跋》：「歲癸未秋杪，張子虎文邀予遊丹霞，值病不果往。未幾，虎文遊歸，予讀之，驚其佳篇秀句，出奇無窮。」

康熙四十四年，乙酉（一七〇五），六十二歲。

七月七日，卒。王源《廖柴舟墓志銘》：「卒于乙酉七月七日，是爲康熙四十四年，得年六十有二。」

是年，大興王源至廣東，廖瀛持其父廖燕所刻《二十七松堂集》謁，求作墓銘。王源因作《廖柴舟墓志銘》。「予乙酉遊粵東，有廖生瀛者，持其先人柴舟先生所刻《二十七松堂集》謁予……處士諱燕，韶之曲江人，生於甲申九月二十六日。時值鼎革，廣東尚爲明守，其後數更離亂，破産食貧。卒于乙酉七月七日，是爲康熙四十四年，享壽六十有二。」

附録二　舊序

重刊二十七松堂全集序〔一〕

張日麟

吾邑清初有廖柴舟先生者，諸子百家，無所不通。獨尊孔氏，宜其明體達用，得志與民由之矣。而乃深居窮巷，不克爲天下雨，徒以筆墨抒懷。豈天下大，人才多，有以掩之耶？抑生當窮鄉僻壤，當世名公鉅卿，無從物色而汲引之耶？嗚呼，委史乘田，猶是深山窮谷；口誅筆伐，依然立説著書。其餘抱濟世之奇才，鬱鬱不得志者何可勝道！念及此，不免爲先生惜，又正不必爲先生惜。蓋民可與由，而道亦可獨行也。先生云：擢上第、歷大官，非功名；蓋天下、傳萬世，爲功名。此語恰似爲設教杏壇、道貫古今者繪一小照，是真尊孔氏者矣。觀其所著《二十七松堂集》，篇中多發前賢所未及發。特歲久坊本就湮，同人取邑中千鈞一髮之鈔本，暨日本絕無僅有之刊本，互相磨勘，録成全帙，再付檢板。然則先生之功名，固有可垂於後世，安見非天下雨哉？是不必爲先生惜。民國戊辰〔二〕清和月〔三〕中澣〔四〕後學〔五〕張日麟謹序。

【注釋】

〔一〕此序文錄自利民本、寶元本。

〔二〕民國戊辰：民國十七年（一九二八）。

〔三〕清和月：農曆四月的俗稱。明盧象升《與蔣澤壘先生書》之四：『家大人于清和閏月初二日抵白登公署。』

〔四〕中澣：亦作『中浣』。原指古時官吏中旬的休沐日。後以泛指每月中旬。

〔五〕後學：對前輩學者的自謙之辭。宋葉適《沈子壽文集序》：『余後學也，不足以識子壽之文。』

刻二十七松堂集序〔一〕

鹽谷世弘

古今能文之士，非好奇也，所遭之境奇，則文亦從而奇焉耳。朱明之季，制義敗才，奄豎敗政，黨禍敗人，而闖賊、韃虜遂敗國矣。士生乎斯際，抱負器識而不得其位者，不能釐革敝制以養天下之才，不能誅逆奄以培國脉，不能揚明哲保身之訓以矯僭妄詭激之病，不能麾三軍之眾以殲流賊驕虜，其忠肝義膽孤憤深慨之氣，鬱積磅礴，久而不泄，觸境而爲文辭以自憙，若侯朝宗〔二〕、魏冰叔、廖柴舟是已。讀三子之文，考其所交遊之士，一時草澤中，何其多奇材也。而又怪《明史》少傳其人者，豈三子欲奇其文而張皇其人，華勝而實否與？將其人皆憤世嫉時，不欲見其奇，幽潛窮愁以死與？要之大史氏不傳，而文士傳之。明氏之多材，因以見於世，可謂文由境以奇，境亦由文以益奇矣哉。邵子湘〔三〕有言：朝宗以氣勝，冰叔以力勝。余則謂柴舟以才勝。蓋明季之文，朝宗爲先驅，冰叔爲中堅，而柴舟爲大殿矣。夫勝者所用，敗者之棋也；興國所用，亡國之臣也。以柴舟之才，鳴覺羅氏之盛，綽綽乎有餘。覺羅氏亦非不欲用之，而不肯爲，獨爲湖湣澤湄娛憂抒憤之文。然則其所自憙者，將有不堪自悲者焉。其文之尤奇，不亦宜乎？侯、魏集，世多有，人人得而傳誦之。而廖氏集舶載綦少，監察妻木君酷好之，將梓之以惠後學，囑二本松儒、員山田士文校正，徵予序。予雅奇廖文爲朱明三百年之殿也。於是乎言。

文久二年〔四〕壬戌春二月

江門鹽谷世弘撰

【注釋】

〔一〕此序文錄自日本文久本。

〔二〕侯朝宗：侯方域（一六一八—一六五四），字朝宗，河南商丘人。少時爲復社、幾社諸名士所推重，與方以智、冒襄、陳貞慧合稱『明末四公子』。南明弘光時，以不受阮大鋮籠絡，險遭迫害。入清後，應順治八年鄉試，中副榜。文章富才氣，與魏禧、汪琬合稱『清初三大家』。有《壯悔堂文集》、《四憶堂詩集》。見《清史稿·列傳二百七十一·文苑一》（卷四百八十四）。

〔三〕邵子湘：邵長蘅（一六三七—一七〇四），字子湘，別號青門山人。諸生。以奏銷案除名。入京師，與施閏章、王士禛、徐乾學往來，又與陳維崧、朱彝尊、姜宸英爲友。詩文均工。有《青門簏稿》、《青門旅稿》、《剩稿》。見《清史稿·列傳二百七十一·文苑一》卷四百八十四。

〔四〕文久二年：同治元年（一八六二）。

附録三　墓志銘

廖柴舟墓志銘〔一〕

王　源

予乙酉〔二〕遊粤東〔三〕，有廖生瀛者，持其先人柴舟先生所刻《二十七松堂集》謁予。曰：『先君子讀先生文，服膺十餘年，歎服不去口，教瀛與後學録先生文焚香玩誦。萬里神交，恨未識先生面。乃今先生至粤而先人適卒，何不幸不得見先生一吐其胸中之奇，以質其所未逮。然又幸先生之來，得以其遺文請正以見其平生，而因以求先生文以志其墓，則先人死且不朽。』言罷流涕，手撿其集中謬相推許之言數則示余，而長跪頓首以請。余惶悚驚歎，謝不敏。

既而讀其文，卓犖奇偉，矯矯絶依傍，發前人所未發。序事宗龍門〔四〕，詩新警雄逸，字字性靈。而其人品學術，性情神態，磊落浩然之氣，畢露於行間。於戲，豈易得之士哉！

處士諱燕，韶之曲江人，生於甲申〔五〕九月二十六日〔六〕。時值鼎革，廣東尚爲明守，其後數更離亂，破産食貧。卒于乙酉七月七日〔七〕，是爲康熙四十四年，享壽六十有二。十八歲〔八〕補弟子員。既而棄去高隱，當道莫不重之，而處士介然自守，不肯事干謁〔九〕。肆力于詩古文，能絶去近代陋習，追踪古人。余耳處士名久，未見其著作，今始見之，而處士已死。

於戲，陰陽變化，四時行，百物生，文之本也。聖人畫卦造文字，蓋假借以發其蘊，而文章實不在此。作者不能仰觀俯察於日月寒暑、山川草木鳥獸以及聖人之禮樂政事，歷代人事之變遷，與一身之視聽言動求之，而區區求之于字句之間，亦末矣。故其於古人之文，得形而遺神，知方而不知無方。乃今處士之文，何其能得我心之所同然乎。

且夫修辭立其誠，聖人立言與德功相表裏，非爲娱目邀名欺世之具。近日作者惟寧都魏叔子先生，言經濟卽可見諸用，言道德卽期所能行，而章法一準乎古。處士之論雖間有高明之過，然實可繼魏先生以不朽。乃處士語人曰：叔子先生後惟王崑繩一人，崑繩之文洋洋無涯，變幻百出，直欲駕明元宋唐而上。噫，余何敢當處士之過譽哉！顧以余之落拓見棄于時，而萬里外有知己如此，及親至其鄉見其子，而其人又死，悲夫，悲夫！

余生平知己不過二三人，皆先我而死，處士未謀面亦死。粤中高士屈翁山、陳元孝亦死，梁太史藥亭〔一〇〕亦於是年三月死。粤中虛無一人。而海内老成凋謝，又不獨粤中爲然。余悵然獨立，天荒地老，俯仰無聊，一無所成于天下，徒以文字表彰忠孝遺逸，而悲歌慷慨，呼天而莫之應，則志處士之墓，而不禁潸然涕下也。孰知余之心哉，孰知予之心哉！

處士祖父母某，父母某。元配鄧，無出。繼亦鄧，生子三，瀛、湘、清。長子，庠生，能世其學。湘殤。清幼。二女〔一一〕，追、維。銘曰：

乾曜三光，坤列九垓，造物奇譎。風雷水火，山澤草木，鳥獸俱别。中則生人，爲天地心，代之喉舌。經之綸之，焕乎文章，六宇有截。嗟爾蒙蒙，不知其本，求之殘斁。此道在人，乃化之根，不可斷絕。處士廖君，嶺海奇英，鍾之滴血。磅礴萬古，睥睨百氏，雷轟岳嶂。視彼融修，大兒小兒，何堪一擊。天賦之才，又恐其揚，罄洩丹訣。遂奪其年，留茲真宰，逞〔一二〕之寥泬〔一三〕。嗟哉廖君，惟我與爾，心解神悅。白日昭昭，幽扃漠漠，靈虛洞澈。千秋尚友，矧在同時，何須面結。九原可作，溘彼埃風，招搖獨揭。

【注釋】

〔一〕此墓志銘錄自利民本、寶元本卷首。又見清王源《居業堂文集·墓志一》（卷十七）（清道光十一年讀雪山房刻本），標題作《廖處士墓志銘》，文字略有出入。

〔二〕乙酉：康熙四十四年（一七〇五）。

〔三〕粵東：廣東省的別稱。

〔四〕龍門：指司馬遷（前一四五或前一三五—？）。司馬遷出生於龍門，故稱。北周庾信《哀江南賦》：「信生世等於龍門，辭親同於河洛。」倪璠注：「遷生龍門。太史公留滯周南，病且卒，而子遷適反，見父子於河洛之間。」

〔五〕甲申：順治元年（明崇禎十七年，一六四四）。王源《居業堂文集》作「崇禎甲申」。

〔六〕九月二十六日：王源《居業堂文集》無。

〔七〕七月七日：王源《居業堂文集》無。

〔八〕十八歲：當爲「十九歲」，參見曾璟《廖燕傳》。

〔九〕「不肯」句：從廖燕一生行跡來看，曾多次干謁。康熙二十一年，兩廣總督吳興祚到任，廖燕以新刻《二十七松堂集》二卷並《上吳制府書》以干謁，但未得回復。康熙三十五年，韶州知府陳廷策解任入覲，約廖燕一同入京，事雖未成，亦是干謁。

〔一〇〕梁太史藥亭：梁佩蘭（一六二九—一七〇五），字芝五，號藥亭，廣東南海人。見《清史稿·列傳二百七十一·文苑一》。

〔一一〕二女：王源《居業堂文集》作「女子子三」。

〔一二〕逿：同「歸」。《字彙·辵部》：「逿，卽歸字。周宣王石鼓文：『舫舟西逿。』」

〔一三〕漻泬：利民本、寶元本作「漻泬」，今從讀雪山房刻本。「漻」同「漻」。《正字通·水部》：「漻，俗漻字。」漻泬，空曠虛靜貌。南朝梁何遜《七召·宮室》：「既臨下以漻泬，亦憑高而泱漭。」

廖燕傳〔一〕

曾璟筆峯〔二〕

廖燕，字人也，號柴舟，曲江人。生甲申〔三〕九月，乃順治元年也。幼時就塾，問師曰：『讀書何爲？』師曰：『博取功名。』燕曰：『何謂功名？』師曰：『中舉第進士。』燕曰：『止此乎？』師無以應。迨康熙元年，燕年十九，補邑弟子員〔四〕，忽忽不樂，常言士生當世，澤及生民曰功，死而不朽曰名，世人不悟，專事科第，陋矣。因屏去時文，築室武水西，額曰：二十七松堂。閉戶不出，日究心經史，蔬食斷煙，澹如也。

丹霞有澹歸者，異而訪之。燕亦知歸非常僧，盡出其平日詩古文詞以質，歸賞極，亟稱於人。由此名震粵東。年三十餘，欲上書變士習，適吳逆途梗，不果〔五〕。海内諸君子如魏和公輩皆不遠千里，徒步訂交；郡守陳公廷策更爲刻集行世，併移其堂城内〔六〕。陳隨入覲，欲薦於朝，力邀北上。舟次金陵，燕偶病，留寓焉〔七〕。陳抵都未幾，物故，燕聞之，即絶意仕進。歸而益肆力於古文，期發孔孟不傳之蘊。故其論宋高〔八〕、論張俊〔九〕，皆具千古隻眼，未經人道。尤善草書，狀如古木寒石，筆筆生動遒勁。人有得片幅者，價值數金。

康熙三十八年學使按詔，賦詩一章辭却諸生，有『願抱琴書伴釣磯』之句。自後當道至者莫不延訪，然罕見其面矣。吳太史韓〔一〇〕嘗奉命來粵，造其廬，歎息不置。年六十二卒于家，時康熙四十四年也。有子瀛，庠生，能世其學。後數年没，今遺一孫。

曾璟曰：璟幼時，常侍先人與柴舟遊。柴舟形如鶴，醉餘每以鮮菓戲璟，屈指已三十年矣。世無問識不識，讀其文想見其人，其雄恣則龍門，其超突則昌黎，幽峭類子厚，跌宕實一東坡。蓋惟不肯倚人，故能兼各長而自成一家。雖議論間有過高，究之無傷大雅，所謂古之狂者，非與？昔六朝文字卑弱，得韓吏部一振，風氣遂變。今詔自柴舟後古學始盛，然則柴舟固挽時之傑，非僅一邑之文學已也。

【注釋】

〔一〕此篇傳記錄自利民本、寶元本卷首。

〔二〕曾璟筆峯：曾璟，字筆峯，廣東曲江人。康熙間拔貢，曾任興寧教諭。見《曲江縣志·選舉表》（卷二）。他寫的《廖燕傳》被收錄雍正九年郝玉麟修《廣東通志》裏。

〔三〕甲申：順治元年（明崇禎十七年，一六四四）。

〔四〕『燕年』兩句：據王源《廖柴舟墓志銘》：『十八歲補弟子員。』兩文略有出入。

〔五〕『年三十餘』四句：據《從軍帖自跋》、《九日度梅關（時在某軍中）》等詩文，康熙十五年，三藩之亂期間，廖燕隨軍從廣東度梅關入江西，寓大餘寶界寺，直至本年年底。這次北上，廖燕參加的是反清軍隊，所謂『欲上書變士習』云云，並非事實。

〔六〕移其堂城内：　康熙三十五年，原韶州知府陳廷策解任赴京，攜廖燕同往。據《喜得家信寄謝郡侯陳毅庵夫子暨同郡諸公》：『薪水已無憂，寧計他乏匱。況復庭戶修，花竹多蒽萃……吁嗟胡能然，德施賢守始。諸公有同心，慷慨贈遺亟。』可見廖燕家得到陳廷策等的資助，房舍裝修一新。但并非『移其堂城内』。據《英石牕歌寄廣陵周象九有序》、《贖屋行謝孫都尉廉西查副戎維勳暨義助諸公》和《劉五原詩集序》等詩文，真正『移其堂城内』的是孫清、查之愷等，且時間是康熙三十七年。

〔七〕『舟次』：　康熙三十五年，原韶州知府陳廷策解任赴京，攜廖燕同往。據《家信與兒瀛》：『正月廿五日發舟，於二月十一日至南昌……十三日，公祖分路北上，留盤費三十金與予。同薛某至蘇州，即寓其家……兹爲織造府李公送寓報本庵……秋初當圖歸計矣。』可見廖燕此次出行大部分時間是留在蘇州，而不是金陵，金陵只是路過。

〔八〕宋高：　指宋高宗趙構（一一〇七—一一八七），字德基。徽宗第九子，欽宗弟。北宋滅亡後，他逃至南京即帝位。任用秦檜等進行投降活動，竭力壓制岳飛等將領的抗金要求。紹興十年（一一四〇）各路宋軍在對金戰爭中節節取勝時，宋高宗卻下令各路宋軍班師，斷送了抗金鬥爭的大好形勢。紹興十一年，解除岳飛、韓世忠等大將的兵權。不久，他與秦檜製造岳飛父子謀反冤案，以『莫須有』的罪名加以殺害。後遂同金朝簽定屈辱投降的『紹興和議』，向金稱臣納貢，以換取金承認自己在淮河、大散關以南地區的統治權。

〔九〕張俊：　當即張浚（一〇九七—一一六四），南宋大臣。字德遠。漢州綿竹（今屬四川）人。建炎四年，張浚無視宿將曲端的正確意見，集結陝西五路軍隊，與金軍在富平（今屬陝西）會戰，結果大敗。隆興元年（一一六三）主持北伐。宋軍連克靈璧（今屬安徽）、虹縣（今安徽泗縣）、宿州（今安徽宿州），旋即潰敗。浚因此罷官，不久即死，謚忠獻。

〔一〇〕吴太史韓：指吴涵，字容大，浙江石門（今屬浙江省桐鄉市）人。康熙二十一年（一六八二）進士。歷官至左都御史，兼翰林院掌院學士。康熙四十一年，吴涵任吏部右侍郎。見《清史稿·部院大臣年表二上》（卷一百八十）、乾隆《大清一統志·嘉興府·人物·本朝》（卷二百二十一）、清曾筠等修《浙江通志·人物一·名臣一·嘉興府·國朝》（卷一百五十八）有傳。

廖燕傳〔一〕

廖燕，初名燕生，字柴舟〔二〕。曲江人，邑諸生。抗志〔三〕不羈，不苟爲制舉文。嘗言：士生當世，澤及生民曰功，死而不朽曰名，專事科第抑陋矣。卜居武水西，榜其門曰二十七松堂。閉户讀書，日事著作。郡守陳廷策躬禮其盧，交款洽，爲刻其集行世。偕之北遊，適舟次金陵，以病留〔四〕，得覽江山之勝。歸而究通儒之學，文益恣横。善草書，狀如古木寒石，筆有奇氣。人得尺幅，什襲〔五〕珍之。康熙丁卯〔六〕，分纂郡邑志。乙酉〔七〕，卒於家。著有《二十七松堂集》，梓行東洋〔八〕，遺詩入選《國朝詩裁》〔九〕、《廣東詩粹》〔一〇〕。

【注釋】

〔一〕此篇傳記見同治十三年刊本清林述訓等修《韶州府志·列傳·人物·曲江》（卷三十二）。

〔二〕字柴舟：據曾璟《廖燕傳》：『廖燕，字人也，號柴舟，曲江人。』則柴舟非字，乃號也。

〔三〕抗志：高尚其志。《六韜·上賢》：『士有抗志高節以爲氣勢，外交諸侯，不重其主者，傷王之威。』

〔四〕『適舟』二句：參見曾璟《廖燕傳》注〔一〇〕。

〔五〕什襲：重重包裹，謂鄭重珍藏。什，十。宋張守《跋〈唐千文帖〉》：『此書無一字刓缺，當與夏璜趙璧，什襲珍藏。』

〔六〕丁卯：康熙二十六年（一六八七）。

〔七〕乙酉：康熙四十四年（一七〇五）。

〔八〕梓行東洋：同治元年（日本文久二年，一八六二），《二十七松堂集》刊行於日本，鹽谷世弘爲之作序。

〔九〕《國朝詩裁》：即《清詩別裁》，清沈德潛編。沈德潛，字碻士，號歸愚，長洲（今江蘇蘇州）人。乾隆元年薦舉博學鴻詞科。乾隆四年成進士。曾任内閣學士兼禮部侍郎。所著有《沈歸愚詩文全集》。又選有《古詩源》、《唐詩別裁》、《明詩別裁》、《清詩別裁》等。見《清史稿·列傳九十二》。

〔一〇〕《廣東詩粹》：清梁善長編。梁善長，字崇一，順德人。乾隆四年進士。此集所選廣東詩上始於唐，下至清，凡四百一十三家，一千五百五十餘首，各爲之評注。

附録五　人物小傳

廖燕集涉及明末清初主要人物小傳

說明：
爲便於讀者瞭解廖燕的創作背景，兹詳考而編寫其交遊人物的生平小傳及集中涉及主要人物小傳，按姓名筆劃排序。

二劃

丁時魁：字斗生，明清之際湖廣江夏人，明崇禎進士，授禮部主事。南明隆武朝任禮科給事中，永曆朝歷官吏科給事中。依李元胤，爲『五虎』之一。後爲吳貞毓等所傾，論戍鎮遠。移居桂林。桂林陷，降清，入孔有德幕，旋病死。見王夫之著《永曆實錄》卷二十一。本書《永曆幸緬始末》（卷十七）提及。

千齡上人：清初僧人。廖燕有《雜花林訪千齡上人曁首座心鑒》詩（卷十八）。

三劃

王虎：清初人，三藩之亂叛軍將領，生平不詳。本書《蟒將軍傳》（卷十四）提及。

四劃

王隼（一六四四—一七〇〇）：字蒲衣，廣東番禺人。輯有《嶺南三家詩選》。七歲能詩，早年棄家入丹霞爲僧。旋遊匡廬，居太乙峯六七年，始歸。性喜琵琶。著有《琵琶楔子》、《大樗堂集》等。《清史稿》卷四百八十四有傳。廖燕《琵琶楔子題詞代》（卷五）中之『王子□□』即指王隼。□□處，當爲『蒲衣』二字。

王煐：直隸人，廪生。康熙二十八年（一六八九）至三十四年任惠州知府。見清劉湝年修《惠州府志》卷十九。本書《豐湖歌送王觀察之任川南》（卷十八）提及。

王源（一六四八—一七一〇）：字昆繩，一字或庵，直隸大興（今北京市）人。康熙三十二年舉人。初從魏禧學古文，晚年師事顔元，爲顔李學派的重要人物。著有《平書》、《居業堂文集》等。《清史稿》卷四百八十有傳。受廖燕之子廖瀛之請作《廖柴舟墓志銘》。

王瀚：字其仲，號斲山。明末吳縣附例生，入清隱居。博學多識，豪侈不吝，瀟灑倜儻，儒雅禮佛。與金聖歎交往三十餘載。參與批評《西廂記》。著有《斫山語錄》，未見流傳。見陸林《金批〈西厢〉〈水滸〉的參與者：王斫山、王道樹事蹟探微》。本書《金聖歎先生傳》（卷十四）提及。

王之臣：山東人。吏員，康熙二十八年任新會縣典史。見清林星章修、黄培芳等纂《新會縣志》卷五。見本書《陸烈婦傳》（卷十四）提及。

王也癡：清初浙江定海縣（今浙江省舟山市）人。足跡幾遍天下，寓廣東近十年。能書善畫，作有《意園帖》、《意園圖》。見本書《意園帖跋》（卷十三）、《意園圖序》（卷四）。

王孔昭：清初人，生平不詳。王孔昭點評了廖燕《五十一初度自序》（卷四）等文。

王石庵：生平不詳。負才好遊，有《浪遊草》、《燕市吟》等作。廖燕有《王石庵詩集序》（卷三）。

王西涯：清初人，生平不詳。廖燕有《寄懷酧陳崑圃制題作詩課兼柬王西涯有序》詩（卷十八）。

王廷璣：康熙二十七年至韶關任榷關部司。見清林述訓等修《韶州府志》卷五。本書《相江書院記榷關王戶部觀風題》（卷七）提及。

王祖望：明末清初人。永曆朝任禮部主客司。永曆十三年（順治十六年）清兵進攻雲南，隨永曆帝進入緬甸，對馬吉翔的誤國行爲大爲不滿，曾上疏劾之。永曆十五年（順治十八年）在咒水之難中遇害。見《續明紀事本末》卷之十四、清鄧凱撰《也是錄》。本書《永曆幸緬始末》（卷十七）提及。

王啟隆：明末清初人。明將。任總兵。明亡後隨永曆帝入雲南，南明永曆十五年（一六六一）清軍入滇，隨永曆帝逃入緬甸，在咒水之難中遇害。見清鄧凱撰《也是錄》、清邵廷寀撰《西南紀事》卷一。本書《永曆幸緬始末》（卷十七）提及。

毛宗崗（一六三二—一七〇九）：字序始，號孑庵。清江南長洲人。與《隋唐演義》作者褚人穫爲同學，與金人瑞也有交往。康熙三、四年間，協助其父毛綸評改《三國志演義》和《琵琶記》，另有《孑庵雜錄》。見清褚人穫《堅瓠集》中《第七才子琵琶記》浮雲客子序。本書《金聖歎先生傳》（卷十四）提及。

毛際可（一六三三—一七〇八）：字會侯，號鶴舫，晚號松皋老人。浙江遂安（今屬浙江杭州市淳安縣）人。順治十五年進士，授彰德府推官，歷城固、祥符等知縣，興水利，禁横暴，所至有善政。工詩詞古文，以詩文名家。著有《安序堂文鈔》、《浣雪詞鈔》（一名《映竹軒詞》）、《松皋詩選》等。見周駿富輯《清史列傳》卷七十、清錢儀吉纂《碑傳集》卷九十五《康熙朝守令中之中》。毛際可對廖燕之文《性論》、《三才説》、《范雪村詩集序》等多有點評。

方巢：清初秣陵人，生平不詳。本書《記續碧落洞詩始末》（卷十七）提及。

方鶴居：清初江南人，好遠遊，足跡遍西南、粤東。又善畫。本書《贈方鶴居》（卷十八）提及。

心鑒：清初僧人。廖燕有《雜花林訪千齡上人暨首座心鑒》詩（卷十八）。

五劃

古心：清初人，武夷道士，生平不詳。廖燕有《觀古心上人烹茶》詩（卷十九），《人日遊紫微巖聽彈琴詩序》（卷三）亦提及。

田崑山：清初廣州人。爲參將或游擊等中級軍官。見廖燕《田崑山副戎招伎聞奇聞悦飲別墅備諸韻事時予先以事旋里公惜予不在後返述其意因賦以謝》（卷二十）、《九日帖自跋》（卷十三）。

四無上人：　清初曹溪南華寺僧。見廖燕《與四無上人》（卷十）、《暮春寓曹溪同陳崑圃黄少涯釋四無西山採茶》（卷十九）、清馬元及釋真朴重修《重修曹溪通志》卷八。

丘天民：　字獨醒，明末曲江人。諸生，博學工書畫。性倜儻，澹於名利。後棄舉業，專隱於畫。其弟半醒有兄風，亦善畫。見清張希京修、歐樾華等纂《曲江縣志》卷十四本傳。廖燕有《丘獨醒傳半醒附》（卷十四）。

白文選（一六一五—一六七五）：　號毓公，明末清初陝西吴堡人。早年隨張獻忠征戰，屢立戰功。張獻忠死，隨孫可望入雲貴聯明抗清。永曆十一年（一六五七），孫可望發動叛亂，發兵十四萬攻駐昆明的李定國部，令白文選、馬寶爲先鋒。白文選沒有執行這一命令，反與李定國共同平定了孫可望的叛亂，孫可望降清，白文選以功封爲鞏昌王。次年，率軍駐守七星關（在今貴州畢節西南七星山上），抵禦清軍，後戰敗入滇，與李定國轉戰滇西，堅持抗清。永曆十五年（一六六一），敗於騰越茶山，降清，受封承恩公，隸漢軍正白旗。事見清徐鼒撰《小腆紀傳》卷三十七。本書《永曆幸緬始末》（卷十七）提及。

仞千上人：　清初僧人，通書法，生平不詳。見廖燕《會龍庵晤仞千上人》（卷十九）、《與仞千上人》（卷十）。

包子韜：　清初人，生平不詳。見《茂名錢明府閬行招同萬管村包子韜遊城西荔枝園》（卷十八）一詩。

包謀野：　清初浙江會稽（今浙江省紹興市）人。廖燕之友，長廖燕二十歲。著有《春秋巵言》、

《春秋評輿》。見廖燕《春秋巵言序》(卷三)。

朱蘖：字藕男。清初江西廬陵人。賦性豪邁，客長安十餘年，所遇名公鉅卿，無不折節下交。好飲。著有《荷亭文集》、《荷亭剩草》。見朱蘖《二十七松堂集序》，廖燕《荷亭文集序》(卷三)、《題荷亭剩草》(卷五)。

六劃

朱一士：朱蘖侄，江西廬陵人。廖燕有《與朱一士》(卷十)。

朱元貴：當作朱天貴(？—一六八三)，字尊上，號達三，福建莆田人。本爲臺灣鄭經部將，康熙十九降清，授平陽總兵。後隨施琅攻澎湖，中炮死。謚忠壯。見清錢儀吉纂《碑傳集》卷一二〇彭啟豐《榮禄大夫浙江平陽鎮總兵官左都督贈太子少保朱忠壯公天貴墓志銘》、李延昰補編《靖海志》(卷四)。本書《韶協鎮孫公傳》(卷十四)提及。

朱由榔(一六二三—一六六二)：桂王朱常瀛之子，襲封桂王。清兵入關後，被擁爲監國，接著稱帝於廣東肇慶，年號永曆。被清兵追逼而逃入緬甸，康熙元年爲吳三桂索回絞殺於昆明。見清南沙三餘氏撰《南明野史》卷下。廖燕有《永曆幸緬始末》(卷十七)。

朱由檢(一六一一—一六四四)：天啟七年(一六二七)即位，年號『崇禎』。在位十七年，明朝最後一個皇帝。南明弘光初上廟號思宗，謚紹天繹道剛明恪儉揆文奮武敦仁懋孝烈皇帝，簡稱烈皇帝，後改廟號毅宗，隆武朝改廟號威宗。清朝謚爲莊烈皇帝。本書《待贈文林郎文學張君墓志銘》(卷十五）提及。

朱式桐：　清初僧人。廖燕有《贈朱式桐》詩（卷二十）。

朱吟石：　生平不詳。作有《十九秋詩》，見廖燕《朱吟石十九秋詩題詞》（卷五）。

朱庭柏：　字林修。清初江蘇江寧人。朱鶴閒之子。性高潔，未仕。好學而工詩，多才而善鑒。好奇石。杜濬有《題朱林修塵外樓圖》，陳作霖《東城志略》：『運河水又南折至馬家橋，有緣蘋灣，朱處士庭柏寄寓於上。宋山言詩：「便欲從君圖畫裏，杉皮屋子補三間。」』可見朱庭柏應爲畫家。見廖燕《朱氏二石記》（卷七）、清陳作霖《東城志略》、朱庭柏爲伍涵芬《說詩樂趣》所作序。

朱梓文：　清初人，生平不詳。廖燕有《送朱梓文還會稽》（卷二十）。

朱德安：　字靜公，浙江會稽人。例監。率性爽朗。曾代理英德與曲江縣知縣，俱有惠政。康熙二十八年任南雄府通判。見清余保純修《直隸南雄州志》卷四、廖燕《揚子江遇風暴記》（卷七）。

朱蘊金：　明末清初人，明宗室，衡州府同知。順治五年，湖南耒陽士民發動反清起義，被推爲起義軍首領。後任永曆朝通政司。清順治十五年（一六五八），清軍攻入雲南後，從永曆帝朱由榔入緬甸。當時分兩路入緬。永曆帝一路走水路，潘世榮、朱蘊金等一路走陸路。潘世榮等一路入緬後遭緬兵圍攻，潘世榮降於緬。朱蘊金自縊死。見王夫之《籜史·孝廉夏公》、清倪在田撰《續明紀事本末》卷十三。本書《永曆幸緬始末》（卷十七）提及。

朱鶴閒：　金陵人，以孝廉歷宦荊楚。廖燕受其子朱庭柏之請作《青溪別業記》。見廖燕《青溪別業記》（卷七）。

伍君祥：清初人，生平不詳。廖燕有《伍君祥像讚》（卷十六）。

任國璽（？—一六六二）：明末清初人，永曆朝官行人。清順治十五年（一六五八），清軍進攻雲南，永曆帝將出奔，任國璽獨請死守。李定國等言不可，乃護永曆帝入緬甸。入緬後，任國璽集宋末大臣賢奸事爲一書獻永曆帝。馬吉翔謂刺己，永曆帝止覽一日，馬吉翔黨李國泰即竊去。後在咒水之難中遇害，同死者四十二人。見《明史》卷二百七十九。本書《永曆幸緬始末》（卷十七）提及。

七劃

沈維材：字楚望，號樗莊。浙江海寧人。主要活動年代爲雍正乾隆間。庠生。工詩文。歷遊河南、山東、湖北、湖南、廣東等地。著有《晴川秋別詩》、《嫁衣集》、《四六枝談》、《樗莊文稿》、《樗莊尺牘》、《樗莊詩稿》等。見民國許傅霈等原纂、朱錫恩等續纂《海寧州志稿》卷三十三、清錢汝驥《樗莊文稿》序（見清沈維材著《樗莊文稿》卷首）。《二十七松堂集》前高序，該序雖署名高綱，實爲沈維材代筆，《見亭集敘代》：『余既序柴舟《二十七松堂集》，復有以弁言勤請者，則黃少涯之後人晉清也。』（見《樗莊文稿·序跋》）

宋犖（一六三五—一七一四）：字牧仲，號漫堂，又號西陂。清初河南商丘人。廕生。順治間以大臣子列侍衛。康熙三年，授湖廣黃州通判。十六年，授理藩院院判，遷刑部員外郎，榷贛關，還遷郎中。二十二年，授直隸通永道。二十六年，遷山東按察使。再遷江蘇布政使。二十七年，擢江西巡撫。三十一年，調江蘇巡撫。盡力供應聖祖南巡。後入爲吏部尚書。少與侯方域爲文友，詩文與王士禛齊名。精鑒藏，善畫。有《綿津山人集》，晚年別刻《西陂類稿》。見《清史稿》卷二百七十四、清趙宏恩等監修《江南通志》卷一百五。廖燕《滄浪亭歌呈某中丞》（卷十八）中的『某中丞』即指宋犖。

李林（一六五五—一七三五），字培生，一字韶石。韶州翁源縣（今廣東翁源縣）人。李林少懷大志，勤奮好學，過目成誦。康熙三十二年（一六九三）舉人。康熙三十六年，參加會試，獲取會元。授任翰林院庶吉士。受命編修三朝國史及《大清一統志》。後告老回鄉，閉門謝客，專心教導其子侄。有《紀恩詩》四卷、《玉署偶吟草》十二卷、《時藝》四卷等著作。見清林述訓等修《韶州府志》卷三十四本傳。廖燕《與友人論郡侯陳公入祀名宦書》（卷九）提及李林。

李煦（一六五五—一七二九）：字旭東，又字萊嵩、竹村，清滿洲正白旗人。包衣。蔭生。康熙元年授中書舍人，康熙十七年任韶州知府，二十一年改任寧波知府，後又任暢春園總管，三十一年任蘇州織造。在官三十年，經常專折密奏地方情形，爲康熙所倚重。雍正即位後，免官抄家，發遣口外，死於戍所。見清李果《在亭叢稿》卷十一《前光祿大夫戶部右侍郎管理蘇州織造李公行狀》、清林述訓等修《韶州府志》卷二十九李煦傳。康熙三十五年（一六九六），廖燕隨同解任赴京的陳廷策北上，至蘇州時爲蘇州織造府李煦送寓報本庵。見廖燕《家信與兒瀛》（卷十）。

李元胤：字源白，河南淅川縣人。本姓孫氏。少孤遭亂，明崇禎間，往依明總兵李成棟。順治初隨李成棟歸清，從清兵南下破廣州，後復反清，歸順南明，至欽州，爲清靖南王所執，不屈遇害。廖燕有《南陽伯李公傳》（卷十四）。

李永茂（一六〇一—一六四八）：字孝源，號耐庵，別號嵩道人，明末清初河南鄧州人。舉崇禎十年進士，歷官至南贛巡撫。明末清初之際，在江西贛州組織抗清，因逢父喪，而治喪廣東。入清後，買山於仁化之丹霞山，扶柩奉母避亂於此。後奉詔出山，拜大學士，卒於蒼梧，謚『文定』。清陳世英纂、釋古如增補《丹霞山志》卷六有傳。本書《遊丹霞山記》（卷七）提及。

李成棟（？—一六四九）：遼東人，一說山西人。爲明總兵，守徐州。順治二年歸清，從清兵南下破廣州，官至兩廣提督。與兩廣總督佟養甲以爭功有隙，遂擁眾反清，奉南明永曆帝正朔，出兵攻贛州，兵敗墜水死。見《清史列傳》卷八十本傳。廖燕《南陽伯李公傳》（卷十四）提及。

李宏聲：清初人，生平不詳。見《遊丹霞山記》（卷七）。

李非庵：清初人，廖燕之友，好詩文，築有雲在堂。見《甲寅人日同謝小謝李湖長讌集李非庵雲在堂兼出新詩畫冊評閱有賦》（卷十八）。

李長祥：字研齋，明末清初達州（今四川達州市）人。明崇禎十六年進士，選庶吉士。福王立，改監察御史。魯王監國，官至兵部左侍郎，佐魯王舉兵於浙。翁洲師潰，被羈於江寧，逸去。三藩之亂時，曾勸吳三桂『改大明名號以收拾人心，立懷宗後裔以鼓舞忠義』，但未被採納，李長祥失望辭去。後寄居廣東。有《天問閣集》。見《清史稿》卷五百本傳、清李桓輯《國朝耆獻類徵初編》卷四百七十九、清孫旭《平吳錄》。關於李長祥晚年隱居、去世於何地，廖燕的記載和《清史稿》不同。廖燕《海棠居詩集序》（卷三）稱『（李研齋夫婦）來吾韶，寄居仁化河頭寨萬山之中，未幾太史沒』。又《上吳制府乞移李研齋柩歸金陵書》（卷九）亦稱『（李研齋）流離嶺表，寄居韶陽仁化邑河頭寨萬山之中，遂病死於此』。民國何炯璋修《仁化縣志》卷四有李長祥傳，亦云『（李長祥）隱仁化河頭寨終其身』。而《清史稿》所載則謂其『晚歲始還居毗陵，築讀易堂以老』。兩說明顯矛盾。廖燕爲曲江人，與仁化爲近鄰，且與李長祥一家有交往，其所述皆爲親身所經歷，當不誤，可糾《清史稿》之誤。

李定國（一六二一—一六六二）：字鴻遠，陝西榆林人，一說延安人。明末清初大西農民軍將領。十歲參加張獻忠部農民軍，被獻忠收爲養子，能征善戰，成爲張獻忠四將軍之一。張獻忠死後，與孫可望等率軍移屯雲貴，聯明抗清。永曆六年（一六五二年）進軍廣西，攻克桂林，清定南王孔有德窮蹙自殺。又入湖南，設伏陣斬清敬謹親王尼堪于衡州（今衡陽）。同時，劉文秀亦收復四川的大部分。一度扭轉西南抗清局勢。但漸爲孫可望所忌，險遭謀害，内部分裂。他不得已退回廣西。後因連續失利，再退雲南，受明永曆帝封爲晉王。永曆十一年，擊敗已降清的孫可望進攻，繼續抗清，保護桂王政權，但清軍已盡知西南虛實，乃大舉入滇。永曆十三年（一六五九），他在滇西磨盤山（高黎貢山南段，位於騰沖、龍陵之間）設伏，因叛徒洩密，未能殲滅清軍。此後他仍在邊境艱苦轉戰。後得知朱由榔被絞死，遂悲憤而死。見《清史稿》卷二百二十四、清徐鼒撰《小腆紀傳》卷三十七本傳。廖燕《永曆幸緬始末》（卷十七）提及。

李相乾：廣東南海人。廖燕之友，長於廖燕，廖燕稱之爲『老年伯』。曾刊刻廖燕所著《曲江名勝詩》。見廖燕《與李相乾》之二、之三（卷十）。

李貞靜：定海縣（今浙江省寧波市鎮海區）人。許配慈谿葉敬斯，未及於歸，而葉敬斯客死揚州。苦節堅守歷四十有餘年。見《李節婦傳》（卷十四）、《李節婦墓表》（卷十五）。

李衹公：清初廣東南海（今廣東省佛山市）人。李相乾之子，與廖燕族弟佛民善，曾師事廖燕。

性孝友，早逝。廖燕有《祭李祇公文》（卷八）。

李鬲公：四川達州（今四川達州市）人。李長祥之子。明亡，其父李長祥在抗清失敗後攜家輾轉南下廣東，寄居韶州仁化丹霞山河頭寨。李長祥去世後，李鬲公與其母一直尋求將李長祥靈柩運回南京安葬。參看廖燕《上吳制府乞移李研齋柩歸金陵書》（卷九）、《海棠居詩集序》（卷三）。

李崇貴：明末清初人。永曆朝任東宮典璽。永曆十三年（順治十六年）清兵進攻雲南，隨永曆帝進入緬甸，入緬時與沐天波、王維恭商議引太子入茶山土司，既可在外調度各營；且永曆帝入緬，亦可遥爲聲援，或不至受困。但皇后不許。永曆十五年（順治十八年）在咒水之難中遇害。見清鄧凱撰《也是錄》。本書《永曆幸緬始末》（卷十七）提及。

李國泰：明末清初人。永曆帝朱由榔臣，太監。永曆十一年（清順治十四年）掌司禮監事。永曆十三年（順治十六年）隨永曆帝進入緬甸，永曆十五年（順治十八年）在咒水之難中遇害。見清南沙三餘氏撰《南明野史》卷下。本書《永曆幸緬始末》（卷十七）提及。

李復修：號謙菴，直隸蠡縣（今屬河北）人。貢生。直隸卽古漁陽，故又自稱李漁陽。康熙三年任雲南新平縣知縣，立官學，招墾種。會土司變起，李復修嚴守禦，城獲全。康熙十年補廣東四會縣知縣，任上主修《四會縣志》。康熙十四年陞廣州府同知，時當三藩之亂。康熙十五年二月，尚之信降吳三桂，發兵圍其父尚可喜住處，易服改幟。李復修時任廣州府同知，亦隨同反清。康熙十六年五月，尚之信聞莽依圖率清軍抵韶州，復率廣東省城文武官兵民等剃發歸順，李復修被任命爲韶州知府。七月，李復修隨莽依圖部抵達韶州，時吳三桂大將馬寶等攻韶州急，李復修會同莽依圖共同抵禦，堅守三月，城獲全。一年後任廣州知府。解任後歸隱。見徐世昌撰《大清畿輔先賢傳》卷二十八、清鄂爾泰等監修《雲南通志》卷十八、清韓志超等修及張瑠纂《蠡縣志》卷六、清陳志喆等修及吳大猷纂《四會縣志》編五、清屠英等修及胡森等纂《肇慶府志》卷十三、清瑞麟等修及史澄等纂《廣州府志》卷二十三、李復修爲澹歸和尚《偏行堂集》、《偏行堂續集》所作的序。李復修爲《偏行堂集》所作的序署名爲『中憲大夫知韶州府事古漁陽謙庵李復修』，爲《偏行堂續集》所作的序署名爲『中憲大夫知韶州府廣州府事漁陽李復修』。廖燕《上某郡守書》（卷九）中的『某郡守』、《復劉漢臣》（卷十）一文中提到的『李漁陽』、《李公謙庵燕居圖讚》（卷十六）中的『李公謙庵』，即爲李復修。

李湖長：清初浙江會稽（含今浙江省紹興市越城區、紹興縣的各一部分）人。好詩文。與廖燕有交往。見《送李湖長還會稽》（卷二十）。

李謙三：清初浙江山陰人。工詩。廖燕曾爲李謙三《十九秋詩》題詞。見《李謙三十九秋詩題詞》（卷五）。

杜陵山人：清初人，於軍中任幕客。廖燕於澹歸處得識杜陵山人。見《送杜陵山人序》（卷四）。疑《與鄭同虎書》（卷九）所提及『劉杜陵』爲同一人。

何心隱：原名梁汝元，字夫山。江西永豐人。明末學者。從學於顔鈞，後棄科舉，專意聚徒講學。因參與彈劾嚴嵩，得罪當道，故改名換姓，避難講學，後遭張居正捕殺。其著作今人輯爲《何心隱集》。見清黄宗羲撰《明儒學案》卷三十二。本書《胡清虚傳》（卷十四）提及。

何梅溪：生平不詳。廖燕《何公梅溪行樂圖讚》（卷十六）提及。

何雪生：本姓尹。東安（今廣東雲浮市）人，由新會入藉。康熙三十八年廣東鄉試第二名。見清郝玉麟等修《廣東通志》卷三十五、清汪兆柯纂修《東安縣志》卷三。《來書附》（卷九）提及。

吳涵（？—一七〇九）：字容大，浙江石門（今屬浙江省桐鄉市）人。康熙二十一年（一六八二）進士。歷官至左都御史，兼翰林院掌院學士。康熙四十一年，吳涵任吏部右侍郎。見《清史稿》卷二百八十。乾隆《大清一統志》卷二百二十一、清曾筠等修《浙江通志》卷一百五十八有傳。康熙四十一年（一七〇二）吳涵臨粵，有以廖燕詩文集進者，吳涵亟稱書善。見《謝吳少宰書》。

吳三桂（一六一二—一六七八）：字長白。明末清初高郵人，遼東籍。錦州總兵吳襄子。累擢爲寧遠總兵，封平西伯，鎮守山海關。崇禎十七年，拒李自成招降，求援於清。乃引清兵入關，破李自成，受清封爲平西王。爲清兵前驅，下四川，入雲南。康熙元年，殺南明永曆帝，受命鎮雲南。康熙十二年（一六七三）以不願撤藩，舉兵叛清，自稱天下都招討兵馬大元帥，國號周。陷岳州，北克陝甘，南掠浙閩，應者四起。其後漸衰。乃於衡州稱帝，不及半年即死。孫吳世璠繼位，康熙二十年爲清所滅。見《清史稿》卷四百七十四本傳。本書《永曆幸緬始末》（卷十七）提及。

吳大章：又作吳太章，清初江南江都縣人。多奇負氣，好遠遊，曾至廣東探韶石。見廖燕《蘧廬歌贈吳太章》（卷十八）、《地藏閣募建大殿疏》（卷六）。

吳中龍：字元躍，曲江人。順治十一年中舉，時年十二，以神童聞。性謹厚，素行廉介。康熙二十八年授順天府東安縣知縣，抵任旬日而卒。清張希京修、歐樾華等纂《曲江縣志》卷十四有傳，廖燕有《誥授文林郎東安縣知縣吳君墓志銘》（卷十五）。

吳予弼（一三九一—一四六九）：又作『吳與弼』，字子傳，明江西崇仁人。十九歲卽決心專治程朱理學，遂棄舉子業。天順元年（一四五七）：以石亨薦授爲左諭德，固辭不拜。見《明史》卷二百八十二本傳。本書《家佛民傳》（卷十四）提及。

吳世琮：吳三桂從孫。三藩之亂時跟隨吳三桂叛亂。康熙十八年，吳世琮圍南寧，與莽依圖軍大戰，重傷自殺。見《清史稿》卷四百七十四、《清史稿》卷二百五十四、清揚受延等修及馬汝舟等纂《如皋縣志》卷十七『曹應鵠』條。本書《蟒將軍傳》（卷十四）提及。

吳見思：字齊賢，清江南武進人。監生，撰有《史記論文》、《杜詩論文》，約成於康熙初。見《四庫全書總目》卷一七四、黄冕等修及李兆洛等纂《武進陽湖縣志·藝文志》。本書《金聖歎先生傳》（卷十四）提及。

吳承爵：明末清初人。大西農民軍將領。原爲孫可望部將。永曆十一年（一六五七）：孫可望發動叛亂，發兵十四萬攻駐昆明的李定國部，吳承爵轉投李定國。清軍進攻雲南時，隨永曆帝入緬甸。後在咒水之難中遇害，同死者四十二人。見清倪在田《續明紀事本末》卷之十七、清溫睿臨及李瑤撰《南疆繹史勘本》卷五。本書《永曆幸緬始末》（卷十七）提及。

吳興祚（一六三二—一六九七）：字伯成，號留邨，漢軍正紅旗人，原籍浙江山陰（今紹興）。歷任江西萍鄉知縣、山西大寧知縣、山東沂州知州，福建按察使、巡撫等。康熙二十年，擢兩廣總督。吳興祚爲官清正廉潔，爲政持大體，除煩苛。工詩文，擅音律。好結交海內名士，暇則詩文觴詠。著有《留村詩稿》。《清史稿》卷二百六十有傳。康熙二十一年（一六八二），廖燕以新刻《二十七松堂集》數卷並《上吴制府書》投贈，未得回復。不久又復上書請吴興祚資助李長祥靈柩歸金陵，見《上吴制府乞移李研齋柩歸金陵書》（卷九）。

汪子燮：廣陵人，生平不詳。本書《胡葉舟傳》（卷十四）提及。

沐天波（？—一六六一）：明清之際雲南昆明人。先世本安徽鳳陽定遠（今安徽定遠縣）人。雲南總兵官沐朝弼玄孫。崇禎年間（一六二八—一六四四），襲封黔國公，鎮守雲南。土司沙定洲爲亂，攻佔昆明，逃奔永昌府（今雲南保山市）。平定後，復歸昆明。永曆帝朱由榔入滇，其任職如故。南明永曆十五年（一六六一）清軍入滇，隨永曆帝逃入緬甸，在咒水之難中遇害。見《明史》卷一百二十六、清邵廷寀撰《西南紀事》卷八。本書《永曆幸緬始末》（卷十七）提及。

門鶴書：爲廖燕的後生晚輩，著有《魚夢堂集》。見廖燕《與門鶴書》（卷十）、《魚夢堂集題詞》（卷五）。

八劃

范雪村：清初浙江人。性豪俠，篤於友誼，薄功名。自小歷遊西北邊塞之地，數寓滇南川陝。在寓居廣州期間與廖燕有交往。著有《范雪村詩集》。見廖燕《范雪村詩集序》（卷三）。

苟金徽：四川合州（今重慶市合川區）人。康熙二十三年（一六八四）舉人。性孝友，潛心理學。康熙三十七年任曲江知縣。愛民如子，合邑感戴。尤培養士林，捐增田租爲書院延師養士費。清張希京修《曲江縣志》卷十三有傳。見廖燕《盧烈婦傳》（卷十四）。

林元之：清初人，生平不詳。廖燕有《與林元之》（卷十）。

林草亭：明末清初福建莆田人。著有《草亭詩集》。見廖燕《草亭詩集序》（卷四）。

林嗣環：字起八，號鐵崖，福建晉江人。順治六年進士。尚可喜、耿仲明兩藩王南征廣東時，林嗣環隨軍南下。順治七年，任廣東提刑按察司副使，分巡雷瓊道、南韶道，多惠政。後因抵制尚、耿二藩不法事落職，流寓浙江西湖。日徜徉湖山詩酒間卒。著有《鐵崖文集》、《海漁篇》等。清林述訓等修《韶州府志》卷二十九、清方鼎等修朱升元等纂《晉江縣志》卷九有傳。本書《與鄭同虎書》（卷九）提及。

杭簡夫：清初人，生平不詳。見廖燕《送杭簡夫游翠微峯序》（卷四）、《送杭簡夫北旋》（卷二十一）。

東皋屠者：姓名不詳。清初福建晉江人，以屠爲業，善畫蘆雁。清方鼎等修、朱升元等纂《晉江縣志》卷之十五有傳。廖燕有《東皋屠者傳》（卷十四）。

尚之信（？—一六八〇）：遼東海州（今海城）人，隸漢軍鑲藍旗。尚可喜之子。順治中，入侍京師，秩同公爵。康熙十五年（一六七六），脅持其父，叛附吳三桂。次年，又轉降清，襲封平南王。以殘暴好殺，爲部下所怨。又按兵不動，不遵朝命行事，被逮捕賜死。見《清史稿》卷四百七十四本傳。本書《蟒將軍傳》（卷十四）、《三藩謀逆始末》（卷十七）提及。

尚可喜（一六〇四—一六七五）：清初藩王，鎮廣東。字元吉，號震陽，明末清初遼東人。本明將，後降清，授總兵官。清太宗崇德間，封智順王，隸漢軍鑲藍旗。順治間，改封『平南王』，永曆三年

（清順治六年，一六四九）十二月，與耿仲明進軍廣東，大破明軍。後留守廣東，鎮廣州。後其子尚之信附吳三桂叛清，尚可喜臥病不能制，憂憤而死。歸葬海城。見《清史稿》卷二百三十四本傳。本书《重開湞陽大廟清遠三峽路橋記》（卷七）等文提及。

周鼎：字象九。江都（今江蘇揚州）人。曾參加平定清初三藩之亂的戰爭。以功授鎮安別駕，隨陞羅平知州，未幾以親老辭歸。後長期寄寓英德。見廖燕《周象九五十壽序》（卷四）、《記續碧落洞詩始末》（卷十七）。

周玉衡：字星巖，江南山陽（今江蘇省淮安市楚州區）人。監生。康熙十六年任廣東陽江知縣。在任期間主持陽江縣志的修撰工作。見清屠英等修、胡森等纂《肇慶府志》卷十三。廖燕《山陽周氏族譜序》（卷三）就是爲周玉衡所作族譜。

周廷望：广东曲江人，生平未詳。本書《補郡志藝文志》（卷十六）提及。

周明瑛：生平不詳。廖燕有《錄周明瑛女史尺牘跋》（卷十三）。

周漢威：生平不詳。廖燕有《周漢威印藪跋》（卷十三）。

周韓瑞：福建莆田人。康熙七年（一六六八）任曲江知縣。任內主持增輯《曲江縣志》。見清張希京修、歐樾華等纂《曲江縣志》卷一。本書《重修曲江縣志凡例》提及。

金人瑞（一六〇八—一六六一），字聖歎，爲明亡所後改。原名金采，字若采。明末清初江南吳縣人。明諸生。少有才名，倜儻不群。清順治十八年（一六六一），清世祖去世後，以知縣任維初貪殘，與諸生倪用賓等哭文廟，被巡撫朱國治指爲『震驚先帝之靈』處斬。曾評點《離騷》、《莊子》、《史記》、杜詩、《水滸傳》、《西廂記》，合稱『六才子書』。亦能詩，有《沉吟樓詩選》。見廖燕《金聖歎先生傳》（卷十四）。

金光祖：清漢軍正白旗人。順治間由吏部郎中累遷福建布政使。康熙間擢至兩廣總督。吳三桂初反時態度曖昧。後爲吳氏所遣僞官董重民所逐，往依尚之信。旋與尚之信密謀反正，復定兩廣。康熙二十年被劾解職。見《清史列傳》卷五本傳。廖燕《蟒將軍傳》（卷十四）提及。

屈大均（一六三〇——一六九六）：初名紹隆，字翁山，中年改名大均，廣東番禺（今屬廣州市）人。少年逢明清易代，參加武裝抗清，後削髮爲僧，數年後又還俗返儒。生平所至皆有詩，多感時吊古，抒亡國之憤與不屈之志。與陳恭尹、梁佩蘭並稱嶺南三大家。著作有《翁山詩外》、《翁山文外》、《廣東新語》等。本書《答客問五則》（卷十七）提及。

屈半農：清初人，生平不詳。見廖燕《與屈半農》（卷十）、《遊草履庵同胡而安屈半農》（卷十八）。

九劃

胡而安：明末清初人，生平不詳。身名理而好功名。從廖燕稱其爲『太僕（舊時對綠林好漢的尊稱）』且好談俠事來看，胡而安應是一名俠客。見廖燕《羅桂庵詩集序》（卷三）、《候胡而安太僕》（卷十）、《坐西禪寺萬佛閣同胡而安太僕》（卷十九）。

胡賓王：字時賢，曲江人。其所居鄉乾道中分隸乳源，故又稱乳源人。南漢時登進士，累官中書舍人、知制誥。劉鋹時辭官歸，著《南漢國史》。劉鋹，上其書於宋，號《劉氏興亡録》。以明經授著作郎。宋真宗咸平三年登進士第。累遷翰林學士致士。見《古今圖書集成》氏族典卷八四、清林述訓等修《韶州府志》卷三十三。本書《書重刻武溪集後》（卷十二）提及。

胡髯翁：廖燕之友。廖燕爲其堂題名聽劍堂。見廖燕《與胡髯翁》（卷十）、《題聽劍堂跋》（卷十三）。

茹鉉：字仔蒼，山陰人。康熙三年（一六六四）進士。康熙十三年任廣東瓊山縣知縣。著有《王會新編》。見清王贄等修、關必登纂《瓊山縣志》卷六、平恕等修《紹興府志》卷七十七、廖燕《復茹仔蒼明府》（卷十）。

柯遠若：江寧（今南京市）人，喜好英石。見廖燕《送柯遠若還江寧》（卷十九）、《英石歌贈柯遠若》（卷十八）。

查之愷：字維勳，江南人。康熙二十八年任右翼鎮標中營游擊。右翼鎮設於康熙年間，駐韶州。見清林述訓等修《韶州府志》卷六。廖燕作有《查維勳副尉像讚》（卷十六）、《贖屋行謝孫都尉廉西查副戎維勳暨義助諸公》（卷十八）。

查翽章：清初人，生平不詳。從文中『弱冠翩翩，懷才欲試』句可知，查翽章當時非常年輕，極可能是查之愷之子。本書《查翽章像讚像作執矢睨視狀》（卷十六）提及。

俞其祥：清初人。早年從軍，曾駐韶州。後歸隱浙江會稽縣。見廖燕《送俞其祥還會稽》（卷十八）。

姜承德：　明末清初人，南明永曆帝將領。　任永曆朝中軍，清順治十五年（一六五八），清軍攻入雲南後，從永曆帝朱由榔入緬甸。　當時分兩路入緬。　永曆帝一路走水路，潘世榮、朱蘊金、姜承德等一路走陸路。　潘世榮等一路入緬後遭緬兵圍攻，潘世榮降於緬。　朱蘊金、姜承德自縊死。　見清倪在田撰《續明紀事本末》卷十三。　本書《永曆幸緬始末》（卷十七）提及。

洪承疇（一五九三—一六六五）：　字彦演，號亨九。　明末清初福建南安人。　明萬曆四十四年進士。　崇禎時任兵部尚書。　曾督師鎮壓農民軍。　崇禎十四年任薊遼總督，率八總兵援錦州，敗入松山。　次年，城破被俘，降清，隸漢軍鑲黄旗。　順治間以兵部尚書總督江南軍務，鎮壓抗清義軍；　繼又奉命經略西南各省，官至武英殿大學士。　卒謚文襄。　見《清史稿》卷二百三十七本傳。　廖燕《永曆幸緬始末》（卷十七）提及。

洪嘉植：　字去蕪，江南歙縣（今安徽黄山市歙縣）人。　以布衣而談理學，名公卿嘗上章薦舉，辭以親老，不就。　著有《易説》十五卷、《春秋解》二十卷。　見清張佩芳修、劉大櫆纂《歙縣志》卷十二本傳。　本書《答客問五則》（卷十七）提及。

姚仲淑：　金陵（今江蘇南京）人。　李長祥續配。　善詩畫。　著有《海棠居詩集》。　見廖燕《海棠居詩集序》（卷三）。

姚飛熊：　字非漁，廣東歸善（今廣東省惠州市惠城區、惠陽區、惠東縣）人。　康熙三十六年（一六九七）拔貢。　見清章壽彭等修、陸飛纂《歸善縣志》卷十、清沈德潛編《清詩别裁集》卷二十六。　本書《與門鶴書》（卷十）提及。

姚炳坤：鑲紅旗人，監生。本姓葉，入旗改姓姚。康熙三十六年（一六九七）任廣東省乳源縣知縣，康熙三十九年（一七〇〇）任廣東省番禺縣知縣。見清林述訓等修《韶州府志》卷五、清李福泰修及史澄等纂《番禺縣志》卷二、廖燕《李節婦墓表》（卷十五）。

姚啓聖：字熙止，號憂庵，浙江會稽（今紹興）人。明季爲諸生。清順治初入旗籍，隸漢軍鑲紅旗。康熙二年舉八旗鄉試第一。授廣東香山知縣。三藩之亂時，以家財募兵，赴康親王傑書軍前效力，因功擢福建布政使，康熙十七年進總督。屢破臺灣劉國軒軍，肅清閩境。加太子太保，進兵部尚書。屢陳進兵臺灣之策。康熙二十二年，施琅攻臺灣，駐廈門督餉饋運。有《憂畏軒集》。見《清史稿》卷一九七、卷二百六十。本書《韶協鎮孫公傳》（卷十四）提及。

姚彙吉：清初人，生平不詳。康熙三十二年（一六九三），姚彙吉與廖燕在英德會面，廖燕作《癸酉臘月姚彙吉見訪英州旅寓賦贈》（卷十八）贈之。

十劃

馬元：遼東籍，清北直真定（今河北省石家莊市正定縣）人，累官湖廣按察使。康熙九年（一六七〇）任韶州知府，性嚴明，精勤敏練，案無留牘，訟至立決。注重人才的培養。任內主持續修《韶州府志》。見清林述訓等修《韶州府志》卷二十九、卷首歐樾華序。

馬寶：明末清初陝西人。明末參加農民軍，後附明桂王，先後爲孫可望、李定國部將。南明亡，降吳三桂，以右都督充中營總兵。三藩之亂時，率兵由貴州窺湖廣，再入廣西，一入四川。康熙二十年，赴希福軍前降，執至京，磔於市。見《清史列傳》卷八十本傳。本書《蟒將軍傳》（卷十四）提及。

馬天門：清初南海（含今廣東省佛山市禪城區、南海區及廣州市的一部分）人。好黃老之學。見廖燕《物我說贈馬天門》（卷十一）。

馬吉翔（？—一六六一）：一作『馬吉祥』。明清之際順天大興人，一說四川銅梁人。明武進士，歷官至廣東都指揮使。隆武時，以擁戴功擢錦衣衛都督僉事。旋事永曆帝，以擁戴及扈駕功晉文安侯，入閣司票擬。永曆六年（順治九年），與內侍龐天壽諂附孫可望，謀逼永曆帝禪位。永曆十年李定國迎永曆帝入雲南，復媚事李定國，入閣重掌大權。後清兵逼雲南，從永曆帝入緬甸，永曆十五年（順治十八年）死於咒水之禍。見王夫之《永曆實錄》卷二十四本傳。本書《永曆幸緬始末》（卷十七）提及。

馬承蔭：清陝西固原人。馬雄之子。康熙十三年，其父馬雄叛降吳三桂後，馬雄之母令馬承蔭赴廣西招降。康熙十八年，馬承蔭率僞將軍郭義及僞文武官降，授伯爵。康熙十九年，馬承蔭復叛，爲金光祖、莽依圖擊敗，降於簡親王喇布。被押解至京，論死。見《清史列傳》卷八十。本書《蟒將軍傳》（卷十四）提及。

馬雄飛：明清之際順天大興人，一說四川銅梁人。馬吉翔之弟。從永曆帝朱由榔於雲南，後又從永曆帝入緬甸，永曆十五年（順治十八年）死於咒水之禍。見清西亭淩雪撰《南天痕》卷二十六、清鄧凱撰《也是錄》。本書《永曆幸緬始末》（卷十七）提及。

耿仲明（一六〇四—一六四九）：字雲台。遼東人。初爲明登州參將，天聰七年（明崇禎六年），一六三三)降後金。崇德元年(一六三六),封爲懷順王,隸漢軍正黄旗。順治初隨清兵入關,南下攻南明。順治六年(一六四九),改封靖南王,旋因事自殺。子耿繼茂襲封,駐廣州,又移福建。康熙十年(一六七一),耿繼茂卒,其子耿精忠襲封。後隨吴三桂叛清。見《清史稿》卷二百三十四本傳。廖燕《永曆幸緬始末》(卷十七)提及耿仲明。

耿精忠(一六四四—一六八二):辽东盖州卫人(今营口盖州),漢軍正黄旗人,耿仲明孫,耿繼茂子,襲稱靖南王,康熙十二年,清廷下诏撤三藩,乃據福建反,与吴三桂合兵入江西,爲清军镇压,遂降,後伏誅。見《清史稿》卷四七四本傳。本書《蟒將軍傳》提及。

袁彭年:明末清初湖廣公安人。明崇禎七年進士。以給事中降清,累官布政使。順治間,勸李成棟起兵反清。在永曆朝任左都御史,時號爲『五虎』之一。見《清史列傳》卷八十。本書《永曆幸緬始末》(卷十七)提及。

連雙河:清初人,生平不詳。廖燕有《喜晤連雙河即送還楚》(卷十九)。

時兒:廖燕第三子,爲廖燕續配鄧氏所生。廖燕原配育有二子,早殤。廖燕《亡妻鄧孺人墓表》(卷十五):『舉二子俱殤,最後撫二女。』《記學醫緣起因遺家弟佛民》(卷十七):『先予有二女,爲貧賤骨肉,不幸罹亂,俱染痢疾,因不諳病源,療以熱藥,遂致不起,至今傷之。』《灌園帖自跋》(卷十三):『歲己未春……書此帖付小奚奴,俟時兒長學之。』

翁樵野:清初人,生平不詳。廖燕有《翁樵野移居別墅賦贈》(卷十九)。

高綱:字薑田,奉天遼陽(今遼寧省遼陽市)人,隸籍漢軍鑲黄旗。因先世遷自高密(屬山東):

故亦稱高密人。監生，乾隆二年任韶州府知府。任職期間，刊印廖燕《二十七松堂集》、澹歸《偏行堂集》。見清阮元修《廣東通志》卷四十七、清林述訓等修《韶州府志》卷五、清王先謙撰《東華續錄・乾隆八二》、《清史稿》卷五百四、清查岐昌《樗莊文稿》序（見清沈維材著《樗莊文稿》卷首）、李放《八旗畫錄》前編卷中。

高儼（一六一六—？）：字望公。明末清初廣東新會（今廣東省江門市新會區）人。博學工詩畫草書，時稱三絕。有《獨善堂集》。清林星章修、黃培芳等纂《新會縣志》卷九有傳。廖燕有《高望公傳》（卷十四）。

郭義：福建海澄人，以湖廣鄖陽鎮總兵移鎮左江，三藩之亂初起，與馬雄同守柳州，不久叛降吳三桂。康熙十五年，郭義偕廣東從逆提督嚴自明進逼南康，爲江西巡撫佟國楨、將軍舒恕等擊敗。康熙十八年，郭義等在馬承蔭率領下降清。授總兵銜，協守南寧，與將軍舒恕內外夾擊，大破吳世琮。重任左江總兵。後被革職，放回原籍。見《清史列傳》卷八十。本書《蟒將軍傳》（卷十四）提及。

唐宗堯：鑲黃旗人。康熙二十二年由寶慶府丞晉韶州知府，蒞政勤敏，庶務畢修。如建義學，創試院，復文獻祠，造養濟院及纂修府志，皆其爲政之大者。見清林述訓等修《韶州府志》卷二十九。

唐開先：字君宗，江南天長（今安徽省天長市）人。拔貢。康熙十年（一六七一）任廣東和平縣知縣。見清劉溎年修、鄧掄斌等纂《惠州府志》卷二十。唐開先離任時，廖燕爲作《今是跋》（卷十三）。

唐如則：字菊村，江南天長（今安徽省天長市）人。康熙二十年（一六八一）任廣西西林知縣。見清謝啟昆修、胡虔纂《廣西通志》卷三十九。唐開先之子。見《今是跋》（卷十三）。

姬碧玉：清初廣州妓女。見廖燕《九日帖自跋》（卷十三）。

孫清：字廉西，又字天一，清初休寧（今安徽休寧縣）人。少習舉子業，後棄去遠遊。三藩之亂時，任岳州水師守備，以功授福建提標游擊。康熙二十二年，又以平定臺灣割據勢力的戰功授黃巖城守參將，以裁缺改補漢鳳營參將。康熙三十年，升右都督廣東韶州協鎮副將。生平謙抑謹密，口未嘗言人過。好讀書結客。著有《天下形勝圖》、《棧道吟》。見清廖騰煃修及汪晉徵等纂《休寧縣志》卷三、廖燕《韶協鎮孫公傳》（卷十四）。

孫可望（？—一六六〇）：名一作『旺兒』、『可旺』、『可王』。明末清初陝西米脂人，明末參加農民軍，爲張獻忠義子，善戰，號『一堵牆』，位至平東將軍。張獻忠死，引兵南下，由黔入滇，自稱平東王。旋受南明永曆帝秦王之封，迎永曆帝居安隆所（安隆府），擅作威福，殺大臣多人。永曆十一年（清順治十四年）發動叛亂，爲李定國所敗，降清，盡以滇黔虛實告清，封義王，隸漢軍正白旗。見《清史稿》卷二百四十八、周駿富輯《清史列傳》卷七十九本傳。本書《永曆幸緬始末》（卷十七）提及。

陸氏：會稽人。年十五，歸同邑王廷祐。性聰敏，讀書識章句大義。尤工繪事。王廷祐久病瘵而卒，陸氏自經死，時年二十七。見廖燕《陸烈婦傳》（卷十四）。

陶璜：初字黼子，廣州番禺人。清初廣州城破，在避難途中，舟覆父沒，陶璜得免，乃改字苦子。號握山。自奉儉薄，有所積，悉以周人。性孤僻，嗜吟詠。有《慨獨齋詩集》。清李福泰修、史澄等纂《番禺縣志》卷四十三有傳。陳恭尹《獨漉堂文集》卷十二有《陶握山行狀》，可參看。廖燕《與李相乾》之三（卷十）稱之爲陶握老，並提及陶璜欲刻《二十七松堂集》而未成。

徐而庵：徐增（一六一二—？），初字子益，又字無減，字子能，號而庵、梅鶴詩人。清江南長洲人。明崇禎間諸生，能詩文，工書畫。年甫及壯即患風痹，足不能行，大多數時間只能在家讀書、寫作、編書。訪錢謙益，深爲錢謙益所歎賞。從金聖歎、周亮工遊。曾重編《靈隱寺志》。另有《說唐詩》、《九誥堂集》等。見清陳宗之《梅鶴詩人傳》（清徐增《九誥堂全集》卷首）。本書《金聖歎先生傳》（卷十四）提及。

陳大綸：號豹谷。廣西宣化（今廣西壯族自治區南寧市）人。進士，明嘉靖二十五年（一五四六）任韶州知府。韶之勝蹟樓臺多其所創建。如遇仙橋、芙蓉庵、東西浮橋、通天塔之類，不可勝計。又善書，筆法遒勁，得鍾王之精意。性寬和，部民有非禮謗訕者皆含忍不輕置以法。見清林述訓等修《韶州府志》卷四、清張希京修及歐樾華等纂《曲江縣志》卷十六。廖燕《重修曲江縣志凡例代》（卷十七）等提及。

陳山人：清初人，生平不詳。廖燕有《聽陳山人彈琴》（卷二十）。

陳元震：生平不詳。本書《補郡志藝文志》（卷十六）提及。

陳世英：字人傑，號石峯。湖南新田人。康熙二十三年（一六八四）舉人。康熙三十七年任廣東仁化知縣。在任仁化知縣期間主持纂修《丹霞山志》。見何炯璋修、譚鳳儀纂《仁化縣志》卷四，清黃應培等修、樂明紹等纂《新田縣志》卷八，清陳世英修《丹霞山志》魯超序、陳世英序。廖燕《粵闈記異跋》（卷十三）提及。

陳含貞：清初廣東曲江（今廣東省韶關市）人。諸生，早慧積學。見廖燕《諸生說贈陳含貞》（卷十一）。

陳廷策：字毅庵，號景白。正黄旗人，廕監。康熙二十八年（一六八九）任韶州知府。康熙三十二年代理廣州知府。康熙三十五年，陳廷策解任入覲，抵京後不久病逝。見清林述訓等修《韶州府志》卷五、清陳世英纂及釋古如增補《丹霞山志》卷六、廖燕《與友人論郡侯陳公入祀名宦書》（卷九）、《喜得家信寄謝郡侯陳毅庵夫子暨同郡諸公》（卷十八）等。

陳牧霞：生平不詳。康熙二十九年（一六九〇），朱蕖訪韶，寓於陳牧霞處，廖燕爲陳牧霞書齋提額曰『醉榻』。見廖燕《醉榻解跋》（卷十三）。

陳金闓：字崑圃。曲江人。康熙十四年舉人。康熙二十六年，參與編修《韶州府志》、《曲江縣志》。康熙四十三年，任直隸肅寧知縣，以慈惠稱。清張希京修、歐樾華等纂《曲江縣志》歐樾華序：『國朝定鼎，淩邑侯作聖，周邑侯韓瑞相繼增輯。康熙丁卯，秦邑侯熙祚重加讐校，其主文者陳崑圃先生也。』張希京修《曲江縣志》卷十四有傳。陳金闓與廖燕多有書信往來。

陳洪綬（一五九九—一六五二），字章侯，號老蓮，浙江諸暨人。性狂簡。國子監生。明亡曾入紹興雲門寺爲僧，號悔遲、老遲等。畫家，工人物，富於誇張。與崔子忠並稱爲南陳北崔。又工詩善書。有《寶綸堂集》。見《清史稿》卷五百四本傳、清朱彝尊《曝書亭集》卷六十四《崔子忠陳洪綬合傳》。廖燕《與阿字和尚書》（卷九）提及。

陳恭尹（一六三一—一七〇〇）：字元孝，初號半峯，晚號獨漉。廣東順德（今廣東省佛山市順德區）人。陳邦彥子。以父殉難，隱居不仕。詩文書法兼擅，與屈大均、梁佩蘭並稱『嶺南三大家』，有

《獨漉堂集》。見《清史稿》卷四百八十四本傳。廖燕有《與陳元孝》。

陳滄洲：清初人，通醫術。丁巳之亂，廖燕染疾幾死，經陳滄洲醫治始得生還。見廖燕《丁巳臘月病起寄陳滄洲》（卷十八）詩。

陳繼儒（一五五八—一六三九）：字仲醇，號眉公，又號麋公，明松江府華亭人。諸生。博學多通。年二十九，取儒衣冠焚棄之。隱居小昆山，後築室東佘山，杜門著述。工詩善文，短翰小詞，皆極風致。工書畫。屢奉詔徵用，皆以疾辭。卒於家。有《眉公全集》。見《明史》卷二百九十八本傳、清錢謙益《列朝詩集小傳·丁集下·陳徵士繼儒》。本書《家佛民傳》（卷十四）提及。

十一劃

梅國楨（一五四二—一六〇五）：字克生，號衡湘。湖北麻城人。萬曆十一年進士，任固安知縣，遷任御史。萬曆二十年，監李如松軍討寧夏降將哱拜，一戰成功。以功升爲太僕少卿，累遷兵部右侍郎，總督宣（宣府）、大（大同）、山西軍務。見《古今圖書集成》氏族典卷三十四、民國余晉芳纂《麻城縣志前編》卷九、明馮夢龍著《智囊全集》卷五、明袁中道撰《珂雪齋前集》卷十六《梅大中丞傳》。本書《自書與友人書後》（卷十二）提及。

鄔昌琦：又作『鄔昌期』、『鄔昌奇』。明末清初貴州都勻人。官柳州同知，擢侍御。從永曆帝朱由榔於雲南，復從入緬甸。常勸李定國無失臣禮。永曆十五年（順治十八年）在咒水之難中遇害。清鄂爾泰等監修《貴州通志》卷三十八有傳。本書《永曆幸緬始末》（卷十七）提及。

許庶庵：清江南武進人。生平不詳。本書《金聖歎先生傳》（卷十四）提及。

章偉人：清初浙江人。廖燕友人，生平不詳。見廖燕《與章偉人》（卷十）、《贈章偉人》（卷二十）。

馮彦衡：清初錢塘人。康熙三十二年，任韶州府經歷。尤見重於知府陳廷策。政事大小，無不與馮彦衡規畫商確，無弊而後行，行則上下稱善。見廖燕《募助經廳馮公丁艱旋里疏》（卷六）。

淩作聖：江南五河（今安徽省蚌埠市五河縣）人。清順治十五年（一六五八）任曲江知縣。見清張希京修、歐樾華等纂《曲江縣志》卷一。本書《重修曲江縣志凡例代》（卷十七）提及。

淩雲：字澹癯，廣東仁化人。拔貢，天啟七年（一六二七）舉人，崇禎十三年（一六四〇）會試副榜。任河南推官，冰霜自勵，人不敢幹以私。明亡後遯跡於蔚州山十餘年，順治九年（一六五二）還里。服粗茹糲，杜門讀書。著有《集陶》、《集唐》、《樂此吟》等。見何烱璋修、譚鳳儀纂《仁化縣志》卷六。本書《書重刻武溪集後》提及。

淡雪上人：又作澹雪上人。臨濟派下僧，康熙十六年（一六七七）自浙西來至南昌，見北蘭懷讓禪師道場鞠爲茂草，乃結茅於此。經營數載，殿宇、齋堂、方丈、禪室及秋屏閣、列岫亭皆次第重建，遂爲江西名勝之冠。見清謝旻等監修《江西通志》卷一百三。廖燕有《北蘭寺晤淡雪上人》詩（卷十八）。

黄遙：字少崕。清初廣東曲江人。康熙三十五年（一六九六）舉人。家貧篤學，閉戶著書。著有《梅癖》、《謚法通》、《竹窗雜記》、《見亭集》。校刊《武溪集》。康熙二十六年，參與編修《韶州府志》、《曲江縣志》。時稱博雅君子，是廖燕最要好的朋友。清張希京修、歐樾華等纂《曲江縣志》卷十四有傳。黄遙與廖燕多有書信往來。

黄天樵：清初人，生平不詳。廖燕有《黄天樵濯足圖讚》（卷十六）。

黄寅東：清初人，生平不詳。廖燕有《與黄寅東劇飲大醉臥起口占》（卷二十一）。

梁份（一六四〇—一七二九）：字質人，江西南豐人。少從彭士望、魏禧遊，講經世之學。工古文辭。嘗隻身遊萬里，飽覽山川形勢，盡訪古今成敗得失。有《懷葛堂文集》、《西陲今略》。見《清史稿》卷四百八十四本傳。本書《答客問五則》（卷十七）提及。

張元彪：字虎文，一字肇炳。浙江永嘉（今浙江省溫州市永嘉縣）人。雍正七年（一七二九）拔貢。自幼器宇凝重，學識宏深。曾任廣東海康知縣，在任九年。開義學，墾荒土，革羨稅，創養老堂，捐修橋閘，有古良吏風。工古文詞，兼工草書。著有《家鑑》、《吴吟》、《燕吟》、《粤吟》、《甌吟》等集。見清李放纂錄《皇清書史》卷十五、清張寶琳修及王棻等纂《永嘉縣志》卷十五。本書《遊丹霞詩跋》（卷十三）提及。

張拱極：字泰亭，陝西醴泉（今陝西咸陽市禮泉縣）人。康熙二十六年（一六八七）舉人，康熙三十年進士，康熙三十七年任翁源縣知縣。重士愛民，鋤奸禁暴。時俗多挖骸滋訟，執法嚴懲，此風漸息。公餘輒進試諸生，優如獎勵，人才奮興。見清謝崇俊修及顔爾樞纂《翁源縣新志》卷十一、民國張道芷等修及曹驥觀等纂《續修醴泉縣志稿》卷九、廖燕《待贈文林郎文學張君墓志銘》（卷十五）。廖燕有《復翁源張泰亭明府書》（卷九）。

張星耀：清初河南人，康熙十一年任韶州協鎮，康熙十四年任廣東右翼鎮總兵。三藩之亂時發動叛亂。見《韶州府志》卷六。本書《蟒將軍傳》（卷十四）等提及。

張開祚：籍貫不詳。累功至游擊。崇禎十一年來自湖南的農民起義軍劉新宇部等攻韶城，總督熊文燦遣張開祚援之，大戰於蕭村，斬首數百級。張開祚復輕騎窮追，陣亡。清林述訓等修《韶州府志》卷三十、清張希京修及歐樾華等纂《曲江縣志》卷十三有傳。本書《重修曲江縣志凡例代》（卷十七）提及。

張景仁：元寧鄉（今湖南省長沙市寧鄉縣）人。性敏好學，經史子集無不博覽。元初民多廢學，張景仁隱居不仕，時韶郡守以禮聘至郡庠授徒，由是韶人知學。在郡庠三十餘年，門人多所造就。清張希京修、歐樾華等纂《曲江縣志》卷十三有傳。廖燕《重修曲江縣志凡例代》（卷十七）提及。

十二劃

萬言：字貞一，號管村，清初浙江鄞縣（今浙江寧波市）人。副貢生。少時與諸父萬斯大、萬斯同學於黄宗羲，有精博之名。著有《尚書説》、《明史舉要》。與修《明史》，獨成《崇禎長編》。尤工古文。晚出爲安徽五河知縣，忤大吏，論死，尋得免。有《管村集》。見《清史列傳》卷六十八。本書《茂名錢明府閬行招同萬管村包子韜遊城西荔枝園》（卷十八）提及。

萬正色（？—一六九一）：字惟高，號中庵，清福建晉江人。少入伍。康熙間以游擊從征吳三桂，擢山西平魯參將，尋授岳州水師總兵。旋參與克復岳州之役，有功。官至雲南提督，坐事奪官。有《平岳疏議》、《平海疏議》。見《清史稿》卷二百六十一、周駿富輯《清史列傳》卷九本傳。本書《韶協鎮孫公傳》（卷十四）提及。
萬欲曙：清初安徽壽縣人，生平不詳。本書《遊丹霞山記》（卷七）提及。
舒恕（？—一六九六）：清滿洲正白旗人，愛新覺羅氏。康熙八年，由一等侍衛授兵部督捕侍郎。三藩之亂時率軍援廣東，授鎮南將軍。旋以稱病規避進兵，奪職。康熙三十四年，再起爲寧夏將軍，討噶爾丹。官至正藍旗滿洲都統。以病乞休，卒。見《清史稿》卷二百五十四、清李桓《國朝耆獻類徵初編》卷二百六十九。本書《蟒將軍傳》（卷十四）等提及。
湯斌（一六二七—一六八七）：字孔伯，號潛庵。河南睢州（今河南省商丘市睢縣）人。曾參修明史，康熙二十一年充明史總裁。二十三年，由內閣學士擢江蘇巡撫。任內，整頓吏治，打擊豪強，蠲免苛賦，建立義倉社學，宣傳儒家經典，毀棄五通神淫祠。二十五年升任禮部尚書管詹事府事，並再充明史總裁。次年改任工部尚書。他在朝以敢於爭議出名。《清史稿》卷二百六十五有傳。廖燕有《湯中丞毀五通淫祠記》（卷七）。
曾先慎：字君有，號遂五，清初江西寧都人。師事易堂九子之一的丘維屏。嘗寓贛州，士大夫過郡者爭禮之。與榷使宋犖爲莫逆交。著有《丘學鈔》、《治學鈔》、《遂五堂集》。見清魏瀛等修、鍾音鴻等纂《贛州府志》卷五十五。
葉芳：字澹園。清浙江金華人。康熙三十一年任曲江知縣。見清張希京修、歐樾華等纂《曲江縣志》卷一。廖燕有《送邑侯葉澹園歸浙序代》（卷四）。
葉金吾：清初人，生平不詳。廖燕有《過葉金吾還豐湖別墅》（卷十八）。

葉敬斯：清初慈谿人。早卒。葉敬斯納聘李貞靜後，未幾客死揚州。見廖燕《李節婦墓表》（卷十五）。

葛子儀：廖燕門人。見廖燕《自跋帳眉山居詩》（卷十三）。

雲志高：字載青，號逸亭，清初廣東文昌（今海南省文昌市）人。雲志高自小與母親離散，漂泊異鄉。經多方探訪，最終在時隔三十年之後，和母親團聚。雲志高精通琴藝，著有《蓼懷堂琴譜》。見《蓼懷堂琴譜·雲志高自序》、清明誼修及張嶽松纂《瓊州府志》卷三十六本傳。廖燕有《書雲節母紀事後代》（卷十二）。

彭鵬（一六三七—一七〇四）：字奮斯，號無山，一號古愚。福建莆田人。順治十七年舉人。三藩之亂時，堅拒耿精忠命，後任三河知縣，善治疑獄，懲奸不畏權勢。而以緝盜不獲，幾被革職。旋舉廉能，任刑科給事中。後陞廣西巡撫，有政績。康熙四十年（一七〇一）任廣東巡撫。康熙四十三年，卒於任。清郝玉麟等監修《福建通志》卷四十四、《清史稿》卷二百七十七有傳。廖燕《謝吳少宰書》（卷九）提及。

彭淨瑕：清初江西人。廖燕有《復彭淨瑕》（卷十）。

彭彤輔：清初人，生平不詳。宦遊歸後，於芙蓉山麓建有綠匪山房。廖燕早年曾讀書於此。見廖燕《綠匪山房記》（卷七）。

靳統武：明末清初人。大西農民軍李定國部將。後又隨李定國與南明聯合抗清。順治十五年（一六五八）受李定國之命護衛永曆帝由永昌府後撤，在永曆帝入緬後返回。康熙元年李定國病逝，臨終前，托孤於靳統武，命其子李嗣興拜統武爲養父。不久，靳統武亦病死。見《清史稿》卷二百二十四本傳。本書《永曆幸緬始末》（卷十七）提及。

程子牧：清初徽州人，善琴，餘不詳。見廖燕《程子牧像讚》（卷十六）。

程廷璋：字子牧，安徽休寧（今屬安徽省黄山市）人。輯有《光幽集》，廖燕爲之作序。

程履新：字德基，明末清初安徽休寧人。精通醫術，著有《程氏易簡方論》、《山居本草》等書。道光三年刊清何應松修、方崇鼎纂《休寧縣志》卷十九有傳。廖燕有《易簡方論序》（卷三）、《易簡方論題詞代》（卷五）。

鄒翔伯：清初人，生平不詳。廖燕有《復鄒翔伯書》（卷九）。

鄒瀟峯：生平未詳。鄒瀟峯對廖燕《三統辯》等多有點評。

賀康年：明末清初人，生平不詳。明末時曾挈家避難隱居於仁化丹霞山水簾巖。本書《遊丹霞山記》（卷七）提及。

十三劃

楊在：明末清初人。馬吉翔女婿。永曆朝給事中，後陞禮部侍郎。清軍進攻雲南時，隨永曆帝入緬甸。後在咒水之難中遇害，同死者四十二人。見清倪在田撰《續明紀事本末》卷十三、卷十六。本書《永曆幸緬始末》（卷十七）提及。

楊繼盛（一五一六——一五五五）：字仲芳，號椒山，河北保定府容城人。明大臣。因彈劾大將仇鸞對俺答畏怯妥協，被貶官。後又起用，上疏彈劾嚴嵩十大罪。世宗怒，下詔處死。《明史》卷二百十九有傳。本書《湯中丞毁五通淫祠記》（卷七）提及。

蒙正發：字聖功，湖北崇陽人。南明官員。諸生。崇禎末年，糾集地方武裝與張獻忠起義軍對壘，逐走義軍設置的崇陽縣知縣。清順治二年（一六四五），赴長沙依何騰蛟。在南明永曆朝，依李元胤，爲『五虎』之一。永曆奔南寧後，他與瞿式耜留守桂林。兵敗投水，被救。後歸隱故鄉。見清蒙正發《三湘從事録》。廖燕《永曆幸緬始末》（卷十七）提及蒙正發。

蒲纓：明末清初云南人。明將。受封綏寧伯。明亡後隨永曆帝入雲南，南明永曆十五年（一六六一）清軍入滇，隨永曆帝逃入緬甸，在咒水之難中遇害。見清鄧凱撰《也是録》。本書《永曆幸緬始末》（卷十七）提及。

十四劃

蔣伊（一六三一—一六八七）：字渭公，號莘田，清江蘇常熟人。康熙十二年進士。甫釋褐，即具疏上所著《玉衡》、《臣鑒》二録。康熙十四年散館，授監察御史。康熙十八年補廣西道御史，於民間疾苦多有疏奏。康熙二十一年補廣東督糧道道員。遷河南按察副使，提督學政。有《莘田詩文集》。見周駿富輯《清史列傳》卷七十四、清阮元修及陳昌齊等纂《廣東通志》卷四十四。廖燕有《陪蔣觀察謙筆峯山亭序》（卷四）。

趙小有：清初藝妓。善畫。見廖燕《挽趙小有》（卷二十）。

趙永忠：生平不詳。本書《重修曲江縣志凡例代》（卷十七）提及。

趙霖吉：進士，康熙十七年任韶州知府。見清林述訓等修《韶州府志》卷五。本書《端溪贋石記》（卷七）提及。

鄭同虎：清初南海人。通文知醫，廖燕稱之爲『文醫』。著有《鬢影録》。見廖燕《記學醫緣起因遺家弟佛民》（卷十七）、《送鄭同虎歸南海序》（卷九）。

鄭松房：清初人，生平不詳。廖燕有《鄭松房邀賞牡丹有賦》（卷十八）。

鄭季雅：清初人，曾居蘇州。廖燕有《鄭季雅移居詩跋》（卷十三）。

鄭思宣：生平不詳，康熙二十九年（一六九〇），鄭思宣來韶，與廖燕相識。見廖燕《庚午初冬喜晤鄭思宣快談數夕情見乎詞時因歸閩賦此贈别》（卷二十）。

蔡不仙：清初人，生平不詳。廖燕有《蔡不仙像讚》（卷十六）。

蔡文河：清初人，生平不詳。廖燕有《哭蔡文河二首》（卷十九）。

蔡方炳：字九霞，號息關，清初江蘇昆山人。諸生。康熙十八年（一六七九），舉博學鴻儒，以疾辭。韜晦窮居，性嗜學，尤留心政治、性理。工詩文，兼善篆草。有《恥存齋集》及《增訂廣輿記》、《銓政論》、《歷代茶榷志》、《馬政志》、《憤肪編》等。見周駿富輯《清史列傳》卷七十一本傳。廖燕有《與蔡九霞先生》（卷十）、《留别蔡九霞》（卷十八）。

蔡雪髯：清初福建省晉江人，生平不詳。見廖燕《遊丹霞山記》（卷七）。

廖如：字佛民。原名如彭，字彭壽。清初廣東曲江人。廖燕族弟。年十四補邑諸生。工詩畫，尤精楷書。未幾厭諸生，作《辭諸生書》上督學。同年病卒，時年二十八歲。廖燕有《家佛民傳》（卷十四）、《記學醫緣起因遺家弟佛民》（卷十七）。

廖瀛：清初人，廖燕之子。廖燕有《家信與兒瀛》（卷十）。

漸登上人：清初僧人，曾入主丹霞山別傳寺下院會龍庵。見廖燕《會龍庵募建接眾寮房疏》（卷七）。

鄧凱：明末清初江西吉安人。初同楊廷麟、劉同升、萬元吉等奉隆武正朔，起兵江西。後在永曆朝任總兵。清軍進攻雲南時，隨永曆帝入緬甸。後又隨永曆帝回到雲南。永曆帝遇害後，出家爲僧。有《也是錄》行世。見清戴笠《行在陽秋》卷下。廖燕《永曆幸緬始末》『出鄧凱手錄』，廖燕『爲潤色如此』。

鄧瑗：字良璧，明廣東樂昌人。舉景泰丙子鄉薦，初授署丞，歷遷湖廣僉憲。懍然之操，不與世俗相浮沉。鎮巡湖北，地與貴州接壤，徵發繁劇，民苦之。瑗不奉檄，致仕。歸著《靈江集》。見清徐寶符等修、李穠等纂《樂昌縣志》卷九。

鄧居詔：明末清初人。永曆朝太常博士。永曆十三年（順治十六年）清兵進攻雲南，隨永曆帝進入緬甸，對馬吉翔的誤國行爲大爲不滿，上《爲停止不急之務仰祈修省等事》。永曆十五年（順治十八年）在咒水之難中遇害。見《續明紀事本末》卷之十四、清鄧凱撰《也是錄》。本書《永曆幸緬始末》（卷十七）提及。

臧興祖：正紅旗人，廕生。康熙三十五年任韶州知府。見清林述訓等修《韶州府志》卷五。本書《謝吳少宰書》（卷九）提及。

十五劃

談志：　字定齋。江南武進（今江蘇省常州市武進區）人。康熙十九年由邳州學政遷曲江知縣，愛民好士，工書法，尤精詩賦古文詞。退食之餘，唯事揮毫，澹宦情，莅任數月，即拂衣歸，有陶淵明之風。臨行士民有攀車流涕者。著有《令粤詩集》。見清張希京修、歐樾華等纂《曲江縣志》卷十三。談志歸前，廖燕作有《送邑侯談定齋先生歸毘陵序》（卷四）、《送邑侯談定齋先生還毗陵二首》（卷十九）。

潘世榮：　明末清初大西農民軍將領。李定國部將。張獻忠死，隨李定國入雲貴聯明抗清。嘗隨使與永曆朝接恰孫可望封王之事。後任永曆朝總兵。清軍攻入雲南後，從永曆帝朱由榔入緬甸。當時分兩路入緬。永曆帝等一路走水路，潘世榮等一路走陸路。潘世榮等一路入緬後遭緬兵圍攻，潘世榮降於緬。永曆十六年在永曆帝遇難後，潘世榮等亦皆遇害。見清李天根撰《爝火録》卷十九、清倪在田撰《續明紀事本末》卷十三、清鄧凱《也是録》。本書《永曆幸緬始末》（卷十七）提及。

潘復敏：　浙江新昌（今浙江省紹興市新昌縣）人。饒文采，長於幹畧，明崇禎八年（一六三五）知曲江縣，視事未久即修城積粟，爲戰守計。崇禎十一年農民起義軍劉新宇部自樂昌進攻韶關，潘復敏竭力捍禦，全韶城人服其先見。在任重修城隍廟，纂輯縣志，百廢具舉，時稱能吏。見清張希京修、歐樾華等纂《曲江縣志》卷十三、同書卷一、卷十一。本書《重修曲江縣志凡例代》（卷十七）提及。

黎仕望：　字龍韜，廣東新會人。康熙十三年（一六七四）請纓從戎，參加平定三藩之亂的戰爭。以功授廣西容縣令。康熙二十五年任翁源縣訓導。見清謝崇俊修及顔爾樞纂《翁源縣新志》卷二、廖燕《翁源修學記略序》(卷四)。

黎應祥：明末清初廣東人。藝人。清軍進攻雲南時，隨永曆帝入緬甸。後又隨永曆帝回到雲南。見清鄧凱《也是錄》、清戴笠《行在陽秋》卷下。廖燕《永曆幸緬始末》(卷十七)提及。

劉心竹：清初人。生平不詳。康熙十八年(一六七九)廖燕與劉心竹等共遊紫微巖。見廖燕《人日遊紫微巖聽彈琴詩序》(卷三)。

劉杜陵：清初人，生平不詳。廖燕《與鄭同虎書》(卷九)提及劉杜陵。

劉念庵：清初人，曾與廖燕偕同北上，至江西贛州而止。見廖燕《與蕭綗若》(卷十)。

劉信烈：字乾可，號直庵，清初廣東香山(今廣東省中山市)人。自幼聰慧，鄉人以神童譽之。康熙三十八年(一六九九)舉人，康熙五十五年任山東夏津知縣，在任十年。辦事公正，斷案準確，處事神速。倡建義學，導以教化。著有《直庵詩賦》、《運米詩集》、《俚語》等。清田明曜修及陳澧等纂《香山縣志》卷十四、清方學成等纂修《夏津縣志新編》卷六有傳。康熙四十二年劉信烈聞廖燕次子廖湘卒，致信廖燕以示慰問。《劉乾可唁慰書附》(卷八)。

劉啟鑰：字洞如，號橫溪。明末清初廣東曲江人。英敏不羣，由選貢入都，未第南歸。喜吟詠，著有《淮遊草》、《楚遊草》，《橫溪詩集》。見清張希京修、歐樾華等纂《曲江縣志》卷十四本傳，廖燕《橫溪詩集序》(卷三)。廖燕有《輓劉橫溪先生》(卷十八)詩。

劉授易：字五原，湖南湘潭人。天資豪邁，具文武才。生平以遨遊爲誦讀。著有《燕臺》、《西山》、《渡江》諸集。康熙年間劉授易等遊丹霞，仁化知縣陳世英授以《丹霞山志》的參訂工作，參與《丹霞山志》的撰修，是《丹霞山志》的主要撰修者之一。見清陳世英《丹霞山志序》（《丹霞山志》卷前）、廖燕《劉五原詩集序》（卷四）、陳世英修《丹霞山志》的署名。廖燕有《劉五原詩集序》（卷四）。

劉湘客：字客生，別號端星。明末清初陝西西安人。諸生，諳習朝廷典故。南明隆武朝任汀州推官，永曆朝歷官翰林院編修、都察院僉都御史等，時號爲『五虎』之一。永曆四年因參劾官吏，觸怒馬吉祥等，被劾下獄。出獄後無所歸，客桂林，卒於賀縣山中。著有《行在陽秋》二卷。見清徐鼒撰《小腆紀傳》卷三十二本傳。本書《永曆幸緬始末》（卷十七）提及。

劉際亨：工部清吏司主事，康熙十四年（一六七五）至韶任榷關，同年重修資福寺。見清林述訓等修《韶州府志》卷五、清張希京修《曲江縣志》卷十六。廖燕《資福寺募修佛殿疏代》（卷六）提及。

劉漢臣：明末清初人。生平不詳。從澹歸留別劉漢臣的書信中有『我灰久已寒，君木幸未槁；努力當乘時，時哉苦不早』句來看，劉漢臣和澹歸當年一樣，同是參加了抗清的活動。澹歸出家後，劉漢臣仍然堅持抗清。廖燕就是通過劉漢臣而認識了澹歸。見清澹歸《徧行堂續集》卷十三《寄別漢臣》、廖燕《過訪劉漢臣兼喜晤澹歸和尚》（卷十八）。

十六劃

蕭遠：字槐徵，明曲江人。幼聰慧，日誦萬言，長通經史，工詩善繪，精篆刻。喜延客。日攷鍾鼎遺文，時稱博雅。膺崇禎九年（一六三六）鄉薦，崇禎十三年會試乙榜。見清張希京修、歐樾華等纂《曲江縣志》卷十四本傳。廖燕《補郡志藝文志》（卷十六）提及。

蕭絅若：清初雲南人，寓居金陵。曾出仕仁和，未幾歸，足跡幾遍天下。著有《支離草》、《古董羹》、《冶山堂集》。見廖燕《冶山堂文集序》（卷三）。

蕭廣遠：广东曲江人，生平未詳。廖燕《補郡志藝文志》（卷十六）提及。

蟒吉圖（？—一六八〇）：又作『莽依圖』。清滿洲鑲白旗人，姓兆佳氏。順治間從攻雲、貴。康熙初，從攻茅麓山。授江寧參領。三藩之亂時，以副都統任鎮南將軍，自江西進軍廣東、廣西，駐南寧，卒於軍。見周駿富輯《清史列傳》卷六、《清史稿》卷二百五十四本傳。廖燕有《蟒將軍傳》（卷十四）。

穆成格：又作『穆成額』，那木都魯氏，滿洲鑲紅旗人。襲父職三等精奇尼哈番。耿精忠叛，命署副都統，從征南將軍希爾根下江西，分守南昌。尋隨尼雅翰、舒恕赴廣東，參贊軍務。尚之信以韶州、南雄叛，退保南安、贛州，克萬安、南康，頻有功。後舒恕守贛州，莽依圖代其任，穆成額參贊如故。廣東定，從莽依圖下廣西。吳三桂遣將分犯潯州、梧州、桂林、平樂，與額楚、勒貝、傅弘烈並力討之。次郁林，戰失利；還守藤縣，尋復陷。坐免官，籍沒。未幾，卒。見《清史稿》卷二百五十八本傳。本書《蟒將軍傳》（卷十四）提及。

錢以塏：字閬行，號蔗山，浙江嘉善（今浙江省嘉興市嘉善縣）人。康熙二十七年進士。康熙三十六年任茂名知縣。在任四年。前歲秋歉不給，錢以塏即開倉平糶，全活甚眾。任內革操軍、嚴保甲、省徭役、均田米、併村落、去團練。於公務之餘，延接諸生，殷勤誨諭。雍正間累遷少詹事。江浙海水爲患，疏請遣官致祭江海之神，褒封爵秩，以示尊崇，官至禮部尚書。謚恭恪。有《羅浮外史》、《嶺海見聞》。見清鄭業崇等修《茂名縣志》卷四、《國朝耆獻類徵初編》卷六二一。廖燕有《茂名錢明府閬行招同萬管村包子韜遊城西荔枝園》詩(卷十八)。

十七劃

鄺夢元： 從化(今廣東從化市)人,本姓李。康熙四十一年(一七〇二)壬午科解元。曾任福建惠安縣知縣。見清陳昌齊等纂《廣東通志》卷七九、清郭遇熙等纂《從化縣新志·選舉·選舉志上·本朝舉人》、史澄等纂《廣州府志》卷四十三。本書《粵闈記異跋》(卷十三)提及。

謝小謝： 康熙十三年(一六七四),廖燕與謝小謝等集於李非庵雲在堂吟詩閱畫。謝小謝曾向廖燕求教作文之法,廖燕告之以讀無字書。見廖燕《甲寅人日同謝小謝李湖長謙集李非庵雲在堂兼出新詩畫冊評閱有賦》(卷十八)、《答謝小謝書》(卷九)。

鮮于友石： 清初人,生平不詳。廖燕有《送鮮于友石游洞庭序》(卷四)。

韓雄岱： 字念子,號毅菴,高陽(今河北省保定市高陽縣)人。順治十二年(一六五五)進士,歷官至禮部儀制司郎中。康熙二十二年以工部營繕司主事任韶州榷關部司,見清林述訓等修《韶州府志》卷五。清李培祜等修、張豫塏纂《保定府志》卷五十五有傳。廖燕有《與韓主事書》(卷九)。

魏豹： 字正陽,明末清初江南丹徒(今江蘇鎮江市)人。世襲應天錦衣衛。負膂力,好武畧,納交奇才劍客,以義俠名。弘光帝朱由崧立,選技勇,以金吾入直内殿。受馬士英、阮大鋮排斥。隆武朝、永曆朝總兵。曾遊說洪承疇、吳三桂等歸明。永曆十三年(順治十六年)清兵進攻雲南,隨永曆帝進入緬甸,永曆十五年(順治十八年)在咒水之難中遇害。見清鄧凱撰《也是錄》、錢海岳《南明史》卷六十五。本書《永曆幸緬始末》（卷十七）提及。

魏禧（一六二四—一六八〇）：　字叔子、冰叔、凝叔，號裕齋，又號勺庭。明末清初江西寧都（今江西贛州市寧都縣）人。與兄魏祥弟魏禮皆以文章稱，時人號爲寧都三魏。明亡，隱居翠微峯，築易堂，與李騰蛟、彭士望、林時益、丘維屏等稱易堂九子，爲『易堂九子』領袖。魏禧工古文。其散文多表彰抗敵殉國和堅持志節之士，簡潔鮮明，頓宕紆徐。四十歲以後出游四方，所至以文會友。康熙間堅拒舉博學鴻儒之徵，尋卒。有《魏叔子集》等。《清史稿》卷四百八十四有傳。本書《三統辯》（卷二）、《與黄少涯書二》（卷九）等提及。

魏禮（一六二八—一六九三）：　字和公，號季子。清初江西寧都人。受業於兄魏禧。與兄魏祥及魏禧齊名，世稱『寧都三魏』。『寧都三魏』又與彭士望、丘維屏等人，稱『易堂九子』。魏禮性慷慨，工詩文，鬱鬱不得志，乃棄諸生遠遊，足跡幾遍天下。著有《魏季子文集》十六卷。見《清史稿》卷四百八十四。廖燕有《魏和公先生同嗣君昭士甥盧孝則過訪兼示佳集賦謝志喜》詩（卷二十）。

魏世傚（一六五五—？）：　字耕廡、忍軒，號昭士。江西寧都人。魏禮長子。以多病不應試，專心著述。遍遊燕、楚、吳、越間。善文辭，與從兄世傑、弟世儼齊名，時號『小三魏』。《清史稿》卷四百八十四有傳。本書《魏和公先生同嗣君昭士甥盧孝則過訪兼示佳集賦謝志喜》詩（卷二十）提及。

十八劃

額楚（？—一六八〇）：　烏扎拉氏，滿洲鑲黃旗人。順治初，從內大臣和洛輝出師，駐防西安。

累遷江寧副都統。康熙七年，遷將軍。耿精忠叛亂時，額楚連克徽州、饒州等地。在進攻吉安的戰役中，坐失戰機，罷官，留世職。仍領江寧兵赴廣東，駐紮在韶州蓮花山，裏應外合擊敗馬寶所部，與勒貝共守韶州。在進軍高州時，遇大疫，士馬多死。康熙十九年，卒。見《清史稿》卷二百五十八本傳。本書《重修六景橋碑記》（卷七）、《蟒將軍傳》（卷十四）提及。

十九劃

羅衮：廣東樂昌人，生平不詳。見廖燕《補郡志藝文志》（卷十六）。

羅仲山：清初廣東樂昌人。見廖燕《與羅仲山》（卷十）、《壬申夏初抵樂昌喜與羅仲山話舊》（卷十八）。

羅桂庵：清初人，志氣雄傑，負才不羈，然鬱鬱不得志。廖燕好友。著有《羅桂庵詩集》。見廖燕《羅桂庵詩集序》（卷三）。

嚴自明：陝西鳳翔人。明參將，順治元年降清，防守漢中，招降張獻忠部將。尋入川鎮壓農民起義軍和南明勢力。先後任保寧總兵，永寧總兵，江西提督，廣東提督。康熙十五年，尚之信叛應吴三桂，嚴自明從逆，進攻南康，爲巡撫佟國楨、將軍覺羅舒恕等所敗。康熙十六年，嚴自明降清。未幾病死。見《清史列傳》卷八十本傳。本書《蟒將軍傳》（卷十四）提及。

譚元春（一五八六—一六三七？）：字友夏。湖廣竟陵（今湖北天門縣）人，人稱譚竟陵。明代文學家。明末『竟陵派』創始者。本書《題酒坐琴言跋》（卷十三）提及。

二十劃

鍾惺（一五七四—一六二四）：字伯敬，號退谷，湖廣竟陵（今湖北天門縣）人。明代文學家。他與同里譚元春共選《唐詩歸》和《古詩歸》，名揚一時，形成『竟陵派』。本書《評文說》（卷十一）提及。

釋今無（一六三三—一六八一）：字阿字，俗姓萬，清初廣東番禺人。清初嶺南名僧天然和尚的第一法嗣，曹洞宗三十五代傳人，他同時也是一位在詩文、書法上頗有建樹的僧人。阿字十六歲時即師從天然和尚，年十九隨天然入江西匡廬問道。二十二歲時奉師命探訪因事被流放瀋陽的函可。康熙元年（一六六二）任廣州海幢寺住持。著有《光宣臺集》。清李福泰修、史澄等纂《番禺縣志》卷四十九有傳。廖燕有《與阿字和尚書》（卷九）。

釋今釋（一六一四—一六八〇）：澹歸上人，俗姓金名堡，字衛公，又字道隱。出家後法名今釋，字澹歸，又號舵石翁，浙江仁和（今杭州市）人。崇禎進士，明亡後，參加抗清鬥爭，永曆時官吏科給事中。永曆四年以言事獲罪，下獄幾死。後遣戍清浪衛，甫抵桂林，適桂林爲清所破，道路梗阻，遂削髮爲僧，至廣州參天然和尚。於康熙元年至韶州開丹霞山，建別傳寺。有《徧行堂集》、《徧行堂續集》行世。清陳世英纂、釋古如增補《丹霞山志》卷六有傳。廖燕有《哭澹歸和尚文》（卷八）、《與澹歸和尚書》（卷九）、《過訪劉漢臣兼喜晤澹歸和尚》詩（卷十八）。

釋今辯（一六三八—一六九七）：字樂說，俗姓麥，名貞。清初廣東番禺人。早年入江西匡廬問道，師從嶺南名僧天然和尚。繼澹歸禪師之後，住持仁化丹霞山。天然禪師示寂後，又住持廣州海雲、海幢二寺及福州長慶寺。有《四會語錄》，《菩薩戒經注疏》等。清陳世英纂、釋古如增補《丹霞山志》卷六有《樂說禪師傳》。清李福泰修、史澄等纂《番禺縣志》卷四十九亦有傳。廖燕有《與樂説和尚》（卷十）、《遊丹霞山與樂説和尚接語連宵歸復可懷乃貽以詩》詩（卷十八）、《春夜丹霞山樂説上人院坐雨》詩（卷十九）。

釋四無：清初曹溪南華寺僧。見廖燕《與四無上人》（卷十）、《暮春寓曹溪同陳崑圃黄少涯釋四無西山採茶》（卷十九）、清馬元及釋真朴重修《重修曹溪通志》卷八。

釋函昰（一六〇八—一六八五）：字麗中，别字天然。俗姓曾，名起莘，字宅師。廣東番禺（今廣州市花都區）人。以舉人出家。爲曹洞宗第三十四代傳人。先後住持番禺海雲寺、廣州海幢寺、光孝寺、惠州華首台寺、丹霞山别傳寺以及江西廬山歸宗寺、棲賢寺等。天然和尚住持的諸多寺院，成了當時許多明遺民安身立命的皈依之所。見清陳世英纂、釋古如增補《丹霞山志》卷六。廖燕有《送天然和尚還廬山》（卷二十）。

釋慈雨：清初僧人。廖燕有《送僧慈雨還江南》詩（卷二十一）。《三曲簫銘》（卷十六）提及慈雨。

釋德清（？—一六二三）：字澄印，號憨山。俗姓蔡。滁州全椒（今屬安徽）人。明末僧人。十二歲出家。萬曆中，在五臺山爲李太后主持祈儲道場，李太后爲造寺於嶗山。後坐『私造寺院』罪戍雷陽，遇赦歸。先後住持青州（山東）海印寺、曹溪寶林寺等，宣揚禪宗。有《楞伽筆記》。見錢謙益著《列朝詩集小傳》閏集。廖燕有《遊曹溪禮六祖并憨山塔院次韻八首》（卷十九）。

二十一劃

顧芸叟：又作顧耘叟，清初人，善琴而多藝。曾居廣州、泉州等地。見廖燕《送琴客顧耘叟序》（卷四）、《送顧芸叟歸泉州》（卷十九）。

鶴洲上人：清初僧人，生平不詳。廖燕有《丙子夏自圓通蘭若移寓報本庵贈鶴洲上人》詩（卷十八）。

二十二劃

龔鵬：字毅庵。康熙九年（一六七〇），入韶州知府馬元幕。康熙二十年，以功授泗城土府同知，未幾，卒於官。見清謝啟昆修、胡虔撰《廣西通志》卷三十九。廖燕有《龔毅庵遺照讚並跋》（卷十六）。

龔蓉石：清初人，生平不詳。廖燕有《與龔蓉石》（卷十）。

後記

今年時當廖燕誕辰三百七十週年，明年是廖燕去世三百一十週年，謹以此書獻給這位生於茲，長於茲的韶關先賢。這也是對廖燕最好的紀念。

本書承蒙人民文學出版社厚愛，惠予出版。本書出版得到二〇一三年度國家古籍整理出版資助。在此一併致謝。責任編輯葛雲波在審閱中提出了很多很好的修改意見，使得本書的質量有了進一步的提高，也使我避免了不少疏忽。在此深表謝意。本書自搜集資料至完稿，一直得到了韶關學院領導和同事的支持和關心，得到了衆多師長的幫助和鼓勵，我也要向他們表示由衷的感謝。

廖燕詩文集的校注始於二〇〇六年熊飛教授主持申報的廣東省教育廳重點課題《粵北名人名集與粵北文化研究》（〇六ＺＤ 七七〇〇一），屈指算來已過去八個春秋。現在將出版了，甚感欣慰。《廖燕全集》之校注，事屬草創，費時五載。書成，又束之高閣多年。雖積歲致力，然學識寡陋，疏誤在所不免。誠惶誠恐，尚祈方家不吝賜教。

記得當初爲了進行廖燕詩文集的校注工作，我四處搜集資料，韶關學院文學院的湯國元院長、熊賢漢（筆名熊飛）教授、莊初生博士和寧夏江博士等，還有復旦大學的汪少華先生都是古道熱腸，十分熱心，提供了許多幫助，介紹認識了很多同道中人，對本人的校注工作幫助極大。大家並不時地給予本人以鞭策，使得本人能夠最終完成廖燕全集的校注工作。莊初生老師介紹我去中山大學圖書館找資料，專門託人幫忙，終於找到了需要的版本，並複印回來。至今想起都十分感動。熊賢漢教授、寧夏江博士和汪少華先生爲了本書的出版多次給我出主意，想辦法。然而本人性多懶散，一拖就是許多年，現在終於修成正果，我心中的愧疚亦可減少幾分了。本書的出版也是對各位一直支持和關心我的領導和老師的最好謝意。沒有他們的支持、幫助和鼓勵，本書的出版或許是不可能的。本書出版之際，我還要特别提到我的兒子蔡豫德，有他在身邊，給了我爲明天而奮鬥的勇氣。我也希望本書能成爲一份精神財富留給他，希望他在將來的日子裏能夠勇敢地面對並戰勝困難。就像韶關先賢廖燕一樣，雖歷經磨難，但絲毫不減爲理想而奮鬥的勇氣。如果本書能夠起到這樣的作用，就遠遠超出我的初衷了。

蔡升奕　甲午仲秋穀旦於韶關麗景教師新村